알마 인코그니타 Alma Incognita

알마 인코그니타는 문학을 매개로,
미지의 세계를 향해 특별한 모험을 떠납니다.

OBLIVION

Obli

오블러

This Korean

with The
Agen

이 책의
The David
독점 계약

Oblivion
오블리비언
David Foster
데이비드 포스터 월리스
Wallace

신지영 옮김

캐런 칼슨과 캐런 그린에게

차례

일러두기

• 원주는 *로, 옮긴이 주는 *로 표기했다.
• 저자의 의도가 담긴 오자와 탈자, 문장부호 등은 가급적 그대로 두었다.

미스터 스퀴시
Mister Squishy

그런 뒤에 타깃 포커스 그룹(TFG)은 리즈마이어 섀넌 벨트Reesemeyer Shannon Belt(R.S.B.) 광고 회사 19층에 있는 다른 회의실에서 다시 모였다. 구성원들은 모두 진행자에게 개인별 반응 프로파일(IRP) 서류를 제출했고, 진행자는 서류를 받으며 일일이 감사 인사를 건넸다. 회의실에는 기다란 회의 테이블과 중역용 가죽 회전의자가 마련돼 있었다. 정해진 자리는 없었다. 참가자들을 위한 생수병과 카페인 음료가 한쪽에 준비되어 있었다. 북동쪽 전경이 훤히 내다보이는 외벽의 두꺼운 색유리를 통해 들어온 햇살이 회의실 전체를 널찍하고 보기 좋은 인상으로 보이게 했다. 비좁은 테스트 부스의 단조로운 형광등 불빛과는 반가우리만큼 대조적이었다. 타깃 포커스 그룹의 구성원들은 안락한 의자에 자리를 잡고 앉았다. 한두 명은 무의식적으로 넥타이를 느슨하게 풀었다.

회의 테이블 중앙에 놓인 쟁반에는 더 많은 제품이 쌓여 있었다.

진행자는 그날 오전 일찍 여러 포커스 그룹의 구성원들이 IRP를 작성하기 위해 개별적으로 할당된 방음 테스트 부스로 들어가기 전에 제품 테스트 및 초기 반응 모임을 주관했던 진행자와 마찬가지로, 기술통계학과 행동심리학을 전공했고 리즈마이어 섀넌 벨트가 근 몇 년간 거의 독점적으로 계약을 맺어온 최첨단 시장조사기관인 '팀Δy'의 직원이었다. 그의 몸집은 통통했고 얼굴엔 옅은 주근깨가 있었고 헤어스타일은 올드했으며, 초초하고 어딘지 모르게 불손하고도 친절한 태도를 보였다. 진행자 뒤쪽 출입문이 있는 벽에는 화이트보드가 걸려 있었고 알루미늄 받침대에는 보드마커가 몇 개 놓여 있었다.

진행자는 폴더에 정리해놓은 IRP 서류를 한가로이 만지작거리며 남자들이 모두 제각기 편한 자세로 자리에 앉길 기다린 다음 입을 열었다. "네, 오늘 참석해주셔서 다시 한번 감사드리고요. 오늘 아침에 마운스 씨도 말씀드렸겠지만, 여러분이 참여하고 계신 이 과정은 여러 신제품 중에서 어떤 걸 출시하고 어떤 걸 출시하지 않을지를 결정하는 데 있어서 아주 중요한 역할을 하게 됩니다." 그는 세련되고 숙달된 방식으로 테이블에 앉은 전원에게 골고루 눈길을 주는 스킬을 발휘하였는데, 이는 청중에게 발언할 때 부끄러움을 타는 듯 가만히 있지 못하는 신체적 표출과는 다소 어울리지 않았다. 포커스 그룹은 열네 명의 남성으로 구성되어 있었고, 그중 몇 사람 앞에는 음료가 놓여 있었다. 이들은 자신들이 앞으로 무슨 일을 하게 될지 100프로까지는 알지 못하는 남자들이 회의 테이블에 둘러앉을 때 보이는 자잘한 몸짓과 표정을 하고 있었다. 회의실의 모습과 분위기는 두 시간 전에 제품 테스트 및 초기 반응 모임이 진행되었던 강당의 실험실 같은 무균적인 분위기와 매우 달랐다. 진행자가 셔츠 포켓에 착용한 얼룩 방지용 펜 주머니에는 서로 다른 색의 펜이 세 개 꽂혀 있었다. 빳빳한 줄무늬 와이셔츠에 모직 넥타이를 매고 코코아브라운색 바지를 입고 있었으며, 양복 상의나 재킷은 보이지 않았다. 셔츠 소매는 말아 올리지 않은 상태였다. 그의 미소에는 장황하고 모호한 사과처럼 위축된 면이 있었는데, 참석자 중 몇몇도 그걸 알아차릴 수 있었다. 이름표가 달린 쪽의 셔츠 주머니에는 미스터 스퀴시Mister Squishy 브랜드의 친근한 캐릭터가 새겨진 커다란 핀인지 배지인지도 꽂고 있었다. 미스터 스퀴시는 인종을 가늠할 수 없는 통통한 어린아이 같은 얼굴을 하고 반쯤 찡긋 감은 눈으로 기쁨과 만족과 탐욕스런 갈망을 한꺼번에 표현한 만화 캐릭터였다. 기분이 좋아지거나 미소를 짓지 않을 수 없게 만드는 순진무구한 느낌의 이 캐릭터는 십여 년 전, 그때까지만 해도 한 지역의 작은 회사에 불과했던 미스터 스퀴시가 전국 규모의 모기업 산하로 편입되어 급성장하면서,

부드러운 샌드위치 빵과 번 빵으로 구성된 제품군에서 달콤한 롤빵과 여러 가지 맛의 도넛과 케이크 빵을 비롯해 상상할 수 있는 거의 모든 종류의 당과 제품으로 사업 영역을 확장하고 다각화해나가던 당시 리즈마이어 섀넌 벨트의 고위급 광고 담당자가 의뢰하여 제작한 것으로, 선으로 대충 그린 듯한 이 얼굴은 인구통계학 분야에 몸담고 있는 어느 누구도 그것이 주는 메시지나 연상 작용에 대해 정량적 데이터나 그럴듯한 설명 가까운 것조차 제시할 수 없었음에도 불구하고 미국 광고 역사상 가장 인지도와 인기가 높은, 성공적인 브랜드 캐릭터로 자리 잡았다.

저 아래 거리에서는 차량도 사람도 바삐 움직이고 있었다.

1995년 11월의 밝고 추운 이날, 신중한 심사를 거쳐 선정된 이 포커스 그룹이 이곳에 모인 이유는 그러나 미스터 스퀴시 브랜드 캐릭터 때문이 아니라 현재 3차 표적 집단 테스트 단계에 진입한 신제품인 미스터 스퀴시 브랜드의 하이콘셉트 고농축 초콜릿 케이크 빵을 테스트하기 위해서였다. 제품은 주력 판매처인 편의점에서 개별 포장 판매할 예정이었으며, 추가로 우선 미드웨스트와 어퍼 이스트코스트 지역의 고가 식료품 소매점에서 열두 개들이 박스 포장으로 먼저 판매된 후 테스트 시장 데이터가 미스터 스퀴시 모기업의 희망적인 전망에 부응하는 것으로 판명되면 전국적으로 판매 확대 수순을 밟을 것이었다.

회의 테이블 중앙의 커다란 회전식 은쟁반 위에 총 스물

일곱 개의 케이크 빵이 피라미드처럼 쌓여 있었다. 제품은 얼핏 종이처럼 보이지만 비닐처럼 찢기는 트랜스폴리머 재질로 개별 밀폐 포장되어 있었다. 이 합성 재질은 M&M으로 유명한 마스Mars사가 1980년대 후반 일대 혁신을 일으킨 '밀키웨이 다크' 제품군에 처음으로 사용한 이후 대부분의 미국 과자 회사들이 일제히 도입했다. 제품 포장에는 누구에게나 익숙한 흰색과 파란색의 미스터 스쿼시 디자인이 적용돼 있었다. 한 가지 다른 점은 세밀한 질감의 검정 선으로 표현된 교도소 창살 뒤에서 미스터 스쿼시 아이콘이 동그란 눈과 입으로 만화적 공포를 표현하고 있고, 밀가루 반죽 색의 통통한 양손으로 전 세계 수감자들의 보편적인 손동작을 재현하여 창살을 하나씩 말아 쥐고 있다는 것이다. 포장지에 담긴 고밀도의 촉촉해 보이는 짙은 색 케이크 빵의 상품명은 **펠러니!**Felonies!®*였다. 사뭇 모험적으로 보이는 이 다면적인 이름은 건강에 민감한 오늘날의 소비자들이 대기업에서 만든 고칼로리 스낵을 소비할 때 느끼는 악덕, 탐닉, 일탈, 죄악의 감정을 함축하는 동시에 패러디하고 있었다. 이 상품명의 연상 매트릭스에는 '성인'과 '성인의 자율'에 대한 암시도 포함돼 있었는데, 'ㄴ-'과 '우-' 음으로 점철된 귀엽고 만화적인 상품명을 정면으로 거부하는 **펠러니!**라는 이름은 하

---

* '중범죄'라는 뜻.

이엔드 마케팅 세그먼트* 중에서 가장 중요하면서도 주무르기 쉬운 18세에서 39세까지의 성인 남성층의 마음을 끈다하여 정해졌고 이러한 어필이 중점적으로 테스트되었다. 회의실에 자리 잡은 포커스 그룹 구성원 중 마흔이 넘은 사람은 단 두 명이었는데, 이들의 프로필은 팀 Δy가 자랑하는 철두철미한 인구·행동 통계적 심사 단계에서 스콧 R. 레일먼이 이끄는 테크니컬프로세싱팀에 의해 한 번도 아니고 두 번의 심사를 거쳐 선정된 것이었다.

소문에 따르면 R.S.B.의 광고 총책임자가 니어노스사이드에 있는 어느 카페에서 '데스 바이 초콜릿'과의 에피파니**적 조우에서 영감을 받아 탄생하게 됐다는 **펠러니!**는 빵과 아이싱과 속까지 모두 초콜릿으로, 그것도 흔히 사용되는 수소 첨가 가공 코코아파우더와 고과당 옥수수 시럽이 아닌 진짜 '퐁당' 초콜릿으로 만들어져, 징거, 딩동, 호호, 초코다일과 같은 경쟁사 제품과 동급이라기보다는 상기 제품들을 급진적으로 재구성하고 개선한 제품으로 기획됐다. 말티톨이 가미된 밀가루 무첨가 돔형 스폰지 케이크를 다량의 레시틴이 함유된 2.4ml 두께의 초콜릿 프로스팅이 완전히 감싼다. 버터, 코코아버터, 제빵용 초콜릿, 코코아매스, 바닐라 추출액, 우선당右旋糖, 솔비톨이 미량 포함된 고급 프로

---

* 인구통계학적 특성을 바탕으로 구분한 고객 세그먼트 중에 고급, 고가의 제품 및 서비스를 소비하는 경향이 있는 고객층.

** '계시나 통찰의 순간'이라는 뜻.

스팅(비교적 고비용인 이 프로스팅에 버터가 중복 첨가된다는 사실 하나만으로도 생산 체제와 가공 절차에 일대 혁신이 가해져야 했다. 생산 라인 하나가 통째로 재구성됐고, 라인 작업자들에 대한 재교육이 실시됐으며, 생산 및 품질보증 인력 배치가 원점에서 재검토됐다) 은 스폰지 케이크 가운데 부분의 장축 26ml, 단축 13ml 크기의 타원형 공동空洞에도 제빵용 고압 바늘로 주입되어(일례로 호스티스Hostess Inc. 제품은 가운데 부분이 단맛 나는 돼지비계 거품으로 채워진다), 이중으로 된 진한 프로스팅이 고급 레스토랑 수준에 가까운 맛을 선사함과 동시에 중앙에 주입된 내부 프로스팅—외겹은 공기에 노출되어 마지팬*** 같은 전통적인 아이싱의 단단하지만 가용성 높은 특성을 보이는 데 비해—은 외겹의 아이싱보다, 대부분의 경쟁사들이 시식 행사에서 취합한 '개인별 반응 프로파일' 및 '그룹 반응 데이터 요약' 분석 결과 소비자들이 가장 좋아한다는 그 아이싱보다 풍부하고 촘촘하고 달콤하며 보다 더 일탈적인 인상을 주었다. (1991~1992년 호스티스의 주요 광고 대행사인 치아트/데이 I. B.Chiat/Day I. B.에서 제작한 '이중 은폐 행동 실험' 시리즈 중 한 영상에서는 젊은 소비자층의 45%가 호호 케이크 빵의 매트한 아이싱만 왕창 뜯어먹고 케이크의 나머지 부분은 테이블 위 회전판에 남겨두어 굳어가는 모습을 볼 수 있다. 이 영상은 R.S.B.가 미스터 스퀴시 모기업 산하 자회사의 제품 개발 담당자들에게 초기 설득 근거로 제

*** 설탕, 꿀, 아몬드 등으로 만든 과자.

공했던 것으로 알려져 있다.)

진행자는 평소와 달리 성분, 생산 혁신, 심지어 제품의 주력 대상과 관련된 이른바 '풀 액세스' 배경 정보 중 일부를 포커스 그룹에게 전달하고 있었다. 그는 마커를 손에 들고 미스터 스퀴시의 케이크 빵 생산 흐름 및 **펠러니!** 생산을 위해 자동화 라인상의 여러 지점에서 조율되었던 복잡한 사항들을 요약한 다이어그램을 그리고 있었다. 해당 정보는 교묘하게 조직된 질문 시간을 이용해 전달됐는데, 질문은 주로 겉으로는 포커스 그룹의 구성원처럼 보이는 팀Δy의 직원 2인에 의해 제기됐다. 이들은 통상적인 질문 시간에 비해 훨씬 많은 정보를 효과적으로 이끌어내기 위해 포커스 그룹 내에 배치되어 있었다. 또한 진행자가 회의실을 나간 다음 열두 명의 구성원들 사이에 오가는 대화를 주시하고, 구성원들의 논쟁과 의견에 영향을 주지 않도록 주의하면서도 대화가 무르익어갈 즈음 자신의 의견과 느낌을 더하는 것이 이들의 임무였다. 이를 통해 그룹 반응 데이터 요약(GRDS) 자료와 포커스 그룹을 촬영한 디지털 영상 자료를 바탕으로 종합될 데이터가 한결 정리되고 구체화될 수 있을 것이었다. 촬영은 회의실 북서쪽 구석에 커다란 화재경보기인 양 달려 있는 카메라를 통해 이루어졌는데, 최첨단 기술이 적용된 이동식 렌즈와 파라볼릭 마이크가 장착돼 있었음에도 개개인의 감정에 담긴 미세한 뉘앙스와 옆자리에 앉은 구성원들끼리 속삭이는 소리까지 잡아내기에는 역부족이었다. 비공개 보조 진행자(UAF)* 중 1인은 왁스 바른 금발에 혈색이 좋다거나 건강하다기보다는 염증이 난 것 같은 붉은 빛깔 피부를 가진 호리호리한 젊은 남자였다. 그는 팀Δy의 UAF 담당자의 승인 아래 (포커스 그룹 구성원들 대부분의) 신경에 거슬리는 일련의 기이한 행동을 보였다. 이렇게 사람들의 이목을 끌면서 오히려 자신의 신분을 감추려는 것이었다. 그는 테이블 위에 콘택트렌즈 보존액과 비강 세척용 식염수를 한 통씩 올려놓고 있었고, 진행자의 발표를 필기하며 듣는 걸로도 모자라 독한 냄새가 나는 유성펜으로 끽끽 소리를 내면서 글씨를 썼으며, 사전에 준비된 질문을 던질 때도 보통의 UAF처럼 머뭇머뭇 손을 들거나 헛기침을 하는 게 아니라 그저 퉁명스럽게 "질문이요"라고 내뱉었다. 예컨대, 의문문의 억양이나 궁금해하는 표정 없이, 뻬딱하게 무테안경을 쓰고 이맛살을 찌푸린 채 "질문이요. '천연 및 인공 조미료'가 정확히 뭘 말하는지 더 구체적으로 듣고 싶고, 그 둘이 진짜로 가리키는 대상과 일반적인 소비자들이 알고 있는 지식 사이에 실질적인 차이가 있는지 궁금하네요"라고 묻는 것이었다.

간단한 소집합 단변수 확률분포로도 예측할 수 있는 사실이지만, 진행자가 이제 곧 여러분들이 그룹 반응 데이터

---

* 팀Δy에서는 포커스 그룹에 잠입하는 스파이를 '비공개 보조 진행자'라 불렀다. 이들의 정체는 이중으로 은폐되어 이론상으로는 진행자들에게 공개되지 않았지만, 실제로 이들을 찾아내기란 식은 죽 먹기였다.

요약 자료의 방사형 그래프에서 열여섯 개의 선호도 및 만족
도 축에서 제품에 대해 만장일치에 가까운 결과를 도출해내
기 위해 비공개로 각자의 IRP를 서로 비교하며 외부인의 방
해 없이 터놓고 이야기할 수 있도록 자신은 자리를 비울 것
이라 말하고 미스터 스퀴시와 팀Δy가 이를 통해 얻고자 하
는 바가 무엇인지에 대해 설명하는 동안, 포커스 그룹의 구
성원이 이를 전부 다 주의 깊게 경청한 것은 아니었다. 이들
이 보인 부주의는 오늘 이곳 19층에서 진행되고 있는 진짜
테스트의 매트릭스 인자에 상당 부분 포함되어 있었다. TFG
진행자에게도 고지된 바 있는 이 이차적인(혹은 '중첩된') 테
스트는 '풀 액세스 제조 정보 및 마케팅 정보가 타깃 포커
스 그룹이 제품과 그 대기업 생산자에 대해 인식하는 방식
에 미치는 영향'의 정량적 데이터 도출을 목표로 했다. 무작
위로 선정된 무작위 TFG를 대상으로 총 세 개의 변수 모델
을 바탕으로 반복될 테스트는 차기 두 개의 회계 분기에 걸
쳐 이중 은폐 방식으로 진행될 예정이었다. 테스트 의뢰인의
정체는 진행자에게 공개되지 않았는데, 이는 (보아하니) 중첩
테스트의 선행 조건이었다.

　　포커스 그룹 구성원 중 세 명은 커다란 색유리를 투과
한 부드러운 세피아 빛깔의 바깥 거리 북쪽 고층 빌딩과 빌
딩들 사이사이 뒤쪽으로 언뜻 보이는 북동쪽의 루프 지구
및 항구, 그리고 저 멀리 조그맣게 자리 잡은 호수를 바라보
고 있었다. 그중 두 명은 표적 인구층 가운데 x축 좌측 끝단

에 위치하는 매우 젊은 남성들로, 공상에 잠긴 듯 혹은 연출된 무관심의 일환인 듯 회전의자를 한껏 뒤로 젖힌 채 늘어져 있었고, 나머지 한 명은 윗입술의 갈라진 부분을 멍하니 만지작거리고 있었다.

진행자는 어쩌다 보니 직업이 되어버린 이 일의 필수 요건으로서 사람들을 거침없고 생기 넘치는 모습으로 대하면서도 내적으로는 거리를 두고 냉철하리만큼 빈틈없는 관찰력을 발휘하도록 훈련받았을 뿐 아니라, 거친 미가공 무작위 데이터가 범람하는 가운데서도 통계적 관련성을 갖는 작은 보석들을 드러낼 만한 사소한 행동들을 포착하는 타고난 재능을 갖고 있었다. 때로는 작은 것들이 큰 차이를 만드는 법이다. 진행자의 이름은 테리 슈미트, 나이는 34세, 처녀자리였다. 포커스 그룹 구성원 열네 명 중 열한 명이 손목시계를 차고 있었다. 그중 약 삼분의 일은 고가 및/또는 외제였다. 시계를 차지 않은 구성원 한 명은 포커스 그룹의 최고 연장자였다. 그는 조끼의 왼쪽 상단에서 오른쪽 하단을 가로지르는 백금 시곗줄이 달린 고급 회중시계를 지니고 있었다. 커다란 얼굴에는 분홍빛이 감돌았고, 오랜 시간 애정 어린 눈빛으로 여러 손주들을 바라보아 종국에는 표정이 고정되다시피 한 나이 든 사람의 영구적인 자상한 눈길을 갖고 있었다. 슈미트의 조부는 플로리다 북부에 위치한 은퇴 주거 단지에 살았다. 딱 두 번 찾아갔는데, 그때마다 무릎 위에 격자무늬 담요를 덮고 끊임없이 기침을 하며 슈미트를 '아이야'라고 불렀다. 구성원 중 정확히 50%는 양복 상의를 입고 넥타이를 맸거나 정장 상의 또는 재킷을 의자 등에 걸쳐놓았다. 이 중 세 벌은 정식 스리피스 비즈니스 정장 상의였다. 세 명은 비즈니스 캐주얼로 분류되는 니트, 바지, 크루넥 또는 터틀넥 차림이었다. 슈미트는 최근에 대출을 차환한 아파트에서 혼자 살았다. 나머지 네 명은 상표나 대학 로고가 있는 스웨터에 청바지 차림이었다. 나이키 상표도 있었는데, 이걸 볼 때면 슈미트는 매번 아랍어가 생각났다. 눈에 띄게 캐주얼한/단정치 못한 옷차림을 한 네 명 중 세 명은 구성원 중에서 가장 어린 축이었으며, 그중 두 명이 드러내놓고 집중하지 않는 세 명에 속했다. 팀 Δy는 인구통계학적으로 느슨한 그룹을 선호했다. 어린 축에 드는 세 명 중 두 명은 21세 미만이었다. 세 명 모두 꼬리뼈를 의자에 대고 앉아 다리는 꼬지 않고 양손을 펴서 허벅지 위에 올려놓은 자세였다. 모두 지금까지 자신이 소비자로서 응당 누려온 만족 또는 중요성에 대한 권리에 대해 단 한 번도 의문을 가져본 적 없는 사람의 다소 뚱한 표정을 짓고 있었다. 학부 초기에 슈미트는 통계화학에 관심이 있었다. 지금도 연구실의 치밀함과 정밀함을 좋아했다. 구성원의 50% 미만이 끈 달린 신발을 신고 있었다. 니트 차림의 1인이 착용한 로우컷 부츠 측면의 황동 지퍼가 반짝이며 눈길을 어지럽혔다. 이 사소한 정보도 슈미트에게는 연상기억장치로 작용했다. 테리 슈미트나 론 마운스와 달리, 달린 릴리는 캐드 기반 마케팅 경력을 갖고 있었다. 리서치 부서로 옮긴 건 자신이 사람들과 어울리기 좋아하는 성격이라는 걸 깨달았기 때문이라고 했다. 네 명이 안경을 쓰고 있었는데, 그중 한 명은 도수가 없는 듯한 선글라스를 착용했고, 또 한 명의 두꺼운 검정색 테는 착용자의 검정 터틀넥 스웨터와 어울려 진지한 인상을 자아냈다. 두 명이 콧수염을 길렀고 또 다른 한 명이 염소수염이라 불릴 만한 수염을 길렀다. 다부진 체격의 이십 대 후반 남성은 듬성듬성 난 이끼 같은 수염을 갖고 있었는데, 수염이 이제 막 나기 시작한 것인지 아니면 원래부터 수염이 그렇게 나는 사람인지 판단하기 어려웠다. 가장 어린 축에 드는 구성원 중에서 진짜 면도를 해야 하는 사람과 면도하지 않은 모습을 연출하고 있는 사람이 누구인지는 한눈에 알아챌 수 있었다. 회의실의 따가울 만큼 건조한 공기로 인해 구성원 중 두 명이 콘택트렌즈를 착용한 사람처럼 눈을 깜박였다. 다섯 명이 표준보다 10% 이상 과체중이었다. 테리 슈미트 본인은 제외한 수치였다. 고등학교 때 체육 선생님이 친구들 앞에서 테리 슈미트를 크리스코* 소년이라 부른 적이 있다. 선생님은 웃으며 그건 '깡통에 든 지방'이라고 말했다. 슈미트의 아버지는 훈장을 보유한 퇴역 군인으로, 시카고 남단 게일즈버그의 종자, 질소 비료, 광범위 제초제를 파는 회사에서 최근 은퇴했다. 기이함을 가장하고 있는 UAF는 양쪽에 앉은 남

---

* 미국의 식물성 쇼트닝 제품 상표.

자들—그중 한 명은 히스패닉 계였다—에게 씹어 먹는 비타민 C를 권하고 있었다. 창문 없는 내벽의 양끝 사이드 테이블 위에는 베이지색 혹은 황갈색 도자기 램프가 하나씩 놓여 있었고, 램프 꼭대기는 미스터 스퀴시 아이콘으로 장식돼 있었다. 구성원 중 두 명이 흑인이었는데, 한 명은 삼십 대, 다른 한 명은 머리를 빡빡 깎은 이십 대였다. 갈색 머리로 분류할 수 있는 사람은 세 명, 백발 또는 반백발은 두 명, 흑발은 세 명(흑인과 포커스 그룹의 유일한 동양인은 제외한 수치로, 동양인은 이름표와 두드러진 광대뼈로 보아 라오스나 베트남 출신으로 보였다.—스콧 레일먼팀이 제공한 인물 통계표에는 복잡하긴 하되 확실한 근거가 있는 통계적 이유로 인해 인종 분포는 명시되어 있었지만 출신 국가는 표기되어 있지 않았다), 그리고 금발은 세 명으로 분류할 수 있었다. 이 분포에는 UAF도 포함되어 있었는데, 슈미트는 또 한 명의 UAF가 누구인지도 알 것 같았다. 고급 제품의 70% 이상이 테스트되는 미국 이스트코스트 지역의 소득 및 선호도 연속확률분포와 멜라닌 지수 사이에 유의미한 관련성이 있다는 데이터를 바탕으로 풋, 콘 & 벨딩Foote, Cone & Belding사나 D.D.B.니덤D.D.B.Needham사는 붉은색 머리, 창백하거나 주근깨 박힌 피부라는 신체적 특징을 자주 활용하는 데 비해, R.S.B.는 포커스 그룹에 이런 유형을 포함시키는 일이 드물었다. 보수적인 인구통계학자들은 해당 데이터를 도출한 최신 초기하분포 분석 기법에 의문을 표한 바 있었다.

포커스 그룹 구성원들은 업계 관례상 그들이 거주하는 주州에서 지급하는 배심원 일당의 정확히 300%를 일당으로 받았다. 이 같은 산출 근거는 정해진 지 너무 오래된 전통이라 테리 슈미트 세대에서는 그 연원을 아는 이가 없었다. 연차가 높은 테스트 마케터들이 보기에 일당은 시민의 의무와 선택적 소비를 대하는 사람들의 입증된 태도가 타당하게 반영된 금액이자 자기들끼리 통하는 농담이기도 했다. 색 바랜 금발의 UAF 왼쪽으로 앉은 히스패닉계 남성—이 사람은 손목시계를 차고 있지 않았다—의 와이셔츠는 세피아빛 색유리를 투과한 자연광으로 인해 부분적으로 반투명 상태가 되어 있었는데, 와이셔츠 안쪽 팔죽지에 커다란 문신이 있음을 알 수 있었다. 콧수염을 기른 2인 중 하나이기도 한 그는 '노베르토'라 적힌 이름표를 달고 있었다. 슈미트가 팀Δy에서 이제껏 현장 통계 연구자로 일하며 만난 845개 이상의 포커스 그룹 구성원 중 최초로 만나는 노베르토였다. 슈미트는 제품, 클라이언트사, 그리고 포커스 그룹의 구성원 및 관련 절차상의 특정 변수 사이의 상관관계를 개인적으로 기록하여 정리하고 있었다. 그는 집에서 사용하는 애플 컴퓨터로 여러 개의 판별분석 프로그램을 실행하여 상관관계를 도출했으며, 그 데이터는 3공 바인더로 철하여 제목을 기재한 후 다용도실에 직접 조립하여 설치한 철제 선반에 꽂아두었다. 기술통계학의 궁극적인 문제와 과제는 무엇이 차이를 유발하고 무엇이 그러지 않는지를 구분하는 것이었다. 스콧 레일

먼이 얼마 전부터 포커스 그룹의 심사와 구성을 모두 맡게
되었다는 사실은 팀∆y에서 그의 운이 상승하고 있다는 또
다른 증거였다. 장래가 유망한 또 한 명으로 A. 로널드 마운
스를 들 수 있었는데, 마운스의 전문 분야도 테스니컬프로
세싱이었다. "질문이요." "질문이요." "의견이요." 턱이 쑥 들
어간 기다란 얼굴을 한 구성원이 **펠러니!**의 소매가격을 알
고 싶어 했고, 테리 슈미트가 그것은 오늘 이 그룹의 관심
범위를 넘어선 사항으로, 실제 이 주제는 R.S.B.의 또 다른
시장조사 협력 업체의 몫이라고 설명하자, 그는 이해를 하지
못했거나 설명이 마음에 들지 않는다는 태도를 보였다. 소매
가격이 고객 만족 모델에서 분리된 근거는 기술적이면서 매
개변수와 관련된 이유였는데, 슈미트가 해당 연구의 계약 조
건상 포커스 그룹과 공유하도록 승인받은, 풀 액세스 정보라
추정되는 사항에는 포함되어 있지 않았다. 구성원 중 한 명
은 모발 이식을 받은 것이 확실했고, 두 명은 남성형 대머리
의 조짐이 있음에도 조치를 취하지 않고 있는 것처럼 보였는
데, 둘 다—이것이 우연의 일치인지 아니면 흥미로운 정보인
지는 몰라도—푸른 눈을 가진 네 명에 속했다.

　　슈미트는 스콧 레일먼에 대해 생각할 때면, 사계절 내내
태닝된 피부를 하고 옅은 색 머리카락을 한 올도 흐트러뜨리
지 않은 채 정수리에 선글라스를 얹은 레일먼에 대해 생각
할 때면, 육식성 뱀장어나 홍어가 지닐 법한 까닭 없는 적의,
깊숙한 오지에서 무의식적인 사냥에 나서는 생물체가 지닐

법한 적의를 느꼈다. 흑인 중 깎지 않은 머리를 한 남성은 허리에 통증이 있지만 이에 의연하게 대처하는 것이 자신의 인성의 본질적인 부분임을 자각한 사람이 보일 법한 경직된 자세로 앉아 있었다. 다른 흑인은 자신에 대한 모종의 메시지를 전달하려는 것처럼 실내에서 선글라스를 착용했는데, 전하고자 하는 메시지가 평상시에도 적용되는 것인지 아니면 이 자리에만 한정된 것인지 알 방법은 없었다. 현재 스물일곱 살밖에 되지 않은 스콧 레일먼은 달린 릴리보다 3년, 슈미트보다 2년 반 늦게 팀Δy에 입사했다. 레일먼에게 전화설문조사 미가공 데이터로 카이스퀘어와 t 분포 검정을 돌리는 방법을 가르친 건 달린과 슈미트였다. 그는 팀Δy 데이터실의 형광 조명 아래에서 눈빛이 반짝이고 태닝된 피부가 창백해지는 레일먼을 바라보는 일에서 놀라우리만큼 만족감을 느꼈다. 어느 날 앨런 브리튼과 상의할 일이 있어 노크를 하고 방으로 들어간 슈미트가 안락의자에 앉아 브리튼과 함께 기다란 시가를 피우며 웃고 있는 레일먼을 보기 전까지는.

위로 갈수록 점점 넓어지는 건물 북쪽 외벽을 오전 11시가 되기 직전부터 기어오르기 시작한 형상은 꽉 끼는 바람막이 라이크라 레깅스와 꼭 맞는 고어텍스 후드 스웨터를 입고, 머리에 쓴 후드의 끈을 단단히 묶고 발등에 아이젠이나 스파이크 대신 일렬로 흡착판이 부착된 등산화 혹은 등반화로 보이는 신발을 신고 있었다. 양 손바닥과 손목 안쪽에는 화장실 플런저 크기만 한 흡착판을 각각 하나씩 달고 있었다. 흡착판은 헌팅 재킷이나 도로 인부들이 쓰는 안전모와 같은 강렬한 주황색이었다. 라이크라 레깅스의 다리 한쪽은 짙은 파란색, 다른 한쪽은 흰색이었다. 스웨터와 후드는 파란색, 가장자리는 흰색이었다. 등산화는 선명한 검정색이었다. 형상은 흡착판을 사용하여 축축한 뻥뻥 소리를 내며 신속하게 대형 의류 회사 갭 매장의 쇼윈도를 올랐다. 그러다 2층 창문이 시작하는 곳의 좁은 가로대 위로 몸을 끌어올리며 복잡한 동작으로 그 위에 올라선 다음, 흡착판을 고정하며 두꺼운 유리를 기어올라 아무것도 전시돼 있지 않은 갭의 2층 창문에 도달했다. 형상의 동작은 유연하고도 전문적이었다. 기어오르는 몸가짐은 포유류라기보다는 차라리 파충류 같았다. 형상이 경영 컨설팅 회사가 위치한 5층 창문을 반쯤 올랐을 무렵, 아래쪽 인도에서 행인들의 작은 무리가 형성되기 시작했다. 지상에서는 약하거나 약간 강한 바람이 불고 있었다.

　회의실에서는 북쪽 창의 색조로 인해 구름이 반쯤 낀 북동쪽 하늘이 쌀쌀해 보였고, 저 멀리 바람에 스친 호수결에 이는 거품이 어둡게 보였다. 모두 일정 부분 서로의 그림자 속에 잠겨 있는 건물들 또한 얼룩져 보였다. 구성원 중 일곱 명의 셔츠 자락이나 수염, 입 안쪽, 주로 사용하는 손의 손톱과 손톱 주변에서 **펠러니!** 부스러기를 발견할 수 있었다. 양말을 신지 않은 사람은 두 명이었는데, 둘 다 끈 없는 가죽신을 신고 있었고, 그중 한 명의 신발에는 술이 달려 있었다. 어린 축에 드는 1인은 나팔 청바지를 입고 있었는데, 통이 무척 넓어서 무릎을 굽혀 양다리를 벌리고 있었음에도 양말을 신었는지 알 수가 없었다. 나이 든 축에 속하는 1인은 진한 적색 마름모꼴 무늬가 있는 검정 실크 혹은 인조견 양말을 신고 있었고, 다른 1인에게서는 심술궂어 보이는 작고 가느다란 입모양이, 또 다른 1인에게서는 나이대에 비해 지나치게 주름지고 늘어진 얼굴이 눈에 띄었다. 젊은 구성원들은 흔히 그렇듯 아직 채 완전히, 인간답게 형성되지 못한 듯한 얼굴을 하고 있었다. 공장에서 갓 생산된 제품 특유의 해맑은 특성을 지니고 있다 해도 좋았다. 테리 슈미트는 전화를 할 때나 소프트웨어 프로그램이 돌아가기를 기다릴 때 종종 자신의 얼굴을 캐리커처로 그리곤 했다. 구성원 중에는 두상이 서양 배 모양인 이가 한 명, 얼굴이 다이아몬드 혹은 연蓮 모양인 이가 한 명 있었다. 두 번째로 나이가 많은 구성원은 짧게 자른 잿빛 머리에 원숭이 같은 인상을 주는 발달된 윗입술을 갖고 있었다. 구성원들에 관한 인구통계학적 신상 내역서와 초기 시스탯 데이터는 화이트보드 옆 카펫 위, 슈미트의 서류 가방 안에 들어 있었다. 그는 사무실 자리에도 숄더백 하나를 보관해두고 있었다. 나는 방 안의 구성원 중 1인이었다. 손목시계를 차고 있었지만 한 번도 시계를 보지 않은 유일한 사람이었다. 안경처럼 보이지만 실제로는 안경이 아닌 물건을 착용하고 있었다. 머리부터 발끝까지 도청 장치로 무장하고 있었고, 오른쪽 스코프 아래쪽에 있는

LCD로 현재 시간과 임무 경과 시간을 볼 수 있었다. GRDS 비공개 회동을 위해 작성된 간략한 원고를 완전히 암기하고 있었으며, 코팅된 예비 복사본이 스웨터 소매 안쪽에 끈으로 고정돼 있었다. 손목시계의 버튼을 누르면 끈이 풀어지는 장치였다. 손목시계도 사실 진짜 시계가 아니었다. 인공 구토 기관도 장착한 상태였다. 케이크 제품을 벌써 세 개나 먹었는데, 달아서 이가 아릴 정도였다.

테리 슈미트는 저혈당을 앓고 있어 과당, 아스파탐 또는 극소량의 $C_6H_8(OH)_6$이 함유된 과자만 먹을 수 있었다. 슈미트는 가끔 장난감 가게 쇼윈도를 쳐다보는 개구쟁이 아이의 눈빛으로 쟁반에 담긴 제품을 바라보는 자신을 발견하곤 했다.

MROP* 담당 부서의 녹색 회의실을 지나 복도 끝에는 R.S.B.의 또 다른 회의실이 있었다. 창이 북동쪽을 면한 이곳에서는 달린 릴리가 열두 명의 소비자 및 두 명의 UAF와 함께 '표적 반응'의 GRDS 단계를 진행하고 있었다. 그쪽에는 미리 짜인 질문 시간이나 유사 풀 액세스 백그라운드 데이터는 없었다. 이날의 TFG 중 어느 쪽이 중첩 테스트의 통제 집단 역할을 하는지는 슈미트에게도 릴리에게도 알려지지 않았지만 그것은 꽤 명백해 보였다. 고층에서 오랜 시간 근무한 사람만이 호수에서 불어오는 바람에 건물이 흔들리

---

* =시장조사 관리 및 기획(Market Research Oversight and Planning)

는 미세한 느낌을 알아차릴 수 있었다. "질문이요. 대체 폴리소르베이트 80이 뭐예요?" 포커스 그룹 중 이 미세한 흔들림을 알아채는 사람은 없을 것이라고 슈미트는 확신할 수 있었다. 허물없음과 약간의 인간적인 긴장 상태를 암시하는 태도로서 손에 쥔 마커를 돌리며 포커스 그룹 앞에 서 있는 슈미트는 테이블 위, 로고가 새겨진 머그잔에 담긴 커피를 볼 수 있었는데, 어느 잔에서도 커피의 움직임을 감지할 수 없을 만큼 흔들림은 미세했다. 테이블은 육중한 소나무 재질로, 레몬우드로 상감된 뒤 폴리우레탄으로 두껍게 칠해져 있었다. 유리창의 세피아빛 색조가 아니었더라면 태양과 테이블, 그리고 자신이 이루는 각도에 따라 햇빛이 각도를 달리하며 투사되어 눈이 부신 영역이 생성됐을 터였다. 그뿐만 아니라 직사광선 아래에서 먼지와 옷감에서 떨어진 작은 섬유들이 빙글빙글 돌다가 사람들의 머리와 상체 위로 사뿐히 떨어지는 모습을 목격하는 것 또한 피할 수 없었을 것이다. 이는 슈미트가 루프 지구와 도시권에 위치한 투명 창으로 된 몇몇 광고 대행사의 회의실에서 일하는 것을 좋아하지 않는 이유 중 하나였다. 통화대기 중일 때 슈미트는 손가락을 입에 넣고 기다리기도 했는데, 도대체 왜 그러는 것인지는 슈미트 자신도 알지 못했다. 달린 릴리는 팀Δy의 사무실 책상과 서랍장을 온통 자신의 얼굴 큰 아이 사진으로 꾸며놓은 기혼 여성이었다. 지금으로부터 세 번의 회계분기 전, 앨런 브리튼 휘하에서 필드팀과 테크니컬프로세싱팀을 관리하는 네 명의 수석 리서치 책임자 중 한 명이 릴리에게 성적으로 접근한 일이 있었다. 그의 강제적인 접근 방식은 슈미트를 포함한 필드팀의 거의 모든 이들이 보기에 법적 소송을 제기하기에 충분하고도 남았는데, 릴리는 성별 및/또는 정치적 노선으로 회사를 분열시킬 어떠한 소동도 일으키지 않고 무척이나 능수능란한 방식으로 그 상황을 모면했다. 이후 상황이 진정되고 사그라들어 달린 릴리와 슈미트를 비롯한 필드팀 소속 다섯 명 모두 지금까지 이 음흉하고 역겨운 늙다리 수석 리서치 책임자와 생산적인 업무 관계를 유지하고 있었다. 심지어 지금은 미스터 스퀴시-R.S.B.프로젝트 필드 리서치의 담당자였는데, 테리 슈미트는 달린이 그 어려운 시기를 거치는 동안 일관되게 보여준 침착한 면모와 대인관계에서 발휘한 기지에 얼마간의 경외감을 갖게 됐으며, 여기에는 의도치 않은 이성으로서의 끌림도 가미되어 있었다. 늦은 밤 집에 있을 때면 스스로 달리 어쩔 도리가 없다는 자조감과 함께 마스터베이션하며 클라이언트사 사무실의 견고한 합판 테이블 위에서 달린 릴리와 철썩대는 질펀한 성교를 즐기는 상상을 하는 것이 사실이었다. 이것은 마커를 이용한 그의 손버릇─현역 사회심리학자라면 MAM*이라 칭할─의 3차 원인이기도 했다. 대단한 기밀 정보라도 공유하는 양 어조를 조절해가며 제품의 브랜드 이미지를 확립하고 **펠러니!**

---

* =손을 이용한 조절 기제(Manual Adjusting Mechanism)

라는 테스트 이름을 고안하기 위해 리즈마이어 섀넌 벨트가
겪은 극적인 산통의 과정에 대해 포커스 그룹에게 이야기하
며 두뇌의 무의식 영역에서는 담당 포커스 그룹 앞에서 최
소한의 기본적인 GRDS 사전 설명만 하고 있을 달린을 떠올
리는 것인데—검정색 헤인즈 스타킹에 버건디색 하이힐 차
림일 그녀는 매일 아침 자리에 앉자마자 작은 소리로 과장
되게 낑낑대면서 서랍장 쪽으로 의자를 굴려 다용도 운동
화를 벗고 우측 하단 칸에서 하이힐을 꺼내 갈아 신곤 했다
—그녀는 어떤 때는 (슈미트와 달리) 화이트보드 앞을 가볍게
서성댔고 어떤 때는 발뒤꿈치를 고정한 채 발을 살짝 돌리
거나 튼튼한 발목을 교차시켜 무심하고 차분한 자세를 연출
했고 또 어떤 때는 가느다란 타원형 안경을 벗어 안경다리를
물지는 않지만 잡고 있는 방식이나 입과의 근접한 거리로 보
아 누가 보더라도 이제 곧 다리 끝을 입에 물고 무심코 잘근
잘근 씹을 것 같은, 수줍음과 골몰을 동시에 보여주는 무의
식적인 자세를 취했다.

　구성원들이 다리를 움직이거나 테이블로부터의 거리를
조절하기 위해 중역용 회전의자를 조금이라도 움직이면 부
드러운 양모 재질로 된 자홍색 카펫 위에 바퀴가 지나간 자
국이 대칭으로 남았다. 두꺼운 유리창으로 차단되어 거의 들
리지 않는 거리와 도시의 희미하고 낮은 소음이 작게 윙윙거
리는 환기 시스템 소리로 덮였다. 포커스 그룹의 구성원들은
모두 손으로 이름을 써넣은 흰색과 파란색으로 된 이름표를

달고 있었다. 이 중에서 42.8%는 필기체로 적혀 있었다. 나머지 여덟 중 셋은 대문자였는데, 신기하긴 하지만 통계적으로 무의미한 우연의 일치로 모두 H로 시작하는 이름이었다. 슈미트는 가끔 머릿속에서 한 발짝 뒤로 물러서서 포커스 그룹을 하나의 단위로, 직각으로 이루어진 살색 흉상들의 덩어리로 바라보았다. 자신의 필터를 통해 가장 일반적인 공통점만 걸러지도록 여러 얼굴들을 한꺼번에 하나의 이미지로 관찰했다. 얼굴들은 모두 영양 상태가 좋았고, 사회적 지위는 평균 이상이었으며, 중립적이었고, 지금은 주의를 기울이고 있었으며, 얼굴의 이면에 자리 잡은 혈액이 공급되는 이들의 정신은 한결같이 자신의 삶과 직업과 문제와 계획과 욕망 등으로 가득 차 있었다. 살면서 단 하루라도 배고픔을 느껴 본 사람은 없었다. 바로 이 점이 이들의 주요한 공통점이자 슈미트에게 있어 하나의 분기점이었다. 제품이 포커스 그룹의 의식을 진정으로 파고드는 일은 드물었다. 필드 리서치 요원들이 가장 먼저 받아들이는 현실은 클라이언트사가 제품을 중요하게 생각하는 만큼 TFG가 그것을 중요하게 생각하는 경우는 결코 없다는 것이었다. 광고는 부두교*가 아니다. 클라이언트사가 궁극적으로 바랄 수 있는 것이란 소비자들이 중요하게 여기는 것과 자사 브랜드 사이에 연관성 또는 반향이 존재한다는 인상을 도출하는 것뿐이었다. 그리고 소비자들

---

* 주술의 힘을 믿는 아프리카의 종교.

에게 중요한 것이란 변함없이 항상 자기 자신, 스스로가 생각하는 자기 자신이었다. 장기적 관점에서 보면 포커스 그룹은 별로 도움이 되지 않았다. 진정한 테스트란 실제 매출밖에 없다는 것이 슈미트의 생각이었다. 구성원들이 점심도 거르고 당과류만 먹도록 한다는 것이 오늘의 계획이었다. 이들이 보통의 아침 식사 시간에 밥을 먹고 참석했다고 가정했을 때, 오전 11시 30분경에는 혈당이 급격히 떨어질 것임을 예상할 수 있었다. **펠러니!**를 가장 많이 먹은 구성원들이 가장 큰 타격을 입을 것이었다. 저혈당 증상으로는 나른함, 짜증, 억제장애를 들 수 있다. 즉 사회적 가면이 조금씩 벗겨지기 시작할 것을 기대할 수 있었다. TFG 운영 전략에는 데이터 수집이라는 명목하에 극단적으로 조작적이고 심지어 가학적이기까지 한 방식이 사용되는 경우가 있다. 한 광고 대행사가 표백 대체재 제품 테스트를 위해 팀Δy를 고용한 적이 있다. TAT[**] 결과 세 가지 핵심 영역에서 불안 요인을 보이는 29세에서 34세 사이의 초산 여성들을 대상으로 해당 불안 요인을 자극 및/또는 고조시키는 설문조사를 진행했는데—'아이에게 부정적인 감정이나 적대적인 감정이 들 때가 있습니까? 제대로 된 양육 기술을 보유하지 못했다는 사실을 숨기거나 부정해야 한다는 생각이 얼마나 자주 듭니까?

[**] 주제통각검사(Thematic Apperception Test). 개인의 심리를 분석하는 투사적 그림 검사.

아이의 선생님이나 다른 학부모들이 아이에 대해 하는 말을 듣고 부끄러운 감정이 든 적이 있습니까? 다른 아이에 비해 당신의 아이가 지저분하거나 더러워 보인다고 생각한 적은 몇 번입니까? 시간이 없어 아이의 옷을 세탁, 표백, 수선 또는 다리미질하지 않은 적이 있습니까? 아이가 알 수 없는 이유로 슬퍼 보이거나 초조해 보인 적이 있습니까? 아이가 당신을 두려워하는 것처럼 보인 적이 있습니까? 아이의 행동이나 외모로 인해 부정적인 감정을 느낀 적이 있습니까? 아이에게 부정적인 말을 하거나 아이에 대해 부정적인 생각을 한 적이 있습니까?' 등—면밀하게 설계된 질문지를 여섯 차례에 걸쳐 총 열한 시간 동안 마주한 여성들은 심각한 모성 불안 및 갈등이라는 측면에서 자선단체 치어 익스트라를 어떻게 구워삶을 수 있을지에 대한 귀중한 데이터를 도출할 만한 감정 상태에 도달했다. 이 광고 대행사는 피앤지P&G의 광고 캠페인을 따내는 데 성공했는데, 슈미트가 아는 한 여기서 도출된 데이터는 결국 활용되지도 않은 채 묻혀버렸다. 후에 달린 릴리는 포커스 그룹 여성들에게 전화를 걸어 그들이 감정적인 측면에서 봤을 때 모함에 빠지고 함부로 다루어졌다는 사실을 알려주고 사과하고 싶은 지경이었다고 말했다.

테리 슈미트와 달린 릴리를 비롯한 팀Δy의 필드팀이 이제껏 브랜드 광고 캠페인을 진행해온 제품과 광고 대행사 중 일부를 열거하자면 다음과 같다. 다시 매시어스 벤튼 앤 바

울즈D'Arcy Masius Benton & Bowles에서 의뢰한 '다우니플레이크 와플', 아드 인피니툼Ads Infinitum US에서 의뢰한 '무카페인 다이어트 콜라', 프링글 딕슨Pringle Dixon에서 의뢰한 '유칼립타민트', 크라우새머-제인스/SMSKrauthammer-Jaynes/SMS에서 의뢰한 '시티즌 비즈니스 보험', 베이어 베스 밴더워커Bayer Bess Vanderwarker에서 의뢰한 G. 헤일먼 양조회사G. Heileman Brewing Co.의 '스페셜 익스포트' 및 '스페셜 익스포트 라이트', 리즈마이어 섀넌 벨트에서 의뢰한 위너 인터네셔널Winner International의 개인용 알람 시계 '헬프미', PR 코젠트 파트너PR Cogent Partners에서 의뢰한 '이소토너 컴퍼트 핏 글러브', 역시 R.S.B에서 의뢰한 론-풀랑 로레Rhône-Poulenc Rorer의 신약 '나자코트' 및 '나자코트 AQ' 처방용 비액.

일반 관찰자가 UAF 2인에 대해 특이한 혹은 색다른 점을 발견할 수 있는 유일한 길은, 진행자가 한 번도 이들을 충분히 혹은 똑바로 보지 않은 반면, 나머지 열두 명의 구성원은 다양한 간격을 두고 살펴본다는 사실을 알아차리는 것일 터였다. 슈미트는 한 명과 잠시 동안 거리낌 없이 눈을 마주친 다음, 회의 테이블의 다른 곳에 앉은 다른 사람과 시선을 교환하는, 소규모 청중 앞에서 발언하는 데 익숙한 이들 특유의 섬세한 기술(이것을 지칭하는 용어는 존재하지 않는다)을 구사했다. 슈미트는 상대방이 불편해할 정도로 오래 시선을 묶어두거나 단순히 기계적으로 이곳저곳을 훑으며 한 명한 명의 시선을 가볍게 스치기만 함으로써 구성원들이 미스터 스쿼시 및 **펠러니!**의 대리인이 자신들에게 또는 자신들과 함께 대화하는 대신 그저 자신들을 향해 지껄이고 있다는 느낌을 받지 않도록 했다. 또한 실로 숙달된 관찰자가 아니라면 회의실의 구성원 중 두 명—한 명은 개인위생 용품으로 둘러싸인 퉁명스러운 괴짜, 다른 하나는 재킷과 터틀넥 차림으로 테이블 끝에 말없이 앉아 있는 진지한 인상의 안경잡이로, 후자의 경우 눈을 깜박이는 횟수와 표정이 어딘지 모르게 지나치게 차분했기에 슈미트는 그가 다른 UAF임을 간파했다—에게만 슈미트의 시선이 완전히 꽂히지 않는다는 사실을 알아차리기 힘들 것이었다. 슈미트가 이 지점에서 보인 과실은 그 정도가 매우 미세해서, 이것으로부터 모종의 의미를 도출할 수 있으려면 고도의 경험을 보유한 동시에 주의력이 대단히 뛰어나야 했을 것이다.

외벽의 형상은 공구 주머니가 달린 등산가용 앞치마와 나일론 혹은 초미세 합성 섬유로 된 큰 배낭을 착용하고 있었다. 그는 외관상 이목을 끄는 동시에 복잡스러워 보였다. 좁다란 가로대를 만나면 또다시 오른손과 손목의 흡착판을 이용해 반듯이 누운 자세에서 똑바로 선 자세로, 십자꼴을 그리며 유연하게 몸을 끌어올렸다. 벽을 마주본 상태에서 뒤로 떨어지지 않도록 양손의 흡착판을 조작하며 왼쪽 다리를 들고 신발을 바깥쪽으로 틀어 발등의 흡착판을 유리 표면에 부착했다. 흡착판은 살짝 돌리면 흡착 기능이 활성화 또는 비활성화되는 것으로 보였는데, 형상은 굉장히 많은 연습을 한 듯 솜씨 좋게 이를 조정했다. 배낭과 부츠는 같은 색이었다. 고개를 들어 가던 길을 멈추고 점점 늘어나는 작은 무리에 편입된 사람들은 무엇보다도 형상의 자유 등반 기법에 마음을 사로잡혀 열중했다. 형상은 왼쪽 다리와 오른쪽 팔을 올리고 매끄럽게 몸을 끌어올린 다음, 허공에 있는 오른쪽 다리와 왼쪽 팔을 유리에 부착하고 해당 흡착판의 흡착 기능을 활성화시켜 체중을 지탱한 뒤 반대편의 흡착 기능을 비활성화시키고 왼쪽 다리와 오른쪽 팔을 올린 다음, 흡착 기능을 다시 활성화시키면서 창문을 하나씩 종단해 올라갔다. 형상이 각 사지의 움직임을 조율하는 방식에서 고도의 정밀함과 경제성을 볼 수 있었다. 날씨는 기분 좋게 산뜻했고 강한 바람이 불어왔다. 드문드문 구름이 껴 있었는데, 그마저도 거리에 늘어선 고층 건물 사이로 보이는 좁다란 정방형 하늘을 재빨리 스쳐 지나갔다. 하늘은 가을날의 푸르른 빛으로 타올랐다. 모자가 있는 사람들은 모자를 쓰고 모자가 없는 사람들은 장갑으로 눈을 가린 채 고개를 꺾어 형상의 모습을 구경했다. 건물 사이의 틈이나 건물 협곡의 기슭에서는 구름이 우유처럼 응고된 호수 위 하늘이 보이지 않았다. 후드 뒷부분에도 커다란 흡착판이 벨크로 끈으로 고정돼 있었다. 형상이 또 하나의 가로대 위에 오른 후 저 아래쪽 심연을 향해 얼굴이 보이도록 잠시 모로 누웠을 때, 시야 확보가 가능한 거리에 있던 보도 위의 구경꾼들은 후드와 마찬가지로 형상의 이마에도 커다란 주황색 흡착판이, 짐작

건대 역시 벨크로 끈으로—끈은 후드 아래로 가려진 것 같
았지만—부착돼 있는 것을 볼 수 있었다. 게다가 반사 고글
을 착용한 게 아니라면 무척이나 기이하고 무서운 눈이라고
구경꾼들은 입을 모았다.

　슈미트는 자신이 포커스 그룹에게 제품의 기원과 제품
으로 인해 제시된 마케팅 과제들에 대한 뒷얘기들을 살짝
들려주기만 하는 것이라고, 하지만 어떤 식으로도 전체 그림
을 모두 보여줄 수는 없다고, 자신이 시시콜콜한 얘기가 아
니라 전체 이야기를 하고 있다고 거짓말하지는 않겠다고 말
했다. GRDS 사전 오리엔테이션 단계에 할당된 시간은 많지
않으니 말이다. 한 명이 크게 재채기를 했다. 슈미트는 리즈
마이어 섀넌 벨트 광고 회사가 포커스 그룹이 비공개로 모여
하나의 그룹으로서 **펠러니!**에 대한 평가와 느낌을 공유하고,
필요하다면 그룹으로서 자기들끼리 결과도 비교해볼 수 있
도록 충분한 시간을 주려고 하는 것이라고, 이때 마케팅 리
서치 요원들이 옆에서 귀찮게 굴거나 구성원들이 심리학적
기니피그라도 되는 것처럼 그들을 관찰하지는 않을 것이라
고, 그 말인즉슨 구성원 자신들끼리 생각하고 대화할 수 있
도록 테리 자신도 방해가 되지 않게 곧 회의실을 나갈 거고,
구성원들이 직접 선출한 대표가 실내 조광기 옆에 있는 빨
간색 큰 버튼을 누르기 전까지는 다시 오지 않을 거라고, 버
튼을 누르면 복도 끝에 있는 사무실에 황색등이 켜지게 되
는데, 테리는 그곳에서 비유적으로 말하자면 몸을 배배 꼬

면서 기다리고 있겠다고, 선출된 대표가 취합한 하나의 의견으로 정리된 GRDS를 가급적 빨리 받아볼 수 있으면 좋겠다고 말했다. 이 시점에서 구성원 중 열한 명이 테이블 중앙 쟁반에 놓인 케이크 빵을 적어도 한 개, 이 중 다섯 명은 두 개 이상을 먹은 상태였다. 슈미트는 구성원 중 몇 명이 거슬린다는 듯 자신의 손동작을 눈여겨보기 시작하자 마커를 이용한 손장난을 멈추고, 여러분 모두 IRP를 작성하느라 이미 시간과 노력을 충분히 들였는데 이제 집단적으로 GRDS의 질문들과 점수 분포를 처음부터 다시 작성하라고 하는 이유가 뭔지에 대해 늘 하는 이야기를 이번에도 관례에 따라 잠시 말씀드리겠다고 말했다. 그는 마커를 무심히 화이트보드 받침대 위에 놓고 마커 끝을 손가락으로 강하게 튕겨 마커가 반대편으로 떨어지지 않고 뚜껑이 받침대 끝과 거의 일직선이 되도록 멈추게 할 줄 알았다. 슈미트는 TFG 앞에서 약 70%의 확률로 이 기술을 선보였고, 지금도 그렇게 했다. 말하는 도중 이 기술을 구사하면 그가 하는 말과 그 기술 자체에 스스로 무심해 보이는 효과가 고조됐다. 로버트 아워드 —훗날 달린 릴리가 그토록 교묘히 빠져나간, 릴리를 괴롭힌 바로 그 수석 리서치 책임자다—도 스물일곱 번의 회계분기 전에 신규 필드 리서치 요원들을 대상으로 오리엔테이션을 진행하면서 이 기술을 구사했었다. 그건 바로 리즈마이어 섀넌 벨트 광고 회사의 중요한 신조가, 이게 바로 이 분야에서 다른 광고 대행사와 리즈마이어 섀넌 벨트가 차별화되는 지점이면서 미스터 스퀴시나 노스아메리카 소프트 컨펙션 주식회사North American Soft Confections Inc.(N.A.S.C.)와 같은 클라이언트들에게 자랑스럽게 내세우는 강점이기도 한데, 여러분들이 감사하게도 답답한 테스트 부스 안에서 개별적으로 작성해주신 20쪽 분량의 질문지와 같은 IRP는 리서치에 있어서 그 효용성이 확실한 반면 일부에 한정돼 있다는 것인데, 왜냐하면 전국적으로 유통되는 제품을, 심지어는 특정 지역에 한정된 것이라도 가진 기업들은 제품이 소비자 개인뿐 아니라 말할 것도 없이 거대한 소비자 집단의 마음을 끄는 것에 사활이 걸려 있기 때문이라고, 여기서 집단이란 물론 개인들로 이루어졌기는 하지만 집단이라는 더 커다란 실체 또는 단체를 가리킨다고 슈미트가 말했다. 슈미트는 또, 시장 리서치 요원들이 이해하는 바에 따르면 이 집단들은 프로테우스적으로 변화무쌍하고 희한한 실체인데, 이들의 취향—그러니까 집단, 또는 업계 용어로 (대문자 M이 아닌) 소문자 m으로 시작하는 시장market의 취향—과 변덕과 기호는 미묘하고 쉽게 변하고 개별 소비자의 선호도를 구성하는 무궁무진한 작은 요소들에 영향을 받기 쉽다는 건 여기 계신 분들도 잘 알고 계시겠지만, 이에 더해, 이건 좀 역설적인 얘긴데, 집단의 구성원들이 서로에게 미치는 영향과 함수관계에 있기도 한데, 그 일련의 상호작용과 반응 대 반응의 재귀적 지수 관계가 너무나 복잡하고 다면적이어서 인구통계학자들을 반쯤 미치게 하는 걸로도 모자라 크레이Cray사의 엄청나게 강력한

극저온 슈퍼컴퓨터로 이루어진 시스플렉스* 정도는 되어야 관련 모델을 설계할 생각이라도 해볼 수 있다고 말했다.

테리 슈미트는 공식 행사를 마친 후 넥타이를 느슨하게 푸는 사람이 보일 법한 태도로 말을 이었다. 이게 무슨 마케팅 헛소리냐고 생각하고 계신다면, R.S.B.가 말하는 시장 내적 영향이란 걸 가장 잘 드러내는 예가 아마 십 대들과 또 보자, 그 대부분 애들, 그러니까 고등학생과 대학생으로 구성된 시장에 들불처럼 퍼져나가는 패션과 유행, 그리고 예를 들자면 음악, 옷, 이런 시장일 겁니다. 우리 주변에서 예를 들자면, 요 근래 어린애들이 밑단이 바닥에 질질 끌리는 큰 바지를 입고 다니는 것을 보신 분이 있을 텐데요. 슈미트는 마치 지금 막 임의의 사례가 생각난 것처럼 말했다. 아니면 이 중에서도 나이 지긋하신 분들(정확히는 두 명이 있었다)은 자제분을 두셨겠지만, 여러분 중 아이가 있는 분은 최근 2년 사이에 아이가 갑자기 빅토리아 시대를 배경으로 하는 소설에 나오는 거렁뱅이처럼 보일 큰 옷만 입는 걸 보셨을 겁니다. 슈미트는 쓴웃음을 지으며 말을 이었다. 그런 경험이 있으신 분들은 아마 잘 아시겠지만 갭이나 스트럭처에서 파는 그런 옷이 또 상당히 비싸거든요. 애들이 왜 그런 옷을 입을까 생각하신다면, 단순히 다른 애들이 입기 때문인 경우가

---

* 시스템(system)과 컴플렉스(complex)의 합성어로, 일군의 컴퓨터(시스템)로 이루어진 복합체를 가리킨다.

대부분입니다. 오늘날 젊은 애들로 형성되는 시장은 군중심리로 좌우되는 것으로 악명 높고, 이들 개개인이 소비생활에서 보이는 선택은 다른 애들의 선택 같은 것에 유행처럼 좌우되고 또 이 유행이 들불처럼 퍼지다가 보통은 돌연히 불가사의하게 사라지거나 다른 유행으로 변하게 되죠. 이게 바로 대규모 집단의 집단 내 선호도가 상호 영향을 미치고 서로의 선호도를 기반으로 기하급수적으로 발전해나가는 복잡한 체계를 가장 쉽고 간단하게 보여주는 예라고 할 수 있습니다. 핵 연쇄 반응이나 전염병 확산 모델과 비슷하다고 볼 수 있어요. 소비자 한 명이 단순히 필요에 의해 집 밖으로 나가 신중하게 가처분 소득을 지출하는 간단한 경우와는 차원이 달라요. 인구통계학에서는 이런 현상을 가리켜 전이성 소비 양식Metastatic Consumption Pattern(MCP)이라 불러요. 슈미트는 아직까지 그의 얘기를 경청하고 있는 사람이 있다면 이 통계학 전문용어를 듣고 웃음을 터뜨려달라는 의미로 눈알을 굴렸다. 물론 대충 설명드린 이 모델이 지나치게 단순한 것도 사실입니다. 한 가지 예를 들면, 이 모델에는 광고와 미디어가 포함돼 있지 않거든요. 극도로 복잡한 오늘날의 비즈니스 환경에서 광고와 미디어는 언제나 이런 집단 선택의 갑작스러운 확산을 예측하고 자극하며 특정 제품이나 브랜드가 티핑 포인트*에 도달하기를 기다리거든요. 제품 또는 브랜드가 보

---

* 제품이나 서비스가 갑자기 인기를 끌게 되는 시점이나 계기.

편적인 인기를 획득해 그 지점에까지 이르게 되면 문화비평가들과 개그맨들에게는 문화적 뉴스 및-슬래시-또는 소재가 되고, 현실 세계를 그대로 반영하고 싶어 하는 대중오락 분야에서는 이걸 그대로 갖다 쓰고, 결국 MCP의 이상적인 정점에서 인기를 얻은 제품이나 스타일은 돈 주고 광고할 필요가 없어져요. 이쯤 되면 브랜드 자체가 문화적 정보 혹은 시장이 스스로 바람직하다고 생각하는 모습의 구성 요소가 돼버리는 건데, 이건—슈미트는 아쉽다는 듯 미소를 지었다—아주 진귀하고 드문 현상으로, 마케팅 업계에서는 이런 걸 월드시리즈 우승쯤으로 여깁니다.

포커스 그룹의 진짜 구성원 중 67%가 아직까지 테리 슈미트의 이야기에 집중하고 있었고, 이 중 두 명이 기분이 나빠야 하는 건지 아닌지 헷갈린다는 표정을 짓고 있었다. 둘 다 사십 대였다. 테이블을 사이에 두고 앉은 몇몇이 모종의 눈빛을 교환했는데, 이들은 (슈미트가 보기에) 유의미한 시선 교환을 나눌 만큼 면식이나 관계가 없는 사람들이었기 때문에, 이는 진행자가 언급한 십 대의 패션 유행에 대한 반응이라고 보는 것이 타당했다. 구성원 중 한 명은 하악골을 지나 뾰족하게 마무리되는 전형적인 딱따구리 구레나룻을 기르고 있었다. 젊은 축에 드는 세 명은 모두 경청하고 있지 않았으며, 그중 둘은 그 사실을 명확히 알 수 있도록 연출된 표정과 자세를 유지하고 있었다. 나머지 하나는 테이블 위에 쌓여 있는 **펠러니!**를 하나 집어 가급적 조용히 포장을 뜯으며,

네 개나 먹으면 할당량을 초과하게 되는 거라며 누군가 한마디하지 않을까 슬쩍 주위를 둘러보고 있었다. 슈미트는 어린 축에 드는 구성원들을 향해 옅은 미소를 지으며 즉석에서 추가로 덧붙였다. "제가 말씀드린 건 물론 청소년들의 유행이에요. 그게 가장 단순하고 직관적인 사례라서. 미스터 스퀴시의 마케팅 요원들이 여러분을 애들로 생각한다는 건 절대 아닙니다." 세 명 모두 선거권을 보유하고 있었고 주류를 구입하거나 입대할 수 있는 나이이긴 했다. "여러분끼리 그룹 논의를 할 수 있도록 제가 자리를 비우는 것도 군중심리 같을 걸 자극하기 위한 건 전혀 아닙니다. 제과 업계 마케팅이 최소한 그런 식으로 굴러가지는 않는다는 것을 말씀드리겠습니다. 그거보다 훨씬 복잡해요. 시장의 집단역학은 컴퓨터 모델과 보기 흉한 각종 수식 없이는 제대로 얘기도 되지 않고요. 그런 얘기는 여기서 꺼낸다고 해도 여러분들이 귀 기울여 듣지도 않으실 거고."

커다란 창문을 통해 부분적으로 보이는 호수 위에서는 겁 없는 스포츠 보트 한 대가 오른쪽에서 왼쪽으로 유유히 물살을 가르고 있었다. 한두 번은 저 아래 이스트 휴론 스트리트에서 끈질기게 울리는 자동차 경적 소리가 들려와 테리 슈미트와 구성원 중 몇몇의 집중력을 방해했다. 슈미트는 구성원 중 두 명이 마음에 들지 않는다는 사실을 인정해야 했다. 나이 든 축에 속한 그들 중 한 명은 모발 이식을 받은 사람이었다. 둘 다 눈꺼풀이 쳐져 눈알을 반쯤 가리고 있었다.

자신들의 신체와 의복을 때로는 무척 집중하면서 자족적으로 살짝살짝 매만지는 모습은, 본인은 매우 중요한 사람이라 경청한다는 것 자체가 엄청나게 황송한 일이라고, 이런 회의실에서 열성적인 젊은이들이 자신으로부터 호의적인 반응을 얻기 위해 색색의 차트와 이젤을 이용해 발표를 하는 데 이골이 난 연장자라고, 슈미트가 어설프게 솔직함과 자연스러움을 연기하며 겨냥하고자 하는 소비자 대중의 최소공통분모는 자신의 수준에 한참 못 미친다고, 이것보다 훨씬 더 섬세하고 세련되고 진정성 있는 프레젠테이션 도중에도 전화를 받고 회의실 밖으로 나가기도 하는 사람이라고 말하는 것 같았다. 수년간 심리상담을 받은 적이 있는 슈미트는 스스로를 어느 정도 객관적으로 볼 줄 알았다. 그는 저 중년의 남자들이 뻔뻔하게 손톱 큐티클을 살펴보거나 의자에 미골을 대고 앉아 꼰 다리를 떨며 무릎 부근의 바지 주름을 펴는 모습에 대한 자신의 반응이 상당 부분 본인의 불안에서 기인한다는 것을 알고 있었다. 또한 마케팅이라는 현대의 기획에 연루됨으로써 스스로의 가치가 일정 정도 훼손됐다고 느낀다는 것도, 이런 감정이 투사되어 자신은 최대한 가식없이 이야기하고 있을 뿐인데도 사람들은 항상 그가 영업용 언술을 펼치는 거라고, 혹은 어떻게든 자신들을 조종하려 하는 거라고 생각하게 됐다는 것도—마치 끝도 없이 돌아가는 거대한 미국식 마케팅 기계에 고용됐다는 사실만으로도, 그 기간이 아무리 짧았다 한들, 자신의 존재 전부가 물들어버린 것처럼—알고 있었다. 이제 그의 표정이 지니게 된 의뭉스럽거나 애원하는 듯한 면모가 선천적으로 가식적이거나 기만적으로 보여 사람들이 자신에게 흥미를 잃게 된 것 같았는데, 이는 단지 일—팀 Δy의 많은 이들과 달리 그의 존재는 일로 규정되지 않았다. 그에게는 일이 그다지 중요하지도 않았다. 그는 활발하고 복잡한 내면세계를 지니고 있었으며, 사색과 내적 성찰을 즐기는 사람이었다—에만 국한된 게 아니라 개인사에서도 마찬가지였다. 어느 시점에선가부터 그의 직업적인 마케팅 기량이 전반적인 기질로 전이되어 이제는 겨우 용기를 짜내 여자 동료에게 데이트를 신청하고서 함께 술을 마시며 마음을 터놓고 그녀를 무척 존경한다고 고백한다고 해도, 그녀에 대한 그의 감정에는 일적인 존경과 개인적인 면이 공존한다고, 그녀가 짐작할 수 있는 것보다 훨씬 더 그녀에 대해 많이 생각한다고, 그녀가 조금이라도 더 행복해지거나 편안해지거나 만족스러워지기 위해 그가 할 수 있는 일이 하나라도 있다면 그녀가 말해주면 좋겠다고, 말을 하거나 아니면 딱 소리를 내며 그 두툼한 손가락을 튕기거나, 그것도 아니면 의미 있는 눈길로 그를 바라보기만 하면 된다고, 그러면 즉시, 아무런 조건 없이, 그가 그녀의 곁에 있을 거라고 말한다고 해도, 십중팔구는 그녀와 자고 싶어 하는 것으로 혹은 그녀를 만지거나 희롱하려 하는 것으로 보이거나, 그녀에 대해 기분 나쁜 망상을 갖고 있는 것으로 보이거나, 심지어 섬뜩하게도 사용하지 않는 작은 침실의 한쪽 구석에 그녀에게 바치는 작은 비밀 성소 같은 걸 꾸며놓고 그녀의 사무실 자리에 있는 휴지통에서 몰래 빼내온 물건이라든가 지루하고 쓸모없는 회의 시간에 그녀가 그에게 종종 건네는, 드라이한 유머가 반짝이는 쪽지 같은 걸 모아놓는 사람으로 보이거나, 집에 있는 애플 파워북의 화면보호기를 어도비의 기술을 빌려 1440dpi로 확대한 디지털사진—2년 전 A.C.롬니-재스워트 어소시에이츠A.C.Romney-Jaswat & Assoc.사가 자사의 시장조사 협력 업체 직원들을 위해 네이비 피어에서 개최한 독립기념일 소풍에서 찍은 것으로 그와 또 다른 필드 리서치 요원이 그녀를 사이에 두고 어깨동무를 하고 있고 한 손에 컵을 든 달린은 잇몸이 보일 정도로 환하게 웃고 있으며 에일이 든 붉은색 컵의 색상 톤이 그녀의 립스틱과 그녀가 자신의 취향에 대한 일종의 선언처럼 종종 머리 오른편에 꽂고 다니는 붉은색 리본과 일치하도록 보정된—으로 설정해놓았을 것처럼 보이는 그런 사람이 되어버린 것 같았다.

보도 위 사람들의 무리는 점점 많아지고 있었지만 늘어나는 속도는 여전히 일정치 않았다. 고개를 들어 위를 바라보고 있는 구경꾼들 사이로 두세 명의 행인이 합류할 때마다 무리 중 어느 한 명이 손목시계를 확인하고는 약속이나 다음 일정을 위해 무리에서 떨어져 나와 북쪽으로 또는 길을 건너서 가버렸기 때문이다. 이 시점에서 이 작은 무리는 어찌 보면 거리 위 행인들의 선형적 흐름과 거래 교역 관계에 있는 살아있는 세포 같았다. 건물을 기어오르고 있는 형상이 저 아래에서 기복을 거듭하며 성장하고 있는 이 덩어리를 보았다는 증거는 어디에도 없었다. 높은 곳에서 아래쪽을 쳐다보는 사람이 으레 취할 것으로 생각되는 행동이나 표현은 확실히 보이지 않았다. 보도 위 무리 중 누구도 손가락질하거나 고함치지 않았다. 대부분 그저 바라보기만 할 뿐이었다. 몇 되지 않는 어린아이들은 보호자의 손을 잡고 있었다. 옆 사람과 가벼운 대화나 의견을 나누는 사람도 있었지만, 그마저도 하늘을 향해 깎아지른 듯 솟은, 유리와 프리스트레스* 석재가 교대로 쌓여진 기둥처럼 보이는 건물을 올려다보느라 건성으로 하는 것이었다. 통근자 한 명이 측정한 결과, 형상은 층당 평균 230초의 속력으로 오르고 있었다. 배낭과 앞치마는 각종 장비로 가득한 듯 불거져 있었다. 고어텍스 상의의 어깨에는 고리가 달려 있었고, 게다가―건물 유리창으로 인해 빛이 굴절되어 착시 현상을 일으키는 게 아니었다면―유두처럼 보이는 작고 이상한 돌기가 어깨와 오금, 그리고 엉덩이 부분에 흰색과 파란색으로 새겨진 기이한 동심원 디자인 정중앙에 튀어나와 있었다. 등산화에 매단 아이젠은 네모난 공구로 떼어내서 갈거나 교체할 수 있다고, 골반을 대고 고가의 자전거를 지탱하며 서 있던 머리 긴 남자가 주변 사람들에게 말했다. 그는 돌기가 왜 달려 있는

---

* 사전에 압축 응력을 주는 공법.

건지 알 것 같다고 생각했다. 새로 합류한 사람들은 주변 사람들에게 무슨 일이냐고, 저게 뭐하는 건지 알고 있냐고 물어보곤 했다. 저건 밀폐 복장이라고, 저 남자는 공기를 주입해서 팽창할 수 있거나, 아니면 일부러 그렇게 보이도록 한 거라고 머리 긴 남자가 말했다. 아무도 대꾸하지 않아 남자가 자전거에 대고 말하는 것처럼 보였다. 그는 자전거 타기에 용이하도록 밑단이 잘린 바지를 입고 있었다. 형상은 세 개 층이나 네 개 층을 오르고 나서는 매번 밑부분이 소용돌이 돌림띠로 장식된 가로대에 등을 대고 멈추어 휴식을 취했다. 한 전직 공항 셔틀버스 기사는 옆에 있는 여성에게 자기가 보기에 형상이 미리 정해진 스케줄에 맞추기 위해 가로대 위에서 시간을 끄는 것 같다고 말했다. 여성의 손을 잡고 있던 아이가 여전히 고개를 위로 향한 채 힐끗 그를 쳐다보았다. 누군가 이들을 위에서 보았다면 늘어나고 줄어드는 수십 명의 몸과 얼굴이 너무 축소되어 형체만 간신히 보였을 터였다.

"어느 정도까지는요." 테리 슈미트가 자신의 생각이 맞았음을 확인하는 유의 질문에 대답하며 말했다. 질문자는 연 모양 얼굴을 한 키 큰 남성으로, 조금 찢긴 이름표(필기체로 적힌 여섯 개의 이름표 중 두 개가 찢어졌거나 원래의 반 정도 크기였는데, 이는 접착제가 도포된 뒷면에서 이름표를 떼어낼 때 생긴 사고의 결과였다)에는 '포레스트'라고 쓰여 있었다. 사십 대 정도 돼 보이는 그는 크고 털이 많은 손과 약간 해진 목 칼라가 인상적이었다. 그의 헝클어진 듯한 성실성—게다가 그가 던진 두 개의 질문은 발표를 진행하는 데 실제로 도움이 됐다—을 눈여겨본 슈미트는 마음속으로 그를 포커스 그룹의 대표로 점찍었다. "그러니까 R.S.B.는 **펠러니!** 같은 제품에는 그룹으로서 도출된 포커스 그룹 데이터가 개별 데이터의 총합과 똑같이 중요한 시장조사 도구라고 생각한다는 겁니다. 업계에서는 이걸 'GRDS와 IRP를 함께'라고 말합니다." 슈미트는 애써 경쾌한 어조로 말했다. 어린 축에 속하는 구성원 중 한 명—이름표 하단부의 소용돌이 장식에 작은 글씨로 기재된 찰스턴 코드*에 의하면 나이가 22세로, 일반적인 의미에서 잘생겼다고 할 수 있었다—은 야구모자를 거꾸로 쓰고 있었고, 셔츠를 받쳐 입지 않은 부드러운 양모 스웨터 차림으로 가슴과 팔뚝의 근육이 드러났으며(스웨터의 소매는 마치 자기 자신이 아닌 다른 무언가에 열중하다 생각 없이 밀어올린 듯이 무심해 보이도록 조심스럽게 걷혀 근육질의 팔뚝이 드러나 있었다), 한쪽 발을 다른 쪽 무릎에 올린 채 의자를 얼마나 뒤로 젖히고 앉았는지 위쪽을 향한 발이 턱과 동일한 높이에 있었고, 그 과정에서 돌출된 무릎을 감싼 손가락에 힘을 가해 팔뚝의 근육은 더 도드라져 보였다. 테리 슈미트는 현재 센트룸 종합 비타민부터 바이진 AC 진정성 항알레르기 점

---

* 소매점에서 원가와 소매가를 표시하기 위해 사용하던 코드. 찰스턴(CHARLES-TON)의 각 문자가 차례로 숫자 1, 2, …, 0을 나타낸다.

안액과 나자코트 비강 AQ 처방용 비액까지 수많은 가정용 제품이 외관상 조작 방지 방식으로 포장되어 출시되고 있지만, 그러니까 십 년 전 타이레놀 독극물 사건이 발생하고 이에 대한 존슨앤존슨Johnson & Johnson사의 발빠르고 양심적인 대응이 전설로 남게 된 뒤부터 그러했는데—존슨앤존슨은 사건 발생 즉시 미국 전역에서 모든 소매점에 풀려 있는 모든 종류의 타이레놀을 마지막 한 병까지 회수하고 수백만 달러를 지출하여 타이레놀 구매자들이 즉석에서 조건 없이 환불을 받고 환불 작업에 소요된 유류비나 우편요금까지 지급받을 수 있도록 하는 간편한 시스템을 하루 만에 도입하여, 환불과 운영 비용으로 수천만 달러를 쓰고도 소비자들의 호의와 긍정적인 홍보 효과로 헤아릴 수 없이 막대한 금액의 이익을 만회했으며, 그 결과 타이레놀이 소비자들의 안위에 정성 어린 관심을 갖는 브랜드라는 인상을 강화할 수 있었고, 이 전략으로 인해 존슨앤존슨의 최고 경영자와 홍보 대행사들은 일약 마케팅 업계의 스타로 등극했는데, 그해는 공교롭게도 기술통계학과 행동심리학을 전공한 테리 슈미트가 두 가지 전공을 모두 살리면서도 창의성도 발휘하고 보람도 느낄 방안으로 마케팅 업계에 입문하는 것을 고려하기 시작한 해로서, 젊은 슈미트는 호사스런 회의실에서, 그러고 보니 지금 이 회의실도 나쁘지 않았는데, 그만의 인간적인 매력과 사물에 대한 통찰력을 발휘하여 회의 테이블 가득 둘러앉은 냉엄한 눈초리의 중역들을 대상으로 소비자들의 안

위에 대한 합리적인 관심은 사업 성장의 감정적이고 경제적인 기반이라고 열변을 토하는 자신의 모습을 그려보곤 했는데, 예컨대 R. J. 레이놀즈R. J. Reynolds가 자사의 제품에 중독성이 있다는 사실을 밝혔더라면, 지엠GM이 전국적으로 집행한 광고에서 소비자들이 약 2백 달러 정도를 더 지출하고 외관 치장에 덜 신경 쓰면 대단히 많은 양의 연료를 절약하는 것이 가능하다는 사실을 솔직히 알렸더라면, 샴푸 제조사들이 사용법에 기재된 '한 번 더 감으세요'가 위생적 측면에서 전혀 불필요하다는 사실을 인정했더라면, 텀스Tums의 모기업 제네럴 브랜드General Brands가 수백만 달러를 지출하여 텀스 제산제를 규칙적으로 복용하는 기간이 두 주가 넘어가면 중화작용에 대한 반작용으로 HCl 분비가 많아지기 시작해 통증이 오히려 심해진다는 사실을 발표했더라면, 그랬더라면 해당 브랜드의 정직함을 소비자들이 신뢰하게 되어 결과적으로 얻게 되는 기업 홍보 효과가 단기 지출 비용과 주가 폭락을 능가하고도 남았을 거라고, 물론 위험 요소가 있다는 사실은 인정하지만 그게 뭐 주사위 던지기같이 말도 안 되는 위험은 아니라고, 수많은 선례와 인구통계학적 데이터가 이를 증명하고 있다고, 정직함과 신중함으로 이름 높은 T. E. 슈미트 어소시에이츠T. E. Schmidt & Associates사도 이를 지지한다고, 이것은 어찌 보면 이 테렌스 에릭 슈미트 주니어가 겸허히 드리는 말씀만 믿고 단기 이윤과 주가를 담보로 도박을 하라는 것으로 들릴 수도 있다는 것을 인정하지만, 테렌스

에릭 슈미트 주니어는 청렴과 실용주의, 그리고 예언자적인 마케팅 직감의 조합을 통해 최종 논거를 도출했다는 것을 감히 말씀드린다고, 그러니까 그는 콜한 브랜드 구두에 조끼 차림을 한 중역들을 대상으로 딱하고 냉소적인 미국 시장을 향해 이렇게 외치라고 종용할 것이었다, 나를 믿으라, 그러면 네가 딱함을 벗어날 수 있으리라—십여 년이 지난 지금, 자신이 가졌던 환상들을 돌이켜 생각해보면, 슈미트는 그 철없이 반짝이던 눈망울과 자기도취에 전신을 훑고 지나가는 당혹감을, 인간의 가장 굴욕적인 기억을 매혹과 혐오의 대상으로 탈바꿈시키는 스스로에 대한 치욕스러움을 느꼈는데, 테리 슈미트의 경우 어느 정도의 내적 성찰과 심리 분석(후자가 바로 베이지색 부스에 할 일 없이 앉아 있을 때 자신의 캐리커처를 갈겨대게 된 원인이었다)을 통해 스스로의 프로다운 모습에 대해 환상을 갖는 것이 그다지 특이한 현상이 아니라는 것을, 똑똑한 젊은이들 대부분이 자신이 특정 직업을 선택하게 된 동기를 자신은 보통 사람들과는 근본적으로 다르고, 더 특별하고, 결정적인 면에 있어 우월하고, 더 중요하고 중심적이며—달리 어떤 것으로 이들이 의식적으로 살아온 이십 년이라는 세월 동안 경험한 모든 것의 정중앙에 바로 자신들이 있었다는 사실을 설명할 수 있겠는가?—특별하고 중요하다는 그 단순한 사실로 인해 해당 분야에서 남들과 다른 일을 해낼 수 있다고 믿는 데서 찾는다는 사실을 알고 있었음에도 말이다. … 그리고 그러나 그래서 (슈미트는 여태껏 프로답게 TFG를 향해 열변을 토하고 있었다) 수많은 고가 소비재가 조작 방지 방식으로 포장되어 출시되고 있지만, 미스터 스퀴시 브랜드의 케이크 빵 제품—과 호스티스, 리틀 데비, 돌리 매디슨을 비롯해 조잡한 신중합 소재 포장재와 실속형 포장용 싸구려 판지 용기를 사용하는 제과 업계 전반—에서는 실은 조작이 전혀 방지되고 있지 않다는 사실을 떠올렸다. 초정밀 주사기 한 대와 극미량의 KCN, AS_2O_3, 리신, $C_{21}H_{22}O_2N_2$, 아세틸콜린, 보툴리누스, 하다못해 탈륨이나 수성 비非금속 화합물만 있다면 업계 전체를 무릎 꿇게 하는 것은 일도 아닐 것이었다. 설사 제조사들이 초기의 참사를 견뎌내고 소비자들의 신뢰를 어느 정도 회복할 수 있다 하더라도, 제품의 저렴한 가격이 기존 시장 어필 매트릭스*의 필수적인 요인인 바, 실속형 포장재를 보강하거나 개별 케이크 빵 제품이 초정밀 주사기에도 끄떡없음을 여실히 드러내기 위해 소요될 비용은 수요곡선에서 제품의 위치를 현재보다 훨씬 우측으로 밀어내어 대중 시장용 과자 제품은 경제적으로도 감정적으로도 방어할 수 없는 상태에 이르게 되고, 결국 히치하이킹, 보호자 동반 없는 핼러윈 사탕 수집 놀이, 방문 판매 등등과 같은 운명을 맞이하게 될 것이었다.

GRDS 오리엔테이션이 진행되는 사이사이, 슈미트는 대뇌변연계에서 이와 같은 생각을 이어나가고 있었고, 또 다른

---

* 공교롭게도, =MAM(Market Appeal Matrix)

정신 영역에서는 기억과 공상을 좇으며 동시에 완벽히 사적이면서 내적인 방식으로 이러한 생각과 감정을 품으면서도, 포커스 그룹에게 제과 업계에서 미스터 스퀴시가 차지하고 있는 위치에 대한 소위 풀 액세스 설명과 지금 이 남자들에게 **펠러니!**라 소개된 제품을 개발 및 홍보하는 과정에서 겪은 산고에 대해, 중간중간 즉석에서 이 제품이 성공할 경우 출시될 예정인 한입 크기의 **미스디미너!**misdemeanors!*의 초기 계획을 언급하면서 간략한 오리엔테이션을 진행하는 것이 가능하다는 사실에 매료되면서도 진저리를 치고 있었다. 구성원의 절반 정도는 슈미트의 얘기를, 흔히 말하듯 한 귀로 들으며 각자 개인적인 생각에 마음을 빼앗기고 있었다. 일순 회의실의 구성원들이 뾰족한 끄트머리만 보인 채 서로를 알지 못하고 알 수도 없는 존재들로 떠다니는 빙산 및/또는 부빙浮氷처럼 보였다. 서로에게 빙산의 일각이라는 사회적 가면 뒤에 있는 모습을 보여주고 상대방이 자신을 진정으로 '알게' 되는 것에 동의하는 것은 아마도 부부 관계(그의 어머니와 아버지가 17년간 유지했던 외로움으로 점철된 고상한 춤이 아닌 진정한 친밀함이 있는 양질의 부부 관계)에 있는 배우자들이어야만 가능한 것이 아닐까 생각했다. 아마도 그렇다면 상대방에게 자신의 왼쪽 겨드랑이에 있는 혐오스러운 여러 개의 사마귀나, 감기나 바이러스성 감염에 걸리고 난 뒤 양발의 엄

---

* '경범죄'라는 뜻.

지가 몇 주 동안 징그러운 누런색으로 변하는 것을 보여줄수도 있지 않을까, 심지어는 이따금씩 밤늦은 시간에 서로의 팔에 기대어 흐느끼며 자신만이 느끼는 무시무시한 공포감과 실패와 무력감에 대한 두려움을 토로하는 것도 가능하지 않을까. 끝없이 돌아가는 거대한 기계 안에서 느끼는 끔찍하고 처절한 왜소함에 대해서. 한때는 무모하게도 자신은 이 기계를 돌리는 데 남다른 방식으로 일조할 수 있다고, 얼굴 없는 작은 톱니 이상의 무언가가 될 수 있다고 생각했다는 것을 믿을 수가 없었다. 끊임없는 공상의 대상이었던 마케팅이란 업계에 무언가 진정한 영향을 미치고 싶다는 갈망이 너무나 수치스러워 종국에는 주사기 한 대와 피마자 증류액 8cc를 이용해 암울한 영향을 일으키는 게 낫다는, 그게 오히려 스스로의 중심과 중요성에 더 충실할 거라는 결론을 내릴 정도였다. 얼굴 없는 톱니가 되어 수많은 똑똑한 젊은이들이 적어도 자신만큼은, 아니 어쩌면 이제는 자신보다 더 잘 할 수 있는 일을 하는 것보다는. 그들은 적어도 스스로가 정신이 딴 데 가 있는 남자들에게 가짜 비공개 회동에 대한 안내 사항을 알려주는 일보다는 더 거대하고 더 중요하고 더 유의미한 무언가를 하기 위해 태어났다고 마음 깊은 곳에서 아직 믿고 있을 테니까. 그들은 또한 자신(=똑똑한 젊은이들)이 곧 엄청난 잠재력을 발휘하여 효율성과 영향력을 뿜내며 팀Δy와 R.S.B. 사상 유례없는, 최고의 포커스 그룹 진행자가 될 것이라고, 이제까지 도출된 어떠한 중첩 테스트 결과로도 가능하리라 예견되지 않은 훌륭한 진행자가 될 것이라고, 애써 드러내지 않아도 제 스스로 반짝이며 발현되는, 눈에 띄는 솔직함과 정직함과 허물없고 매끄러운 달변이라는 자신만의 특별한 자질을 이용하여 포커스 그룹과 밀접하고 친밀한 관계를 형성할 것이라고, 그리하여 자신이 맡은 TFG는 이 비범한 진행자가 형성한 강력하고 특별한 관계를 바탕으로 제품은 물론 최고로 효율적인 방식으로 미국 시장에 제품을 출시하고자 하는 R.S.B.의 요구 사항에 대해 광고 대행사와 동일하거나 오히려 능가할 정도의 관심과 열정을 보유하게 될지도 모른다고 생각할 테니까. 어쩌면 이토록 유치하고 고통스런 마음을 다른 누군가에게 털어놓을 수 있다는 가능성 자체가 진정한 결혼이라는 신비스러운 맥락하에서만 가능한 건지도 몰랐다. 단순한 의식으로서의 결혼이나 경제적 결합이 아닌, 두 영혼 사이의 진정한 교감. 슈미트는 근래 들어 유년기 내내 암송했던 교리 문답서나 《성경》 공부에서 결혼을 일컬어 '혼인성사'라 칭한 이유를 알 것 같은 기분이 들었다. 결혼은 그에게 십자고十字苦와 부활, 성변화聖變化만큼이나 불가사의하고 초이성적이며 일상생활과 동떨어져 보였기 때문이다. 달리 말하자면 결혼은 언젠가는 진짜로 도달하거나 성취할 수 있을 것이라 기대할 수 있는 목표가 아니라 항해 시 기준점이 되는 별과 같이, 그러니까 하늘에 떠 있는 별 말이다, 저 높이 있고 만질 수 없고 아득히 떨어져 있고 기적처럼 아름다워서 자기 자신이 얼마나 평범하고 추하고 기적과는 동떨어져 있는 존재인지 끊임없이 일깨워주는 그런 것이었다. 이것은 슈미트가 하늘도 보지 않고, 늦은 시간에는 밖으로 나가지도 않고, 퇴근 후 귀가하면 웬만해서는 전망 창의 암막 커튼을 걷지 않게 된 이유이기도 했다. 대신 왼손에 리모컨을 쥐고 행여나 다른 채널에서 하는 더 재미있는 프로그램을 놓칠세라 220개의 정규 채널과 프리미엄 채널 사이를 쉴 새 없이 바꿔가며 세 시간을 허비하다가 어김없이 두근대는 가슴으로 전화기를 바라보는 것이었다. 그녀가 알 리 만무했지만, 슈미트는 달린 릴리의 자택 전화번호를 단축키에 등록해놓고 있었다. 용기를 짜내어 호색한이나 변태로 보일 위험을 감수하고 손가락 하나로 회색 버튼 하나를 누르는 그 짧은 순간만 참아내면 칵테일이나 음료수라도 마시자고 청하고는 사회적 가면을 내려놓고 마음을 털어놓을 수 있을 터였다. 그러다가는 기가 질려 전화 거는 것을 딱 하루만 더 미루고 어기적어기적 욕실로, 그다음에는 크림색과 황갈색의 침실로 가서 다음 날 입을 빳빳한 셔츠와 넥타이를 꺼내놓고 취침 기도를 하고 마스터베이션을 하며 잠이 드는 것이었다. 슈미트는 해가 갈수록 체중과 체지방이 늘고 있다는 사실이 신경 쓰였다. 자신이 통통한 또는 까다롭고 뚱뚱한 남자의 어기적거리는 걸음걸이로 걷는다고 생각했다. 실제 그의 걸음걸이는 100프로 평범하고 눈에 띄지 않았으며, 테리 슈미트 외에 그 누구도 그의 걸음걸이에 대해 어떠한 생각도 가지고 있지 않았다. 지난 분기 동안에는 아침에 인터콤 라디오로 WLS 뉴스와 토크쇼를 들으며 면도를 하다가 종종 움직임을 멈추고 매 분기마다 점점 진해지고 있는 듯한 얼굴의 희미한 주름과 처진 살을 보면서 거울 속 자신을 미스터 스퀴시라 불러보곤 했다. 자연스럽게 그 이름이 머릿속에 떠오르는 것이다. 무시하거나 저항하려고 노력했지만, 이 브랜드 이름과 로고는 그 자신을 향한 어두운 조롱의 일부가 되어버렸다. 이제는 스스로에 대해 생각할 때면 자신을 미스터 스퀴시라 칭하게 될 정도였다. 머릿속에서 자신의 얼굴과 미스터 스퀴시의 통통하고 악의 없는 아이콘이 서로 녹아들어 새로운 얼굴이 생겨났다. 선으로 된 조잡한 얼굴은 어떤 면에서는 똑똑해 보이기도 했다. 누군가는 작은 이득을 취하기 위해 이용해볼 수도 있겠지만, 그 누구도 사랑하거나 미워하거나 진정으로 알기 위해 노력하지 않을 그런 얼굴.

1층 갭 매장에 있던 손님들은 보도에 모여 고개를 젖힌 자세를 한 사람들을 발견하고는, 당연하게도, 무슨 일인지 궁금해하기 시작했다. 8층이 시작하는 곳에 도달한 형상은 몸을 움직여 창을 등지고 파랗고 하얀 다리를 축 늘어뜨린 채 가로대에 앉았다. 바닥으로부터 72.5미터 떨어진 곳이었다. 형상 바로 위의 네모난 하늘은 파일럿을 연상시키는 파란색이었다. 형상의 등반을 지켜보는 사람들의 수는 꾸준히 늘고 있었는데, 이들은 안에서 자신들을 내다보고 있는 구경꾼의 수도 마찬가지로 늘고 있다는 사실을 알지 못했다. 내부에서는 색유리로 보이는 창이 외부에서는 반사경으로 보이는 편면유리였기 때문이다. 형상은 가로대 위에 가부좌를 틀고 앉아 잠깐 동작을 멈추었다가 잠시 후 유연한 동작으로 다리를 펴고 몸을 끌어올렸다. 균형을 살짝 잃는 바람에 가로대에서 떨어지지 않기 위해 양팔을 빙빙 돌렸다. 후드를 착용한 머리를 재빨리 뒤로 젖히고 멀리서 작게 들리는 축축한 소리와 함께 뒤통수에 달린 흡착판을 창에 붙이자 보도 위의 사람들이 짧은 탄성을 내뱉었다. 젊은 남자 두 명이 형상을 향해 뛰어내리라고 소리쳤다. 아이러니한 어조로 보아 강풍이 부는 73미터 상공의 좁은 가로대 위에서 균형을 잡은 채 까마득히 아래에 있는 사람들을 내려다보는 형상에게 지친 구경꾼들이 내지를 법한 소리를 패러디하고 있을 뿐이란 사실을 알아채기는 어렵지 않았다. 한두 명의 연장자가 소리를 지른 젊은이들을 향해 눈으로 비수를 뿜어냈다. 이들이 셀프 패러디가 뭔지 알고 있는지는 알 길이 없었다. 건물 북쪽 면의 8층—이곳에는 공교롭게도 매거진 〈플레이보이〉의 유통 부서와 구독 관리 부서가 들어서 있었다—직원들이 뒤통수에 달린 커다란 흡착판으로 창에 달라붙어 있는 파랗고 하얗고 민첩한 형상의 뒷모습을 보고 어떤 반응을 보였는지는 상상에 맡길 수밖에 없겠다. 경찰에 제일 처음 연락을 취한 것은 갭의 액세서리 담당 매장 매니저였다. 상품이 진열된 유리창 쪽으로 손님이 몰리는 것으로 보아 매장 밖 거리에 문제가 생겼음이 분명하다고 판단했기 때문이다. 정확히 어떤 문제인지는 알려지지 않았기에 경찰들의 무전 주파수에 촉각을 곤두세우고 도시를 이리저리 떠도는 텔레비전 승합차는 한 대도 나타나지 않았고, 현장에서 넉넉잡아 반경 450미터 이내로는 매스컴이 출동하지 않았다.

테리 슈미트는 전원 남성으로 구성된 포커스 그룹을 향해 기억을 더듬어 시장이라는 거대 물살의 흐름에 가해지는, 업계 용어로 MCP라 불리는 작은 소용돌이 혹은 역류에 대해 설명하고 있었다. 반反트렌드 또는 그림자시장이라고 하면 아실 겁니다. 대기업 과자 업계가 말이죠. 슈미트는 친절한 설명을 가장하며 말했다. 건강, 몸매, 영양, 그리고 이것들이 수반하는 탐닉과 절제 사이의 갈등이 전이적 상태를 달성하게 된 미국 시장에서 신제품이 취할 수 있는 입장은 기본적으로 둘 중 하나예요. 그림자 과자는 HDL 지방과 정제된 탄수화물과 트랜스지방산을 꺼리는 트렌드, 저영양 고열량 식품, 사탕, 정크 푸드라 부르는 것들의 섭취를 반대하는 것, 다시 말하면 영양과 운동과 스트레스 관리 등 '건강한 라이프스타일'이라는 표제 아래에 들어가는 것들에 대한 교묘하게 조작된 집착의 반대편에 스스로를 포지셔닝하려는 거거든요. 슈미트는 여러분의 얼굴만 봐도—이들은 젊은층의 뚱하고 산만한 표정에서부터 나이 든 축의 진지한 염려까지 다양한 표정을 짓고 있었는데, 이들의 표정이 드러내고 있는 죄책감을 느낀 데 대한 죄책감은 상어 연골과 무취 마늘 보충제를 개발한 전설적인 인물인 셈 홀터/다이트

Schemm Halter/Deight사의 E. 피터 피시가 스콧 레일먼과 달린 릴리가 참석했던 고가의 세미나에서 '건강한 라이프스타일이라는 마케팅이 맨발로 밟고 걸어와야 했던 칼날'이라 칭한 것이었다. 이 유감스러운 문구는 참석자들이 받아쓸 수 있도록 볼드체의 개요 형식으로 정리된 요점을 한쪽 벽에 투사하고 있던 휴렛팩커드 디지털 프로젝터를 통해 쏘아지고 있었다(테리 슈미트는 가죽 바인더와 각종 강령과 전쟁놀이 명명법으로 점철된 업계 동향 세미나 사업 자체가 전부 엉터리라고 생각했다. 마케터들에게 진부한 문구를 마케팅하려 드는 꼴이란. 마케터들이란 아마도 현존하는 가장 주무르기 쉬운 시장일 것이었다. 물론 피터 피시가 대단하다는 사실이나 그의 말이 얼마나 큰 영향력을 갖는지에 대해서는 이론의 여지가 없었지만)—슈미트는 얼굴만 봐도 여러분이 반反트렌드 제품이 뭔지 잘 알고 있다는 걸 알 수 있다고 말했다. 디스코에 반하여 나온 게 펑크고, 고연비 소형차에 반하여 나온 게 캐딜락이고, 지배적인 MS에 대항하여 나온 게 썬과 애플 같은 그림자시장이지요. 원한다면 신이 주신 천부적인 군중심리와 신이 주신 천부적인 개성을 희생당할지도 모른다는 저 깊은 곳의 두려움 사이에서 개별 소비자로서 받는 스트레스와 교묘하게 조작된 트렌드에 의해 상기 스트레스가 조정 및-슬래시-또는 완화되는 방식에 대해 깊이 있게 토론해보는 것도 좋겠다고 말했다. 아, 게다가 일종의 마케팅의 운동 제3법칙과 같이, MCP 트렌드도 자체의 반反트렌드 그림자를 낳는 경우가 있는데, 그 예로 저칼로리 무지방 식품, 영양보충제, 저카페인과 디카페인, 인공감미료 뉴트라스위트와 지방대체재 올레스트라, 재즈에어로빅스와 지방흡입술과 카바카바, 좋은 콜레스테롤과 나쁜 콜레스테롤, 유리기遊離基와 산화방지제, 시간 관리와 '양질의 시간', 그리고 몸매를 관리하여 보기 좋게 보이고 오래 살고 어떻게서든 마지막 일 초까지 최대의 생산성과 건강을 짜내기 위해 스스로를 닦달하도록 만드는 어떤 면에서는, 그 기발함에 박수가 나오는 '스트레스'라는 개념을 들 수 있다고. 슈미트는 이쯤에서 한 발 물러서며, 물론 말할 것도 없이 여러분의 시간이 소중하다는 걸 모르는 바 아니니 저는 이만…이라고 말했다. 이때 손목시계를 찬 나이 든 구성원 한두 명이 반사적으로 손목시계를 봤고, 약속한 대로 괴짜 UAF의 무선호출기가 울리기 시작했다. 슈미트는 이를 빌미로 과장된 동작을 취하며 소리 죽여 웃는 시늉을 하고는 예, 예, 거 봐요, 여러분의 시간은 소중하잖아요, 다들 느끼시죠, 제 말이 무슨 말인지 아실 겁니다, 우리는 다 그 시간이라는 놈 안에서 살고 있으니까, 자 그러니까 이제 간단히 다음과 같은 실질적인 사례들, 예컨대 졸트 콜라, 스타벅스, 하겐다즈, 에릭슨Ericson의 올 버터 퍼지, 프리미엄 시가, 연비가 현저히 줄어든 도시형 사륜구동 차량, 해머커 슐레머Hammacher Schlemmer의 순견 사각 팬티, 니어노스사이드의 레스토랑들이 죄다 고지질 디저트를 내놓고 있다는 예를 드는 것으로도 충분히 이해하실 겁니다.—무슨 말이냐면 기업들이 이제 그림자라는 길로 들어선 거거든요. 목표를 달성하고 참고 지방을 없애고 섭취량을 줄이고 절제하고 우선순위에 맞게 행동하라는 군중심리의 압박에 들볶이는 소비자들에게 이렇게 말을 하거나 혹은 말을 하려고 노력하는 겁니다. 이봐, 당신은 이걸 누릴 자격이 있어, 스스로에게 보상을 해줘, 요컨대 이런 메시지를 전하는 거죠. 잠시 모든 걸 멈추고 편히 앉아서, 애써 노력해서 얻은, 당신만을 위한 즐거움을 만끽할 수 있는 그 짧은 순간이 없다면, 건강하게 오래 산다 한들 그게 무슨 소용인데? 무수히 많은 광고가 소비자들에게 당신은 본질적으로 개인이라는, 개별적인 취향과 선호도와 선택의 자유를 가지고 있는 개인이라는 사실을 상기시키기 위해 제작됩니다. 당신은 디지털 화면에 칼로리가 뜨는 러닝머신으로 대표되는 미국식 생활 방식을 유지하며 계속 계속 계속 달리지 않고는 별도리가 없는 무리 짐승이 아니라고, 고섬유질 식습관이라는 최면에서 하루빨리 깨어나 인생은 즐기기도 해야 한다는 사실을 깨닫는다면 얼마든지 즐길 수 있는 세련되고 풍요롭고 (분별력 있게 즐길 경우) 무해한 즐거움이 널려 있다고, 즐기지 않는 삶은 살아갈 가치가 없다고, 기타 등등, 기타 등등. 한 가지 예를 들자면, 호스티스에서 저지방 제품 '트윙키'와 무콜레스테롤 제품 '딩동'을 출시할 무렵에, 졸트 콜라는 설탕 듬뿍에 카페인이 두 배인 졸트 콜라 광고로 태평양 연안을 도배했어요. 에릭슨이 들고 나온 한입 크기의 올 버터 퍼지 제품은 D.D.B.니덤에서 광고 시리즈를 맡아 제작했는데, 운동복 차림의 사람들이 어두운 로커에서 몰래 이 제품을 먹다가 만난단 말이에요. 사람들이 부끄러워하다가 함께 크게 웃으며 동질감을 느끼는 순간에 나오는 문구가 어찌나 기발하고 통쾌한지, 에릭슨과 모기업 US 브랜드 US Brands는 이 광고로 세 차례나 주식 분할을 했단 말입니다. (슈미트는 리즈마이어 섀넌 벨트 광고 회사가 D.D.B.니덤이 전면적으로 들고 나온 이 극적인 그림자 전략에 밀려 US 브랜드/에릭슨 클라이언트를 빼앗겼다는 사실을 잘 알고 있었다. 때문에 R.S.B.의 MROP 부서가 비디오를 통해 그가 방금 한 이야기를 보게 되면 최소 세 명의 관계자가 눈살을 찌푸릴 것을, 로버트 아워드는 슈미트가 에릭슨-D.D.B.니덤 일에 대해 아무것도 모르고 있었다고 믿고 있는 척해야 할 것을 알고 있었다. 그는 보나 마나 슈미트의 자리로 건너와 칸막이 너머로 역겹게 몸을 기울이며 얼빠진 실수라 추정되는 이 일로 인해 슈미트의 사기가 필요 이상으로 떨어지지 않을 선에서 갑을 관계의 정치를 둘러싼 여러 진실들에 대해 알려줄 것이었다.)

저 위의 형상은 사실 구경꾼들을 내려다보고 있는 것이 아니었다. 예리한 구경꾼들은 알 수 있었다. 형상은 스스로를 내려다보며 등산가용 앞치마에서 알루미늄 포일 혹은 마일라*로 보이는 반짝이는 뭉치를 주의 깊게 꺼내어 수건처럼 살짝 흔들어 펼치고 양손을 들어 머리와 후드 위로 그것을 말아 내린 다음 똑딱단추 혹은 벨크로 고리끈으로 어깨

---

* 미국 뒤퐁사에서 만드는 폴리에스터 필름의 상품명.

와 목 아래에 고정시키고 있었다. 저것은 일종의 복면이라고, 허리춤에 있는 전대에 항상 장난감 같은 소형 첩보 망원경을 넣고 다니는 장발의 사이클리스트가 의견을 밝혔다. 눈을 위한 두 개의 구멍과 이마의 흡착판을 위한 한 개의 커다란 구멍을 제외하면 그것은 지나치게 구겨지고 수축되어 마일라 위에 새겨진 형체 없는 작은 선들이 누구 또는 무엇을 나타내는지 알아볼 수 없었다. 뇌수종처럼 부풀고 만화적으로 비인간적인 모양은 멀리서 보기에도 섬뜩했다. 사람들은 이제 보다 큰 소리로 덜 아이러니한 소리를 외치고 있었다. 몇몇은 무심결에 도로로 뒷걸음질 치는 바람에 지나가던 차들이 멈춰 섰고 일순 경적의 불협화음이 울려댔다. 형상은 머리에 쓴 흰 자루에 양손을 얹고 민첩하게 자루를 돌렸다. 뒤통수의 흡착판에서 축축한 키스 같은 소리가 났다. 축 늘어진 복면의 코와 입술, 이마에 부착된 선명한 주황색 흡착판이 창을 향했다. 창 안쪽의 〈플레이보이〉 직원들이 어떤 반응을 보였을지는 신만이 알 일이었다. 형상은 손을 뒤로 뻗어 배낭에서 작은 발전기 혹은 잠수 탱크처럼 보이는 물건을 꺼냈다. 이 물건에는 검정색 혹은 짙은 청색의 호스 같아 보이는 가는 관이 매달려 있었고, 끝부분에 삼각형 혹은 화살촉, 혹은 D자 모양의 노즐, 혹은 부착물, 혹은 장붓구멍이 있었다. 형상은 끈과 벨트를 이용해 고어텍스 상의 등판에 탱크를 연결했다. 짙은 색의 호스와 노즐은 동심원으로 장식된 엉덩이와 레깅스의 상부 위로 덜렁거리며 늘어졌다. 8층

창에서 숙련된 동작으로 반대쪽 발과 팔을 번갈아 움직이며 등반을 재개한 형상은 이제 두개골을 감싼 오므라든 복면 혹은 풍선을 착용하고 등에는 탱크를 매달고, 솔직히 말하면 악마 같은 꼬리를 단 형체로, 전체적인 인상이 너무나 복잡스럽고 (일부는 여전히 도로 위에 선 채 안달나기 시작한, 이제는 규모도 커지고 훨씬 분산된) 군중 중 어느 누구도 시각적으로 경험한 바 없는 모양인지라 모두들 시각 정보를 처리하고 기억을 더듬어 형상과 비슷하거나 그가 암시할 만한 살아있는 또는 만화 속의 물건 또는 물건들의 조합을 찾아내기 위해 각자의 신피질을 작동시키는 동안 잠시 쥐 죽은 듯한 침묵이 흘렀다. 어린아이 하나가 울음을 터뜨렸다. 누군가 발을 밟은 모양이었다.

보통의 인간처럼 보이지 않게 된 형상은 이제 왼쪽 팔과 오른쪽 다리, 그리고 오른쪽 팔과 왼쪽 다리를 이용해 등반하는 모습이 더욱 거미 또는 도마뱀 같아 보였다. 뭐가 됐든 동작 하나는 끝내주게 유연했다. 갭 매장 안에 있던 대다수 손님들이 보도 위의 무리에 합류한 상태였다. 형상은 수월하게 8층에서 12층 구간을 오른 다음, 13층(혹은 14층)에 부착된 상태로 잠시 멈추어 흡착판에 접착제 혹은 세척액을 도포했다. 꼬리처럼 달린 호스가 이리저리 흔들리는 것으로 보아, 130미터 상공에서는 바람이 매우 강하게 부는 듯했다.

도로와 보도의 앞쪽 부분에 모여 있던 사람 중 일부는 갭의 쇼윈도에 비친 자신의 그리고 구경꾼 전체의 모습을 보지 않을 수 없었다. 비명 소리와 '뛰어내려!' 하는 외침은 이제 없었지만, 무리 중 미디어의 속성에 정통하고 젊은 축에 속하는 이들에게서 제품이나 서비스 홍보를 위한 스턴트일 거라는 등, 고층 건물을 기어오르다 낙하산을 타고 땅으로 뛰어내려 체포되는 순간까지 뉴스 카메라를 향해 키스를 불어 날리는 도시의 겁 없는 반항아일 거라는 등 이러저러한 추측이 나오기 시작했다. 진짜로 스턴트라면 이런 스턴트를 하기에는 유명한 시어스 타워나 심지어 존 핸콕 센터가 사람들의 이목을 끌기에 훨씬 더 좋은 장소였을 것이라고 몇몇이 의견을 피력했다. 경찰차 두 대가 도착했을 때 형상은—이제는 장난감 망원경으로도 꽤 작아 보였고, 가로대를 넘어갈 때는 시야에서 거의 완전히 사라지곤 했다—이마에 장착된 중앙 흡착판으로 15층 창에(건물에 13층이 없다면 16층일 것이다. 어떤 건물에는 있고 어떤 건물에는 없으니까) 들러붙어 매달린 채 나일론 배낭에서 무언가를 꺼내 끼워 맞추고, 양손을 이용해 그것을 팔 하나 길이만큼 늘려 빼고는 다시 거기에 여러 개의 작은 물건을 부착하는 중이었다. 휴론 애비뉴의 수많은 차량이 속도를 줄이거나 몇몇 차량이 사망 사고가 발생했거나 누군가 체포된 건 아닌지 확인하기 위해서 한쪽에 정차한 건, 경찰차들과 차들이 연석 위로 내뿜는 현란한 불빛 때문이었을 것이다. 경찰관 하나가 도로 정체를 막기 위해 차량이 계속 움직이도록 교통 흐름을 통제해야 했다. 구경꾼 무리에 초반에 합류한 나이 든 흑인 여성 한 명이 사지를 이용해 커다란 동작으로 현재까지 자신이 목격한 상황을 경찰관에게 보고 혹은 재현하다가 혹시 이 이상한 복장을 한 형상의 등반이 영화나 텔레비전이나 케이블 프로그램을 위해 허가받은 스턴트인지 경찰관은 알고 있느냐고 물었다. 그러자 무리 중 몇몇이 이 유연한 형상의 등반이 거리의 다른 고층 건물의 상층부에서 촬영되고 있을 수도 있다고, 이스트 휴론 스트리트 1101번지의 북측에서 정반대쪽에 위치하고 있는, 아찔할 정도로 높은 오래된 회색 건물에 카메라, 영화 제작진 및/또는 유명인들이 있을지도 모른다고 생각하기 시작했다. 구경꾼 무리의 뒤쪽에 있던 사람들 일부가 몸을 돌려서 고개를 꺾어 오래된 건물의 남쪽 창을 훑어보기 시작했다. 열려 있는 창은 없었지만, 시조례 제920-1247(d)조에 의해 상업 구역의 건물은 4층 이상의 층에 개폐 가능한 창을 설치하거나 임대 또는 계약 조건에 따라 임차인에게 개폐 가능한 창을 설치할 권한을 부여할 수 없도록 되어 있었으므로 이는 큰 의미를 지니지 않았다. 이 오래된 건물의 창이 편면유리로 되어 있는지는 알 수 없었다. 거리에서 보이는 하늘 조각에 늦은 아침의 해가 머리 바로 위에 떠 있어서 눈이 부셔 창에 비친 상을 제대로 볼 수 없었기 때문이다. 반사된 상은 눈부시게 빛을 내며 형상이 오르고 있는 건물의 표면에 환한 조명이 비치는 것 같은 효과를 자아내고 있었다. 복면을 쓴 형상은 탱크와 꼬리와 진짜 또는 가짜 반자동 무기—형상의 등에 삐딱하게 걸쳐 있는 새로운 물건은 무기가 맞았는데, 접히지 않은 개머리판은 흰색과 파란색의 작은 탱크 위에 걸려 있었다. 형상이 쓰고 있는 것이 탱크 내용물에 대비한 소형 전투용 방독면일 수도, 하느님이 보우하사 화염방사기나 톰 클랜시* 소설에 나올 법한 생화학 분무기 장치일 수도 있다고, 고해상도 망원경을 보유한 경찰관이 보고했다. 보고에 사용된 라디오는 제복 어깨에 견장처럼 부착돼 있어, 다른 경찰관들과 이야기를 나누려면 고개를 옆으로 기울이고 왼쪽 어깨를 만지기만 하면 됐다. 파란색과 흰색의 지루한 몬테고 경찰차의 사이렌 소리가 마치 로욜라 대학교에서부터 울려대는 듯 들려왔다—를 장착한 채 이스트 휴론 스트리트 1101번지의 건물을 계속 오르고 있었는데, 고휘도의 정사각형 불빛과 작은 직사각형 불빛과 평행사변형 불빛이 형상의 주위를 유영하며 형상이 침착하고 여유롭게 오르고 있는 16층 혹은 17층 창을 환히 밝히고 있었다. 오토매틱처럼 보이는 M16 총신 접이식 개머리판은 창을 오르면서도 왼팔과 왼손의 흡착판을 자유자재로 사용할 수 있도록 고어텍스 상의의 왼쪽 어깨를 따라 달린 여러 개의 고리에 삽입되어 있었다. 형상이 다음 층의 가로대에 앉자 기다란 노즐이 엉덩이에 깔려 그중 50센티미터 정도가 다리 사이로 튀어나오는 바람에 뻣뻣하게 흔들렸다. 반사된 불빛

---

* 첨단 과학을 소재로 하는 스파이물과 냉전 이후의 군사학이 등장하는 소설을 쓴 미국의 작가(1947~2013). 로욜라 대학교 출신이다.

이 형상의 주위를 유영하고 있었다. 옆 창의 가로대에 앉아 있던 비둘기 무리가 형상의 등장에 놀라 흩어지고는 거리 맞은편, 반대쪽 건물의 정확히 같은 높이에 있는 가로대에 다시 모여 앉았다. 형상은 이제 등산가용 앞치마에서 라디오, 휴대폰 혹은 소형 녹음 기기를 꺼내어 기기에 대고 무언가를 말하고 있는 것처럼 보였다. 형상은 창을 오르는 동안 한번도 밑을 내려다보지도, 보도와 도로에 구경꾼들과 경찰차가 모여 있음을 알고 있다는 표시를 하지도, 구경꾼들의 응원과 외침에 답하지도 않았다. 여러 대의 경찰차가 거리 여기저기에 정차한 채 복잡한 불빛을 뿜어내고 있었다. 그중 두 대는 이스트 휴론 스트리트 양쪽의 주요 교차로를 막아서고 있었다.

　시카고시 소방국의 소방차가 도착했고, 두꺼운 작업복 차림의 소방관들이 차에서 내려 뚜렷한 이유 없이 주위를 서성였다. 아직까지도 방송국 차량이나 장비나 휴대용 카메라는 보이지 않았기 때문에, 무리 중 눈치 빠른 이들은 이 상황이 허가를 받고 진행되는, 미리 예정된 기업 홍보 행위나 스턴트나 계책일 것이라고 생각했다. 무리들의 이곳저곳에서 언쟁이 오갔지만, 대부분 악의가 없었고 참여하는 이들도 제한적이어서 언쟁이 크게 번지지 않았다. 1층 인근에 튀김 요리 냄새가 퍼졌다. 외국인 남녀 한 쌍이 등장하여 티셔츠를 팔기 시작했다. 티셔츠의 실크스크린 디자인은 이곳에서 일어나고 있는 일과는 아무 상관이 없었다. 경찰관과 소방관으로 이루어진 파견대가 건물 옥상에 자리를 잡기 위해 1101번지의 북쪽으로 진입했다. 도끼를 들고 모자를 착용한 소방관들의 등장 때문에 갭 매장에서 작은 소동이 일어났고, 혼잡해진 회전문에서는 오클리 선글라스를 쓴 한 남성이 가슴 혹은 옆구리를 부여잡고 주저앉았다. 구경꾼 무리의 뒤쪽에 있던 사람들 중 몇몇이 손가락질을 하며 소리를 질렀다. 반대쪽 건물 옥상에서 움직임 및/또는 렌즈의 번쩍거림을 보았다는 것이었다. 무리 중에서 이 모든 것이 방송국의 스턴트처럼 보이도록 계획된 것이라는 반론도 생겨났다. 형상이 불편한 자세로 기대어 앉아 있는 무기도 진짜고, 가능한 한 기이한 모습으로 높이 올라가 많은 사람들을 끌어모은 다음 무차별 자동사격으로 밑에 있는 군중을 향해 발포할 것이라는 의견이었다. 거리 양끝에 정차해 있는 운전자 없는 차량들의 와이퍼에는 불법 주차 딱지가 끊어져 있었다. 어디선가 헬리콥터 소리가 들려왔지만, 고층 건물로 이루어진 협곡 혹은 크레바스에서는 보이지 않았다. 하늘에는 권운의 끝자락이 떠 있었다. 노점상에서 파는 소시지 프레젤을 먹고 있는 사람들도 있었는데, 이들이 옷깃에 끼운 종이 냅킨이 바람에 펄럭였다. 확성기를 들고 있는 경찰관은 확성기를 작동시키는 데 애를 먹고 있는 듯했다. 구경꾼 한 명이 뒷걸음질 치다 가파른 연석에 발을 헛디뎌 발목인지 발인지를 다쳤다. 구급 대원이 다친 곳을 살펴볼 수 있도록 외투 위에 누운 그는 작게 보이는 형상에서 눈을 떼지 못했다. 형상은 이제 가로대를 딛고 일어나 17/18층 밑에서 다리를 벌리고 창에 부착된 채 잠자코 무언가를 기다리는 듯이 보였다.

테리 슈미트의 아버지는 21세라는 어린 나이에 전투 임무를 완수하고 퍼플 하트 훈장과 청동성 훈장을 받은 미군 출신이었다. 이 퇴역 군인이 세상에서 가장 즐겨 하던—그의 얼굴을 보면 알 수 있었다—민간인으로서의 활동은 다섯 벌의 재킷에 달린 단추와 구두를 닦는 일이었다. 매주 일요일 오후, 집중력을 띤 차분한 얼굴로 신문지 위에 무릎 꿇고 앉아 구두약과 구두와 섀미 가죽으로 작업을 하던 아버지의 모습은 테리 슈미트가 언젠가 먼 훗날 인간사에 한 획을 긋는 중요한 일을 하고 말겠다는 결심을 하는 데 있어 분석할 수 없는 커다란 부분을 차지했다. 그 먼 훗날이 바로 지금이었다. 마치 유행가 가사처럼, 시간은 실로 스쳐 지나가버렸고, 슈미트 주니어는 특별하지도 예외적이지도 않은 인간임이 드러났다.

지난 두 해에 걸쳐 서서히 팀Δy는 광고업계에서 '포획 업체'라 일컫는 기능을 수행하게 되었다. 회사는 계약서상 리즈마이어 섀넌 벨트의 자회사와 사외 협력 업체의 중간 어디쯤에 위치하고 있었다. 앨런 브리튼의 휘하에서 포획 합병이라는 업계의 트렌드에 합류한 팀Δy는 리즈마이어 섀넌 벨트의 리서치 부서로 거듭났다. 팀Δy의 이 새로운 신분은 R.S.B.의 복잡한 서류 작업을 최소화하고 포커스 그룹 리서치의 절세 효과를 극대화하도록 고안된 것이었다. 팀Δy가 새로운 신분을 얻게 된 결과로 포커스 그룹 리서치 비용을 클라이언트에게 청구하는 동시에 R&D 하도급 비용으로 처리할 수 있었다. 게다가 팀Δy 직원들의 급여도 인상되었고 복지도 향상되었다(팀Δy는 미국 세법 제1361~1379조에 의거, 피고용인 소유의 S 법인 체계가 되었다). 테리 슈미트가 생각하는 가장 큰 단점은 '포획 업체'의 직원이 리즈마이어 섀넌 벨트로 수평 이동할 방안이 없다는 것이었다. 회사의 마케팅 리서치 전략이 개발되는 곳인 R.S.B.의 MROP 부서에 속해야 T. E. 슈미트 같은 사람이 실제 리서치 설계 및 분석에 자그마한 영향이라도 미칠 수 있을 터였다. 팀Δy 내부에서 가능한 출세라고는 지난 일 년간 달린 릴리의 직장 생활을 그토록 힘겹게 만든 (대학을 다닐 나이의 자녀들과 금방이라도 곡을 할 것 같은 얼굴을 한 아내가 있는) 저 거무스름하고 느끼하고 가식적인 이민자가 차지하고 있는 수석 리서치 책임자 자리로 승진하는 것뿐이었다. 게다가 앨런 브리튼이 로버트 아워드를 몰아내지 않을 수 없게끔 압박이 가해진다 한들, 그리고 (그럴 가망은 별로 없었지만) 이 대단히 평범한 테리 슈미트가 팀Δy의 임원들에 의해 아워드의 후임자로 선정된다 한들, 수석 리서치 책임자라는 자리에서 할 수 있는 일이라고는 슈미트 자신과 다르지 않은 톱니바퀴 역할의 필드 리서치 요원 열여섯 명을 감독하고 신입들을 대상으로 두서없는 오리엔테이션을 진행하고, 그에 더해 TFG 데이터를 통계적으로 구분되는 여러 가지 합계로 요약하는 작업을 관리하는 일뿐이었다. 그나마도 누구나 시중에서 구할 수 있는 소프트웨어로 그저 네 가지 색으로 이루어진 그래프에 머리글자 약어로 점철된 전문용어를 더해, 똑똑한 고등학생이라면 누구나 할 수 있는 조사의 결과를 세련되고 의미 있어 보이게 만드는 것에 지나지 않았다. 물론 R.S.B.의 MROP 부서와 준비 모임 겸 점심 식사와 골프 접대도 해야 했고, 더 비싼 비용으로 예약된 상층의 회의실에서 세 시간짜리 필드 리서치 결과 프레젠테이션도 진행해야 할 것이었다. 프레젠테이션은 아워드, 유령같이 마르고 말 없는 오디오·비디오 기술자, 그리고 필드팀에서 선정된 조력자 1인이 숫자와 그래프를 들이대며 R.S.B.의 MROP, 광고, 마케팅 부서장들이 리서치 결과가 실제 광고 캠페인에 어떤 의미를 가질지 브레인스토밍하는 과정을 돕는 시간이었다. 사실상 이 시점에서는 R.S.B.가 해당 광고 캠페인에 투자한 금액이 너무 막대하여 기껏해야 단발적이거나 주변적인 요인들만 수정할 수 있을 터였다. (슈미트와 달린 릴리는 한 번도 로버트 아워드의 PCA* 조력자로 선정된 적이 없었다. 슈미트는 그 이유가 너무나 분명하다고 생각했다.) 즉, 다시 말하면, 아무도 입 밖으로 내뱉은 적은 없지만, 팀 Δy의 진짜 기능은 리즈마이어 섀넌 벨트가 클라이언트에게 OCC**의 유효성을 증명해 보일 수 있도록 R.S.B.에 테스트

---

* =클라이언트 대행사 대상 프레젠테이션(Presentations to Client Agency)

** =총체적인 캠페인 콘셉트(Overall Campaign Concept)

데이터를 제시하는 것이었다. R.S.B.는 해당 OCC에 대해 클라이언트에게 이미 수백만 달러를 청구한 터라 실제 테스트 데이터가 엄청나게 암울하거나 가망성이 없다 하더라도 돌이킬 수 없는 것이었고, 그러므로 아무도 입 밖으로 내지 않은 팀Δy의 진짜 업무는 절대로 이런 일이 일어나지 않도록 하는 것이었다. 방법은 간단했다. 팀Δy는 수많은 포커스 그룹과 주안점을 설정하고, 바로크적으로 복잡하게 형식과 내용을 달리하고, 셀 수 없이 많은 모드로 다양한 TFG 세션을 진행했다. 결국에는 R.S.B.의 MROP 부서의 입맛에 맞게 데이터에 가중치를 주고 재배열하기란 식은 죽 먹기였다. 즉 팀 Δy의 기능은 정보나 정보의 통계적 근사치를 제공하는 것이 아닌 정보의 엔트로피적 역逆을 제공하는 것이었다. 이러한 일련의 랜덤 노이즈는 R.S.B.와 클라이언트를 혼란에 빠뜨려 종국에는 원래의 OCC를 그대로 진행하기로 내려진 결정에 모두들 안심하도록 만드는 것이 목표였다. 현재 미스터 스퀴시는 기존의 OCC에 이미 막대한 투자를 감행한 터라 이것을 버릴 수가 없는 상황이었고, 실제 테스트 결과 OCC에 실질적인 문제가 있는 것으로 나타났다면 분명 R.S.B.를 해고했을 것이었다. 미스터 스퀴시의 모기업은 생산량(=PV) 대비 R&D 마케팅 비용(=RDM)의 비율에 있어 매우 엄격한 규범을 적용하고 있었는데, 콥-더글러스 함수에 기반한 이 비율은 형식적인 겉치레를 걷어내고 나면 $0 < \frac{RDM(x)}{PV(x)} < 1$이 되어야 한다는 것이었다. 이것은 MBA 첫 학기를 다니는 학

생이라면 누구나 경영통계학 수업에서 암기해야 하는 공식이었다. 노스아메리카 소프트 컨펙션 주식회사의 CEO 역시 경영통계학 수업에서 이 공식을 배웠을 터인데, 그가 1968년에 와튼 스쿨에서 학위를 딴 이후 네 곳의 미국 대기업을 거치는 동안에도 변한 것은 아무것도 없었다. 변한 것이라고는 끝도 없이 돌아가는 이 거대하고 눈먼 메커니즘의 구성원들이, 자신에게 비용을 지불하는 고객이 스스로 자신이 원하는 것이 무엇인지 안다고 믿게끔 만들어, 원한다고 믿는 바를 고객에게 제공할 수 있다고 서로 상대방에게 내보이는 데 사용하는 업계 유행어와 메커니즘과 번드르르한 금칠로 빛나는 로코코식 치장뿐이었다. 아무도 잠시만, 이라고 말하거나 자신들의 행위를 정보 수집이라 칭하는 것의 부조리함을 지적하거나 입 밖으로 소리 내어—팀 Δy의 필드 리서치 요원들끼리 매주 금요일 밤 이스트 오하이오 스트리트의 베이어즈 마켓 펍에 모여, 슈미트 홀로 귀가해 하염없이 전화기를 바라보기 전까지 함께 술을 마실 때조차도—대체 이게 무슨 일이지, 라고 하거나 대체 이게 무슨 의미이지, 라고 하거나 진실이 무엇인지 말하지 않았다. 이로 인해 달라지는 것은 아무것도 없다는 사실을. 그중 어떤 것으로도. 은발을 말꼬리 모양으로 묶은 R.S.B.의 한 광고 총책임자가 고급 카페에 들러 최신 유행 디저트를 주문했던 그날 그는 노스아메리카 소프트 컨펙션의 자회사 제품 개발 담당자들을 어떻게 구워삶을지를 두고 광고 이사들이 모여 진행할 브레인스토밍 회의를 준비하고 있었다. 이때 아이디어가 하나 떠올랐고, R.S.B.와 노스아메리카 소프트 컨펙션의 미스터 스퀴시 소속 다부지게 생긴 남자들 머릿속에 이미 자리 잡고 있던 수십 개의 기어와 피스톤은 이 광고 총책임자가 $C_{12}H_{22}O_{11}$의 영향에 취해 불현듯 떠올린 단 하나의 아이디어를 바탕으로 본격적으로 작동하기 시작했다. 화장실 휴지를 보고 헬륨 가스 목소리를 한 테디베어와 구름을 비롯해 추상적 주체로서의 소비자가 퍽이나 떠올릴 만한 각종 순진무구한 물건들을 연상하여 도출했다는 이 허세 넘치는 아이디어가 촉발한 거대한 기계의 움직임은 이제 아무도—생각에 너무나 몰두한 나머지 회의 테이블 주위에 앉아 있는 구성원들 앞에서 가볍게 서성이며 이 어리석은 짓거리를 그만두고 구성원들에게 진실을 말할까 말까 망설이고 있는 T. E. 슈미트는 말할 것도 없이—통제할 수 없게 되었다.

당연한 일이지만, 그림자시장을 타깃으로 기획된, 당과 콜레스테롤이 높은 케이크 과자는 개발과 생산보다 마케팅이 훨씬 더 어려웠다. 반反트렌드 제품들이 모두 그렇지만, **펠러니!**는 '건강한 라이프스타일'이라는 트렌드가 가하는 금욕적인 압력에 소비자들이 느끼는 적의와 동물이 무리에서 떠날 때—아니면 적어도 떠난다고 생각할 때—본능적으로 느끼게 되는 죄책감과 불안 사이에서 아슬아슬한 줄타기를 해야 했다. 성공적인 그림자 제품이란 이러한 두 가지 내적 동인과 공명할 수 있도록 스스로를 위치시키고 연출하는 것이라고, 진행자는 포커스 그룹을 향해 말했다. '무리'라는 단어를 말할 때는 표정과 어조에 변화를 주며 양손의 검지와 중지를 허공에서 까딱였다. 수치심, 즐거움, 그리고 비밀스런(문어文語로는 '벽장에 틀어박힌') 동맹이 완벽한 균형으로 녹아든 에릭슨-D.D.B.니덤의 광고는 이러한 유형의 다층적 전략을 보여주는 중요한 사례라고, 테리 슈미트는 (또다시 아워드를 흉내 내며, 이 사소한 비밀이 주는 흥분을 못 이겨 연기 탐지기를 향해 익살스럽게 윙크를 날리고 싶은 마음을 가까스로 참고) 말했다. 졸트 콜라라는 이름의 이중적 의미도 마찬가지였다. '졸트Jolt'는 사람의 신경계에 가해지는 자극을 뜻하는 동시에 자제심이라는 시대의 유행에 부응하여 판을 치는 인체에 무해하고 싱거운 청량음료 시장에 대한 일침을 의미했다. 졸트 콜라 캔에 그려진 상징적인 아이콘도 마찬가지인데, 툭 튀어 나온 눈과 번개 모양 머리와 형광등 밝힌 전산실 같은 섬뜩한 창백함으로 인해 디지털 시대의 괴짜들과 까탈스러운 이들을 위한 음료로 자리매김하기 위해 노력한 졸트가 컴퓨터 괴짜들을 반항적인 개인들의 화신으로 인정하고 패러디하고 격상시키는 데 성공한 것이다.

슈미트는 달린 릴리가 TFG 앞에서 말할 때 보이는 특징적인 신체적 MAM도 따라 하곤 했다. 즉, 한쪽 발을 앞으로 내디뎌서 발뒤꿈치에 무게를 싣고 나머지 부분을 살짝 들어 고정된 뒤꿈치를 원점 삼아 x축을 따라 무심히 앞뒤로 회전시키는 것이었다. 물론 코코아브라운색의 코도반 가죽 로퍼

보다 버건디색 하이힐이 회전축으로서 더 나았기에 릴리의 동작이 한층 더 효과적이고 매력적이긴 했다. 슈미트는 가끔 자신이 달린 릴리가 이끄는 포커스 그룹의 일원으로 출연하는 꿈을 꿨다. 그녀가 튼튼한 발목을 교차하거나 x축을 따라 9인치 하이힐을 앞뒤로 회전시키면서 타원형 렌즈와 거북등무늬 안경테의 작은 안경을 벗어 가느다란 안경다리가 입에 닿을락 말락 하게 잡고 있으면, 이름을 알 수 없는 제품을 위해 모인 슈미트를 비롯한 포커스 그룹 구성원들은 달린이 안경다리를 입에 넣는 모습을 보기 위해 숨을 죽이고 있고, 달린은 자신이 구체적으로 어떤 행동을 하고 있는지, 그 행동이 어떤 효과를 불러일으키고 있는지 전혀 모르는 표정으로 안경다리를 점점 더 입 가까이로 움직이는 것인데, 그녀가 실제로 그 플라스틱 다리를 입에 넣기라도 한다면 엄청나게 중대하고 위험한 일이 일어날 것 같은 느낌이 슈미트의 꿈을 지배했다. 그러다 무언의 긴장감과 지속적인 기대감으로 인해 지칠 대로 지친 채 잠에서 깨어 자신이 누구이고 무엇인지 다시금 깨달으며 암막 커튼을 열어젖히는 것이었다.

아침에 화장실 거울 앞에서 면도를 할 때면 슈미트-미스터 스퀴시는 얼굴에 나타나기 시작한 희미한 주름을 자세히 살펴보거나 창백한 주근깨를 의미 없이 이리저리 이어보며 머릿속으로 머지않은 미래에 생길 깊은 주름살과 처짐과 멍든 것 같은 다크서클을 그려볼 수 있었다. 지금으로부터 십 년 후 바로 이 자리에 똑같이 서서 지금과 조금 다른 방식으로 마흔네 살 먹은 턱과 뺨을 면도하는 모습을 상상했다. 모공과 손톱을 살펴보고 이를 닦고 얼굴을 관찰하는 등 한 치도 다르지 않은 일련의 동작을 하며 올해로 이미 8년째 다니고 있는 똑같은 회사에 출근하기 위해 준비하는 모습을. 가끔은 상상의 범위를 넓혀 피폐해진 얼굴로 희미한 형태의 육체를 휠체어에 기댄 채 따가운 햇볕이 내리쬐는 파스텔색 주변을 배경으로 무릎에는 담요를 얹고 기침을 하는 모습까지도. 그러니까 언급할 가치도 없을 만큼 있음 직하지 않은 일이 실제로 일어나 슈미트가 로버트 아워드나 다른 수석 리서치 책임자를 밀어내고 대신 그 자리를 차지하게 된다 해도 실질적으로 달라질 것이라고는 팀 Δy의 세후 수익 중 지금보다 더 큰 금액을 받게 되어서 보다 안락하고 좋은 시설을 갖춘 아파트에서 마스터베이션하며 잠을 청할 수 있을 것이라는 것과 중요한 사람인 척 많은 물건과 겉치레를 가질 수 있을 것이라는 게 다였다. 그렇다고 해서 그가 중요한 사람이 되는 것은 아닐 것이다. 이 거대한 체제 속에서 어떤 실질적인 변화도 일으키지 못할 것이다. 지금처럼. 곧 35세가 되는 테리 슈미트에게는 자신은 저 거대한 보통 사람들의 무리와는 다르다는 망상이 거의 남아 있지 않았다. 자신이 어떠한 변화도 일으키지 못하고 있다는 절망감에 빠져 있을 때도, 뚜렷한 영향을 남기고자 하는 크나큰 허기를 느낄 때도—자신이 일종의 실패작이라는 사실을 서서히 깨달아가던 이십 대 후반에는 비록 실패했더라도 자신의 원대한 포부만은 어쨌든 보통 사람에 비해 특별하고 우월하다고 생각했기 때문에 그 허기에나마 기를 쓰고 매달렸지만—그러한 망상은 하지 않았다. 이제는 '변화를 일으키다'라는 말 자체가 진부하고 익숙한 문구가 되어버려 심지어 미국 공익광고협의회가 유소년 멘토 기관 빅브라더·빅시스터와 자선 단체 유나이티드 웨이를 위해 제작한 저예산 공익광고에서도 사용될 정도였다(각각 "아이들의 삶에 변화를 일으켜주세요"와 "여러분의 공동체에 변화를 일으켜보세요"를 광고 카피로 사용했다). 게다가 빅브라더·빅시스터는 숫자판에서 DIF-FER-ENCE로 읽히는 번호를 획득하는 데 성공하여 대도시권에서 자원봉사 직통 전화번호로 사용하고 있었다. 당시 삼십 대에 갓 접어든 슈미트는 처음에는 전형적인 소비자 망상에 빠져 빅브라더·빅시스터의 광고 카피와 전화번호가 자신을 겨냥하는 의미심장한 우연이라 생각하고, 전화를 걸어 이렇다 할 남성 멘토 및/또는 긍정적인 역할 모델을 가지지 못한 11세에서 15세 사이의 소년에게 빅브라더 멘토가 되어주겠다고 자원했었다. 경직된 웃음을 짓고 있는 것과 동등한 심리적 상태로 교육 및 간증으로 이루어진 세 시간짜리 과정을 두 번 이수한 다음 처음으로 배정받은 소년은 어깨 뒷부분에 술 장식이 달린 꽉 끼는 검정 가죽 재킷을 입고 머리에 빨간 손수건을 두른 아이였는데, 그가 방문했을 때는 저소득자용 주택에서 역시 꽉 끼는 재킷을 걸친 친구 둘과 포치의 경사진 곳에 걸터앉아 있었다. 세 명의 소년은 한 마디 말도 없이 슈미트가 몰고온 차의 뒷좌석에 뛰어오르더니, 그중 절절한 사연이 기재된 서류와 사진을 통해 슈미트가 멘티임을 알아볼 수 있었던 소년이 앞좌석을 향해 몸을 기울이고 퉁명스러운 말투로 도심에서 서쪽으로 좀 떨어진 오로라시의 대형 쇼핑몰 이름을 내뱉었다. 악몽 같았던 88번 주간 고속도로를 달려 쇼핑몰에 도착하자 소년은 정문 앞 인도 곁에 차를 세우라고 지시했다. 소년들은 한 마디도 말도 없이 차에서 뛰어내려 쇼핑몰 안으로 사라졌고, 슈미트는 인도 곁에서 아이들을 기다리며 세 시간 동안 40달러짜리 주차위반 딱지를 두 개나 떼였다. 결국 에이펙스 메가몰 보안 요원이 견인을 하겠다고 으름장을 놓자—슈미트는 보안 요원에게 자신은 빅브라더로서 이곳에 와 있는 것이고, 다른 곳으로 차를 이동하면 자신이 맡은 소년이 친구들과 함께 그를 찾으러 나왔을 때 소년의 서류상에 기재된 수많은 성인 남성들처럼 그 역시 사라져버린 것을 발견하면 큰 충격을 받을 것이라고 설명했지만, 보안 요원은 그의 설명에 일말의 관심도 두지 않았다—차를 몰고 집으로 돌아갔다. 그 후 여러 차례 소년의 집으로 전화를 걸었으나 아무도 받지 않았다. 그에게 두 번째로 배정된 11~15세 연령 구간의 소년은 슈미트가 약속을 잡고 두 번을 찾아갔지만 두 번 다 집에 있지 않았다. 아파트 문을 열어준 여성은—서류 사진에서 본 소년과 전혀 다른 인종이었음에도 그의 어머니라 주장했으며, 두 번째 방문 시에는 약에 취한 것으로 보였다—약속에 대해 들은 적도 없고 소년이 어디 있는지도 모르고 마지막으로 본 적이 언제인지 기억나지도 않는다고 했다. 슈미트는 공익광고가 그에게 터무니없는 영향을 끼쳤다는 것을 마침내 인정하고—이제는 서른 살이 되었으니 더욱 현명하고 단단해졌기에—깨끗이 포기하고 다시 자신의 일에 집중했다.

테리 슈미트는 책을 읽거나 텔레비전을 시청하거나 유통이 중단된 희귀 미국 동전을 수집하거나 다용도실에 마련한 작은 작업실에서 애플 파워북으로 TFG에 대한 판별 분석 통계를 돌리거나 헬스장 메자닌층 유산소운동 구역에 설치된 열여덟 대의 러닝머신 중 하나에 올라 운동하며 여가 시간을 보냈다. 미스 반 데어 로에 웨이의 푸르덴셜 센터 바로 동쪽에 위치한 발리 토탈 피트니스가 그가 다니는 헬스장이었는데, 종종 이곳에서 사우나를 하기도 했다. 출근 복장으로 베이지색, 적갈색, 코코아브라운색을 선호했으며, 부드러운 윤곽의 둥근 얼굴에는 희미한 주근깨가 있었고, 헬멧을 쓴 것 같은 헤어스타일에 기분과 상관없이 언제나 성난 듯 보이는 미소를 가진 테리 슈미트를 두고 스콧 R. 레일먼이 이끄는 테크니컬프로세싱팀의 아첨꾼 중 한 명은 마치 1970년대 졸업 앨범 사진을 실물로 보는 것 같다고 평한 바 있다. 슈미트와 수년간 함께 일해온 R.S.B.의 MROP 팀원들은 그의 이름을 제대로 기억하지 못했는데, 그를 만날 때면 이 사실을 숨기기 위해 언제나 과장된 친밀감으로 대했다. 리신과 보툴리누스균은 둘 다 배양하기 어렵지 않았다. 실험실 환경에 익숙한 사람이 충분한 주의를 기울여 진행한 다면 오히려 꽤 쉬운 편이었다. 슈미트는 테크니컬프로세싱 팀의 젊은 남자들이 달린 릴리의 큰 키와 튼실한 신체를 웃음거리로 삼아 그녀를 '러치*' 또는 '허먼**'이라 부르는 소리를 들은 적이 있는데, 하마터면 그들과 대놓고 싸움을 할 뻔할 정도로 분을 참지 못했다.

슈미트가 '여러분에게만 살짝 말씀드리는데' 제품의 원래 이름이 **데빌!**Devils!***이었다고 말했을 때, 그가 진짜 소비자들이라고 잘못 알고 있는 열두 명 중 41.6%가 전형적인 동공 확장과 경미한 인슐린 쇼크로 인한 창백하고 번들거리는 낯색을 보이고 있었다. 다량의 초콜릿이 함유된 제품의 특성을 강조하는 동시에 죄악, 지독한 탐닉, 유혹에의 굴복 등에 대한 연상을 일으키고 패러디하기 위해 **데빌!**이라는 이름이 제안되자 엄청난 자원이 투입되어 제품 개발, 개량 및 소비자 테스트가 진행됐고 붉은색과 검정색을 다양한 방식으로 조합하여 디자인한 수많은 포장지가 고안됐으며 우리가 아는 친숙한 미스터 스퀴시 아이콘이 불그레한 혈색에 짙은 눈썹을 하고 사악하게 웃고 있는 악마 같은 모습의 변종

---

* TV 드라마이자 영화 〈아담스 패밀리〉(1991)에 등장하는 키 큰 하인.
** 1960년대에 방영된 TV 시트콤 〈더 먼스터스〉에 등장하는 먼스터가의 수장으로, 〈아담스 패밀리〉의 러치와 비견되는 허구의 인물.
*** '악마'라는 뜻.

이 쏟아져 나왔지만, 부정적인 테스트 결과로 인해 마케팅 전략이 모두 원점으로 돌아갔다는 것이었다. 당시 달린 릴리와 트루디 키너도 일부 담당했던 초기 포커스 그룹들은 **데빌!**이란 이름을 제안한 리즈마이어 섀넌 벨트 포장 총책임자의 내부 정적이 R.S.B.의 MROP 담당자에게 압력을 넣은 결과 주로 일리노이주 남부 주민으로 구성되는 바람에—테리 슈미트는 이 지역이 공화당 성향이 강하며 바이블 벨트*의 특성을 가지고 있다는 사실을 잘 알고 있었다—메디치가家를 방불케 하는 음모와 앙갚음이 난무하여 R.S.B.의 중간급 임원 세 명이 해고되고, 그 후 WT* 소송을 막기 위해 최소 여섯 자리 수의 합의금이 오간 얘기까지는 자세히 하지 않더라도(물론 이것이야말로 이 이야기에서 유일하게 재밌다고 할 수 있는 부분이긴 하지만, 이라고 슈미트는 호주머니 속 동전을 짤랑거리면서 코도반 가죽 신발이 10시에서 2시 방향으로 천천히 움직이다 되돌아가는 것을 바라보며 생각했다. 호수 위 엷은 구름으로 햇살이 진주처럼 반짝이기 시작했고 회의실 유리창을 통과하며 갈색으로 변했다), 요는 교묘히 구성된 포커스 그룹들이 "사악하게 맛있고 악마처럼 황홀하다" "치명적인 (붉은 글씨로) **유혹**"과 같은 문구를 포함한 광고 카피와 복면 쓴 어둠 속 형상들이 변조된 목소리로 자신들이 실은 아무도 모르게 '탐닉의 비

---

*   개신교도와 기독교 근본주의자들이 많은 미국 중남부부터 동남부 사이의 여러 주를 일컫는 말.

*   =부당 해고(Wrongful Termination)

밀제'에서 '악마를 숭배'하는 평범하고 정직한 시민이라 고백하는 광고 스토리보드에 대해 한결같이 극단적인 반응을 보였고, 카피와 스토리보드 노출 전후에 작성된 IRP와 GRDS의 '맛과 제품 전반에 대한 만족도' 항목에서 무척이나 들쑥날쑥한 결과가 나와, 중간급에서 수도 없이 골머리를 썩이고 고위급에서 시도 때도 없이 임원 회의를 진행한 결과 **펠러니!**가 탄생하게 됐다는 것이었다. **데빌!**보다 형벌과 반역을 연상시키는 정도가 훨씬 덜한 **펠러니!**는 기껏해야 정신 나간 반反범죄주의자나 비주류 교도소 개혁주의자 외에는 비위가 상하는 사람이 없도록 고안되었다. 그러니까, 오늘 여기에 모인 여러분 중 여러분의 반응 및 평가와 이제까지 열심히 참여해주신 노고와 또 이제 곧 하나의 그룹으로서 무척이나 중요한 GRDS 단계에 돌입하시게 될 텐데 그러한 노력이 중요하지 않다거나 미스터 스퀴시의 임원들이 중요하게 여기지 않을 거라고 생각하시는 분은 한 명도 없으시면 좋겠다고, 슈미트는 힘주어 말했다.

아직까지 폴리펩티드 과다 증상을 보이지 않고 있는 머리가 벗겨진 푸른 눈의 삼십 대 남성은—이름표에는 대문자로 '행크'라 적혀 있었다—슈미트 및 화이트보드에서 가장 가까운 테이블 구석 자리에 앉아 슈미트의 서류 가방을 무심히 혹은 뚫어져라 쳐다보고 있었다. 울퉁불퉁한 검정 합성 피혁으로 제작된 가방은 평균적인 서류 가방 혹은 손가방보다 현저하게 옆으로 크고 길이가 짧아서 의사들의 왕진 가방이나 컴퓨터 기술자의 고급 공구 상자 같아 보였다. 슈미트가 구독하는 정기간행물에는 〈US 뉴스 & 월드 리포트〉〈화폐 뉴스〉〈애드버타이징 에이지〉, 그리고 계간지 〈응용통계 저널〉이 있었는데, 그중 〈응용통계 저널〉을 3년 치씩 네 묶음으로 쌓고 그 위에 사포질한 소나무 널빤지와 나트륨램프를 얹어서 합성 에나멜 재질의 접이식 미늘문으로 주방과 분리된 작은 작업실에서 실험 테이블로 사용하고 있었다. 테이블 위에는 각종 디캔터와 증류기, 플라스크, 진공 병, 필터와 '리즈 헨디' 브랜드의 알코올램프가 늘어져 있었다. 리신과 리신의 사촌 격인 아브린은 각각 피마자 씨와 홍두 종자에서 추출되는 강력한 식물독소다. 이들은 화려한 꽃을 피우는 현화식물로서 웬만한 묘목장에서 구입할 수 있다. 3개월만 재배하면 다 자란 종자를 얻을 수 있는데, 모양은 리마콩처럼 생겼으며 붉은색 또는 윤기 나는 갈색을 띠고, 과거에는—슈미트는 치밀한 조사를 통해 이 사실을 알아내고는 빅브라더·빅시스터 때와 같이 또 한 번 등골이 오싹한 느낌을 받았다—중세의 고행자들이 묵주알로 사용했다고 한다. 피마자 씨를 얻으려면 12~36온스의 증류수에 NaOH 4~6큰술 또는 시중에서 구할 수 있는 양잿물 6~8작은술을 섞은 용액에 1~4온스의 종자를 넣어서 껍질을 벗겨야 한다(부력에 의해 종자가 떠오르기 때문에 대리석이나 살균한 자갈이나 액면가가 낮은 동전을 '트로잔' 콘돔에 넣고 묶어서 눌러놓아야 한다). 한 시간 후에 용액에서 종자를 꺼내어 말린 다음 질 좋은 수술용 장갑을 착용하고 조심스럽게 껍질을 벗긴다. (주의: 가정용 고무장갑은 두껍고 불편해서 피마자 껍질을 벗기기에 적합하지 않다.) 슈미트는 단계별 지침을 애플 컴퓨터의 하드드라이브와 백업디스크에 각각 저장해두고 있었다. 컴퓨터는 배터리 용량이 세 시간이나 되어 실험 테이블 위에 얹어놓고 작업을 진행하는 동시에 상세한 시간이 적힌 세부 실험 일지를 작성할 수 있었다. 이는 올바른 실험 절차의 가장 기초적인 원칙임은 말할 것도 없다. 껍질을 깐 씨앗과 아세톤을 1 대 4 비율로 섞어 믹서기를 '퓌레' 모드로 놓고 분쇄한다. 믹서기는 사용 후 폐기한다. 아세톤과 피마자 혼합물을 살균한 병에 부어 뚜껑을 닫고 72~96시간을 기다린다. 그런 다음 크기가 동일한 병에 튼튼한 시판 커피 필터를 얹고 혼합물을 조심스레 붓는다. 이 단계에서 얻으려는 것은 걸러진 액체가 아니라 걸러낸 물질임에 유의한다. 양손에 수술용 장갑을 두 개씩 착용하고 최소 두 개의 표준규격 여과 마스크를 쓴 상태로 손을 이용해 필터의 침전물로부터 가능한 한 많은 양의 아세톤을 짜낸다. 최대의 주의를 기울여 힘을 가한다. 필터에 남은 물질의 무게를 재고 살균한 세 번째 병에 무게의 네 배 분량의 새로운 CH_3COCH_3와 함께 담는다. 기다리고 여과하고 손으로 짜내는 과정을 3~5회 반복한다. 마지막에 얻게 되는 것은 순도 높은 리신이다. 직접적으로 주입하면 단 0.04mg으로도 치명적이다(섭취를 통한 치사량은 이것의 9.5~12배다). 비교적 괜찮은 약국의 당뇨 코너에서 구할 수 있는 표준규격 미세 눈금 피하 주사기에 리신 용액 0.4mg을 보관한다. 용액은 염수와 증류수 중 어느 것으로 만들어도 무방하다. 리신을 주입하거나 섭취하면 24~36시간 후에 극심한 메스꺼움, 구토, 방향감각 상실, 청색증 등의 초기 증상이 나타난다. 그로부터 12시간 이내에 치명적인 심실세동과 순환허탈이 따른다. 참고로, 인시투in situ* 농도 1.5mg 미만의 리신은 표준적인 과학수사 시약으로 검출되지 않는다.

형상이 삼각형 모양의 노즐을 둔부의 흰색과 파란색 동심원 정중앙의 돌기에 부착하는 것을 보고 경찰을 비롯한 무리 중 많은 사람들이 처음에는 '역겹다' '소름끼친다' 및/또는 '끔찍하다'는 단어를 사용했다. 뒤따른 팽창의 모습에 이러한 혐오감의 표현은 모두 사그라들었다. 먼저 엉덩이와 배와 허벅지가 부풀어 올라, 창에서 멀어진 형상은 창에 부착된 이마의 흡착판이 떨어지지 않도록 하기 위해 비틀린 동작을 취해야 했다. 밀폐식 라이크라 레깅스가 둥글게 부풀어 올라 반짝였다. 덱세드린을 복용하는 장발의 남자는 자전거의 가느다란 뒷바퀴를 가볍게 치며 그가 망원경을 빌려줬던 옆의 젊은 여성에게 아까부터 저게(아마도 작은 돌기를 뜻하는 듯하다) 뭔지 알고 있었다고 말했다. 한쪽 어깨의 밸브로 왼팔이, 다른 쪽 밸브로 오른팔이 부풀어 올라 종국에

---

* '본래의 자리에서'를 뜻하는 라틴어로, '시험관 내에서' 또는 '생체 밖에서'를 뜻하는 인비트로(in vitro)와 반대되는 말.

는 전체적으로 커다랗고 뚱뚱하고 말랑말랑한 만화처럼 보였다. 구경꾼들에게서는 다양한 반응을 볼 수 있었다. 그러다 형상이 자살 행위처럼 위험해 보이는 이마에 노즐 꽂기 동작을 구사하자 머리에 쓴 복면이, 구겨져 있던 흰색 마일라가 왼편으로 약간 주저앉다가 가스로 채워지면서 제자리를 찾아가며 무슨 무늬인지 알 수 없던 선들이 실체를 드러내자 지상에 있던 400명이 넘는 미국인 성인들이 큰 소리로 아이 같은 기쁨의 외침을 내질렀다.

　… 그리고 이제, 라고 슈미트가 포커스 그룹을 향해 말했다. 드디어—아마도 아쉽다고 생각하시는 분은 없겠습니다만. 그는 섭섭하다는 듯한 미소를 지으며 말했다—드디어 제가 이곳을 나가고 여러분들은 대표를 선정하고 이제 조금씩 어두워지고 있는 이 회의실에서 함께 상의하며 **펠러니!** 의 맛, 질감, 전반적인 만족도에 대한 개별 반응과 의견을 비교하고 이에 대한 합의된 GRDS 점수를 도출하실 시간입니다. 달린 릴리와 회의 테이블 위에서 강도 높은 성교를 하는 공상 중에는 그가 출렁이는 삽입 동작의 리듬에 맞춰 '고마워요, 고마워요'라고 말하는 장면이 종종 등장했다. 입을 닥치고 싶지만 멈추지 못하고 '신이시여, 고마워요'라고 말하면 안경에는 김이 서리고 운동화 뒤축으로는 귀청이 떨어져 나갈 듯이 테이블 표면을 치고 있는 달린 릴리의 얼굴에 처음에는 혼란스러운 표정이, 다음에는 불쾌한 표정이 어린다. 때문에 공상이 망쳐지는 경우도 종종 있었다. 어느 정도 토론

이 진행되고 시간이 흘렀는데도 어떠한 이유에서든 그룹 전체의 진짜 감상을 나타낼 수 있는 점수가 합의되지 않는다면, 이라며 슈미트가 말을 이었다(이쯤 되니 구성원 중 세 명이 테이블에 머리를 박고 있었다. 괴짜 UAF도 그중 한 명이었는데, 그는 작은 소리로 낮은 신음을 흘리고 있었다. 슈미트는 팀 Δy의 진행자들이 리서치 사이클이 완료된 후 작성해야 하는 UAF 평가서에서 이 작자에게 엄청 낮은 TFG 성과 점수를 주어야겠다고 다짐했다). 그럴 경우에는 그냥 두 개의 GRDS 보고서를 제출하시면 되는데, 그러니까 합의된 두 개의 점수를 각각 기재하시면 됩니다. TGF에 불일치 배심이란 건 없으니까요. 슈미트는 자신이 경직되었거나 성난 것처럼 보이지 않길 바라며 미소를 지었다. 그런데 두 개의 하위 그룹으로 분할되는 것도 적절치 않다, 예컨대 한 분 이상이 두 개의 점수 모두 자신의 감상과 선호도를 대변하지 못한다라고 느끼신다면, 뭐 필요하다면 GRDS 세 부를, 그것도 아니면 네 부를, 작성하실 수도 있겠습니다. 하지만 염두에 두셨으면 하는 건 팀 Δy와 리즈마이어 섀넌 벨트와 미스터 스퀴시는 분별 있고 영리한 현대의 소비자 그룹으로서 여러분들이 가능한 한 가장 적은 수의 GRDS 보고서를 제출해주셨으면 한다는 것입니다. GRDS 서류 이야기가 나오자 슈미트는 무려 열세 부의 GRDS가 담긴 서류철을 손에 들고 공중에서 극적으로 흔들었다. 하지만 서류는 단 한 부만 꺼내 들었다. 포커스 그룹에게 하나로 뭉치기를 권장하는 대신 개별 행동을 하라고 처음부터 부추길 필요는 없었기 때문이다. 물론 질펀하게 철썩대는 소리에 맞춰 '고마워요, 고마워요'라고 말하는 사람이 달린 릴리였다면 훨씬 더 멋진 공상이 되었을 것이다. 슈미트는 이 사실을 잘 알고 있었고, 공상조차 스스로의 취향에 맞게 주무르지 못하는 자신의 명백한 무능력도 잘 알고 있었다. 자신의 내면에 소위 말하는 자유의지라는 것이 있는지조차 의문이었다. 회의실에 있는 총 열다섯 명의 남성들 중 유리창에 의해 어느 정도 차단된 희미한 외부의 소음이 얼마 동안 들리지 않고 있다는 사실을 알아챈 건 둘뿐이었다. 둘 다 피실험자가 아니었다. 슈미트는 지금쯤이면—소개 프레젠테이션을 진행하는 데 지금까지 23분이 걸렸지만, 항상 그렇듯이 그보다 훨씬 더 길게 느껴졌다. 구성원 중에서 비교적 똑바른 자세로 앉아 있는, 인슐린 내성이 강한 사람들조차 차분하지 못한 표정을 짓고 있어 그들 역시 배가 고프고 피곤하고 시간이 답답할 정도로 오래 걸리고 있다고 생각하고 있음을 알 수 있었다(실제 로버트 아워드는 실험적인 풀 액세스 실험의 일환이라 추정되는 이 TFG 프레젠테이션에 최대 32분까지 할애해도 좋다는 앨런 브리튼의 승인이 있었다고 슈미트에게 분명히 말했었다. 슈미트의 상대적으로 간결한 언변과 관련 없는 질문이나 잡담을 부드럽게 넘길 줄 아는 능력을 높이 사서 그가[로버트 아워드가] TFG의 '실험적' GRDS 단계를 진행할 사람으로 슈미트를 선정한 것이라고도 말했다)—슈미트는 지금쯤이면 달린 릴리의 포커스 그룹은 이미 비공개로 자기들끼리 GRDS 회의를 진행하고 있을 것이라 짐작할 수 있었다. 달린은 R.S.B.의 녹색 회의실에서 네 개의 화면으로 이루어진 스크린 맞은편 푹신한 의자 옆에 서류 가방과 핸드백과 함께 그녀가 어른스러운 신발이라 칭하는 구두를 벗어놓고—아마도 한 켤레는 버건디 색 바닥을 드러내고 있을 것이다—경쾌한 동작으로 전자레인지에 립튼 차를 돌리고 있을 것이다. 지금 이 순간 그녀는 우람하고 널찍한 등을 문 쪽으로 돌린 채 전자레인지를 마주보고 서 있을 것이므로 슈미트가 복도를 따라 녹색 회의실로 향하며 커다랗게 한숨을 쉬거나 기침을 하거나 열쇠를 짤랑거려서 '그렇게 뒤에서 몰래 다가'가서 그녀가 블라우스 앞섶의 주름 장식에 손을 얹으며 놀라지 않도록 해야 할 것이었다. 달린이 그에게 이 행동에 대해 주의를 준 것은 수석 리서치 책임자 아워드가 실제 수시로 그녀의 뒤에서 몰래 다가가곤 했던 그 6개월의 기간 중 어느 날이었는데, 그로 인해 달린뿐 아니라 모두의 신경이 당연하게도 날카롭게 곤두서 있었다. 슈미트는 그런 다음 R.S.B.의 신맛 나는 진한 커피를 한 잔 따라 달린 릴리와 나머지 두 명의 이른바 실험적 프로젝트의 필드 리서치 요원과 어쩌면 한두 명의 과묵하고 매우 열정적인 R.S.B.의 시장 리서치 인턴들과 함께 스크린 맞은편 푹신한 의자에서 휴식을 취할 것이다. 슈미트는 달린의 옆자리에서 그녀의 무척 높다란 머리의 그림자에 가린 채 앉아 있을 테고, 론 마운스는 평소처럼 담배 한 갑을 꺼내 들 것이며, 트루디 키너는 마운스가 늘 그렇듯 절실한 동작으로 담뱃갑에서 허겁지겁 담배를 꺼내 떨리는 손으로 불을 붙이는 모습을 보고 낄낄대며 웃을 것이다. 슈미트와 달린 릴리 둘 다 담배를 피우지 않기 때문에(어린 시절 골초들에게 둘러싸여 자란 달린은 성인이 된 지금 담배에 알레르기가 있었다) 둘이 동시에 연기를 피하는 자세를 취하며 약간의 유대감이 형성될 것이다. 슈미트는 언젠가 한번 앉은 자세에서 침을 꿀꺽 삼키고 마운스에게 담배 얘기를 꺼낸 적이 있었다. 그는 신사답게 자신에게 알레르기가 있는 것처럼 말했지만, 사실 R.S.B.의 녹색 회의실에는 재떨이와 환풍기가 구비되어 있었고, 전용 사무실이 없는 직원들이 휴식 시간에 담배를 피우는 곳인 자갈 깔린 구역까지 가려면 18층을 내려가 갭 매장 뒤쪽의 직원 전용 문을 통해 나가 약 100미터를 이동해야 했기 때문에, 이 문제에 대해 강하게 의견을 피력한다면 호전적이고 괴팍한 인간으로 보이거나 달린의 역성을 들며 기사도를 발휘하려는 것처럼 보이지 않을 수 없었다. 달린이 한쪽 발을 다른 쪽 무릎에 올리고 양손으로 발등을 주무르며 자신이 담당한 포커스 그룹의 논의 진행 상황을 관찰하는 동안, 슈미트는 자신의 TFG에 집중하려고 노력해야 할 것이다. 그들 사이에 많은 대화가 오가지는 않는다. 네 명의 진행자들은 엄밀히 말해 여전히 업무 중이었고, 스크린상에서 자신이 담당한 그룹의 대표가 회의실의 황색등을 켠다고 알고 있는 버튼을 누르기 위해 움직이는 모습이 보이면 언제든지 담당 회의실로 돌아가야 했기 때문이다.

일생 동안 누구도 감히 놀릴 생각을 하지 못했을 것 같은 팀Δy의 사장 앨런 브리튼은 이학석사(M.S.)이자 법학석사(J.D.)로, 상대방을 육체적으로 압도하는 거구의 남자였다. 신장뿐 아니라 어느 방향으로도 대략 185센티미터는 족히 되어 보였고, 커다랗고 반들반들하게 빛나는 타원형 머리통의 정중앙에는 눈코입이 극도로 밀집되어 있었으며, 어떤 일에도 끄떡없을 것 같은 쾌활한 표정은 그가 이제껏 시도한 일마다 의미 있는 변화를 일으켜온 사람임을 알려주었다.

투여라는 측면에서는 맛 및/또는 질감이라는 부수적인 문제가 있었다. 대부분의 식물독소와 마찬가지로 리신도 맛이 엄청나게 쓰기 때문에, 치사량인 0.4mg을 섭취하도록 하려면 고도의 희석이 필요하다. 문제는 희석된 리신은 순도 높은 리신보다 훨씬 더 먹을 수 없는 맛이라는 것이었다. **펠러니!**의 얇은 포장재를 통해 중앙의 26x13mm 크기 타원형 퐁당에 증류수를 주입하면 질척거리는 부식성 포켓이 생겨 고지질 용해성 내용물과의 뚜렷한 대비를 통해 불순물이 주입됐음을 단번에 알 수 있었다. 주변부의 촉촉한 밀가루 무첨가 케이크에 주입하면 1916년산 25센트 동전 크기의 영역이 말티톨 맛이 나는 침전물로 변해버렸다. 유망했던 초기 대안 중 하나는 **펠러니!**의 여섯 개 내지는 여덟 개의 영역에 극미량을 주입한 다음, 대상이 무언가 잘못됐다는 사실을 알아차리기 전에 케이크 빵의 전부 또는 대부분을 삼키기를(트윙키나 초코다일처럼 **펠러니!**도 세 입에 먹을 수 있는 전형적인 크기이면서 동시에 유리한 IMPC*와 그로 인한 높은 판매고를 달성할 수 있도록 야심찬 소비자라면 한입에 모조리 넣을 수 있을 만큼 말랑말랑하면서 타액에 잘 녹도록 만들어졌다) 바라는 것이 었다. 이 대안의 문제점은 미세 눈금 피하 주사기를 사용해도 저 얇은 트랜스폴리마 포장재에 매 주입 부위마다 지름 0.012mm(중간값)의 구멍이 생긴다는 것이었는데, 평균적인 미드웨스트-뉴잉글랜드 습도 수준을 유지하는 가정집에서 개별 포장된 케이크 빵으로 실험한 결과, 이렇게 생긴 구멍에서는 48~72시간 이내에 국부적인 부패/건조가 발생했다. (다른 미스터 스퀴시 제품과 마찬가지로, **펠러니!** 또한 말 그대로 '입 안에서 녹을 만큼' 완연하게 촉촉하고 타액의 프티알린을 유발하도록 개발되었는데, 이는 초기 필드 테스트에 의해 신선함과 호화로움을, 관능적 도락을 연상시키는 것으로 규명된 바 있었다.**) 그러므로 아무 맛도 없을 뿐만 아니라 단 0.00003g으로 97%의

***

* =복수 제품의 섭취 간격(Intervals of Multiple Product Consumption)

** 인공 구토 기관은 테이프로 한쪽 팔 아래에 부착한 작은 폴리우레탄 자루와 왼쪽 견갑골의 뒤쪽을 따라 올라가 턱 바로 아래에서 터틀넥의 작은 구멍을 통과하여 나오는 투명 플라스틱 관으로 이루어져 있었다. 자루의 내용물은 케이크 여섯 개에 생수와 오늘 아침에 제일 먼저 약국에서 처방전 없이 구입한 구토제를 이용해 채취한 진짜 담즙이 섞인 것이었다. 자루의 전지와 진공은 먼저 한 차례 다량의 토사물을 유출한 뒤 두세 차례에 걸쳐 잔여물을 분출하고 흘리도록 고안되어 있었고, 손목에 차고 있는 시계의 단추를 누르면 작동하도록 만들어져 있었다. 토사물이 실제로 내 입에서 나오지는 않겠지만, 아무도 출구를 유심히 관찰하지는 않을 것이라 확신할 수 있었다. 이런 상황이 발생하면 사람들은 자기도 모르게 다른 곳으로 눈을 돌리게 마련이니까. 안경에는 시카고시 경찰청 송신기의 투명 이어폰이 장착되어 있었다. 스코프에 표시된 임무 경과 시간은 24분 31초였는데, 프레젠테이션은 그보다 훨씬 길게 느껴졌다. 우리 모두 진작부터 임무에 착수하고 싶어 안달 난 상태였다.

치사량을 갖는 균체외독소인 보툴리누스가 보다 실용적이라 할 수 있는데, 혐기성 박테리아에서 분비되기 때문에 제품 내부의 정중앙에 주입돼야 하고, 주사기가 배출되면서 생기는 초소형 기포가 혼합물에 공격을 가하기 시작할 것이므로 예측 가능한 결과를 얻기 위해서는 일주일 이내에 섭취가 되어야 한다는 단점이 있었다. 혐기성 부생腐生균인 클로스트리디움 보툴리눔은 재배가 간단하다. 저장식품용 밀폐병에 '앤트 넬리' 비트 피클을 2~3온스 으깨어 갈아넣고 쇠고기를 1~2온스 다져넣고 신선한 표토 두 큰술—브리아헤이븐 콘도미니엄의 호사스러운 정문 양옆을 장식하고 있는 막대사탕 모양 생울타리 밑동의 소나무 대팻밥 밑에서 구할 수 있다—을 넣은 다음 수돗물(염소 처리돼 있어도 괜찮다)을 병 끝까지 붓는다. 끝까지 부어야 한다는, 이게 가장 까다로운 부분이다. 수면이 병 주둥이의 맨 끝에 도달한 상태에서 병뚜껑을 제대로 닫은 다음 병 안에 남아 있는 O_2가 0.0%가 되도록 바이스*와 주둥이가 넓은 '시어즈 크래프트맨' 펜치를 이용해 단단히 돌려 조이고 어두운 다용도실 찬장에 10일간 두면 병뚜껑이 적당히 부풀어 오른다. 두 쌍의 장갑과 두 개의 마스크를 착용하고 극도의 주의를 기울여 뚜껑을 열면 갈색과 황갈색의 중간색을 띤 클로스트리디움 군체가 황색과 녹색의 중간색을 띤 보툴리누스 균체외독소로 뒤

---

* 물체를 끼워서 고정시키는 장치.

덮여 있다. 후자는 완곡하게 말하면 이 곰팡이의 소화 과정에서 발생하는 부산물인데, 투여 시 사용되는 것과 같은 피하 주사기를 이용해 극미량씩만 옮길 수 있다. 보툴리누스를 사용하면 제품 조작보다는 제조 및/또는 포장의 결함으로 주의를 돌릴 수 있다는 이점이 있으며, 이로 인해 업계 전체에 가해지는 영향력 또한 커질 것임은 물론이다.

어떤 TFG는 IRP만 작성하고 어떤 TFG는 여기에 더해 배심원단처럼 따로 모여 고심 끝에 GRDS를 도출하는 필드 리서치 방식의 기저에 있는 진짜 원칙은 리즈마이어 새넌 벨트가 미스터 스퀴시 및 N.A.S.C.가 가장 보고 싶어 할 것이라 생각되는 리서치 결과를 가장 잘 보강하는 데이터를 사용하고 제시할 수 있도록 팀Δy가 통계적으로 완전한 두 개의 서로 다른 시장조사 데이터를 R.S.B.에 제공한다는 것이었다. 슈미트, 달린 릴리와 트루디 키너가 암묵적으로 이해한 바로는, 오늘 TFG 배심원단이 소위 '노 액세스' 그룹과 '풀 액세스' 그룹으로 갈리는 실험이 이루어지고, 후자의 구성원들에게 제품의 기원, 생산 및 마케팅 목표에 관한 특별한 배경 정보라고 안내된 정보가 전달된 것도 바로 이와 같은 목표를 위한 것이었다. 즉, 마케팅 사안 관련 비화의 공개 여부가 포커스 그룹의 GRDS 평균값에 유의미한 차이를 유발하든 아니든 간에, 팀Δy와 R.S.B.가 원하는 것은 데이터를 마음대로 선택하고 골라 입맛에 맞게 초기하분포 통계 기법을 적용하여 클라이언트가 원하는 방향으로 조작할 수 있는 복수의 데이터 필드를 갖는 것이었다. 녹색 회의실에 모인 사람 중 오직 이학석사 학위가 있는 A. 로널드 마운스만—로버트 아워드가 아끼는 멘티이자 아워드의 가장 유망한 후임자인 동시에 아워드가 필드 리서치 요원들 사이에 심어놓은 첩자이기도 한 마운스는 요원들이 평상시에 나누는 잡담들의 요점을 일목요연하게 정리해서 아워드의 젊고 열성적인 비서가 그날의 모든 IRP와 GRDS 양식이 필드팀 팀원들에게 배포될 때 사용되는 것과 동일한 마닐라 봉투에 담아 그에게 건네주는 '#0302 필드 우려 사항 및 직원 사기' 양식에 작성하여 아워드에게 보고했다—마운스만이 오늘의 특이한 풀 액세스 및 노 액세스 미스터 스퀴시 TFG 진행 방식이 사실은 앨런 브리튼과 팀Δy 고위 경영진 중 내부 비밀 간부진(이 간부진은 브리튼이 제543조에 의거해 설립한 Δy^2 어소시에이츠Δy^2 Associates라는 명목상의 이름을 갖는 인적 지주회사의 구성원들이기도 했다)이 점점 더 복잡해지고 자의식 과잉이 심화될 앞으로의 마케팅 전략에서 TFG가 과연 어떤 역할을 수행할 수 있을지 알아보기 위해 극비리에 진행하고 있는 필드 실험의 일부라는 사실을 알고 있었다. 이 필드 실험의 기본적인 발상은, 로버트 아워드가 유월의 어느 날 몬트로즈-윌슨 비치*의 사유 부두에서 4해리 떨어진 지점에 새로 장만한 쌍동선을 정지시키고 부드러운 파도에 흔들리며 마

---

* 시카고 업타운 인근에 위치한 미시건호 비치.

운스에게 설명하기를, 갈수록 진화하는 미국 소비자들이 미디어와 마케팅과 제품 포지셔닝 전략에 더욱 정통해지고 보는 눈이 생기면서—그러니까 어느 날 핸드볼 경기를 마치고 헬스클럽 사우나에서 자신에게 방금 참패를 당한 지적재산권 전문 변호사와 이야기를 나누다 불현듯 오늘날의 평균적인 개인 소비자의 머릿속을 들여다볼 기회를 갖게 됐는데, 변호사는 새로 출시된 탄산음료 '서지'의 홍보 전략으로서 A.C.롬니-재스워트가 엄격하게 타기팅한 인구층을 대상으로 이번 분기에 대도시권에서 대대적으로 진행 중인 광고 캠페인에 대해 칭찬을 늘어놓으며 자신(홀딱 벗고 땀을 뻘뻘 흘리고 있던 그 지적재산권 전문 변호사*)은 귀에 거슬리는 기타 리프와 '듀드dude**' 같은 세련된 멸칭과 '소비를 통한 반항'이라는 이데올로기로 무장한 오늘날의 젊은층 대상 광고들이 폭소를 자아낼 정도로 흥미로워서, 더군다나 자신은 '서지' 같은 광고의 타깃층에서 인구통계학적으로(실제로 '인구통계학적'이라는 용어를 썼다) 완전히 벗어나 있기 때문에, 이것을 광고라기보다는 오히려 예술 작품이나 훌륭한 페이스트리를 보듯 감상하며 아마추어이지만서도 사심 없이 광고 전략을 분석하게 된다고 말하고서는 무심히(그러니까 아워드가 전한

---

* (아워드는 모르고 있었지만, 사실 앨런 브리튼의 오랜 친구이자 십수 년 전 수동소득 조세회피 전성기 시절 브리튼의 합자회사 파트너였던)

** '녀석' '친구' '임마' 등의 뜻으로 쓰이는 호칭으로, 현재는 성별 구분 없이 쓰인다.

바에 의하면 몸에 걸친 거라고는 플라스틱 슬리퍼와 시크교도처럼 머리에 두른 수건뿐인 변호사가 사우나탕에 앉아서) '서지' 광고 캠페인의 목표와 전략을 어찌나 날카롭게 해부하는지 그가 실제로 A.C.롬니-재스워트의 MROP팀과 팀Δy의 브레인스토밍 및 전략 간담회 자리에 참석했었다고 해도 놀랍지 않을 정도였다는 거다. 마운스도 물론 팀Δy가 서서히 R.S.B.의 포획 업체로 자리 잡기 시작하기 여섯 번의 분기 전에 A.C.롬니-재스워트/콜라를 위해 '서지'를 두고 초기 포커스 그룹 리서치를 진행했다는 사실을 알고 있었다. 소형 보트 작동법에 대한 지식이라고는 그가 지금 노로 사용하고 있는 설명서에서 얻은 것이 전부인 아워드는 업계에서 흔히들 내러티브 (또는 스토리) 캠페인이라고 부르는 것, 새로 출시되는 제품의 실제 담당 마케터들이 취하는 전략과 이들이 겪는 고뇌를 제품을 둘러싼 '스토리'로 만드는—그러니까 시카고의 키블러Keebler Inc.사가 자사의 사탕은 나무 구멍에 사는 엘프들이 만들었다고 하는 것이나 필스베리Pillsbury사가 '그린 자이언트' 브랜드의 동결 야채 통조림은 그린 자이언트 골짜기에 사는 거인이 제조했다고 하는 것과 같은—내러티브 캠페인 전략에서 내러티브를 약간 비틀어 한 단계 발전시키겠다는 것이 이 필드 실험의 기본적인 발상의 요지의 골자라고 마운스에게 설명했다. 예를 들어보자면, 미스터 스퀴시의 새로운 **펠러니!** 제품을 엄청나게 노동 집약적인 제조 과정을 거쳐 만들어지는 말도 못하게 비싼 최고급 케이크 빵으로 포

지셔닝하고, 물라*를 연상시키는 폭군 CEO가 최고급 초콜
릿에 중독된 인물이라 비용이나 예상 판매량과 상관없이 무
슨 일이 있어도 **펠러니!**를 미국 시장에 출시하겠다고 마음먹
는 바람에 (이 가상의 캠페인 '스토리'에서) 제품의 마케팅을 담
당하게 된 사면초가에 몰린 너드 같은 광고장이들이 **펠러
니!**의 출시를 밀어붙이기 위해 프로젝트에 청신호가 켜질 만
한 '객관적인' 통계 데이터를 생산하도록 팀Δy가 포커스 그
룹을 조작하고 회유하게끔 강요할 수밖에 없는 상황을 설정
해볼 수 있겠다는 거였다. 다시 말하면, 마케팅 전술과 '객관
적인' 데이터에 대한 놀라운 식견을 가졌다고 자부하는 도
시의 또는 젊은층의 소비자들에게 어필하면서도 전이성 추
세가 우위를 점하고 있으며 이 세상 모든 것이 하나도 남김
없이 상업화되고 있는 요즘 시대에 자신들은 전례없이 광고
에 정통하며 분별력 있고 영리하기 때문에 그 어떤 기발한
수백만 달러짜리 마케팅 캠페인으로도 조종되지 않는다는
자만에 빠진 이들의 자신감을 추켜세워주는 깜찍하고 유쾌
한 가짜 비하인드 스토리를 제시하자는 거였다. 론 마운스
가 경탄과 흥분의 외침을 내지르며 피우고 있던 담배를 쌍
동선 밖으로 던지자—담배는 쉿 소리를 내고는 가라앉는 대
신 계속해서 물 위를 떠다녔다—1995년 2분기 현재의 기준

---

* 유례 없는 폭압 정책을 펼쳤으며 9.11 이후 오사마 빈라덴과 알카에다 전투원
들을 피신시킨 것으로 알려진 탈리반 최고사령관 무하마드 오마르.

으로 비추어 봤을 때 이것은 상당히 대담하면서도 독특한 광고 콘셉트라고, 아워드가 겸손하게 인정했다. 아워드는 또한 먼저 고도로 통제된 환경에서 막대한 양의 리서치를 진행하고 이를 초기하분포를 이용하여 다각도로 분석한 다음에야만 회사를 박차고 나와 R. 아워드 앤 섭오디넛츠R. Awad & Subordinates 에이전시를 설립해서 선견지명이 있는 여러 기업을 상대로 이 아이디어를 팔아볼 생각이라도 해볼 수 있을 것이라고 인정했다. 자신들에게 반항아적 기질이 있다고 믿는 젊은 경영진으로 이루어진 미국의 몇몇 신생 인터넷 기업들이 유망해 보이는군. 십여 년 전의 스바루나, 어느 날 갑자기 급부상해 광고업계를 지배한 세델메이어* 시대의 페덱스나 웬디스같이 신선하고 재기 넘치는 유머러스한 냉소를 기업 이미지로 삼고 싶어 하는 몇몇 진보적인 회사들이 괜찮겠어. 그러나 로버트 아워드가 자신의 멘티를 호숫가에서 4해리 떨어진 지점까지 데려와 그의 큰 분홍빛 귀에 속삭인 말들 중에서 진실이나 상황에 따라 진짜라고 볼 수 있는 것이라고는 진정한 진짜 필드 실험의 통제 조건으로서 팀Δy의 수석 리서치 책임자와 필드 리서치 요원 중 엄선된 몇 명에게만 흘러들어가도록 사전에 합의된 위장 내러티브밖에 없었다. 앨런 브리튼과 스콧 R. 레일먼에게 (제543조에 의거해 설립했다

---

*   조 세델메이어. 광고의 엔터테인먼트 요소를 강조한 광고 전문가로, 페덱스의 〈Fast Talking Guy〉(1981), 웬디스의 〈Where's the Beef?〉(1984)와 같은 광고를 제작한 감독으로 유명하다.

는 Δy^2 어소시에이츠라는 기업은 실제로 존재하지 않았다. 이것은 브리튼이 아워드에게 고의로 흘린 위장 내러티브의 일부에 불과했다. 윗선에서는 그[=아워드] 몰래 그의 자리를 서서히 달린 릴리에게 넘기는 작업을 진행하고 있었다. 레일먼은 그[=달린 릴리]가 시스탯과 HTML에 능통하다는 사실을 높이 샀고, 브리튼은 아워드에게 필드팀의 사기에 허점이 있는지 시험해볼 수 있도록 행동하라고 비밀리에 지시한 뒤 달린 릴리가 놀라운 배짱과 정치적 침착함으로 아워드로 인한 스트레스 인자를 해소해버리는 모습을 보인 뒤부터 줄곧 그녀를 눈여겨보고 있었다) 그러니까 브리튼과 그의 멘티 레일먼에게 다른 사람도 아닌 T. 코델 ('테드') 벨트가 직접 설명해준 바에 따르면 이 필드 실험은 필드 리서치 요원들이 시장 조사의 목적에 관해 전달받은 내용이 타깃 포커스 그룹의 GRDS 단계를 진행하는 방식에 미치는 영향과 그로 인해 TFG의 비공개 논의와 GRDS의 결과에 가해지는 실질적인 영향을 알아보기 위해 고안된 것이었다. 이 내부 실험은 관찰자의 존재가 프로세스에 영향을 주며 따라서 필드 테스트의 환경을 구성하는 매우 사소하고 단발적인 요소조차도 결과 데이터에 영향을 줄 수 있음을 이미 오래전에 증명해낸 최신 자연과학 이론을 이제야 비로소 미국 마케팅 리서치에 적용하기 위한 캠페인의 제2단계에 해당한다고, 브리튼은 사무실 안쪽에 있는 자신의 방에서 거의 체펠린 비행선만 한 크기의 시가를 피우며 레일먼에게 설명해주었었다. 즉, 궁극적으로는 불필요한 확률변수를 모두 제거하자는 것인데, 기초적인 경영학 지식으로 '오컴의 면도날*'을 적용해보면, 이것은 인적 요소를 가능한 한 없애자는 것을 의미하지. 가장 확실한 인적 요소로는 TFG 진행자들, 구체적으로 팀Δy의 사면초가에 몰린 너드 같은 필드 리서치 요원을 들 수 있고. 디지털 시대가 대두함에 따라 사이버 상거래 링크를 통해 각 시장의 선호도와 패턴에 대한 데이터가 어마어마하게 쏟아져 나오면 어차피 이들은(필드 리서치 요원들은) 쓸모없어지게 되겠지만, 이라고 앨런 브리튼은 말했다. 열정적이고 설득력 있는 수사가인 브리튼은 말할 때 시가의 달아오른 끝부분으로 허공에 보이지 않는 작은 그림을 그리기를 좋아했다. 스콧 레일먼은 앨런 브리튼을 보면 얼굴이 작게 그려진 커다란 마카다미아 넛이 떠올랐다. 레일먼은 주변에 브리튼이 없는 것이 확실할 때면 테크니컬프로세싱팀의 일부 팀원들 앞에서 브리튼의 말투와 몸짓을 짓궂게 흉내 내곤 했다. 종국에는 모든 것을 하나부터 열까지 컴퓨터 네트워크로 처리하게 될 거야, 그래서 굳이 자네를 설득할 필요도 없다고 생각하네, 라고 브리튼은 말했다. 스콧 레일먼은 사실 시가를 좋아하지도 않았다. 현재 급부상하고 있는 www-점-슬래시-hyper cybercommerce** 같은 거 말이야. 이에 관해 이미 무수히

---

*   다른 모든 조건이 같은 두 가지 논증이 있으면 전제의 수가 적은 쪽을 채택해야 한다는 이론. 13~14세기 영국 프란체스코 수도회의 수도사 오컴의 윌리엄(William of Occam)의 이름을 따서 명명되었다.

** '하이퍼 사이버 상거래'라는 뜻.

많은 업계 세미나가 진행되었고 미국의 마케팅·광고 회사들과 유관 업계들이 지대한 관심을 두고 있단 말이지. 하지만 대부분의 광고 대행사가 아직까지도 www를 단순히 영향력 높은 광고를 게재할 제5의 수단*으로만 보고 있다면 놀라운 선견지명을 자랑하는 리즈마이어 섀넌 벨트의 새로운 시대를 위한 비전은 사이버 상거래의 가히 경이적인 리서치 잠재력을 십분 활용할 방안을 찾겠다는 것일세. www에서 소비자 개개인의 관심사와 소비 패턴에 태그를 부여하고 추적하는, 눈에 보이지 않는 작은 추적 코드를 고안하는 방법도 있어. 이 시점에서 레일먼은 다시 한번 앨런 브리튼에게 이러한 알고리즘을 가리키는 용어가 무엇인지 알려주었고, 자신이 이를 설계하는 방법을 알고 있다는 사실을 적극 피력했다. 물론 A.C.롬니-재스워트 어소시에이츠의 매력적인 클로에 재스워트를 도와 특수한 추적 알고리즘을 비밀리에 개발한 바 있으며, 그렇게 개발된 두 종의 '쿠키'가 현재 팀Δy의 SMTP·POP 프로토콜 깊숙한 곳에서 실행되고 있다는 사실은 브리튼에게 말하지 않았다. 브리튼은 이 기술을 적용하면 ANOVA**를 통해 소비자들의 알려진 패턴을 바탕으로 포커스 그룹은 물론 표본 크기 n을 갖는 테스트 시장까지도 관념적으로 구성할 수 있게 될 것이고, TFG 감별 작

---

* (제1~4의 수단은 TV, 라디오, 인쇄물, 옥외[주로 광고판]였다)

** =분산분석(A Nalysis Of VAriace) 모델. 팀Δy가 시장조사에서 종속변수와 독립변수 사이의 통계적 관계를 파악하기 위해 사용하는 초기하분포 다중회귀분석법.

업—예를 들어 관심을 보인 자는 누구인가? 해당 제품 또는 관련 제품은 누가 어떤 링크를 통해 어느 사이버 쇼핑몰에서 구입했는가? 등과 같은 질문들—을 따로 진행할 필요도 없어질 것이며, 피험자 예비 심사 과정과 일당 지출이라는 오래된 관행이 사라질 뿐만 아니라 소비자들이 자신이 시장 조사의 대상이라는 사실을 알게 됨으로써 발생하는 불필요한 변수도 제거될 것이라고 말했다. 본인이 순수한 욕구를 따르는 소비자가 아닌 피험자임에 대한 자각은 지금까지 모든 시장조사에서 해결할 수 없는 왜곡 요인으로 은폐되었다. 현존하는 어떠한 ANOVA로도 피험자-자각 요인을 정량화할 방법이 없기 때문이다. 이제 포커스 그룹은 도도새와 아메리카들소와 아르데코처럼 사양길에 접어들 것이다. 앨런 브리튼은 이미 스콧 레일먼과 이 주제를 두고 여러 차례 대화를 나눈 바 있었다. 이것은 브리튼 스스로 사기를 진작시키는 방식이었다. 레일먼은 엄청나게 크고 값비싼 책상 앞에 앉아 클로에 재스워트가 승모근을 주물러주고 있을 때 책상 맞은편 낮은 의자에 앉은 커다란 마카다미아 넛이 인간적으로 퇴직금 좀 올려달라고 애원하는 모습을 그려보곤 했다. 드물게 마스터베이션을 할 때면 레일먼은 온몸에 출진물감*을 바르고 웃통을 벗은 자신이 바닥에 누운 남자들의 가슴 위에 신발 신은 발을 얹고 이 공상의 테두리 너머에 있는 무

---

* 북미 원주민 등이 전투에 나갈때 얼굴과 몸에 바르는 물감.

언가—아마도 달일 것이다—를 올려다보며 포효하는 모습을 떠올렸다. 다시 말하자면 레일먼이 이끄는 테크니컬프로세싱팀에서 현재 TFG 서류를 분석하는 데 사용하고 있는 바로 그 너드 같은 기술이 서류를 아예 대체하게 될 수도 있다고, 끝이 잉걸불처럼 빨갛게 타들어가고 있는 커다란 시가를 휘두르며 브리튼이 말했다. 적은 표본으로 테스트를 진행할 필요도 없고, β 리스크나 오차량 확률이나 $1-\alpha$ 신뢰 구간이나 인적 요소나 엔트로피 노이즈 때문에 골머리를 앓을 일도 없을 거야. 코넬 대학교 3학년 재학 시절, 스콧 R. 레일먼은 A.C.S.** 학과에서 발생한 실험실 사고로 할로겐 가스를 흡입한 적이 있었는데, 그 후 며칠 동안 장미꽃을 입에 물고 캠퍼스를 돌아다니면서 마주치는 모든 사람과 탱고를 추려고 했고 사람들에게 자신을 '위대한 엔리케'라 부르라고 했다. 결국에는 프래터니티 부원들에게 단체로 한바탕 맞고 나서야 정신을 차렸는데, 할로겐 사고가 나기 전과는 어딘가 좀 달라졌다는 것이 많은 사람들의 생각이었다. 벨트와 브리튼의 이 미래 지향적인 비전에서는 시장이 그 자체로 테스트베드***가 되는 거라고. 지형=지도가 되는 셈이라고. 모든 요소가 처음부터 변수가 되는 거고. 게다가 인간이라는 존재가 서로서로 영향을 주고 흙탕물을 일으키는 무수히 많은 단발

** 응용컴퓨터과학(Advanced Computer Science)으로 추정된다.
*** 새로운 기술이나 제품 등을 미리 시험해보는 시스템.

적인 눈에 띄지 않는 무수히 많은 방식으로 흙탕물을 일으켜서 테스트에 영향을 주는 진행자도 사라질 거야. 팀 Δy는 100프로 기술만으로 구동되는 관념적인 자기 자신의 포획 업체가 될 거야. 이렇게 되려면 인간 진행자가 차이를 유발하는 요인이라는 사실을, 진행자의 외모와 몸가짐과 화법 및/또는 각 개인의 버릇이나 태도가 포커스 그룹의 결과에 영향을 준다는 사실을 보여주는 연구 데이터만 있으면 돼. 기본 요건을 갖춘 시스탯 데이터를—눈에 확 띄는 총천연색 그래프를 첨가하면 더 좋고—보고서로 만들어서 들이밀 수 있으면 되는 거야. 필드 리서치 요원들은 결국 통계 전문가들이거든. 숫자는 거짓말하지 않는다는 걸 누구보다 잘 알지. 자기들이 사라지는 게 맞는다는 데이터를 눈으로 본다면 소란 피우지 않고 나갈 거란 말이야. 회사의 이익을 위해 자발적으로 사직하는 사람도 나올 수 있어. 이 시점에서 레일먼은 누군가 퇴사를 거부하거나 WT 소송을 제기해서 더 높은 퇴직금을 받아내겠다고 허튼소리를 지껄이는 경우에도 이 데이터를 유용하게 사용할 수 있을 것이라고 말했다. 그의 발뒤꿈치로 브리튼의 흉골의 감촉이 전달되는 것만 같았다. 물론(이라고 요점을 강조할 때나 상술할 때 시가를 다트처럼 잡고 허공을 찌르기를 좋아하는 브리튼이 말했다) 필드 놈들을 다 잘라야 한다는 건 아니야. 몇 명은 그대로 둬도 돼. 부서 이동도 한 가지 방법이야. 기계 앞에 앉아서 쿠키를 추적하고 시스탯 코드를 실행하고 컴파일이 끝날 때까지 지켜보는 일을 하도록 훈련시키면 되거든. 나머지는 다 잘라야해. 쉽지 않은 일이겠지만 다윈의 주장이 여전히 유효하거든. 브리튼은 가끔 스콧 레일먼을 '녀석'이라든가 '애송이'라고 불렀다. 당연한 일이지만 '위대한 엔리케'라 부른 적은 단 한 번도 없었다. 스콧 R. 레일먼이 어떤 사람인지 브리튼은 전혀 모른다고, 평균보다 높은 매우 특별한 운명이 점지된 그의 내면에 대해 요만큼도 알지 못한다고 레일먼은 생각했다. 그는 미소 짓는 방법을—장미를 물었을 때와 물지 않았을 때 모두—엄청나게 많이 연습했다. 브리튼은 자연과 자연과학에서 항상 그렇듯이 비밀리에 진행되는 이 실험의 스트레스 인자로 인해 생존이, 적자 여부가 결정될 것이라고 말했다. 누가 새로운 패턴의 적자가 될 것이고, 비공개 실험에서 상황이 나빠졌을 때 누가 어떤 지점에서 차이를 유발하는가가 가려질 거야. 이 모든 게 다 정교한 헛소리였다. 브리튼은 타들어가는 시가로 책상 위 허공을 찔렀다. 그러니까 진행자들이 예정에 없던 자극에 어떻게 반응하는지, 포커스 그룹의 반응에는 어떤 식으로 반응하는지를 알아보겠다는 거라고, 그가 설명했다. 이때 반드시 필요한 것이 스트레스 인자야. 중첩된, 고도의 파급효과를 유발하는 자극으로 걔들을 흔들어놓는 거지. 짐승 우리를 세게 흔들어서 어느 놈이 바깥으로 떨어지나 보는 거야. '스스로 목을 매도록 충분한 밧줄을 준다'는 말도 있잖은가. 덩치 큰 브리튼은 따뜻하고 기대에 찬 미소를 지으며 의자에 한껏 기대어 앉았다. 자신이 몸소 멘티로 선택한 이 애송이에게 바로 지금 이 자리에서 나와 함께 쓸 만한 스트레스 인자를 두고 브레인스토밍을 해보자고 제안하는 몸짓이었다. 나와 함께 테스트에 살을 붙여보지 않겠나. 지금보다 좋은 기회는 없네. 스콧 레일먼은 덩치 큰 브리튼이 자신 안의 '푸엔테*'를 드러내는 모습을 보고 깊숙한 곳에 잠복해 있던 희미한 불안을 느꼈다. 거물들이 노는 큰물에서 최전방 광고계를 진짜로 맛볼 기회라고. 바로 지금 여기서. 팀Δy의 골든보이가 능력을 발휘하고 보스에게 깊은 인상을 남길 기회야. 본인의 능력을 시험해보란 말이야. 무엇이든 좋아. 즉흥적으로 흐름에 몸을 맡겨봐. 브레인스토밍을 해보란 말이지. 깊이 생각하지 말고 흐름에 몸을 맡기는 게 중요해.✳ 커다란 체구의 브리튼은 다섯부터 거꾸로 센 다음 한 손은 귀에 대고 다른 손으로는 마치 '큐' 신호를 주는 듯 스콧 레일먼을 가리켰다. 두 눈은 못대가리 같았고, 작은 입은 입꼬리가 아래로 처져 있었다. 레일먼을 가리키는 손가락의 손톱 주변에 짙은색 무언가가 묻어 있었다. 레일먼은 자신을 가리키는 손가락을 향해 미소를 지으며 앉아 있었다. 머릿속은 텅 빈 거대한 흰 화면이었다.

✳ '엔리케'와 '푸엔테' 모두 스페인어 이름이다.

✳ 앨런 브리튼은 자신을 A.C.롬니-재스워트에 팔아넘기려는 레일먼의 계획을 모두 알고 있었다. 저만 잘난 줄 아는 이 하룻강아지는 지금 자기가 누굴 상대하고 있는지 잘 모르는 모양인데, 앨런 S. 브리튼은 이 꼬맹이가 제 발가락이나 빨고 놀 때 치열한 경쟁에서 살아남은 사람이란 말이지.

영혼은 대장간이 아니다[**]
The Soul Is Not a Smithy

[**] "그리고 내 영혼의 대장간 속에서 아직 창조되지 않은 내 민족의 양심을 벼려내기 위해 떠난다." 제임스 조이스의 《젊은 예술가의 초상》(이상옥 옮김, 민음사, 2001) 마지막에서 두 번째 문장.

훗날 베트남전쟁에 참전한 테렌스 벨란은 전투에서 공을 세워 훈장을 받았고 〈디스패치〉에 사진과 함께 극적인 영웅담이 실리기도 했는데, 전역 후 미국으로 돌아온 뒤의 행방은 나나 미란다의 지인 중 누구도 알지 못했다.

이것은 프랭크 캘드웰, 크리스 드매테이스, 맨디 블렘과 내가, 시 일간지의 표현에 의하면 '무자각적 인질 4인방'이 된 사연과 우리의 이상하고 특별한 동맹, 그리고 그 발단이 된 사건을 둘러싼 트라우마가 이후 성인이 되어서까지 우리의 삶과 진로에 어떤 영향을 미쳤는지에 관한 이야기다. 당시 〈디스패치〉가 고수한 논조는 시민윤리 교실에서 도망친 다른 아이들과 달리 학습 성적이 부진했던 혹은 문제 학생이었던 우리 넷은 그럴 만한 판단력이 없었기 때문에 그 일이 '인질극'으로 치달아 한 사람의 죽음에까지 이르렀다는 것이었다.

사건이 일어난 장소는 이곳 콜럼버스시의 R. B. 헤이스 초등학교 4학년 2교시 시민윤리 교실이었다. 지금으로부터 아주 오래전에 일어난 일이다. 시민윤리 시간에는 정해진 좌석표에 따라 각자 배정된 책상에 앉아야 했다. 책상은 질서정연하게 배치되어 바닥에 고정돼 있었다. 때는 1960년대였다. 열광적이고 분별없다고까지 할 수 있는 애국심이 극에 달한 시기이자 지금보다 순수했던 시절로 회상되곤 하는 때다. 주州에서 정한 필수과목인 시민윤리 수업에서는 헌법과 역대 대통령과 국가 기관의 역할에 대해 배웠다. 2학기에는 지점토로 국가 기관의 모형을 만들고 기관들 사이에 선을 그은 후, '건국의 아버지'들이 연방제에 어떤 식으로 권력의 균형을 구현했는지 살펴보는 실습을 진행했었다. 나는 어머니가 쓰던 코로넷 키친타월의 판지로 된 휴지심으로 도리스식 기둥을 만들어 사법부를 표현했다. 부재중인 시민윤리 담당 교사의 장기 대체교사인 리처드 A. 존슨 선생님이 우리로 하여금 헌법과 여러 초안과 수정헌법을 끝도 없이 읽게 했던 것은 추운 3월, 3학기 때였다. 적어도 지난 추수감사절부터는 로즈먼 선생님이 임신했다는 사실을 알 수 있었지만, 그때는 출산휴가를 가리키는 용어가 통용되기 전이었다.

헤이스 초등학교의 시민윤리 교실에는 한 분단에 책상

이 다섯 개씩, 총 여섯 분단이 배치되어 있었다. 책상과 의자는 서로 단단하게 연결되어 있었고, 다시 바닥에 한 번 더 고정되어 있었다. 책가방과 백팩이 널리 사용되기 전이었던 당시의 모든 초등학교가 그랬듯이, 책상에는 경첩 달린 여닫이 뚜껑이 있었다. 학생들은 자신에게 배정된 책상 안에 2호 연필과 필기 용지와 풀을 비롯해 수업에 필요한 각종 물건을 보관했다. 시험을 볼 때면 교과서가 눈에 띄지 않게 책상 안에 넣어두어야 했다. 그 시절의 필기 용지는 옅은 회색으로 부드럽고 매끌매끌했으며 넓은 간격의 파란색 점선이 그어져 있었던 것으로 기억한다. 이 용지에다 숙제를 하면 결과물이 왠지 모르게 항상 흐리멍덩해 보였다.

콜럼버스시에서는 1학년부터 6학년까지 학생들에게 홈룸이 배정되었다. 홈룸은 외투와 장화를 보관하는 교실인데, 벽에 매직펜으로 학생의 이름과 성의 초성이 표기된 작은 판지가 붙어 있었고, 학생들은 자신의 이름표 밑에 있는 고리에 외투를 걸고 직사각형으로 접은 신문지 위에 장화를 놓았다. 여분의 학용품도 각자의 홈룸 책상 뚜껑 아래 보관했다. 그때는 길 건너 피싱어 중학교의 상급생들이 홈룸 없이 이 교실 저 교실을 옮겨 다니며 수업을 듣고 비밀번호로 잠글 수 있는 사물함에 물건을 보관한다는 사실이 그렇게 어른스러워 보일 수 없었다. 비밀번호가 적힌 종이를 받으면 번호를 외우고 종이는 다른 사람이 자신의 사물함을 열 수 없도록 파기한다고 했다. 지금까지의 얘기는 나와 크리스 드매테이스와 프랭키 캘드웰과 좀 이상하고 정서적으로 불안정한 맨디 블렘이라는 어울리지 않는 조합이 일반인들의 입에 '4인방'으로 오르내리게 된 상황과 직접적으로 관련이 있진 않다. 있다고 하면 미술과 시민윤리 시간에만 홈룸을 벗어나 수업을 들었다는 사실 정도다. 미술과 시민윤리 시간에는 특별한 수업 도구와 자재가 필요했기 때문에 전용 교실과 전문적으로 훈련받은 교사가 있었고, 학생들은 각자의 홈룸에서 지정된 시간이 되면 해당 교실로 이동하여 수업을 들었다. 우리 반의 시민윤리 시간은 2교시였다. 우리는 알파벳 순으로 한 줄로 서서 엄중한 감독하에 홈룸에서 배리 선생님의 미술 교실과 로즈먼 선생님의 시민윤리 교실로 정숙하게 이동하곤 했다. 1950년대 말과 1960년대 초반은 기강 해이나 무질서가 용인되는 시절이 아니었다. 따라서 그날 시민윤리 수업 시간에 일어난 일은 그만큼 더 깊은 정신적 외상을 남겼다. 우리 반 아이들 중 몇몇(그중 하나인 테렌스 벨란은 그 시절의 남자아이치고 어딘지 모르게 계집애 같은 구석이 있었는데, 가끔 샌들이나 가죽 반바지를 입는가 하면 축구는 또 매우 잘했다. 벨란의 아버지는 미국 시민권을 취득한 서독 출신의 유압 기술자였다. 벨란은 눈 안쪽의 점막이 보이도록 눈꺼풀을 까뒤집을 줄 알았는데, 그 상태로 놀이터를 돌아다니는 모습은 아이들의 선망의 대상이 되었다)은 헤이스 초등학교를 떠나 전학을 가기까지 했는데, 사건이 일어난 건물에 들어서는 것만으로도 트라우마를 일으키는 기억과 감정이 집요하게 떠올랐기 때문이다.

시민윤리 시간, 칠판 앞에서 일어난 사건이 아마도 내 인생에서 겪게 될 가장 극적이고 자극적인 일이 되리라는 사실은 시간이 한참 흐르고 나서야 깨달았다. 내 아버지를 둘러싼 이야기와 마찬가지로, 당시에는 이 사실을 알지 못했다는 것이 얼마나 감사한지 모른다.

내 자리는, 로즈먼 선생님이 알았다면 아마도 난색을 표했겠지만, 창문 옆이 되었다.

로즈먼 선생님의 시민윤리 교실에는 역대 미국 대통령 34명의 초상화가 천장 바로 밑의 네 벽에 일정한 간격으로 걸려 있었고, 최초의 13개 식민지 지도, 1861년*경의 연방주와 남부연합주 지도, 그리고 하와이제도까지 표기된 오늘날의 미국 지도가 블라인드식 지형도로 설치되어 있었으며, 각종 교육 자재로 가득한 철제 캐비닛이 있었다. 교실 앞쪽에는 커다란 교사용 철제 책상과 검은색 슬레이트 칠판이 있었다. 한 분단에 다섯 개씩 총 여섯 분단으로 배치된 서른 개의 고정된 책상과 의자에는 블라스토 선생님의 4학년 홈룸 소속인 우리 반 아이들이 알파벳순으로 앉았다. 존슨 선생님은 대체교사였기 때문에 우리는 재미로 로즈먼 선생님이 정해준 좌석표의 동-서 배치를 뒤집어 외투 고리(로즈먼

---

* 미국 남북전쟁이 발발한 해.

선생님의 시민윤리 교실은 홈룸이 아니었기 때문에 고리가 항상 비어 있었다)와 교실 문이 있는 서쪽 벽에서 제일 가까운 분단의 앞에서부터 로즈메리 아헌과 에밀리-앤 바를 앉히고 스웨링언 쌍둥이 중 알파벳이 뒤에 오는 아이를 동쪽 끝 분단 맨 앞자리, 동쪽 벽의 커다란 창문 두 개 중 앞쪽 창 옆에 앉혔다. 창에는 짧은 영상이나 역사 영화를 볼 때 빛을 차단할 수 있도록 두꺼운 블라인드가 달려 있었다. 나는 동쪽 끝 분단 뒤에서 두 번째 자리에 앉았다. 로즈먼 선생님이었다면 절대로 허락하지 않을 배치였다. 나는 '듣기 능력'과 그 하위 영역인 '지시 사항 준수'가 부진한 학생으로 분류되어 있었기 때문에, 헤이스 초등학교의 저학년 정규 교사라면 누구나 나를 창문을 비롯해 주의산만을 야기하는 각종 요소로부터 가능한 한 멀리 앉혀야 한다는 사실을 알고 있었다. 학교 건물의 창문에는 모두 잘못 날아든 피구공이나 기물 파손범이 던진 돌에 쉽게 깨지지 않도록 그물 모양의 철망이 봉입되어 있었다. 바뀐 배치도에서 내 바로 왼쪽 분단에는 산제이 라빈드라나드가 앉았다. 산제이는 언제나 미친 듯이 공부하고 모범적인 필기체를 구사하는 아이로, 시험 때 옆자리에 앉기 가장 좋은 아이였다. 철망은 84개의 작은 정사각형으로 창을 나누고 있었고 추가로 오른쪽 가장자리에 바짝 붙은 세로 줄이 12개의 가느다란 직사각형을 만들고 있었는데, 그렇게 설계된 데는 학생들의 관심을 끌지 않고 학생들이 바깥 풍경을 바라보며 주의가 산만해진다든가 사색에 잠길 가능성을 최소화하겠다는 의도도 있었다. 3월에 볼 수 있는 시민윤리 교실의 바깥 풍경이라고는 잿빛 하늘과 헐벗은 나무들의 골격, 황폐한 축구장의 끝자락, 5월 21일부터 8월 4일까지 유소년 야구 리그가 개최되는 펜스 없는 야구장이 다였다. 야구장 뒤로는 펜스로 둘러싸인 표준 크기의 피싱어 중학교 야구장—태프트 애비뉴가 가리고 있어 창의 왼쪽 아래 정사각형 세 개만 차지했다—이 실제보다 훨씬 작게 보였는데, 여기서 상급 학교 아이들이 아메리칸 리전 베이스볼* 시합을 하며 고등학교 시즌을 대비해 기량을 갈고닦았다. 매년 봄이 되면 기물 파손범들이 학교의 창 몇 개를 깨곤 했다. 축구장에 노출되어 있는 여러 개의 돌 중 적어도 절반 이상은 내 자리에서 다른 사람이 알아챌 만큼 머리를 움직이지 않고도 내 시야 속 모눈 안에 배치할 수 있었다. 자세를 미세하게 조금만 달리 잡으면 황량하고 텅 빈 야구장을 거의 전부 볼 수 있었다. 내야에서 눈으로 덮이지 않은 곳은 모두 진흙투성이었다. 나는 항상 주변시周邊視가 좋은 아이였다. 존슨 선생님이 미국 헌법을 가르치던 3주간, 나는 거의 대부분 몸만 시민윤리 교실에 있었고 정신은 주변시를 통해 온통 바깥의 야구장과 축구장과 거리에 쏠려 있었다. 바깥 풍경은 창의 철망 속 모눈으로 나뉘어 연재만화,

---

* 미국과 캐나다의 50개 주에서 만 13~19세 아이들이 참여하는 아마추어 야구 리그.

영혼은 대장간이 아니다

영화 스토리보드, 알프레드 히치콕 미스터리 코믹 시리즈 등과 같이 서로 구분된 장면들이 담긴 정사각형 칸이 줄지어 있는 것처럼 보였다. 이처럼 강도 높은 몰입은 2교시 시민윤리 수업 중 내 '듣기 능력'에 치명적인 영향을 미쳤다. 내 주의력이 하염없이 산만해졌을 뿐 아니라 칸으로 구분되고 시간의 흐름에 따라 전개되는 판타지 서사를 여러 갈래로, 그중 몇몇은 꽤나 상세하게 구성해나가는 데 기여했기 때문이다. 즉, 바깥 풍경 중에서 어떤 식으로든 주목할 만한 것—밝은색 쓰레기 한 조각이 바람에 날려 철망의 한 칸에서 다른 칸으로 이동하는 모습, 시내버스가 맨 아래 세 개 행에 걸쳐 오른쪽에서 왼쪽을 향해 굼뜨게 움직이는 모습—은 무엇이든 내 상상 속 영화 혹은 만화 스토리보드의 발단이 되어 창문의 나머지 칸으로 줄거리가 이어지며 발전되어 나갔다.—평범해 보이는 콜럼버스시 대중교통국 버스는 사실 배트맨의 당시 최고 강적인 적색 부대의 통제하에 있는 것이었는데, 바로 옆 칸부터 펼쳐지는 버스 내부 장면에서는 적색 부대가 인질극을 벌이고 있었고, 인질 중에는 블라스토 선생님과 주립 시청각장애인학교의 청각장애 학생들과 겁에 질린 우리 형과 형의 피아노 교사인 두드나 선생님도 있었으며, 곧이어 배트맨과 (작고 멋진 마스크를 쓴) 어딘가 낯익은 얼굴의 로빈이 일련의 줄타기 곡예와 후크 조작을 펼치며 움직이는 버스에 침투했고, 이들의 멋진 동작이 애니메이션이 되어 철망 한 칸을 채우다 내 주의가 옆 칸으로 옮겨가

면 그림처럼 정지되는 식이었다. 종종 창 전체에 가득 펼쳐지
곤 하는 이러한 상상의 세계를 구상하기란 집중력을 요하는
까다로운 작업이었는데, 실제로 이것은 클레이모어 선생님과
테일러 선생님, 블라스토 선생님과 부모님이 공상이라 부르
는 것과는 매우 달랐다. 사건 발생 당시 나는 아직 아홉 살
이었다. 열 번째 생일인 4월 8일이 코밑이었다. 일곱 살부터
거의 열 살이 될 때까지는 엄밀히 말해서 내가 글을 읽을 줄
안다고 할 수 없는 (부모님에게 특히) 힘들고 어려운 시기였다.
무슨 말이냐면 (그 당시 주州의 모든 초등학교 시민윤리 수업에서
사용하는 교과서였던)《태평양부터 대서양까지: 글과 그림으
로 보는 미국의 역사》의 한 페이지를 훑어보고는 일정 정도
의 정량적 정보를, 요컨대 그 페이지에 등장하는 모든 단어
의 개수와 각 줄을 구성하는 단어의 개수, 주어진 페이지에
서 가장 많이 그리고 가장 적게 나타나는 단어와 문자, 그리
고 각 단어가 등장하는 횟수를 줄줄 읊을 수 있었고 심지어
이 정보를 한참 동안 기억할 수도 있었지만 대부분의 경우,
각 단어와 단어들의 다양한 조합이 쓰인 의도를 만족스럽게
이해하거나 타인에게 전달하지는 못했다(적어도 그 시기에 대
한 내 기억은 그렇다). 따라서 숙제를 감당해내는 수준이나 독
해 능력을 평가하는 시험을 보면 평균보다 훨씬 낮은 점수를
받을 수밖에 없었다. 다행히 이 문제는 열 살 생일 즈음, 애
초에 문제가 시작됐던 것만큼이나 불가사의하게 사라져 모
두가 안도했다.

훗날 신문 기사에 따르면, 인근 어번크레스트 마을 출신인 존슨 선생님은 정신 질환이나 범죄 이력이 없는 것으로 밝혀졌다.

마지막으로 눈이 내린 것은 3월 초였다. 동쪽으로 난 교실 창밖으로는 온통 더러운 눈과 진흙만 보였다. 그나마 보이는 하늘은 물에 젖은 듯 혹은 피곤한 듯 낮고 창백한 무채색이었다. 야구장 내야는 진흙으로 뒤덮여 있었고, 투수판 위에만 가느다랗게 한 줄로 눈이 쌓여 있었다. 평상시에는 2교시 내내 창밖으로 보이는 움직임이라고는 쓰레기 조각이나 태프트 애비뉴를 달리는 차가 전부였는데, 사건 당일에는 이례적으로 개들이 출현했다. 개들이 나타난 것은 전에 딱 한 번 헌법 단원을 시작한 지 얼마 되지 않았을 때였고, 그 뒤로는 지금이 처음이었다. 북동쪽 잡목림에서 나와 창문의 오른쪽 상단 칸으로 진입한 개 두 마리가 대각선을 가로질러 축구장 북쪽 골대 쪽으로 움직였다. 그러다 서로 상대방을 중심으로 천천히 원을 그리며 돌았다. 교미할 준비를 하는 것으로 보였다. 저번에도 비슷한 상황이 펼쳐졌는데, 그러고는 몇 주 동안 다시 나타나지 않았었다. 개들의 행위는 짝짓기 하는 동물들의 행위와 다르지 않아 보였다. 덩치가 큰 놈이 갈색 얼룩무늬가 있는 작은 놈의 엉덩이에 올라타고는 앞다리로 배를 감싸고 거칠게 몸을 움직이기 시작했다. 작은 놈이 도망치려 하자 뒷다리로 종종 스텝을 밟으며 따라갔다. 이 장면은 창의 철망 모눈 하나보다 약간 더 많은 공간을 차지했다. 마치 신체 구조가 복잡한 커다란 개 한 마리가 연속해서 경련을 일으키는 것처럼 보였다. 보기에 좋지는 않았지만 눈을 뗄 수 없는 강렬한 광경이었다. 큰 개는 전체적으로 검정색에 가슴께가 회갈색이었는데, 로트와일러 믹스종으로 보였다. 순종 로트와일러와 달리 이마는 넓지 않았다. 밑에 있는 작은 개는 견종을 알 수 없었다. 형은 내가 기억할 수 없을 만큼 어렸을 때 우리가 잠시 개를 키운 적이 있었다고 했다. 그 개가 피아노 아랫부분과 어머니가 바자회에서 발견한 호화스러운 16세기 앤티크 스타일의 엘리자베스 여왕 식탁 다리를 갉아먹었는데, 그 식탁은 감정 결과 1백만 달러가 넘어가는 고가의 제품이었다고 한다. 어느 날 형이 유치원에서 돌아와보니 개와 식탁이 모두 사라졌다고 했다. 형은 부모님이 이 일로 무척 속상해했다며 내가 개 이야기를 꺼내거나 어머니에게 개에 관해 물어 어머니의 마음을 상하게 하기만 하면, 현관 벽장 경첩 사이에 내 손을 집어넣고 온몸에 힘을 잔뜩 준 채 문을 밀어 손가락을 모두 절단해야 할 정도로 짓이겨버려서 안 그래도 잘 못 치는 피아노를 다시는 칠 수 없게 만들어주겠다고 말했다. 그즈음에 형과 나는 강도 높은 피아노 레슨을 받고 연주회에 참가하기도 했는데, 이후 형만 재능을 보여 두드나 선생님에게 일주일에 두 번씩 레슨을 받다가, 형이 사춘기에 접어들며 힘든 시기가 찾아오는 바람에 형도 결국 그만두었다. 뒤엉킨 개들은 목줄이나 이름표가 달려 있는지는 보이지 않고 올라타 있는 개의 표정은 분간할 수 있는 거리에 있었다. 멍하면서도 열렬한 표정이었다.—어떤 일을 하고 싶다는 충동에 못 이겨 강박적으로 열중하면서도, 정작 그 일을 하고 싶어 하는 이유는 모르는 사람이 짓는 표정과 같았다. 실상은 짝짓기가 아니라 자신의 주도권을 확고히 하려는 행위였는지도 모르는데, 이게 흔히 있는 일이라는 사실을 나중에 알게 되었다. 그 행위는 꽤나 오래 지속되는 것처럼 느껴졌는데, 그동안 밑에 있는 놈이 비틀거리며 몇 걸음 움직여서 두 마리가 위에서 네 번째 줄의 네 개 칸에 걸쳐 이동하는 바람에 양옆 스토리보드가 엉망이 되었다. 목줄과 이름표는 돌아갈 집과 주인이 있는 개를 야생견과 구분해주는 표시이며, 야생견을 보면 주의해야 한다고 보건국에서 나온 강사가 홈룸 시간에 설명했었다. 프랭클린 카운티 조례에 따라 착용이 의무화된 광견병 백신 접종 이름표가 특히 중요하다고 했다. 갈색 얼룩무늬가 있는 아래쪽 개의 우울하면서도 인고하는 표정은 특징을 잡아내기가 상대적으로 어려웠다. 뚜렷한 표정이 없었거나 창문 철망에 가려졌기 때문인지도 모른다. 어머니는 극심한 신체적 고통에 시달리는 티나 이모의 표정을 '고통을 인내하는 데 단련이 된' 표정이라고 표현한 적이 있다.

놀이터에 드나들던 엠키와 루엘린 무리가 '빅 버타*'라고 부

---

* 마블 코믹스에 등장하는 체격이 매우 큰 여성 히어로.

르는 메리 언터브루너는 방과 후에 가끔씩 맨디 블렘과 놀아
주는 유일한 아이였다. 맨디의 언니 브랜디와 같은 반이던 우
리 형은 맨디네 가족이 정서적으로 불안정한 사람들로 유명
하다고 말했다. 아버지는 하루 종일 러닝셔츠만 입고 집에서
나가지 않는데다 마당은 쓰레기장 같고, 맨디네 집 울타리에
조금이라도 가까이 가면 그 집에서 키우는 저먼 셰퍼드가 죽
일 듯이 달려든다고 했다. 언젠가 브랜디가 아마도 자신이 맡
은 임무인 개똥 치우는 일을 게을리하자 아버지가 잔뜩 화가
난 채 비틀거리며 집 밖으로 나와 브랜디에게 마당에 누우라
고 하고는 얼굴을 개똥에 처박았다고 했다. 형은 이 사건을
7학년에서 두 명이나 직접 목격했다고 말하며, 이 때문에 피
싱어 중학교에서 브랜디(어딘가 좀 둔한 면이 있기도 했다)의 별
명이 '똥녀'가 됐다고 했다. 빠릿하건 그렇지 않건 간에, 십 대
초반 여자아이에게 그런 별명은 썩 유쾌하지 않았을 것이라
생각한다.

나는 전에도 딱 한 번 정규 선생님 대신 대체교사인 존
슨 선생님의 수업을 들은 적이 있었다. 2학년 담임이었던 클
레이모어 선생님이 교통사고를 당해 두 주간 자리를 비웠을
때였다. 클레이모어 선생님은 목에 금속과 캔버스 천으로 된
커다랗고 하얀 목 보호대를 착용한 채 복귀했는데, 보호대
에는 아무도 사인하지 못하게 했다. 2학년이 끝날 때까지도
목을 좌우로 돌리지 못하더니 결국 교직에서 은퇴하고 일하

지 않아도 될 만큼의 재산을 가지고 플로리다로 떠났다. 내가 기억하는 존슨 선생님은 성인 평균 키와 규격에 맞춘 듯한 상고머리에 양복 재킷과 넥타이를 착용하고, 그 시절에 안경을 쓰는 사람이라면 누구나 쓰던 학구적인 검정 테 안경을 쓴 모습이었다. 선생님은 물론 그 두 주 외에도 헤이스 초등학교에서 대체교사로 여러 학년과 수업을 맡았었다. 아이들이 선생님을 학교 밖에서 목격한 적은 딱 한 번, 드니스 콘이 어머니와 A&P 마트에 갔을 때 카트를 끄는 선생님을 봤을 때였는데, 드니스의 어머니는 카트에 냉동식품이 잔뜩 담겨 있는 것으로 보아 선생님이 분명 미혼일 거라고 말했다고 한다. 존슨 선생님이 결혼반지를 꼈는지는 기억나지 않지만, 나중에 〈디스패치〉가 보도한 바로는 경찰이 교실을 급습한 뒤 그의 유족 중에 부인이 있다는 얘기는 없었다. 선생님의 얼굴도 나중에 〈디스패치〉에 실린 사진으로만 기억날 뿐이다. 그마저도 사건이 일어나기 몇 년 전에 제작한 졸업앨범에 실린 사진이었다. 그 나이에는 눈에 띄는 문제나 특징이 있는 경우가 아니면 어른들의 얼굴을 주의 깊게 보게 되지 않는다. 어른이라는 사실만으로 다른 모든 특징이 모호해지는 것이다. 내 기억이 맞는다면, 존슨 선생님의 얼굴에서 기억에 남는 유일한 특징은 얼굴이 머리 앞에 자리 잡은 모양새가 위쪽으로 약간 젖혀진 것처럼 혹은 기울어진 것처럼 보였다는 것이다. 많이는 아니고 1도나 2도 정도. 가면이나 초상화를 정면으로 마주하고 본 상태에서 중심에서 위쪽으로

1도에서 2도쯤 기울였다고 생각해보라. 이렇게 하면 눈구멍이 살짝 위를 보게 된다. 여기에 더해 하나 더, 자세가 나빴는지 아니면 클레이모어 선생님처럼 목에 문제가 있었는지, 말을 할 때 본인이 한 말에 흠칫 놀라거나 움찔거리는 것처럼 보였다. 이것은 크게 거슬리거나 두드러지는 특징은 아니었지만 캘드웰과 토드 루엘린도 선생님의 움찔거리는 버릇을 알아채고는 비아냥거리곤 했다. 루엘린은 선생님이 마일스 오키프*나 〈건스모크**〉의 페스터스(페스터스는 우리 모두가 싫어하는 캐릭터였다. 〈건스모크〉의 페스터스가 되고 싶은 사람은 아무도 없었다)처럼 자신의 그림자를 두려워하는 것처럼 보인다고 말했다. 로즈먼 선생님 대신 수업을 맡은 첫날, 존슨 선생님은 자신을 미스터 존슨이라고 소개하며, 그 시절 모든 선생님이 그랬듯이 완벽한 팔머 필기체***로 칠판에 '미스터 존슨'이라 적었다. 하지만 사건이 일어난 뒤 몇 주 동안 〈디스패치〉에 그의 정식 이름이 얼마나 많이 언급되었던지, 내 기억 속에서 존슨 선생님은 콜럼버스시 외곽에 위치한 작은 베드타운인 어번크레스트 출신의 31세 리처드 앨런 존슨으로 남아 있다.

---

*   영화 〈타잔〉(1981)의 주연배우.

**   1955년부터 1975년까지 방영된 미국 TV 시리즈로, 우리나라에서는 〈딜론 보안관〉으로 알려졌다.

***   미국의 기업가, 교육자, 출판업자 오스틴 팔머가 19세기 말~20세기 초에 도입하여 널리 퍼트린 필기체.

영혼은 대장간이 아니다

형이 어린 시절 펼치던 상상의 나래에 따르면, 내가 주변에서 일어나는 일을 인지할 수 있을 만큼 크기 전에 우리 집에 있던 앤티크 식탁은 호두나무 무늬목으로 만들어졌고 표면에 잉글랜드 여왕 엘리자베스 1세(1533~1603)의 오른쪽 옆얼굴 모양으로 엄청나게 많은 다이아몬드와 사파이어와 라인스톤이 박혀 있었으며, 식탁을 잃었다는 실망감이 아버지가 일을 마치고 집에 올 때면 그토록 힘없어 보이던 이유였다고 한다.

동쪽 끝 분단 뒤에서 두 번째 책상에는 카우보이모자를 쓰고 말도 안 되게 큰 6연발 권총을 든 막대 인간이 깊숙이 새겨지고 잉크로 칠해져 있었다. 전년도 4학년 학생이 한 학년 동안 천천히 꾸준하게 완성한 작품이 분명했다. 내 정면에는 메리 언터브루너의 두꺼운 목덜미와 뚜렷한 무늬 없는 옅은 주근깨, 척추 상단, 일자가 아닌 지저분한 헤어라인이 보였다. 두 해 가까이 보아온 익숙한 모습이었다. 3학년 때도 메리 언터브루너(성인이 된 후에는 파마시의 대규모 여성 구치소 교도관이 되었다)와 같은 반이었기 때문이다. 3학년 담임은 우리에게 귀신 이야기를 읽어주고 우쿨렐레를 연주할 줄 아는 테일러 선생님이었다. 우리가 선생님의 심기를 건드리지만 않으면 무척 재미있게 놀아주는 담임이었다. 한번은 테일러 선생님이 스목*의 캥거루 포켓에 넣고 다니던 자로 캘드

---

* 다른 옷 위에 덧입는 품이 넉넉한 상의.

웰의 손등을 때렸는데, 어찌나 세게 때렸는지 만화에 나오는 손처럼 부풀어 올라서 캘드웰 부인(유도를 할 줄 알고, 테일러 선생님 못지않게 심기를 건드리면 안 되는 사람이라고 캘드웰이 말했다)이 학교를 찾아와 교장 선생님에게 항의한 일이 있었다. 그 시절의 교사들과 학교 당국은 자신들이 공상이라 부르는 행위에는 단순히 수업을 듣는 것보다 훨씬 많은 노력과 집중력을 요하는 정신적 수고가 수반된다는 사실을 도무지 알지 못하는 자들이었다. 소위 공상에 빠지는 아이들의 문제는 게으름이 아니다. 학교에서 용납하는 노력이 아니라는 점이 문제가 되는 것이다. 그날의 서사에 시각적 재미를 더하기 위해, 창밖에서 짝짓기 혹은 주도권 싸움 중인 두 마리 개가 발단이 된 스토리가 칸 하나하나에 애니메이션처럼 움직이는 상태 그대로 남아, 수업이 끝났을 때는 창문의 철망이 만들어낸 모눈 전체가 리버사이드 감리교회에 있는 스테인드글라스처럼 이야기로 가득한 칸으로 남김없이 채워졌다고 말할 수 있으면 좋겠다. 형과 어머니와 나는 리버사이드 교회로 매주 예배를 드리러 갔다. 아버지는 컨디션이 괜찮아서 일찍 일어난 날에만 함께 갔다. 아버지는 토요일에도 출근하는 일이 많아서 일요일은 자신에게 남아 있는 얼마 되지 않는 신경을 다시 이어 붙이는 날이라고 말하길 좋아했다. 하지만 그렇게 되지는 않았던 것이, 각 네모 칸을 채운 광경을 창문에 전개된 서사 그대로 기억하는 건 어떤 정신적인 기적이 일어나야만 가능한 일일 것인데, 그것은 차 뒷자리에 앉아 하는 게임 중에서 상대방과 함께 소풍을 간다고 가정하고 상대방이 가져가야 할 물건을 말하면 내가 그걸 똑같이 말한 다음 다른 물건을 덧붙이면 상대방이 앞에서 나온 물건 두 개를 말한 다음 세 번째 물건을 말하면 내가 다시 똑같이 말한 다음 네 번째 물건을 덧붙이고 상대방은 그걸 그대로 기억했다가 똑같이 말하고 이를 번갈아가며 반복하다 어느 순간 둘 다 서른 개도 넘는 물건을 기억하느라 애쓰게 되는 게임과 비슷하다고 할 수 있다. 나는 한 번도 이 게임을 잘한 적이 없었지만 형은 간혹 부모님이 놀랄 정도로 엄청난 기억력을 발휘하곤 했는데, 형이 커서 어떻게 됐는지 생각해보면(아버지는 형을 가리켜 '무리의 우두머리감'이라고 부르곤 했다) 부모님은 형의 명석함에 조금은 두려움을 느꼈는지도 모른다. 창문 철망의 각 네모 칸은 내가 거기에 주의를 기울일 때만 갈색 얼룩무늬 개의 불쌍한 주인 이야기로 채워져 전개되었고, 칸 하나가 완성되어 살아 움직이다 이야기가 다음 칸으로 넘어가면 본래의 투명한 상태로 돌아갔다. 바로 다음 칸에서는 허름한 뒷담 울타리 밑에 구멍을 파고 사이오터 강변으로 탈출한 어리고 세상 물정 모르는 갈색 얼룩무늬 개 카피의 주인인 어린 여자아이가 레몬색 점퍼스커트와 분홍색 머리 리본, 윤이 나는 버클이 달린 반짝이는 검정색 에나멜가죽 신발 차림으로 모르스 로드에 있는 주립 시청각 장애인학교의 4학년 미술 수업 시간에 플레이도를 이용하여 오직 촉각만으로 자신의 개 카피를 닮은 작은 조각을 만들고 있었다. 아이는 눈이 보이지 않았고 이름은 루스였다. 어머니와 아버지는 그녀를 루시라 불렀고, 바순을 연주하는 두 언니는 루스의 돌출된 입을 놀리며 뻐드렁니 루시라 불렀다. 이어지는 세 개의 칸에서 언니들은 만화에 나오는 전형적인 악역처럼 못된 표정으로 양손을 허리에 짚은 채 루스가 끔찍한 피개교합被蓋咬合* 때문에 얼마나 못생겼는지 깨닫게 하기 위해 안달하면서, 너만 빼고 누구나 그 못생긴 얼굴을 똑똑히 볼 수 있다고 말하며 괴롭혔다. 그다음으로는 검은 안경을 낀 루스가 "뻐드렁니 루시, 네 강아지는 어딘가 좀 모자라지"라며 노래를 부르는 언니들의 놀림에 작은 두 손으로 얼굴을 가리고 우는 모습과 가난하지만 마음씨 좋은 아버지가—아버지는 금속과 캔버스 천으로 된 하얀 보호대를 착용한 어느 부유한 남자의 저택 관리인인데, 이 부유한 남자는 블랙릭 에스테이트에 앰벌리 일대를 지나 1마일 넘게 이어지는 구불구불한 사유 진입로와 연철 대문이 있는 호화 저택을 갖고 있었다—낡고 오래된 차를 몰고 차창을 내린 채로 추레한 마을의 추운 거리를 천천히 달리면서 카피의 이름을 부르고 목줄과 이름표를 짤랑거리는 장면이 가로로 한 줄을 거의 채우다시피 했다. 철망의 맨 위 첫 줄, 주로 본 줄거리의 플래시백과 배경 이야기가 전개되며 진행되고 있는 사건의 구멍들을 매워주는 일련의 칸을 통해 시몬

---

* 아랫니 위에 윗니가 겹쳐지는 상태.

스네 집의 싸구려 철조망으로 성큼성큼 다가와 여기저기 돌아다니며 재미있는 모험에 함께하자고 카피를 부추기는 두 마리 야생견—한 마리는 검정색과 회갈색이었고 다른 한 마리는 점박이였다—을 보고 흥분한 카피가 철조망 밑을 몸부림치며 빠져나가다 백신 접종 이름표와 목줄이 벗겨졌다는 사실을 알 수 있었다. 각진 눈썹과 불길해 보이는 가느다란 콧수염을 한 검정개가 절대로 멀리 가지 않을 거라고, 집으로 돌아오는 길도 반드시 안내해주겠다고 순진한 카피에게 약속하며 가슴에 성호를 긋는 모습도 볼 수 있었다. 이날의 스토리보드는 가지처럼 혹은 만화에서 볼 수 있는 태양을 둘러싼 방사형 스파이크처럼 뻗어나가며 작고 창백하고 눈이 먼 루스 시몬스(루스는 사실 뻐드렁니가 아니었고, 당연한 일이지만, 플레이도 조각 솜씨도 썩 훌륭하지 않았다)가 '시각장애인을 위한 미술' 수업을 들으며 아버지가 카피를 찾았는지 못 찾았는지 알 수 있기를 간절히 바라는 모습, 루스가 어두운 침실에서(눈먼 사람에게는 방에 불이 켜 있는지 아닌지가 중요하지 않다) 아버지가 자신이 일하는 부유한 공장주의 저택 쓰레기 더미에서 주워다 다 쓴 필름통을 못으로 박아 서랍 손잡이를 만들어준 작고 흔들리는 책상 앞에 앉아 점자로 숙제를 할 때 집 안의 물건을 갉아먹는 일도 없고 말썽을 일으키는 일도 없는 루스 시몬스의 충직한 반려견 카피가 책상 밑에 앉아 루스의 에나멜가죽 신발 위에 코를 얹고 쉬고 있는 모습, 루스의 언니들이 바순을 연주하거나 환하게 불을 켠 자신들의 방에서 털로 된 카펫 위에 누워 프린세스 전화기로 남자애들이나 에벌리 브라더스에 관한 의미 없는 수다를 떨며 전화선을 몇 시간씩이나 묶어놓고 있는 장면, 야간 근무 중인 아버지가 홀로 운송 트럭에 무거운 상자를 싣는 모습, 에이본 방문판매원이지만 지금까지 에이본사의 가정용 제품을 단 하나도 판매하는 데 성공하지 못한 어머니가 매일 밤 의식이 몽롱한 상태로 다리 하나가 없어 전화번호부로 대충 괴어놓은 거실 소파에 퍼져 누워 있는 모습, 아버지가 소파 다리로 쓸 만한 목재를 찾기 위해 쓰레기 더미를 뒤지는 모습—시몬스 씨는 하루 종일 숫자나 데이터와 씨름하는 대신 육체노동으로 생계를 꾸려가는 가난하지만 정직한 아버지였다—을 둘러싼 서사가 복수의 시점으로 전개되었다. 가슴께에 회갈색이 도는 큰 검정개에 관한 첫 줄의 배경 이야기는 약간 모호했는데, 우리에 갇혀 짖어대는 개들로 가득한 낮은 시멘트 건물과 쓰레기통 여러 개가 뒤집혀 있는 지저분한 구역의 뒷골목에서 더러운 앞치마를 입은 남자가 우리에게는 보이지 않는 무언가를 향해 주먹을 흔드는 모습이 대충 휘갈겨 그려진 장면밖에 없었다. 다시 본 줄거리가 전개되는 줄로 돌아가서, 이제 우리는 루스의 아버지가 당장 돌아와서 마치 런웨이처럼 작은 색전구로 줄지어 꾸며진 기다란 진입로를 치울 수 있도록 가스로 구동되는 커다랗고 값비싼 제설기를 작동시키라는 부유한 저택 주인의 강압적인 전화를 받는 모습을 보게 된다. 개인적으로 고용한 기상 전문가가 곧 엄청난 눈이 쏟아질 것이라고 예고했다는 것이다. 뒤이어 우리는 루스 시몬스의 어머니—이미 우리는 윗줄의 배경 이야기를 통해 어머니가 하루에도 몇 번씩 핸드백에 든 작은 갈색 처방 약병에서 알약을 꺼내 먹는 모습을 본 바 있다—가 아버지를 대신하여 낡은 차를 몰고 지저분한 동네의 거리를 이렇다 할 목표 없이 매우 천천히 오가는 모습을 보게 된다. 굵은 폭설이 퍼붓기 시작하고 거리의 가로등이 빛나기 시작하자 차가 조금씩 비틀거린다. 겨울철 콜럼버스의 늦은 오후가 되면 으레 그러하듯 네모 칸의 조명이 슬픈 잿빛으로 변한다.

기본적으로, 무슨 일이 일어나고 있는지 나는 조금도 알지 못했다.

루스 시몬스와 그녀의 잃어버린 카피에 대한 이야기가 창문의 칸을 하나씩 하나씩 채워가고 있을 때 존슨 선생님이 미국 권리장전에서 구체적으로 어느 부분을 다루고 있었는지 나는 모른다. 그 시점에 이미 내 마음과 정신은 교실에 있지 않았다고 말해도 지나치지 않기 때문이다. 이런 일은 그 시기에 나에게 자주 일어났는데, 공정하게 말하면 이것은 로즈먼 선생님과 학교 당국이 집중력을 흐트러뜨리는 온갖 요소로부터 나를 떨어뜨려놓기 위해 그토록 애쓴 이유이기도 하다. 캘드웰과 내가 가까운 자리에 앉는 것을 금한 것도 같은 이유였다. 한 덩어리가 되어 움직이던 개들이 다시 떨어져서 이번에는 아까와 다른 크기로 원을 그리며 야구장 내야의 땅과 진흙 냄새를 맡기 시작한 순간을 목격한 기억도 없다. 어림잡아 영상 7도 정도에 달하는 바깥 기온으로 인해 그해 겨울 마지막에서 두 번째로 내린 눈이 녹고 있었다. 단, 다음 날인 3월 15일에 눈이 많이 왔다는 것과 사건 다음 날에 학교가 문을 닫았기 때문에 우리가 오하이오주 경찰청과 코가 이상하게 생기고 옅은 흰 곰팡이 냄새가 나던 4학군 특임 정신과 의사 닥터 바이런-메인트와 몇 차례 인터뷰를 나눈 뒤에 썰매를 타러갈 수 있었다는 사실과 그날 크리스 드매테이스의 썰매가 한쪽으로 뒤집어져 나무에 부딪히는 바람에 크리스의 이마가 피로 범벅이 되었고 우리 모두 자꾸 이마를 만지면서 자신이 정말로 피를 흘리고 있다는 현실감에 겁에 질려 울던 크리스를 둘러싸고 구경했다는 사실은 기억한다. 크리스를 도우려고 누군가 무언가를 한 기억은 없다. 우리 모두 아직 충격에서 벗어나지 못했을 때였다. 루스 시몬스의 어머니 마조리는, 어렸을 때 이 드레스 저 드레스를 입어보며 거울 앞에서 자신의 모습을 황홀하게 바라보고 "처음 뵙겠습니다"와 "어머나, 정말 재치 있는 말씀이시네요!"라고 말하는 연습을 하며 돈 많은 의사와 결혼해서 의사들과 다이아몬드 티아라를 쓰고 여우털을 휘감은 의사 부인들을 호두나무 무늬목 식탁이 있는 저택으로 초대하여 샹들리에 불빛 아래에서 동화 속 공주님 같은 모습으로 멋진 디너파티의 안주인 역할을 하는 꿈을 꾸며 자란 그녀는 흐리멍덩하고 부은 눈과 언제나 밑으로 처진 입을 가진 성인이 되어 낡은 차를 몰고 있었다. 바이스로이 담배를 피우고 있었고 차창은 닫은 상태였다. 고통을 인내하는 데 단련이 된 마음씨 좋은 아버지가 그랬던 것처럼 창문을 내리고 '카피!'라고 외치지도 않았다. 배경 이야기가 제시되는 위쪽 줄에서 눈먼 아기 루스 시몬스가 작고 검은 안경을 쓰고 요람에 누워 팔을 뻗으며 어머니에게 안아달라고 우는 모습과 입이 아래로 처진 어머니가 이쑤시개 꽃힌 올리브가 담긴 유리잔을 들고 눈먼 아기를 내려다보더니 이내 고개를 돌리고는 방 안에 있는 무지 오래되고 금이 간 거울에 비친 자신을 바라보며 잔에 담긴 음료를 흘리지 않으면서 살짝 무릎을 굽혀 비통하고 조소적인 느낌을 주는 인사를 연습하는 모습을 볼 수 있었다. 아기는 시간이 지나면 알아서 울음을 그치고는 작은 소리로 칭얼대곤 했다(이 장면은 칸을 두 갠가 세 개밖에 차지하지 않았다). 한편, 루스 시몬스는 알지 못했지만, 그녀가 만든 플레이도 조각은 개라기보다는 육중한 무언가가 치고 지나간 사티로스 혹은 대형 유인원처럼 보였다. 검은 안경을 쓰고 머리에 리본을 묶은 백설공주같이 작고 예쁜 얼굴은 카피의 안전한 귀가를 기원하는 어린아이다운 천진난만한 기도를 올리며 하늘을 향해 몇 도쯤 젖혀져 있었다. 루시는 아버지가 지저분한 이웃들의 아무도 돌보지 않는 마당에서 타이어 안에 웅크리고 있는 카피를 찾았기를,

혹은 매리빌 로드 길가를 천진난만하게 달리는 카피를 발견한 아버지가 차량 통행이 많은 대로 한복판에 차를 세우고 길가에 무릎을 꿇고 앉아 두 팔을 벌리고 자신의 품을 향해 반갑게 달려오는 카피를 맞았기를 기도했다. 루시의 눈먼 상상이 만드는 생각풍선들이 여러 칸을 채우며 겁에 질린 채 발을 저는 카피가 산전수전 다 겪은 두 마리 야생 성견에게 사이오터강—1960년대에도 사이오터강은 이미 그리그스댐에서 올라오는 악취로 진동했고 매리빌 로드에 면한 동쪽 강둑에 녹슨 캔과 버려진 휠 캡이 어지럽게 방치되어 있었다—의 지저분한 동쪽 강변을 따라 이동하면서 괴롭힘을 당하는 장면을 지워나갔다. 아버지는 1935년경만 해도 사이오터강에서 끈과 옷핀만으로 물고기를 잡을 수 있었던 것이 기억난다고 말했다. 속바지에 밀짚모자 차림으로 아버지의 형(뒤에 제2차 세계대전에 참전하여 이탈리아 살레르노에서 부상을 당해 퇴역 군인 지원 제도에 따라 지급된 특제 나무 의족과 신발을 착용했다. 신발과 의족을 한꺼번에 탈부착하도록 만들어졌기 때문에 잠자기 전에 옷장에 신발을 보관할 때도 신발이 비어 있지 않았다. 지금은 케터링시에서 각종 선적용 컨테이너에 사용되는 골판지 분배기 공장에서 일했다)과 물고기를 잡고 있으면 밀짚모자를 쓴 부모님이 뒤쪽 너도밤나무와 벅아이* 그늘에서 소풍

---

* 칠엽수나무의 일종으로, 오하이오주의 주목(州木). 열매가 밤처럼 생겼다. 오하이오 주민들을 '벅아이'라 부르기도 한다.

을 즐겼다고 했다. 오하이오 주립대학이 어퍼 알링튼과 웨스트사이드를 더욱 편리하게 연결하는 통행용 매리빌 로드를 건설하도록 시 행정국에 부당한 영향을 행사하기 전까지 사이오터 강변에 너도밤나무와 벅아이들이 무성하게 자라고 있었다고. 충직한 카피의 빛나는 갈색 눈은 집을 떠난 것에 대한 후회와 두려움으로 촉촉해졌다. 작고 어린 카피는 이제 집으로부터 멀리, 그 어느 때보다도 훨씬 더 멀리 와 있었다. 우리는 카피가 한 살밖에 되지 않았음을 이미 본 바 있다. 루스 아버지가 지난 성금요일에 미국 동물보호단체 ASPCA에서 깜짝 선물로 데려온 강아지였다. 아버지는 루스가 세인트 앤서니 성당(이 가족은 콜럼버스시의 가난한 사람들이 흔히 그렇듯이 로마가톨릭교도였다)의 부활절 미사에 갈 때 카피를 작은 고리버들 바구니에 담아 가도 좋다고 허락해주었다. 축축하고 호기심 가득한 작은 코만 나오도록 체크무늬 천으로 가렸는데도 카피는 루스 어머니의 엄포를 알아들은 듯 찍소리도 내지 않았다. 어머니는 카피가 조금이라도 소리를 내면 미사 중간에라도 다 같이 성당을 나올 것이니—미사 중에 성당을 뜨는 것은 로마가톨릭교도라면 저질러서는 안 될 끔찍한 죄다—알아서 하라고 말했다. 카피가 비명을 내지르길 기대하며 루스의 언니 중 하나가 아무도 모르게 모자 핀으로 카피의 발을 찌르길 반복했음에도 불구하고 카피는 아무런 소리도 내지 않았다. 검은 안경을 끼고 무릎 위에 바구니를 얹고 나무로 된 딱딱한 신도석에 앉아 있던 루스는, 그러나 이 사실을 조금도 모른 채 반려 강아지를 얻게 되었다는 기쁨과 감사함에(눈이 보이지 않는 사람들은 대체로 개를 좋아하는데, 개들 역시 그닥 시력이 좋지 않다) 작은 다리를 까닥거렸다. 한편 두 야생견은(둘 다 털이 엉겨붙어 있었고 흉곽이 드러나 있는데다 점박이는 꼬리가 시작되는 부분에 푸르스름하게 짓무른 커다란 상처가 나 있었다) 매정하고 무자비했다. 카피가 머뭇거릴 때마다 가차 없이 이빨을 드러냈다. 스프레이 페인트로 욕설이 잔뜩 적힌 대형 시멘트 파이프에서 흘러나와 강으로 떨어지는 진흙과 오물이 반쯤 얼어붙어 생긴 웅덩이를 통과할 때도 사정을 봐주지 않았다. 카피는 사람이 아니기 때문에 당신이나 나처럼 생각풍선이 달리지 않지만, 돌연히 대형 파이프로 뛰어오른 점박이 개의 엉겨붙은 머리와 꼬리와 커다란 상처가 파이프 입구 안쪽으로 사라지고 난 뒤 검정개가 카피에게 점박이를 따라 파이프로, 짙은 주황색의 무언가가 빠르지 않은 속도로 찔끔찔끔 흘러나오고 있고 (개가 맡기에도) 끔찍한 냄새가 나는 저 파이프로 들어가라며 으르렁거릴 때 카피의 부드러운 갈색 눈에 떠오른 표정은 충분히 많은 것을 시사했다. 다음 칸에서 카피는 으르렁거리며 카피의 뒷다리 힘줄을 물어뜯는 검정개의 강요에 못 이겨 시멘트 파이프 입구에 두 앞다리를 얹고 뒷몸을 억지로 끌어올리고 있었다. 그림으로 표현된 카피의 표정은 많은 것을 말하고 있었다. 몹시 겁에 질려 있고, 무척 비참한 기분이고, 지금 바라는 것이 있다면 그것은 오직 울타리로 둘러싸인 마당에서 갈색 얼룩무늬 꼬리를 흔들며 저 멀리 인도에서부터 루스의 작고 흰 지팡이가 내는 딱, 딱, 소리가 가까워지기를 기다리다 루스가 반갑게 인사하고 카피를 집으로 데리고 들어가 배를 긁어주며 카피가 얼마나 예쁜지, 카피의 귀와 작고 부드러운 발에서 얼마나 좋은 냄새가 나는지, 카피를 키우게 된 것이 루스의 가족에게 얼마나 행운인지, 귀에 대고 반복해서 속삭여주는 소리를 듣는 것뿐이라는 것을. 검정개가 뒤이어 오물이 흘러나오는 지하 배수로의 입구로 한달음에 뛰어올라 오싹한 눈빛으로 좌우를 쳐다보더니 둥근 파이프의 어두운 입구 안으로 사라지며 가로 줄이 완성되었다.

한편, 존슨 선생님이 칠판에 **죽여**라고 쓰면서 현실의 사건이 시작되고 있었다. 사건 전체에 대한 내 기억에서 가장 명백한 결함은 당시 내가 창문의 철망 칸들에 온전히 전념하고 있었기 때문에 사건의 발단이 내 의식의 밖에서 전개되었다는 것이다. 나는 다음 줄로 넘어가서 운전대 앞에 앉은 루스의 어머니가 눈 덮인 도로를 천천히 달리며 백미러를 곁눈질하면서 족집게로 흰머리를 찾아서 뽑으려고 애쓰는 장면과 아버지가 눈 내리는 야외에서 가스로 작동하는 커다란 기계—동력식 잔디깎이처럼 생겼으나 크기가 훨씬 컸고 회전 날도 두 배나 많았다. 운동선수나 사냥꾼들의 옷에서 볼 수 있는 눈에 띄는 밝은 주황색이었는데, 이것은 저택의 부유한 주인이 운영하는 회사의 상표 색이자 주인이 불평하는 법 없이 인고하는 아버지에게 입힌 특수 방설 바지의 색이기도 했다—에 시동을 걸고 저택 진입로에 빽빽이 쌓인 젖은 눈 사이로 기계를 밀고 나가기 시작하는 장면으로 칸을 채우고 있었다. 진입로가 엄청나게 긴데다 눈이 점점 거세어지며(주립 시청각장애인학교 교실의 철망창 밖으로도 눈 내리는 모습을 볼 수 있었지만, 루시는 물론 알지 못했다) 폭설로 변하고 있어 제설 작업을 마치고 나면 처음부터 다시 시작해야 할 터였다. 또 다른 칸에서는 일말의 불평 없이 참을성 가득한 표정의 아버지와 "허허, 이것 참. 그래도 그렇게 나쁜 상황은 아니군. 적어도 내게는 직업이 있어서 얼마나 다행인지 몰라. 게다가 분명 사랑하는 마조리가 루시가 학교에서 돌아오기 전까지는 카피를 찾아서 집으로 데려올 수 있을 거야!"라고 적힌 생각풍선과 육중하고 시끄러운 기계(이것은 저택 주인이 특허를 취득하여 자신의 회사에서 제조하는 장비였다. 그가 시몬스 씨에게 모양 빠지는 주황색 바지를 입히는 이유도 바로 이것이었다)가 학교 당국에 의해 징계에 처해진 누군가가 물 묻힌 페이퍼 타월로 칠판을 닦는 것처럼 진입로의 하얀색을 말끔히 지우는 장면을 볼 수 있었다. 따라서 나는 시민윤리 시간에 무슨 일이 일어나기 시작했는지 실제로는 보지도 못 했고 알지도 못했다. 반 친구들과 경찰과 〈디스패치〉로부터 사건 전체에 대해 어찌나 많이 들었는지 기억 속에서는 내가 마치 처음부터 사건을 지켜본 목격자인 것처럼 느껴지긴 하지만. 4학군 특임 정신과 의사 닥터 바이런-메인트는 내가 사건을 모두 지켜본 목격자이긴 하나 정신적 충격이 심해(닥터 바이런-메인트는 각 학생의 부모에게 평가서를 전달했는데, 내 평가서에 사용된 정확한 표현은 '포탄 충격*'이었다) 사건에 대한 기억을 인지하지 못하고 있다는 소견을 제출했다. 따라서 사건 이후 진행된 일체의 송사에서 내가 맡은 역할은, 비록 무척이나 미숙하고 오류투성이었긴 하나, 어머니와 아버지가 서면으로 동의한 닥터 바이런-메인트의 진단에 의해 제한되었다. 성인의 기억이란 어찌나 묘한지 나는 아직까지 서로 크기와 모양이 눈에 띄게 달랐던 닥터 바이런-메인트의 두 콧구멍과 그처럼 현저하게 기이한 콧구멍이 만들어지기까지 그의 삶에서 혹은 어쩌면 어머니 뱃속에 있던 아기 때 어떤 일들이 일어난 것인지 상상해보려고 노력하던 것을 기억한다. 닥터 바이런-메인트는 어른치고도 키가 매우 컸는데, 나는 필수로 채워야 하는 상담 시간 중 대부분을 그의 콧구멍과 턱을 올려다보며 보냈다. 그에게서는 여름에 욕실 매트에서 나는 냄새가 났다. 물론 당시에는 그것이 욕실 매트 냄새라고 특정하지 못했다. 우리가 경험했던 종류의 사건을 목격한다는 건 특히 어린 아이들에게는 매우 충격적인 일이겠지만, 존슨 선생님보다 닥터 바이런-메인트가 더 공포스럽다는 것이 우리의 중론이었다.

훗날 드매테이스 씨는, 크리스 드매테이스의 말에 따르면 클

---

* 전쟁에서 포탄의 공포를 경험한 사람들이 받은 충격.

리브랜드에서 남하하며 오하이오주의 신문 사업과 동전 자판기 사업을 잠식하는 중이었다는 범죄 조직의 횡포에 의해 신문 배달 도매상 사업을 그만둘 수밖에 없게 되면서 콜택시 상담원으로 근무하기 시작했다. 이로 인해 적어도 크리스가 아침에 너무 일찍 일어나야 해서 수업 시간에 틈만 나면 조는 일은 없어졌고, 나중에 피싱어 중학교에서 보간 선생님이 가르치는 산업예술 수업에서 수동식 기계 조작에 천부적인 재능을 발견하게 되어 지금은 내가 다니는 회사 사무실에서 몇 블록 떨어진 곳에 있는 '정밀 도구 도색' 매장의 관리자로 일하고 있다.

리처드 앨런 존슨 선생님은 수정헌법 제5조와 제14조에 모두 "정당한 법의 절차"라는 구문이 등장한다는 사실을 설명하기 위해 칠판에 글씨를 쓰던 중 무심코 중간에 다른 걸―죽여라는 단어를―대문자로 적어넣었다. 엘렌 모리슨과 산제이 라빈드라나드를 비롯해 우리 반의 몇몇 성실한 학생들은 존슨 선생님이 칠판에 적고 있던 글씨를 그대로 받아 적다가 자신들이 "정당한 법의 죽여 절차"라고 적었고, 존슨 선생님이 한두 걸음 뒤로 물러서서 어리둥절한 표정으로 거기에 적힌 것을 올려다보고 있는 칠판에도 그렇게 적혀 있다는 사실을 깨달았다. 선생님의 얼굴이 칠판을 향하고 있었기 때문에 아이들에게는 등을 돌린 상태였음에도 불구하고, 반 아이들 중 다수가 나중에 조사를 받을 때 개가 어떤 종류의 고음의 소리를 들었을 때 그러는 것처럼 이해할 수 없다는 듯 고개가 한쪽으로 기울어져 있었다는 이유로, 선생님이 어리둥절한 표정을 짓고 있었다고 진술했다. 선생님은 잠시 그 상태 그대로 있다가 당혹스러움을 떨쳐버리려는 듯 살짝 머리를 흔들고 칠판지우개로 "**죽여** 절차"를 지운 다음 "절차"라고 고쳐 적었다고 한다. 크리스 드매테이스는 평소와 다름없이 2분단에 있는 자신의 책상에 머리를 박고 잠들어 있었다. 콜럼버스시의 삼분의 일에 해당하는 지역의 신문 가판대와 점포를 대상으로 아침 일찍 신문 배달 서비스를 운영하는 아버지와 형들이 종종 일을 거들라며 크리스가 학교에 가야 하는 날에도 새벽 3시에 깨우곤 했기 때문에 크리스는 수업 시간에 자주, 대체교사가 수업할 때는 더더욱, 모자란 잠을 보충했다. 맨디 블렘―헤이스 초등학교의 다른 아이들 대부분이 블렘의 개인사나 이력에 대해 별로 알지 못했다(나와 팀 애플화이트 둘 다 3학년 때 블렘과 함께 클레논 선생님이 담당하는 읽기 부진 학생을 위한 보충수업을 들었는데, 애플화이트는 글을 전혀 읽지 못했기 때문에 결국 동네에서 조금 떨어진 미네르바 공원에 있는 특수학교로 전학을 갔다. 애플화이트는 실제로 읽기 능력에 문제가 있었고, 블렘과 나는 그렇지 않았다)―은 수업 시간에 책과 연필을 꺼내는 일이 거의 없었고, 항상 무심하거나 부루퉁한 태도로 앉아 책상에서 눈을 떼지 않았으며, 수업에 집중하거나 숙제를 해오는 법이 없어 걱정이 된 학교 당국이 블렘 역시 미네르바 공원에 있는 학교로 전학을 보낼 계획을 세우기 시작하면 그제서야 불쑥 숙제를 해오고 수업 활동에 참여하곤 했다. 그러다 전학을 보낼 낌새가 사그라들자마자 또다시 수업 시간 내내 책상을 뚫어져라 쳐다보거나 엄지 양쪽의 거스러미를 물어뜯으며 그저 자리에 앉아만 있는 것이었다. 블렘이 접착용 풀을 먹는다는 소문도 있었다. 누구나 조금씩 블렘을 무서워했다. 프랭키 캘드웰―지금은 데이턴시에서 유니로열 타이어사의 품질 관리 감독관으로 일하고 있다―은 고개를 숙이고 엄청난 집중력으로 필기 용지에 정교하게 무언가를 그리고 있었다. 앨리슨 스탠디시(나중에 이사를 갔다)는 그날도 결석이었다. 한편, 수정헌법 제10조(제10조도 제1조에서 제9조까지와 마찬가지로 1791년에 비준되었지만, 우리가 흔히 말하는 권리장전은 제1조에서 제9조까지를 일컫는다)는 "헌법에 의하여 연방정부에 위임되지 않았거나 각 주에 금지되지 않은 권력은"으로 시작하는데, 엘렌 모리슨을 비롯해 필기하고 있던 모든 아이들은 존슨 선생님이 이것을 칠판에 "헌법에 의하여 **저들을** 연방정부에 위임되지 **죽여** 않았거나 각 주에 금지되지 **저들을 죽여** 않은 권력은"이라고 적었고, 그 순간 교실이 또 한 번 긴 정적에 휩싸였으며, 아이들이 서로를 쳐다보기 시작했고, 존슨 선생님은 칠판 앞에서 아이들에게 등을 보인 채 노란색 분필을 든 손을 한쪽으로 축 늘어뜨리고 마치 소리를 듣거나 무언가를 이해하는 데 어려움을 겪고 있는 것처럼 또 한 번 고개를 비스듬히 기울인 자세로 서 있다가 뒤로 돌거나 입을 열지 않고 다시 칠판지우개를 집어든 다음, 아무 일도 없었던 것처럼 수정헌법 제10조와 제13조에 대한 설명을 이어가려 했다고 전했다. 맨디 블렘에 따르면 이때 교실이 죽은 듯이 조용했고, 아이들은 존슨 선생님이 헌법 조항 중간에 삽입한 **저들을**과 **저들을 죽여** 위에 착실하게 줄을 그으면서 불안한 표정을 지었다고 한다. 같은 시간, 창문에서는 대각선으로 이어지는 여러 칸에 걸쳐 놀라운 인내력으로 불평하는 법 없이 길고 어두운 진입로에서 커다란 기계로 눈을 치우고 있던 루스 시몬스의 아버지에게 일련의 끔찍한 일들이 일어나고 있었다. 스노보이 브랜드의 이 기계는 부유한 저택 주인이 운영하는 회사의 연구소 엔지니어들이 발명한 것으로, 주인이 큰돈을 벌게 한 일등공신이었다. 동력식 잔디깎이와 제설기가 일반 소비자들에게 막 보급되기 시작하던 때였다. 한편 마조리 시몬스 부인의 차는 폭설이 내리는 거리에 갇혀 공회전을 하고 있었다. 창문에 김이 짙게 서려 있어 부인이 차에서 무엇을 하고 있는지 관찰자는 알 수 없었다. 카피와 비정한 야생견들은 연속하는 몇 개의 칸에, 사이오터강에서 시작해서 올렌탱이 리버 로드에 위치한 대형 산업화학 공장까지 이어지는 산업용 파이프의 시멘트 외관과 강으로 유입되는 불길한 주황빛 오물을 제외하고는 아무런 움직임도 없고 파이프의 양 끝에서 개들이 나오는 모습도 보이지 않는 걸로 보아, 짐작건대 아직도 이 기다란 파이프를 통과하는 중인 것 같았다. 시민윤리 교실에서는 이제 아무런 소리도 들리지 않았다. 지우개로 지운 부분을 제외하고 칠판에는 로마숫자를 단어로 치는지 아닌지에 따라 121개 또는 104개의 단어가 있었다. 누군가 물었다면 아마도 나는 문자의 총 개수와 가장 많이 등장하는 문자, 가장 적게 등장하는 문자(후자의 경우 동점이었다)를 비롯해 각 문자가 등장하는 상대적 빈도를 정량화하는 몇 가지 통계 함수를 읊을 수 있었겠지만 그러한 데이터를 이런 식으로 표현할 줄도, 내가 그러한 데이터를 산출할 줄 안다는 사실도 몰랐다. 나에게 있어 단어들에 대한 데이터는 사람이 자신의 배나 팔에 굳이 신경을 쓰지 않아도 배가 아픈지 어떤지, 팔이 어디에 붙어 있는지를 아는 것처럼 그냥 알게 되는 것이었다. 그것은 그저 내가 있는 주변 환경의 일부였다. 반면에 내가 완전히 인지하고 있던 사실은 창문에서 한 칸씩 한 칸씩 전개되고 있는 시각적 서사로 인해 내가 점점 더 동요하고 있었다는 점이다. 평상시 창문에서 펼쳐지는 서사는 흥미진진하고 재미있었지, 섬뜩하거나 기분 나쁜 일은 드물었다. 다소 유치하고 천진스러운 면이 있었지만 대부분이 유쾌한 주제였다. 결론까지 보는 것은 시민윤리 수업 시간의 끝을 알리는 종이 치기 전까지 시간이 넉넉한 날에만 가능했다. 전날의 이야기가 이어지는 경우도 있었지만, 세세하게 전개되는 내용을 그렇게 오랫동안 머릿속에 넣고 있기가 쉽지 않았기 때문에 자주 있는 일은 아니었다.

어렸을 때 나는 아버지의 심상을 꿰뚫을 만한 통찰력도, 매일 같이 사무실 책상 앞에 앉아 아버지가 일을 해야 한다는 게 어떤 기분일지에 대한 인식도 없었다. 이 점에 있어서 내가 아버지를 진정으로 이해했다고 느낀 것은 아버지가 돌아가시고도 몇 년이 지난 뒤였다.

시민윤리 교실에서 일어난 사건의 정확한 순서로 다시 돌아가보면, 수업은 수정헌법 제13조로 넘어가고 있었고 존슨 선생님의 얼굴과 표정은 어딘가 확실히 이상했다. 바로 이때 몇 줄 아래의 연속한 칸에서는 가스로 작동하는 커다란 주황색 스노보이 기계가—이 기계는 눈덩이를 고운 입자로 분쇄하는 여러 개의 회전 날과 날의 회전으로 인해 생기는 진공을 증폭하여 분쇄된 눈이 1.5미터, 2.5미터 또는 3.5미터 길이의 높은 포물선을 그리며 기계를 조작하는 사람의 측면으로 날아가도록 던져버리는 강력한 송풍기로 이루어진 장치를 이용하여 진입로에서 눈을 제거했다(포물선의 거리는 기계에 장착된 세 개의 핀과 구멍으로 관의 각도를 조절하여 제어할 수 있다. 한국전쟁을 비롯해 여러 전투에서 사용된 유탄포 Mk. IV를 생각하면 된다)—멈췄다. 눈보라가 한층 거세어지고 축축해지는 바람에 날카로운 여덟 개의 날로 구성된 회전 장치를 막 아버려서 엔진의 기통이 과열되고 피스톤이 녹아 고가의 기계가 고장 나지 않도록 자가 보호 기제가 구현된 스노보이의 초크 부분이 엔진을 멈춘 것이다(이 기계는 엔진의 터빈이

회전 날을 돌리는 회전자로 기능했다). 이 점에 있어서 스노보이
는 개량한 동력식 잔디깎이와 별반 다르지 않았고—개량한
동력식 잔디깎이는 우리가 사는 거리에서 스니드 아저씨가
누구보다 먼저 입수한 것으로, 동네 아이들이 직접 살펴볼
수 있도록 점화플러그를 분리하고 기계를 뒤집어 보인 아저
씨는 회전 날의 토크가 360아르피엠이 넘기 때문에 잘못해
서 손을 갖다 대면 무슨 일이 일어나고 있는지 미처 깨닫기
전에 성인 남성의 손이 통째로 잘려나갈 수 있다며 날을 만
지려면 반드시 먼저 점화플러그를 분리해야 한다고 수차례
강조했다—창문 가장자리 칸에 보이는 스노보이의 가동부
도면은 스니드 아저씨가 동력식 잔디깎이가 조작부를 깃털
처럼 가볍게 만지기만 해도 잔디가 말끔하게 정리되도록 구
성된 방식을 설명해준 내용에 기초를 두고 있었다. (스니드 아
저씨는 항상 황갈색 카디건을 입었고, 사람 좋아 보이는 겉모습 뒤로
역력한 슬픔을 감지할 수 있었다. 어머니는 아저씨가 동네 아이들에
게 다정하게 대하고 심지어 몇 년 동안 우리들 한 명 한 명에게 크리
스마스 선물을 주기까지 한 것은 스니드 아저씨와 아줌마에게 자식
이 없기 때문이라고 했다. 그 말을 들은 나는 슬퍼졌고 형은 스니드
아줌마가 문란했던 십 대 시절에 불법 낙태 시술을 받은 게 이유일
거라고 나에게만 말했다. 스니드 아저씨와 아줌마를 좋아했던 나는
당시에 그 말을 듣고 안됐다는 감정 말고 다른 감정을 느낄 만큼 그
게 무슨 말인지 이해하지 못했던 것 같다.) 이제 와서 생각해보니
스니드 아저씨네 잔디깎이 역시 주황색이었고, 오늘날의 최

신 모델보다 크기가 훨씬 컸다는 사실이 기억난다. 반면에 나는 두 마리 개 중 덩치가 작고 짓무른 상처가 있고 큰 놈에게 복종하던 개에게 어떤 운명이 닥쳤는지 설명하는 서사는 꽤 오랫동안 기억하지 못했다. 주인에게 학대받다 집에서 도망친 이 개의 이름은 스크랩스였다. 주인은 하급 행정직 업무가 주는 권태와 절망에 빠져 매일 화가 난 채 공허한 눈으로 집으로 돌아와 얼음도 없이, 심지어 라임조차 넣지 않고 하이볼 몇 잔을 연거푸 마셨고, 매일 어김없이 스크랩스를 괴롭힐 구실을 찾아냈다. 하루 종일 집에서 혼자 주인을 기다린 스크랩스는 주인이 쓰다듬어주거나 애정을 표현해주거나 천쪼가리 또는 강아지 장난감으로 줄다리기 놀이를 하면서 따분함과 외로움을 달래주기를 바랐을 뿐이었다. 스크랩스의 삶이 얼마나 끔찍했던지, 주인 남자가 스크랩스의 배를 두 번이나 발로 세게 차서 스크랩스가 끝도 없이 기침을 하면서도 남자의 손을 핥으려고 하자 남자가 스크랩스를 들어올려 싸늘한 차고에 던져넣고 밤새 가둬두는 바람에 스크랩스가 홀로 시멘트 바닥에 몸을 단단히 웅크리고 누워 할 수 있는 한 소리를 내지 않고 기침하는 장면에서 이야기가 돌연히 중단됐다. 한편, 주 서사가 전개되는 줄에서는 슬픔에 잠긴 눈먼 딸아이에 대한 걱정과 눈보라 속에서 차를 몰며 카피를 찾고 있을 아내 마조리가 무사하기를 바라는 마음으로 머릿속이 복잡한 시몬스 씨가 육체노동자다운 힘을 발휘하여 작동을 멈춘 스노보이 기계를 능숙하게 한쪽으로

154

뒤집고는 빽빽이 들어차서 회전 날의 움직임을 방해하는 젖은 눈을 치우려고 회전 날 장치와 흡입관에 손을 넣었다. 보통 때는 주의를 기울여 지침을 준수하며 신중히 작업했지만, 이번에는 다른 데 정신이 팔린 나머지 손을 넣기 전에 도면 칸에 보이는 체결된 점화플러그에 점선과 화살표로 표시된 것처럼 스노보이의 점화플러그를 뽑는 것을 잊어버렸다. 때문에 빽빽이 들어찬 눈을 어느 정도 들어내어 회전자가 작동할 수 있게 되자 루스 시몬스의 아버지가 흡입관 깊숙이 손을 넣은 상태에서 반쯤 뒤집혀 있던 스노보이가 갑자기 작동을 시작하여 시몬스 씨의 손은 물론 팔뚝의 상당 부분이 잘려나가고 팔뚝 뼈가 맨 안쪽 골수까지 산산조각 나서 새빨간 눈과 사람 신체의 성분으로 이루어진 끔찍한 컬러 스프레이가 공중을 향해 힘차게 뿜어나갔고(스노보이의 옆면이 바닥에 놓인 상태라 관이 똑바로 하늘을 향해 있었다) 관 바로 위에 얼굴을 두고 있던 시몬스 씨의 눈이 하나도 보이지 않게 되었다. 내가 좋아하고 가엽게 생각하는 루스 시몬스 아버지가 겪고 있는 이 엄청난 일에 충격을 받은 나는 일종의 쇼크와 무감각 상태에 빠져 창문의 장면들로부터 얼마간 거리를 두게 되었는데, 그 과정에서 시민윤리 교실이 이상하게 조용하다는 것을, 평상시라면 선생님이 판서를 하고 있을 때 교실의 환경 소음을 구성했을 아이들의 작은 속삭임과 기침 소리조차 들리지 않는다는 사실을 어느 정도 인식할 수 있게 되었던 것이 기억난다. 잠에 취한 크리스 드매테이스가 뒤쪽 어금니를 갈거나 맞부딪치는 소리를 제외하면 교실에서 나는 유일한 소리는 리처드 A. 존슨이 칠판에—표면상으로는—흑인 노예제도 폐지에 관한 수정헌법 제13조를 쓰는 소리였다. 다만 실제로는 대문자로 **저들을 죽여 저들을 모두 죽여**라고 반복해서 쓰고 있었고(조금 뒤에는 내 눈으로 직접 이 글자들을 보게 되었다), 한 자 한 자 쓸수록 글자가 점점 커지고 있었고, 원래의 유려한 글씨체가 조금씩 조금씩 사라지면서 섬뜩하고 종국에는 사람의 글씨가 아닌 것처럼 보였는데, 그는 자신이 무슨 짓을 하고 있는지 아는 것 같지 않았고, 하던 일을 멈추고 아이들에게 설명하려고 하지도 않았으며, 마치 칠판 앞에 자신을 묶어두고 자신의 손이 원치 않는 글씨를 쓰도록 조종하고 있는 무시무시한 악마의 세력이나 알 수 없는 힘으로부터 벗어나려고 있는 힘을 다해 몸부림치는 사람처럼 이미 기이하게 기울어진 고개를 한껏 한쪽으로 꺾으면서 사력을 다하고 있는 듯한 비명이나 신음 같은 이상한 고음의 소리를 냈는데(이때 나는 내가 그 소리를 들었다는 것을 자각하지 못했다), 보통 사람이 숨을 참을 수 있는 시간보다 훨씬 더 오랫동안 계속해서 특정한 한 음으로만 소리를 내면서 줄곧 칠판을 바라보고 있어서 아무도 표정을 볼 수 없었지만, 갈수록 커지고 들쑥날쑥해지면서 삐죽빼죽해지는 글씨로 **죽여 죽여 저들을 모두 죽여 저들을 죽여 지금 당장 저들을 죽여**라고 몇 번이고 반복해서 쓰는 와중에 어느새 칠판 한쪽이 완전히 이 문구로 가득 찼다. 믿을 만한 목격자들의 대다수가 이 시점에서 생생하게 기억하는 것은 바로 아이들의 당혹감과 공포였다. 에밀리-앤 바와 엘리자베스 프레이저는 비명을 지르며 서로에게 매달렸고, 대니 엘스버그, 레이먼드 길리스, 욜랜다 말도나도, 잰 스웨링언과 에린 스웨링언을 비롯한 몇몇 아이들은 바닥에 고정된 자기 자리에 앉아 몸을 앞뒤로 흔들고 있었고, 필립 핑클펄은 토할 준비를 하고 있었고(구토는 그 당시 핑클펄이 강한 자극에 대응하는 방식이었다), 테렌스 벨란은 '스텝무티stepmutti*'를 애타게 찾고 있었고, 맨디 블렘은 몸을 빳빳하게 세우고 똑바로 앉아 극도로 골몰한 표정으로 존슨 선생님의 뒤통수를 뚫어져라 쳐다보고 있었다. 존슨 선생님의 머리는 점점 더 한쪽으로 꺾어져 이제는 어깨에 닿을락 말락 할 정도였고, 왼팔은 옆으로 뻗은 상태였으며, 안쪽으로 오므린 손가락은 마치 동물의 갈고리발톱 같았다. 나는 이 모든 것을 직접적으로 의식하지 못하고 있었지만—단, 왼쪽 주변시를 통해 내 앞자리에 앉은 언터브루너의 주근깨투성이 목이 핏기 없이 창백해졌으며 그녀의 큰 머리가 미동 없이 경직되었다는 것은 알고 있었던 것 같다—돌이켜보면 교실의 분위기가 이 시점에서 창문의 철망에 전개되는 판타지 서사에 잠재의식을 통해 영향을 주었던 것 같다. 이제는 차라리 악몽에 가까워진 이야기가 여러 줄과 대각선을 따라 방사형으로 전개되

---

* step은 영어로 '의붓'을, mutti는 독일어로 '엄마'를 뜻한다.

고 있어서 줄거리를 따라가려면 엄청난 에너지와 집중력이 필요했다. 미술 수업 교실에서는 귀먹은 아이들과 눈먼 아이들이(후자는 조각을 볼 수 없었지만 예민한 촉각을 가지고 있었기 때문에 '손으로 보는' 것이 가능했는데, 이들의 경우 흉하게 일그러진 조각을 손에서 손으로 넘기며) 카피 조각을 웃음거리로 삼아 루스 시몬스를 조롱하고 있었는데, 눈먼 학생들은 평범하게 웃었고, 귀먹은 학생들은 원숭이처럼 우우 하는 소리를 내거나(귀먹은 사람 중에서 벙어리가 아닌 사람들은 우우 하는 소리를 내는 경향이 있다. 왜 그러는지는 모르겠지만, 내가 아주 어렸을 때 우리 형이랑 자주 놀고 가끔은 주먹 다툼도 하던 이웃집 귀머거리 남자아이의 집에 한밤중에 불이 나서 가족들이 연기를 흡입하고 가벼운 화상을 입은 사건이 있은 뒤에 각종 경비와 수리비를 충당할 만큼 보험금이 나왔는데도 불구하고 다른 곳으로 이사를 가버린 일이 있었는데, 이 아이도 특유의 우우거리는 소리를 내곤 했다) 보통 사람이 웃을 때 짓는 동작과 표정을 소리 없이 기괴하게 따라 하고 있었다. 귀머거리이자 맹인인 미술 선생님은 교실 앞쪽에 있는 자신의 책상 앞에 앉아 귀머거리 아이들과 맹인 아이들이 울고 있는 루스 시몬스를 둘러싸고 지팡이를 휘두르며 우우거리거나 소리 내어 웃으면서 괴롭히고 있는 줄도 모르고 얼간이처럼 미소 짓고 있었다. 그중 한 명은 루스가 만든 조각을 공중으로 던지고 외야 훈련에 참석한 아메리칸 리전 베이스볼 코치가 타구를 쳐내는 것처럼(성공률은 물론 비교가 안 될 정도로 낮았지만) 조각을 향해 가느다란 흰색 지팡이를 휘둘렀다. 한편 좀 더 아래쪽에 있는 일련의 칸에서는 공회전 중인 마지 시몬스 부인의 낡아빠진 자동차가 이상한 잿빛을 띤 덜덜거리는 커다란 자동차 모양의 눈 무더기로 보였고, 폭설에 의해 쌓인 눈 때문에 배기구가 막혀 배기가스가 차량 내부로 유입되었는데, 차량 내부가 잡힌 장면에서는 고故 마조리 시몬스가 아까와 다름없이 운전대 앞에 앉아 있었다. 입과 턱이 온통 붉게 얼룩진 상태였다. 통풍구로 나온 일산화탄소가 공격을 가하기 시작했을 때 에이본 아카풀코 선셋 립스틱을 바르고 있던 그녀의 손이 강제로 오므려져 동물의 갈고리발톱 모양이 되었고, 공기가 부족해지자 숨을 헐떡거리면서 손으로 얼굴을 그러쥐는 통에 얼굴 아랫부분에 온통 립스틱이 묻은 것이었다. 꼿꼿한 자세로 앉아 있는 그녀는 뻣뻣했고, 푸른 기가 돌았고, 초점 없는 눈으로 자동차 백미러를 응시하고 있었다. 공회전 중인 눈 무더기 바깥에서는 몸을 굽히기 어려울 정도로 잔뜩 껴입은 여자들이 퇴근할 남편들을 위해 진입로의 눈을 치우며 길을 내고 있었고, 멀리서부터 긴급 사이렌과 구급차 소리가 점점 가까워졌다. 이와 동시에 한쪽에서 갑자기 짓무른 상처가 있는 점박이 야생견 스크랩스가 산업용 터널에서 꼬리 없는 작은 들쥐 혹은 방사능 피폭으로 돌연변이를 일으킨 거대한 바퀴벌레 떼의 습격을 받는 장면이 묘사된 충격적인 칸 하나가 나타났다. 바로 옆에는 충격과 공포에 질린 카피가 본능적으로 앞발로 눈을 가리고 선 채 얼어붙어 있다. 노련한 로트와일러 믹스종이 카피의 목덜미를 물고 옆에 있는 조그만 샛길 터널로 끌고 가서 가까스로 카피의 목숨을 구한다. 샛길 끝에 있는 비상구는 창문 뒤편 오른쪽 지평선에 있는 잡목림 바로 뒤쪽에 있는 페어헤이븐 놀스 골프장과 헤이스 초등학교로 이어졌다. 단말마의 고통으로 입을 벌린 이 불운한 점박이 개의 눈과 안쪽 뇌를 파먹고 있는 한 마리 들쥐 혹은 돌연변이 바퀴벌레의 복부가 개의 눈구멍 밖으로 튀어나온 모습으로 완결된 이 장면은 어찌나 충격적이었던지, 그 즉시 전개가 중단되고 중립적인 파이프 외관이 비춰졌다. 흡사 악몽과도 같은 이 소름 끼치는 장면은 지엽적인 스냅숏 혹은 섬광처럼 창문에 순간적으로 나타났다 사라졌다. 마치 나쁜 꿈을 꿀 때 하나의 끔찍한 이미지가 섬광처럼 스쳐가는 것과 같았는데, 그 끔찍한 이미지가 나타났다가 사라지는 속도와 그 이미지가 나오게 된 배경을 파악하거나 이미지의 의미를 되새기거나 꿈의 전체적인 서사에서 맥락을 끼워맞춰볼 시간이 주어지지 않는다는 사실이 끔찍함을 배가시키는 거다. 많은 경우, 이처럼 순식간에 스쳐가는 지엽적인 섬광, 맥락 없고 무시무시한 무언가가 악몽의 가장 끔찍한 부분으로 남아, 이를 닦을 때나 입이 심심해서 시리얼 선반에서 시리얼 상자를 꺼낼 때 같이 예상치 못한 순간들에 문득문득 또렷하고 생생하게 머릿속에 떠올라 가까스로 진정시킨 마음을 또다시 새롭게 어지럽히는데, 어쩌면 그것이 꿈속에서 너무나 빨리 지나쳐가버렸다는 바로 그 사실 때문에 그 이미지를 해석하고 소화하기 위해 계속해서 무의식적으로 떠올려야 하는 건지도 모르겠다. 마치 이러한 이미지의 파편이 아직 나에게 더 볼일이 남아 있다는 듯, 그토록 오랜 시간이 지난 지금까지도 나에게 끈질기게 남아 있는 유아기의 기억들은 바로 이와 같은 섬광들, 지엽적인 장면들이다. 아래층으로 내려가려고 부모님의 욕실을 지나는 길에 본 아버지의 면도하는 모습이라든가, 주방에서 컵에 물을 따를 때 동쪽 창으로 보이던, 머릿수건과 장갑을 착용한 어머니가 장미 덤불 옆에 꿇어앉아 있는 모습, 막대기로 모래 위에 그림을 그리며 놀고 있을 때 형이 정글짐에서 떨어져 손목이 부러지던 모습과 아득히 들려오던 형의 울부짖는 소리. 작은 보호용 받침대 위에 놓인 피아노 다리바퀴, 퇴근하고 현관으로 들어오던 아버지의 얼굴. 훗날, 이십 대가 되어 아내와 연애하던 시절, 대단한 논란을 불러일으킨 충격적인 영화 〈엑소시스트〉가 개봉했다. 영화를 보다 아내와 나 둘 다 불쾌해져서—예술적으로 또는 심오하게 불쾌한 게 아니라 순전히 기분이 나빠져서—주인공 여자아이가 십자가 상으로(미란다의 부모님이 거실 벽에 걸어둔 것과 크기와 모양이 비슷했다) 성기를 자해하는 장면에서 영화관을 나와버렸다. 돌이켜 보건대 미란다와 내가 진정한 친밀감과 공감이라 할 만한 감정을 맨 처음 느낀 순간이 바로 영화관을 박차고 나와 집으로 돌아가던 차 안에서가 아니었나 싶다. 나가자는 결정은 누가 먼저랄 것도 없이 동시에 이루어졌다. 서로 빠르게 눈길을 주고받는 것만으로 영화에 대한 혐오와 거부감이 둘 사이에 완벽하게 일치한다는 사실을 알아챘는데, 그러한 합치를 알아챈 순간 성적 흥분이 전혀 없다고 할 수 없는 이상야릇한 전율을 느꼈다. 영화의 테마를 생각해보면 우리가 보인 반응의 성적 긴장에는 불편하고 머릿속에서 떨쳐내기 어려운 구석이 있긴 하다. 둘 다 그 후로 다시는 그 영화를 보지 않았는데, 오랜 시간이 지난 지금까지도 불과 몇 개밖에 되지 않는 프레임으로 된, 눈앞을 빠르게 스쳐간 지엽적인 단 하나의 장면이 강렬하게 남아 이후에도 계속해서 예상치 못한 순간들에 불쑥불쑥 머릿속을 헤집고 들어오곤 했다. 영화에서 카라스 신부의 어머니가 죽고, 비탄과 죄책감에 사로잡힌 카라스 신부가("내가 같이 있었어야 했는데, 내가 같이 있었어야 했는데"라고, 그는 자신을 침대에 눕히고 신발을 벗겨주는 또 다른 예수회 수사인 다이어 신부에게 반복해서 말한다) 잔뜩 술에 취해 잠이 들고 악몽을 꾼다. 감독은 카라스 신부의 꿈을 무서우리만치 놀라운 집요함과 솜씨로 그려낸다. 내가 지금도 다니고 있는 직장에 입사한 지 얼마 되지 않았을 때였고, 아내와 내가 다른 사람 없이 둘이서만 데이트하기 시작하던 즈음이었는데, 아직까지도 그 꿈 시퀀스는 세세한 부분까지 거의 남김없이 생생하게 기억하고 있다. 카라스 신부의 어머니가 장례식을 연상케 하는 검은 옷을 입고 핏기 없는 얼굴로 어느 도시의 지하철역 계단을 올라온다. 길 건너편에서 카라스 신부가 어머니의 주의를 끌기 위해 필사적으로 손을 흔들지만 어머니는 그를 보지도, 보았다는 신호를 하지도 않고 뒤돌아서 다시 지하철 계단을 내려간다. 꿈속에서 나를 제외한 타인들이 자주 보이는 무섭고 단호한 태도로 시야에서 점점 돌이킬 수 없이 사라진다. 사람들로 붐비는 거리인데도 아무런 소리도 들리지 않는다. 소리의 부재는 섬뜩하면서 동시에 사실적이다.—많은 사람들이 악몽을 상기할 때 두꺼운 유리나 물 때문에 소리가 들리지 않은 것 같다며 소리의 부재를 말한다. 카라스 신부 역을 맡은 배우는 내가 아는 한 그 당시 다른 영화에는 출연하지 않은 배우였다. 음울한 분위기를 풍기고 이목구비가 지중해 지역 사람 같은 그를 가리켜 영화 속 다른 캐릭터는 살 미네오* 같다고 말한다. 꿈 시퀀스의 중간에 로마가톨릭 성패가 슬로모션으로 허공을 가르며 떨어지는 모습이 삽입된다. 매우 높은 곳에서 떨어지는 듯, 천천히 떨어지면서 메달이 회전하고 가느다란 은 체인이 복잡한 형태로 출렁인다. 우리가 영화에 관해서, 퇴마 의식이 본격적으로 진행되기 전에 영화관을 나온 이유에 대해서 이야기를 나눌 때 미란다도 지적했듯이, 떨어지는 성패의 도상학적 의미는 생각보다 간단하다. 그것은 카라스 신부가 어머니의 죽음으로 인해 느낀 무력감과 죄책감(어머니는 집에서 홀로 죽었고 죽은 뒤 사흘이 지나서야 발견되었다. 이 상황이라면 누구라도 죄책감을 느낄 수밖에 없을 것이다)을 상징하는 동시에

---

* 영화 〈이유 없는 반항〉(1955)에서 플라토 역을 맡은 이탈리아 태생의 미국 배우.

카라스 신부가 아들이자 신부로서 스스로에게 갖는 믿음에 대한 타격, 자신의 소명에 대한 타격을 상징한다. 그의 소명은 신에 대한 믿음뿐 아니라 신부가 되면 이 세상을 조금이나마 변화시키고 고통과 인간의 외로움을 경감하는 데 도움이 될 수 있을 거라는 신념에 근거를 두고 있었을 터인데, 정작 어머니의 고통과 외로움을 더는 데는 처절하게 실패하고 말았다. 게다가 사랑의 하느님이라는 신이 어떻게 이토록 끔찍한 일이 일어나도록 내버려둘 수 있냐는, 가까운 사람이 고통을 당하거나 죽으면 어김없이 제기되는 고질적인 문제도 있다(그뿐만 아니라 우리가 돌아가신 부모님을 기억할 때 종종 느끼는 묻어둔 적개심 때문에 뒤늦게 덮쳐오는 죄책감도 있다.—영화에서는 어머니가 어린 카라스 신부에게 금속 숟가락으로 먹기 싫은 약을 억지로 먹이는 모습과 무던히도 속을 썩인다며 이탈리아어로 잔소리하는 모습, 롤러스케이트를 타다 넘어져서 무릎이 까진 어린 카라스 신부가 밖으로 나와 도와달라며 울부짖는데도 말없이 창문을 지나쳐가는 모습이 잠시 비춰졌다). 이것은 만인에게 공통적으로 나타난다고 할 수 있을 만큼 일반적인 반응인데, 꿈속에서 느리게 떨어지는 성패가 이 모든 것을 상징한다. 성패는 꿈 시퀀스의 끝에서 이끼와 가시덤불이 가득한 묘지 혹은 방치된 정원의 판판한 돌 위에 떨어진다. 장소는 교외이지만, 성패가 가르는 공기는 바람이 없고 까맣다. 아무것도 없는 극도의 암흑이, 성패가 돌 위에 안착하는 순간에도, 지배한다. 소리가 없는 것과 마찬가지로, 배경도 없다. 꿈 시퀸스가 전개되는 도중, 끔찍하게 변형된 카라스 신부의 얼굴이 한순간 빠르게 지나간다. 희고 파충류 같은 눈과 돌출된 광대뼈와 파리하고 지나치게 하얀 얼굴은 틀림없이 악령의 그것, 악마의 얼굴이었다. 얼굴은 극도로 짧게 섬광처럼 스쳐 지나간다. 아마도 인간의 눈이 인지할 수 있는 최소한의 프레임으로만 구성되었을 이 장면은 소리도 배경도 없고, 눈 깜짝할 사이에 사라져 로마가톨릭 성패가 계속해서 떨어지는 장면으로 바뀐다. 순식간에 사라진다는 바로 그 점 때문에 이 장면은 관객의 뇌리 속에 깊숙이 각인된다. 알고 보니 아내는 이 장면을 보지 못했다고 한다.—그 순간 재채기를 했거나 잠시 화면에서 눈을 돌렸는지도 모른다. 아내는 그 짧고 지엽적인 이미지가 내가 상상해낸 게 아니라 영화에 진짜로 등장했다 하더라도 이 역시 어머니를 (그가 느끼기에) 홀로 죽게 내버려둔 자기 자신을 사악하다고 혹은 악마라고 여기는 카라스 신부의 무의식을 상징하는 것으로 어렵지 않게 해석할 수 있다고 주장했다. 나는 단 한 번도 그 장면을 잊은 적이 없다. 그렇지만 속으로는 미란다의 손쉬운 해석에 동의하지 않았음에도 불구하고, 아직까지도 빠르게 스쳐간 신부의 변형된 얼굴이 무엇을 의미하도록 의도된 것이었는지, 연애 시절에 대한 내 기억 속에 왜 이처럼 생생하게 남아 있는 것인지 분명하게 설명할 수 없다. 밑도 끝도 없이 불쑥, 찰나의 순간에 나타났다 사라졌다는, 그 절대적인 지엽성 때문일 수밖에 없지 않을까. 분명한 사실은, 우리의 삶에서 가장 끈질기게 살아남아 생생하게 기억되는 사건들은 바로 의식의 가장자리에서 일어나는 일들이라는 것이다. 시민윤리 교실에서 도망치지 않았던 우리 네 명이 '무자각적 인질 4인방'이라 불리게 된 연유도 바로 이것이다. 연구 결과를 보면 과잉행동장애나 주의력결핍 판정을 받은 취학아동 중 다수가 실제로 주의력이 떨어진다기보다 주의를 기울일 대상을 선택하거나 통제하는 데 어려움을 겪는다는 사실을 알 수 있다. 비단 아동뿐 아니라 성인이 되어서도 마찬가지다. 많은 사람들이 나이가 들면서 기억의 대상이 바뀌는 현상을 경험한다. 사건 자체보다도 세부적인 사항들과 주관적인 연상들이 훨씬 더 생생하게 기억나는 경우가 많다. 다른 사람에게 어떤 기억이나 사건에 관해 중요한 정보를 전달하려고 할 때 말이 혀끝에서 빙빙 도는 이른바 설단현상舌端現象이 나타나는 것도 이런 이유에서다. 마찬가지로 노년기에 다른 사람과 의미 있는 의사소통을 하기가 어려운 이유도 바로 이것이다. 나에게는 생생한 감각으로 기억되는 요소들이 다른 사람이 볼 때는 기껏해야 지엽적인 무언가가 되는 경우가 수없이 많다. 복도를 뛰어가는 벨란의 가죽 반바지에서 나던 냄새라든가 아버지의 점심 도시락이 든 갈색 종이봉투가 윗부분에서 두 번 접힌 방식이라든가, 아니면 우스꽝스러운 플라톤* 조각을 놀려대며 자신을 둥글게 에워싼 반 아이들 한가운데서 보이지 않는 눈으로 허공을 올려다보는 어린 루스 시몬스의 모습이 펼쳐지던 가장자리의 칸들이나—그 근처, 중심 서사가 전개되는 다른 부분에서—부유한 제조업자의 저택 진입로를 따라 이어진 숲에서 그녀의 아버지 시몬스 씨가 절단된 손 뭉텅이를 부여잡고 비틀거리면서 시야에서 사라졌다가 다시 나타났다가를 반복하며 고통에 차서 도와달라고 울부짖으며 강렬한 색의 방설복 차림으로 뛰어다니는가 하면 사방으로 뿜어진 피와 미립자 물질로 눈이 보이지 않게 되어 숲의 나무들을 향해 돌진하는 모습이 펼쳐지던 칸들. 빠른 속도로 전개되는 이 장면은 수많은 나무들과 가시덤불과 휘몰아치는 눈보라와 바람에 날리는 거대한 눈 더미들 때문에 드문드문 거칠게 보였다. 시몬스 씨는 결국 나무에 머리를 정통으로 부딪치고 우람한 눈 더미에 머리부터 장화 위까지 완전히 파묻혔다. 엄청난 충격과 통증과 출혈에 더해 눈까지 보이지 않게 되어 자신이 거꾸로 파묻힌지도 모르는 채 어떻게 해서든 땅에 발을 디뎌보려고 한쪽 발이 발작적으로 움직였다. 한편, 대각선 아래에서는 콜럼버스시 경찰청 소속 기술자가 시몬스 씨네 자동차의 파손된 앞좌석에 무릎을 꿇고 앉아 구조대가 마조리 시몬스의 새파랗게 질린 사체를 발견한 운전대 앞자리에 사람의 형체를 그리고 있었다. 마조리 시몬스를 괴롭히던 좌절과 실망도 끝났다. 아직도 손에 쥐고 있는 립스틱 때문에 사체를 덮은 흰색 시트가 작게 솟아올랐다. 흰 가운을 입은 구조대원 두 명이 눈

---

* 플라톤(Plato)을 미국식으로 읽으면 '플레이도'가 된다.

보라 속에서 커다란 구급차용 들것에 사체를 옮겨 싣고 있었고, 모자 위에 눈이 쌓인 콜럼버스시 경찰청 수사관이 꽁꽁 싸매고 조금 전까지 집 앞 진입로에서 눈을 치우던 주부들과 이야기를 나누고 있었다. 주부들은 피곤한 듯 각자의 눈삽에 기대어 서 있었고, 수사관은 끝이 무척이나 뭉툭한 연필로 작은 수첩에 무언가를 적고 있었다. 수사관의 손톱은 추위로 인해 파리한 색을 띠었고, 강하게 날리는 눈으로 사람들의 눈썹이 하얘졌다. 커다란 노란색 장화를 신은 콜럼버스시 시청 공공사업국 소속 작업자 두 명이 시몬스 부인의 차를 덮고 있던 이글루만 한 눈 더미를 삽으로 치우는 작업을 마친 뒤 나란히 견인차 옆에 서서 춥고 따분한 사람들이 그러는 것처럼 이따금씩 콩콩 뛰며 두 손을 입에 대고 호호 불고 있었다. 할 일을 마쳐 따분해진 작업자들은 발목께에 인조 모피 술이 달린 두 개의 작은 장화만이 밖으로 비죽 나와 있고 작게 솟아 있는 시트가 덮인 들것과 도로를 등지고 있었는데, 이들이(둘 중 하나는 벽아이 모양 털 방울이 달린 빨간색과 은색*의 오하이오 주립대학 스키 모자를 쓰고 있었다) 그다지 주의 깊게 보지는 않았지만 마주보고 있는 집은 뒤뜰이(이 뜰에는 다인용 그네가 있는데, 그네마다 커다란 눈 덩어리가 벽돌 모양으로 쌓여 있었다) 주거 지역과 헤이스 초등학교 야구장 사이에 위치한 페어헤이븐 놀스 골프장의 경계에 있는 느

---

* 오하이오 주립대학의 상징색.

168

릅나무와 전나무로 된 잡목림에 면해 있었다. 교실 창문을
통해 보이는 야구장에서는 지금도 예의 그 로트와일러가 짝
짓기의 체위와 표정을 보이며 시몬스네 잃어버린 강아지를
또다시 올라타려 하고 있었다. 스스로를 지킬 재간이 없는
저 가련한 강아지에게 이렇게 협박하는 것 같았다. 움직이지
말고 참으라고, 말을 듣지 않으면 진짜로 끔찍한 일이 일어
날 거라고.

청소년기가 끝날 무렵, 우리가 겪은 정치적 상황**의 맥락에
서 우리 4인방이 경험한 트라우마 중에서도 가장 꺼림칙하게
생각하고 서로 가장 많이 이야기를 나눈 부분은 물리력을 동
원하여 교실 문과 동쪽 벽의 두 창문을 통해 들어온 무장 경
관들에게 존슨 선생님이—그저 칠판에 반복해서 **죽여**라고 쓰
기를 멈추지 않은 것 말고는—대치, 저항 또는 위협하는 태도
를 보이지 않았다는 점이다. 칠판은 이제 빈틈없이 차서 새로
쓰는 **죽여, 저들을 죽여**가 그 전에 쓴 **죽여, 저들을 죽여** 위
에 겹쳐지고 덧입혀져 종국에는 칠판 전체가 글자로 이루어진
추상적인 곤죽으로 보였다. 콜럼버스시 경찰청 조사위원회는
거친 단면으로 부러진 분필과 커다란 팔 동작, 그리고 책상에
놓인 존슨 선생님의 서류 가방이 가까웠다는 점을 '인질 안전

** 미국의 1960년대 중후반은 비폭력 평화 시위에 참가한 청년들에게 무력 진압
이 이루어진 시기였다.

에 대한 인지된 위협'으로서 사살을 정당화하는 근거로 들었
지만, 사실 서둘러 발포하도록 그들을 자극한 것은 의심의 여
지없이 존슨 선생님의 표정과 흔들림 없이 지속되던 고음과
분필 내려놓고 두 손 펴서 앞에 들고 칠판에서 떨어지라는 경
관들의 명령에도 아랑곳없이 점점 더 무섭게 열중하며 칠판
위의 언어적 혼돈에 글씨를 더하던 그의 완벽한 무심함이었
다. 그러니까 그들이 두려움을 느꼈다는 것, 이것만이 유일한
진실이다.

이른바 '4인방'으로 불린 넷 중에서 맨디 블렘과 프랭
크 캘드웰(이 둘은 나중에 피싱어 중학교에 진학하여 주니어 프롬
과 시니어 프롬에 커플로 참석했고, 블렘의 평판에도 불구하고 중학
교 시절 내내 사귀다가 이후 캘드웰은 미 해군에 입대했고 해외로도
파병됐다)만이 사건의 전반부가 진행되는 동안 주의를 기울
이고 주변을 의식하고 있어서 나중에 나와 드매테이스에게,
존슨 선생님이 비현실적이고 악몽 같은 공포에 질려 점점 더
아수라장이 된 등 뒤의 아이들을 단 한 번도 뒤돌아보지 않
고 변함없이 일정한 피치의 고음을 내면서 칠판에 삐죽삐죽
한 글씨를 쓴 시간이 얼마나 지속되었는지 알려줄 수 있었
다. 몇몇은 울었고, 꽤 많은 아이들이(나중에 블렘이 누구누구
였는지 이름을 알려주었다) 스트레스를 이기지 못하고 손가락
빨기, 오줌 싸기, 각종 자장가를 뒤죽박죽 흥얼거리며 제자
리에서 앞뒤로 몸 흔들기와 같은 유아기적 대응 기제의 도움

을 받았으며, 핑클펄은 책상 너머로 몸을 구부려 속에 것을 게워냈는데 근처에 있던 아이들 대부분이 공포로 넋이 나가 그 사실을 알아차리지도 못했다고 한다. 이때가 되어서야 비로소 나의 의식적 인식이 창문의 철망을 떠나 시민윤리 교실로 돌아왔는데, 내가 기억하는 한 그 정확한 시점은 존슨 선생님이 들고 있던 분필이 큰 소리를 내며 부러진 직후, 선생님이 두 팔을 바깥으로 뻗고 고개를 한쪽으로 기울인 상태에서 조금씩 조금씩 높아지는 피치로 소리를 내며 아주 천천히 얼굴을 돌려 우리를 바라본 순간이었다. 몸 전체가 전기가 통한 듯 떨리고 있었고, 얼굴은… 존슨 선생님의 얼굴의 특징과 표정은 말로 표현할 수가 없었다. 나는 그 표정을 절대로 잊지 못할 것이다. 여기까지가 〈디스패치〉가 처음에 "정신착란을 일으킨 대체교사, 교실에서 공포 유발―정신이 온전치 못한 교사가 칠판 앞에서 이상행동 보여, 무언가에 '사로잡힌' 듯한 모습으로 대량 학살 예고, 학생 다수 입원, 4학군 운영위원회 비상 회의 소집, 시험대에 오른 배인브리지"(배인브리지 박사는 당시 4학군 학군장이었다)라고 보도한 사건 중에서 내가 제대로 목격한 첫 번째 부분이었다. 필립 핑클펄이 토한 것도 하나의 요인이 되었다. 어린아이의 가청 거리 안에서 누군가 구토를 한다는 것에는 그 아이의 주의를 즉각적으로 환기시키고 집중하게 만드는 무언가가 있는데, 내 경우에도 의식이 완전히 교실로 돌아왔을 때 가장 먼저 감각을 덮쳐온 것은 핑클펄의 토사물과 그 소리와 악취였던 것으로 기억한다. 내가 기억하는 마지막 장면은 한창 야유가 이루어지던 중에 심술궂은 남자아이가 지팡이를 휘두르기 직전 공중에서 빙글빙글 도는 모습이 정지된 클로즈 업으로 잡힌 루스 시몬스의 점토 조각이 실은 사람의 형상이었다는 사실이 밝혀진 순간이었다. 마음이 산란하여 정신이 다른 데 팔린 루스가 다리를 두 개가 아닌 네 개로 만드는 바람에 대강의 사람 형태를 갖춘 조각이 그리스신화나 《모로 박사의 섬*》에 나오는 괴이한 혹은 불가사의한 형상이 되어버린 것이었다. 형상의 세부적인 모양은 또렷이 기억나는 반면, 이것이 전체 서사에서 어떤 의미를 갖는지는 잘 기억나지 않는다. 또 하나 기억나지 않는 것은 시민윤리 교실이 그 상태로, 존슨 선생님이 칠판을 향해 두 팔을 뻗고(무언가에 대단히 몰두한 상태에서 주변에서 일어나고 있는 일로 인식이 돌아가는 것은 대낮에 영화관을 나선 순간 거리의 활발한 움직임이 주는 감각적 압력과 눈부신 햇살이 일순간 온몸을 마비시키는 것과도 같다) 감전당한 것 같으면서도 악령에 사로잡힌 듯한 모습으로(극도의 괴로움과 섬뜩한 광희가 공존하는, 턱을 위쪽으로 추어올린 그의 얼굴은 달리 표현할 길이 없다. 아니면 위를 향해 젖혀진 얼굴에서 그 두 개의 표정이 빠르게 교차하고 있어서 내 머릿속에서 두 가지가 하나로 결합된 것인지도 모른다) 예의 그 소리를 내며 아헌과 엘스버그를 비롯한 앞줄에 앉은 아이들의 표현

---

* 영국 작가 허버트 조지 웰스의 SF 소설(1896).

에 따르면 머리와 목과 팔목과 손의 털 가닥들이 하나하나 선 상태로, 그리고 교실의 아이들이 바짝 언 채 자리에 앉아 있고 그중 다수가 극심한 공포로 인해 눈이 이만큼 커져서 만화 캐릭터처럼 눈구멍 안에서 빙글빙글 돌아가던 그 상태로 시간이 얼마나 흘렀는지다. 바로 이 장면에서 2분단 마지막 줄에서 엎어져 자고 있던 크리스 드매테이스가 작고 애처로운 소리—그가 학교에서 정신을 잃고 잠을 자다 깨어날 때 종종 내는 소리였다—를 내며 잠에서 깼다. 지나고 보니 크리스가 잠에서 깨며 무심코 내지른 겁에 질린 듯한 외침이, 교실의 다른 아이들이 기다렸다는 듯 비명을 지르며 자리에서 일어나 시민윤리 교실 밖으로 앞다퉈 한꺼번에 광적으로 탈출하기 시작한 시발점이 되었고(마치 사격 준비를 마친 상태로 서로 대치 중이되 아직 발포하지 않은 두 군대가 숨죽이고 대기하고 있는 긴장된 상황에서 보병 하나가 발포하는 순간 전투가 시작되는 것처럼), 필립 핑클펄의 책상 옆쪽에 걸려 있는 토사물 가닥과 덩어리로부터 내 관심의 방향을 돌린 것은 아이들의 갑작스런 집단적인 움직임이었다는 생각이 든다. 크리스 드매테이스, 프랭크 캘드웰, 맨디 블렘, 그리고 나를 제외한 교실의 모든 아이들이 한꺼번에 교실 문을 향해 뛰어갔다. 문은 불행히도 닫혀 있었다. 에밀리-앤 바와 몸이 날랜 레이먼드 길리스(흑인이었다)를 비롯해 문 앞에 가장 먼저 도착해서 손잡이를 움켜잡기 위해 미친 듯이 손을 뻗어대던 아이들이 뒤에 있던 아이들 무리에 의해 얼마나 엄청난 물리적 힘으로 밀렸는지 두꺼운 불투명 유리로 된 문의 상반부에 누군가의 얼굴 혹은 머리가 강하게 부딪치는 무시무시한 소리가 들렸고, 문이 (그 시절의 교실 문들이 모두 그랬듯이) 안쪽으로 열리는 구조였는데다 문을 가로막는 아이들이 빠르게 늘어나는 바람에 덩치 큰 누군가가 억지로 문을 열기까지 상당히 오랜 시간이 걸렸다.—지금 생각해보면 그건 분명 그레고리 엠키였을 것이다. 열 살에 벌써 체중이 45킬로그램을 훨씬 웃돌았고 목이 어깨 너비만큼 두꺼웠던 엠키는 나중에 해외로 파병되었다. 단, 내가 엠키였을 거라고 믿는 근거는 엠키가 문을 여는 것을 직접 보았기 때문이 아니라 문이 난폭하고 포악하게 열리던 모습에서 유추한 것이다. 육중한 문이 강한 힘으로 열리면서 아이들 몇몇이 문 모서리에 부딪히거나 긁혔고, 그 와중에 뭉쳐 있던 아이들의 가운데에 있던 스웨링언 쌍둥이 중 하나가 넘어져서 시야에서 사라졌고, 짐작건대 문밖으로 탈출하는 아이들의 발에 심하게 밟혔을 것이다. 비명을 지르는 아이들의 소리가 복도 북쪽으로 서서히 멀어지고 공압식 경첩에 의해 문이 서서히 닫힐 때 누구의 것인지 알 수 없는 두 쌍의 손이 재빨리 잰 스웨링언의 양 발목을 잡고 시민윤리 교실 밖으로 끌어냈는데, 잰은 움직이지도 않고 의식이 회복되었음을 나타내는 일말의 기미도 없이 체크무늬 타일 바닥에 얼굴을 박은 채 끌려나가며 자신의 피 혹은 문가에서 일어난 또 다른 사고로 누군가 이미 바닥에 흘려놓은 피로 기다란 자국을 남겼다. 스웨링언 자매가 평상시에 즐겨 만지작거리고 잡생각에 잠겼을 때나 긴장했을 때 잘근잘근 씹기 좋아하던 양 갈래로 땋은 머리 가닥이 핏자국이 지나간 자리를 따라가다 서서히 닫히는 문틈에 걸리기 직전에 교실을 빠져나갔다.

나중에 우리끼리 이야기를 나누다 집단 탈출이 일어났을 때 프랭키 캘드웰이 공포에 질려 과호흡이 와서 잠시 의식을 잃었다는 사실도 알게 되었다. '무자각적 인질 4인방' 중에서 학교 당국이 실제로 주의력결핍이나 학습부진 판정을 내린 것은 프랭키를 제외한 우리 셋뿐이었다. 프랭키가 언론이 저지른 오류에 한 번도 이의를 제기하지 않았다는 것은 그 역시 그토록 공포에 질렸다는 사실이 무척이나 수치스러웠다는 방증일 것이다.

공포에 대한 내 경험을 얘기해보자면, 나는 아주 어렸을 때부터—아마 일곱 살이었던 것 같은데—어른의 삶의 실상에 대한 악몽을 꾸기 시작했다. 당시에도 나는 그 꿈들이 아버지의 삶과 일과 퇴근하고 집으로 돌아왔을 때 보이는 아버지의 모습과 관련이 있음을 알았다. 아버지는 항상 5시 42분에서 5시 45분 사이에 집에 도착했고, 현관문을 들어서는 아버지를 가장 먼저 보게 되는 사람은 주로 나였다. 매일같이 판에 박힌 듯한 일련의 동작들이 반복되었다. 아버지는 등 뒤의 문을 밀어 닫으려고 몸을 아예 튼 채로 현관에 들어섰다. 모자와 외투를 벗고 현관 벽장에 외투를 걸었다. 두 손가락으로 넥타이를 느슨하게 풀고, 〈디스패치〉를 감은 녹색 고무줄을 벗기고, 거실로 와서 형에게 인사한 뒤 신문을 펼쳐들고 자리에 앉아 어머니가 하이볼 한 잔을 가져오길 기다렸다. 악몽은 항상 커다랗고 불이 밝게 켜진 사무실 혹은 강당에서 여러 줄의 책상 앞에 앉은 남자들을 광각으로 잡은 장면으로 시작했다. 책상은 헤이스 초등학교 교실처럼 한 치의 오차도 없이 행과 열로 배치되어 있었는데, 다른 점이라면 학생용 책상보다는 교실 앞쪽에 놓인 큰 회색 철제 교사용 책상에 가까웠고, 교실에 있는 책상보다 훨씬, 훨씬 많았다는 것이다. 족히 100개는 더 될 책상 앞에는 양복과 넥타이 차림의 남자들이 빠짐없이 앉아 있었다. 실제 창문이 있었는지는 모르겠지만 내 기억 속에는 없다. 몇몇은 비교적 나이가 많았는데 모두 어른이라는 건 분명히 알 수 있었다. 모두가 운전을 할 줄 알고 보험에 가입하고 저녁을 먹기 전에 신문을 보며 하이볼을 마시는 어른들이었다. 축구장이나 플래그풋볼* 경기장 크기만 한 악몽 속 사무실은 쥐죽은 듯 조용했고 벽마다 큰 시계가 걸려 있었다. 게다가 무척 밝았다. 현관에서 문 쪽으로 틀었던 몸을 바로 하며 모자를 벗으려고 왼손을 들어올리는 아버지의 눈은 생기 없이

---

* 미식축구처럼 타원형의 공을 사용하되, 공을 가진 선수가 허리에 매달려 있는 가늘고 긴 깃발(플래그)을 빼앗기지 않고 상대 진영에 침투하는 것으로 승부를 가리는 경기.

죽은 것처럼 보였고, 우리가 아버지의 진짜 인격과 연관 지어 생각하는 것들은 하나도 찾아볼 수 없었다. 아버지는 인정 많고 점잖고 평범하게 생긴 남자였다. 목소리는 상당히 저음이었지만 울림은 없었다. 말투는 온화했고, 천성적으로 말이 적은 성격을 냉담함이나 무관심으로 비치지 않게 만들어주는 유머 감각이 있었다. 형과 나는 아주 어릴 적부터 아버지가 그 시절 대부분의 아버지들에 비해 우리와 훨씬 많은 시간을 함께 보내며 우리가 자신에게 소중한 존재임을 알려주기 위해 수고를 아끼지 않는다는 것을 알 수 있었다. (어머니가 아버지에 대해 어떻게 생각했는지 조금이나마 제대로 알게 된 것은 그로부터 한참 지난 뒤였다.) 현관 바로 옆이 피아노가 있는 거실이었다. 그 당시에 나는 형이 하농 연습곡을 치는 동안 피아노 밑, 발차기 사정거리 밖에서 책을 보거나 트럭 장난감을 갖고 놀곤 했다. 현관문에 아버지의 열쇠가 꽂히는 소리를 가장 먼저 듣는 사람은 주로 나였다. 네 발짝만 가서 양말 신은 발로 현관 쪽으로 짧게 슬라이딩하면 바깥 공기를 몰고 들어오는 아버지를 제일 먼저 반길 수 있었다. 현관은 어둑하고 춥고 외투 벽장 냄새가 났던 것이 기억난다. 벽장의 태반이 어머니의 갖가지 코트와 코트에 어울리는 장갑으로 차 있었다. 문은 육중했고 흡사 그 공간에 높은 기압이 가해지고 있는 것처럼 여닫기가 힘들었다. 문 가운데에 다이아몬드 모양의 작은 창이 있었는데, 거기에 눈을 대고 밖을 내다볼 수 있을 만큼 내 키가 크기 전에 다른 데로 이사를 갔다. 문을 끝까지 닫으려면 옆구리로 어느 정도 밀어줘야 했기 때문에 아버지가 모자와 외투를 벗으려고 몸을 바로 한 후에야 얼굴을 볼 수 있었지만, 문에 체중을 실을 때 어깨가 만드는 각도가 그의 눈과 똑같은 속성을 갖고 있었다는 것을 기억한다. 그게 어떤 속성인지는 지금 설명할래야 설명할 수 없고 그 당시에도 보나 마나 불가능했겠지만, 그게 내 악몽에 영향을 주었다는 것은 안다. 출근하지 않는 주말의 아버지 얼굴은 전혀 그렇지 않았다. 그 꿈들이 어른의 삶에 대한 것이었음은 시간이 지나고 나서 깨달았다. 그때는 그 꿈이 주는 공포밖에 알지 못했다.—밤마다 부모님이 나를 잠자리에 눕히고 재우기 힘들어했던 것도 그 꿈들 때문이었다. 5시 42분만 되면 어김없이 땅거미가 내렸을 리 만무하지만, 내 기억 속에는 그렇게 남아 있다. 아버지가 몰고 온 갑작스러운 바깥공기는 찼다고도, 그리고 태운 낙엽의 내음과, 집들이 다 똑같은 색깔이 되고 마치 이름 없는 무언가로부터 지켜주는 방벽처럼 집집마다 포치에 불이 켜지는 황혼 무렵의 거리에서 나는 슬픈 냄새가 서려 있었다고도. 문 쪽으로 틀었던 몸을 바로 한 아버지의 눈은 무섭지 않았지만, 그때 받은 느낌은 무서움과 어떤 식으로든 관련이 있었다. 갖고 놀던 장난감 트럭을 쥐고 아버지를 마중하는 때도 많았다. 아버지는 모자를 모자걸이에 걸고 외투를 벗어 왼쪽 팔에 걸치고 오른손으로 벽장을 연 다음, 코트를 오른손에 옮기는 동시에 왼쪽에서 세 번째에 걸려 있는 나무 옷걸이를 왼손으로 꺼냈다. 이 일련의 동작들에는 나 혼자 힘으로는 닿을 수 없었던 내면의 깊숙한 곳에 그늘을 드리우는 무언가가 있었다. 물론 나도 그즈음에는 지루함이 무엇인지 대강 알았다. 학교에서, 교회에서, 혹은 할 일 없는 일요일 오후에 느끼게 되는 좀이 쑤시는 유년기의 지루함은 절망이라기보다는 골칫거리에 가까웠다. 그러나 퇴근하는 아버지의 모습을 그와는 차원이 다른, 영혼 깊숙이 느끼는 당신의 일에 대한 지루함과 의식적으로 연결 지을 줄은 몰랐다. 아버지의 직업은 보험계리사였다. 클레이모어 선생님이 담임이었던 2학년 때 반 아이들 전체가 돌아가며 아버지의 직업에 대해 간단한 발표를 했었기 때문에 알고 있었다. 보험이란 어른들이 위험에 대비하기 위해 드는 보장 제도라는 걸 알고 있었고, 아버지가 당신 대신 서류 가방의 걸쇠를 젖히고 가방을 열 수 있도록 허락해주었을 때 가방에 든 서류를 본 적이 있기 때문에 보험에는 숫자가 사용된다는 것도 알고 있었고, 어머니가 차에서 형과 나에게 보험회사가 있는 건물과 아버지의 사무실이 있는 조그만 창을 가리켜 보여준 적도 있었지만, 아버지가 구체적으로 무슨 일을 하는지는 항상 아리송했다. 꽤 긴 시간이 흐른 뒤까지도 그랬다. 돌이켜보면 아버지가 하루 종일 대체 무슨 일을 해야 했는지에 대한 내 호기심이 부족했던 데는 눈 가리고 귀 막고 모른 척하는 성질의 무언가가 작용한 것이 아닌가 하는 생각이 든다. 클레이모어 선생님이 아버지들의 직업을 통칭하는 용어로 사용한 '밥벌이'라는 단어가 연상시키는 경쟁적이면서 원초적이기까지 한 연상 작용을 둘러싸고 펼쳐지던 흥미진진한 서사의 몇몇 장면들이 기억난다. 하지만 아버지가 일 년에 51주씩 30년 가까운 세월 동안 형광등으로 밝힌 쥐죽은 듯 조용한 사무실에서 하루 종일 금속으로 만든 책상 앞에 앉아 서류를 읽고 숫자를 계산하고 계산 결과를 바탕으로 더 많은 서류를 작성하고 전화를 받을 때나 또 다른 밝고 조용한 회의실, 창이라고 해봤자 회색 건물들의 작은 사무실 창들만 보이는 작고 해가 들지 않는 북창北窓만 있는 회의실에서 다른 보험계리사들을 만날 때만 잠깐씩 쉴 수 있는 생활을 한다는 사실을 그 당시의 내가 알았다고, 아니 상상이라도 할 수 있었을 거라고 생각하지 않는다. 내 악몽들은 생생하고 강렬했지만, 또 비명을 지르며 깨어나서 소리를 듣고 달려온 어머니에게 무슨 꿈이었는지 설명하면 어머니가 꿈에서 본 건 현실에 없으니 안심하라고 토닥여주는 그런 종류의 악몽은 아니었다. 아버지가 집에 있을 때는 항상 음악이나 활기찬 라디오방송을 틀어놓는 것이나 저녁 먹기 전에 〈디스패치〉를 읽으면서 형이 피아노 치는 소리를 듣는 걸 좋아한다는 사실은 알았지만, 이것이 당신이 하루 종일 견뎌야 했던 압도적인 정적과 관련이 있으리라고는 생각하지 못했다. 어머니가 매일 아버지의 점심 도시락을 싸는 것이 두 분의 혼인 계약의 쐐기돌이었다는 것도, 날씨가 좋은 날에 아버지는 도시락을 챙겨 엘리베이터를 타고 내려가 나무 두 그루와 추상 조형물이 있는 작은 네모 모양의 풀밭을 마주보는 등받이 없는 돌 벤치에 앉아 식사하기를 즐겼으며, 뭍에서 멀리 떠나온 뱃사람들이 별을 길잡이로 삼듯 출근길에 30분 동안 그 나무 두 그루와 추상 조형물을 끼고 도는 날이 많았다는 것도 몰랐다. 아버지는 내가 열여섯 살일 때 관상동맥 혈전증으로 돌아가셨다. 물론 충격과 상심이 이루 말할 수 없이 컸지만, 아버지의 죽음 그 자체는 아버지가 떠난 뒤 당신의 삶에 대해 내가 알게 된 것들에 비하면 오히려 견디기 쉬웠다고 나는 말할 수 있다. 일례로, 어머니는 아버지의 장지가 반드시 적어도 몇 그루의 나무는 보이는 곳이어야 한다고 고집했는데, 묘원의 관리 체계와 아버지가 생전에 당신과 어머니를 위해 준비해둔 장례 계약 때문에 가뜩이나 힘든 시기에 엄청난 품과 비용이 들었고, 형과 나는 시간이 한참 흐른 뒤 아버지의 평일들과 아버지가 즐겨 점심을 먹던 장소인 벤치에 대해 알게 되기 전까지 어머니가 왜 그렇게까지 해야 했는지 이해하지 못했다. 미란다의 권유도 있고 해서 어느 봄날 나는 아버지의 작은 네모 풀밭과 나무들이 있었던 곳을 일부러 찾아가보았다. 그 일대는 1980년대 초반 신콜럼버스 재개발 프로그램이 휩쓸고 지나간 곳들이 대부분 그렇듯 작고 인적 드문 도심 공원으로 개조되어 있었고, 풀밭과 너도밤나무가 있었을 자리에는 모래 대신 우드칩*이 깔려 있었으며, 전체가 재생타이어로 만들어진 정글짐이 있는 작은 현대식 놀이터가 들어서 있었다. 그네도 있었다. 두 개의 빈 그네는 내가 그곳에 앉아 있는 동안 한시도 쉬지 않고 제각기 다른 속도로 바람에 앞뒤로 흔들렸다. 갓 성년이 되었을 때 한동안은 아버지가 해가 바뀌어도 변함없이 그 벤치에 앉아 음식을 씹으며 그나마 초록이 담긴 자로 잰 듯 정확한 사각형의 풀밭을 바라보는 모습을 그려보곤 했다. 아버지는 처음부터 끝까지 시계를 꺼내지 않고도 점심시간이 정확히 몇 분 남았는지 알았으리라. 거기에 앉아 무슨 생각을 했을지 짐작해보는 것은 더 슬펐다. 형과 나에 대해 생각했을까. 집으로 돌아온 아버지를 반기는 우리의 얼굴을, 잠자리에 들기 전 이마에 키스해줄 때 목욕을 마친 우리에게서 나는 냄새를 생각했을까. 하지만 아버지가 무슨 생각을 하며 지냈을지, 아버지의 내면세계는 어떤 것이었을지 나는 조금도 알지 못한다. 아버지가 살아있었다 한들 알지 못했을 것이다. 어머니에게 자신의 일과 네모난 풀밭과 두 그루의 나무에 대해 이야기할 때 구체적으로 어떤 말을 사용했을지 헤아려보는 것도 슬펐다. (미란다는 이 대목이 가장 슬프다고 했다.) 아버지 성격으로 봐서 직접적인 표현을 썼을 리가 없다.―그러니까 어머니 옆에 앉아서 혹은 누워서 당신이 벤치에 앉아 즐기는 점심 식사와 가을이면 철 따라 이동하는 찌르레기 떼들이 몰려드는 병약한 두 그루의 쌍둥이 나무

---

* 죽은 나무나 폐기된 나무를 수거해 연소하기 쉬운 칩 형태로 분쇄하여 에너지원으로 사용할 수 있게 만든 제품.

이야기를 곧이곧대로 했을 리 없다. 새라기보다 오히려 벌떼처럼 보이는 찌르레기들이 느릅나무 혹은 벅아이 가지들 위에 떼 지어 내려앉아 나뭇가지들을 짓누르면서 아버지의 마음속을 소리로 가득 채운 뒤 한꺼번에 날아올라, 마치 하나의 거대한 손이 퍼졌다 오므려지는 것처럼 도심의 하늘을 배경으로 한 무리로 팽창과 수축을 반복했다는 것도. 하여 어머니에게 조금씩 조금씩 어떤 말들을 지나가듯 던지고 어떤 태도를 보이고 어떤 짤막하고 불완전한 일화들을 들려줬기에 어머니가 그 고생을 하며 푸른 소나무들이 있는 정문 가까운 고가의 구역으로 묘지를 기어이 옮겨야만 했던 것이었는지 생각해보는 것도 슬펐다. 내 꿈은 엄밀한 의미에서의 악몽은 아니었지만, 그렇다고 백일몽이나 공상도 아니었다. 그것은 침대에 누운 지 일정 시간이 지난 뒤에 막 잠이 들기 시작할 무렵, 하지만 아직은 반쯤만 잠에 빠졌을 무렵—꼬리에 꼬리를 물고 이어지던 생각들이 가장자리부터 비현실적인 성질을 띠기 시작하면서 어느 순간 생각들이 이미지들과 구체적인 그림들과 장면들로 바뀌는, 깃털처럼 잠으로 빠져드는 순간에 찾아왔다. 무언가에 대해 생각하던 내가 서서히 그 무언가가 정말로 거기에 있는 것인 양 경험하게 되면서 내가 그 일부가 되는 스토리 혹은 세계가 펼쳐지는 동시에 의식의 어느 층위에서는 내가 경험하고 있는 것이 썩 말이 되지 않는다는 것은 알아차릴 수 있을 정도로, 그러니까 여기는 현실과 진짜 꿈 사이의 틈 혹은 가장자리임을 알 만큼은 깨어 있는 상태. 어른이 된 지금까지도 나는 추상적인 생각들이 구체적인 그림들과 짧은 영상들로 바뀔 때 내가 잠에 빠지기 시작하고 있다는 것을 의식적으로 알 수 있다. 그 논리와 연상에 어딘가 조금 어색한 구석이 있는 그림과 영상들이 보이기 시작하면 나는 그 비논리성과 그에 대한 나의 반응을 어김없이 자각할 수 있다. 그것은 커다란 회의실 가득 줄줄이 늘어선 커다란 회색 책상들을 빈틈없이 채운 양복과 넥타이 차림의 남자들이 높은 천장에 줄지어 달린 기다란 고휘도 형광 조명 아래에서 소리도 내지 않고 미동도 없이 책상 위 서류를 향해 몸을 굽힌 채 앉아 있는 꿈이었다. 남자들의 얼굴은 부은 듯했고 어른들 특유의 긴장과 세파가 스며들어 있었고 사람이 앞에 있는 것을 실제로 보지 않고 멍하니 쳐다볼 때 얼굴의 근육이 이완되어 축 늘어지는 것처럼 어딘가 조금 처져 있었다. 천편일률적인 일에 몰두해 있는 남자들로 가득한 밝고 완벽하게 조용한 사무실 장면에서 정확히 어떤 부분이 그토록 끔찍했는지 나는 제대로 설명할 수 없다. 그것은 눈에 보이는 것 그 자체보다 눈에 보이는 것에 대해 가슴 아래께에서 느껴지는 느낌이 오히려 끔찍한 그런 종류의 악몽이었다. 어떤 남자들은 안경을 쓰고 있었고, 단정하게 손질한 콧수염이 있는 사람도 몇몇 있었다. 흰머리가 나기 시작하거나 머리숱이 적어지기 시작하는 남자들도 있었고, 아버지와 제럴드 삼촌처럼 눈 밑에 거무스레하고 복잡한 질감의 커다란 다크서클이 있는 사

람도 있었다. 젊은 축에 속하는 몇몇 남자들은 라펠이 넓은
재킷을 입고 있었는데, 대부분은 그렇지 않았다. 광각으로
잡힌 이 꿈이 끔찍했던 이유 중 하나는 사무실의 남자들이
수많은 개인인 동시에 거대한 익명의 군중으로 보였다는 점
이다. 한 줄에 열두 개씩 최소 스무 개에서 족히 서른 개는
되는 줄로 책상이 늘어서 있었고, 책상마다 압지와 탁상용
스탠드와 종이가 든 서류철과 일자 등받이 의자에 앉은 남
자가 있었고, 남자들은 모두 약간씩 다른 스타일이나 무늬
의 넥타이를 매고 저마다의 앉은 자세와 팔의 위치와 고개
를 기울인 각도로 어떤 이는 턱이나 이마나 넥타이 주름을
만지고 있었고 어떤 이는 엄지손톱 주변의 각질을 물어뜯고
있었고 어떤 이는 연필에 달린 지우개나 펜의 금속 뚜껑을
아랫입술의 윤곽을 따라 움직이고 있었다. 각자의 개성이 드
러나는 앉은 자세와 사소하고 무의식적인 습관들은 어쩌다
한 번씩 스테이플러로 고정된 페이지를 넘기거나 열려 있는
서류철의 왼쪽에서 오른쪽으로 낱장 종이를 옮기거나 서류
철 하나를 닫고 조금 밀어둔 뒤 다른 서류철을 당겨와서 연
다음 마치 자신은 아찔하게 높은 위치에 있고 서류는 까마
득히 저 아래 땅 위에 있는 것처럼 서류철을 뚫어져라 응시
할 때만 겨우 몸을 움직이면서 매일같이 업무를 처리하기 위
해 똑같은 방식으로 앉아 있던 것이 수년 동안, 어쩌면 수십
년 동안 반복되어 발전해온 결과라는 사실을 알 수 있었다.
형도 꿈을 꿨는지는 모르겠지만 그에 대해 들은 바는 없다.

남자들의 표정은 얼빠진 듯하면서도 전전긍긍하는 것처럼 보였고 맥빠진 듯하면서도 긴장돼 보였는데, 좀이 쑤시는 것을 가까스로 억누르고 있다기보다는 인간으로 하여금 좀이 쑤시게 만드는 일체의 희망이나 기대 따위를 진즉에 포기해버린 듯했다. 의자 몇 개는 앉는 부분에 코듀로이나 서지 직물로 만든 방석이 놓여 있었고, 그중 한두 개는 밝은 색이었고 가장자리에 정성스럽게 장식 술이 달려 있어서 딱 봐도 가족이나 연인이 선물로, 어쩌면 생일 선물로 준 것임을 알 수 있었는데, 왠지 모르지만 이 사소한 점이 가장 끔찍했다. 꿈속의 이 환한 사무실은 죽음임을, 나는 느낄 수 있었지만, 내가 공포에 차 비명을 질러 어머니가 허둥지둥 방으로 달려온다면 그것을 어머니에게 어떤 식으로든 전달하거나 설명할 자신은 없었다. 게다가 아버지에게 그 꿈에 대해 이야기한다는 것은—나중에, 읽기 문제가 그랬듯이 어느 순간부터 갑자기 꿈을 꾸지 않게 된 뒤에도—상상조차 할 수 없었다. 아버지에게 그 꿈에 대해 이야기한다는 것은 어머니의 자매 중 하나인 티나 이모(일생 동안 수많은 고난을 짊어지고 산 티나 이모는 몇 차례의 수술로도 그닥 나아지지 않은 구개파열을 갖고 태어났고, 선천성 폐 질환도 있었다)에게 그녀의 구개파열을 언급하며 구개파열이 있는 것은 어떤 느낌인지, 그로 인해 살면서 어떤 어려움을 겪었는지 묻는 것과도 같았다. 그런 질문을 받은 티나 이모의 눈에 어떤 표정이 떠오를지 나는 감히 상상조차 할 수도 없다. 멍한 눈을 한 핏기 없고 참을성 있는 이 얼굴들은 내가 거동을 멈추기 훨씬 전부터 나를 기다리는 죽음의 얼굴이라는 느낌을 받았다. 그러다 진짜 잠이 내려앉으면 이것이 진짜 꿈으로 바뀌면서 나는 밖에서 단지 보고만 있던 관찰자의 시점을 잃어버리고 그 장면에 들어가 있는 것이다.―렌즈의 시점이 갑자기 뒤로 당겨지며 내가 그들 중 하나가, 기침을 참고 혀로 이를 핥고 종이의 가장자리를 복잡한 아코디언 주름처럼 접었다가 다시 조심스럽게 편 뒤 원래의 서류철에 집어넣는 잿빛 얼굴의 남자들 무리 중 하나가 되는 것이다. 꿈의 시점이 조금씩 조금씩 앞으로 당겨지다가 시야 가득 내 모습이 클로즈업으로 잡힌다. 다른 책상에 앉은 남자들의 얼굴과 상체가 나를 둘러싸고 있고, 책상 가장자리에는 사진 액자들의 뒷면과 계산기 또는 전화기가 보인다(내 의자에도 손으로 만든 쿠션이 놓여 있다). 지금 생각해보면, 꿈속 내 모습은 아버지의 모습도 내 진짜 모습도 닮지 않았다. 머리숱이 매우 적고, 그나마 있는 머리카락은 물을 묻혀 양 측면으로 조심스럽게 빗어 넘겼다. 얼굴에는 반다이크수염*이나 염소수염이 나 있고, 업무에 몰두하여 책상을 내려다보고 있는 내 얼굴은 지난 이십 년 동안 단단한 무언가에 눌려 있었던 것처럼 보인다. 그러다 종이 클립을 빼거나 책상 서랍을 열다가 문득 (이때 아무런 소리도 들리지 않는다) 꿈을 비추는 렌즈를 똑바로 올려다보며 나 자신을

---

* 끝이 뾰족한 턱수염으로, 화가 반다이크의 초상화에서 많이 나타나 붙여진 이름.

뚫어져라 응시하는데, 그 얼굴에는 나를 알아보았다는 어떠한 표시도, 행복이나 두려움이나 절망이나 애원을 나타내는 어떠한 표정도 없다. 무미건조하고 탁한 눈은 어린 시절 이제는 기억나지 않는 배경에서 찍은 오래된 앨범의 사진 속 내가 어쨌거나 나라는 사실에는 변함이 없다는 의미에서만 내 눈이고, 이윽고 꿈속에서 우리의 눈이 마주치는 순간, 어른인 내가 무엇을 보고 있는지, 어떤 반응을 보이는지, 그 눈동자 속에 무언가가 있긴 하는지 알 길이 없다.

'무자각적 인질 4인방'을 구성하는 우리들이 훗날 하나같이 공유하게 된 또 한 가지의 껄끄러움은 바로 존슨 선생님이 처음에는 칠판의 수업 내용 사이에 삽입했고 종국에는 원래의 내용을 뒤덮어버린 명령문에서 **저들**의 진의가 무엇이었느냐와 관련된 것이었다. 그 사건이 진행되는 내내 그리고 그 이후에 사건과 관계 있는 모든 사람은 일말의 의심 없이 칠판 위의 **저들**이 학생들을 가리켰다고, 선생님이 그걸 자기도 모르게 반복해서 쓴 것은 우리를 모두 죽여버리라고 스스로에게 강권하는 선생님의 신경증적 정신 상태의 표출이었다고 간주했다. 명령문의 **저들**이 실제로 지칭하는 대상이 우리가 아니었을 수 있다는 의견을 처음으로 제시한 건 바로 형이었다(당시 형은 프랭클린 카운티 민사법원과의 암묵적인 합의에 따라 입대한 상태였고, 이후 그로부터 3년 뒤에 테렌스 벨란이 공을 세우게 될 바로 그 연대로 편입되었다). 존슨 선생님의 교란된 정신이 명령을 내리는 대상이 우리였고, **저들**은 우리가 아닌 다른 종류 혹은 집단의 사람들이었을 수 있다는 것이었다. 이 **저들**이 실제로 누구를 가리켰는지는 이제 영원히 알 수 없겠지—어쨌거나 선생님은 이제 가타부타 설명할 수 있는 처지가 아니니까, 라고 형은 편지에 썼다.

로즈먼 선생님의 교실 자체에 대해서는 개괄적이고 인상파적인 기억밖에 남아 있지 않다. 교실은 집단 탈출이 끝나고 난 뒤 거의 비었을 때도 그다지 커 보이지 않았다. 서른 개 혹은 서른두 개의 책상이 정북향으로 배치되어 있었고, 북쪽 벽에는 삐죽삐죽 겹쳐 쓴 **저들을 죽여**와 이 문구의 단편적인 부분이 212개 적혀 있는 칠판과 교사용 책상이 있었고, 칠판 서쪽에는 미술용품과 시민윤리 관련 시청각 자료가 보관된 철제 캐비닛이 있었다. 동쪽 벽에는 두 개의 큰 장방형 창문이 있었는데, 창의 하반부에는 창턱을 따라 경첩이 달려 있어 따뜻한 날에는 바깥쪽으로 비스듬히 열 수 있었다. 어떤 광경도 투사되지 않은 그물 모양의 철망은 창문에 흡사 보호시설과 같은 성질을 부여하여 철창에 갇혀 있는 느낌을 주었다. 창의 위쪽 틀과 천장 사이에는 미국 역대 대통령들의 초상화가 연대순으로 걸려 있었다. 천장은 흰색 석면 타일로 된 규격화된 드롭천장이었다. 석면 타일은 96개에 더해 남쪽 끝에 중간에서 잘린 타일이 12개가 더 있었다 (교실의 길이는 약 25피트였을 것으로 추정되는데, 타일은 여기에 맞게 딱 떨어지는 크기가 아니었다). 가천장*에서부터 1피트 정도 아래에 기다란 형광 조명 두 개가 매달려 있었다. 이것들은 버팀대가 잡아주고 있었는데, 버팀대가 고정된 곳은 드롭천장타일**이 놓인 철로 된 격자 구조물이었지 싶다. 그 시절의 방음 타일은 모두 석면이었다. 내벽은 콘크리트 블록에 페인트를 여러 겹 칠한 것으로 보였다(콘크리트 블록의 울퉁불퉁한 질감을 가려 매끄럽게 만들기 위해 네 겹 이상은 칠한 것 같았다). 교실의 페인트 색은 구토를 유발하는 녹색이었고 복도의 페인트 색은 크림베이지색 혹은 회색의 일종이었다. 불규칙적인 장기판 무늬의 타일 바닥은 연회색과—여기도—녹색이었는데, 다만 벽과는 색조라고 해야 하나 톤이라고 하는 것이 미세하게 달랐기 때문에 벽과 어울리는 바닥재가 부러 선택된 건지 아니면 이 모든 것이 우연에 불과했던 건지 알 수 없었다. 헤이스 초등학교가 설립된 시기나 설립 취지에 대해서는 아는 바가 없다. 카터*** 행정부와 로즈**** 행정부 당시 완전히 파괴되어 그 자리에 에너지 효율을 높인 새로운 건물이 들어섰다는 건 안다. 시민윤리 교실의 (학생들의 책상이 북쪽을 향하고 있었기 때문에 선생님만 볼 수 있던) 남쪽 벽에는

---

* 공간의 높이를 낮추거나 다른 설비를 위한 공간을 확보하기 위해 띄워놓거나 달아놓은 천장.

** 실제 천장 밑에 매달린 철로 된 금속 난관을 따라 설치한 가벼운 타일(패널).

*** 미국의 39대 대통령(재임 기간 1977~1981).

**** 오하이오 주의 61대, 63대 주지사(재임 기간 1963~1971, 1975~1983).

시계와 종과 스피커가 있었다. 스피커는 나무로 된 캐비닛에 삽입되어 앞부분이 일종의 합성 삼베처럼 보이는 망으로 덮여 있었고, 교장실의 방송 시스템에 연결되어 있었다.

교실의 서쪽 벽—아무도 사용하지 않는 외투 고리들이 일렬로 박혀 있고 겁에 질린 아이들이 끝이 뾰족하게 부러진 분필을 장난감 검처럼 쳐들고 넋을 잃은 채 꼼짝 않고 서 있던 리처드 앨런 존슨으로부터 달아나기 위해 방금 전까지 서로를 타 넘으며 몸을 던지던 그 벽—의 뒤쪽에는 캐비닛이 두 개 더 있었고, 거기에는《태평양부터 대서양까지》의 여분과 파본, 각종 시험지와 비품, 판지, 무딘 가위가 가득 든 큰 연필꽂이, 정부 체제와 법률 제도에 관한 슬라이드 필름이 담긴 큼직한 상자 두 개, 흰색 양모 가발 몇 개와 라펠에 안전핀으로 기다란 러플 장식을 달아놓은 암적색 혹은 진자주색의 벨벳 조끼 여러 벌, 거기다가 스토브파이프 햇*****, 철사로 만든 알 없는 안경, 접이식 휠체어, 기다란 컬렁용 파이프, 한 손에 들어오는 작은 성조기 열두어 개(구석에 별이 마흔아홉 개 밖에 없는 구형 국기였다)가 들어 있었다. 모두 매년 2월이 되면 로즈먼 선생님이 아이들과 함께 준비하여 무대에 올리는 대통령의 날 공연에 사용되는 물품이었다. 지난달에 마친 공연에서 크리스 드매테이스가 프랭클린 루스벨트로 분했고, 로즈먼 선생님은 현기증이 나고 컨디션이 나빠

***** 미국식 톱 햇(top hat)으로, 에이브러햄 링컨이 즐겨 썼던 모자.

지는 바람에 공연 내내 체육관 무대로 올라가는 계단에 앉아서 연출을 해야 했다. 나는 두 가지 역할을 맡았는데, 하나는 토머스 제퍼슨의 두 번째 대통령 취임 연설과 에이브러햄 링컨의 게티스버그 연설에서 깃발을 흔들며 민주주의에 대한 지지를 표명하는 군중 1인이었고, 또 하나는 벤저민 프랭클린으로 분한 필립 핑클펄이 뇌우 속에서 커다란 결쇠에 실을 달고 그 실을 연결한 판지로 만든 연을 들고 있는 장면의 천둥이었다. 레이먼드 길리스와 나는 무대 옆 커튼 뒤에 서서 녹색 부직포 테이프로 날카로운 테두리를 감싼 공업용 깡통을 이불을 판판하게 펼치기 위해 터는 행위를 연상시키는 동작으로 굴리며 관객석에서 들었다면 천둥처럼 들렸을 소리를 냈다. 이때 루스 시몬스와 욜란다 말도나도는 무대를 가로질러 한 줄로 걸린 색조명 위 좁은 통로에 보호자 어른들과 함께 서서 우리가 수업 시간 한 교시 내내 판지에 자를 대고 지그재그로 줄을 긋고 가위로 잘라내어 만든 흰색과 파란색으로 된 종이 번개들을 떨어뜨렸다. 아버지는 회사에서 조퇴 허가를 받고 공연을 보러왔다. 어머니는 이번에도 몸이 좋지 않아 아버지와 함께 오지 못했지만, 나중에 우리는 어머니에게 무슨 일이 있었는지 일일이 들려주며 무척 즐거운 시간을 가졌다. 테렌스 벨란이 스토브파이프 햇을 쓰고 양모로 된 턱수염을 붙이고 열심히 외운 게티스버그 연설문을 실수 없이 낭독했는데 중간에 기다란 수염이 한쪽 턱에서 살짝 떨어지더니 조금씩 조금씩 분리되다가 결국에는 절반 이상이 턱에서 떨어져서 맹렬히 흔들어대는 열여섯 개의 작은 깃발들이 일으키는 바람에 펄럭댔다고, 크리스 드매테이스는 대사를 뭉텅이로 잊어버려서(혹은 그가 주장하듯이 도무지 대사를 외울 기회가 없었어서) 아래턱을 쑥 내밀고 빈 컬런용 파이프로 계속해서 허공을 찌르며 "두려움 그 자체입니다, 두려움 그 자체입니다"를 몇 번이나(아버지는 총 열두 번이었다고 했다) 반복했다고, 이때 크리스 뒤편에 서서 뒤쪽으로부터 조명을 받고 있던 그레고리 엠키를 비롯해 집에서 아버지의 헬멧과 군 인식표를 가져오는 데 성공한 남자애들 몇 명이 빗자루와 알루미늄 포일 칼을 들고(루엘린은 권총도 가지고 왔는데 알고 보니 진짜 총이었다. 루엘린은 격침을 분리했기 때문에 괜찮은 줄 알았다고 주장했지만, 일이 엄청나게 커져서 그의 아버지가 학교에 와서 로즈먼 선생님과 면담을 해야 했다) 지점토로 만든 이오지마* 방벽을 향해 돌격했다고.

---

* 제2차 세계대전 중 태평양을 건너온 미국 해군과 해병대는 치열한 전투 끝에 일본 열도의 작은 섬 이오지마를 점령했다.

화상 입은 아이들의 현현

Incarnations of Burned Children

아이의 비명과 그 사이로 아이 엄마의 새된 목소리가 들린 것은 아이 아빠가 세입자를 위해 집 한쪽에서 문을 달고 있을 때였다. 아빠는 몸이 쟀고 뒤쪽 포치가 주방과 연결되어 있었기 때문에 등 뒤에서 스크린 도어가 큰 소리를 내며 닫히기도 전에 광경 전체를 모두 볼 수 있었다. 가스레인지 앞 바닥 타일 위에 뒤집어진 주전자와 버너의 푸른 화염과 아직까지 뜨거운 김을 뿜으며 여러 가닥으로 뻗어나가고 있는 바닥의 물웅덩이와 축 늘어진 기저귀를 차고 경직된 채 서 있는 아기(아이의 머리에서는 김이 뿜어져나오고 있었고 가슴과 어깨는 시뻘겋고 눈은 위로 치켜올라가 있었고 입은 크게 벌어져 있었는데 아이가 내는 소리가 왠지 모르게 그 입에서 나는 소리처럼 들리지 않았다)와 한쪽 무릎을 꿇고 주저앉아 소용없이 아이를 행주로 훔치고 있는 아이 엄마(그녀는 아이의 비명에 맞춰 울부짖고 있었으며 이성을 잃은 채 몸이 거의 굳어 있었다)까지. 엄마의 한쪽 무릎과 아이의 작고 부드러운 두 맨발이 아직도 김이 펄펄 나는 웅덩이 안에 있었기 때문에 아빠는 제일 먼저 아이의 양팔 아래에 손을 넣고 웅덩이에서 들어올려 싱크대로 데려간 다음 안에 있던 접시를 내던져버리고 수도꼭지를 내리쳐서 아이의 발 위로 차가운 우물물이 흐르게 하고는 아이에게서 김이 그만 나길 바라며 두 손을 모으고 물을 받아 머리와 어깨와 가슴 위로 차가운 물을 퍼부었고, 뒤에서 신을 들먹이고 있는 엄마에게 수건을 가져오고 거즈가 있으면 거즈도 가져오라고 시켰다. 아빠는 빠르고 민첩하게 움직였고 머릿속에는 당면 목적 말고는 아무것도 없었다. 자신이 얼마나 민첩하게 움직이고 있는지도, 자신이 더는 아이의 비명 소리를 듣지 않고 있다는 사실도 인식하지 못했다. 비명 소리가 들렸다면 몸이 굳어버려 아이를 위해 반드시 해야 할 일을 하지 못했을 것이었다. 숨소리처럼 규칙적으로 울려대던 아이의 비명이 얼마나 오래 지속되었는지 이제는 재빠른 동작으로 피해 움직여야 하는 그 무엇이 되어 있었다. 바깥의 세입자쪽 문은 위쪽 경첩에서 반쯤 떨어져 간신히 매달려 있었고 바람을 따라 조금씩 움직였다. 새 한 마리가 진입로 맞은편에 서 있는 참나무 위에 앉아 집 안에서 들려오는 비명을 들으며 고개를 갸웃한 채 문을 관찰하고 있는 것처럼 보였다. 화상이 가장 심한 곳은 오른쪽 팔과 어깨인 듯했다. 가슴과 배의 붉은 기는 차가운 물속에서 점차 분홍빛으로 옅어지고 있었고 아빠가 보기에 부드러운 두 발바닥에는 물집이 잡히지 않았는데도 아기는 작은 두 주먹을 굳게 쥐고 계속해서 비명을 질러댔다. 아마도 공포에 대한 반사작용이리라, 라고 생각했다고 아빠는 나중에 떠올린다. 작은 얼굴은 팽창되어 있었고 관자놀이에는 여러 개의 핏줄이 가느다랗게 튀어나와 있었다. 아빠는 계속해서, 아빠 여기 있어, 아빠 여기 있어, 라고 말했다. 아드레날린이 썰물처럼 빠져나가며 마음속 깊은 곳에서 이런 일이 일어나도록 내버려둔 엄마에 대한 분노가—그러나 지금으로부터 몇 시간은 지나야 비로소 표출될 분노가—모락모락 피어오르기 시작했다. 엄마가 돌아왔을 때 아빠는 아이를 수건으로 감싸야 할지 말아야 할지 확신이 서지 않았지만 어쨌든 수건을 적셔 아이를 단단히 감싸고 싱크대에서 들어올려 주방 식탁의 가장자리에 앉히고 달래는 동안, 엄마는 아이의 발바닥을 확인해보려고 애쓰면서 한 손으로 입을 막았다 뗐다 하며 의미 없는 말을 내뱉는 동안, 아빠는 몸을 굽혀 체크무늬 식탁 가장자리에 앉아 있는 아이와 얼굴을 마주하고 아빠 여기 있다는 말을 반복하면서 아이의 울음을 진정시키려 애썼으나 아이는 여전히 숨도 쉬지 않고 비명을 질러댔다. 높고 맑고 반짝이는 소리였다. 아빠의 심장이 멎는 것 같았다. 앙증맞은 입술과 잇몸이 약한 불의 옅은 파란색을 띠고 있다고 아빠는 생각했다. 아이는 마치 지금도 엎어진 주전자

밑에서 고통에 몸부림치고 있는 것처럼 비명을 질렀다. 그대로 일이 분이 흘렀다. 실제로는 훨씬 더 길게 느껴졌다. 그동안 엄마는 아빠 옆에서 아이의 얼굴에 대고 노래하는 말투로 말을 걸었고 종달새는 고개를 한쪽으로 기울인 채 나뭇가지 위에 앉아 있었고 경첩에는 비스듬히 걸려 있는 문의 무게 때문에 휜 줄이 가기 시작했다. 이윽고 아이를 감싼 수건의 끝단 아래에서부터 한 줄기 김이 게으르게 피어올랐다. 엄마와 아빠의 눈이 마주치고 커졌다. 수건을 풀어 체크무늬 식탁보 위에 아이를 눕히고 흐물흐물해진 끈을 풀고 기저귀를 벗기려 하자 아이가 한층 크게 울부짖었다. 기저귀는 잘 벗겨지지 않았고 뜨거웠다. 둘 다 기저귀에 손을 데었다. 그제서야 처음부터 기저귀 안에 물이 고여 지금까지 줄곧 아이에게 심각한 화상을 입히고 있었음을, 아이가 도와달라는 의미로 그치지 않고 비명을 질렀음에도 자신들이 그러지 못했음을, 그럴 생각도 하지 못했음을 깨달았다. 기저귀를 벗겨내고 벗겨낸 곳의 상태를 확인한 순간, 엄마는 자신들이 믿는 신의 이름을 내뱉고는 쓰러지지 않으려고 식탁을 부여잡았다. 아버지는 몸을 돌려 주방의 허공을 향해 주먹질을 하고는 자신과 이 세상을—그 후로도 계속—욕했다. 아이는 이제 호흡의 간격 그리고 허공으로 내민 두 손의 고통에 찬 작은 움직임만 아니라면 잠든 것처럼 보였다. 아이의 손은 성인 남자의 엄지손가락만 했다. 요람에 누워 노래를 불러주는 아빠의 입술을 보며 아빠의 엄지손가락을 움켜잡던 손. 고개가 위로 젖혀져 눈이 모로 향한 아이는 아빠가 아닌 저 너머에 있는 무언가를 보고 있는 것처럼 보였다. 그 눈을 본 아빠는 간접적으로 그 무언가에 대해 그리움을 느꼈다. 당신이 한 번도 울어본 적이 없고 울어보고 싶다면, 아이를 갖으라. 마치 라디오 진행자가 자신들이 저지른 일을 내려다보고 있는 듯, 아빠의 귀에 다시금 들리는 소리는 독특한 비음이 특징인 노래 〈아이는 당신을 비통하게 만들 것이다Break your heart inside and something will a child〉이다. 그러나 지금으로부터 몇 시간 뒤에 아빠가 스스로를 절대로 용서할 수 없다고 생각하게 만든 것은, 엄마와 함께 작은 수건 두 개를 교차시키고 거즈를 덧대어 아이에게 할 수 있는 한 단단하게 기저귀를 채우면서 너무나 간절하게 지금 이 순간 담배를 피우고 싶다고 생각했다는 것이었다. 아빠는 아이를 신생아처럼 한 손으로 뒷머리를 받쳐 들고 집 밖으로 달려나가 과열된 트럭에 올라타고 타이어에 불이 날 정도로 빠르게 달려 시내의 병원 응급실로 향했다. 세입자용 문은 하루 종일 그대로 매달려 있다 결국 경첩에서 떨어져나갔다. 하지만 이미 너무 늦었다. 고통이 멈추지 않고 제시간에 도착하지 못하자 아이는 스스로를 떠나 아래에서 전개되는 일들을 위에서 굽어보는 법을 익혔다. 아이가 잃어버린 것이 무엇이었든, 그때부터는 문제가 되지 않았다. 아이의 몸은 팽창했고, 걸어다니고 봉급을 받으며, 사물들 속의 사물로, 주인이 떠난 삶을 살았다. 아이의 영혼은 하늘로 올라간 수증기처럼, 비가 되어 떨어졌다 다시 올라갔다. 해는 요요처럼 떠오르고 졌다.

또 하나의 선구자
Another Pioneer

그렇지마는 신사 여러분 유감스럽게도 제 기억 속에 있
는 전해 들은 이야기는 제 친한 친구의 지인이 모종의 업무
차 출장길에 올랐을 적에 높은 고도로 비행하는 민간 항공
편에서 그 자신 역시 우연히 엿들었다며 말해주었다는 예화
例話가 유일하다는 사실을 말씀드립니다. 이 지인이라는 자는
당시 빈번한 항공 여행이 요구되는 일을 하고 있었답니다.
몇 가지 핵심적인 정황 정보는 파악되지 않았고, 이 이설異說
혹은 예화에 엄밀한 의미의 공식 수태고지受胎告知*나 꼬몽디
comme on dit** '심판 기간'이나 '초자연적 조력'이나 '사기꾼 캐

---

* 대천사 가브리엘이 마리아에게 성령에 의해 잉태할 것을 알린 일.
** '이른바'라는 뜻의 프랑스어.

릭터'나 전형적인 '부활'이나 여타 사이클을 구성한다고 알려진 요소가 있는 것도 아니라는 사실을 초장에 말씀드려야겠습니다. 그렇지마는 신사 여러분, 여러분 각자가 우리에게 판단을 유보하신 것처럼 저 역시 여러분 스스로 판단해보시라고 말씀드리겠습니다. 제가 들은 바로는 이 남자는 악천후로 인해 유나이티드 항공 환승편을 타게 됐는데, 여기서 바로 앞줄에 앉은 승객 두 명이 그가 타기 전부터 나누고 있던 길고 긴 대화의 일부분을 엿듣게 됐답니다. 그는 원치 않게 최하위 좌석 클래스에 타야 했다는군요. 장거리 항공편의 환승편이었다는데, 아마도 대서양 횡단편이 아니었나 싶습니다만, 앞자리의 두 승객은 환승 전에도 나란히 앉아온 터라 이자가 비행기에 올랐을 때는 대화가 이미 한창 진행 중이었다고 합니다. 따라서 앞부분을 모르는 채로 엿듣기 시작했다는 게 문제의 핵심이라고 할 수 있겠습니다. 이 원형적 이야기에는 오늘 이 자리에 모인 우리의 경우와 다르게 이야기의 틀이 되는 맥락이나 지시적 선행 사건이라 할 만한 요소가 없었다는 뜻입니다. 그러니까 그자의 설명을 그대로 옮기자면 그야말로 난데없이 불쑥 시작된 이야기 같았답니다. 덧붙여서, 이자가 앉은 자리는 비행기 날개 쪽의 커다란 제트 엔진에서 제일 가까운 정 가운데 줄 비상구 좌석이었다고 합니다. 이런 종류의 항공기의 경우 날개 위쪽 비상구가 19열이나 20열에 있는 걸로 아는데요, 이 자리에 앉는 사람은 비상 탈출 시 비상구에 있는 두 개의 핸들을 각각 서로 반대 방향으로 돌린 다음에 창문의 장치를 기체 외부로 내보내서 무척 복잡한 방법으로 고정해야 하는데, 그 방법이 웬만한 민간 항공기라면 비치돼 있는 안전지침카드에 도해로 설명돼 있긴 하지만 도무지 무슨 뜻인지 해석하기가 어렵죠. 그러니까 이 자리에서는 탈 때부터 내릴 때까지 엄청난 엔진 소음이 들렸기 때문에, 이자가 이야기의 일부분을 엿들을 수 있었던 것은 앞자리에 앉은 두 사람 중 하나가 청력이 좋지 않았는지 아니면 인지능력이 떨어졌는지 둘 중 젊은 쪽이—이 쪽이 사이클의 이설 혹은 우화, 혹은 여러분 각자의 판단에 따라 지칭하시게 될 무언가를 들려주고 해석하는 사람입니다—유난히 또렷하고 명료한 발음으로 천천히 말했기 때문이었다는 겁니다. 그는 또 생각해보니 이 사람이 말하는 방식이, 그다지 똑똑하거나 세심하지 않은 사람이 외국인에게 말하는 투와 같았다고 했다는데요, 그렇다면 나이 든 쪽은 영어 원어민이 아니었고 화자는 똑똑한 축이 아니었다고 유추해볼 수 있겠습니다. 둘은 한 번도 그가 얼굴을 조금이라도 자세히 관찰할 수 있을 정도로 몸을 돌리거나 고개를 틀지 않아서 이야기가 전개되는 동안 처음부터 끝까지 이들의 뒤통수와 뒷덜미밖에 볼 수 없었다고 합니다. 머리와 목은 비행기 앞자리에 앉은 모르는 사람의 뒷모습이 늘상 그렇듯이, 물론 예외가 없는 건 아니지만, 매우 평범하고 이렇다 하게 특별할 게 없어서 딱히 그로부터 유추해볼 만한 게 없었다고 했답니다. 이 이야기에서는 처음부터 놀라운 유사점을 찾을 수 있습니다. 원시 구석기 시대에 어딘지 알 수 없는 마을에서 태어난 한 아이가 등장하기 때문인데요. 구체적인 지역이 어딘지는 모른다고 했다는데, 이 정보는 아마 대기자로서 유나이티드 항공 환승편을 중간에 탑승하는 바람에 느닷없이 인 메디아스 레스in medias res*부터 듣게 되어 놓쳐버린 도입부 혹은 제시부에 나왔으리라 생각합니다. 분위기로 미루어 짐작해보건대 대단히 원시적인 제3세계 정글이나 우림 지역, 아시아나 남미 그 어디쯤에서 굉장히 오래전에, 구석기 시대나 아니면 중석기 시대에 일어난 일인 것 같다고 했다는데, 아시다시피 이런 장르의 인류학적 기원은 대개 이런 식으로 오래전으로까지 거슬러 올라가기 마련이니까요. 이어서 친구의 지인이 친구에게 들려준 이야기는, 이게 가능한지 모르겠지만, 민간 항공사의 비행기를 타는 일보다 훨씬 더 진부하면서도 예상치 못한 맥락에서 전개되었다고, 마치 그 이야기의 정황의 평범하고도 이른바 현대적인 '일상성'이 그것의 원형적인 유사성을 한층 더 돋보이게 만드는 것 같았다고 친구는 말했습니다. 또한 이 이설의 배경이 무척 원시적인, 그러니까 창과 조잡한 달개집과 범신론적 샤머니즘과 무척 원시적인 수렵·채집 생존 방식이 등장하는 구석기 시대라는 점도 강조했습니다. 이 지역의 우림 깊숙한 곳에 자리 잡고 있는 어느 외딴 마을에서 한 아이

---

* '사건의 중심에서'라는 뜻의 라틴어.

가 태어납니다. 아이는 역사가 우리에게 보여주듯이 모든 문화권에서 드물게 한번씩 출현하는 비범하고 놀라운 능력을 지닌 초자연적으로 고등한 인간 종입니다. 하지만 그 젊은 쪽 승객이, 지인은 그가 기업체나 학계에 몸담고 있는 과학자로 추정된다고 했는데, '초자연적'이라거나 '메시아적'이라거나 '예언적'이라거나 여타 사이클에서 이런 종을 설명할 때 으레 사용하는 용어 대신 '뛰어난' '명석한' '비범한' 같은 표현을 사용했고, 아이의 특출난 자질과 진로에 대해 말할 때도 오직 놀라운 인지능력과 엄청나게 높은 IQ라는 맥락에서만 설명했다고 합니다.—아이는 매우 어린 나이에, 대부분의 마을 아이들이 원시 마을이 시민들에게 요구하는 아주 기초적인 관습과 행동을 갓 배우기 시작할 나이에, 두 살이나 많아도 세 살쯤 된 이 아이는 벌써부터 그 어떤 질문에도 답하는 능력을 보였다는군요. 어떤 질문에도 적절하고 정확하며 포괄적으로 답했다는 겁니다. 무척 어려운 질문이나 역설적인 질문에도 말입니다. 물론 아이가 지닌 질의적 지능의 깊이와 범위는 시간이 조금 더 흐르기 전까지 드러나지 않았습니다. 아이의 독보적인 비범함이 수면 위로 드러나는 계기는 꼬몽디 '문지방을 넘는 경험'으로 기능하며 도입부의 대부분을 차지합니다. 아이의 능력은 처음에는 그저 신기한 일로만 간주됩니다. 아이의 부모가 마을 사람들과 수다를 떨 때 떠벌리는 단순한 흥밋거리에 불과하지요. '우리 애는 두 살밖에 안 됐는데 나뭇가지를 다섯 개 보여주고 세 개를 더 집으면 다 해서 몇 갠지 맞힐 수 있어요' 같은 식이죠. 그러다 어느 날 나뭇가지를 들고 신기해하던 한 이웃이 재미로 뭔가를 말했더니 혹은 물어봤더니 아이가 이 사람이 들고 있는 각각의 나뭇가지가 갖는 문화적 의미에 대해, 예컨대 그 마을에서 각각의 가지가 원래 속한 나무들을 부르는 공식 이름과 관용 이름, 각 수종의 수호신과 그 종교적 함의, 그뿐만 아니라 그중에서 먹어도 되는 잎이나 나뭇가지는 무엇이고 달였을 때 해열 효과가 있는 것은 무엇인지 줄줄 읊어대기 시작하더란 말입니다. 게다가 장력과 결이 좋아서, 특히 창의 자루나 작은 독침을 만들 때 쓰기 좋은 수종은 무엇인지도 알더란 말이죠. 구석기 시대의 이 제3세계에서 통계적으로 질병과 영양실조, 부족 간 무력 충돌 다음으로 가장 높은 사망 원인이 바로 열대우림을 돌아다니는 포식성 재규어 때문이었는데, 마을 사람들은 호신용 무기로 갈대로 만든 조악한 바람총과 함께 식물독소를 바른 독침을 사용했다는군요. 그 일이 있은 뒤에, 그러니까 이 믿을 수 없는 나뭇가지 강론에 대한 소문이 마을 전체에 퍼지고 아이의 부모와 마을 사람들이 아이의 총명함을 전과 완전히 다른 눈으로 보기 시작한 뒤에 곧바로, 아이가 사소한 질문은 물론이거니와 온갖 종류의 사소하지 않은 심오한 질문에도, 예를 들어 특정 종류의 카사바 뿌리를 가장 많이 찾을 수 있는 곳은 어디인지, 특정 종의 엘크*나 딕딕**—효과적인 수렵을 위해 마을 주민들에게 없어서는 안 되는 동물이라고 합니다—의 집단 이동을 건기보다 우기에 예측하기 쉬운 이유는 무엇인지, 그리고 특정 종류의 화성암이 다른 종류보다 날카롭게 갈거나 두 개를 부딪쳐서 불을 피우기에 더 좋은 이유는 무엇인지와 같이, 생존 측면에서 마을 주민들의 삶의 질에 직접적으로 영향을 주는 실용적인 질문에도 답할 능력을 갖추고 있음이 드러납니다. 그런 다음, 이어서, 당연한 일이지만, 몇 차례의 시행착오를 수반하는 어느 정도 뻔한 휴리스틱heuristic*** 진전을 거쳐, 도입부의 사건을 통해 아이의 불가사의한 명석함이 이 마을에서 더할 나위 없이 중요하다고 여겨지는 질문까지 아우른다는 사실을, 다시 말하면 종교적인 질문들, 그러니까—유나이티드 항공편의 분석적인 젊은 남자가 사용한 용어를 친구가 사용한 어휘로 대체해서 말씀드리자면—단지 대뇌 작용이나 엄청나게 높은 IQ를 넘어 진정한 혜안이라고 할까, 덕이라고 할까, 콜리지****라면 '에셈플라시esemplasy*****'라 칭했을 슬기 같은 것이 요구되는 질문까지도 아우른다는 사실을 알게 되는데, 머지않아 마을 사람들은 아이에게, 예컨대 두 명의 채집 계급 마을 주민이

---

* 말코손바닥사슴을 유럽에서 일컫는 이름.

** 아프리카의 작은 양양을 일컫는 이름.

*** 경험에 기반하여 문제를 해결하거나 학습하거나 발견해내는 방법.

**** 새뮤얼 테일리 콜리지(1772~1834). 영국의 낭만파 시인.

***** '여러 가지 요소나 개념을 통합하는 힘'이라는 뜻으로, 콜리지가 만든 용어다.

정확히 동시에 한 개의 빵나무 열매를 발견하고 둘 다 손을 뻗었다면 빵나무 열매는 누가 가져야 할까라든지, 또는 예를 들어 명시된 특정 횟수의 태음 또는 태양 주기 안에 부인이 잉태하지 못하면 남편이 아내를 추방할 권리가 있는지, 아니면 그때부터는 부인에게 먹을 것을 주지 않는 것으로만 남편의 권리가 한정되는지, 기타 등등과 같은 무척이나 복잡하고 다면적인 갈등에 대해 판결을 내려줄 것을 청하기 시작했답니다.—앞에 앉은 그 승객은 여기서 꽤 많은 예시를 들었다는데, 그중 몇 개는 친구도 지인도 그대로 전달하기 어려울 정도로 상당히 복잡다단했다는군요. 요는 이 비범한 아이가 이런 유의 질문에 대해 내놓는 답변이 어김없이 기발하리만큼 적절하면서도 단순하고 포괄적이면서도 공정해서 당사자들이 모두 공평하다고 느끼고 대개의 경우 왜 그토록 명백하게 공평무사한 해결책을 스스로 생각해내지 못했는지 의아해했으며, 얼마 되지 않아 마을의 해묵은 갈등들이 해소되고 다년간 지속된 사회적 난제들이 해결됐다는 겁니다. 이때부터 마을 전체가 아이를 숭배하게 되었고, 아이가 자신들에게 온 특별한 사자 혹은 사절이라고, 심지어는 이들 범신교의 주된 근간이 되는 '암흑 정령'의 화신이라고 믿게 되었으며, 마을의 샤먼 계급과 산파 계급 중 몇몇은— 이들은 앞으로 출현할 새로운 사회구조에서 직업적인 고문 계급이 됩니다—아이가 사실 마을을 에워싸고 있는 우림 속 깊숙한 곳에서 자연발생적으로 성육신했고, 신의 손길로 온순해진 재규어의 젖을 먹고 컸는데, 카사바 뿌리를 캐러 나갔다가 우연히 아이를 발견한 현재 아이의 어머니와 아버지라 알려진 자들이 원시 포유류의 통상적인 잉태와 출산으로 아이를 낳았다고 거짓말하고 있는 것이며, 따라서 이들이 주장하는 법적 친권 역시 거짓이라고 주장했다고 합니다. 마을 주교들은 지난한 논의와 토론 끝에 투표를 거쳐 아이의 부모에게서 양육권을 박탈하고 아이에게, 이를테면 마을 전체의 피후견인 혹은 피부양자 자격을 주고 미성년자도 성인도 아니고 주교나 향사나 샤먼을 비롯한 그 어떤 계급에도 속하지 않는, 전례 없고 유일무이한 완전히 새로운 법적 신분을 부여하기로, 이와 동시에 아이의 명목상의 '부모'에게는, 마을이 그들에게서 부모의 자격을 찬탈한 대가로 특별한 권리와 특전을 부여하기로 결정하고—주교들은 이 정교한 타협안을 도출하기 위해 다름 아닌 그 아이를 비밀리에 찾아가 도움을 받았습니다—마을에서 기하학적으로 정중앙이 되는 지점에 아이를 위해 높은 고리버들 연단 혹은 연대를 특수 제작하고는 극도로 엄격하고 정밀한 알현 시간대와 방식을 설정합니다. 즉, 마을 사람들은 매 태음 주기마다 한 번씩 마을의 정중앙에 있는 연단 앞에 모여 계급 체계와 소속 가문의 지위에 따라 줄을 서서 연단에 앉은 아이 앞에 한 명씩 출두하여 자신의 질문이나 분쟁을 제시하고, 아이가 율법에 따라 판결을 내리면 플랜틴 바나나나 딕딕 둔부살이나 그 밖에 공인된 가치를 갖는 물건을 바칩니다. 이는 아이가 자신의 명목상 부모의 꼬몽디 '피부양자'로 살지 않고 스스로 살아갈 수 있도록, 원시적이지만 상당히 복잡한 법적 합의에 따라 제공되는 공물입니다. 그다음에 친구에게 지인이 들려준 이야기의 정황은 '평범하다'거나 '뻔하다'라고 밖에는 말씀드릴 수가 없겠습니다. 마을 주민들이 연단 앞에 한 줄로 늘어서서 아이에게 얌이나 독침에 바를 식물독소가 든 병이나 기타 등등을 바치면 아이는 그 대가로 이들이 제시한 질문에 대한 답을 내놓는 거죠. 이와 같은 방식은 이런 유의 신화 창조적인 사이클의 예화들이 으레 그렇듯이 마을 사람들의 문화에서도 근대적인 거래의 원형처럼 제시됩니다. 아이의 출차 전에는 누구나 자기가 입을 옷과 자기가 살 집과 자기가 쓸 창을 직접 만들었고 자기가 먹을 음식을 스스로, 가족이 먹을 만큼만 채집했어요. 춘분과 추분을 기념하는 종교적 축제 같은 공동체 행사에서 음식을 나눠 먹는 경우는 있었지만, 자신에게 제시되는 어떤 질문에도 답하는 이 아이가 출현하기 전까지 실질적인 물물교환이나 거래는 없었습니다. 이 어린아이는 그때부터 연대 위에서 생활했고 그곳을 벗어나는 일이 없었으며—연단에는 달개집과 플랜틴 바나나 잎으로 만든 요와 불을 피울 수 있도록 오목하게 흙을 파낸 자리와 원시적인 솥이 있었습니다—마을 중앙에 있는 연대 위에서 먹고 자고 앉은 자세로 오랫동안 아무것도 하지 않고, 아마도 생각을 정리하고 전개시키면서, 마을 사람들이 다시 각자의 질문을 품고 줄을 설 때까지

29.518 삭망일*을 기다리며 어린 시절을 보냈답니다. 마을의 거래 기반 경제가 점점 더 근대화되고 복잡해지면서 독특한 현상이 나타났는데, 바로 샤먼과 산파 계급 중에서 특히 영리하고 약삭빠른 자들이 한 달에 한 번 이 비범한 아이로부터 최고로 가치 있는 대답을 얻기 위해 질문의 구조를 다듬는 데 필요한 지적 기법 혹은 이른바 수사적 기법을 계발하기 시작했다는 겁니다. 이들은 한 달에 한 번만 할 수 있는 질문으로부터 최대의 가치를 얻고자 하는 평범한 마을 주민들에게 자신들의 질의적 역량을 판매하거나 물물교환하기 시작하는데, 이로써 본 이야기에서 마을의 '고문 계급'이라 일컫는 계급이 등장합니다. 예컨대 아이에게 "우리 마을의 우림 지대에서 특정 종류의 식용 뿌리를 찾을 수 있는 곳은 어디입니까?"와 같이 좁은 범위로 한정된 질문을 하려는 고객에게 전문 고문은 "지금보다 힘을 덜 들이고 가족들을 먹여 살리려면 어떻게 하면 됩니까?"라거나 "가용 자원이 부족해지는 시기에 우리 가족이 충분히 먹을 수 있을 만큼 식량을 비축하려면 어떻게 하면 됩니까?"와 같이 보다 보편적인 질문을 하라고 조언하는 겁니다. 그러다 사업이 점점 더 발달하고 전문화되면서 고문 계급은 때로는 답변의 가치를 극대화하기 위해서 질문을 보다 구체적이고 실용적인 방향

---

* 여기서는 삭일과 망일이 아닌, 삭망월(삭에서 다음 삭 또는 망에서 다음 망이 될 때까지 걸리는 시간)을 세는 단위인 하루라는 뜻으로 쓰였다.

으로 다듬어야 한다는 사실을, 이를테면 "장작 비축량을 늘리려면 어떻게 해야 합니까?" 대신 "장작을 넉넉히 비축하기 위해 벌목한 나무를 남자 혼자서 집으로 가져가는 방법에는 어떤 것이 있습니까?"라고 질문하는 것이 더 효과적일 수 있음을 깨닫습니다. 새로 출현한 고문 계급의 구성원 중에서 기발한 문답법에 놀라운 재간을 보이는 자들이 나타나는데, 이들은 "이웃에게 창을 빌려줄 때, 그 사람이 갑자기 태도가 돌변하여 이 창은 자기 창이라고 주장하고 창을 돌려주길 거부할 때 창이 내 것임을 증명할 수 있도록 대여 사실을 기록으로 남기려면 어떻게 해야 합니까?" 또는 "아내가 물을 떠오기 위해 머리에 물항아리를 이고 우림에 있는 개울까지 수 마일을 걸어가는 대신 개울이 우리 집까지 흐르도록 우림 수로의 방향을 바꾸려면 어떻게 해야 합니까?" 등과 같이 역사적·문화적 의의와 가치를 갖는 질문을 구성해내기에 이릅니다.—여기서 이 질문 예시가 친구나 그의 지인이 만든 예문인지, 아니면 유나이티드 항공편에서 지인이 엿들은 대화에서 실제로 나온 예문인지는 확실하지 않습니다. 그는 두 승객의 머리색과 헤어스타일, 앉은 자세, 뒷목을 보고 둘의 연령과 경제적 지위에 차이가 있다는 사실까지는 유추할 수 있었지만 그 이상은 알 수 없었다고 합니다. 비행기 좌석 포켓에 통상적으로 비치되는 잡지와 안전지침카드 말고는 읽을거리가 없었고, 설사 약을 먹는다고 해도 날개 쪽 엔진의 끊임없는 소음 때문에 잠을 잘 수가 없을 것이어서, 가능한 한 주의를 끌지 않도록 몸을 앞쪽으로 아주 조금만 기울여 머리색이 보다 짙은 쪽인 젊은 승객이 교육 수준이 상대적으로 낮은 동행인 혹은 옆자리 사람에게 들려주는 이야기를 엿들으면서 나름대로 해석하고 전체 서사를 파악하고 자신의 맥락에 꼬몽디 빛을 밝히거나 연관 지을 모종의 정황에 이리저리 끼워 맞춰보는 것 말고는 문자 그대로 다른 할 일이 없었다고 합니다. 그리고 중간중간 사이클의 서사 딩안지히Ding an sich*와 젊은 남자가 편집자로서 추가한 부분 혹은 논평을 구분하기가 어려운 부분들이 있었다는데요, 일례로 아이가 특수 제작된 높은 연대에서 생활한 십여 년의 세월 동안 마을의 생활 방식이 수렵·채집에서 초기 농경·경작으로 발전하고, 바퀴와 회전자의 이동 원리가 발견되고, 버드나무와 얌**짚으로 만든 사방이 막힌 집이 최초로 등장하며, 표의문자와 원시 문어 문법이 개발되어 노동의 비교적 정교한 분화와 각종 상품과 용역의 조야한 경제적 거래 체계가 등장하는 등, 요컨대 마을 전체의 문화와 기술, 생활 수준이 원래대로라면 수천 년의 세월과 수많은 세대를 거친 뒤에야 이룰 수 있었을 전이적 진화를 거듭했다는 부분을 들 수 있습니다. 어쨌든 이처럼 비약적인 발전은 당연하게도 그 일대에서 아직까지 범신론적 샤머니즘과 수렵·채집과 다

---

* 물자체(物自體, 인식 주관에 나타나는 현상으로서가 아니라 그 자체로 존재하는 사물)를 뜻하는 칸트 철학의 핵심 개념.
** 열대 뿌리채소의 하나.

같이 불 주위에 옹기종기 모여 추위를 견디는 단계를 벗어나지 못한 여타 구석기 마을들의 두려움과 시기를 사게 되는데, 유나이티드 항공편의 서사는 그중에서도 규모가 크고 무시무시한 위력을 자랑하는 특정 마을의 반응에 주목합니다. 일종의 전체주의적 신정 체제로서 한 명의 전제적 샤먼이 통치하는 이 마을은 역사적으로 그 지역의 우림 일대를 지배하며 다른 마을들로부터 공물을 강요해왔는데, 그 이유는 이 위력적인 마을의 전사들이 사납기로 유명했을 뿐 아니라 마을을 통치하는 전제적 샤먼이 어마어마하게 나이가 많고 놀라운 정치적 통찰력을 지니고 있으며 무자비하고 무서운데다 원시 우림의 사악한 '백색 정령'과 결탁한 자로 알려져 있었기 때문이라고 합니다.—적도 부근의 제3세계 지역인 이곳에서는 어두운 색이 생명과 선한 영적 세력을, 빛이나 흰색이 죽음과 결핍, 범신교의 악령 혹은 불길한 정령을 나타내는데, 이 마을의 전사들이 무시무시한 위력을 자랑하는 한 가지 이유는 전투에 임하기 전에 샤먼의 명에 따라 온몸에 흰색 또는 밝은색 점토 혹은 빨은 활석 가루 혹은 회백색의 토착 성분을 바르기 때문에, 전설에 따르면 이들의 모습이 죽음으로부터 소생한 영 혹은 악령으로 이루어진 부대가 창과 식물독소를 바른 바람총을 들고 달려드는 것처럼 보여 다른 마을의 전사들은 전투가 개시되기도 전에 사기를 잃고 싸워볼 생각도 할 수 없을 정도로 겁을 먹기 때문이라고 합니다. 따라서 이 마을은 영겁의 시간 전에 강령술에 능한 샤먼이 통치하기 시작한 후부터 단 한 번도 대등한 적수를 만난 적이 없다고 합니다. 그럼에도 이 위력적인 마을의 정치적 통찰력이 뛰어난 상류계급 구성원들은 메시아로 추앙될 만큼 비범한 아이가 출현한 마을에 신경 쓰이기 시작합니다. 이들은 아이의 마을이 진화를 거듭함에 따라 점점 더 고등해지고 발전하게 되면 이 작은 마을의 전사 계급에서 선견지명이 있는 자가 아이를 찾아가 "——— 마을을"(지인은 비행기 승객이 발음한 위력적인 마을의 이름이 주로 성문 흡착음과 파열음으로 이루어져 있어서 제대로 듣지도, 그대로 발음하지도 못했다고 합니다) "습격하고 정복하여 보다 고등하고 발전된 우리 마을이 그들의 토지와 사냥터를 빼앗으려면 어떻게 해야 합니까?"와 같은 질문을 던지는 일은 이제 시간문제라고 생각합니다. 전쟁을 좋아하는 ——— 마을의 상류계급 대표단이 마침내 용기를 내어 일제히 전제적 샤먼을 알현하는데, 이들 앞에 나타난 샤먼은 나이가 대단히 많고 위세가 어마어마할 뿐 아니라 이곳 선사시대 세계에서는 굉장한 의미를 갖는 선천적인 파리함을 지닌 알비노*였고, 마을의 시내 경계 바로 바깥에 위치한 곳에서 극도로 검소한 시설을 갖춘 작은 달개집에 살고 있었고, 대부분의 시간을 섬뜩한 (일종의 구석기식) 마림바를 연주하듯 갖가지 크기의 사람 두개골을 여러 줄로 늘어놓고 그 위에서 경골과 대퇴골로 조악

---

* 선천적으로 피부, 모발, 눈 등의 멜라닌 색소가 결핍되거나 결여된 개체.

한 음악을 연주하며 비밀 강령술 의식을 집행하는 데 보냈으며, 두개골을 스튜 냄비와 변기로도 사용했다고 합니다. 엘리트 계층 마을 사람들은 관습에 따라 절을 하고 제물을 바친 다음 저 건방진 신흥 마을의 급격한 발전을 이끈 비범하고 어린 '자연의 장난'에 대한—첨언하자면 우리는 아이가 마을 정중앙에 있는 높은 연단에서 최고 사제로서 생활하기 시작한 후 몇 개의 태양 주기가 지나 이제 열 살 정도 되었음을 알게 됩니다—우려를 제시하고 자신들의 통치자에게 혹시라도 이 초월적인 아이의 문제에 대해 생각해본 적이 있는지, 포식성 ——— 마을의 백색 전사들이 더는 상대가 되지 않을 정도로 아이의 마을이 발전하기 전에 조치를 취함이 적절하다고 생각하지는 않는지 삼가 묻습니다. 위력적인 ——— 마을에는 식인 문화가 있다는, 혹은 상대 마을들을 가일층 위협하고 사기를 꺾기 위한 방안으로 전쟁 포로의 인육을 먹는다는 암시가 군데군데 있기는 하나, 이 문제는 그 실체가 구체적으로 드러나지 않고 그야말로 암시적으로만 남아 있을 뿐입니다. 그가 확실하게 말할 수 있었던 건 오직 비행기의 분석적인 화자가 동승자에 비해 머리색이 짙었고—그의 자세와 짙게 탄 뒷목 위로 유난히 가지런히 잘린 헤어스타일로 미루어 봤을 때—앞서 말한 바와 같이 일종의 청각장애나, 어쩌면 인지 결함이 있는 것으로 보이는 동승자보다 나이가 어렸으며 사회적 혹은 경제적 지위가 높아 보였다는 것이었습니다. 구성 단계라는 측면에서 봤을 때 이 장면은 도입부의 클라이맥스이자 상승부의 이른바 동력으로서 기능하는데요, 바로 이 지점에서 우리는 본래의 예화가 적어도 세 개의 중심적인 전개부로 갈라진다는 혹은 분기한다는 사실을 알게 되기 때문입니다. 저 사악한 샤먼은 세 가지 버전에서 모두 ——— 마을 상류계급 시민들의 두려움과 조언에 대한 탄원을 끝까지 들은 다음, 의식을 위해 특별히 준비한 두개골에 얌을 넣고 끓이며 피어오르는 증기의 모양을 해석하여 일의 향방을 점치고 예언하는, 여기서 가금류의 내장이나 찻잎의 모양을 해석하는 여타 원시 문화를 떠올릴 수 있겠습니다만, 길고 복잡한 범신교적 제의를 거행합니다. 이 중 한 가지 전개부에서 샤먼은—여기서 샤먼의 눈은 오늘날 특정 알비노 개체에서 볼 수 있는 빨간 동공처럼 문자 그대로 빨갛게 보인다고 합니다—흑색증을 유발하는 마법의 약을 섭취하고 혹은 온몸을 짙은색 점토로 문지르고 망토와 유대교 랍비들이 기르는 수북한 수염으로 변장하고 마법을 부려 자신의 육체를 인근 지대를 가로질러 저 건방진 신흥 마을로 이동시킨 다음, 각자 연단 위에 있는 아이에게 던질 질문을 준비한 채 기다랗게 줄을 선 마을 사람들의 틈에 감쪽같이 숨어들어가서 마침내 자신의 차례가 되자, 흑색으로 변장한 샤먼은 한쪽에 이 아이 마을의 새로 생긴 조악한 그림문자에서 '성장' '다산' '지혜' 혹은 '운명'을 뜻하는 문자를 닮은(이 마을의 문어는 아직까지 썩 발전하거나 분화되지 않았습니다) 모양으로 혹이 불거진 신비로운 돌연변이 빵나무 열매를 아이에게 제물로 바치고는, 이 마을에서 매 태음 주기마다 한 번씩 열리는 문답 의식의 관습으로 서서히 굳어진 방식에 따라 주변 사람에게 다 들릴 만큼 큰 소리로 질문을 제시하는 대신, 재규어 가죽 망토를 걸치고 미끈한 프랑스식 양갈래 수염을 한 간악한 샤먼은 그 대신 아이의 작은 귀에 대고 무언가를 속삭입니다.—이 지역 원주민들의 귀는, 여타 제3세계 원주민들이 인종별로 독특한 눈꺼풀과 피부색 등을 발달시켜온 것처럼 퍽이나 작고 구멍이 좁다고 합니다—그가 나지막한 소리로 귓가에 대고 속삭인 질문은 줄을 선 사람 중 그 누구도 듣지 못했으나 아이에게는 심원한 영향을 주었는데, 죽음과 친한 이 샤먼이 물러가고 우림 속으로 섞여 들어가자마자 연단 위의 아이는 눈을 감고 의식을 거두어 일종의 명상과도 같은 긴장증 상태에 빠져 몇 주 동안, 어떤 하위 버전에서는 몇 개월 동안이나 어떤 질문에도 대답하지도 않고, 누가 있든 반응하지도 않고, 심지어 타인의 존재를 인지하지도 않습니다. 이 지점에서 이 설의 수많은 하위 버전과 하위의 하위 버전들이, 자신의 신분을 숨기고 접근한 위력적인 ——— 마을의 샤먼이 아이에게 무슨 말을 속삭인 건지에 대한 각종 추측과 주장을 전개하는 데 전체 서사 중 꽤 많은 부분을 할애하는데, 그게 실제로 무엇이었든 간에 평서문이나 격언이나 압운이 있는 최면술 주문이 아니라 표준적인 문법을 따르는 질문의 형태였을 거라는 데는 갖가지 하위 버전들이 하나같이 동의합니다. 세 가지 중심 전개부 중 두 번째 버전에서는 전제적 샤먼이 변장을 하지도 마을 사람들 사이로 숨어들어가지도 않는 대신 위세 높은 ——— 마을의 상류계급 시민들을 불러모으고 수행원들과 가마꾼들과 사이스*들과 흰색 페인트를 칠한 보안 요원들을 팔랑크스** 대형으로 군집시킨 다음, 이들 파견대와 함께 우림을 통과해 소년 치하의 마을로 가서 정식으로 국빈 방문 혹은 외교 회담을 진행하는데, 이 버전의 전개부에서 부상하는 문젯거리는 말할 때 내는 치찰음이 특징인 샤먼이 던지는 질문이 아니라—회담에서는 이 우림 지대의 국빈 방문 관례에 따라 빙빙 돌려 말하는 정중한 언사와 제의적인 비유밖에 오가지 않았답니다—샤먼이 국빈 방문 의식을 구성하는 수많은 선물과 존경의 표시 중 하나로 화려한 양피지 기름종이에 싸서 연단에 앉은 아이에게 건넨 문자 모양 혹이 불거진 돌연변이 뽕나무 열매에 발린 혹은 걸린 묘약 혹은 주문이었답니다. 이 묘약 혹은 주문의 작용으로 연단 위의 아이는 눈을 감고 마치 한창 컴파일이 진행중인 메인프레임처럼 앞서 말한 몽상적이고 불가사의한 긴장증 상태에 빠져 태음 주기가 몇 번이나 지나는 동안 마을 사람들의 질문에 답을 하지도, 주변에 누가 있든 반응하지도 않습니다. 마지막으로, 자못 소극적으로 근대적이라고 할 수

---

* (특히 인도에서) 말을 돌보는 사람.
** 고대 그리스 중무장 보병의 밀집 전투 대형.

또 하나의 선구자

있는 세 번째 전개부에서는 변장도 국빈 방문도 향정신성 빵나무 열매도 등장하지 않습니다. 그 대신 세 번째 버전에서 간악한 앤지콕*은 얌을 삶아 증기의 모양을 보고 강령술을 동원하여 정교한 계산을 수행한 뒤에 마침내 ——— 마을의 상류계급 탄원자들에게 걱정할 것 없다고, 어떤 조치도 필요하지 않다고, 이 초월적인 아이는 별자리상으로 열한 살에 맞먹는 나이가 되기 직전이므로—여기서 열한 살은 이 구석기 시대 제3세계의 바르 미츠바** 혹은 이른바 성년을 나타내는 나이입니다—아이가 가하는 위협의 대상은 자신들도, 그 일대를 지배하는 ——— 마을의 야만적인 헤게모니도 아니라고 말합니다. 그런 다음 알비노 샤먼은 대표단에게 이 아이처럼 특출나고 불가사의한 재능을 가진 아이라면 지금 이 순간에도 계속해서 기하급수적인 속도로 성장하고 발전하고 깨우치면서 자신의 초자연적인 엔텔레케이아***의 달성을 위해 불가피하게 나아가고 있을 것인 바, 아이러니하게도—라고 샤먼이 계속해서 말합니다. 세 번째 중심 전개부에서 샤먼은 신탁을 전하는 사제로서만 기능한다는 걸 말씀드리고요—아이러니하게도 점점 더 근대화되고 지적 수준이 높아지는 마을 사람들이 아이에게 제시하는 바로 그 질문들

---

* 이누이트족의 치유사.

** 유대교의 성년의례.

*** 아리스토텔레스 철학에 나오는 용어로, 목적을 달성하여 완전한 상태에 있는 '완전 현실태'를 가리킨다.

이 이 신동이 한층 더 초자연적으로 고등한 존재로 발달하도록 채찍질하는 동력이 되어 아이는 궁극적으로 저 건방진 신흥 마을의 와해를 드러내 보일 것이라고, 그러므로 걱정하지 말라고, 소년 치하의 마을 사람들은 머지않아 다시 종전과 같이 수렵·채집과 얌신 숭배와 백화 부대를 보기만 해도 두려움으로 로인클로스****에 오줌을 지리고 헤게모니를 장악한 ——— 마을에 매년 얌과 가죽을 바치던 때로 돌아갈 것이라고, 샤먼은 자신의 상류계급 피지배자들에게 말하는데, 비교적 음울하고 다소 현대적인 구석이 있는 이 세 번째 전개부 버전에서도 아나나 다를까—이 버전에서는 고약한 샤먼의 역할이 사태의 격변을 유발하는 반동 인물에서 해설이나 전조를 위한 단순한 견인차로 축소되는데요, 이것은 훗날 사이클의 각종 예화에서 제사장과 주술사, 무대 뒤편의 합창단, 스코틀랜드의 게일어 조가弔歌, 세네카*****식 무언극, 플라우투스******식 서막, 그리고 빅토리아 시대 소설의 수다스러운 화자가 수행하는 기능을 예언한다고 할 수 있습니다—이 버전의 다음 장면에서 아나나 다를까, 구석기 시대의 별자리상으로 아이의 열한 번째 생일에 맞먹는 순간이 되자마자 마을 정중앙 연대 위에 앉은 아이는 상대적으로

****   주로 남자들이 허리에 둘러 입는 간단한 형태의 복식.

*****   고대 로마의 철학자, 정치가 겸 극작가.

****** 고대 로마의 극작가.

평범한 구성을 갖는 다른 버전에서도 그랬던 것처럼 눈을 감고 자폐적·신비주의적인 침잠 상태에 이번에는 스스로 들어가는데—단, 대단히 분석적인 비행기의 젊은 남자에 따르면, 이 지점에서 세 번째 중심 버전의 몇 가지 하위 버전이 존재하는데 거기에는 일대를 지배하는 마을도 샤먼도 사람의 두개골을 사용하는 오비아*도 등장하지 않는 대신 어느 상류계급 구성원의 어리고 무척이나 예쁘다고 알려진 딸이, 그녀의 아버지가 지루한 임종 장면을 지나 숨을 거둔 직후, 아이에게 몸을 기울여—여기서 몸을 기울이는 건 성적 매력을 지닌 딸입니다—귓가에 쿠데비외coup de vieux**를 유발하는 질문을 속삭이는가 하면, 또 어떤 지엽적인 하위 버전에서는 신비로운 흰색 말벌 혹은 파동편모충을 매개하는 글로시나 속屬의 흡혈성 파리가 마을을 가로질러 마을 정중앙에 위치한 연단 혹은 연대로 곧장 날아들어서 아이의 이마에서 힌두교에서 말하는 여섯 번째 차크라***인 '아나'에 해당하는 지점을 쏘면, 아이는 그 즉시 눈을 감고 컴파일이 진행 중인 메인프레임을 연상케 하는 가수假睡 상태에 빠집니다—어쨌거나 중요한 것은 상승부의 수많은 버전과 하위 버전에서 아이가 가수 상태에 빠진다는 사실과 그 상태의 기본적인

---

*   아프리카 지방의 주술교.

**   '나이듦'이라는 뜻의 프랑스어.

***   생명의 에너지가 존재한다고 하는 신체의 점.

성질은 모두 같다는 것이고, 아이가 의식을 거두는 지점에서 전개부의 세 가지 중심 버전이 다시 하나로 수렴하며 이 예화의 이른바 제2막이 마무리된다는 것입니다. 이후 최고조부와 각종 코믹릴리프**** 장면과 가假반전과 달 세뇨*****와 세나페르scène à faire******를 거쳐 이야기의 마지막 대단원에 이르기까지 모든 버전이 동일하게 진행되는데요, 그러니까 신화 창조적인 이 이야기의 구성 자체가 처음에는 단일체로 시작했다가 전개부에서 삼위일체로 분기했다가 하강부에 이르러 다시 조화와 단일체의 상태로 돌아가는 건데―이 논평 역시 비행기에 탄 그 학자연하는 젊은 화자의 입에서 나온 것인데, 젊은 남자의 뒤쪽 두피 안에 혹은 위에서는 친구의 지인이 시간이 지남에 따라 주변의 머리카락과 질감이 확연히 다른 회색 머리 혹은 때 이른 흰머리 뭉텅이를 구분해낼 수 있었던 것 같은데, 그걸 오래도록 뚫어져라 쳐다보면 일종의 이상한 상형문자 혹은 디자인이 음각된 것으로 보이기도 했으나, 다음 순간 그건 구름을 보거나 그림자들의 형태를 오랫동안 쳐다봤을 때 나타나는 현상과도 같았고, 어쨌거나 유나이티드 항공편에는 그 밖에 달리 쳐다볼 것도

**** 심각한 줄거리에서 일시적으로 긴장을 완화하기 위해 삽입되는 희극적 장면.

***** '표가 있는 곳으로부터'라는 뜻의 악상 기호. 도돌이표의 하나로 'D.S.'라고 표기한다.

****** 책이나 영화에서 해당 장르에 반드시 등장하는 장면을 가리킨다.

없었음을 재빨리 인정했다고 합니다—여기서 분석적인 정신을 소유한 서구인이라면 누구나 하나-셋-하나의 극적 구성을 보고 떠올릴 상징적인 의의를 찾아낼 수 있겠습니다. 어쨌든 아이가 긴장증적 가수 상태 혹은 번데기 단계를 빠져나왔든, 아니면 저 헤게모니를 장악한 마을의 샤먼이나 아버지의 죽음을 애도 중인 예쁜 여자아이가 속삭인 말이 의미하는 바를 두고 명상하는 침잠 상태에서 다시 빠져나왔든, 아니면 사춘기가 되어 생애 최초로 덮쳐온 테스토스테론의 영향에서 회복했든, 그러니까 아이가 고리버들 연단 위에 앉아 태음 주기가 몇 차례나 지나는 동안 미동도 없이 묵언 수행을 하는 시기가 지나자마자 이 아이가 중대한 발달상의 변화를 겪었다는 사실이 분명해집니다. 마침내 묵언 수행을 마치고 눈을 뜨고 자극에 반응하고 태음 주기에 맞춰 줄을 선 마을 사람들의 질문에 대답하기를 재개한 아이는 전과 매우 다른 방식으로 답을 합니다. 아이가 질문과 마을 주민들과 마을의 발전하는 문화 전체와 맺는 관계가 이제 전과는 완전히 다른 게슈탈트*를 띠게 됩니다. 이 고등한 아이가 이른바 '진실' 그리고 '문화'와 맺는 관계가 갈수록 극단적으로 변화하는 양상이 이 예화의 최고조부 혹은 중대 국면 혹은 하강부 혹은 제3막을 구성합니다. 처음에 아이는 마을

---

* '형태'라는 뜻의 독일어로, 부분이 모여서 된 전체가 아니라 완전한 구조와 전체성을 지닌 통합된 전체로서의 형상과 상태를 가리킨다.

주민의 질문에 전과 다를 바 없이 대답하되 대답한 뒤에, 이제는 자신의 대답이 개별적이고 독립된 단위의 정보가 아니라 질문과 답변과 더 많은 질문으로 이루어진 거대한 네트워크 혹은 시스템의 일부라고 생각한다는 듯이 자신의 첫 번째 대답이 함의한다고 생각하는 관련된 혹은 필연적인 질문을 덧붙입니다. 아이가 기존의 관례를 깨고 첫 번째 답변이 몰고올 영향과 결과에 대해 즉석에서 부가 질문을 던질 때마다 그로 인한 문화적·경제적 충격파가 마을 공동체 전체로 퍼져나갑니다. 지금까지 공고하게 자리 잡은 관습과 규범은 연단에 앉은 아이가 오직 상대방이 명시적으로 물은 질문에만 백치나 인공두뇌 같다고 할 만큼 축어적인 방식으로 답하는 것이었고, 바로 그 이유로 인해—학자연하는 젊은 남자가 자신의 청자에게 앞서 도입부에서 지나가듯 언급한 바 있다고 말했듯이—그 이유로 인해 마을의 경제체제에 '문답 고문'이라는 전에 없던 새로운 계급이 등장했기 때문입니다. 이들은 아이가 서사의 정점을 이루는 가수 상태에 들어가기 전에 아이에게 제시되는 질문이 빠지기 쉬웠던 이른바 '기고GIGO**' 현상을 미연에 방지할 수 있도록 시민들의 질문을 구성해주는 대가로 먹고사는 계급입니다. 다시 말해서 이전까지는, 예를 들어 "큰아들이 잃어버린 바람총을 어

** 'Garbage In Garbage Out'의 약자로, '쓰레기를 입력하면 쓰레기가 출력된다'는 뜻. 유의미한 결과를 얻으려면 유의미한 자료를 입력해야 한다는 자료 처리의 원리를 나타내는 말.

디서 찾을 수 있는지 말해줄 수 있습니까?"와 같이 질문하면 아이에게서 "예"라는 답을 듣기 십상이었는데, 이때 아이는 빈정대는 것도 아니고 고의로 도움을 주지 않으려는 것도 아니라 단지 진실을 말한 것으로, 전형적인 이진법, 꼬몽디불 패러다임*에 따라 기능하는 일종의 천연적인 인간 컴퓨터로서 작동했고—따라서 기고 현상이 발생할 수밖에 없었던 것인데, 아무리 뛰어나고 전지적이라 해도 결국에는 어린아이였으니까요—그러면 이 운 나쁜 마을 사람은 보다 유효한 방식으로 질문을 제시할 수 있을 때까지 다시 또 한 번의 태음 주기를 기다려야 했던 바, 고문 계급은 이와 같은 문답 패턴을 방지하는 기량을 점점 더 갈고닦은 결과 갈수록 많은 돈을 벌게 된 겁니다. 하지만 이제 전개—아니, 죄송합니다, 최고조부에서는 지금까지 대단한 위세를 자랑했던 고문 계급의 장사 밑천이 무용해진, 쓸모없어진 거죠. 새롭게 현현한 아이가 이제 마을 사람들의 질문에 대답하는 것을 넘어 그걸, 그 질문들을 '읽어'내기로 마음먹었다는 것이 자명해졌으니까요. 여기서 '읽는다'는 건 비행기 승객 또는 친구의 지인이 주어진 질문이 야기할 영향과 결과를 '해석하다' '맥락화하다' 및/또는 '예측하다'라는 뜻으로 사용한 표현입니다. 다시 말해서 가수 상태를 거쳐 변태한 아이는 이제 질문자들과 휴리스틱한 논쟁 혹은 대화 나누기를 시도함으로써

---

*   1(참)과 0(거짓)의 두 가지 값으로 표현되는 논리 패러다임.

관습을 위반하고 마을 사람들을 당황시키고 고문 계급의 수사적 혹은 이른바 '컴퓨터 프로그래밍' 기술을 무용한 것으로 만들고 단지 새로운, 한층 유연한, 보다 인본주의적이고 덜 기계적인 지능 혹은 슬기로 진화―이 아이가 말이죠―했다는 사실만으로 정치적 동요와 원한의 씨앗을 뿌린 겁니다. 여기서 멈추지 않고, 몇 차례의 태음 주기가 지난 뒤 아이의 휴리스틱한 진화―이 진화가 사춘기에 접어들어 성숙해지고 성장한 결과로 진행된 것인지, 아니면 빨간 눈의 샤먼이나 처녀나 말벌 혹은 체체파리의 마법이 아이를 한층 더 강력하게 사로잡은 결과 진행된 것인지는 전개부 버전이 무엇이냐에 따라 달라집니다―의 다음 단계에서 아이는 마을 주민의 질문에 자신의 질문으로 답하는 한결 골치 아픈 태도를 보이기 시작하는데요, 질문에 대한 대답으로 제시하는 또 다른 질문들이란 종종 당면 문제와는 표면상 무관해 보이면서 노골적으로 불편한 것들인데, 지인이 유나이티드 승객이 열거했다고 전한 수많은 예시 중에서 하나를 예로 들어보자면 예컨대 "큰딸이 고집이 세고 말을 듣지 않습니다. 우리 구역 담당 샤먼의 권고에 따라 지금 당장 음핵을 절제하여 버릇을 고쳐놓는 것이 좋겠습니까, 아니면 관습에 따라 나중에 결혼하고 나서 남편이 음핵 절제를 명하도록 기다리는 것이 좋겠습니까?"와 같은 질문을 받으면 아이는 "따님의 어머니에게 의견을 물어보셨습니까?"라든지 "고집 센 딸을 다스리는 수단이 음핵 절제술이라면 고집 센 아들을 다스리는 수단은 무엇이라고 생각하십니까?"와 같이 논점을 벗어나고 모욕적이기까지 한 답을 내놓는다거나, 아니면—이건 이야기를 듣는 쪽이 제대로 듣지 못했는지 이해를 못했는지 학자연하고 분석적인 유나이티드 승객에게 다시 한번 천천히 말해달라고 해서 지인이 똑똑히 들었다며 전한 예인데—"얌 증식 방법 중에서 우리 가문의 들판을 관장하는 시기와 변덕의 얌신의 비위를 가장 거스르지 않는 방법은 무엇입니까?"라는 질문을 받으면 아이는 질문자가 애당초 시기와 변덕의 얌신을 왜 믿는 건지, 혼자만의 시간에 눈을 감고 앉아 움직이지 않고 스스로를 깊이 들여다보며 자신이 진짜로 마음 깊은 곳에서부터 저 심술궂은 얌신을 믿는 건지 아니면 어렸을 때부터 부모님과 마을 사람들이 말하고 행동하고 겉으로 봤을 때 믿는 걸 따라 하도록 문화적으로 길들여진 건지 생각해본 적이 한 번이라도 있는지, 밤늦은 시간에 혹은 우림에 동 틀 무렵 습한 침묵 속에서 문득 다른 사람들도 사실은 저 심통 사나운 얌신을 진짜로 진실로 믿는 게 아니라 그들 역시 다른 사람들이 겉으로 봤을 때 믿는 것처럼 행동하는 걸 보고 따라 하는 거라는 생각이 든 적은 없는지, 나아가—일종의 사고실험을 진행해본다면—마을의 모든 사람들이 혼자만의 시간에 스스로 마음속 깊은 곳을 들여다보고는 얌신에 대한 자신들의 소위 믿음이라는 게 사실은 단순한 모방에 지나지 않음을 깨닫고 스스로를 남모르는 위선자 혹은 기만적인 인간이라고 생각했을 가능성은 없을지, 만약에 그렇다면 어느 날 갑자기 계급이나 가문을 불문하고 어느 한 주민이 용기 내어 지금까지 자신은 껍데기뿐인 관습을 따랐을 뿐이며 가뭄 피해와 얌 진딧물에 의한 생산량 감소를 방지하기 위해 노여움을 풀어줘야만 하는 저 무시무시한 얌신을 마음 깊은 곳에서부터 진실로 믿은 적은 없다고 큰 소리로 고백한다면, 그는 돌에 맞아 죽게 될지, 마을에서 추방당할지, 아니면 그의 고백을 들은 마을 사람들이 그제야 비로소 마음 깊은 곳을 짓누르던 위선과 자기기만에서 벗어나 자신들의 마음속 깊은 불신을 고백할 수 있게 되었다며 일제히 안도의 한숨을 내쉬지는 않을지, 그리고 만약에, 그러니까 이론상으로 말인데, 이런 일이 발생한다면 이처럼 갑작스러운 집단 고백과 안도가 질문자가 마음속 깊은 곳에서 얌신에 대해 갖는 생각에 어떤 영향을 줄지, 예컨대 얌신에 대한 두려움과 불신을 야기하는 문화적 규범이 사라진 결과 그의 진정한 종교적 신념은 어질고 인정 많은 얌신을 향하고 있음을, 행여나 비위를 거스를까 두려워하고 노여움을 풀어줘야 하는 얌신이 아니라 도움을 주는, 구원하는, 나아가 꼬몽디 사랑의 얌신, 따라서 자발적으로 사랑하게 되는 얌신을 향하고 있음을 깨닫는 게 이론상으로는 가능하지 않을지, 물론 여기서 쌍방이 종교적 맥락에서 '사랑'이 무엇을 의미하는지—다시 말해서 '아가페'라든지—에 대해 모종의 합의에 이르렀다고 가정해야겠지만 … 과 같은 원시 변증법적 문답에 뛰어드는 겁니다. 이 예에서 아이의 답변은 점점 더 본론을 벗어나면서 찬가의 울림을 갖게 되고, 인습적으로 독실한 질문자와 줄을 서서 차례를 기다리는 마을 사람들은 눈이 휘둥그레지고 벌어진 입을 다물지 못한 상태로 얼마 동안 그대로 서 있는데, 이 시점에서 동승자에 비해 교육 수준이 높아 보이는 승객이 전한 아이의 대답은 분명하고 명확하긴 하나 천천히 다시 반복했을 때조차 장황하고 지루할 뿐 아니라 현학적이고 분석적인 여담과 해석으로 점철되었다는군요. 여기서 중요한 포인트는, 구석기 마을의 주교들과 GP* 샤먼들에게는 아이가 주어진 질문에 대해 올바른 답변을 제시하는 대신 헛소리를 지껄이는 것으로 보였다는 겁니다. 예화의 하강부를 구성하는 이 지점에서 얼마든지 아이가 미쳐버렸다고 아니면 ——— 마을의 샤먼이 귓가에 속삭인 질문으로 인해 광령이 씌었다고 소문을 퍼뜨려 아이에게 부여된 지위를 철회 및/또는 면직하고, 간단하게 아이를, 말하자면 폐위시키고 마을 배꼽에 위치한 연단에서 끌어내리고 유일무이한 법적 신분을 박탈하고 부모에게 양육권을 돌려주고 최고 사제로서의 능력을 더는 인정하지 않고…할 수 있었겠지만, 문제는 아이가 질문자에게 내놓는 전보다 휴리스틱하고 덜 기계적인 소위 헛소리라는 게 저들에게—오직 자신들이 준비해온 유의미한 질문에 대해 명확하고 포괄적인 답변을 받고자 하는 기대만으

---

* 'General Practitioner'의 약어로, 전문의가 아닌 일반의를 가리킨다.

로 관습에 따라 매 태음 주기마다 끈기 있게 줄을 서는 마을 사람들에게—대단히 의미심장하고 골치 아픈 영향을 미친다는 겁니다. 아이와 논쟁과 대화를 나눈 질문자들은 이제 비틀거리며 각자 달개집으로 돌아가서 눈알이 빙글빙글 돌고 열이 펄펄 끓는 상태로 몸을 태아처럼 둥글게 말고 모로 누워 자신의 원시적인 CPU가 정신없이 스스로를 재구성하며 돌아가는 것을 멈추기를 기다립니다. 이처럼 최고조부에서 새로운 모습으로 변태하여 현현한 이 비범한 아이를 보고 두려움과 혼란스러움을 느낀 마을 사람 중 만약 이 의식이 그토록 견고한 사회적 관습으로 자리 잡지 않았더라면, 그래서 의식에 참여하지 않는다는 생각만으로도 엄청난 거북감과 불안을 느끼게 되지 않았더라면 매 태음 주기마다 꼬박꼬박 줄을 서고 제물을 바치고 질문하는 일을 그만두는 사람이 한둘이 아니었을 겁니다. 게다가 마을 사람들은 높은 연단 위에 있는 아이를 자극하거나 그의 비위를 거스르는 일에 점점 더 두려움을 느끼게 되고—뒤통수에 상형문자가 있는 승객에 따르면 이 시점에서 아이는 완연히 사춘기에 접어들어 땅딸막한 상체가 떡 벌어지고 이마가 툭 튀어나오고 사지에 체모가 자라 어엿한 구석기 시대 성인 남성의 모습을 갖추기 시작한다고 합니다—몇 차례의 태음 주기가 지나고 난 뒤 시작되는 하강부의 아이의 세 번째이자 마지막 발달 단계에 이르면 마을 사람들의 두려움과 혼란스러움이 가일층 심화됩니다. 이때부터 아이는 마을 사람들의 질문에 갈수록 더 짜증을 내며 말꼬리를 잡고 늘어지기 시작하는데, 이제는 성실한 답변을 제시하거나 질문으로 응하거나 본론에서 벗어난 연설을 늘어놓는 대신 상대방이 힐난이나 푸념으로 받아들일 수 있는 말로 대꾸하며 잔소리를 늘어놓다시피 합니다. 대체 당신의 질문이 어떤 면에서 중요한 질문이라고 생각하는지 묻는가 하면 이 모든 것이 무슨 의미가 있는 건지, 자기가 할 수 있는 일이라고는 작열하는 제3세계 태양 아래에서 제물을 들고 줄을 선 작은 귀의 땅딸막한 털투성이 마을 사람들이 던지는 멍청하고 하잘것없고 따분하고 흔해 빠지고 무의미한 질문에 답변이나 해주는 것일 뿐이라면 자신은 대체 왜 평생 동안 이 고리버들로 만든 연대 위에서 보내야 하는 삶을 살도록 운명 지어진 것인지와 같은 반어의문문 형태의 질문을 던지거나 자신에게 진정으로 무엇이 필요한지 알지조차 못하는 그들을 자기가 어떻게 도와줄 수 있을 거라고 생각하는지, 이 모든 게 실은 시간 낭비라고 생각하지는 않는지 묻는 겁니다. 이 시점에서 마을의 전체 사회구조와 시민들이, 주교에서부터 룸펜에 이르기까지, 문화적 혼란과 동요와 아이에 대한 반감으로 벌끈 뒤집힙니다. 이러한 집단 히스테리는 매 고비마다 고문 계급의 선동으로 증폭됩니다. 고문 계급의 구성원들은 아이의 문답 방식 혹은 스타일이 변태적 변화를 거친 결과 이제 대다수가 실직한 상태라, 분노에 찬 마을 사람들을 대상으로 돈을 받고 세미나를 여는 것밖에는 온종일 별달리 할 일이 없습니다. 세미나에서 이들은 아이에게 정확히 무슨 일이 일어난 건지, 앞으로 아이가 또 무엇으로 변태할 것이라 추정되는지, 온 마을의 총애를 받아온 마을 정중앙에 위치한 연단 위의 저 전지적인 아이가 분열과 문화적 아노미의 동인이 되었다는 사실이 마을에 어떤 징조를 예고하는 것인지를 두고 다양한 이론을 전개하고 토론합니다. 사악한 샤먼이 변장하고 나타나는 버전과 세상을 떠난 주교의 기막히게 아름다운 딸이 등장하는 버전에서는 위장한 대샤먼이나 쥐느 피 도레jeune fille dorée*가 아이의 발육부전 귓가에 도대체 어떤 파멸적인 질문을 속삭였길래 그토록 무시무시한 변모가 일어난 건지를 두고 논의하는 고가의 엘리트 계급 전용 세미나가 개최되는데, 이 지점에서 고문 계급들은 여러 하위 버전에서 "그대보다 한참이나 떨어지는 마을 사람들에게 봉사하는 이유는 무엇인가"에서부터 "그대처럼 초자연적으로 고등한 자가 마음속 깊은 곳에서부터 믿는 얌신 및/또는 암흑 정령은 누구인가" 또는 겉으로는 기만적이리만큼 단순해 보이지만서도 파멸의 전조가 되기 쉬운 "그대 자신이 묻고자 하는 질문은 없는가"를 비롯해 상상할 수 있는 갖가지 질문들을—엔진과 객실의 소음으로 인해 듣지 못한 질문들도 상당하다고 하는데, 이 유나이티드 항공편의 항로에는 유독 악천후와 난기류가 많아 적어도 한 번 이상은 항로를 변경하여 예정된 목적

---

* '유복한 어린 딸'이라는 뜻의 프랑스어.

지가 아닌 다른 곳에 착륙하게 될 것으로 보였다고 합니다—쏟아내지만 중요한 건 수많은 버전과 하위 버전의 세미나에서 가설로 나온 갖가지 질문들이 하나같이 기본적으로 아이의 인지적 역량을 자신들에게 해가 되는 요소로 보는 동시에 그 치명적인 퇴행이 〈창세기〉 3장 7절*, 자신의 팔다리와 몸통을 먹는 스칸다푸라나**의 키르티무카***, 거울에 비친 자신의 모습을 보고 종말을 맞이한 메두사****와 괴델*****식 메타논리학에 나타나는 불길한 자의식이라는 주제를 연상케 하는, 아이를 메시아적 존재에서 가공할 위해를 휘두르는 존재로 탈바꿈시키는 회귀적 성질을 공유한다는 겁니다. 이제 29.52일마다 마을의 정중앙에 위치한 연대 앞에 줄을 서는 마을 사람들의 수가 갈수록 줄어들기 시작하는데, 그렇다고는 해도 아이의 비위를 거스르거나 노여움을 살까 두려운 마음에 감히 나타나지 않을 생각은 하지 못합니다. 특히나 얼마 전에 똑똑하고 패기만만한 어느 전사 계급 주민이 태음 주기를 맞아 줄을 선 사람들의 끄트머리

---

* "이에 그들이 눈이 밝아져 자기들이 벗은 줄을 알고 무화과나무 잎을 엮어 치마로 삼았더라."(《개역개정성경》)

** 힌두교의 주요 경전인 18종의 마하푸라나 중에서 길이가 가장 긴 푸라나. 스칸다 신에 관한 내용을 다루며 길이가 총 8만1100구절에 이른다.

*** 인도신화에 나오는 괴물. 시바 신의 명으로 자신의 팔다리와 몸통을 먹고 머리만 남았다고 한다.

**** 그 얼굴을 보면 몸이 돌로 변한다는 그리스신화의 마녀.

***** 쿠르트 괴델(1906~1978). '불완전성의 정리'로 유명한 오스트리아 태생의 미국 수학자 겸 논리학자.

에 서서 다른 모든 이들이 문답을 마치고 해산하기를 기다
린 뒤에—그러니까 이 전사 계급 주민이 다른 모든 이들이
자리를 뜰 때까지 기다린 뒤에—몸을 굽혀 들릴락 말락 한
목소리로 아이에게 ——— 마을의 유령 같은 부대와 강령
술을 휘두르는 샤먼을 무찌르고 ——— 마을의 토지를 몰
수하고 저들을 비롯해 우림 지대의 다른 모든 원시 부족들
로부터 공물을 갈취하여 이 일대에 구석기 제국을 수립하기
위한 최상의 전략이 무엇인지 묻고 그에 대한 아이의 대답
이—이 대답은 줄 서 있던 나머지 사람들이 모두 해산했기
때문이 들은 사람이 없는데, 그렇다면 젊고 원기 왕성하고
머리색이 짙고 사회적 지위가 높은 유나이티드 항공편의 화
자가 이 일화를 어떻게 최고조부에 포함시킬 수 있었는지
의문이 들긴 합니다—어쨌든 아이의 대답이, 아이는 연대에
서 엉덩이를 들다시피 하고 몸을 기울여 전사의 작고 구멍
이 좁은 귀에 대고 답변을 속삭이는데, 그 즉시 전사의 지성
과 정신과 영혼을 남김없이 파괴하고 그를 돌이킬 수 없이
미치게 만들어 남자가 양손으로 두 귀를 막은 채 휘청거리
며 연단에서 내려와 비틀비틀 우림으로 들어가서 고통에 찬
신음을 흘리며 정신없이 헤매다가 결국에는 그 일대의 포식
성 재규어의 습격을 받아 잡아먹힌 일이 있은 뒤로 마을 사
람들의 공포가 극에 달합니다. 이 사건으로 인해 비로소 공
공연한 공포의 파고가 온 마을을 덮치는데, 룸펜-고문 계급
의 민중 선동에 힘입어 마을 시민들은 아이를 진정으로 증

오하고 두려워하기 시작합니다. 이제 자신들이 그토록 아둔하게도 숭배하고 의지하고 그 조언을 바탕으로 온갖 진보와 발전을 이룩해온 이 불가사의한 아이가, 실은 죽음의 백색 정령이거나 죽음의 백색 정령으로부터 위임받은 대리인이며, 누군가 아이의 비위를 거스르거나 잘못된 질문을 던져 아이의 입에서 온 마을을, 심지어는 온 우주를(구석기인들의 머릿속에서 이 둘은 뚜렷이 구분되는 대상이 아닙니다) 파괴할 대답이 나오게 되는 건 이제 시간문제라는 데 의견이 합치됩니다. 곧 주교들의 정족수가 아이를 가급적 빨리 암살해야 한다는 공식 결정에 도달합니다. 하지만 세상을 떠난 전우의 종말이—단 한 번의 속삭임으로 정신이 나가버린 패기 넘치던 전사의 말로가—아직까지도 머릿속에 생생히 살아있는 전사들을 아이를 죽일 수 있을 만큼 마을 중앙의 높은 연대 혹은 연단 혹은 대석에 가까이 접근하도록, 심지어는 아이의 목소리의 가청거리 안에 있는 창 및/또는 식물독소를 바른 침의 사정거리 안으로 접근하도록 설득할 방도가 없습니다. 이 시점에서 주교들의 고문들 사이에서 일종의 도교식 혹은 꼬몽디 '돌체파르니엔떼dolce far niente*' 혹은 선종식의 건설적인 무위 운동이 탄력을 받는 시기가 잠깐 등장하는데요, 전사 계급과 고문 계급 중 일부가 매 태음 주기마다 주민들이 제물을 갖고 줄을 서는 관행을 일체 중단한다면 수년 동안

---

* '달콤한 게으름'이라는 뜻의 이탈리아어.

마을 중앙의 연단에서 한 발짝도 벗어난 적 없고 기본적인 수렵·채집 기술을 익힐 기회도 없었던 아이는 아사할 것이고, 따라서 문제가 자연적으로 해결될 것이라고 주장합니다. 다만 사실 아이는 놀라운 선견지명을 발휘하여 어느 순간부터 수개월, 수년에 걸쳐 제물의 일정 부분을 플랜틴 바나나 잎으로 만든 요 아래에 은닉해두었다는군요.—신사 여러분, 이 시점에서 ——— 마을의 샤먼이 반동 인물로 기능하는 첫 번째 전개부 버전의 최고조부에서 플래시백 혹은 삽입을 통해 마을 사람들의 줄에 합류한 변장한 주술사가 자신의 차례가 되어 아이의 작고 구멍이 좁은 귓가에 속삭인 진짜 질문이 "그대여, 특출나고 명민하고 현명한 아이여, 이 원시 마을의 주민들이 그대의 재주를 지나치게 과장하는 바람에 그대를, 그대 자신이 너무나도 잘 아는 바와 같이, 그대가 아닌 다른 존재로 만들었다는 사실을 혹시라도 아직까지 깨닫지 못했는가? 저들이 그대의 한계를 알아차리기에는 지나치게 어리석기 때문에 그대를 그토록 숭상하는 것임을 이미 알고 있지 않은가? 그대가 마음속 깊은 곳을 들여다볼 때 깨달은 바를 저들 또한 깨닫게 될 때까지 시간이 얼마나 남았다고 생각하는가? 분명 알고 있지 않은가? 그대와 같은 존재가 원시 제3세계 마을의 애정이란 얼마나 한심하리만큼 변덕스러운지 모를 리 없지 않은가? 말해주게나, 아이여. 아직도 두려움이 그대를 엄습해오기 시작하지 않았는가? 아직도 저들이 잠에서 깨어나 그대가 이미 알고 있는 진실을, 그대가 저들이 생각하는 것의 절반만큼도 완벽하지 않음을 깨닫게 될 날에 대비하기 시작하지 않았는가? 저 무지몽매한 자들이 그대를 두고 만들어낸 환상이 언젠가는 반드시 깨지리라는 사실을 모르는가? 그대 자신이 이미 너무나도 잘 아는, 그대의 진정한 존재를 저들 또한 알게 되어 그대를 대하는 저들의 태도가 한순간에 돌변하고, 자신들의 돌변한 모습으로 인해 혼란과 불안에 빠져 한층 더 비난의 화살을 그대에게 돌리고, 그대를 자신들의 평화를 앗아간 강도로 몰아 그대를 진정으로 두려워하고 증오하기 시작하여 이윽고 그대가 아사하거나, 저들이 그대에게 부여한 강도라는 오명에 어울리도록 슬그머니 도망쳐버리기를 기대하여 더는 제물을 바치지 않게 될 날에 대비하여, 저들이 바치는 풍성한 제물의 일부를 은닉해둘 생각을 하지 못했는가?" 등과 같은 맥락이었다는 사실이 드러납니다. 라이오스* 왕이 받는 신탁처럼 운명의 장난을 예고하는 이 독백은 유효하면서도 거스를 수 없는 충고였음을 우리는 알고 있습니다. 한편 우리는 나머지 두 개의 전개부 버전에서 최고조부의 몇몇 하위 버전들에는 아이러니나 저장 강박은 일절 등장하지 않는 대신 아이가 줄과 제물이 끊이는 파국과 자신의 완벽한 고립과 그에 따른 실질적이고 저열한 유배를 다만 견딘다는 사실에

---

* 그리스신화에 나오는 테바이의 왕자 오이디푸스의 아버지. 델포이 신전에서 아이를 낳으면 그 아이가 아비를 죽이고 어미를 범할 것이라는 신탁을 받는다.

주목해야 합니다. 마을 사람들은 그 누구도 이제 아이가 있는 마을 정중앙 근처에 얼씬대지 않습니다. 아이는 이곳에서 홀로 연단 위에 앉아 몇 달 동안이나 침을 삼키고 때때로 요의 플랜틴 바나나 잎을 씹는 것만으로 연명합니다.—이 부분에는 중세의 성인 열전에서 강력한 힘을 가진 초자연적으로 고등한 주인공을 일체의 불편도 느끼지 않고 수개월, 수년 동안 금식하는 것으로 묘사하는 방식이 반영된 것으로 보입니다—하강부의 이 지점에 이르러 기상 여건이 호전되었고 지인의 말로는 엔진 소음조차 누그러진 것 같았다고 합니다. 비행기가 착륙에 앞서 하강을 시작했기 때문일 텐데요. 따라서 일제히 분주하게 소지품을 챙기고 하차를 준비하는 승객들의 부스럭거리는 소음을 뚫고 이 원형적인 대단원의 일정 부분이나마 들을 수 있었다고 합니다. 모두 떠났기 때문입니다. 마을 사람들이 말입니다. 굶어 죽지도 않고 연단을 떠나지도 않고 전과 다름없이 계속해서 그 위에 앉아만 있는 아이를 본 마을 사람들은 자신들의 눈에 비친 아이의 변모한 모습에 대한 두려움이 너무나 큰 나머지 어느 순간 기다리기를 포기하고 마을과 경작한 땅과 중앙난방식 주거지를 버리고 다 함께 우림으로 들어가 다시 수렵·채집을 하고 나무 밑에서 자고, 할 수 있는 한 토착 포식성 재규어들의 공격을 막아내며 사는 생활 방식으로 돌아가기를 택합니다. 주교들의 진두지휘하에 집합한 주민들은 소리 없이 마을에서 퇴거합니다. 처음에 아이는 이 사실을 알지 못합니다. 얼마 전부터 시민들의 상업 활동과 사교 활동이 중앙 연단에는 소리가 미치지 않는 마을 가장자리에서만 이루어져서, 아이가 살아있는 사람을 한 명도 보지 못한 채로 몇 개월이 지났기 때문입니다. 그러나 새벽의 습한 침묵 속에서, 중앙 연단의 절대적인 고요에서 무언가 다른 점을 아이는 감지합니다. 간밤에 사람들이 마을을 비우고 떠났음을. 지금은 서로 흩어져서 아기를 업은 여자들은 먹을 수 있는 뿌리를 눈을 부릅뜨고 찾으며, 사냥꾼들은 고문 계급이 주문을 걸어 소환한 딕딕의 흔적을 따라 천지가 개벽하기 전에 그랬던 것처럼 이동 중임을. 엘리트 계층 중에서 보상금으로 넉넉한 돈을 받아 챙긴 소규모 파견대만 마을에 남았습니다. 해가 뜨기 시작하자 이들은 조악한 횃불을 준비하여 마을에 불을 지릅니다. 얌 짚으로 만든 오두막집에 불이 쉬이 옮겨붙고, 아침의 산들바람이 불꽃을 퍼트리는 소리가 불만 가득한 군중이 내는 소리처럼 쉬익쉬익 온 천하를 뒤덮습니다. 진압할 수 없을 만큼 불이 제대로 붙었다고 판단한 전사들은 마을 정중앙을 향해 투창을 던지듯 횃불을 던지고는 이동 중인 무리를 따라잡기 위해 정글로 급히 달아납니다. 달아나는 무리의 꽁무니에 있던 이들은 새벽의 말간 화염에 휩싸인 채 미동 없이 앉아 있는 아이의 모습을 보았다고 주장합니다. 한편 다른 버전의 대단원은 열대 우림을 향해 강제로 행군하는 부족의 본대만 따라갑니다. 침묵 속에서 구석기인들의 거친 숨소리만 들리는 가운데, 어머니의 등에 매달린 포대에 뒤를 향해 업힌 한 눈 밝은 아이의 눈에 울창한 수풀을 뚫고 저 뒤에서 시퍼렇게 피어오르는 연기가 보입니다. 기다란 대오에서 뒤처진 몇몇 하위 계급 구성원들이 무리의 끄트머리에서 뒤를 돌아보자 빽빽한 나무들의 흔들리는 나뭇잎 사이로 불꽃이 만들어내는 시뻘건 무늬가 눈에 들어옵니다. 상류계급들이 마을 사람들을 아무리 채찍질해도, 저 탐욕스러운 불길은 빠르게 번지며 이들을 따라붙습니다.

굿 올드 네온
Good Old Neon

나는 평생을 기만적인 인간으로 살아왔다. 과장하는 거 아니다. 내가 이때껏 한 일이란 다른 사람이 나를 좋아하고 우러러보도록 나에 대한 특정한 인상을 심어주려 한 게 다였다. 뭐 그보다는 조금 더 복잡한 작업이었을 수 있겠다. 하지만 결국 목표는 남들이 나를 좋아하고 사랑하도록 만드는 것이었다. 우러러보고 인정하고 칭송하고, 뭐 그런 거. 당신도 이게 무슨 말인지 알 거다. 학교에서 나는 우등생이었지만, 사실 본심은 무언가를 배우겠다거나 자기 계발을 하겠다는 게 아니라 단지 우등생이 되어야겠다는, 우수한 성적을 받고 학교 스포츠팀에 들어가고 좋은 성적을 내야겠다는 것이었다. 남들에게 보여줄 훌륭한 성적표와 바시티 레터*를 받는 게 목표였다. 기대만큼 잘하지 못할까봐 항상 두려웠기 때문에 학교생활도 별로 즐겁지 않았다. 그러한 두려움 때문에 엄청 노력했고, 그 결과 뭐든 잘하려고 했고 언제나 원하는 걸 얻었다. 하지만 막상 1등을 하거나 전국 시합에 나가거나 앤절라 미드의 가슴을 만지게 되면 별다른 감정을 느끼지 못했고, 다음번에 이걸 또 할 수 없을까봐 노심초사할 뿐이었다. 앤절라네 집 지하의 가족실 소파에서 앤절라를 꼬셔 그녀의 블라우스 밑으로 손을 넣게 된 순간에도 그녀의 가슴이 지닌 부드러움이나 싱그러움 같은 걸 제대로 느끼지도 못했는데, 머릿속에 '나는 이제 앤절라한테 진도 나가는 걸 허락받은 남자가 된 거야'라는 생각밖에 없었기 때문이다. 지나고 나서 생각해보니 이게 그렇게 슬펐다. 그게 중학교 때 일이었다. 앤절라는 마음이 넓고 말수가 적고 자족적이며 사려 깊은 아이였는데—지금은 개인병원을 운영하는 수의사다—그때 나는 앤절라의 참모습을 제대로 보지 못했다. 내가 그녀의 눈에 어떤 사람으로 비치는지에만 관심이 있었지 다른 것은 보려 하지 않았다. 치어리더였으며, 그해에 학교에서 두 번쨌가 세 번째로 인기 많은 여자애였던 앤절라는 사실 그런 것들로 설명할 수 없는 아이였는데, 사춘기 아이들의 순위 매기기와 인기 놀이 따위로 재단할 수 없는 아이였는데, 나는 앤절라가 그 이상의 모습을 보여줄 기회를

---

* 미국 학교에서 스포츠를 비롯한 각종 교외 활동에 우수한 학생들에게 수여하는, 천으로 된 알파벳 문자로, 주로 옷이나 가방에 단다.

주지도, 앤절라를 그 이상으로 보려고 하지도 않았다. 하지만 내가 진지하게 대화를 나눌 수 있는 상대이자 진심으로 그녀의 내면을 알고 싶어 하고 이해하고 싶어 하는 사람인 것처럼 연기는 기가 막히게 잘했다.

후에 정신과 상담을 받았다. 당시 이십 대 후반이면서 돈 좀 벌었거나 결혼해서 가정을 꾸렸거나 자신이 원한다고 생각하는 것을 가졌음에도 불구하고 행복하다고 느끼지 않는 대부분의 사람들처럼 나도 정신분석을 시도해봤다. 주위 사람들 중 다수가 정신분석을 받던 시기였다. 상담 자체는 별 효과가 없었지만 모두들 자신의 문제가 무엇인지 조금 더 잘 안다는 듯 말할 수 있게 되었고, 당시 남들과 어울리고 특정 방식으로 말하려면 반드시 알아야 했던 유용한 어휘와 개념을 얻게 되긴 했다. 당신도 이게 무슨 말인지 알거다. 그때 나는 대형 컨설팅 회사의 미디어 바이어 파트에서 지역구 광고 담당으로 막 승진한 뒤라 시카고에 있었는데, 스물아홉의 나이로 광고팀 부책임자가 되어 흔히 말하듯 윗선의 총애를 받아 출세 가도를 달리고 있었음에도 불구하고 행복하지 않았다. '행복하다'는 게 대체 뭘 뜻하는지는 모르겠지만. 물론 행복하지 않다고 아무에게도 말하지 않았다. 행복하지 않다는 건 너무 진부하니까.—〈어릿광대의 눈물**〉의 광대라든가 〈리처드 코리***〉의 주인공처럼. 그리고 당시 내가 중요하다고 생각했던 사람들은 훨씬 건조하고 애매모호한 태도를 취하며 진부한 것들을 경멸하는 것 같아 보여서, 나도 당연히 하품을 하거나 손톱을 응시하면서 "나는 행복한가, 라는 질문은, 그러니까 그런 질문을 굳이 던져야 한다면, 질문 자체에 답이 있다고 봐야지" 같은 말을 하며 건조하고 지루한 것처럼 보이기 위해 애썼다. 다른 사람에게 나에 대한 특정한 인상을 심어주고 인정과 승인을 받기 위해 정말 많은 시간과 에너지를 쏟아부었는데, 인정을 받아도 그게 내 내면의 진정한 자아와는 아무런 상관이 없었기 때문에 별 감흥이 없었다. 항상 그렇게 기만적으로 사는 나 자신에게 넌더리가 났지만 어쩔 수가 없었다. 내가 시도해본 수많은 것들 중 몇 개만 말해보자면 다음과 같다. 에스트**** 참석하기, 10단 변속 자전거로 노바스코샤까지 왕복하기, 최면요법, 코카인 흡입, 척추지압요법, 은사주의 교회 나가기, 조깅, 공익광고협의회에서 무료 봉사하기, 명상 수업 듣기, 프리메이슨 입단하기, 정신과 상담받기, 랜드마크 포럼*****참석하기, '기적의 수업' 듣기, 우뇌를 이용한 그림 그리기 워크숍, 금욕하기, 구형 콜벳 수집하고 개조하기, 두

**   미국 알앤비 그룹 '스모키 로빈슨 앤 미라클'의 노래 제목. 익살을 떠는 광대의 슬픔을 표현하고 있다.

***   미국 시인 에드윈 로빈슨의 시. 타인에게 부러움을 받는 부유한 주인공이 자살하는 내용을 담고 있다.

****   에르하르트 세미나 훈련. 미국에서 1971년부터 1984년까지 성행하던 집단 심리 치료 세미나이자 운동.

***** 에르하르트 방법론을 바탕으로 출발한, 랜드마크 월드와이드가 운영하는 개인 및 조직 대상 자기 계발 프로그램.

달 내내 매일 밤 다른 여자랑 자기(61일 동안 총 36명이라는 실
적을 올리고 그 결과 성병도 얻었는데, 이 사실을 창피하다는 듯이,
그러나 내심 다들 감탄할 거라 생각하며 친구들에게 말했다. 친구들
은 겉으로는 나를 두고 농담을 던져댔지만 속으로는 감탄한 것 같긴
했다. 하지만 그 두 달이 지나고 나서 얻은 것이라고는 스스로를 천
박하고 본인의 성적 만족을 위해 타인을 이용하는 사람이라고 여기
는 자기 경멸과 수면 부족으로 회사에서 정신을 차리지 못한 것뿐이
다. 그때가 바로 코카인에 손댄 시기이기도 하다). 그건 그렇고, 지
금 이 부분이 별로 재미가 없어서 당신이 지루해할 것 같은
데, 내가 자살을 하고 나서 사람이 죽고 난 직후에 무슨 일
이 벌어지는지 알게 되는 대목에 이르면 훨씬 재미있어질 거
다. 방금 나열한 것들로 다시 돌아가보자면, 그중 거의 마지
막에 시도한 게 정신분석이었다.

정신과 선생은 괜찮은 사람이었다. 투실투실하고 몸집
이 크고 나이는 좀 있고 황갈색 콧수염이 난데다 사근사근
하고 뭐랄까, 허물없는 그런 사람이었다. 선생이 살아있던 때
를 내가 제대로 기억하고 있는 건지 모르겠다. 남의 말을 꽤
나 잘 들어주던 그는 내 애기에 약간은 거리를 두고 흥미와
공감을 보였다. 처음에는 선생이 나를 싫어하는 건가, 혹은
나랑 있는 게 불편한가 싶었다. 그는 아마 자신의 진짜 문제
가 뭔지 이미 알고 있는 환자에게 익숙하지 않았던 것 같다.
게다가 약물치료를 강요하는 쪽이었다. 나는 항우울제를 복
용하는 것이 꺼려졌는데, 사기 좀 덜 쳐보겠다고 약을 먹는

다는 게 그림이 잘 그려지지 않았다. 약을 먹고 효과가 있다한들, 그게 내·의지의 결과인지 약의 효과인지 어떻게 알아요, 라고 말했다. 그때 나는 이미 내가 사기꾼이라는 걸 알고 있었다. 내 문제가 무엇인지도 알고 있었다. 하지만 어떻게 해도 기만을 그만둘 수가 없었다. 첫 이십여 회의 상담 동안 무척 솔직하고 숨김없는 것처럼 행동했지만, 실은 펜싱 경기를 하듯 선생을 완전히 쥐고 흔들면서, 요컨대 나는 단순히 자신의 진짜 문제가 뭔지 요만큼도 모르면서 어쩌다 얼어걸려 상담을 받으러온 그런 유의 환자도 아니고 자신에 대한 진실을 전혀 자각하지 못한 사람도 아니라는 것을 보여주려 했다. 그러니까 한마디로 나도 선생만큼은 똑똑하다는 사실을, 나에게서 내가 이미 깨닫고 이해한 것 이상은 보지 못할 거라는 사실을 알려주려 했던 것이다. 하지만 그럼에도 불구하고 나는 도움을 원했고, 또 진짜로 도움을 받아보려고 그를 찾아갔던 거였다. 상담을 시작하고 5개월인가 6개월이 지날 때까지는 선생에게 내가 얼마나 불행한지조차 말하지 않았다. 자기밖에 모르는 징징대는 여피족*처럼 보이고 싶지 않다는 게 주된 이유였는데, 그때도 의식의 저 깊은 층위 어딘가에서는 내가 바로 더도 덜도 아닌 그런 여피족이라는 사실을 인지하고 있었던 것 같다.

　선생의 진료실은 무척 지저분했는데, 처음부터 그 점이

---

*　전문직에 종사하는 도시의 젊은이들을 일컫는 말.

가장 마음에 들었다. 진료실에는 사방에 책과 종이가 널려 있었고, 내가 의자에 앉으려면 거의 매번 선생이 의자 위에 있는 물건을 치워야 했다. 진료실에 소파는 없었고, 나는 푹 신한 의자에, 선생은 낡아빠진 책상 의자에 앉아 마주 보았 다. 그가 앉는 의자 등에는 마사지 구슬로 된 직사각형 덮개 가 덮여 있었다. 택시 기사들이 운전석에 하고 다니는 그런 거 말이다. 나는 선생의 책상 의자도, 의자가 선생에 비해 턱 없이 작은 것도 마음에 들었다(그는 작은 몸집이 아니었다). 의 자가 너무 작아서 그는 발바닥을 바닥에 붙이고 몸을 거의 웅크리다시피 해서 앉아야 했다. 어떤 때는 양손으로 뒷머리 를 받치고 의자에 한껏 기대어 앉았는데, 그럴 때면 등받이 부분이 엄청나게 삐걱거리곤 했다. 누구라도 말하는 도중에 다리를 꼬면 상대방을 깔보거나 짐짓 선심을 쓰는 것처럼 보 이는 법인데, 선생은 의자 때문에 아예 다리를 꼴 수가 없었 다. 꼬았다면 한쪽 무릎이 책상 아래에 닿았을 것이다. 하지 만 그는 더 크고 좋은 의자를 사지 않았고, 의자의 가운데 연결 스프링에 기름칠을 해서 삐걱대는 소리를 없애려고도 하지 않았다. 그런 소리가 나는 의자에 하루 종일 앉아 있 어야 했다면 나는 분명 미쳐버렸을 것이다. 나에게는 이 모 든 게 한눈에 들어왔다. 좁은 진료실은 파이프 담배 냄새에 절어 있었는데 그 냄새도 좋았다. 그런데다 거스태프슨 선 생은 메모를 하거나 모든 질문에 질문으로 답하는 등, 정신 분석가들이 즐겨 하는 판에 박힌 행동을 하지 않았다. 선생이 그런 행동을 했다면 상담이 나에게 도움이 됐건 안 됐건 간에 매번 상담받으러 가기가 엄청 괴로웠을 것이다. 이 모든 것을 종합해봤을 때 그는 대체로 조금 지저분하지만 느긋하고 호감 가는 사람이었다. 내가 선생과 펜싱을 하듯 그가 하려는 질문을 미리 예측해서 질문의 답을 이미 알고 있었다는 사실을 과시하는 걸 선생이 저지할 생각이 없음을 깨닫고 나서—저지하든 안 하든 그는 65달러의 상담료를 받게 될 테니까—결국 내가 기만적인 인간이라는 것과 소외감을 느낀다는 것과('소외감'이라는 거창한 어휘를 써서 설명해야 하긴 했지만, 사실은 사실이었다) 평생 동안 이렇게 살 수밖에 없다는 생각이 든다는 것과 그래서 불행하다는 사실을 털어놓고 나자 그 뒤로는 상담이 훨씬 나아졌다. 나는 내가 기만적인 인간이라는 사실이 다른 사람의 탓이라고 생각하지 않는다고도 말했다. 나는 입양아이기는 하지만 입양된 건 갓난아기 때의 일이고, 양부모는 내가 아는 대부분의 친부모보다 훨씬 좋은 분들이고, 나를 큰소리로 혼내거나 학대하거나 리전 리그에서 반드시 4할의 성적을 내야 한다는 압박을 준 적도 없을 뿐더러, 장학금을 주는 오클레어시의 위스콘신 주립대학에 보내는 대신 일류 사립대에 보내려고 두 번째로 주택 담보 대출을 받기까지 했다고. 다른 사람이 나에게 나쁜 짓을 한 적도 없고, 내가 가진 모든 문제의 원인은 다 나 자신이라고. 나는 기만적인 인간이며 외로움을 느낀다는 사실도 다 내 잘못으로 인한 거라고(내가 '잘못'이라는 의미

심장한 단어를 사용하자 아니나 다를까 선생은 귀를 쫑긋 세웠다). 왜냐하면 나는 너무나 자기중심적이고 기만적이어서 매 순간 다른 사람들이 나를 어떻게 보는지, 그들에게 내가 바라는 인상을 심어주려면 어떤 행동을 해야 하는지만 생각하며 살아가기 때문이라고. 내 문제가 뭔지 알고는 있지만 기만적인 행동을 그만둘 수가 없다고 말했다. 그리고 상담 초기에 그를 가지고 놀면서 나를 똑똑하고 자의식이 뚜렷한 사람으로 보게끔 만들기 위해 내가 한 행동들도 실토했다. 잘난 척하면서 진지하지 않게 상담에 임하는 것은 돈 낭비 시간 낭비라는 것을 처음부터 알고 있었지만 내 자신도 어쩔 도리가 없었다고, 그냥 자동으로 그렇게 됐다고 말했다. 말을 마치자 거스태프슨 선생이 웃음을 지었다. 처음 보이는 웃음이었다. 선생이 시큰둥하거나 유머 감각 없는 사람이었다는 말은 아니다. 크고 붉은 얼굴은 친절해 보였고 태도도 적당히 상냥했는데, 단지 실제 대화에 참여하고 있는 인간이 보일 법한 웃음을 보인 게 그때가 처음이었다는 말이다. 그와 동시에 나는, 내가 선생이 다음 말을 할 여지도 남겨두었다는 점을 알고 있었다. 아니나 다를까 선생은 이렇게 말했다. "제가 제대로 이해했다면, 환자분은 기본적으로 상대방이 자신을 인정하는 데 도움이 될 것이라고 생각하는 말이나 자신이 원한다고 생각하는 인상을 심어주기 위한 말만 골라 하는 교활하고 계산적인 사람이라는 거군요." 나는 살짝 단순화한 면이 없지 않지만 기본적으로는 그렇다고 말했고, 선생은 계속해서 자신이 이해한 게 맞는다면 내가 이러한 위선적인 삶의 방식에 갇혀, 남들이 좋게 보든지 말든지 신경 쓰지 않고 솔직하고 진솔하게 이야기할 수 없다고 느낀다는 거 아니냐고 물었다. 나는 약간 체념한 투로 그렇다고, 기만적이고 계산적인 뇌의 일부가 지금까지 한순간도 쉬지 않고 전력 가동되었던 것 같은 느낌이 든다고, 모든 사람을 상대로 끊임없이 체스를 두며 남들이 이런 수를 두길 바랄 때면 그들이 그렇게 행동하도록 유도하기 위해 내가 어떤 수를 두어야 하나 노상 계산하고 있는 것 같다고 말했다. 선생은 나에게 체스 둘 줄 아냐고 물었고, 나는 중학교 때 좀 했는데 원하는 만큼 실력이 향상되지 않아서 그만두었다고, 정말로 뛰어난 실력을 갖게 되면 어떤 기분일지 알게 될 만한 딱 그 정도의 실력만 갖추고 정작 그 이상으로는 발전하지 못하는 게 얼마나 짜증나는 일인지 말했다. 내가 남겨둔 여지로 인해 그가 제시할 대단한 통찰력과 질문으로부터 그의 주의를 돌려 보려는 마음에 약간 과장해서 말했지만 별로 효과적이지 못했다. 선생은 시끄러운 소리를 내며 의자를 젖혀 뒤로 기대고는 정지 자세를 취하며 무척 심각한 생각에 잠겨 있는 듯한 모습을 연출했다. 아마도 퇴근 후에 오늘은 65달러를 벌 만큼은 충분히 일했다고 느낄 거라 생각하는 것 같았다. 선생은 그렇게 정지한 자세에서는 언제나 무의식적으로 콧수염을 쓰다듬었다. 나는 그가 "그게 사실이라면 방금 한 말은 어떻게 할 수 있었을까요?"와 같은 말을 할 것이라고, 즉, 내가 진짜로 기만적인 인간이라면 어떻게 자신이 기만적이라는 사실을 솔직히 시인할 수 있냐고 반박할 거라고, 다시 말하면 그가 내 논리의 모순 혹은 역설을 찾아냈다고 생각할 거라고 추론할 수 있었다. 내가 어리바리하게 굴며 그가 그 말을 하도록 유도한 것도 있을 것이다. 그가 할 말이 내 예상보다 날카롭고 예리할지도 모른다는 희망을 아직 조금은 갖고 있기도 했고, 무엇보다 그가 좋았기 때문이다. 자신이 환자에게 도움이 되고 있다는 생각에 진심으로 기쁨을 느끼고 신나 하는 모습과, 자신의 신난 표정이 단순한 호의이자 내 임상 사례인지 뭔지에 대한 의학적 관심처럼 보이도록 프로답게 자신의 표정을 통제하는 모습이 좋았다. 그를 좋아하기란 어렵지 않았다. 그는 흔히 사람을 끌어당긴다고 일컬어지는 태도를 지니고 있었다. 선생의 의자 뒷벽에는 장식용 액자 그림 두 개가 걸려 있었는데, 하나는 어린 소녀가 농가를 향해 밀밭 언덕을 기어 올라가는 앤드류 와이어스의 그림이었고, 다른 하나는 탁자 위 그릇에 담긴 사과 두 개를 그린 세잔의 정물화였다. (솔직히 말하면 그림 밑에 전시회 정보가 기재된 미술관 포스터였기 때문에 그게 세잔 그림이라는 것을 알 수 있었다. 탁자는 삐뚤어져 보이고 사과는 거의 네모나게 보이는 등 원근감이나 스타일이 좀 희한해서 보고 있으면 묘하게 기분이 이상해지는 그런 그림이었다.) 사람들이 보통 말을 할 때 주위를 두리번거리거나 벽에 걸린 물건을 보기 좋아하니까 환자들 보라고 달아놓은 모양이었다. 하지만 나는 상담 내내 똑바로 선생을 쳐다보았고, 그게 전혀 불편하지 않았다. 선생이 상대방의 긴장을 풀어주는 재주를 갖고 있다는 데는 의심의 여지가 없었다. 하지만 그런 재주가 있다고 해서 나에게 진짜로 도움을 줄 만한 통찰력이나 화력을 가졌을 거라는 착각 따위는 하지 않았다.

학교에서 수리논리학을 수강할 때 나 혼자서 발견하다시피 한 기초적인 논리 역설이 있다. 나는 이걸 '기만의 역설'이라고 불렀다. 수리논리학 수업은 학부생을 위한 대규모 강의였는데, 일주일에 두 번 대강의실에서 교수가 강단에 올라 강의를 했고 매주 금요일에는 인생 자체가 수리논리학인 듯한 대학원생 조교의 지도하에 소규모 토론 모임이 있었던 걸로 기억한다. (게다가 성적을 잘 받고 싶으면 엉덩이 붙이고 앉아서 교수가 책임 편집자로 집필한 강의 교재를 보며 각종 증명과 표준형과 1차 수량화 공리를 외우면 됐다. 그러니까 그 수업은 시간과 노력만 들이면 끝에 가서는 좋은 성적이 튀어나왔다는 점에서 그야말로 논리처럼 깔끔하고 수학적이었다. 베리의 역설과 러셀의 역설과 불완전성의 정리와 같은 역설 부분은 학기말이 되어서야 배웠고 기말고사 범위도 아니었다.) 기만의 역설이란 사람이 남들에게 멋지고 매력적으로 보이기 위해 시간과 노력을 투입하면 할수록 속으로는 스스로를 덜 멋지고 덜 매력적으로 느낀다는 것이다.—즉, 그 사람은 사기꾼이다. 그리고 스스로를 사기꾼이라고 느끼면 느낄수록 자신이 실제로는 얼마나 속이 비어 있고 기만적인 사람인지 남들이 알아채지 못하도록 멋지고 호감 가는 자신의 이미지를 남들에게 전달하려고 애쓴다는 것이다. 논리적으로라면, 머리 좋은 열아홉 살짜리가 이 역설을 깨달았다면, 그와 동시에 사기꾼으로 사는 것은 궁극적으로 두려움과 외로움과 소외감과 기타 등등을 유발하는 끝없고 해로운 퇴행적 행위라는 사실도 깨달을 것이기 때문에 그 즉시 주변 사람들에게 위선 떠는 짓을 그만두고 자기 자신으로 사는 것에 만족하며(자기 자신으로 산다는 게 뭐가 됐든 간에) 살아갈 것이라고 생각할 수 있다. 그러나 여기에 또 다른, 형태도 이름도 없는 더 고차원적인 역설이 있다. 바로 나는 그러지 않았다는, 그러지 못했다는 것이다. 열아홉 살 때 발견한 이 첫 번째 역설은 적어도 내가 네 살 무렵에 아빠에게 거짓말을 한 그 순간부터 근본적으로 얼마나 공허하고 기만적인 인간으로 살아왔는지를 처절하고 절실하게 깨닫게 했을 뿐이다. 네 살 때 아빠가 그릇을 네가 깼냐고 물어봤을 때, 아빠의 질문이 채 끝나기도 전에 내가 그랬다고 말하긴 하되 조금은 어설프고 진짜 같지 않게 '자백'하면, 아빠는 오히려 내 말을 믿지 않고 엄마가 엄마의 생물학적 할머니에게서 물려받아 엄청나게 아끼던 앤티크 모제르 유리그릇을 친딸인 편이 깼다고 생각할 것이고, 그뿐만 아니라 나를, (내가 실은 진짜로 좋아한) 편이 혼나지 않기를 바란 나머지 기꺼이 대신 혼나기 위해 거짓말까지 한 착하디착한 동생이라고 생각할 거라는 걸 어찌된 일인지 단박에 알 수 있었다. 지금 내가 이걸 제대로 설명하지 못하고 있는데, 그

때 나는 네 살밖에 되지 않았고, 당시에는 이 모든 게 방금 설명한 것처럼 언어로 이해된 게 아니라 감정과 연상과 머릿속을 스쳐 지나가는 부모님의 갖가지 표정들로 다가왔을 뿐이다. 어쨌든 네 살밖에 되지 않은 그때, 믿기 어려운 '자백'을 함으로써 아빠로부터 어떤 반응을 이끌어낼 수 있는지 알게 된 결과, 남들에게 특정한 인상을 심어주는 방법을 깨닫게 된 것은 그토록 찰나의 일이었다. 그러니까 내가 편의 팔을 주먹으로 치고 훌라후프를 빼앗아서 계단을 달려 내려와 식당으로 들어가서 엄마의 앤티크 유리그릇과 조각상들이 진열돼 있는 장식장 옆에서 훌라후프를 돌리기 시작했고, 그러자 편은 엄마의 그릇과 수많은 식기가 너무나 걱정이 된 나머지 내게 팔을 맞은 것과 훌라후프를 뺏긴 것은 다 잊어버리고, 식당에서 놀면 안 되는 거 모르냐고 소리치며 뒤쫓아 계단을 뛰어 내려왔다고… 즉, 일부러 정교하게 설득력 없는 거짓말을 하면 진짜로 거짓말을 했을 때 얻을 수 있는 결과를 모두 얻는 데 더해 고결하고 자기희생적으로 보일 수 있었고, 거기에 더해 자식 중 누군가가 좋은 인품을 보일 때면 그것이 아이들의 인격 형성에 영향을 준 자신들의 인품이 반영된 결과라 생각하여 항상 흡족해하곤 하던 부모님의 기분까지 좋게 만들 수 있었다. 내가 지금 이걸 숨도 쉬지 않고 길고 서툴게 설명하고 있는 이유는 깨진 모제르 그릇의 큰 조각 두 개를 들고 일부러 실제보다 더 화난 것처럼 보이려 애쓰던 아빠의 크고 다정한 얼굴을 올려다보던 그 순간 이 모든 것을 어떻게 갑자기 깨닫게 되었는지를 내가 기억하는 그대로 설명하기 위해서다. (아빠는 항상 비싼 물건은 안전한 곳에 따로 보관해두어야 한다는 주의였고, 그에 반해 엄마는 다 같이 보고 감상할 수 있는 곳에 꺼내놓지 않을 거면 좋은 물건을 왜 갖고 있냐는 쪽이었다.) 아빠가 내가 원하는 방식으로 생각하도록 만들려면 내가 어떤 식으로 행동해야 하는지 깨달은 것은 그렇게 한순간이었다. 그때 내 나이가 얼추 네 살 밖에 되지 않았음을 잊지 말아야 한다. 그걸 깨달은 순간 기분이 나빴다고 위선을 떨지 않겠다. 솔직히 말하면 기분이 진짜 좋았다. 나는 스스로가 능력자라고, 나 자신이 무척 똑똑하다고 생각했다. 예컨대 퍼즐을 맞출 때 손에 든 퍼즐 조각이 전체 그림에서 어느 부분에 들어맞는지, 이걸 어떻게 맞추어야 할지 잘 모르겠어서 빈 곳을 여기저기 들여다보다가 어느 순간, 그 이유를 구체적으로 표현하거나 다른 사람에게 설명할 수는 없지만 조각을 이런 식으로 돌리면 꼭 맞는다는 사실을 불현듯 알게 되고, 실제로 맞춰보니 꼭 맞는 것과도 같았다. 이때 받은 느낌은 그 짧은 순간, 손에 든 퍼즐 조각이 전체의 그림과 연결되어 있는 것처럼 내가 무언가 더 큰 존재, 더 큰 그림에 연결되어 있다는 느낌이었다고 설명하는 게 맞겠다. 내가 유일하게 예상하지 못했던 부분은 편의 반응이었다. 편은 그릇을 깬 장본인이 되는 바람에 혼이 났고, 식당에서 놀던 사람은 자신이 아니라고 계속해서 주장하다 한층 더 심하게 혼났다. 부모님은 그릇이 깨진 것보다 편이 거짓말을 했다는 사실에 더 속이 상한다는 입장이었다. 그릇은 그냥 물건일 뿐이므로 궁극적으로 큰 맥락에서 봤을 때 그렇게 중요하지 않다고 했다. (부모님은 높은 이상과 가치를 추구하는 인본주의자들로, 원래 말을 이런 식으로 했다. 부모님이 추구하는 높은 이상이란 가족 관계에서는 모두가 완벽하게 정직해야 한다는 것이었고, 거짓말은 그중에서도 부모 입장에서 봤을 때 우리가 저지를 수 있는 가장 나쁘고 가장 실망스러운 위반 행위였다. 덧붙여 말하자면, 부모님은 나보다 편을 조금 더 엄하게 훈육하는 경향이 있었는데, 이 또한 그들의 가치관이 반영된 결과였다. 부모님은 우리 둘을 공평하게 대하려고 애썼고, 편과 다름없이 나도 그들의 친자식이라는 생각이 들도록 사랑받고 있다고 느끼고 안정적인 정서를 갖게 하기 위해 최대한 노력했는데, 공평해야 한다는 강박 때문에 훈육할 때 종종 지나치게 과하게 애쓰는 경향이 없지 않았다.) 그래서 편은 거짓말을 하지 않았는데도 거짓말쟁이로 몰렸고, 아마 그게 부모님에게 받은 벌 그 자체보다 훨씬 더 크게 상처가 되었을 것이다. 그때 편은 고작 다섯 살밖에 되지 않았다. 다른 사람에게 사기꾼 취급을 받는 것이나 사람들이 나를 사기꾼 혹은 거짓말쟁이로 여긴다고 느끼는 건 끔찍한 일이다. 아마 그건 세상에서 가장 참담한 기분일 거다. 게다가 내가 직접 겪어본 적은 없지만, 사실을 말했는데도 사람들이 믿어주지 않는다면 그건 분명 두 배로 끔찍한 일일 것이다. 편은 시간이 지난 뒤에도 그 일로 받은 충격을 완전히 극복하지 못했던 것 같다. 둘 다 고등학생이었을 때 딱 한

번 어떤 일로 다투다가 편이 성난 채로 집 밖으로 뛰쳐나가면서 등 뒤로 수수께끼 같은 말을 남긴 적 말고는 우리 사이에서 그 일이 다시 언급된 적은 없지만. 청소년기의 편은 담배를 피우고 화장을 하고 성적도 별 볼 일 없고 나이차가 많이 나는 남자들이랑 사귀는 등 전형적인 문제아였던 반면, 나는 가족들의 자랑이었고 성적도 엄청 좋았던데다 학교 야구팀 선수였다. 겉만 봐서는 편보다 내가 훨씬 멀쩡해 보였다고 할 수 있다. 결국엔 편도 자리를 잡았고 대학에도 진학하여 지금은 잘 살고 있다. 섬세하고 드라이한 유머 감각을 지닌 편은 세상에서 내가 아는 가장 재미있는 사람이다. 나는 편을 무척 좋아한다. 요는 그러니까 그릇을 깬 그 사건을 시작으로 내가 기만적인 인간으로 살게 되었다는 것인데, 그렇다고 해서 그 사건이 내 기만적인 습성의 기원 혹은 원인 같은 거라거나 극복하지 못한 유년 시절의 트라우마로 남아서 정신과 상담까지 받아야 했다는 말은 아니다. 객관적으로 말하자면, 퍼즐 조각을 어디에 맞추어야 하는지 알아내기 전에도 퍼즐 조각은 엄연히 전체 그림의 일부인 것처럼, 내 기만적인 습성은 처음부터 나의 일부였다. 한동안은 내 친부모 중 하나가 기만적인 인간이었거나 일종의 기만 유전자를 가지고 있어서 내가 그걸 물려받은 게 아닐까 생각하기도 했는데, 그쪽은 더 어떻게 알아볼 수 없는 막다른 골목이었다. 게다가 설사 알아볼 방법이 있다 한들 뭐가 달라지겠는가? 어찌 됐든 나는 여전히 기만적인 인간이고, 내 불행을 벗 삼아 살아가야 하는데.

다시 말하지만, 나도 내가 이걸 설명하는 방식이 좀 정신없다는 건 안다. 요는 거스태프슨 선생이 방금 전 내가 스스로의 기만을 기꺼이 인정한 이상 완전히 기만적인 인간은 될 수 없다는 식의 멋들어진 귀류법*을 전개하기 전에 극적으로 정지 자세를 취하며 연출한 그 짧은 순간 동안, 앞서 말한 모든 이야기와 그 이상의 생각들이 머릿속을 쏜살같이 지나가고 있었다는 거다. 생각이나 연상 작용이라는 게 머릿속을 얼마나 빨리 지나가는지 당신도 나만큼 잘 안다는 걸 나는 안다. 회사에서 광고 회의나 그런 비슷한 활동을 할 때 각자 회의 자료를 훑어보면서 다음 발표를 기다리는 몇 초 되지 않는 짧은 침묵의 순간들에 머릿속에서 몰아치는 생각을 말로 표현하려면 회의 시간보다 기하급수적으로 긴 시간이 걸릴 수 있다. 여기서 또 하나의 역설이 나오는데, 즉 인생을 살아가며 갖게 되는 중요한 생각과 인상 중 많은 수가 머릿속을 아주 빠르게 스쳐 지나가고, 이때의 빠르다는 것은 '빠르다'라는 말조차 적절하지 않을 정도로 우리가 살고 있는 규칙적이고 순차적인 시간과 완전히 다르거나 그러한 시간에서 벗어나 있어서, 사람들이 의사소통을 하기 위해 사용하는 단어 뒤에 순차적으로 다른 단어가 오는 언어라는

---

* 어떤 명제가 참임을 증명하려 할 때, 그 명제의 결론을 부정함으로써 가정 등이 모순됨을 보여주어 간접적으로 그 결론이 성립한다는 것을 증명하는 방법.

것과는 거의 관계가 없을 정도이고, 단 몇 분의 1초 사이에 지나가는 생각과 그에 따른 연상 작용을 말로 표현하려면 사람의 한평생 따위는 가뿐히 지나가버릴 수 있다는 것. 그럼에도 불구하고 우리는 누구나 영어를(또는 말할 것도 없지만 자신의 모국어를) 사용하여 우리가 생각하고 있는 것을 타인들에게 전달하려고 하고 또 타인들이 무엇을 생각하는지 알아내려고 하는데, 실상 속으로는 그게 제스처 놀이**에 지나지 않음을 모두 알면서도 그저 놀이의 동작을 하고 있다는 것. 머릿속에서 일어나고 있는 생각이란 말로 표현하기에는 너무 빠르고 거대하고 얽히고설켜 있어 말로 표현할 수 있는 것이라고는 주어진 순간에 스쳐 지나가는 생각의 아주 작은 일부분의 개요에도 미치지 못한다. 말 나온 김에 얘기하면, 이러한 생각, 기억, 깨달음, 감정, 그리고 기타 등등이 머릿속을 스쳐 지나가는 속도라고 해야할지, 아무튼 그건 죽을 때는, 그러니까 생물학적으로 죽는 순간과 그다음 일이 벌어지는 순간 사이의 측정할 수 없을 만큼 짧은 1나노초의 찰나에는 훨씬 더, 기하급수적으로, 상상할 수 없을 만큼, 빨라진다. 사람이 죽을 때 그때까지 살아온 일평생이 눈앞을 스쳐 지나간다는 진부한 얘기는 사실 크게 틀리지 않다. 단지 여기서 '평생'이라는 건 맨 처음 태어나고 요람에서 잠을 자고 다음 순간 리전 리그 시합에서 홈베이스에 서 있고 하는 그

** 상대방의 몸짓과 동작을 보고 단어나 문구를 알아맞히는 놀이.

런 순차적인 개념이 아니다. 사람들이 보통 '내 평생'이라고 말할 때는 이와 같은 개별적인 순간들을 연대기적으로 합한 개념을 지칭하곤 하는데 실상은 그렇지가 않다. 이걸 내가 할 수 있는 최대한으로 표현해보자면, 그 순간에는 그 모든 게 한순간에 일어난다고 할 수 있는데, 여기서 '한순간'이라는 말도 살아있을 때 우리가 인지하는 시간처럼 순차적인 시간상의 유한한 어느 순간을 뜻하는 게 아니고, 그 '평생'이라는 용어도 우리가 흔히 쓰는 '평생'이라는 말과는 천지 차이다. 이 순차적인 시간과 말 때문에 실제로 일어나는 일들에 대해 가장 기초적인 차원에서 터무니없는 오해가 생기게 된다. 하지만 그와 동시에 이 개념을 이해하고 타인과 더 크고 의미 있고 진실한 무언가를 형성해보기 위해 노력할 때 우리가 사용할 수 있는 것은 언어밖에 없다는 것이 또 하나의 역설이다. 거스태프슨 선생은—나중에 그를 다시 만나고 나서 알게 된 바에 따르면, 그는 일리노이주 외곽 리버 포레스트의 진료실에서 의자의 마사지 구슬에 등을 대고 앉아 있던 덩치 크고 투실투실하고 어딘가 억눌려 있는 듯하던 남자와는 생판 다른 사람이었고, 당시에 이미 결장암에 걸려 있었지만 아직 그 사실을 모른 채 단지 근래 들어 화장실을 가면 아래쪽이 좀 이상하다는 느낌이 들어서, 증상이 계속되면 내과에 가서 진찰을 받아볼 생각이었다고 한다—닥터 G.는 나중에 그에게 있어 마지막에 '평생이 눈앞을 스쳐 지나가는' 현상은 마치 바다 위에 흰 물결로 존재하는 것과 같은 느낌이었다고 말했다. 즉, 물속으로 가라앉아 물에 떠밀려가기 시작하는 순간에야 비로소 바다 같은 게 있다는 사실을 인식이라도 하게 되지, 바다 위에 물결로서 존재할 때는 스스로가 바다 위의 물결임을 아는 양 말하고 행동할지언정 마음속으로는 바다라는 게 정말로 존재한다고 생각하지 않는다는 거다. 그런 생각을 하는 것 자체가 불가능하다. 혹은 나무에 달린 잎사귀가 자신이 그 일부분인 나무의 존재를 믿지 않는 것과 같다고 할 수도 있고. 이걸 표현할 방법은 무궁무진하다.

　이쯤 되면 당신은 분명 여기에서 발생하는 가장 중요하고 핵심적인 역설을 눈치챘을 거다. 그러니까 내가 말하고자 하는 바를 밀로는 표현할 수 없고 시간은 사실 순차적으로 흐르지 않는다고 말하고 있는 걸 당신이 다름 아닌 말로서 듣고 있다는 사실을, 내 말을 이해하기 위해서는 첫 단어를 듣고 그 뒤에 순차적으로 뒤따라오는 각 단어들을 시간의 연대기적인 흐름에 따라 들어야 하는 말로서 듣고 있다는 사실을 깨닫고는, 내가 계속 말과 순차적인 시간은 내가 말하고자 하는 바와 상관이 없다는 말을 계속한다면 아마도 당신은 우리가 왜 여기 차 안에 앉아서 그 되지도 않는 말을 하면서 갈수록 더 소중해지는 당신의 시간을 낭비하고 있는 건지 궁금할 텐데, 다시 말하면 내가 처음부터 논리적인 모순에 빠진 거 아닌지 묻고 싶을 거다. 그뿐만 아니라 무슨 일이 일어날지 알고 있다는 내 말이 개소리는 아닐까 싶을 거다.—내가 자살한 게 사실이라면, 당신이 내 말을 듣는 게 어떻게 가능한 거지? 그러니까 내가 사기꾼이 아닌지 생각하고 있을 거다. 그래도 괜찮다. 당신이 어떻게 생각하든 사실 별 상관없으니까. 아니, 당신에게는 아마 상관이 있을 거고, 그게 아니라도 당신은 당신에게 상관있다고 생각할 수 있는데, 여기서 '상관없다'는 말을 그런 뜻으로 한 건 아니다. 내 말은 당신이 나에 대해 뭐라고 생각하든 상관이 없다는 거다. 왜냐하면 충분히 그렇게 보이겠지만서도 지금 내가 하고 있는 얘기의 주인공은 내가 아니기 때문이다. 나는 그저 내가 죽기 전에 겪은 일들의 아주 작은 일부분과 적어도 내가 생각하는 내가 자살한 이유를 대략적으로나마 알려주어 그다음에 그 일이 왜 일어났는지와 그게 이 이야기의 진짜 주인공에게 왜 그런 영향을 미쳤는지에 대해 당신이 최소한 감이라도 잡을 수 있게 하려는 것이다. 그러니까 지금까지의 얘기는 일종의 개요나 서론 같은 거라서 아주 짧고 개략적으로 말하려고 했는데… 그럼에도 불구하고 이만큼을 말하는 데 얼마나 많은 시간과 언어가 필요했는지 보라. 타인에게 정말 사소한 것을 전달하는 것이 이렇게나 어설프고 고되다는 사실을 생각해보면 참으로 흥미롭다. 당신은 지금까지 시간이 얼마나 지났다고 말하겠는가?

거스태프슨 선생은 포커를 하거나 사기를 쳤다면 말도 안 되게 못했을 사람이다. 선생은 상담을 진행할 때 지금이 중요한 순간이라는 생각이 들면 언제나 그 시끄러운 소리를 내는 의자 등이 휘도록 뒤로 기대고는 발바닥이 보이도록 발 뒤꿈치를 땅에 디뎠다. 그 자세가 자신에게 편하고 몸에 맞아서 생각을 해야 할 때는 그런 자세를 취하는 것이 만족스러운 것처럼 보이게 하는 데는 능통했지만 말이다. 선생이 조금 지나치게 극적이다 싶게 그런 행동을 할 때면 나는 선생에게 왠지 모를 호감을 느꼈다. 편은 머리칼에 붉은 기가 돌고 눈동자는 살짝 비대칭이면서 초록색—사람들이 컬러 렌즈를 껴서 연출하고 싶어 하는 그런 색—인데, 일종의 마녀 같은 분위기가 썩 매력적이다. 뭐, 나에게는 어쨌거나 매력적이다. 편은 무척 침착하고 재기 넘치고 자족적인 사람이 되었는데, 결혼하지 않은 서른 살 언저리의 여자들에게서 풍기는 외로움의 향기가 아주 살짝 나는 것도 같다. 사람은 물론 누구나 외롭다. 이건 누구나 다 아는 사실이라 진부할 정도다. 내가 가진 또 한 겹의 근본적인 기만성이라고 한다면, 내 외로움은 특별하다고, 내가 특별히 기만적이고 속이 빈 사람이기 때문에 나만의 고유한 잘못으로 인해 외로운 거라고 스스로를 속였다는 것이다. 외로움이 특별할 건 전혀 없다. 우리는 누구나 외로움을, 엄청나게 많은 외로움을 갖고 산다. 거스태프슨 선생은 죽었을 때나 살았을 때나 이런 것들에 대해 나보다 훨씬 더 많이 알고 있었기에, 진심으로 권위와 만족을 보이며 이렇게 말했다(너무 뻔한 얘기인 것치고는 자못 오만한 감이 없지 않았지만). "하지만 닐,"(닐은 내 이름이다. 입양 당시 출생신고서에 그렇게 쓰여 있었다고 한다) "당신이 구조적으로 기만적이고 교활하고 자신이 진정 누구인지에 대해서 정직할 수 없는 사람이라면, 방금 전에는"(아까와 지금 사이의 그 짧은 순간에 내 머릿속을 스쳐간 내용 중 극히 일부를 설명하기 위해 소비된 언어가 그렇게 많았음에도 불구하고, 그건 방금 전에 일어난 일이다) "어떻게 기만적인 행위와 논쟁을 그만두고 자신이 누군지에 대해 나에게 정직할 수 있었던 것인가요?" 결국 선생의 위대한 논리적 결론이란 내 예측과 다르지 않았던 것이다. 나는 선생의 비눗방울을 터뜨리지 않으려고 잠시 동안 그의 얘기에 동조하는 척했지만, 속으로는 크나큰 절망을 느꼈다. 그도 다른 모든 사람과 마찬가지로 다루기 쉽고 속이기 쉬운 사람임을, 내가 스스로 주조한 기만과 불행의 덫에서 빠져 나오도록 도움을 줄 일말의 가능성이라도 있으려면 필요한 화력 비슷한 것도 그에게는 없다는 사실을 알아차렸기 때문이다. 내가 기만적인 인간이라고 고백한 것과 나를 특별하고 통찰력 있는 사람으로 보도록 하기 위해 지난 몇 주 동안 선생과 논쟁을 하면서 시간을 낭비했다고 실토한 것 자체가 사실은 의도한 것이었기 때문이다. 선생이 개업의로서 살아남은 걸로 미루어 봤을 때 그가 사람에 대해 아무것도 모르거나 완벽하게 둔할 수는 없다고 생각했고, 따라서 상담하는 첫 몇 주 동안 내가 엄청나게 펜싱을 해댔던 것과 내가 자행했던 모든 잘난 척을 그가 눈치채고 있었다고, 그래서 그에게 나에 대한 특정한 인상을 심어주어야만 하는 나의 명백하게 절박한 욕구에 대해 선생이 어느 정도 결론을 내렸다고 합리적으로 가정할 수 있겠다고 생각했다. 그리고 선생이, 내가 내면의 공허함에 대한 보상 심리로 평생 동안 사람들의 관심을 끌고 그들이 나를 생각하는 방식을 조종하기 위해 애써온, 기본적으로 텅 비고 불안정한 인간임을 간파했으리라고 완전히 확신할 수는 없었지만 그럴 가능성이 있다는 데 기대를 걸었었다. 그런 유형의 인간성이 엄청나게 드물거나 전례가 없는 것도 아니니까. 그러니까 내가 겉으로는 '정직하게' 굴며 스스로를 진단해 보이기로 마음먹었던 건 실은 내가 별날 정도로 예리하고 자각이 뛰어난 환자라는 사실을, 그가 내가 이미 알고 있지 않거나 오히려 매 순간 그에게 심어주고자 하는 특정한 이미지나 인상을 자아내기 위해 전략적으로 전용하시 못할 것을 나에게서 보게 되거나 진단을 내리게 될 확률은 매우 낮으리라는 사실을 알려주기 위해 취한 작전상의 한 수에 지나지 않았다. 결국 그가 가졌다고 자부하는 저 위대한 통찰력—여기에는 내가 그에게 솔직할 수 있었다는 사실이 나는 솔직할 수 없다는 주장과 논리적으로 모순되기 때문에, 나의 기만성이 내가 주장하는 것만큼 철저하고 가망 없을 수는 없다는 표면적이고 일차적인 함의가 내포되어 있었다—은 나 스스로는 올바르게 파악하거나 해석할 수 없는 내 기저의 기질을 그는 분간해낼 수 있으며, 따라서 스스로를 완전히 기만적이라고 보는 내 관점이 갖는 모순을 지적함으로써 나를 덫에서 꾀집어내어줄 수 있다는 주장을 보다 큰 무언의 함의로 내포하고 있었다. 선생이 그토록 은근히 즐거워하며 신이 나서 도출해낸 혜안이라는 것이 뻔하고 피상적일 뿐 아니라 심지어 틀렸다는 사실—이 사실은 상대방이 조종하기 쉬운 부류임을 알게 됐을 때 어김없이 맥이 약간 풀리는 것처럼 우울한 것이었다. 기만의 역설로부터 도출되는 필연적인 결과는 바로 살면서 만나게 되는 모든 사람을 속이고 싶다는 마음이 있는가 하면, 또 한편으로는 도저히 속일 수 없는 호적수 혹은 맞수를 만나고 싶다는 마음을 항상 갖게 된다는 것이다. 하지만 이건 한 가닥 마지막 희망 같은 거였다. 그 전까지 엄청나게 많은 시도를 했지만 소용없었다고 앞서 얘기한 바 있다. 그러니까 '우울하다' 같은 말로는 사실 도저히 표현이 안 된다. 게다가 심지어 그에게서 도움을 받아 덫에서 벗어나보려고 돈까지 내고 있는데, 이 양반은 그에 합당한 지적 화력을 갖추지 못하고 있음을 내게 입증해보인 셈이다. 그래서 나는 앞으로 일주일에 두 번씩 돈 쓰고 시간 써가며 차 끌고 리버 포레스트까지 가서 선생이 눈치채지 못할 방식으로 교묘하게 그를 갖고 놀면서, 내가 스스로 생각하는 것보다는 덜 기만적이라고 생각하게 만들고 그의 상담이 내가 점차 이 사실을 깨닫는 데 도움을 주고 있다고 믿게 만드는 일이 무슨 의미가 있을지 생각해보았다. 즉, 앞으로의 상담은 나보다 선생에게 더 이득이 될 거고, 내 입장에서는 그 또한 평소와 다름없는 기만일 터였다.

지루하고 개략적이긴 했지만, 내 머릿속이 어떠했는지에

대해 당신이 최소한 감은 잡았으리라 본다. 다른 건 몰라도 이렇게 사는 게 얼마나 진 빠지고 유아唯我적인지는 알게 됐을 거다. 게다가 나는 평생 동안, 내가 기억할 수 있는 한, 적어도 네 살 이후부터 죽 이런 식이었다. 이런 인간으로 산다는 건 정말 바보 같고 자기중심적인 존재 방식이라는 사실도 당신은 분명 알아챌 수 있으리라 생각한다. 바로 이 점에 있어서 선생이 도출한 혜안이 갖는 가장 깊숙한 무언의 궁극적인 함의—즉, 내가 나라고 믿고 있는 사람이 실제로는 진정한 나와 완전히 동떨어져 있다는 것—가, 나는 틀렸다고 생각했지만, 실은 옳았다. 비록 내가 자신의 도움 없이는 스스로 이해하지 못할 모순을 설명해주고 있다고 믿게끔 어리바리하게 구는 내 앞에서 엄지와 검지로 수북한 콧수염을 쓰다듬으며 뒤로 젖힌 의자에 한껏 기대어 앉은 거스태프슨 선생이 도출해낸 이유 때문에 옳은 것은 아니었지만.

이후 몇 차례의 상담에서는 또 어떤 식으로 어리바리한 모습을 보였냐면, 선생이 내린 낙관적인 진단(에는 사실 관심이 없었는데, 그때쯤에는 이미 거스태프슨 선생에 대해 포기하다시피 한 상태로, 나를 발견할 사람에게 혐오감을 일으킬 만한 난장판을 만들지 않고 고통 없이 자살할 다양한 방법을 궁리하기 시작하고 있었다)에 대한 반발로 계산 없고 진심 어린 진정성을 추구할 때조차 기만적이었던 나의 여러 가지 행태를 일일이 열거했다. 그걸 여기서 다시 반복하지는 않겠다. 요는 (모든 정신분석가들이 좋아하는) 어린 시절로까지 거슬러 올라가서 과장을 늘어놓았다는 거다. 선생이 이걸 어디까지 받아줄지 어느 정도 궁금하기도 했다. 일례로 내가 진심으로 야구를 좋아하던 때에 대해 이야기했다. 저 멀리서 물을 뿌려대는 스프링클러 냄새와 풀냄새, 그리고 "타자 새끼들 다 덤벼"라고 외치며 글러브를 팡팡 칠 때 주먹에 전해지는 느낌과 경기가 시작할 무렵 크고 낮게 걸려 있던 부어오른 붉은 태양과 후반 이닝에 접어들어 석양이 붉어지면 찰그랑 하며 켜지던 아크등을 사랑했다고 말했다. 리전 유니폼을 다릴 때 피어오르던 증기와 깨끗한 탄내의 느낌, 슬라이딩하는 순간의 느낌과 그때 풀썩 피어올라 다시 내 주위에 온통 내려앉던 모래 먼지, 반바지 차림에 고무 조리를 신은 학부모들이 스티로폼 아이스박스와 간이 의자를 설치하고, 어린아이들이 백네트에 손가락을 걸거나 파울 공을 쫓아 달려가던 장면. 심판의 애프터셰이브 냄새와 땀 냄새와 허리를 굽혀 홈베이스를 쓸 때 사용하던 자그마한 솔. 그리고 무엇보다도 무한한 자신감을 갖고 타석에 올라서던 순간, 가슴 윗부분 어딘가에서 태양이 이글거리는 것 같던 그 느낌. 그런데 불과 열네 살 정도밖에 되지 않았을 때 이 모든 것들이 사라졌고, 타율에 대한 집착과 전국 시합에 다시 출전할 수 있을지에 대한 걱정만이 남았다고, 저녁때 있을 시합에서 반드시 잘해야 한다는 강박에 사로잡혀서, 다리미판 앞에 서 있으면 생각할 시간이 너무 많았기 때문에 경기를 망칠까봐 근심에 잠기는 나머지 시합 전에 유니폼을 다리는 것조차 싫어하게 됐다고. 다리미의 끌끌거리는 한숨 소리와 버튼을 누르면 피어오르는 스팀 특유의 냄새도 더는 느끼지 못했다고. 요컨대 모든 것들의 가장 좋은 부분을 내가 모두 망쳐버렸다고 얘기했다. 때로는 내가 지금 잠을 자고 있으며, 이 모든 건 현실이 아니고, 어쩌면 어느 날 갑자기 무슨 행동을 하다 중간에 불쑥 깨어날지도 모른다는 느낌이 든다고. 이게 바로 네이퍼빌의 은사주의 교회에 간다든지 하는 행동을 했던 이유이기도 한데, 이러한 기만의 안개에 갇혀 사는 대신 영적으로 깨어나고자 했던 것이다. "진리가 너희를 자유케 하리라"라는《성경》구절도 있잖은가. 비벌리-엘리자베스 슬레인은 이때를 나의 '광신도' 시기라 불렀다. 내가 찾아갔던 은사주의 교회는 거기서 내가 만난 교구민과 신도들에게 진정으로 도움이 되는 것 같아 보이기도 했다. 겸허하고 헌신적이고 베풀 줄 알던 그들은 개인적인 보상에 대한 기대 없이 제단을 새로 만들기 위해 쉴 틈 없이 봉사하며 시간과 재물과 노동력을 바쳤다. 새로 제작하는 제단에는 두꺼운 유리로 된 거대한 십자가가 세워질 예정이었는데, 십자가 가로대에 물을 채우고 산소를 공급하고 여러 종류의 예쁜 물고기들을 넣어 불을 밝힌다는 계획이었다. (물고기는 은사주의 신도들에게 그리스도를 상징하는 중요한 상징이다. 교회에서 가장 헌신적으로 활발히 참여하는 신도들은 자동차에 글씨나 다른 무늬 없이 선 하나로 물고기 윤곽선을 그린 스티커를 붙이고 다녔다. 이와 같은 과시의 결여는 나에게 격조 높고 진심 어린 행동으로 보여 크게 감명을 주었다.) 하지만 이 경우에도 진실을 말하자면, 영적으로 깨어나 기만적인 인간이 아닌 사람으로 살고 싶어서 교회에 나간 내가 하루아침에 열렬한 헌신과 적극성으로 신도들을 사로잡고 싶어 안달 난 인간으로 변모했다. 나는 헌금 봉사에 자원했고,《성경》공부 모임에 단 한 번도 빠지지 않았고, 수족관 제단 제작을 위해 기금을 모금하는 위원회와 가로대에 구체적으로 어떤 비품을 사용하고 어떤 물고기를 넣을지 결정하는 위원회에 둘 다 소속되어 활동했다. 그뿐만 아니라 맨 앞자리에 앉아서 제일 큰 목소리로 대답했고, 성령이 내게 강림했음을 보여주기 위해 누구보다 열정적으로 두 손을 들고 흔들었다. 게다가 방언으로—주로 '더'와 '그' 소리로만—기도하며, 물론 진짜로 방언을 구사한 것은 아니었고, 주위의 모든 신도들에게 성령이 강림하여 다들 방언을 했기 때문에 나도 방언을 할 줄 아는 척했을 뿐이지만, 열병 같은 흥분에 도취되어 나 자신조차도 속아서 나에게 성령이 강림했으며 실제로 방언으로 기도하고 있다고 믿게 되었는데, 사실은 '더가 머글 어글 더글'이라고 반복해서 소리쳤던 것일 뿐이었다. (다시 말하면, 나 자신을 다시 태어난 사람으로 보고 싶은 마음이 너무 간절했던 나머지 내가 지껄이는 말이 진짜 언어이며 성령이 불가항력적인 힘처럼 나를 관통하는 느낌을 표현하는 데 단순한 영어보다 덜 기만적이라고 굳게 믿은 것이다.) 이 상태가 한 네 달 갔다. 손두덩으로 신도들의 이마를 건드리며 회중석을 걸어 내려오던 스티브 목사가 내 이마를 건드렸을 때 뒤로 나

자빠졌음은 물론이다. 내 양옆에 앉은 사람들처럼(그중 한 명은 기절까지 해서 소금으로 정신을 차리게 해야 했을 정도였다) 진짜로 성령이 강림해서 자빠졌던 건 아니다. 그러다 어느 수요일 저녁 찬양 예배를 마치고 주차장으로 걸어가던 중 불현듯 스스로를 속여 먹던 걸 멈추고, 근 몇 달 동안 내가 심지어 교회에서까지 얼마나 기만적으로 행동했는지, 내가 한 말과 행동은 모두 진실한 신도들이 그렇게 하니까, 또 다른 사람들이 나를 진실한 사람이라 생각하기 바랐기 때문에 한 것이었을 뿐임을 깨닫는 자각이라 해야 하나 명료함이라 해야 하나, 여하튼 그런 섬광을 경험하는 순간이 찾아왔다. 그동안 스스로를 어떻게 속여왔는지가 너무나 선명하게 보여 뒤로 자빠질 정도였다. 나는 할버슈타트 집사 부부가 전도를 목적으로 난데없이 우리 집 문을 두드리고 교회에 한번 나와보라고 설득하기 전보다 교회에 나간 뒤에 새로 태어나 진실한 사람이 됐다고 떠벌리며 훨씬 더 기만적인 인간이 되었다는 사실을 깨달았다. 교회에 가기 전에는 적어도 스스로를 속여 먹지는 않았다.—적어도 열아홉 살부터는 내가 기만적인 인간임을 알고 있었지만, 적어도 그땐 기만을 인정하고 직시할 줄 알았고, 내가 나 아닌 다른 무언가라고 나 자신에게 구라를 치지는 않았다.

　이 모든 것은 거스태프슨 선생과 벌인 기만에 관한 길고 긴 가짜 논쟁에서 내가 제시한 사례였는데, 그걸 여기서 자세히 거론하기에는 시간이 너무 많이 걸릴 것이기에 그중 눈길을 끄는 몇 가지만 말한 것이다. 닥터 G.와는 종종 예약된 시간을 넘기며 몇 차례의 상담에 걸쳐 내가 진짜 사기꾼인지 아닌지에 관해 설왕설래를 하는 식에 가까웠는데, 그러면서 그에게 장단을 맞춰주고 있다는 사실 때문에 스스로에게 갈수록 넌더리가 났다. 상담이 그쯤 진척된 시점에서는 이미 선생이 바보이거나 아니면 적어도 사람에 대한 통찰력이 매우 한정적이라는 결론을 내린 상태였다. (눈에 거슬리는 콧수염과 콧수염을 끊임없이 만지작거리는 행위도 그냥 넘어가기 어려운 문제였다.) 그는 기본적으로 자신이 보고 싶은 것만 보았다. 이런 유의 사람에게 내가 원하는 인상이나 생각을 심어주기란 식은 죽 먹기였다. 예를 들면, 조깅을 시도했을 때는 차를 타고 지나가는 사람이 있거나 앞마당에 나와 구경하는 사람이 있을 때마다 더 빨리 달리고 더 힘차게 팔운동을 하지 않을 수 없어서 결국 뼈 돌기가 생겨 조깅을 그만두어야 했다고 얘기했다. 그리고 최소한 두세 차례의 상담에 걸쳐 세틀먼 앤 돈사社에 다니던 멀리사 베츠의 권유로 시작한 다우너즈그로브 주민센터의 명상 입문 수업에 관해 얘기했다. 나는 수업 시간에 매번 다른 수강생들이 모두 포기하고 진저리를 치며 머리를 부여잡고 매트 위에 드러누운 뒤에도 한참후까지 순전히 의지의 힘으로 등을 똑바로 펴고 가부좌를 틀고 앉아 조금도 움직이지 않으려 애썼다. 체구가 작은 갈색 피부의 강사가 첫 시간부터 수강생들에게 서양인들은 대부분 정지 상태와 마음 챙김의 집중 상태를 몇 분만 유지해

도 몸이 들썩거리고 거북해서 참을 수 없게 된다며, 처음에
는 10분 동안만 정지 자세를 유지하라고 말했음에도 불구하
고 나는 언제나 무릎과 등 아래쪽이 불에 타는 것 같고 곤
충 떼들이 두 팔을 기어 다니다 정수리를 뚫고 발사되는 것
같은 느낌을 참으며, 하부 횡격막으로 프라나*를 호흡하는
데 집중하면서 완벽한 정지 자세를 누구보다도 오래, 어떤
때는 30분까지도 유지했는데—마스터 구르프리트는 얼굴에
속내를 드러내지 않은 채 경의를 표하듯 허리를 깊숙이 굽혀
인사하고는, 내 자세가 평온한 마음 챙김의 상태를 보여주는
살아있는 조각상 같았다며 깊이 감명받았다고 말했다. 문제
는 다음 수업 전까지 집에서 각자 연습해와야 했는데, 이걸
혼자서 하려고 하면 정지 자세를 취한 채 호흡을 따라간 지
몇 분 되지 않아 피부 밖으로 기어나가고 싶은 느낌을 받아
그만둘 수밖에 없었다는 것이다. 나는 수업 시간에 다 함께
있을 때만, 내가 감명시킬 다른 사람들이 있을 때만 그 말도
못하게 거북하고 지독한 느낌을 참으며 겉으로 평온과 마음
챙김의 상태를 가장할 수 있었다. 수업 시간에도 사실은 프
라나를 좇는 데 집중했다기보다는 완벽한 정지 상태로 올바
른 자세를 취하고서 혹시라도 누군가 몰래 눈을 뜨고 둘러
볼 때를 대비하여 무척이나 평화롭고 명상적인 표정을 짓는

---

* 산스크리트어로 호흡, 숨결을 의미하는 말로, 인도 철학에서 신체 활력의 '기
(氣)'를 가리킴.

데 집중했다. 그리고 마스터 구르프리트가 나를 계속 특별하다고 생각하도록 만드는 데, 나를 계속해서 일종의 수업 시간 별명처럼 되어버린 '조각상'이라고 부르게 만드는 데 골몰했다.

마지막으로, 마지막 몇 번의 수업 시간 동안 마스터 구르프리트는 우리에게 정지 자세를 취하고 어렵지 않게 집중할 수 있는 시간만큼만 집중하라고 지시한 다음, 한 시간쯤 지난 뒤에 조그마한 은색 물건으로 작은 종을 쳐서 명상 시간이 끝났음을 알리곤 했는데, 한 시간 내내 정지 상태를 취하고 집중한 사람은 수업에 항상 명상 전용 벤치를 가지고 다니던 삐쩍 마르고 창백한 여자 한 명과 나밖에 없었다. 다만 나는 명상을 하던 중 몇 번이나 갑갑하고 안절부절못하겠는데다가 눈꺼풀 안쪽에서 형형색색의 색방울들이 거푸거푸 터지는 동시에 밝고 푸른 불꽃이 척추를 타고 올라가다 아무에게도 보이지 않게 정수리를 뚫고 발사되는 느낌을 받아 당장이라도 소리를 지르며 벌떡 일어나 창문 밖으로 곤두박질칠 뻔했다. 심화 명상이라는 다음 단계 수업에 등록할 기회가 있었던 마지막 시간에 마스터 구르프리트는 수강생 몇 명에게 명예 수료증을 수여했는데, 내가 받은 수료증에는 내 이름과 날짜와 "조각상: 명상 챔피언, 가장 인상 깊은 서양인 수강생"이라는 글귀가 까만색 캘리그래피로 멋들어지게 새겨져 있었다. 나는 그날 밤 잠이 든 뒤에(결국에는 일종의 절충안으로서 밤에 잠자리에 누워 잠이 들기 전까지 면밀히 호흡을 좇는 것으로 명상 훈련을 하고 있다고 자위했다. 이는 실로 효과적인 수면 유도 행위이기도 했다) 잠자는 동안 공원에 있는 조각상 꿈을 꾸고서야 비로소 마스터 구르프리트가 사실은 처음부터 내 속내를 간파하고 있었고, 내게 준 수료증은 실제로는 나에 대한 은근한 힐난이나 농담이라는 점을 깨달았다. 그러니까 그는 내게, 내가 사기꾼이라는 사실과 내가 마음을 모으고 진정한 내적 자아를 존중할 수 있도록 머릿속으로 끊임없이 남들에게 잘 보이려는 계략을 꾸미는 짓을 잠재우기를 시작도 하지 못했다는 사실을 자신이 알고 있다고 알려준 것이었다. (물론 마스터 구르프리트는 내게 실제로 진정한 내적 자아라는 건 존재하지 않는 것과 같다는 사실과 내가 진실해지려고 노력하면 할수록 속으로는 더 공허하고 기만적인 느낌을 가지게 될 뿐이라는 사실까지는 간파하지 못했는데, 이 사실은 거스태프슨 선생과 상담을 시도하기 전까지는 아무에게도 말한 적이 없었다.) 꿈속에서 나는 오로라시에 있는 공원 시계탑 옆 퍼싱 탱크가 전시된 곳에 있었다. 거기서 나는 쇠로 된 커다란 조각칼과 카니발에 가면 커다란 온도계처럼 생긴 기구의 맨 위에 있는 종을 치라고 주는 것만 한 망치를 들고 대리석인지 화강암인지로 내 모습을 엄청나게 크게 조각하고 있는데, 조각을 다 만들고 나서는 커다란 연단 혹은 강단 위에 조각을 올려두고선 그걸 마냥 닦으면서 새들이 그 위에 앉거나 똥을 싸지 못하도록 쫓아내고 주변 쓰레기를 치우고 연단 주위의 잔디를 정리하고 하염없이 그러고만 있는 거다. 꿈속에서는 해와 달이 자동차 와이퍼처럼 하늘에 뜨고 지기를 반복하면서 내 삶이 그렇게 순식간에 흘러가는데, 나는 자지도 않고 먹지도 않고 씻지도 않고(이 꿈은 깨어 있을 때의 연대기적인 시간이 아닌 꿈속 시간으로 흐른다) 평생을 조각상 관리인의 삶을 살도록 선고받은 거다. 꿈이 그렇게 미묘했다거나 해석하기 어려웠다는 건 아니다. 편과 마스터 구르프리트, 명상 의자를 가지고 다니던 거식증 여자와 진저 맨리에서부터 회사 사람들과 우리에게 광고 시간을 판매하는 미디어 영업 담당자들(이때만 해도 아직 미디어 바이어로 일하고 있었다)이 모두 내 옆을 지나쳐 가고, 이 가운데 몇 명은 여러 번 지나가기도 했는데—그러다 한번은 멀리사 베츠와 그녀의 새로 생긴 약혼자가 조각상 그늘 아래에 돗자리를 깔고 일종의 소풍을 즐기기까지 했다—그들 중 내 쪽을 보거나 말을 거는 사람은 아무도 없다. 그건 말할 것도 없이 기만에 관한 꿈이었다. 예를 들어, 무대 위에서는 인기 많은 팝 가수인 내가 실은 무대 아래에 있는 전축에서 흘러나오는 부모님의 낡은 마마스 앤 파파스 레코드판에 맞추어 립싱크를 하고 있는데 아무리 애를 써도 도무지 얼굴을 볼 수 없는, 정체를 알 수 없는 누군가가 레코드판을 튀게 하려는 듯 혹은 스크래치를 내려는 듯이 판 위로 자꾸만 손을 갖다 대는, 온몸이 오싹해지는 그런 꿈과 비슷했다. 이런 꿈들의 의미를 파악하기는 어렵지 않았다. 그건 나는 속이 텅 비고 기만적인 인간이며 이 모든 제스처 놀이가 결딴나는 것은 시간문제일 뿐이라는 내 무의식의 경고였다. 어머니가 아끼던 또 다른 앤티크 제품으로 어머니가 자신의 외할아버지에게서 물려받은 은제 회중시계가 있었는데, 뚜껑 안쪽에 라틴어로 '레스피케 피넴RESPICE FINEM*'이라고 새겨져 있었다. 돌아가시고 난 다음, 어머니가 그걸 내게 물려주길 원했다는 아버지의 말을 듣고서야 나는 이 문구의 뜻을 찾아볼 생각을 했고, 찾아보고 나서는 마스터 구르프리트에게서 받은 수료증의 의미를 깨달았을 때와 마찬가지로 온몸이 오싹해지는 느낌을 받았다. 조각상 꿈이 악몽같이 끔찍했던 가장 큰 이유는, 공원에서 태양이 하늘을 쏜살같이 왕복하던 방식과 내 인생 전체가 흩날려 지나가던 그 무서운 속도 때문이었다. 그 꿈은 명상 강사가 처음부터 나를 꿰뚫어 봤다는 사실을 무의식이 내게 알려주는 방식이었다. 그 사실을 깨닫고 나자 심화 명상 수업에 참석할 마음이 싹 사라졌고, 수업료를 환불받으려는 시도를 하기조차 너무나 민망했다. 하지만 동시에 마스터 구르프리트가 내 멘토 혹은 스승이 되어 내가 명상을 통해 내적 자아를 찾을 수 있도록 온갖 종류의 불가사의한 동양의 테크닉을 전수해주는 상상을 하기도 했다. …

… 기타 등등, 기타 등등. 더 이상의 사례는 생략하도록 하겠다. 내가 지금까지 경험한 모든 연애 관계에서 여자들에게—여성들에게라고 해야겠지만—행한 말 그대로 셀 수 없

---

* '끝을 생각하라'는 뜻.

이 많은 기만행위나, 직장에서 자행한 믿을 수 없을 만큼 어마어마한 기만과 계산적인 행동—소비자들을 조종하고 우리 회사의 전략이 소비자들을 조종하기에 가장 뛰어난 방안이라고 믿도록 고객을 조종하는 행동뿐 아니라 상사가 믿고 싶어 하는 바(자신이 부하 직원보다 똑똑하고, 바로 그렇기 때문에 자신이 상사의 자리에 있는 것이라는 믿음을 포함하여)를 파악한 후, 상사가 원하는 대로 행동하되 아주 교묘한 방식으로 나를 아첨꾼 혹은 예스맨(상사들은 자신이 예스맨을 원하지 않는다고 믿고 싶어 한다)이 아닌 의지가 강하고 독자적으로 사고하는 사람인 동시에, 때때로 그들의 우월한 지능과 창조적인 화력에 별 수 없이 고개를 숙이는 부하 직원으로 보도록 만드는 사내 정치에 대해서도 말하지 않도록 하겠다. 회사 전체가 거대한 기만의 발레단이자 내가 이미지를 조작하는 능력에 대해 다른 사람이 갖는 이미지를 조작해야 하는, 그야말로 거울의 방이었다. 그리고 나는 그걸 무척 잘해냈다. 잊지 마시라, 내가 그곳에서 승승장구했다는 사실을.

거스태프슨 선생이 콧수염을 만지고 쓰다듬는 데 들인 엄청난 시간으로 보아 선생은 자신이 그런 행위를 하고 있음을 인지하지 못했고, 사실은 그 행위를 통해 콧수염이 아직 거기에 있음을 확인하여 스스로를 안심시키고 있다는 걸 알 수 있었다. 이건 불안을 노골적으로 표출하는 습관이라고 볼 수 있는데, 수염이 2차 성징의 일환이라는 사실을 생각해보면 선생은 콧수염을 쓰다듬는 행위를 통해 다른 무언가가 떨어지지 않고 그대로 있다고 스스로를 무의식적으로 안심시키고 있는 것이었다. 내가 무슨 말을 하는 건지 알지 모르겠지만. 이는 선생이 상담을 끌고 가려는 전반적인 방향이 남성성의 문제와 내가 스스로의 남성성(다른 말로 하면 나의 '남근')을 어떻게 이해하고 있는지였다는 걸 알게 됐을 때 그게 그렇게 놀랍지 않은 이유 중 하나였다. 이는 또한 벽에 걸려 있던 길 잃은 여자가 기어가는 그림과 고환처럼 생긴 물체가 기형적으로 그려진 그림에서부터 책상 위쪽 선반에 놓여 있던 아프리카 혹은 인도의 작은 북과 (그 가운데 몇 개는) 과장된 성적 특징을 지닌 작은 조각상들, 거기다가 파이프와 쓸데없이 큰 결혼반지, 어린아이가 어질러놓은 것처럼 지나치다 싶을 정도로 어수선한 진료실까지 그 의미를 모두 해명하는 데 도움이 됐다. 선생에게 무의식적으로 묻어두고 스스로에게 확신을 주기 위해 노력하고 있는 심각한 성적 불안과 아마도 일종의 동성애적 혼란이 있다는 사실이 확실해 보였다. 그렇게 하기 위해 그가 택한 방법은 자신의 불안을 환자들에게 투사하여 그들이 미국 문화는 어린 시절부터 비할 데 없이 야만적이고 소외적인 방식으로 남성들을 세뇌시켜 소위 '진짜 남자'라 일컬어지는 것에 대해 각종 해로운 믿음과 미신—조화 대신 경쟁을 우선시하고, 무슨 일이 있어도 남을 이기고, 지성 또는 의지를 통해 타인을 지배하는 강한 남자, 진짜 감정을 드러내지 않고, 타인이 자신을 진짜 남자로 생각할 때만 스스로의 남근에 확신을 가지며, 오직 성취를 통해서만 스스로의 가치를 판단하는 남자, 커리어나 수입에 집착하면서 자신이 끝없이 평가받고 있다고 혹은 전시되어 있다고 느끼는 남자—을 갖게 한다고 믿도록 만드는 거였다. 이는 상담 후반부, 그러니까 내가 그때까지 기만적으로 행동한 갖가지 사례를 말하면 선생은 매번 이것이야말로 내가 (선생에 따르면 나의 불안이나 남성적 공포로 인해) 스스로 인정하는 것보다 훨씬 더 진실할 수 있는 능력을 가지고 있다는 증거라며, 수치스럽고 기만적인 사례라고 생각하면서도 이를 실토했다는 사실을 과하게 치하하는 일이 반복되는 끝나지 않을 것 같던 시기를 지난 다음이었다. 게다가 이미 그때부터 선생의 몸속에서 크고 있던 암이 다름 아닌 결장—직장 바로 옆에 붙어 있는 수치스럽고 더럽고 비밀스러운 그곳—에 있었다는 사실도 우연 같지 않아 보였다. 직장이나 결장 같은 곳에서 비밀스럽게 '이질적인 종양을 키우고 있다'는 사실 자체가 동성애를, 그리고 공개적으로 동성애자임을 인정하는 것은 질병 및 죽음과 동일하다는 억압적인 신념을 노골적으로 상징한다고 본다면 말이다. 거스태프슨 선생과 내가 둘 다 죽고 난 다음 선형적인 시간 밖에 존재하면서 극적인 변화의 과정을 겪고 있을 때 이 문제를 두고 둘다 실컷 웃었음은 물론이다. (덧붙이자면, 여기서 '시간 밖'이라는 말이 반드시 비유적인 표현은 아니다.) 상담이 이쯤 진척되었을 무렵에 나는 고양이가 다친 새를 가지고 놀 듯이 선생을 가지고 놀았다. 이때 나에게 자존감이 단 1그램이라도 있었다면 당장 상담을 그만두고 다우너즈그로브 주민센터로 돌아가서 마스터 구르프리트에게 자비를 구했을 거다. 마스터 구르프리트는 내가 만났던 한두 명의 여자를 빼고는 내 기만의 핵을 꿰뚫어 본 유일한 사람이었던데다, 나에게 이것을 알려주던 무척 건조하고 완곡한 방식에서 그가 나를 꿰뚫어 보았다는 사실을 내가 알아챘는지에는 일말의 관심도 두지 않는 일종의 평온한 무관심을 엿볼 수 있었는데, 그게 무척 진실하고 인상 깊었기 때문이다. 마스터 구르프리트는 흔히 말하듯 남들에게 뭔가를 증명해 보일 필요가 없는 사람이었던 거다. 하지만 나는 그러지 않았다. 대신 스스로를 속이면서 아홉 달 가까이 일주일에 두 번씩 거스태프슨 선생을 찾아가기를 그만두지 않았고(끝 무렵에는 암 선고를 받은 선생이 매주 화요일과 목요일에 방사선 치료를 받아야 했기 때문에 일주일에 한 번만 갔다), 그러면서 주변 사람들이 그 불끈 솟은 '조각상'에 감탄하도록 조종하는 짓을 그만두고 진실해지는 길을 찾기 위해 도움받을 곳을 찾고 있는 중이라고 자위했다.

그렇다고 선생이 했던 말이 하나도 흥미롭지 않았다거나 기본적인 문제를 바라볼 때 취할 수 있는 유용한 모델 혹은 관점을 제시하지 않았다고는 할 수 없다. 예를 들면, 그가 상정하는 기본 전제 중 하나는, 그러니까 사람이 세상을 향해 취할 수 있는 기본적이고 근본적인 태도는 (1) 사랑 (L), (2) 공포(F), 이 두 가지 밖에 없고 이들은 공존할 수 없다는 것이었는데(논리학 용어를 사용하면, 두 영역은 전체를 포괄하고 상호 배타적이라는, 즉 두 집합에는 교집합이 없고 둘의 합집합은 존재하는 모든 원소를 포함한다는 것이다. 이를 수식으로 표현하면 '$(\forall x)((Fx \rightarrow \sim(Lx)) \& (Lx \rightarrow \sim(Fx))) \& \sim((\exists x)(\sim(Fx) \& \sim(Lx))$'와 같다), 그러니까 인생의 하루하루는 이 두 주인 중 하나를 섬기는 데 사용되고 있고, 여기서 다시 《성경》을 인용하면 "한 사람이 두 주인을 섬기지 못할" 것이며, 미국이라는 나라가 자국의 남성들에게 고착화시킨 경쟁적이고 성취 지향적인 남성성이라는 개념이 해로운 이유는 진실한 사랑을 불가능에 가깝게 만드는 지속적인 공포의 상태를 낳았기 때문이라는 것이다. 즉, 미국인 남성이 사랑이라고 간주하는 것은 대개의 경우 단지 남의 눈에 특정한 방식으로 보이길 원하는 욕구에 불과한데, 그러니까 오늘날의 남성들이 '기대에 부응하지 못하는 것not measuring up'(거스태프슨 선생의 말을 인용한 것인데, 분명 말장난의 의도는 없었다*)을 끊임없이 두려워한 나머지 스스로의 불안을 완화시키기 위해 자신들의 남성적 '타당성'(이는 공교롭게도 형식논리학에서 사용하는 용어이기도 하다)을 남들에게 설득하는 데 시간을 모두 소비하기 때문에 진정한 사랑이 불가능에 가까워진다는 거다. 이 공포를 단지 남성만의 문제로 보는 것은 문제를 지나치게 단순화하는 감

---

* '(to) measure up'에는 '기대에 부응하다'는 뜻 외에도 '(성기가) 충분히 크다'는 함의가 있다.

이 없잖아 있지만(기회가 된다면 여자들이 체중계 위에 올라가는 모습을 한번 보라) 앞서 말한 두 주인이라는 개념에 있어서 결국 거스태프슨 선생이 옳을 뻔했고—비록 자신의 진짜 정체성을 혼동하던 생전에 그가 믿던 바 그대로는 아니었지만—그래서 선생과 논쟁을 벌이는 척하거나 그가 유도하고자 하는 방향을 이해하지 못하는 척하면서도 불현듯 내 문제의 진짜 근원은 기만이 아니라 타인을 진정으로 사랑하는 능력의 결여에, 양부모님과 편과 멜리사 베츠, 그리고 1979년 오로라웨스트 고등학교의 진저 맨리까지도 진심으로 사랑할 수 없는 데 있는 게 아닐까라는 생각에 사로잡혔다. 진저 맨리는 내가 이제껏 진심으로 사랑한 유일한 여자라고 생각하곤 했던 사람인데, 그게 사실이라면 남성들이 성취나 정복을 사랑과 동일시하도록 세뇌당한다는 거스태프슨 선생의 상투적인 논리가 여기에도 적용되는 것이다. 하지만 실상은 진저 맨리는 나랑 끝까지 갔던 최초의 여자였을 뿐이고, 내가 그녀에게 느낀 말랑한 감정은 대부분 그녀의 바지를 완전히 벗기고 이른바 내 '남근'을 그녀 안에 넣는 것을 그녀가 마침내 허락했을 때 느낀 엄청나고 어마어마한 타당성에 대한 향수에 지나지 않았다. 동정을 잃고 나서 관계했던 여자에게 이러저러한 감정을 품고 미련을 갖는 것만큼 진부한 일도 없다. 혹은, 이건 핵심에 너무 다가가는 것 같아서 거스태프슨 선생에게 기만과 관련하여 털어놓은 적은 없는 것으로 기억하지만, 비벌리-엘리자베스 슬레인이 한 말이—비벌리-엘리자베스는 내가 미디어 바이어로 일할 당시 업무 외적으로 만나던 연구원이었는데, 관계가 끝나갈 무렵에는 갈등이 무척 많았다—맞는 것은 아닐까라고도 생각했다. 관계가 끝날 무렵 비벌리-엘리자베스는 사람을 빠르게 한번 스캔하는 것만으로 그 사람이 평생 동안 스스로에 대해 알 수 있는 것보다 훨씬 많은 정보를 파악할 수 있는 신형 초고가 의료 혹은 진단 장비에 나를 비유했다. 장비는 대상에는 관심이 없다. 장비의 입장에서 봤을 때 대상은 일련의 프로세스와 코드에 지나지 않는다. 기계가 파악하는 정보 자체는 기계에 아무런 의미를 갖지 않는다. 기계는 단지 해야 할 일을 제대로 할 뿐이다. 비벌리는 성격이 불같을 뿐 아니라 막강한 화력을 가지고 있어서 적으로 삼으면 좋지 않을 사람이었다. 그녀는 상대가 마치 풀어야 할 퍼즐이나 해결해야 할 문제라도 되는 듯이 날카롭고 꿰뚫어 보는, 그러나 관심이라곤 조금도 담겨 있지 않은 시선으로 자신을 보는 사람은 내가 처음이라고 말했다. 나 덕분에 가장 깊은 곳까지 꿰뚫려 진심으로 이해받는 것과 꿰뚫리면서 모욕당하는 것의 차이를 알게 되었다고 했다.—'덕분'이라는 말은 물론 빈정의 의미로 한 말이었지만. 이 중 일부는 감정적인 위악이었던 게, 그녀는 다리를 모두 불태우고 충격적인 말을 모두 내뱉어서 더는 화해의 여지없이 앞으로 나아가는 데 방해가 될 가능성이 소멸되기 전까지는 관계를 완벽하게 끝낼 수 없는 사람이었다. 그럼에도 불구하고 그녀의 말은 나를 꿰뚫었다. 나는 그녀가 편지에서 했던 말을 잊은 적이 없다.

기만적인 인간으로 사는 것과 타인을 사랑할 수 없는 것이 궁극적으로는 같은 것이라 하더라도(내가 아무리 멍석을 깔아줘도 거스태프슨 선생은 이러한 가능성에까지는 영 생각이 미치지 못했다), 진정으로 사랑하는 능력의 결여는 최소한 문제를 바라보는 또 하나의 모델 혹은 렌즈가 되었다. 게다가 처음에는 이게 공포를 심화하는 동시에 스스로에게 허락하지 않은 인정을 타인으로부터 얻기 위해 사람들을 조종하려는 욕구를 강화하는 자기혐오를 줄인다는 측면에서 기만의 역설에 대항할 만한 유력한 방법으로 보였다. (거스태프슨 선생은 인정이라는 말 대신 '타당화'라는 용어를 사용했다.) 이 시기가 내가 받은 정신분석 상담의 절정이었다고 할 수 있는데, 그 몇 주 동안은(이 중 두 주 정도는 거스태프슨 선생에게 모종의 합병증이 발발하여 입원해야 했기 때문에 그를 보지도 못했는데, 선생이 돌아왔을 때는 몸무게가 줄었을 뿐 아니라 총 질량의 어떤 핵심적인 부분까지 잃어버린 것처럼 보였고, 그 낡은 의자에 비해 몸집이 너무 커보이지도 않았으며, 의자 또한 여전히 삐걱거렸으나 예전처럼 시끄럽지는 않았고, 게다가 어수선하게 늘어져 있던 종이들이 대부분 정리되어 몇 개의 갈색 마분지 서류함에 담겨서 그 칙칙한 두 개의 그림 아래에 놓여 있었는데, 선생을 다시 보러갔을 때 어지럽던 것이 정리돼 있는 게 왠지 모르게 특히나 신경이 쓰이고 슬펐다) 네이퍼빌의 구세주 화염검 교회에서 실험해보던 초기의 자기 현혹의 시기 이후 처음으로 진정한 희망 같은 게 보였다. 이와 동시에 그 몇 주는 자살해야겠다는 결심이 서게 된 원인이었다고도 할 수 있다. 그렇게 된 연유를 말하려면 나의 내면에서 일어난 일들 중 상당 부분을 단순화하고 선형적으로 배치해야 한다. 그러지 않으면 그걸 그대로 고스란히 이야기하는 데만 문자 그대로 영원에 가까운 시간이 필요할 것이라는 데는 우리가 앞에서 이미 합의한 바 있다. 이쯤에서 말해두자면, 죽는다고 해서 말이나 인간의 언어가 의미나 관련성을 잃어버리는 것은 아니다. 그렇다기보다는 단어 하나 다음에 또 하나가 오는 식으로 시간의 제약을 받는 순서가 의미를 잃어버린다고 하는 것이 맞겠다. 혹은 그렇지 않다고도 할 수 있다. 설명하기가 좀 어렵다. 논리학 용어를 사용하면, 말로 표현되는 것의 '기수적' 특징은 그대로이되 '서수적' 특징은 달라지는 것이다. 다시 말하면, 수많은 말들 자체는 그대로지만 어떤 말이 먼저 오는지는 중요하지 않게 된다. 아니면 이제는 연속된 말들이 아니라 말들이 수렴하게 되는 극한이 중요하다고도 할 수 있다. 이걸 논리학 용어로 표현하고 싶은 유혹을 떨쳐버리기가 쉽지 않다. 논리학 용어는 추상적이고 만국 공통이라 어떠한 함의도 지니고 있지 않아 듣는 사람에게 아무런 감정을 불러일으키지 않기 때문이다. 아니면 이걸 상상해보라. 지구상의 모든 이들이 지금까지 내뱉은 모든 말과 심지어 속으로 한 생각까지 모두 한데 모이고 혼합되어 하나의 크고 즉각적인 소리로 폭발하는 거다. 여기서 '즉각적'이라는 표현이 전후의 다른 순간들을 함의하고 있기에 혼동이 될 수 있는데, 그건 또 아니다. 무언가를 보거나 깨달았을 때 경험하는 갑작스러운 내면의 섬광, 그러니까 섬광이나 에피파니나 통찰 같은 것과 비슷하다. 이게 단순히 당신이 과정 전체를 분해하여 언어로 재배열할 수 있는 것보다 훨씬 빨리 일어난다는 것만을 의미하는 게 아니라, 그 섬광이라는 것이 너무나 빨리 일어나기 때문에 그게 일어나고 있는 시간에 대한 인식을 할 시간조차 없는 것이다. 인식할 수 있는 것이라고는 전과 후가 있을 뿐이며, 후에는 종전과 전혀 다른 사람이 되어 있는 것이다. 이해가 될지 모르겠다. 여러 가지 다양한 관점에서 설명하고 있는데, 결국 다 같은 얘기다. 아니면 일어난 후에는 그것이 말 뭉치나 일련의 소리라기보다 어떤 식으로 빛을 배치해놓은 것에 가깝다고 볼 수도 있다. 그게 사실이기도 하고. 아니면 정리의 증명으로 볼 수도 있는데, 어떤 정리가 사실이라면 단지 정리를 발화한 순간에만 사실인 게 아니라 어디서나 어느 때나 사실이기 때문이다. 논리는 우리가 시간이라고 생각하는 무언가의 바깥에서 작용하며 또 완벽하게 추상적이기 때문에 결국 이를 논리학의 기호 체계로 표현하는 것이 가장 적절하다. 이렇게 표현하는 것이 실제와 가장 가깝다. 그렇기 때문에 논리적 역설이야말로 사람을 진짜 미치게 만드는 거다. 역사상 위대한 논리학자들 중 다수가 결국 자살로 생을 마무리했다는 것은 부인할 수 없는 사실이니까.

　　게다가 이러한 섬광은 언제 어디서 갑자기 일어날지 모

른다는 것을 염두에 두어야 한다.

베리의 역설을 예로 들어보겠다. 엄청난 화력을 지닌 논리학자들이 왜 이런 종류의 역설을 푸는 데 평생을 바치고도 벽에다가 머리를 찧게 되는지 당신이 알고 싶을 수도 있으니까. 이건 큰 수, 1조보다 크고 10의 1조 제곱의 1조 제곱보다 큰, 어마어마하게 큰 수와 관련된 예다. 이쯤 되면 그 수는 말로 표현하는 데만도 시간이 좀 걸린다. 예를 들어보면, '1조4030억의 1조 제곱의 값'을 표현하려면 음절이 열네 개나 필요하다. 감이 좀 잡힐 거다. 자, 이제 이렇게 한없이 큰 수 중에서 스물두 개 미만의 음절로 표현할 수 없는 가장 작은 수를 생각해보자. 여기서 발생하는 역설은, '스물두 개 미만의 음절로 표현할 수 없는 가장 작은 수'란 그 자체가 이미 그 수에 대한 표현인데, 이 표현에는 음절이 스물한 개밖에 없으므로 스물두 개 미만으로 표현이 된다는 것이다. 그럼 이제 어떻게 해야 하냔 말이지.

이와 동시에, 인과론적 측면에서 봤을 때는 자살을 결심하게 된 실질적인 계기가 닥터 G.가 퇴원한 뒤 다시 환자를 보기 시작하고 3주인가 4주가 지났을 무렵 주어졌다. 대부분의 사람에게 그 사건 자체가 원인치고는 도통 터무니없거나 김빠지는 일로까지 보일 수 있다는 것을 모른다고 하지는 않겠다. 그게 무슨 일이었냐면, 닥터 G.가 복귀한 뒤 8월의 어느 늦은 밤, 잠이 오지 않아서(코카인을 복용하던 시기 이후로는 그런 밤이 많았다) 우유인가 다른 음료인가를 한잔 마시며 텔레비전을 보면서 밤늦은 시간에 흔히들 그러는 것처럼 리모컨으로 케이블 채널을 되는대로 왔다 갔다 하고 있었는데, 우연히 〈치어스*〉의 시리즈 후반부 에피소드 중 정신분석가로 나오는 프레이저와(이 인물은 나중에 만들어진 새로운 드라마에서 주인공이 되었다) 약혼녀이자 역시 정신분석가인 릴리스가 지하 술집 무대 세트에 등장하는 장면을 보게 되었다. 프레이저가 릴리스에게 그날 병원에서 무슨 일이 있었는지 묻자 릴리스는 이렇게 대답한다. "다른 사람을 사랑할 능력이 없다면서 징징대는 여피족이 한 명만 더 오면 토할지도 몰라." 이 대사는 스튜디오의 관객에게서 커다란 웃음을 이끌어냈는데, 이는 그들이—인구통계학적으로 관객을 표본으로 간주한다면, 결국 집에서 이 에피소드를 보고 있는 전국의 시청자들이—'사랑할 능력이 없다'는 개념이 얼마나 진부하고 신파적인 푸념인지 알고 있다는 것을 보여주었다. 앞아서 텔레비전을 보고 있던 나는 그때 갑자기 내가 또 한 번 스스로를 속였다는 사실을 깨달았다. 이번에는 기만이라는 문제를 이해하는 데 있어 이게 훨씬 더 진실된 혹은 전망 있는 방법이라고 스스로 생각하게 만들었으며, 나아가서는 거스태프슨 선생의 정신의 무기고에 나를 어떤 식으로든 도와줄 수 있는 무언가가 있을 거라고 믿다시피 하도록 스스로를 현혹했던 것이다. 그리고 내가 계속해서 선생에게 진료를

---

* 1982년부터 1993년까지 미국 NBC에서 방영된 시트콤.

받고 있는 것은 반은 동정에서 반은 내가 더 진실해지는 단계를 밟고 있다고 스스로를 속이려는 이유에서이고, 실제로는 그동안 선생이 나를 분석할 수 있는 것보다 내가 선생의 심리 구조를 훨씬 더 정확하게 분석할 수 있다는 사실에 우월감을 느끼며 병들어 껍질만 남은 남자를 가지고 놀았을 뿐이라는 사실을 깨달았다. 그와 동시에 저 수많은 관객들이 웃었다는 것은 미국의 거의 모든 사람들이 적어도 해당 에피소드가 방영된 당시부터 이미 저런 푸념이 얼마나 진부한지를 꿰뚫어 보고 있었다는 걸 말해준다는 섬광 같은 깨달음이, 내가 무슨 프로그램을 보고 있는지 인식하고 프레이저와 릴리스가 대체 어떤 인물이었는지 기억해내는 데 걸린 그 짧디짧은 순간에, 그러니까 길어봤자 0.5초도 안 되는 시간에 머릿속을 스쳐 지나갔다. 그 깨달음은, 말하자면, 나를 파멸시켰다. 그렇게밖에 표현을 못하겠다. 스스로 만든 덫에서 빠져나갈 일말의 희망이 공중에서 폭파되어버리고 웃음소리에 밀려 무대에서 쫓겨난 것처럼, 농담의 대상이 바로 자신인데도 그걸 혼자서만 모르는 전형적인 바보 캐릭터가 된 것처럼—요컨대 이제껏 느꼈던 것 중 가장 기만적이고 오리무중이고 절망적이고도 자기혐오로 가득 찬 상태로 잠이 들었고, 다음 날 아침 잠에서 깰 때는 이미 스스로 목숨을 끊고 이 모든 소극을 끝내야겠다고 결심한 상태였다. (당신도 기억하겠지만, 〈치어스〉는 엄청나게 인기가 많아서 재방송이라 하더라도 시청률이 무척 높아 해당 지역의 광고 담당자가 그 시간대를 사기 위해서는 그 시간대 위주로만 광고 전략을 짜야 했을 정도로 광고비가 비쌌다.) 지금 나는 끝에서 전날 밤에 심적으로 겪은 엄청나게 많은 일들을, 자리에 누운 채 자지도 움직이지도 못하고 도달한 각종 깨달음과 결론을(당연한 말이지만 드라마 대사 한 줄이나 관객의 웃음 한 번이 그 자체만으로 자살의 이유가 될 수는 없으니 말이다) 압축해서 말하고 있다. 물론 듣는 입장에서는 그리 압축적이지 않게 들릴 것 같긴 하다. 당신은 지금, 이 작자는 끝도 없이 지껄이면서 자살하는 부분은 왜 안 나오는 건지, 1991년에 죽었다면서 지금 내 옆에 있는 고출력 기계 안에서 이렇게 얘기하고 있는 건 어떻게 설명하고 해명할 건지 생각하고 있겠지. 잠에서 깨자마자 내가 자살할 거라는 걸 알았다. 이제 끝이었다. 나는 제스처 놀이를 끝내기로 결심했다.

아침을 먹고 회사에 전화해서 병가를 내고 집에서 혼자 하루를 보냈다. 주위에 사람이 하나라도 있으면 자동으로 내가 기만에 빠질 것임을 알았기 때문이다. 베나드릴을 잔뜩 먹고 나서 잠이 쏟아지고 긴장이 풀리는 상태가 되면 차를 타고 나가 서부 외곽의 시골길에서 액셀을 끝까지 밟고 콘크리트 다리 교대橋臺를 들이받기로 마음먹었다. 베나드릴을 먹으면 나는 엄청나게 나른해지고 잠이 온다. 매번 어김없이 그랬다. 아침나절에는 주로 변호사와 회계사에게 편지를 쓰고 사미에티 앤 셰인으로 나를 처음 스카우트한 광고팀장 겸 임원에게 간략한 쪽지를 쓰는 데 몰두했다. 당시 광고팀에서는 까다로운 광고 캠페인을 준비하는 중이었기 때문에 동료들을 어떤 식으로든 궁지에 빠뜨리게 된 점에 대해 사과하고 싶었다. 물론 진짜로 미안한 감정은 없었다. 기만의 발레단인 사미에티 앤 셰인을 그만두게 된 것에 일말의 미련도 없었다. 쪽지를 쓴 건 그러니까 궁극적으로는 회사에서 한 자리씩 차지하고 있는 사람들이 나를 양심적이고 괜찮은 사람이었는데 알고 보니 조금은 지나치게 예민해서 괴로운 마음으로 고통받던 자라고 기억하도록 하려는 의도였을 것이다. 소식을 접한 회사 사람들이 "이 험한 세상을 살아가기에는 사람이 너무 좋았지"라고 말하는 장면을 머릿속에서 도무지 떨칠 수가 없었다. 거스태프슨 선생에게는 아무런 쪽지를 남기지 않았다. 선생에게는 선생 나름의 문제가 있었고, 글을 남긴다면 솔직한 척하면서도 실은 진실을 빙빙 돌려 말하는 데 시간을 쏟을 것임을 알았기 때문이다. 그 진실이란, 그는 대단히 억제된 동성애자 혹은 안드로진*이고, 자신의 부적응을 환자들에게 투사하면서 돈을 받아 먹을 자격이 없으며, 가필드 공원에 나가 숲속에서 아무나 붙잡고 한번 빨아본 다음 그게 좋은지 안 좋은지 솔직히 판단해보는 것이 자신에게도 다른 사람들에게도 좋을 것이고, 계속해서 그 먼 리버 포레스트까지 운전해 가서 고양이가 쥐를 가지

---

* 자신의 젠더를 남성과 여성이 혼합된 상태의 성별로 느끼는 성 정체성을 가지고 있는 경우.

고 놀듯 그를 가지고 장난을 치면서도 내가 그러는 데는 기만적이지만은 않은 지점이 있을 거라고 자위했던 나는 완전한 기만적인 인간이라는 것이다. (물론 이런 말은 설사 그 사람이 코앞에서 결장암으로 죽어가고 있지 않다 하더라도 이렇게 직설적으로 말하면 안 되는 거다. 어떤 진실은 상대를 파괴할 수도 있다. 누구에게도 그럴 권리는 없지 않은가?)

베나드릴을 먹기 전에 거의 두 시간 동안 편에게 손편지를 썼다. 내 자살과 나를 자살로 몰아넣은 기만 및/또는 사랑하는 능력의 결여가 그녀와 아빠에게(아빠는 아직 살아있었고, 건강했고, 캘리포니아주 마린 카운티에서 시간제로 학생들을 가르치며 마린 카운티의 노숙자들을 대상으로 하는 지역사회 봉사 활동에 참여하고 있었다) 고통을 준 것에 대해 편지를 통해 사과했다. 그리고 편지를 쓰는 김에 그 편지가 풍기는 유서 비슷한 절박함을 십분 활용하여 1967년에 앤티크 그릇을 깬 게 그녀였다고 부모님이 생각하도록 만든 것과 그 밖에도 그녀에게 고통을 주었고 지금까지 항상 미안하게 생각했지만 말을 꺼내거나 진정한 뉘우침을 어떤 식으로든 표현할 길을 찾지 못했던 몇 건의 사건과 나의 악의적인 혹은 기만적인 행위에 대해 사과할 기회를 스스로에게 허락했다. (다른 상황이었다면 입 밖으로 꺼내기 꺼려졌을 일들도 유서에는 솔직하게 쓸 수 있었다.) 한 가지 사건을 예로 들면, 1970년대 중반 사춘기에 접어든 편이 신체적 변화를 거치며 한두 해 정도 몸이 불어 보이는 시기가 있었는데—뚱뚱했다는 건 아니고 골반이

넓어지고 가슴이 커지면서 사춘기 전보다 훨씬 몸집이 있어
보였다―편은 당연히 이러한 변화에 무척 민감했고(사춘기
란 안 그래도 자의식이 발달하면서 자신의 외모에 엄청나게 예민해
지는 시기니까) 부모님은 그런 편에게 상처가 될까봐 편의 신
체적 변화에 대해 아무런 말도 하지 않고 심지어 식습관이
나 다이어트나 운동 등에 관한 대화 주제를 꺼내지 않기 위
해 진땀을 뺐다. 나 역시도 거기에 관해서는, 적어도 직접적
으로는 어떤 말도 하지 않았지만, 그 대신 그녀의 몸집 크기
를 은근히 간접적으로 언급함으로써 편을 괴롭힐 갖가지 방
법을 생각해냈다. 식사 시간에 편이 음식을 더 뜨려고 할 때
눈이 마주치면 눈썹을 빠르게 한번 치켜올린다든가 밖에서
치마를 사온 편에게 작은 목소리로 "그 옷이 맞겠어?"라고
말하는 등, 부모님의 눈에는 절대로 띄지 않으면서 편이 기
분 나쁘다는 표시를 하면 무슨 말을 하는 건지 모르겠다는
듯 놀라고 충격받은 표정으로 주위를 한바탕 둘러보는 제스
처를 취하며 콕 집어서 뭘 잘못했다고 말하기 어렵게 행동
하는 식이었다. 지금까지 가장 생생하게 기억나는 것은 오로
라시에 살던 당시 (지하실 포함) 3층짜리 집의 2층에서 있었
던 일이다. 네이퍼빌이나 오로라시의 주거 지역에서 흔히 보
이는 다닥다닥하게 서로 붙어 있는 널찍하지도 크지도 않은
3층짜리 집이었다. 1층으로 내려가는 계단에서부터 편의 방
을 지나 내 방과 2층 화장실까지 이어진 2층 복도는 폭이 좁
고 갑갑했는데, 편과 내가 복도에서 엇갈려 지나칠 때마다

내가 좁아서 죽을 것처럼 행동했던 것만큼 좁지는 않았다. 내가 복도 벽에 등을 짓누르고 양팔을 있는 대로 뻗어서 편처럼 믿을 수 없을 만큼 몸집이 펑퍼짐한 사람이 엇갈려 지나갈 만한 공간이 부족하다는 듯이 몸을 한껏 움츠리면 편은 아무 말도 하지 않고 나를 쳐다도 보지 않고 말없이 지나쳐 화장실로 들어가서는 문을 닫는 것이었다. 이게 얼마나 그녀에게 상처가 되는지 그때도 나는 알았다. 그로부터 조금 뒤, 청소년기에 접어든 편은 아무것도 먹지 않고 담배를 피우고 하루에도 몇 통씩 껌을 씹어대고 화장을 진하게 했는데, 한동안은 너무나 말라서 뼈가 앙상하게 드러나고 조금은 곤충 같아 보였다(물론 그렇다고 말한 적은 없다). 한번은 부모님 침실의 열쇠 구멍을 통해 편의 체중이 표준보다 너무 줄어들어 매달 정상적으로 생리를 하지 않는 것 같다고 걱정하는 어머니의 말과 그런 걸 전문적으로 다루는 의사에게 데려가봐야 할지 의논하는 부모님의 대화를 엿들은 적도 있다. 이 시기는 자연스럽게 지나갔는데, 나는 편지에서 이 일을 비롯해 내가 그녀에게 못되게 굴었거나 기분을 상하게 만든 일들을 잊은 적이 없다고, 단순히 사과 한 번으로 우리가 어렸을 때 내가 그녀에게 준 상처를 조금이라도 지울 수 있다고 생각할 만큼 자기중심적으로 보이고 싶지는 않지만, 그 일들을 무척 후회한다고 썼다. 또 한편으로는 그렇다고 해서 지금까지 과하게 죄책감에 시달리거나 이 일들을 확대 해석하면서 살아온 건 아니라고, 그게 인생을 바꿀 만큼 큰 트라우마 같은 것도 아니었고, 어린애들이 크면서 서로에게 잔인하게 구는 전형적인 태도였을 거라는 것도 알고 있다고 썼다. 이러한 일들이나 그에 대한 내 양심의 가책은 내가 스스로 목숨을 끊는 것과 어떤 식으로도 관련이 없다고도 썼다. 내가 당신에게 늘어놓은 자세한 설명은 생략하고 (내가 당신에게 들려준 얘기와 편지의 목적은 매우 달랐으니까), 내가 목숨을 끊는 이유는 나 자신이 기만적이라는 사실을 깨달았음에도 불구하고 그것이 주는 끔찍한 고통을 끝낼 방법을 찾아낼 기질 또는 화력을 갖추지 못한 기본적으로 기만적인 인간이기 때문이라고 썼다(앞에서 언급한 갖가지 깨달음이나 역설에 대해서는 쓰지 않았다. 그게 무슨 의미가 있겠는가?). 또 이러니저러니 해도 결국에 나는 다른 사람을 사랑할 줄 모르는 흔해빠진 여피족일 가능성이 큰데, 나는 스스로를 항상 특별하거나 남들과 다르다고 생각해야 하는 병이 있는 속이 텅 비고 불안정한 사람이기 때문에 이 진부한 사실을 견딜 수가 없다고도 썼다. 그리고 자세한 설명이나 논증은 생략한 채, 만약 내가 스스로 목숨을 끊은 이유를 알게 된 그녀의 첫 번째 반응이 내가 스스로에게 지나치게 엄격하다고 생각하는 것이라면, 나는 내 편지가 그녀에게서 그러한 반응을 이끌어낼 가능성이 크다는 사실을 이미 알고 있고, 이편지 자체가 아마도 부분적으로나마 바로 그러한 반응을 유도하려는 의도를 갖고 작성된 것일 수 있다는 사실을 알아주었으면 한다고, 평생 동안 사람들이 나를 스스로에게 지나치게 높은 기준을 부과하고 지나치게 엄격하게 구는 보기 드문 뛰어난 사람이라고 생각하도록 만들기 위해 했던 말과 행동과 같은 맥락이라고, 덕분에 다른 사람의 눈에 겸손하고 잘난 체하지 않는 매력적인 사람으로 비추어졌고 그게 내가 거쳐온 수많은 환경에서 많은 사람들이 나를 좋아했던 이유이기도 하지만—비벌리-엘리자베스 슬레인은 이를 가리켜 내 '환심을 사는 재능'이라고 불렀다—나는 기본적으로 계산적이고 기만적인 인간이라고 썼다. 그리고 많이 사랑한다고, 마린 카운티에 있는 아빠에게도 나 대신 그렇게 전해달라고 썼다.

이제 내가 실제로 스스로 목숨을 끊는 부분에 거의 다 와 간다. 정확한 시간이 궁금하다면, 1991년 8월 19일 오후 9시 17분이었다. 마지막 두 시간 동안 이루어진 준비 작업과 오락가락하던 갈등과 망설임은, 단지 엄청나게 많았다고만 말해두고 생략하겠다. 자살은 인간에게 내장된 수많은 본능과 욕구를 심히 거스르는 일이라 제정신을 갖춘 사람이라면 그 누구도 자살을 거치면서 내적인 갈등과 불쑥불쑥 그만두자는 마음이 드는 순간들이 생기지 않을 수 없다. 독일의 논리학자 칸트는 이 점에서 옳았다고 할 수 있는데, 인간은 본성이라는 측면에서 보면 모두 같다. 의식하는 일은 드물지만, 우리는 모두 기본적으로 진화를 위한 동력의 도구 혹은 표출이며, 진화를 위한 동력 자체는 인간보다 무한히 크고 중요한 힘들의 표출이다. (물론 이것을 의식한다는 건 또 완전히 다

른 일이다.) 따라서 그날 하루에도 몇 번이나 거실에 앉아 정
말로 자살을 감행해야 할지 말지 머릿속에서 치열하게 혈투
를 벌이던 일을 설명해보려고 시도하지는 않겠다. 하나는 그
때 나는 엄청나게 많은 생각을 했기 때문에 그걸 말로 표현
하려면 막대한 시간이 필요할 것이기 때문이고, 또 하나는
말로 표현한다 한들 그 생각과 연상 중 다수가 죽음을 목전
에 둔 사람이라면 누구나 할 수밖에 없는 특별할 것 없는 생
각들이었으므로 결국 당신에게는 진부하고 따분하게 들릴
것이기 때문이다. 그러니까 "이렇게 신발끈을 묶는 것도 마
지막이네"라든가 "스테레오 선반 위로 보이는 고무나무를
보는 것도 마지막이 되겠군" "허파 가득 들이마신 이 공기
는 정말 달콤하군" "살아생전에 마시는 마지막 우유네" "바
람이 나뭇가지를 건드리고 흔들어대는 이 평범한 광경은 실
로 귀중한 선물이구나"와 같은 감상들. 또는 "주방에서 애처
롭게 윙윙대는 이 냉장고 소리를 다시는 듣지 못하겠지"(주
방과 식탁은 거실 바로 옆에 붙어 있다) 등등. 또는 "내일 아침에
해가 뜨는 모습이나 침실의 어둠이 서서히 사라지고 종국에
는 물러가는 모습을 볼 수 없겠지"와 같은 생각을 하며 이
와 동시에 축축한 밭 위로 해가 떠오르던 모습과 아침이면
침실의 여닫이 유리문 정동쪽으로 보이던 55번 주간 고속도
로 경사로의 모습을 기억속에서 끄집어내려고 애쓰던 일. 그
때가 습하고 무더운 8월이었는데, 목숨을 끊게 된다면 이곳
에서는 9월 중순경부터 점점 서늘해지고 건조해지는 날씨를

느낄 일도 없고, 사우스 디어본에 있는 사미에티 앤 셰인 건물 밖으로 나뭇잎이 바스락거리는 모습을 보거나 마당 끝자락을 구르는 소리를 들을 일도 없고, 눈을 보거나 트렁크에 삽과 모래주머니를 실을 일도 없고, 반점 없이 잘 익은 배를 베어 물 일도 없고, 면도하다 난 상처에 화장실 휴지 조각을 붙일 일도 없을 거라고 생각했다. 화장실에 들어가 이를 닦는다면 그게 내가 이를 닦는 마지막 순간이 될 것이었다. 나는 거실에 앉아서 고무나무를 바라보며 그런 생각들을 했다. 물에 반사된 사물들이 떨리는 것처럼 모든 것이 그렇게 조금씩 떨리고 있는 듯 보였다. 다리엔 주택개발공사 경계선 남쪽으로 릴리캐시 로드를 따라 공사가 진행 중인 타운하우스를 비추며 해가 지는 모습을 바라보던 나는 새 집이 완공된 모습과 완성된 조경을 볼 수 없으리라고, TYVEK라는 상표명이 적힌 흰색 단열 포장재로 덮여 바람에 나부끼고 있는 저곳이 언젠가는 비닐 벽판자나 벽돌 플레이트와 알록달록한 셔터가 달린 곳으로 바뀔 텐데, 나는 그 모습을 볼 수도, 차를 타고 지나가며 예쁜 외관 아래에 뭐라고 쓰여 있는지 확인할 수도 없으리라는 사실을 깨달았다. 식탁 창 너머로 보이는 우리 집 옆에 있는 큰 농가의 밭과, 평행하게 파인 고랑의 선들이 하나로 겹쳐 보이도록 몸을 살짝 굽히면 무언가 커다란 것으로부터 발사된 것처럼 모두 한꺼번에 수평선을 향해 돌진하는 것처럼 보이던 모습도. 당신도 무슨 말인지 이해할 거다. 기본적으로 나는 사람이 눈에 보이는 모든 것이 자신보다 더 오래 존재할 것임을 깨닫는 그런 상태에 있었다. 이걸 말로 표현하면 상투적으로 들린다는 거 안다. 그러나 실제로 그 상태를 경험하는 건 또 다르다. 내 말을 믿어도 좋다. 이제 내 주변의 움직임 하나하나가 일종의 의식과도 같은 성질을 띠었다. 눈에 보이는 세상이 모두 신성했다(앞에서 설명한 걸 기억하는지 모르겠는데, 나중에 닥터 G.가 바다와 물결과 나무의 비유로 설명하려고 한 상태와 같다). 이것이 마지막 몇 시간 동안 내 머릿속을 스쳐간 수많은 생각과 감정 중 정확히 1조 분의 일에 해당하는 내용이다. 어떻게 설명해도 변변찮게 들린다는 걸 모르는 바 아니므로 나머지는 생략하겠다. 물론 생각과 감정들 자체가 변변찮았다는 건 아니지만, 그렇다고 엄청나게 독창적이거나 진정성이 있었다고 거짓말하지도 않겠다. 내 속에는 그 순간까지도 계산적으로 연기하는 부분이 있었는데, 그날 오후의 그 의식과도 같은 성질은 부분적으로는 그로 인한 것이었다. 예를 들어 내가 진심에서 우러나오는 감상과 회한을 담아 펀에게 보내는 편지를 쓸 때도, 한편에는 이 얼마나 훌륭하고 진실된 편지인가 감탄하며 마음을 울리는 이 구절 저 구절이 펀에게 미칠 영향을 예상해보는 부분이 있었는가 하면, 또 한편에는 와이셔츠를 입고 넥타이는 매지 않은 남자가 삶의 마지막 오후에 식탁 앞에 앉아 진심 어린 편지를 쓰고 있는 장면과 블론드우드 식탁의 표면이 햇살에 반짝이는 모습과 남자의 떨리지 않는 손과 회한에 사로잡혔으면서도 결의로 인해 기품이 더해진 남자의 얼굴을 관찰하는 부분이 있었는데, 이건 내 왼쪽 위에서 맴돌며 이 장면을 평가하면서, 우리가 처음으로 영화를 보거나 책을 읽은 순간부터 지금까지 수많은 드라마에서 이것과 똑같은 장면을 봐오지 않았더라면 얼마나 훌륭하고 진실성 있는 드라마의 한 장면이 될 것인가 생각하고 있었다. 드라마에서 이 장면이 그토록 많이 재현됐다는 사실은 지금 내가 유서를 쓰는 것과 같은 현실의 장면은 그 장면에 등장하는 사람들에게만 흥미진진하고 진정성이 있을 뿐 그 밖의 다른 모든 사람에게는 흔해 빠진, 심지어 값싼 최루성 클리셰로 보인다는 사실을 함의하는데, 여기엔 당신도 생각해보면―내가 식탁에 앉아 생각해본 것처럼―역설적인 측면이 있다는 걸 알 수 있다. 관객이 이런 장면들을 고리타분해하거나 작위적이라고 느끼는 이유는 우리가 이미 각종 드라마에서 그런 장면들을 수없이 봐왔기 때문인데, 역설적이게도 드라마에서 이런 장면을 수없이 많이 볼 수밖에 없었던 이유는 그게 정말로 극적이고 흥미진진하고 다른 어떤 방법으로도 표현해내기 어려운 내밀하고 복잡한 현실의 감정들을 전달하기 때문이다. 이와 동시에 나의 또 다른 구석에서는 이러한 측면에서 봤을 때 내 기본적인 문제는 내가 아주 어린 나이에 이유는 모르겠지만 내 삶의 드라마 그 자체가 아닌 드라마의 가상의 관객과 운명을 같이 하기로 선택했다는 데 있으며, 지금 이 순간에조차도 내가 내 가상의 연기의 우수성과 그것이 자아내는 가상의 효과를 관찰하고 있다는 사실을 깨달았다. 이 마지막 분석에서도 편에게 편지를 쓰고 있는 나는 결국 평생을 기만적으로 살아온 결과 클라이맥스가 될 이 장면을 연기하고 있는 속임수에 능한 기만적인 인간과 조금도 다르지 않다는 결론이 도출되었다. 클라이맥스에서 나는 편지를 쓰고 서명을 하고 봉투에 주소를 적고 우표를 붙인 다음 셔츠 주머니에 봉투를 넣으며(이 장면에서 편지 봉투가 내 심장 옆에 위치한다는 사실이 주는 울림을 조금도 놓치지 않고 의식하면서) 릴리캐시 로드로 가는 길에 편지를 우체통에 넣은 다음, 차체 앞부분이 날아가고 운전대 앞에 앉은 내가 관통될 만큼 빠른 속도로 다리 교대를 들이받아 즉사하겠다고 계획하고 있었다. 자기혐오는 고통을 즐기거나 죽음을 질질 끌기 좋아하는 것과 다르다. 할 거면 한순간에 끝내고 싶었다.

릴리캐시에 있는 다리의 교대와 양옆의 가파른 둑은 4번 주도州道(브레이드우드 고속도로라고도 부른다)가 뭐라 쓰여 있는지 읽을 수조차 없을 정도로 온통 그래피티로 뒤덮여 있는(이쯤 되면 그래피티의 본래의 목적에 어긋난다는 게 내 생각이다) 시멘트 고가를 지나는 곳에서 주도를 받치고 있다. 교대는 도로를 약간 벗어난 곳에 설치되어 있고 너비는 이 차 정도 된다. 게다가 이 주도는 남서쪽 교외의 경계선에서 남쪽으로 십여 마일 떨어져 있는 로미오빌 인근 시골의 인적 없는 곳에 있다. 진짜 시골이다. 집이라고는 도로에서 한참 떨어진 곳에 있는 곡식 저장고와 헛간 등이 딸린 농가들이 다다. 여름밤에는 이슬점이 높아 항상 안개가 깔려 있다. 이 일 대가 다 농장이다. 4번 주도 아래를 지나칠 때 도로에 나 말고 다른 무언가가 있는 걸 한 번도 본 적이 없다. 옥수수가 큰 키를 자랑하며 무성하게 자라고 도처에 밭들이 초록빛 바다처럼 넘실대고 들리는 소리라고는 곤충 소리밖에 없다. 크림색 별들과 살짝 젖혀진 낫 모양의 달 아래에서 홀로 운전하기. 사고와 사고로 인한 폭발과 화재가 목격하는 사람이 아무도 없을 만큼 인적 없는 곳에서 일어나도록 하자는 생각이었다. 사고에서 내가 조종할 수 있는 극의 측면을 가능한 한 없애고 충돌의 광경과 소리가 목격자에게 어떤 영향을 줄지 생각하는 데 내 마지막 몇 초를 소모하려는 유혹이 들지 않도록. 사고 현장이 구경하기 좋은 장관이 되어 운전자가 마지막 가는 길을 한껏 극적으로 연출한 것으로 보일까봐 걱정이 되었다. 우리는 이따위 하잘것없는 생각을 하며 인생을 허비한다.

땅안개가 시시각각 짙어져 어느 순간 전조등이 닿는 곳까지가 세상의 전부인 것처럼 보인다. 안개 속에서는 상향등도 소용없고 켜봤자 상황이 악화될 뿐이다. 굳이 직접 켜보겠다면 말리지 않겠지만 그래 봤자 불빛을 받은 안개가 더욱 짙어질 뿐이라는 걸 알게 될 거다. 때로는 상향등보다 하향등으로 더 먼 곳까지 볼 수 있다는 게, 일종의 작은 역설이다. 자, 그럼—저기가 바로 내가 말한 건설 현장과 TYVEK라고 적힌 포장재가 펄럭이는 집들이다. 당신이 기어이 끝까지 간다 해도 저기에는 아무도 살지 않는다. 아프지는 않을 거고, 진짜로 순식간에 끝날 거라는 것 정도는 말해줄 수 있다. 밭에서 울어대는 곤충 소리로 귀청이 떨어질 것 같군. 옥수수 키가 이 정도로 컸을 때는 해 질 무렵 밭에서 거대한 형체의 그림자처럼 곤충들이 한꺼번에 날아오르는 걸 볼 수 있다. 대부분이 모기일 텐데, 나머지는 뭔지 모르겠다. 저기에는 우리 중 그 누구도 결코 볼 수 없고 조금이라도 알 수 없는 곤충들만의 세계가 있다. 덧붙여 한창 진행 중일 때는 베나드릴이 별로 도움이 되지 않는다는 걸 느끼게 될 거다. 그 계획은 별로 효과적이지 않았을지 모른다.

자, 이제 드디어 지루한 개요를 거쳐 내가 약속했던 지점에 다 왔다. 죽는다는 건 어떤 건지, 무슨 일이 일어나는지 알고 싶은 거잖아. 맞지? 누구나 그걸 알고 싶어 하지. 당신도 마찬가지고. 당신이 기어이 그걸 강행할지 말지는 차치하고서라도, 내가 당신을 말릴 거라고 당신이 생각하는 것처럼 내가 당신을 말릴지 아닐지는 차치하고서라도. 우선, 그건 다들 생각하는 것과 매우 다르다. 사실 당신은 그게 어떤지 이미 알고 있다. 당신은 이미 당신을 스쳐 지나가는 모든 것들의 규모와 속도가 그중에서 당신이 다른 사람에게 전달할 수 있는 말도 못하게 작고 불충분한 일부분과 얼마나 다른지 알고 있다. 당신 안에 있는 광대한 방이 어느 한 시점에 온 우주를 구성한 모든 것들로 가득 차 있는데 그럼에도 불구하고 방 밖으로 뭔가를 꺼내려면 옛날 문에서 볼 수 있는 손잡이 밑의 작은 열쇠 구멍을 통해 어렵사리 쥐어짜내야만 하는 것처럼. 우리는 모두 서로를 그 작은 열쇠 구멍을 통해서만 보기 위해 애쓰고 있는 것처럼.

하지만 손잡이가 있으니까, 문을 열 수 없는 건 아니다. 그렇다고 당신이 생각하는 것처럼 열 수 있는 건 아니고. 그렇지만 진짜로 열 수 있다면 어떨까? 한번 생각해보자. 당신의 삶의 모든 순간에 당신의 내면에 있었던 그 끝없이 촘촘하고 끊임없이 바뀌는 세상들이 직후에, 당신이 '당신'이라 생각하는 사람이 죽은 직후에 완전히 열려 걸리는 것 하나 없이 표현할 수 있게 된다면? 죽고 나서는 모든 순간 하나하나가 그걸 표현하거나 전달할 수 있는 무한한 시간의 바다 혹은 폭 혹은 흐름이 되고, 체계적인 언어조차 필요하지 않고, 자신의 다형적인 수많은 형태와 생각과 양상을 그대로 유지한 채 흔히 말하듯 '문을 열고' 다른 사람의 방에 들어갈 수 있다면? 무슨 말이냐면—이제 시간이 별로 없다, 릴리캐시 로드가 아래로 경사지기 시작하고 양측의 둑이 가팔라지기 시작하는 데가 바로 여기다, 저기 앞에 폐업한 음식점의 불 꺼진 표지판이 보이기 시작하는데, 저게 다리까지 가는 길에 있는 마지막 표지판이다—무슨 말이냐면, 당신은 당신이 뭐라고 생각하는데? 당신의 머릿속에서 섬광처럼 나타났다가 사라지는 수백만 개의, 수조 개의 생각과—그래, 이것처럼 미친 생각까지 말이지, 라고 당신은 생각하고 있군— 기억과 그 조합들? 그것들의 합계, 또는 나머지? 당신의 '살아온 이력'? 내가 기만적인 인간이라고 말한 순간부터 지금까지 시간이 얼마나 흘렀는지 알고 있어? 백미러에 걸린 RE-PICEM 시계를 보고 9시 17분이군, 생각하던 것을 기억해? 지금은 뭘 보고 있어? 우연? 지금까지 시간이 조금도 흐르지 않았다면?* 사실 당신은 이걸 이미 들어서 알고 있어. 실상이 어떤 건지를. 당신 안의 우주들과 헤아릴 수 없이 많은

---

* 당신이 순차적인 시간을 경험하는 방식에 어딘가 진짜 같지 않은 면이 있다는 한 가지 단서로 소위 '흐른다'는 시간과 이른바 '현재'라는 것의 여러 가지 역설을 들 수 있다. 이 현재라는 건 언제나 미래를 향해 펼쳐지며 그 뒤에 점점 더 많은 과거를 만들어낸다. 마치 현재가 이 차—그나저나 차가 꽤 멋지군—고, 과거가 우리가 방금 지나온 도로고, 우리가 아직 도달하지 않은 전조등이 비추는 저 앞쪽의 도로가 미래고, 이 차의 전진 운동이 시간이고, 엄밀한 의미에서의 현재가 미래의 안개를 가르고 있는 이 차의 앞 범퍼인 것처럼, 그래서 '지금'이라는 순간이 눈 깜짝할 사이에 완전히 다른 '지금'이 되는 것처럼. 그런데 만약에 시간이 정말로 흐른다면, 시간은 얼마나 빨리 흐르는 걸까? 현재는 얼마나 빠른 속도로 바뀌는 걸까? 뭐가 문제인지 알겠지? 그러니까 만약에 우리가 시간을 사용하여 움직임 또는 속도를 측정한다면—실제로 우리는 그렇게 한다. 그게 유일한 방법이니까—시속 95마일, 분당 심박수 70회 등등—그렇다면 시간이 움직이는 속도는 어떻게 측정해야 할까? 초당 1초? 말이 안 되잖아. 이처럼 시간의 흐름이나 이동에 대해 얘기하려면 곧바로 역설에 맞닥뜨리게 된다. 생각해보자. 만약에 움직임이라는 게 존재하지 않는다면? 이 모든 게 당신이 현재라고 부르는 그 하나의 섬광 동안 전개된다면? 충돌이 시작되는 엄청나게 짧은 최초의 순간, 돌진하는 차의 앞 범퍼가 교대에 접촉하기 시작하는 순간, 범퍼가 구겨져 차체 앞부분이 날아가고 당신의 몸이 전방을 향해 거칠게 튀어나가고 핸들이 마치 무언가 커다란 것으로부터 발사된 것처럼 당신의 가슴을 향해 달려들기 직전에 그 모든 것이 전개된다면? 그러니까 이 '지금'이라는 게 사실은 무한한 시간이며, 인간의 두뇌가 고안된 방식에 따라 당신이 '흐른다'라는 개념을 이해하는 것처럼 흐르는 게 아니라면? 그래서 충돌과 죽음 사이의 문자 그대로 측정할 수 없는 순간에 당신의 삶 전체뿐 아니라 그 삶에 대해 설명하고 기술할 수 있는 상상할 수 있는 모든 방법이 가게 표지판과 창문에 즐겨 사용되는 서로 연결된 필기체 문자가 되어 모두 한꺼번에 네온처럼 스쳐간다면, 지금까지 만들어진 그 어떤 벨트로도 저지할 수 없는 속도로 당신이 정면의 핸들을 향해 튀어나가기 시작하는 바로 그 순간에—끝.

관계의 안으로 향하는 프랙탈들과 수많은 목소리들의 교향곡들, 다른 영혼에게는 결코 보여줄 수 없는 무한대들이 들어찰 공간을 만들어주는 게 바로 이것이라는 걸. 그런데도 그게, 다른 사람에게 보여지는 그토록 작은 파편이 당신을 기만적인 인간으로 만든다고 생각해? 당연하지. 당연히 기만적일 수밖에 없지. 다른 사람이 보는 당신의 모습은 당신의 진짜 모습일 수가 없는데. 당신은 이 사실을 알고 있잖아. 다른 사람에게 내보일 수 있는 게 극히 일부일 뿐이라면, 내보일 부분을 포장하려드는 게 당연한 거잖아. 안 그러는 사람이 어딨어? 그게 바로 자유의지라고, 셜록 홈즈 씨. 이게 바로 다른 사람 앞에서 감정을 주체하지 못하고 울음을 터뜨리는 게, 아니면 웃는 게, 아니면 방언으로 말하거나 벵골어로 기도문을 읊조리는 게 기분을 그토록 좋게 만드는 이유라고. 그건 영어가 아니니까, 그럴 때는 되도 않는 구멍으로 뭘 쥐어짜낼 필요가 없으니까.

그러니까 울고 싶은 만큼 울어. 아무에게도 말하지 않을 테니까.

설사 마음을 바꿔 먹었다 해도 그 사실 때문에 기만적인 인간이 되는 건 아닐 거다. 이유가 뭐가 됐든 해야 한다고 생각하기 때문에 자살을 강행하는 건 슬픈 일이니까.

아프지는 않을 거다. 온통 시끄러운 소리가 들리고, 충격이 느껴지긴 하겠지만, 충격이 당신을 통과하는 속도가 너무나 빨라서 충격을 느끼고 있다고 인지하지도 못할 거다(이

건 내가 거스태프슨을 깐보기 위해 제시한 역설—자신이 기만적인 인간임을 인지하지 못한 채로 기만적인 인간이 될 수 있는가?—과 비슷하다). 잠시 잠깐 불을 느낄 텐데, 그것도 손이 찰 때 눈앞에 있는 불에다 손을 갖다 대는 것처럼 느낌이 나쁘지 않을 거다.

죽는 것은 나쁘지 않지만, 죽는 데는 영원한 시간이 걸린다는 게 진실이다. 영원이란 무無의 시간이다. 이게 모순이나 말장난으로 들린다는 걸 모르는 바 아니다. 결국 알고 보면 그건 관점의 문제다. 이른바 큰 그림 말이다. 큰 그림에서 보면 사실 우리가 지금까지 끝도 없이 나눈 대화는 편이 저녁을 준비하며 펄펄 끓는 냄비를 젓고 있던 순간에, 당신의 양아버지가 엄지로 파이프 담배를 꾹꾹 누르던 순간에, 앤절라 미드가 통신판매로 구입한 기발한 물건을 굴려 블라우스에서 고양이 털을 제거하던 순간에, 멀리사 베츠가 남편이 방금 했다고 생각한 말에 대답하기 위해 숨을 들이마시던 순간에, 데이비드 월리스가 1980년 오로라 웨스트 고등학교 졸업 앨범의 학급별 단체 사진을 멍하니 훑어보며 눈을 깜박이던 순간에 나타났다가 사라졌다가 다시 나타난 것이다. 앨범을 훑어보던 데이비드 월리스가 내 사진을 발견하고는, 자신의 작고 작은 열쇠 구멍을 통해, 1991년에 신문에서 본 기억이 있는 화염에 휩싸였다는 단일 차량 사고로 죽음에 이르기까지 내게 도대체 어떤 일이 있었을지, 이자가 일렉트릭블루 콜벳 차량에 올라 혈류에 과복용한 시판 약물이 흐르는 상태로 차를 몰기로 결심하기까지, 그에게 어떤 종류의 고통이나 문제가 있었을지를 상상해보던 그 짧은 순간에. 뜻밖에도 데이비드 월리스에게는 자신보다 한 학년 위였던 이 작은 사진의 주인공에 대한 수많은 생각과 감정과 기억과 인상이 뒤죽박죽 얽혀 남아 있다. 성적이 뛰어나고 운동을 잘하고 여자애들에게 인기가 많던 그에게서는 항상 네온 같은 아우라가 느껴졌다. 데이비드 월리스가 리전 리그에서 루킹 삼진을 당하거나 파티에서 바보 같은 말을 할 때마다 그가 내뱉던 신랄한 비판과 어이가 없다는 듯 취하던 작은 제스처나 표정 하나하나까지 모두 기억했다. 그 당시 데이비드 월리스가 그랬듯이 언제나 머뭇거리고 한심하리만큼 남의 시선을 신경 쓰는 허깨비나 환영이 아니라 진짜로 살아있는 사람처럼 세상을 별다른 노력 없이 어렵지 않게 살아가는 모습이 깊은 인상을 남겼다. 실로 장래가 촉망되고 무얼 하든 남보다 뛰어난 사람이었다. 당시에 데이비드 월리스는 인간의 가장 위대한 유산만을 물려받은 것 같은 그가 행복하고 깊은 고민 따위 없는 사람이라고 생각했다. 다른 사람은 다 괜찮은데 자신만 심각하게 이상하다고, 조금이라도 정상적이거나 용인되는 미국인 남자처럼 보이고 싶다면 어떤 말과 행동을 해야할지 궁리하는 데 그의 시간과 노력을 모두 투입해야 할 거라고 속삭이는 목소리에 시달리는 자신과는 다른 사람이라고 생각했다. 1981년의 데이비드 월리스의 머릿속에서는 이런 목소리가 쉬지 않고 쨍그랑거리며 어찌나 빠르게 돌아다니는지 붙잡아서 싸우거나 반박할 기회도 없었고, 진짜같이 느껴지지도 않았다. 친부모의 주방에 서서 유니폼을 다리는 그에게 그건 고작해야 뱃속에 있는 매듭처럼 느껴질 뿐이었다. 다림질을 하면서 그는 루킹 삼진을 당하거나 우익수가 공을 놓치는 등 경기를 망쳐 저 타율 0.418의 타자와 그의 마녀처럼 예쁜 누나와 야구장 주변 풀밭에서 간이 의자에 앉아 경기를 관람하는 관중들 앞에서 (아마도 모두 처음부터 자신의 껍데기 따위는 이미 간파했으리라고 그는 확신했지만) 자신의 형편없는 본질을 드러내보이게 되지는 않을까 생각했다. 바꿔 말하면, 데이비드 월리스는, 비록 그의 눈꺼풀이 닫힌 그 짧은 순간 동안만이었을지언정, 이 대단한 남자의 겉으로 보이던 모습과 그가 그토록 극적이고 틀림없이 고통스러웠을 방식으로 목숨을 끊도록 만든 내면을 어떤 식으로든 조화시켜보려는 시도를 했다. 데이비드 월리스는 다른 사람의 내면을 진정으로 알 방법은 없다는 건 싱겁고 낡아빠진 클리셰임을 충분히 인식하면서도 그와 동시에 그러한 인식이 자신의 시도를 조롱하거나 생각의 흐름을 안으로 향하는 나선으로 만들어 어떠한 결론에도 도달하지 못하게 방해하지 않도록 주의를 기울인다. (당연한 말이지만, 1981년 이후로 상당한 시간이 지났다. 그토록 오랜 세월 동안 자기 자신과 문자 그대로 형언할 수 없는 전쟁을 벌여온 데이비드 월리스는 오로라웨스트 재학 시절보다 조금은 더 많은 화력을 갖게 됐다.) 그의 보다 진실하고, 단단하고, 감상적인 구석이 다른 구석에게 침묵하라고 명령한다. 마치 눈을 똑바로 쳐다보고 이렇게 소리 내어 말하는 듯이. "더는 한마디도 하지 마."

[→ NMN,80,418]

철학과 자연의 거울[*]

Philosophy and the Mirror of Nature

---

[*] 미국 철학자 리차드 로티(1931~2007)는 1979년에 저서 《철학과 자연의 거울》을
발표한 바 있다.

그러다 1996년 밀경 내가 출소한 직후에 어머니는 제조물 책임 소송에서 소액의 합의금을 받는 데 성공했고, 그 돈으로 지체 없이 눈가 잔주름을 제거하는 성형수술을 받았다. 그러나 성형외과 전문의가 수술을 망치고 얼굴 근육 조직을 건드리는 바람에 어머니는 상시 **미친 듯이 공포에 질린** 표정을 갖게 됐다. 사람이 비명을 지르기 시작하기 직전에 어떤 얼굴이 되는지 모르는 사람은 없을 거다. 어머니의 얼굴이 바로 그랬다. 시술할 때 나이프가 어느 쪽으로든 아주 조금 미끄러지는 것만으로 히치콕 영화의 샤워 장면에 등장하는 사람처럼 보이게 되더란 말이다. 그래서 어머니는 이걸 손보기 위해 한 차례 더 성형수술을 받았다. 하지만 두 번째 성형외과의도 수술을 망쳤고, 어머니의 얼굴은 더 심하게 공포에 질린 표정이 됐다. 이번에는 특히 입 주변이 심각했다. 어머니는 나에게 솔직한 의견을 물었고, 나는 우리의 관계에서 솔직하지 않은 대답은 도리가 아니라고 생각했다. 눈가 잔주름은 이제 확실하게 사라졌지만, 어머니의 얼굴은 **미친 듯한 공포로 영원히 일그러진 가면**처럼 보인다고. 스튜디오 시스템으로 제작된 1935년작 고전 영화 〈프랑켄슈타인의 신부〉에서 신부 역의 엘자 란체스터가 프랑켄슈타인을 처음 보는 장면의 엘자 란체스터 같다고. 두 번째 시술을 한 지금은 짙은색 안경을 껴봤자 크게 벌어진 입과 하악골 팽창과 돌출된 힘줄과 기타 등등 때문에 별반 소용이 없다고. 그래서 이제 어머니는 또 다른 소송을 진행 중이었고, 자신이 선택한 변호사의 사무실을 방문할 때 매번 버스를 타고 가는 어머니를 내가 **에스코트했다.** 버스를 타면 우리는 맨 앞에, 정면이 아닌 측면을 향해 다른 좌석보다 길게 배치된 두 줄 중 하나에 앉았다. 더 뒷줄로 가서 정면을 향하는, 보다 평범한 자리에 앉지 않는 이유는 승객들이 버스에 올라 빈자리를 찾아 통로를 이동하면서 버스의 뒤쪽 끝까지 빽빽이 들어찬 여러 줄의 좌석에 앉아 자신을 마주보는 얼굴들을 무심히 훑어보는, 반사 반응으로 보이는 동작을 취할 때, 갑자기 **까닭 없는 공포**로 소리 없는 비명을 지르며 자신을 뚫어져라 쳐다보는 것처럼 보이는 어머니의 팽창한 얼굴을 발견하고 눈에 띄게 놀란 반응을 보이는 경우가 있음을, 실험적 방법을 통해 확인했기 때문이다. 실제로 그런 사례와 사건이 두어 차례 발생하고 난 뒤 나는 이 문제에 본격적으로 착수하여 실행 가능한 습관을 올바른 방향으로 발전시켜 나갔다. 자료를 찾아봐도 버스에 오른 사람들이 얼굴들을 훑어보는 동작을 취하는 이유를 속 시원히 설명하는 내용은 없었지만, 몇 가지 일화를 통해 이것이 종種 전체에서 나타나는 방어 반사일 수 있음을 알아냈다. 어머니가 남들의 이목을 끌지 않고자 한다면, 나는 같이 앉아 가기에 그닥 좋은 표본이라고 할 수도 없다. 사람들 사이에 있으면 머리가 다른 사람들 위로 **탑처럼 솟기** 때문이다. 신체적 측면에서 봤을 때 나는 크기가 큰 표본이고 특유의 보호색이 있다. 겉으로 봐서는 나에게 그토록 학구적인 성향이 있으리라고 누구도 짐작하지 못할 거다. 그뿐만 아니라 현장 조사를 위해 고글을 착용하고 특수 제작한 장갑을 꼈는데, 수차례의 조사에도 불구하고 아직까지 성과가 나오지 않았지만 공공 버스에서 표본을 찾기란 결코 불가능한 일이 아니다. 아니, 굳이 말한다면 고정된 표정에 대한 수치심을 내비치지 않으려고 사력을 다하다 원래보다 더 무서워 보이는 표정을 짓는 어머니와 함께 버스를 타는 것이 **즐거웠다고** 말할 수 있는 것도 아니다. 일주일에 두 번씩 로타리 회보를 읽으며 접객실로 추정되는 곳에 앉아 기다리는 일을 **고대했다고** 진심으로 말할 수도 없다. 내게 다른 할 일과 매진해야 할 연구가 없어 시간이 남아도는 것도 아니다. 하지만 달리 어쩔 수 있겠는가, 어머니가 보호자로서 책임을 지겠다는 선서 진술이

내 집행유예의 조건인데. 그러나 두 번째 시술이 있은 뒤로 우리의 생활을 관찰한 사람이라면 현실은 그 반대였다는 데 동의할 것이다. 어머니는 타인들의 반응에 대한 두려움과 낙심으로 인해 집 밖으로 나가기를 어려워했고, 변호사가 사무실로 나오라고 비위를 맞춰 구슬리면 버스를 타고 가는 내내 내가 옆에서 보호해주어야 겨우 갈 수 있었기 때문이다. 게다가 나는 직사광선을 싫어하고 무척 잘 타는 체질이다. 이번 사건에서 변호사는 성형외과의가 범한 과실의 결과를 배심원단이 눈으로 직접 볼 수 있도록 어머니를 법정에 세울 수만 있다면 큰돈이 굴러들어오리라는 냄새를 맡은 모양이다. 덧붙여 나는 내 사건이 있은 뒤부터 항상 서류 가방을 들고 다닌다. 오늘날의 관점에서 봤을 때 서류 가방은 잠재적 포식자를 떨쳐내기 위한 **경계색을 갖는 부속품**이라고 할 수 있다. 첫 번째 과실이 일어난 뒤부터 나는 공포에 질린 어머니의 고정된 표정에 무감각해지는 법을 익혔는데, 그렇다고 해도 다른 사람이 우리를 보고 눈에 띄는 반응을 보일 때면 어쩔 수 없이 불편함을 느끼는 걸로 보아 이런 일에 익숙해지기란 쉽지 않은 모양이다. 버스의 원형 운전대는 내가 본 택시나 승용차나 순찰차의 운전대에 비해 크기만 큰 게 아니라 비교적 수평적인 **입사각**을 갖는데, 그래서 그런지 버스 기사는 감정이 격정적으로 북받친 사람이 테이블 같은 표면 위에 있는 물건을 한 팔로 쓸어버리는 동작을 취하는 것처럼 몸 전체를 이용하는 큰 동작으로 운전대를 돌린다.

버스 전면부에 직각으로 배치된 좌석에 앉으면 기사가 버스와 씨름하는 모습이 한눈에 들어온다. 내가 그 남자아이에게 조금이라도 억하심정을 가졌던 것도 아니다. 또한 그 어떤 주나 카운티나 지방자치단체 조례에도 연구가 허용되는 종을 제한하거나 해당 종을 일정 개체수 이상으로 배양하는 행위를 지역사회 전체에 분별없는 위협이나 해를 가하는 행위라고 명시한 조항은 없다. 오전 약속 시간에 변호사를 만나러 갈 때 타는 버스의 기사는 때로 자동매표기계 옆의 통에 신문을 접어놓고 신호등에 걸려 정차할 때면 잠깐씩 꺼내 훑어본다. 그렇다고 이 방법으로 대단히 많은 내용을 읽을 수 있는 것도 아니다. 그 남자아이는 당시 아홉 살밖에 되지 않았는데, 미치 그 아이의 나이가 내 쪽 과실에 대한 혐의를 어떤 식으로든 강화한다는 듯 이 사실이 누차 강조되었다. 흔히 볼 수 있는 아시아 종은 배배면에 보호색 휘장 무늬가 있을 뿐 아니라 등을 따라 똑바로 내려가는 붉은색 선이 있는데, 때문에 이름이 토착어로 **붉은줄등**이다. 표준검사를 통해 확인한 사실에 따르면, 나는 학구적인 성향과 놀라운 기억력을 소유하고 있다. 이건 어머니조차 부정하지 않는다. 나는 버스 기사가 신문을 보다 신호등이 초록색으로 바뀌면 마지못해 다시 접어 통에 넣는 행위가 자신의 직업에 대해 느끼고 있는 무력한 염증을 시사한다는 가설을 발전시켰는데, 관선 정신분석 전문가라면 여기서 신문이 **구조 요청**을 나타낸다고 진단할 수도 있겠다. 우리의 습관적인 서식지는 이제 버스 문과 같은 쪽에 있는 측면 배치의 좌석이 되었기 때문에, 승차하는 사람이 어머니의 표정을 예고 없이 정면으로 보게 될 확률이 최소화되었다. 이 또한 **구식 방법**을 통해 알아낸 교훈이다. 유일하게 한 가지 우스운 에피소드가 있었는데, 그건 바로 첫 번째 수술이 끝나고 의료진이 어머니에게 거울을 주고 붕대를 풀자 처음에는 어머니의 표정이 자신이 거울에서 본 것에 대한 반응인지, 아니면 어머니가 보고 있는 게 표정 그 자체인데 이게 자극이 되어 노이즈를 유발하고 있는 건지 분간할 수 없었다는 것이다. 어머니 자신도, 허영심 많고 옹졸하고 소심하긴 하나 마음씨는 좋은 표본이지만 솔직히 말해서 인간의 지성이 뻗어온 길 위에 세워진 거상이라고 할 수 없는 그녀 자신도 처음에는 미친 듯한 공포스런 표정이 반응인지 자극인지 분간할 수 없었고, 그게 반응이라면, 거울 속의 표정이 반응이라고 가정한다면, 거울 속에 있는 무엇에 대한 반응인 건지 알 수가 없었다. 이로 인해 어머니에게 진정제가 투여되기 전까지 한없이 혼란스러운 상황이 유발됐다. 의사는 얼굴을 벽에 대고 벽에 기대어 있었는데 이 행동 반응은 수술 결과에 객관적인 문제가 있음을 시사했다. 버스를 타고 다니는 건 우리에게 차가 없기 때문인데, 이 문제는 이제 자기가 완전히 해결해줄 수 있다고 새로 선임한 변호사는 말한다. 그건 전체가 매우 주의 깊게 격리되어 있었으며 칸막이가 빈틈없이 쳐져 있었고 검찰 측에서조차 그가 남의 집 차고 지붕 위에 올라가서 돌아다니지 않았더라면 놈들과 접촉할 일이 없었을 거라는 사실을 인정했다. 이 부분이 집행유예의 조건에 반영됐다. 초반에는 버스에서 어머니의 표정을 얼핏이라도 본 승객이, 그토록 놀란 표정을 짓고 있는 어머니가 무엇에 반응하는 건지 보려고 어머니가 보고 있다고 생각되는 창밖 광경을 보기 위해 반사적으로 몸을 돌리는 모습을 보는 것 또한 내 관심사 중 하나였다. 어머니는 오래전부터 절지동물문에 대한 공포가 있기 때문에 한 번도 차고에 들어간 적이 없었는데 따라서 '이그노란티아 팍티 엑스쿠삿Ignorantia facti excusat*'의 원칙을 주장할 수 있었다. 아이러니하게도 바로 그 이유 때문에 R--d©를 끊임없이 뿌려댄 것이다. 내가 이런 종들은 R--d©의 활성 성분인 레스메스린과 트랜스디알레트린에 내성이 있다고 누차 말했는데도 아랑곳하지 않았다. 물론 인정한다, 과부에게 물리는 건 죽기에 썩 좋은 방법은 아니다. 그 강력한 신경독을 두고 1935년에 어느 의사는 "이보다 더 끔찍한 고통을 유발하는 질병이나 수술을 본 적이 없다"고 쓴 바 있다. 반면 통증을 유발하지 않는 '은둔' 독은 국지성 괴사와 심한 탈피만 일으킨다. 그러나 은둔 종은 선천적인 공격성을 보이는데, 이건 심하게 건드리지 않는 이상 과부 종에게서 볼 수 없는 특징이다. 그런 애들을 그 남자아이가 심하게 건드린 거다. 버스 내부는 백인 피부색 플라스틱이

---

* '사실에 대한 부지(不知)는 용서받는다'는 뜻의 라틴어.

고, 차창 위쪽에 법률·의료 서비스 광고판들이 붙어 있다. 대부분 스페인어 광고가 쌍으로 게재돼 있다. 통풍 상태는 만석 등과 같은 조건에 따라 달라진다. 공포증이 극도로 심해지면 어머니는 뜨개질 가방에 그것을 한 통 넣고 다니는데, 나는 항상 집을 나서기 전에 발견하고는 단호하게 "안돼"라고 말한다. 한두 차례 무신경하게 발언한 것이 후회되긴 하는데, 스튜디오 시티까지 어머니를 데리고 가서 엑스트라 오디션을 보게 하면 딱이겠다고, 요즘 영화들은 촬영을 먼저 하고 나중에 컴퓨터로 **특수효과**를 만들어 덧입히는데, 공포에 질린 표정으로 하늘을 올려다보는 군중 역할 엑스트라를 하면 용돈을 벌 수 있다고 떠벌린 것이다. 이 말을 한 건 진심으로 후회한다. 어머니가 의지할 데라곤 나밖에 없는데 말이다. 하지만 21년 된 차고 지붕에 힘을 못 받는 부분이 있다는 것과 주의의무를 다하지 못한 것이 같다고 보는 건 나로서는 확대 해석이라고밖에 생각되지 않는다. 반면에 히치콕을 비롯한 고전 영화는 초보적인 특수효과만 사용했는데도 훨씬 더 무시무시한 효과를 줬다고. 더군다나 그 아이는 남의 집에 무단으로 침입했고 남의 지붕에 함부로 올라갔다. 법정 진술에서 나는 그렇게 말했다. 무단 침입자가 차고 지붕을 뚫고 아래로 떨어져서 정교하고 값비싼 강화유리 컨테이너 단지를 대대적으로 결딴내고 수많은 종들을 깔아 죽이거나 건드리는 바람에 그 일대에 불가피하게 부분적인 비격리 상태와 침투가 발생하리라고 예견하지 못한 것이

주의의무 태만에 해당한다고 주장하는 것도 말이 안 된다고 말했다. 그때 나는 이것이 내가 오래된 고전 공포 영화를 더 좋아하는 이유라고 했다. 일주일에 두 번 버스를 타고 갈 때면 나는 서류 가방을 절대로 의자 밑에 두지 않고 내릴 때까지 무릎 위에 놓고 간다. 소송이 진행되는 동안 나는 아이와 아이의 가족에게 심심한 유감을 표하지만서도 그 사고로 인해 일어난 불운이 나에 대해 제기된 히스테리적이고 날조된 혐의를 정당화할 수는 없다는 입장을 고수했다. 실력 있는 변호인이라면 내 변론을 소장에 기재하고 비공개 재판에서 발언할 때 사용할 설득력 있는 법적 표현으로 다듬었을 것이다. 하지만 가해자를 변호할 변호사는 차고 넘치는 반면 한낱 피해자의 경우에는 그렇지 않다는 게 현실이었나. 변호사들은 숙주다. 낮 시간대 TV는 시청자에게 인내심을 갖고 공격할 기회를 기다리라고 촉구하는 광고로 들끓는다. "수임료는 승소 시 판결금의 비율로 청구, 당신이 가해자라면 완전 무료!" 어머니의 제조물 책임 소송이 종결된 후 놈들이 집 안의 목재 가구에서 기어 나오는 걸 본 적이 있다. 객관적 견지에서, 과부의 신경독이 어떤 작용을 통해 대형 포유동물에게 그토록 끔찍한 통증과 고통을 유발하는지 아무도 알지 못한다. 과학은 독특하면서도 흔히 볼 수 있는 이 종이 먹잇감을 진압하는 데 필요한 것보다 훨씬 많은 독을 갖고 있는 진화론적 이유를 설명하지 못한다. 선명한 색을 자랑하는 과부 종과 상대적으로 평범해 보이는 은둔 종은 과학을 당혹시킨다. 덧붙여 더러운 짓도 마다하지 않고 무슨 일이 있어도 반드시 이기겠다고 입을 놀리는 이들은 십중팔구 어머니가 고른 밴나이즈 지구의 과실 전문 변호사처럼 가증스런 작자들이다. 다른 관점에서 보면 저들이 보인 히스테리에는 다분히 가소로운 면이 있었는데, 우리 동네처럼 관리되지 않는 환경이라면 지저분한 곳과 폐허로 방치된 곳들이 이미 놈들로 우글거릴 터였기 때문이다. 이처럼 은신처가 풍부한 곳은 놈들의 **천연적인 서식지다.** 지하실 모퉁이에서, 헛간 선반 아래에서, 차고와 리넨 옷장에서, 대형 가전의 뒤편에서, 그리고 마당에 쌓아둔 쓰레기와 웃자란 잡초더미 속 무수히 많은 틈에서 다양한 크기와 공격성을 갖는 수많은 종들을 찾아볼 수 있다. 과부 종은 특히 빛이 들지 않는 각진 구석에 그물을 치기 좋아한다. 여름철, 대부분의 건물에서 볼 수 있는 처마 밑의 각지고 그늘진 곳이라면 십중팔구다. 어디서 무얼 찾아야 하는지 안다면 식은 죽 먹기다. 따라서 샤워 부스에 들어갈 때조차도 투명한 고글과 폴리우레탄 장갑을 필수로 착용해야 한다. 불과 몇 시간만 비워둬도 각진 모서리들이 놈들로 들끓을 수 있다. 과부 종은 쉬지 않고 그물을 치는 놈들로 유명하다. 달리는 버스 밖으로 아무것도 모르고 야자나무 아래에 서서 버스를 기다리는 사람들을 보면 "거 시간 되면 사다리 하나 구해다가 나뭇가지 밑에 좀 살펴보쇼"라고 창밖으로 소리치고 싶은 마음이 든다. 놈들이 좋아하는 서식지에 대한 지식을 어느 정도 갖추면 그때부터는 곳곳에서 눈에 띄게 숨어 있는 놈들을 볼 수 있다. 놈들의 또 다른 특징은 인내심이다. 이 일대와 내륙 지방에서는 모래시계 모양의 배가 갈색이나 황갈색인 외래종 '붉은과부'를 볼 수 있고, 내륙으로 더 들어간 사막 지대에서는 북반구의 작은 갈색 또는 회색 종을 볼 수 있는데, 이놈들은 건조 기후를 좋아한다. 희귀종인 붉은과부 표본의 붉은색에는 집에서 흔히 볼 수 있는 검정색 표본의 매혹적인 광택은 없다. 칙칙한 붉은색 혹은 암적색이다. 남자아이가 일으킨 그 사고 통에 이 두 개의 표본 모두 탈출했고 회수되지 않았다. 절지동물의 세계에서 흔히 그렇듯이 이 경우에도 암놈이 우세하다. 솔직히 말해서 제조물 책임 소송에서 주장된 어머니의 '고통'은 부풀려진 측면이 없지 않았고, 실제로 어머니가 법정에서 진술할 때에 비하면 기침이 줄어든 게 사실이다. 물론 그렇다고 해서 어머니의 주장을 부인할 생각은 없다. 피는 물보다 진하니까. 어두운 안경을 끼고 여느 때와 다름없이 내 행동을 주시하면서 뜨개질을 하는 어머니의 **입 부분*이 게으르게 움직인다.** 과학적으로 봤을 때 대형 포유동물이 트랜스디알레트린에 의해 영구적 손상을 입으려면 엄청난 양을 흡입해야 하는데, 이 사실은 예상한 바대로 합의금의 금액이 낮게 책정되는 데 영향을 주었다. 젊고 부드러운 눈매와 1960년작 고전 영화의 샤워 장면에서 비비안

---

*   입 부분(mouth parts)은 절지동물의 구기(口器, mouthpart)를 연상시킨다.

리*가 보여주는 불변의 표정 사이의 차이는 좌우 어느 쪽으로든 불과 1센티미터도 되지 않는다. 서류 가방의 각 귀퉁이에는 공기가 통하도록 작은 구멍이 여러 개 뚫려 있고 가방 내부에 서른 개의 폴리스티렌 굄목이 고르게 설치되어 있어 내용물이 흔들려 부딪치거나 부상을 입지 않도록 보호한다. 새로 진행 중인 소송에서는 어머니에게 무서운 눈과 이마를 준 첫 번째 의사와 **야만적인 칼질**로 제정신이 아닌 고통과 공포의 가면을 씌운 두 번째 의사 사이에 책임을 정확히 어떻게 배분할지가 관건이었다. 다행히 이제 어머니의 얼굴은 누군가 우리 맞은편, 기사 바로 뒷자리에 앉을 경우에만 소동을 일으킬 수 있다. 그러니까 어머니가 앉은 자리의 단 한 가지 허점은 맞은편에 표본이 앉을 경우 하차할 때까지 우리를 정면으로 마주보게 된다는 것이었다. 그리고 때에 따라 해당 표본이 환경적 조건이나 타고난 기질에 의해 어머니의 표정에 가해진 자극이 다름 아닌 나라고 가정하게 될 수 있다. 내 체구와 눈에 띄는 특징을 보고 이 공포에 질린 중년 여성을 내가 납치했거나 위협적인 태도로 대했다고 생각하고 타인의 반응에 위축되어 뜨개질한 스카프를 한껏 위로 올려 얼굴을 가리는 어머니를 향해 "부인, 무슨 문제 있습니까?"라고 묻거나 누군가 나에게 "지금 이분 괴롭히는 겁니

---

*   실제로 영화 〈사이코〉(1960)의 샤워 장면에 등장하는 배우는 비비안 리가 아니라 재닛 리다.

까?"라고 물으면, 여러 차례의 시행착오를 거쳐 다듬어진 내 전략은 침착하게 웃으며 마치 '각자 어떤 표정을 짓고 있든 다른 사람이 그 이유를 어떻게 확신할 수 있겠습니까, 불충분한 데이터를 바탕으로 성급히 결론 내리지 말자고요'라고 말하는 듯 영문을 모르겠다는 제스처로 장갑 긴 두 손을 드는 거다. 어떤 경우에도 제조물 책임 소송과 연관 지어 자사 살충제의 상표명을 언급하지 않는다, 이게 합의의 다섯 번째 조건이었다. 나는 그 조건에 위배되는 일은 하지 않는다. 법은 법이니까. 짝짓기에 대해 말해보자면 몇 차례 데이트를 해본 적은 있는데 성적 끌림이 부족했다. 이 문제에 관해 냉소적인 어머니는 짝짓기 의식의 모든 스펙트럼을 통틀어 **예고된 재앙**이라 부른다. 얼마 전에는 버스를 타고 가던 중 빅토리 불러바드를 지나칠 때 상태를 확인하기 위해 내려다보니 서류 가방의 한쪽 귀퉁이에 있는 통풍 구멍에서 검은 앞다리의 가느다란 끝부분이 튀어나와 있었다. 나머지 표본들과 마찬가지로 광택이 흐르는 다리는 머뭇거리는 듯 조금씩 움직이며 여기저기를 더듬고 있었다. 서류 가방의 인위적인 검정색이 배경이 된 까닭에 아무도 보지 못했다. 어머니도 보지 못했다. 우스갯소리지만, 봤다고 한들 그에 대한 반응으로 표정이 조금도 바뀌지 않을 거다. 익숙해지면 그건 **포커페이스** 같아진다. 여기 내 무릎 위에서 서류 가방을 열고 가운데 통로에 내용물을 쏟아 인근 지역에 신속한 확산과 침투가 일어나도록 한다 해도 마찬가지다. 이러한 최악의 시

철학과 자연의 거울

나리오는 맞은편에 앉은 새파랗게 어린 2인조 **펑크족**이나 적대적인 생물들이 어머니에게 공격적으로 도전적인 눈빛을 보내거나 공격적으로 "씨– 어딜 쳐다봐"라고 해서 대항할 필요가 있을 때만 일어난다. 이런 경우를 대비하여 내가 어머니의 경계색을 갖는 부속품 또는 에스코트로 기능하는 것이다. 벌어진 입 때문에 일그러진 어머니의 미소에도 불구하고 내가 위압적인 덩치와 고글로 그녀를 보호해줄 것을 믿고 있다는 걸 알 수 있다. 다행이다.

오블리비언
Oblivion

다행히 뇌우가 일기 시작했을 때 호프의 새아버지와 본인은 막 '프런트' 나인을 마치고 10번 티의 설비에서 공을 닦고 있었다. 그래서 나는 비바람을 동반한 폭풍우가 본격적으로 몰아치기 시작하기 전에 그를 클럽하우스로 데려갈 수 있었고, 장인이 물기를 닦고 옷을 갈아입고 그의 아내에게 전화를 걸어 9홀밖에 치지 못해서 아침 일정이 또 변경됐다고 말하는 동안 카트를 반납할 수 있었다. 장인은 원래 이른 새벽부터 라운딩을 시작하자고 했었는데, 나는 호프 앞에서 예의 그 갈등을 둘러싼 '벌집을 건드리지' 않고서는 이게 얼마나 정당화하기 어려운 곤란을 야기할지 그에게 설명할 수 없었다. 전날 저녁 레스토랑에서 우리가 오늘의 일정을 마지막으로 검토할 때, 호프도 그 자리에 있었던 것이다. 은퇴한

노의사인 장인을 클럽하우스 로비에 줄지어 있는 공중전화에서 발견했을 때, 그의 태도에서 말 그대로 '득의양양한' 불만을 감지할 수 있었다. 그는 골프 모자와 골프화를 제외하고 모두 개운하게 새옷으로 갈아입은 상태였다. 골프 모자와 골프화는 오전 7시 40분에 그가 직접 차를 몰고 이곳 라리탄 클럽으로 올 때부터 착용하고 있던 거였다. 장인이 '회원 전용' 주차 스티커가 내 차에 붙어 있다는 사실에도 아랑곳없이 자신의 붉은색 사브 쿠페로 이동하자고 고집을 부리는 바람에 주차와 관련한 행정적인 문제가 발생했고 시간이 지연되어 결국 예정된 '티타임'을 놓친 것도 라운딩을 마치지 못한 이유 중 하나였다.

　클럽의 19번 홀룸 창가 테이블로 안내받은 호프의 새아버지와 본인은 테이블 위 볼에 담긴 짠맛 나는 주전부리를 깨작거리며 잭 보겐의 막내딸이 '아버지'(호프를 비롯해서 그녀의 '친'·'의붓' 동기들과 그들의 배우자들은 모두 그를 '아버지'라 부르는데, 윌크스배리에 진짜 아버지가 있는 나로서는 실제 대화에서 가급적 닥터 사이프를 직접적으로 부를 일을 만들지 않으려고 애쓴다)가 주문한 드래프트 라거를 가져오기를 기다렸다. 칠순을 넘긴 노령의 장인은 이번에도 파이겐스팬 드래프트 라거를 굳이 'P.O.N.'이라고 칭해서 나는 '아버지'가 손목에 찬 독일제 시계를 골똘히 살펴보고 귀에 갖다 대는 등 폭풍우 때문에 습기가 차서 고장이라도 나지 않을까 걱정된다는 제스처를 취하면서 또 한 번 시계의 가격을 입에 올리는 동안,

오드리 보겐에게 이 은어의 유래를 설명해야 했다. 억수같이 쏟아지는 사나운 빗줄기가 19번 홀룸의 커다란 '퇴창'을 맹렬히 덮치고 납틀 판유리를 따라 복잡하게 포개지는 여러 겹의 번들거리는 면으로 흘러내렸다. 유리와 캔버스 차양을 치는 빗소리는 기계식 혹은 '자동식' 세차장 소리와 비슷했다. 고급 수입 목재, 어둑한 조명, 각종 주류와 애프터셰이브와 헤어 오일과 고급 수입 담배와 남자들의 젖은 스포츠 의류 냄새들로 가득한 19번 홀룸은 따뜻하고 아늑하고 '안락' 하면서도 어딘가 모르게 비좁은 느낌이 드는 것이, 마치 위압적인 어른의 무릎 같았다. 일곱 달 가까이 시달려온 극심한 수면장애로 인한 동요와 감각지각의 왜곡 혹은 '변형'이 네 번째 페어웨이에서 덮쳐와 민망한 모습을 보인 후 또다시 덮쳐온 것은 대략 이즈음이었다. 그 증상과 기분은, 대뇌에서 지진 혹은 '쓰나미'가 일어나는 것 같다고, 정서적 스트레스와 만성 수면 박탈이라는 조건하에서 기능해야 했던 신경이 반발하여 '신경성 시위' 혹은 '반란'을 일으키는 느낌과 다르지 않다고밖에 설명할 수가 없다. 이번에는 19번 홀룸에 있는 모든 사물의 색깔이 순식간에 제멋대로 밝아지고 채도가 높아졌다. 눈에 들어오는 모든 것이 희미하게 떨리고 울렁거렸다. 개별 사물들은 역설적이게도 뒤로 물러나며 멀어지는 동시에 비정상적일 만큼 또렷이 보이며 윤곽이 매우 매우 세밀하고 분명해졌는데, 꼭 빅토리아 시대의 유화에 나오는 장면 같았다. (호프는 한때 의붓 여동생 메러디스와 함께 콜츠

넥*에서 화랑을 경영했다.) 예를 들면, '더 홀'의 맞은편 벽에 걸린 라리탄 클럽의 방패 문장紋章과 모토가 뒤로 물러나면서 동시에 견딜 수 없이 고통스러울 만큼 또렷해졌고, 그 위에 걸린 박제된 풀잉어는 매우 작아 보이는 동시에 겹쳐진 비늘 하나하나의 윤곽이 '포토리얼리즘' 기법으로 그려진 것처럼 보였다. 비교적 흔한 증상인 현기증과 메스꺼움도 빠지지 않았다. 나는 고통에 못 이겨 우리가 앉아 있던 작은 단풍나무 테이블의 '옹이진' 혹은 비스듬히 잘린 측면을 꽉 붙들었고, '아버지'는 간식 볼에 담긴 내용물에 열중하여 주전부리를 손가락으로 휘저으며 집적거리고 있었다. 내가 닥터 사이프(사이프는 호프의 결혼 전, 그러니까 '처녓적' 성이다)에게 일종의 '남자들끼리' 혹은 '가족 간' 비밀 얘기로서 호프와 본인 사이의 이상하고 터무니없이 짜증나는 갈등에 대해, 이른바 내가 '코를 곤다'는 문제에 대해 말을 꺼내보려 한 것은 바로 그때였다.

그리고 '그따위 일을 입에 올려 내 시간을 낭비할 생각은 하지도 말게. 결혼 생활의 수많은 갈등과 문제에 비하면 그게 얼마나 어처구니없고 사소한 일인지 모르는 남자는 없으니까. "데 미니미스 논 쿠랏de minimis non curat**", 그러니까 이 문제는 본질적으로 내가 상관할 가치가 없다는 거야'

---

* 뉴저지주의 타운십(행정 단위).
** '사소한 일에는 관여하지 않는다'는 뜻의 라틴어.

라는 게 내가 이 조심스러운 문제를 상의하기 위해 운을 뗐을 때 호프의 새아버지가 보인 예의 그 경멸적인 손동작의 요지 혹은 '골자'였다. 그 손동작은 호프의 모든 형제들이 어릴 적부터 지금까지도 아버지를 생각하면 으레 떠올리는 것이었는데, 치과와 병원에 자동 결제 시스템을 납품하는 성공한 사업가인 호프의 의붓 큰오빠 폴이 연말연시에 부인 테리사와 공동 소유한 시거트*** 소재의 멋진 별장에 가족들이 모두 모일 때면 오싹하리만큼 똑같이 따라 하곤 한다. 겨울철의 높은 파도가 G.P.S. 혹은 '위성' 내비게이션의 등장으로 쓸모가 없어져 해안경비대에 의해 폐쇄된 등대가 솟아 있는 바위로 돌진하는 그곳에서 호프의 '친'·'의붓' 형제자매들과 각자의 배우자들과 자녀들이 노르웨이 스웨터 차림으로 뜨거운 사과주가 담긴 보온병을 챙겨 갈매기의 굽이치는 울음소리가 들리는 현무암 노두 위에 모여 돌진하는 파도와 내륙대수로를 북상하여 스태튼 아일랜드로 향하는 포인트플레즌트 여객선의 불빛을 감상할 때마다 온통 철회색과 농후한 고동색밖에 없는 이 풍경은 극도로 쓸쓸하다고, 나는 속으로 생각했다. 의식적이든 아니든, 그 손동작은 상대방이 스스로를 무익한 얼간이 혹은 따분한 인간이라고 느끼기 딱 좋게끔 고안된 것으로, '아버지'가 나라는 사람과 전체 '가족 역학'에서 내가 차지하는 위치에 대해 갖는 감정은

*** 뉴저지주의 보로(행정 단위).

그간 잘 감추어져왔다고 할 만한 것이 못 되었다. 어렸을 때는 우리 오드리와 놀던 가까운 친구였는데 잭 보겐이 사업에 실패하고 그들의 삶이 그토록이나 극적으로 다른 길로 접어든 뒤 이제는 벌써 '미혼'모가 되어 라리탄 클럽의 19번 홀룸에서 생업으로 음료를 나르는 웨이트리스 일을 하고 있는 오드리 보겐이(아이들 중 하나는 누가 봐도 혼혈이라, 그녀의 처지는 성숙할 대로 성숙한 우리 오드리의 또래 집단에서 일종의 교훈적인 이야기로 통했다) 작은 오크 블론드우드 접시에 파이겐 스팬 라거를 받쳐들고 다시 나타났고, 호프의 새아버지는 젊은 여성을 대할 때 오직 고령의 남자들만이 갖는 특권을 행사했는데, 그러니까 서리 낀 맥주잔을 내려놓으며 스낵을 더 가져오겠다고 말하는 이 젊고 관능적인 웨이트리스의 얼굴과 유니폼과 육체를 무언가를 가늠하는 듯한 노골적인 눈빛으로 바라봤다. 다시 말하면 '아버지'의 고령과 육체적 연로함으로 인해 그의 노골적인 눈길—내가 어릴 때 살던 월크스배리에서는 이런 걸 '뜯어본다'고 했다—이 젊은 여성들에게 외설적이거나 음탕해 보이지 않고 외려 천진하고 아이 같으면서 '순진하게' 혹은 무해하게 보이는 거다. 이건 우리 오드리가 청소년기에 접어들기 시작하면서부터 나 역시 무척이나 신경 쓰고 있던 혹은 의식하고 있던 기질(또는 기질의 결여)이었다. 어찌된 일인지 요즘 여자아이들은 청소년기가 시작되는 시기가 갈수록 빨라지는 것 같은데, 우리 오드리도 예외는 아니어서 신체적으로 '성숙'해졌고 혹은 (아내의 표현에 따르면) '둥그레'졌으며, 당연한 일이지만 오드리가 어울리거나 집으로 데려오거나 6월이나 7월, 혹은 8월 초에 해변으로 떠나는 휴가 및\또는 내륙 카누 여행에 함께하는 또래 아이들도 마찬가지였으며, 그중에 상대적으로 또래보다 '성숙'하거나 육감적인 아이라도 있으면, '혈기 왕성한' 성인 남자라면 누구나 쳐다보게 되는 자연스러운 충동 혹은 본능적인 욕구와 친구의 양부라는 내 역할에 의해 발기되는 사회적 제약 사이의 갈등이, 어떤 때는, 너무도 곤란해지거나 고통스러워져서 걔들을 제대로 쳐다보거나 알은척을 하기조차 힘들어지는데, 이 현상이 우리 오드리는, 놀랄 것도 없지만, 어지간해서는 알아챈 적이 없었지만 한번씩 호프의 신경을 심하게 긁어서 부부싸움을 할 때 한두 번은 내 고통스런 당혹을 조롱하면서 차라리 내가 대놓고 쳐다보거나 추파를 던지는 게 낫겠다고—아내가 사용한 표현은 아마도 이 맥락에서 더 적당한, 더 '존경스럽겠다'였는지도 모르겠다—, 그렇게 얼빠진 표정으로 무심히 회피하는 척한다고 해서 딱하고 역겹게 그 한심한 짓거리를 보고 있는 눈 달린 사람이라면 누구라도 속을 줄 아냐고 한 적이 있다. 나는 극심한 수면장애와 호프와의 불화와 내가 보조 시스템 관리자로 근무하는 회사(미드애틀랜틱 지역에서 중소 규모 보험회사들에 데이터 및 문서 보관용 위탁 설비와 시스템을 제공하는 회사다)에서 부서의 골치 아픈 일이 겹쳐 만성 스트레스가 누적돼 종종 울음이라도 터뜨릴 것 같은 상태였다. 호프의 새아버지와 함께 있던 19번 홀에서 눈물을 보인다는 건 물론 상상도 못할 일이었지만. 어떤 때는, 주로 운전 중에, 심근경색이 오는 게 아닌가 싶다가 그다음에는 예상 가능하면서도 훨씬 기분 나쁜 정신적 혼란 단계가 엄습하며, 공항이나 통근 열차 터미널에서 일련의 혹은 '도열'해 있는 공중전화 중 한 대가 울려대는 이상하고 정적이면서 환각적인 광경 혹은 머릿속 '샷', '장면', 파타 모르가나Fata morgana* 혹은 '환영'이 나타난다. 늘어서 있는 공중전화의 측면으로 여행객들이 서둘러 지나간다. 어떤 이들은 '기내용' 여행 가방과 그 밖의 소지품을 끌거나 들고 느리거나 빠른 걸음으로 서둘러 가는데, 계속해서 그 장면 혹은 광경의 중심을 차지하고 있는 공중전화 한 대는 끈질기게 울어대고, 받는 이는 없다. '도열'해 있는 공중전화 중에서 사용 중인 것은 없고, 비행기 또는 기차 이용객 중 아무도 울어대는 전화를 알은체하거나 힐끗 쳐다보지조차 않는다. 울려대는 전화에서 갑자기 몹시 '뭉클한' 혹은 가슴을 찌르는, 쓸쓸한, 우울한 혹은 불길한 예감이 들기조차 하는 무언가가 느껴진다. 끝없이 울리는데 받는 이 없는 공중전화. 이 모든 것이 끝도 없이, 동시에 이를테면 '한순간'에 나타난다, 혹은 발생한다. 그리고 이를 동반하는 어울리지 않는 사프란 냄새.

호프의 새아버지는 푸르덴셜 생명—흔히 '더 록The Rock'

---

* '신기루'라는 뜻. 북극권 이상에서 접하는 일종의 환각 상태를 의미하기도 한다.

이라는 애칭으로 불리는 보험회사—의 의학 전문 임원이
자 (예전에 그의 아버지도 같은 일을 했다고 한다) 역사 지구**인
'포스 워드Fourth Ward'에서 나고 자란 뉴저지 토박이로, 파이
겐스팬 라거를 원래 상표인 '프라이드 오브 뉴어크Pride of New-
ark***'(또는 'P.O.N.')가 아닌 다른 이름으로 부르기를 거부했
다. 그는 맥주를 한 모금 마시고 뉴어크의 '노동자'들처럼 굳
이 주먹 관절로 윗입술을 닦은 다음, 조끼 주머니에서 시가
케이스와 커터와 날렵하고 모던한 금빛 라이터(부인에게서 선
물받았다고 새겨져 있다)를 꺼내 드래프트 라거에 곁들여 값비
싼 코이바 시가를 태우기 위한 준비 의식을 시작하면서, 거
만하고 위압적인 태도로 재떨이를 가져오라고 바를 향해 손
짓했다. 이때 공중으로 치켜든 그의 왼쪽 손과 손목의 살결
이 무지하게 얇고 누르퉁퉁하고, 이를테면 딱지 혹은 박편
같아 보인다는 사실이 또 한 번 내 주의를 끌었다. 평소에도
상당히 커 보이는 혹은 튀어나와 보이는 귀는 방금 전의 운
동으로 상기돼 있었다. 심사숙고 끝에 이렇게 이른 아침부터
시가를 태우는 게 과연 좋은 생각일지 묻자, 다가오는 7월
6일에 76세가 되는 닥터 사이프는(탄생석은 '루비'라고 알려져
있다) 자신의 버릇에 대해 내 의견을 듣고 싶어 한다는 것을
알 수 있는 유일한 지표는, 나에게 명시적으로 의견을 요구

**   국가나 시, 주에서 지정하는 역사적 유적지가 많이 몰려 있는 지역.
***   '뉴어크의 자랑'이라는 뜻.

하는 것뿐이라고 답했다. 나는 작게 헛기침을 하고 어깨를 으쓱했나 미소를 지었던가 하며 오드리 보겐의 짙은(우리 오드리의 경우는 회녹색인데 불빛에 따라 '헤이즐'색도 된다) 눈을 피했다. 그녀는 무척 반짝이는 견과류가 든 작은 볼과 밑면에 라리탄 클럽의 방패 문장이 새겨진 투명한 유리 재떨이를 테이블 위에 놓았다. 닥터 사이프는 재떨이를 자기 쪽으로 끌어당겨서 살짝 돌려놓았다. 시가를 즐기는 그만의 의식을 구성하는 알 수 없는 조건을 만족시키는 동작인 듯했다. 나는 벌써 두 번이나 왼쪽 귀 밑에서 뻥하는 소리와 함께 흔히 말하는 '찌르는 듯한' 갑작스러운 고통이 느껴질 만큼 격렬하게 하품을 했다. '아버지'의 신체 건강에 관한 소상한 사정은 자식들 사이에서 끝도 없이 이어지는 대화 주제였다. 지난 수년간 몇 차례의 사소한 국부성 풍—건강보험 서류상의 표현으로는 '일과성 허혈 발작'—이 왔는데 호프의 남동생 '칩'(진짜 이름은 체스터다)은 현직 신경과 전문의 특유의 단조롭고 침착하고 감흥 없는 말투로 닥터 사이프의 병력과 건강 상태를 가진 칠십 대 남성으로서 이는 예삿일이라고 할 수 있으며 징후라고 해봤자 일과성 현기증이나 지각 왜곡 정도가 전부이므로, 개별 건으로는 그다지 심각하다고 보기 어렵다고 확언했다. 실증적인 측면에서 '아버지'는 그로 인해 나이에 비해 젊어 보이고 일정 거리에서 보면 다소 기품 있어 보이기도 하나 비교적 근거리에서는 미묘하게 초점 없는 눈동자가 드러나고 얼굴 표정 혹은 정서가 미묘하지만 확실하게 어딘가 '야릇해' 보여서 영구적으로 굳어진 '기묘한 표정' 혹은 모습이 어떤 때는 어린 손주들에게 공포를 주는 부류의 노인(혹은 요즘 사람들이 좋아하는 말로 '시니어')이 되었다. (그렇지만 닥터 사이프의 두 번째 큰 손주이자 이제 열아홉 살이 된 우리 오드리는 단 한 번도 '한아버지[어릴 때 사용하다 굳어진 애칭이다]'를 무서워한 적이 없고, 그 역시 오드리를—일말의 비꼼이나 의식하는 기색 없이—'우리 꼬마 공주'라고 부르며 그의 아내와 함께 어찌나 헤프고 터무니없는 호사로 오드리의 버릇을 '버려'놓는지, 호프와 이 가장 최근 사이프 부인 사이에 때때로 긴장이 고조되곤 했다. 둘은 [호프가 주장해 마지않는 바에 따르면] 애당초 '엄청나게 친한 사이'도 아니었다. [상호간의 암묵적인 합의에 따라 우리 오드리는 보통 호프를 '어머니' 또는 '엄마'라고 불렀고, 나를 '랜들'이나 '랜디'라고 불렀으며, 화가 났을 때나 청소년기의 통제와 자립을 두고 끝없이 이루어지는 대결 속에서 빈정거리고 싶을 때면 '미스터 네이피어'나 '미스터 앤 미세스 네이피어' 또는 (작정하고 빈정대며) '다이내믹 듀오'라고 불렀다.]) 이마 위의 전암前癌 증세로 보이는 네 개의 거슬리는 반점, 병변 혹은 '각화角化'에 더해, 호프의 새아버지가 말을 마친 다음 방금 한 말의 맛을 음미하는 듯이 혹은 소리 없이 되풀이하는 듯이 계속해서 입을 달싹이는 버릇이 생긴 것도 근년의 일이다. 이 움직임은 차에 깔리고 혹은 치이고는 차도 위에서 계속해서 질벅이며 버둥대는 모종의 작은 동물이 떠오르게 한다. 한마디로, 아무리 좋게 말해도, 마음이 뒤숭숭해지는 모습이었다. '아버지'의 위쪽 등이 굽어지고 그로 인해 머리가 돌출되었다는 문제 혹은 사안도 있다. 결과적으로 공세적이고 잡아먹을 것 같은 기세로 상대를 향해 얼굴과 입을 한껏 내뻗는 것처럼 보이는데, 이 역시 마음이 뒤숭숭해지는 모습이다. 노인병 때문에 나오는 자세이거나 디스크 압박 문제이거나 '꼽추' 혹은 '척주후만'의 전조 증상이 아닌가 싶은데, 이 문제에 관해 몹시 날카롭고 예민하게 구는 통에 그의 아내를 제외하면 '가족' 중 누구도 어떤 경우에도 감히 언급조차 못한다. 그의 아내로 말할 것 같으면 어느 순간 갑자기 앞으로 돌출된 그의 머리를 신경질적으로 건드리면서 혹은 밀면서 그 자리에 있는 모든 이를 불편하게 만드는 어조로 "에드먼드, 제발 좀 똑바로 앉아요"라고 말하는 것이다. 그때 극도로 짧고 '섬광등' 같은 연상 장면. 호프의 새아버지와 호프가, 과거 혹은 아득히 먼 예전의 어느 시점에, 8월 혹은 7월 말의 타는 듯한 태양 아래 시골의, 혹은 유난히 너저분한 내륙 주도를 따라 달리고 있는 처음 보는 쿠페 혹은 스포츠카에 나란히 앉아 있다. 그리고 차량 내부 광경. 철회색 머리와 작고 잔혹한 콧수염에 손에는 얇은 송아지 가죽 곤틀릿 혹은 '운전용' 장갑을 끼고 운전하고 있는, 어딘지 젊어 보이고 지금처럼 가피痂皮화되지 않은 '아버지'. 그리고 차창 밖 풍경과 양쪽 도로를 나누는 중심선 혹은 중앙선이 팽창하면서 마치 울퉁불퉁한 노면 상태에 비해 차량이 지나치게 빠르게 이동하고 있는 것처럼 부자연스러운 속도로 스쳐 지나가는 모습과 젊고 지금보다 확연히 나긋나긋하고 육감적인 호프가 선셰이드 혹은 선바이저에 삽입된 작은 거울을 보며 화장을 고치는 모습. 옆에서 '아버지'는 곧추서고 기품 있는 자세로 무신경하게 정면 도로를 응시하며 그 녀석 자체에 대한 반감이나 '못마땅함'만이 문제가 아니라고 힘주어 말한다. 강력한 엔진을 자랑하는 차량은 늦여름의 반짝이는 아지랑이 속으로 멀어진다. 한순간에 너무나 빠르게 지나가고 앞뒤가 맞지 않아서 회상을 통해서만 비로소 진정으로 '볼' 수 있는 광경 혹은 내면의 '환영' 혹은 샷.

　회중시계를 보니 우리가 19번 홀룸에 들어온 뒤로 기껏해야 오륙 분밖에 지나지 않았다. 유리로 된 오목한 멀리언창*을 때리는 빗줄기는 이제 맥관脈管 같은 혹은 연동聯動하는 '펄스'나 '파동' 같은 모양으로 달려들고 있었고, 주기적으로 발생하는 찰나의 소강점 혹은 저점에서는 18번 페어웨이의 도그레그**의 나무들이 폭우가 몰고온 강풍에 의해 구부러지고 비틀리는 모습, 그리고 저 멀리서 4인조들이 카트나 비를 피할 수 있는 프로 숍을 향해 사력을 다해 달리는 모습이 보였다. 골프화의 스파이크로 인해 마치 제자리에서 달리는 것처럼 보폭이 과장되게 커 보였다. 모자를 쓴 이들은 한 손으로 모자를 잡았다. 19번 홀의 기다란 마호가니 바와

---

* 　중간에 수직 프레임이 있는 창.
** 개의 뒷다리처럼 왼쪽 또는 오른쪽으로 날카롭게 굽어지는 페어웨이.

테이블이 골프장 곳곳에서 폭풍우에 쫓겨 자신들에게 그나마 남아 있는 가족들이 있는 집으로 돌아가기 전에 잠시 몸을 녹이고 비를 피할 곳을 찾아 점점 더 많은 남자들이 서둘러 들어오면서 조금씩 채워지기 시작했다. 커터를 조작하는 '아버지'의 손이 떨렸다. 고도의 정교함을 요하는 작업인 모양이었다. 막 들어온 사람들의 대화는 대부분 번개에 관한 이야기와 필드에서 번개를 보거나 들은 사람이 있는지, 그리고 라리탄 클럽의 정규 멤버 중에서 누가 아직 '저 밖에' 있을지에 관해 묻는 것이었다. 이들 중 다수가 갑작스러운 피신으로 인해 분비된 아드레날린으로 상기되어 얼굴이 반드러웠고 분홍빛을 띠었다. 보험 통계를 보면 서구의 산업화된 국가에서 번개로 인해 사망하는 사람은 1년에 평균 300명이 넘는데, 이는 오락용 보트 타기와 벌레 물림에 의한 평균 사고사 건수를 합친 것보다 높은 수치로, 그중 상당수가 전국의 골프장에서 발생한다.

고등학교를 차석으로 졸업하여 졸업식에서 개회사를 낭독한 우리 오드리가 집이라는 '둥지'를 떠나 타주他州에 있는 브린모어 칼리지로 떠난(물론 일주일에 한두 번씩 꼬박꼬박 집으로 전화를 걸긴 한다) 지난가을 이후, 아내와 나의 결혼 생활의 유일한 중대 갈등은 이제 아내가 내가 '코를 곤다'고, 그리고 이 입증되지 않은 '코를 고는' 행위가 자신에게 그토록 필요한 잠을 훼방한다고 혹은 박탈한다고 주장한다는 사실을 둘러싸고 발발했다. 예컨대 적당히 기분 좋게 조용하고 어두운 2층 침실에서 (긴장을 풀고 잠들 준비를 할 때 늘 그러듯이) 가슴에 양손을 엑스 자로 얹고 똑바로 누운 상태로 한 층 아래의 조용한, 혹은 '나무로 소리가 죽여진' 주택가 교차로의 얼마 되지 않는 차량들의 굴절된 불빛이 침실 벽을 천천히 가로지르며 북쪽과 동쪽 벽 모서리에서 흥미롭게 길게 늘어지거나 팽창되거나 수축되는 모습을 바라보던 본인이 점차 긴장이 풀리며 한 계단 한 계단씩 깊어지는 안온함과 함께 서서히 잠에 빠져들 때, 갑자기 어둠 속에서 호프가 화난 목소리로 소리를 지르며 나의 '코골이' 때문에 잠을 잘 수가 없으니 옆으로 돌아눕든지 이 방에서 나가 '손님'방(오드리가 어렸을 때 쓰던 방을 우리는 무언의 합의하에 이렇게 불렀다)에서 자든지 하여 '제발 부탁인데' 자신에게 일말의 '평화'를 좀 달라고 하는 것이다. 요즘 들어 이런 일이 거의 매일 밤—어떤 때는 하룻밤에 두 번도 더—일어나는데, 여간 짜증스럽고 심란한 게 아니다. 긴장을 푼 상태에서 갑작스럽게 호프의 극렬한 외침이 귀를 파고들면 그 순간 아드레날린, 코르티솔, 그 밖의 스트레스 관련 호르몬이 온 신경계에 넘쳐흘렀고, 호프가 자신의 침대에서 몸을 일으켜 앉는 그 거친 동작은—그리고 마치 이것이 자신을 몇 년 동안이나 소리 없이 괴롭혀온 일이며 이제는 '밧줄'의 끝 혹은 '인내심의 한계'에 다다랐다는 듯 목소리에 내비치는 깊은 분노 혹은 적의라고까지 할 수 있는 감정은—내 몸에 자연적이고 생리학적인 '스트레스' 반응을 일으켜 그때부터 몇 시간씩, 때로는 그보다 오랫동안 다시 잠을 이루기가 불가능해지는 것이다.

전에는, 특히 코감기에 걸렸을 때나 여름철 '꽃가루 수치'가 높아져서 건초열이 도지거나 심해졌을 때는(어렸을 때부터 건초열을 앓았는데, 윌크스배리에 살던 어린 시절에는 누나[나보다 알레르기가 심한데다 선천성 천식까지 있었다]와 함께 어머니에게 이끌려 몇 년 동안 두 주에 한 번씩 소아과에 가서 알레르기 주사를 맞아야 했다) 한번씩 코를 골아 자고 있던 호프를 방해하거나 깨우기까지 한 적도 결혼 생활을 이어 오는 동안 있었던 것이 사실이다. 하지만 그러한 기간 혹은 삽화는 호프가 옆으로 돌아누우라고 부드럽게 말하면 내가 그 즉시 순순히 돌아눕는 것으로 간단히 해결되었다. 대부분의 경우 둘 다 잠에서 완전히 깨지 않고도 문제가 해결되었고, 이 모든 과정이 얼마나 다정하고 흠잡을 데 없이 이루어졌는지 종종 호프가 나를 깨울 필요도, 우리 둘 다 '흥분'하거나 감정이 악화될 일도 없이 나로 하여금 옆으로 돌아눕게 만들 수 있었다.

그러니까 '백' 나인에서나 19번 홀에서 내가 하고자 했던 말은, 남편들이 흔히들 그러듯이, 나는 절대로 '코를 골지' 않는다는 것도, 내가 잠결에 어쩌다 드물게 한번씩 거슬리는 소리를 내거나, 기침을 하거나, 꾸르륵거리거나, 가르랑거리거나, 숨을 쉬다 어떤 식으로든 잡음을 내는 경우, 이쪽으로든 저쪽으로든 돌아눕거나 호프가 하라는 대로 하지 않겠다는 것도 아니었다. 그게 아니라 우리 오드리가 집을 떠난 뒤부터 거의 매일 밤 아내가 그놈의 '코골이' 때문에 잠에서 깼다고 갑자기 소리를 지를 때마다, 실제로 나는 완전히 잠든 상태가 아니었다는 사실이 우리의 현 부부 갈등의 진정한 짜증나는 혹은 '역설적인' 원인이라고 말하려던 거였다. 거의 항상 잠자리에 든 지 대략 한 시간이 채 되지 않았을 무렵(약 30분 정도 우리 결혼 생활의 일종의 '의식' 혹은 습관이라고 할 수 있는 침상 독서를 하고 난 뒤)에 일어나는 일이다. 똑바로 누워 두 팔을 가슴에 얹고 눈을 감은 채로, 또는 벽과 천장의 모서리와 외부의 불빛이 블라인드를 통과해 팽창하는 모습을 멍하니 바라보며, 작은 소리까지도 들리는 상태에서, 서서히 긴장이 풀리고 '심신이 안정'되면서 깊은 잠으로 조금씩 빠지고 있으나 아직 완선히 잠이 들지는 않은 그때, 호프가 소리를 지르는 것이다.

다시 말하면, 우리의 진짜 문제는 예의 소동이 일어날 때마다 잠들어 있던 쪽은 사실 호프(호프는 읽고 있던 '리브르 드 슈베livre de chevet*'를 협탁 위에 놓고 자기 침대 위쪽의 브러시드 스틸 전등을 끄자마자 잠드는 사람인 반면, 나는 어릴 적부터 쭉 잠드는 데 어려움을 겪어온, 이를테면 '예민한' 혹은 '까탈스러운' 쪽이다)이고, 그때마다 그녀가 꿈을 꾸고 있다는 것인데, 아마도 이 꿈이라는 게, 적어도 일정 부분은, 잠이 든 사람이 그녀가 아닌 바로 나이고 내가—호프의 표현을 빌리면—'죽은 사

---

* '머리말 책'이라는 뜻의 프랑스어.

람도 깨울 만큼' 큰 소리로 '코를 골고' 있다는 다소 역설적인 확신과 인식으로 이루어진 모양이었다.

물론 나에게도 모든 혹은 대부분의 남편들처럼 단점이 있지만, 여름을 제외한 계절에 '코를 고는' 것은(대부분의 사람이 그렇듯이 내 경우에도 건초열은 계절성 질환, 더 엄밀히 말하면 특정 종류의 꽃가루에만 증상을 보이는 '자가면역 체계' 반응이다) 결단코 내 단점에 해당하지 않는다. 물론 설사 그게 사실이라도 해도 내가 '의식적으로' 하는 일도 아니고 통제할 수 있는 것도 아니기 때문에 반드시 '단점'이 되는 건 아니지만. 그렇지만 나는 '코를 골지' 않는다. 게다가 나에게 본인이 잠든 상태와 잠들지 않은 상태를 구분하지 못하는 혹은 헷갈리는 버릇이 있는 것도 아니다.—내가 완전히 잠이 드는 데는 호프보다 그리고 내 전처보다 시간이 훨씬 오래 걸린다는 사실은, 깨는 데도 마찬가지고, 우리의 결혼 생활에서 기정사실이었다(전처와는 이를 두고 여러 번 농담을 하기도 했다). 호프는 의식의 여러 층위를 유난히 쉽고 빠르게 오가는 반면, 내 경우에는—업무 스트레스 때문인지 모르겠지만—이게 다소 품이 드는 일이다. 예컨대 조금이라도 먼 거리를 갈 때면 운전하는 사람은 거의 언제나 나라는 사실이나, 바닷가에서, 거실 텔레비전 앞에서, 때로는 긴 음악이 끝났을 때나 극장에서 호프를 깨우는, 혹은 부드럽게 흔드는 사람도 나인 경우가 많다는 사실을 짚어볼 수 있겠다.

그러나 지난가을부터 이 점에 있어서 호프는 막무가내

다. 다시 말하면, 이 입증되지 않은 내 '코골이'가 자신의 꿈이 아닌 엄연한 현실이라고 확고히 단언하는 것이다. 어두운 침실에서 호프가 갑자기 잠에서 깨어 소리를 질러대는 통에 나까지 정신이 번쩍 들어서(마치 한밤중에 전화가 울리면 신호음 혹은 '벨소리'가 밝은 대낮과는 퍽이나 다른 방식으로 정적을 흔드는 것처럼) 아드레날린이 온 신경계를 맹렬히 통과하는 상태로 똑바로 앉게 될 때마다 '코골이'로 인한 고충을 토로하는 그녀의 목소리에서 감지되는 히스테리를 통해 그녀가 바로 직전까지 잠을 자고 있었거나 일종의 몽상적인 가수 상태에 있었음을 분명히 알 수 있다. 이 상태에 있는 사람은 '자면서 "말"하고' 과거와 현재와 사실과 꿈을 뒤죽박죽으로 지어내고 그걸 모두 '믿기' 때문에 어떻게 해도 논리적으로 대화를 할 수 없다.

그럼에도 나는 호프를 달래는 것을, 혹은 대충 인정하고 넘어가기를 대체로 거부해왔다. 사실이 아니기 때문이다. 결혼 생활에도 선이 있는 법이다. 이 갈등이 시작된 지난가을에는 어둑해진 침실이라는 '현장에서', 나는 아직 잠이 들지 않았다고, 잊어버리고 다시 자라고, 단지 꿈일 뿐이라고(꿈이라고 하면 호프가 어찌나 분하고 약올라 하는지 목소리가 점점 높아지기 시작했고 나는 그 '어조' 때문에 기분이 상해서 그로부터 몇 시간은 족히 잠을 이룰 일말의 가능성조차 사라지곤 했다) 말하며 알아듣게 타일러보려 하거나 설득을 시도한 시기가 있었지만, 그 이후부터 나는 줄곧 내가 그녀의 잠을 방해한다

는 불평을 들을 때마다 '현장에서' 반응하거나 어떤 식으로
든 대응하기를 거부하려고 노력했고 혹은 시도했고, 대신 다
음 날 아침이 되기를 기다린 후, 당시 나는 잠이 들기도 전이
었다고 항의하고, 조심스럽게 내 '코골이'에 관한 그녀의 격
한 꿈의 정도와 빈도가 갈수록 심해지고 있다고 말하고, 병
원에 가보는 것이, 가능하다면 약을 처방받아보는 것이 어떻
겠냐고 제안하는 쪽을 택했다. 그러나 호프는 이 점에 있어
서 자신의 주장을 조금도 굽히지 않으며 완고하게 '자고 있
던 사람'은 다름 아닌 나이고, 내가 이 사실을 인정하지 못하
고 혹은 인정하지 않고 자기를 '믿지' 않는다는 건, 내가 뭣
때문인진 모르겠지만 '자기에게 화가 나' 있거나 아니면 무
의식적으로 자기에게 '상처'를 주고 싶어 하는 것으로밖에
해석되지 않으며, 여기에 '병원에 가야' 할 사람이 있다면 그
건 바로 나인데, 내가 자기를 존중하고 배려하는 마음이 나
스스로가 '옳다'는 사실을 증명하고자 하는 이기심보다 조
금이라도 크다면 병원에 가는 걸 주저할 이유가 없다고 주
장하는 것이었다. 심한 날에는 자신의 '친' 혹은 생물학적 자
매인 비비안(두 번 이혼한 '할로겐' 금발의 소유자이자 각종, 이른
바 '지원' 혹은 '자조' 모임 및 운동의 열성적인 지지자로, 서로 '소원'
해지기 전까지 호프와 대단히 가까운 사이였다)의 '어록'을 들먹이
며 내가 현실을 '부정'하고 있다고 비난하기까지 했는데, 이
때는 그 어떤 부정도 역으로 그녀의 주장을 입증하는 근거
가 되어 사람을 미치게 만드는 것이었다. 초겨울에는 한 번

인가 두 번인가 호프의 요구에 굴복하고 불만스러운 신음 혹은 한숨과 함께 내 침대의 침구를 챙겨 복도 맞은편 '손님' 침실로 건너가서 파스텔 색상 레이스와 사프란 향과 우리 오드리가 얼마 전까지 보낸 청소년기의 잡동사니로 가득한 상자들 사이에서 움직이지 않고 숨을 죽인 채 가만히 누워 잠을 청하며, 복도 건너편에서 호프가 다시 한번 몸을 일으켜 앉아서 이제는 주인 없이 비어 있을 침대에다 대고 '코골이'와 '수면 방해' 혐의를 제기하는지—이것이야말로 깨어 있는 사람이 누구이고 깨어 있다는 꿈을 꾸고 있는 상대방의 결백한 희생양이 누구인지에 대한 반론의 여지없는 증거가 될 터였다—귀를 기울여보기도 했다. 그 방에 홀로 누운 채로 짜증 섞인 외침과 불평 소리를 들은 내가 그 즉시 침대에서 일어나 복도를 재빨리 가로질러 가서 승리에 찬 "아하!" 비슷한 소리와 함께 침실 문을 열어젖히는 모습을 그려보았는데, 짜증과 분기에 찬 호르몬이 내 몸을 어찌나 가득 채웠던지, 그리고 침실에서 나는 일말의 소리나 움직임도 놓치지 않기 위해 촉각을 곤두세우느라 어찌나 집중하고 전념했던지, 나는 오드리가 쓰던 침대에서 밤새도록 한잠도 혹은 한숨'도 못잤고, 그럼에도 불구하고 다음 날 어김없이 일어나서 몸과 마음과 정신이 완전한 쇠약이라 느껴지는 것의 가장자리를 가까스로 부여잡은 상태로 어떻게든 회사에서 업무를 처리하고 기나긴 출퇴근 거리를 소화해야만 했다. 이처럼 입증 혹은 '증거'에 집착하는 것이 어찌 보면 치졸한 일이라는 사실을 내가, 당연한 일이지만, 모르는 바 아니었지만, 갈등이 이쯤 진행되었을 때, 나는 짜증, 신경질 혹은 분노와 피로로 인해 제정신이 아니었다. 여기서 짚고 넘어가야 할 점은(이건 애초에 호프의 새아버지에게 설명하려고 했던 지점이기도 한데) 여느 부부와 마찬가지로 나와 호프에게도 적지 않은 갈등과 위기의 시기가 있긴 했으나, 내가 '코를 골았다'는 바로 그 시점에 나는 깨어 있었다는 항변을 일축해버리는 그녀의 맹위와 노여움과 무자비함은 전에 없던 일이고, 이러한 꿈과 비난이 이어지던 처음 몇 주 동안 나는 무엇보다도 호프가 염려되었으며 우리 오드리가 '둥지를 떠났다'는 사실을 받아들이는 데 있어 그녀가 보기보다 훨씬 더 힘들어하고 있는 건 아닌지(실제로 다른 주에 있는 학교를 고집하고 '로비'한 건 오드리보다도 오히려 호프였고, 그 때문에 이 조건에 대한 타협 혹은 [보험약관상의 표현을 빌리자면] '규정 준수'로서 오드리와 내가 암묵적으로 합의한 학교가 상대적으로 가까운 곳에 있는 브린모어와 사라로렌스였다는 사실은 차치하고서라도), 이러한 상실감 혹은 비통이 수면장애와 본인에 대한 무의식적인 혹은 대상이 잘못된 분노 혹은 '책망'으로 나타나는 것은 아닌지 걱정되었다는 것이었다. (오드리는 호프의 길지 않은 첫 번째 결혼에서 태어난 아이다. 올해 8월 9일이 되면 나와 나오미의 이혼 판결이 확정되어 호프와 내가 결혼할 수 있게 된 지도 16년이 되는데, 그때 오드리는 갓 걸음마를 시작한 어린아이였다. 그러니까 오드리는 사실상 내 '친'딸이나 다름없으며, 호프에게도 반복해서 말했지만 나 역시 오드리의 물리적인 부재와 우리 집의 낯선 침묵과 낯선 스케줄, 그리고 새로운 상황에 적응해야 한다는 사실이 쉽지 않았다.) 그러나 시간이 조금 더 흐르고 이 문제를 두고 이성적으로 대화하거나, 호프로 하여금 나의 '코골이' 문제가 표면화될 때 실제로 잠을 자고 있던 사람이 내가 아니라 그녀일 수 있다는 가능성만이라도 고려해보도록 만들기 위한 노력이 그녀의 입장—한마디로 자신의 두 귀로 똑똑히 들은 것을 나 자신이 비이성적으로 '고집을 부리'며 '믿지 않고 있다는'—을 한층 강화하는 혹은 '공고히'하는 데 기여할 뿐이라는 사실을 깨달은 뒤부터 나는 호프가 침실 맞은편에서 갑자기 일어나 앉아(춥고 건조한 계절이면 자기 전에 바르는 흰색 피부 연화크림 때문에 침실의 어둑한 불빛 아래서 사람이 아니라 귀신 같아 보이는 얼굴이 분노와 신경질이 더해져 불쾌하게 일그러진 채로) '끔찍하게 코를 곤다'고 나를 비난하며 당장 저쪽으로 돌아눕거나 저번처럼 오드리가 쓰던 침대로 꺼지라고 요구할 때 말이나 행동으로써 '현장에서' 반응하거나 항의하는 것을 완전히 관두었다. 그 대신 아무런 소리도 내지 않고 움직이지도 않고 미동 없이 누워 눈을 감은 채로 깊은 잠에 빠져서 그녀의 말을 들을 수도 없고 그녀의 말에 어떤 식으로도 반응할 수 없는 사람을 연기하며 마침내 그녀의 애원과 호통이 졸린 듯이 잦아들고 그녀가 깊고 의도 섞인 한숨과 함께 다시 자리에 누울 때까지 기다렸다. 파란색 플란넬 혹은 아세테이트 잠옷 차림의 나는 미동 없이 반듯이 누운 자세를 고수한 채 호프의 숨소리가 변해서 잠이 들었을 때 내는 낮은 씹는 소리나 이 가는 소리가 들려서 그녀가 다시 잠들었음을 알 수 있게 될 때까지 '무덤'처럼 잠자코 조용히 기다렸다. 가끔은 그러고 난 뒤에도 얼마 되지 않아 다시 잠에서 튕기듯 깨어나 다시 한번 일어나 앉아서 내가 '코를 골았다'고 화를 내며 코골이를 그만두거나 멈추기 위해 뭐라도 해서 잠 좀 잘 수 있도록 일말의 '평화'를 달라고 하는 것이었다.

봄철 뇌우가 몰고온 폭우는 이제 19번 홀의 커다란 퇴창에 달린 줄무늬 캔버스 차양을 두드리는 빗방울 소리를 하나하나씩 셀 수 있을만큼 잦아든 혹은 사그라든 상태였다.—그러니까 개별적으로 들리긴 했으나 전체적으로 리듬이랄 게 없어서 듣기 좋다거나 마음을 달래준다고 하기 어려웠는데, 비교적 큰 빗방울들은 으스스하다고 할 만큼, 혹은 '난폭하다'고까지 할 수 있을 만큼 부딪히는 힘이 대단했다. 안에서는 호프의 아버지가 '캡틴' 체어에 앉아 몸이 한쪽으로 약간 쏠린 자세로 상체를 뒤로 젖히고는 고급 시가로 윗입술을 훑어 향을 음미하면서 옆 주머니에서 모노그램이 각인된 커터 케이스를 찾고 있었다(이 동작 때문에 실제로 상체를 젖힌 것이지, 골격이 뒤틀린 건 아니다). 호프에게 말은 안했지만(이 부작위는 그 당시 호프에게 '만족감'을 주기 싫어서 저지른 치사한 짓이라는 점을 인정한다), 정기 건강검진을 받을 때 P.P.O.* 건강보험의 '1차 진료' 의사에게 건강보험에서 지정한 '이비인후과' 전문의에게 전달할 진료의뢰서를 작성해달라고 부탁한 후, 이비인후과 전문의로부터 비강과 부비강, 기관, 아데노이드와 '연'구개를 검사받은 결과 이상한 점이나 특이점을 찾을 수 없다는 소견을 받았다. 그러다 '코골이' 문제로 인해 갈수록 극렬하고 심란해지는 다툼(보통 다음 날 아침 식사 시간에 일어났다)을 벌이다가 한번은 참지 못하고 내 무결한 건강증명서를 호프의 '얼굴'에 대고 보란듯이 '내던지는' 실수를 저질렀고, 호프는 '이비인후과'를 찾아갔다는 사실을 자신에게 말하지 않았다는 점에 득달같이 달려들며, 그 사실이 바로 내가 '코골이가 진짜임을 알고' 있었고 그 문제를 두고 혼자서 고민했다는 증거이며 병원에 가기 전에 미리 자신에게 말하지 않은 것은, 만약에 의사가 내 '연'구개나 비강에서 이상한 점을 발견하면 자기에게 '코골이가 진짜였다'는 것과 자기가 잠든 상태에서 내가 코를 고는 꿈을 꾼 것이라는 내 주장이 문제를 이기적으로 '부정'하고 그 '희생양'에게(여기서 희생양이란 물론 그녀 자신을 가리킨다) 문제를 '투사'한 행위였음을 인정하기 싫었기 때문이라고 쏘아붙였다. 이러한 짧고 신랄한 다툼들은—겨울과 초봄 내내 파상적으로 혹은 떼지어 들이닥친 다툼들은 대부분 아침 식사 자리에서 발생 혹은 '분출'했는데, 여기에 불면의 밤을 지나 다가오는 하루 일과를 불충분한 수면에 기대어 맞닥뜨려야 한다

---

* 특약의료기구(Preferred Provider Organization). 미국의 여러 건강보험 종류 중 하나로, 가장 가격이 높고 혜택이 유연하다.

는 조바심이 기름을 부어 끔찍하게 신랄하고 심란해지는 경우가 대부분이라, 그때부터 출근길과 출근한 뒤에도 몇 시간을 감정적으로 멍한 상태로 보내면서 머릿속으로 다툼을 '리플레이'하며 증거를 제시하거나 혹은 마련하거나 호프를 논리적 모순에 빠뜨릴 새로운 방안을 구상했는데, 업무 노트 여백에 나중에 참고하기 위한 아이디어와 통렬한 대꾸를 재빨리 적어두느라 업무에 지장이 가는 일도 심심찮게 있었다—갑작스레 치밀어오르는 열과 빠르게 고조되는 세기와 '앙심', 이에 더해 간이 식탁 맞은편에 앉은 호프의 건조하고 어둡고 가늘고 갈수록 초췌해지는 얼굴이 분노와 냉랭한 불신으로 일그러지고 비틀리고 심지어는 혐오스러워 보이기까지 하며 내가 알지 못하는 얼굴로 변한다는 점에서 공포스러웠는데, 나 역시도 적어도 한두 번은 성질을 참지 않고 그녀를 때리든지 밀어버리든지 간이 식탁이나 찬장을 뒤집어 엎어버리고 싶다는 강렬한 충동을 느꼈다는 사실을 실토해야겠다. 깨어 있던 사람은 나이고 잠들어 있던 사람은 그녀이며—그러니까 그럴 가능성이 '요만큼이라도' 있으며—'코골이' 문제가 사실 실제로는 '(그녀의) 문제'여서 그녀가 '병원에 가(거나 더 바람직하게는 심리상담을 받아)야'만 사실상 진정으로 그 문제를 해결할 수 있다는 가능성을 고려해보기를—내가 제기한 그 모든 합리적인 반론과 응수와 조리 있는 논거와 증거와 반박의 여지없는 분명한 사실과 여러 건의 선례에도 불구하고(그간 우리의 결혼 생활에서는 호프가 자신의 입장에 전적인 확신을 갖고 있었음에도 내가 들이미는 증거를 보고는 마지못해 잘못을 인정하고 사과해야 했던 적이 몇 차례 있었다) 아주 작은 가능성조차 인정하기를—딱 잘라서 거부하는 그녀의 괴이하고 완고하고 신랄하고 비합리적인 고집에 화가 치밀어 이성을 잃은 나머지 제정신이 아니었던 거다. 차를 타고 시동을 걸 때 어떤 때는 짜증과 피로로 인해 혼미해져 손이 말 그대로 벌벌 떨렸고, 북쪽으로 난 가든스테이트 파크웨이를 달리는 출근길 내내 몽롱하고 반갑지 않은 일련의 찰나적인 '이미지' 혹은 환각성 왜곡이 '마음의 눈'앞을 빠르게, 불규칙적으로 연속해서 지나갔다. (한번은 내가 이비인후과 검사를 받았다는 점을 호프와 달리 나는 내가 틀렸을 수도 있으며 실제 진짜 '코를 고는' 것일 수도 있다는 가능성을 적어도 받아들일 의지가 있음을 보여주는 증거로 제시하면서 감각기관이 인지하는 정보는 일단 차치하고 누가 잠든 상태로 꿈꾸기 및\또는 '코골이'를 하고 있고 누가 아닌지를 우리가 잘못 생각하고 있을 수 있다는 '이론적인 가능성'을 적어도 인정하려는 상호간의 일말의 의지가 없으면 쓸만한 타협이나 해결책이 나올 수 없지 않겠느냐고만 했을 뿐인데도, 유난히 극렬하고 심란한 다툼이 발발했다.)

게다가 이때쯤에는 침실에 들고 잘 준비를 하는 우리의 루틴(혹은 '의식')이 말도 못하게 긴장되고 불쾌해지는 일이 많았다. 호프는 나를 알은체하지도 나와 말을 섞지도 않았고, 호프가 옷장에서 모습을 드러내거나 화장실에서 나오거나 베이지색 에나멜 화장대의 불 켜진 거울 앞에서 연화 크림을 바를 때 침실의 내쪽에 있던 내가 애써 눈이라도 마주치면 낯설고 싫은 사람을 대하는 표정을 지었다. (호프의 새 아버지와 의붓 자매 메레디스와 드니스[가까운 사람들은 '도니'라고 부른다]도 이 표정에 조예가 깊다. 내가 이걸 처음으로 겪은 건 웨스트 뉴어크의 역사 지구인 '포스 워드'에 있는 닥터 사이프와 그의 부인의 빅토리아풍 저택에서 호프가 나를 가족에게 처음으로 혹은 최초로 소개한 저녁 식사 자리에서다. 식사 중에 '아버지'는 두 번이나 나에게 개인적인 혹은 신상 관련 질문을 하고는 내가 답을 하려고 운을 떼는 찰나에 말을 막으며 자신의 인내심이 한계에 다다르고 있으니 좀 더 빠릿빠릿하게 혹은 시간 낭비하지 않고 '단도직입적으로' 말했으면 한다는 의사를 공개적으로 표명했다.) 침실 불이 소등되고 난 뒤에는 신경이 극도로 팽팽해지고 긴장된 나머지 가까운 미래에 잠들 가망성은 온통 사라져버리고 만다. 요근래 몸이 벌벌 떨릴 만큼 탈진해 있었고, 앞서 말했듯이 눈에 보이는 사물들이 과장된 초점, 심도, 추상적인 유동 혹은 르트루사주*의 다양한 층위를 지속적으로 넘나드는 상태였음에도—일례로 닥터 사이프에게 재떨이를 가져다주는 오드리 보겐의 앳되고 육감적이고 청순한 얼굴이 금방이라도 폭발하여 추상적인 파편들로 부서져버릴 것처럼 떨리면서 혹은 전율하면서 묵직한 검정색 유리로 된 재떨이에 새겨진 라리

---

* 동판화의 기술 용어로, 부식시킨 동판에서 풍부한 느낌의 선을 얻는 인쇄법을 말한다.

탄 클럽의 문장과 라틴어 모토—'레수르감Resurgam!(나 다시 살아나리라!)'—의 적록색이 시야에 또렷이 들어왔다—그랬다.

그뿐만 아니라 이 모든 '코골이' 갈등 자체의 터무니없는 무상함과 사소함, 명백한 전이 혹은 투사—이 모든 갈등의 터무니없음과 당치 않음을 진정으로 깨달았거나 그로 인해 낙담한 사람은 호프와 나 둘 중에 나 혼자인 것 같았지만—가 사태를 그만큼 더 악화시켰다. 나는, 본인은 우리의 결혼 생활에서 지금처럼 중요한 '빈 둥지' 시점에 호프와 나의 관계가 그토록 사소한 문제로 인해 좌초될 수 있다는 사실을 정말로 믿을 수가 없었다. 이처럼 사소한 문제는 우리보다 훨씬 더 불행하거나 지속적인 결혼 생활이 어려워 보이는 부부더라도 대개는 상당히 조기에 해결해야 하는 혹은 '돌파'해내야 하는 법이다. 서로 간의 다른 의사소통 '스타일'이나, 떨어져 지내는 시간 대비 함께 지내는 시간이나, 가사노동 분담 등과 관련된 갈등과 마찬가지로, 수면 '스타일'과 방법의 상호 양립성 역시 배우자와 함께 살기 위해 타협해야 하는 사안들 중 일부에 지나지 않는다는 사실을, 조금이라도 세상 경험이 있는 남자라면 모르지 않을 것이다. 몇 주, 몇 달 동안은 가까운 친구나 가족에게도 이 갈등 얘기를 꺼내지조차 못했다. 굳이 입 밖으로 내기에는 너무 사소한 문제라고 생각했다. 급기야 전문적인 부부상담사를 '찾아가서' 상담을 받아보기까지 했는데—이번에도 '비밀리에' 나 혼자 한 일이었다. 호프와 호프의 새아버지와 진짜 가족과 의붓 가족 대부분이(비비안은 예외다. 그녀가 '되찾았다'고 주장하는 기억과 매너스콴 포구 옆에 위치한 폴과 테리사의 멋진 별장에 대가족이 전부 모인 자리에서 발작적으로 자행한 고발로 인해 호프와 그녀의 관계가 '소원'해졌고, 이후 그 주제에 관해서는 어떤 얘기도 언급하지 않는 것이 가족 전체의 불문율이 됐다. 게다가 '상담 치료'를 건강보험 및 '관리 의료'의 맥락에서 의료비로 간주할 수 있느냐는 문제에 대한 닥터 사이프의 입장이라는 문제도 있었는데, 그건 누구나 주지하지 않을 수 없을 정도로 강경했다) '상담 치료'라는 문제에 대해 어떻게 생각하는지 잘 알고 있었고, 그 시점에 이르러서는 내가 이 얘기를 꺼내면, 호프가 나와 함께 '커플'로 상담사를 '찾아가는' 것을 생각해보는 것조차 입을 앙다물고 가차없이 거절할 것이고 그로 인해 나는 또다시 낙담하고 기분이 악화되어 부부 갈등의 범위가 한층 증대 혹은 확대될 뿐이라는 사실도 알고 있었기 때문이다—유감스럽게도 그 결과는 얼추 다음과 같은 일련의 '상담 치료적' 언쟁을 반복적으로 벌이거나 당하거나 언쟁에 시달리는 것뿐이었다.

"하지만 진짜 문제는 코골이가 아니지 않아요, 랜들?"

"진짜 문제가 코골이라고 말한 적은 단 한 번도 없는데요."

"건초열의 유무와 상관없이 많은 남성들이 코를 고는 건 사실이니까요."

"제가 그 케이스라면(즉, 건초열이 도질 일이 없는 기간에도 '코를 고는' 사람이라면), 기꺼이 (호프가 제기한 혐의를) 인정할 겁니다."

"본인이 코를 고는지 아닌지가 왜 그렇게 중요한 건가요?"

"제 말은 애초에 그건 중요한 게 아니라는 건데요. 처음부터 그렇게 말씀드렸는데요. 제가 '코를 고는' 게 정말 사실이라면 그걸 인정하고 거기에 대해 책임을 지고 문제를 해결하기 위해 어떤 합리적인 조치도 기꺼이 취할 거라고요."

"죄송하지만 이해가 잘 안 되는데요. 본인이 정말로 코를 고는지 아닌지를 어떻게 확신할 수 있는거죠? 만약에 코를 고는 게 사실이라면 그 자체가 이미 잠이 들었다는 방증일 테니까요."

"아니 그러니까(반박을 시도한다)…"

"그러니까 어떻게 알 수 있냐는 거죠?"

"그러니까(이 시점에서 짜증이 점점 더 치밀어오른다) 지금까지 제가 몇 번인지 기억도 안 날 만큼 설명했는데, 문제는 호프가 그럴 때마다 저는 실제로 아직 잠이 들지 않은 상태였다는 게 문제의 핵심이라는 말씀입니다."

"이렇게까지 흥분하시는 이유가 뭘까요? 본인이 코를 고는지 여부에 특별히 중요한 이해관계라도 있을까요?"

"만약 말씀하신 대로 제가 '흥분하고' 있다면, 그건 아마도 이런 종류의 언쟁이 넌더리가 나고 더는 못 참겠고 짜증스러울 뿐이기 때문일 겁니다. 제 말은 그러니까 나에게는 이 이른바 '코골이' 문제에 대해 어떠한 이해관계도 없다는 거라고요. 그러니까 제 말은 내가 실제로 '코를 고는' 게 사실이라면 그걸 기꺼이 인정하고 옆으로 돌아눕거나 자진해서 오드리 방에서 잘 것이고, 내가 어떤 식으로든 호프의 수면을 방해한 혹은 '위태롭게 한' 데 대해 마땅한 유감을 느끼는 것 말고는 이 문제에 대해 어떤 재고도 하지 않으리라는 거라고요. 하지만 사람이 '코를 골'려면 우선 잠이 들어야 하고, 나는 내가 진짜로 잠이 든 경우와 그렇지 않은 경우를 구분할 줄 알며, 내게 '이해관계'가 있다면 그건 이 말도 안 되는 갈등 때문에 신경이 날카로워지고 녹초가 된 나머지 애당초 잠들지도 못한 나를 비이성적인 걸 넘어서 맹목적으로 고집스럽고 둔감하게 내가 애초에 잠이 들어야만 할 수 있는 행위를 했다고 비난하는 누군가를 달래고 싶은 마음이 조금도 없다는 데 있습니다."

P.P.O. 상담사는, 기껏해야 삼십 대 중반이나 후반으로밖에 보이지 않았고 안경을 썼는데, 돔 모양의 큰 이마가 상당히 사려 깊어 보였다. 오해의 소지가 있는 인상임이 갈수록 분명해졌지만.

"그렇다면 아주 조금이라도—논의의 진전을 위해 가정해본다면 말이죠, 랜들—아주 조금이라도 당신과 네이피어 부인의 갈등에 대해 본인이, 방금 말씀하신 대로, 고집을 부리고 있거나 맹목적으로 굴고 있을 확률 혹은 가능성이 없다는 말씀이십니까?"

"이쯤 되면 정말 짜증이 난다고, 심지어 약이 오르고 부아가 치민다고 말씀드릴 수밖에 없겠네요. 제 말은 그러니까 이 문제의 불공정함과, 호프에 대한 내 짜증, 나아가 분노의 뿌리는, 바로 나는 이 가능성을 기꺼이 검토해볼 의향이 있다는 데 있다는 겁니다. 보시다시피 그 가능성을 검토해보기 위해 이 자리에 와 있는 건 저잖습니까. 여기에 제 아내가 와 있나요? 이 자리에 와서 '(문제를) 까놓고' 객관적인 제삼자와 함께 살펴볼 의지가 있는 사람으로 보이냐고요."

"그런데 손가락은 왜 그러시는 겁니까?"

"아니잖아요, 에드(P.P.O. 상담사는 굳이 자신을 이름으로 불러달라고 강요하다시피 했다). 이렇게 말하면 어떨지 모르겠지만 호프는 아마 지금 이 순간에도 운동 수업이나 미용 관리를 받고 집으로 돌아가서 욕조에 누워서 어떻게 하면 자기 입장을 더 공고히 할 수 있을지 궁리하면서 다음번에 자기가 또 한 번 내가 자기의 잠을 방해하고 자기의 젊음과 생기와 여식으로서의 매력을 강탈한다는 꿈을 꾸면 그때부터 끝도 없이 이어질 싸움을 준비하고 있을 테고, 반면 같은 시각에 저는 환기도 안 되는 이 상담실에 앉아서 내가 '맹목적'으로 굴고 있는 건 아닐는지 하는 질문이나 받고 있잖아요."

"그러니까 제가 옳게 이해했다면 진짜 문제는 공정성이군요. 아내분이 공정하지 않다는 거군요."

"진짜 문제는 이 모든 게 기괴하고 비현실적이고 말 그대로 '백일악몽'이라는 겁니다. 아내가 내가 알던 사람이 아니에요. 내가 깨어 있는지 아닌지를 나보다 자기가 더 잘 안다고 주장하고 있어요. 불공정이 문제가 아니라 완전히 제정신이 아닌 상황이라고요. 나는 지금 내가 이 자리에 앉아서 이 대화를 나누고 있다는 것도 잘 알고 있고요. 이게 꿈이 아니라는 것도 알아요. 이 사실을 의심한다면 제정신이 아닌 거겠죠. 하지만 아내는 어느 모로 보나 이 사실 자체를 의심하고 있다고요."

"네이피어 부인은 당신이 지금 이 자리에 와 있다는 사실조차 부정할 거라고 생각하신다는 말씀입니까?"

"그 말이 아닙니다. 제가 이 자리에 있고 없고는 나도 당신과 마찬가지로 내가 잠이 들었는지 아닌지를 안다는 사실을 강조하기 위해 든 비유에 불과해요. 이 사실을 의심한다는 건 정신착란으로 가는 길 아니겠어요? 우리 둘 다 적어도 여기에는 동의했다고 봐도 될까요?'

"랜들, 이 시점에서 저는 어떤 식으로도 당신에게 이의를 제기하고 있는 것이 아니라, 제가 사실을 제대로 이해한 것인지 확인하고 있는 중이라는 것을 확실히 말씀드리고자 합니다. 그러니까 만약에 본인이 잠들어 있다면 자신이 잠들었다는 사실을 실제로 알 수 있는 건가요?"… 이런 식으로 끝도 없이 이어졌다. 이후 귀가를 재개하기 위해 혹은 이어가기 위해 핸들을 잡으면 나도 모르게 힘을 주는 바람에 손이 아파오는 적이 많았고, 시 외곽 레드뱅크에 위치한 병원과 치과 건물들의 소규모 단지(혹은 '콤플렉스')에 있는 부부상담사의 상담실에서 출발하여 가든스테이트 파크웨이를 따라 달릴 때 수면 박탈이나 피로에 굴복하여 운전대 앞에서 잠이 들어서 중앙선을 가로질러 혹은 '침범'하여 마주오는 차량과 부딪치는 건 아닌지 염려가 되는 경우는 더 많았다. 그 비극적인 결과는 수년간의 통근 경험에서 비일비재하게 보아온 바 있었다.

그리고 라리탄 클럽의 회원들이 줄여서 '19번' 또는 '더홀'이라고 부르는 그곳에서 닥터 사이프와 함께 테이블 앞에 앉아 있을 때, 또 한 차례 의도하지 않은 혹은 비자발적인 내면의 광경 혹은, 소위 말하는 환각 속의 '샷' 또는 장면. 남자아이 혹은 어린아이인 내가 사다리 또는 줄사다리 또는 밧줄 비슷한 무언가의 발치에서, 위태롭게 혹은 비스듬히 기운 바닥에 서서 어린애다운 공포에 질려 계단, 사다리 또는 밧줄을 올려다보고 있다. 계단, 사다리 또는 밧줄은 무지막지하게 크기도 하고 침침한 어둠 속에 있기 때문에 고개를 젖혀도 그 얼굴을 볼 수(혹은 '분간'할 수) 없는 누군가의 거대한 석상 혹은 조각상 혹은 '흉상'의 위에, 너머에 혹은 꼭대기에 있는 어둠 속 어느 지점에서부터 아래로 늘어져 있다. 나는 조각상의 거대한 화강암 무릎의 둔덕 위에 위태롭게 서서 한 손 또는 두 손으로 밧줄의 끝자락을 움켜쥐고 혹은 그러쥐고 위쪽을 뚫어지게 보고 있고, 나보다 훨씬 덩치가 큰 뒤에 있는 누군가의 손이 내 어깨와 등을 무겁게 짓누르고 있으며, 머리 위 어둠 속의 거대한 석조 두상이 위압적인 혹은 '우렁찬' 목소리로 **"일어나"**라고 반복해서 명령하

고 있고, 내 뒤의 손은 밀면서 혹은 떨면서 몇 번이나 "제발
…" 및\또는 "…호프"라고 말한다. '아버지'—그가 푸르덴셜에
서 담당한 전문 분야는 '인구학적 의료'라는 것인데(혹은, 보
다 정확하게는, ['인구학적 의료'라는] 것이었는데), 커리어 전체를
통틀어서 단 한 번도 환자의 신체를 만진 일이 없었다—는
항상 나를 다소 따분한 놈 및\또는 얼간이, 눈에 거슬리는
동시에 하찮은 놈, 집파리 또는 눌린 신경과 맞먹는 인간으
로 여겼고, 이를 감추기 위해 극히 적은 노력을 기울였다. 반
면 '한아버지'로서는 언제나 우리 오드리를 애지중지하고 따
뜻하게 대했는데, 이것은 호프와 나에게 상당한 위력을 미쳤
다. 시가의 잘린 끝에 불을 붙이기 위해 집중할 때 그는 아
주 잠깐 사시 혹은 '모들뜨기'처럼 보인다. 라이터를 잡고 있
는 손이 심하게 떨린다. 그 짧은 순간에는 어느 모로 보나 당
신의 나이로 혹은 그 이상으로 보인다. 이제 절단된 끝부분
이 시야에서 사라졌다. 홀룸 전체가 험악한 기세로 또아리
에 말린 것처럼 보였다. 그가 론슨 라이터로 불을 붙이고 불
길이 사그라들지 않도록 깊이 빨아들이고 내쉬자 끝단이 빨
갛게 타오르는 것을 그와 나 둘 다 바라보았다. 그의 양 손
목과 손은 옥수수 칩 혹은 '토르티야' 칩처럼 누렇고 반점투
성이었으며, 불꽃과 코이바 시가의 크기 때문에 그의 무척이
나 메마르고 가늘고 주름지고 오그라들고 돌출된 얼굴이 실
제보다 더 작고 멀리 보였는데, 이 인상은 시각적 왜곡이나
환각이 아니라 르네상스 회화의 수평선과 같은 일반적이고

단순한 '착시' 현상으로 인한 것이었다. 진짜 불꽃은 정 가운데에 있었다. 파이겐스팬은 전통적으로 약간 떫으면서 쓴 맛이 난다. (시 외곽에 위치한 레드뱅크의 무균실 분위기를 풍기는 특징 없는 상담실에서 두 번째 부부상담사와 나눈 대화는 대략 다음과 같았다.

"랜들 씨가 겪는다는 그 환각이라는 게 사실은 청각적인 자극이 아닐까요? 실제로는 큰 소리로 숨을 쉬거나 코를 골고 있는데, 그때 말씀하신 대로 환각 상태에 있기 때문에 그 사실을 깨닫지 못하는 건 아닐까요?"

"내가 환각 상태에 있을 때는 그 사실을 분명히 안단 말입니다. 예컨대 여기 상담사님 책상에 있는 아내와 딸 혹은 의붓딸 아니면 조카딸의 사진에서 따님의 얼굴이 아주 조금씩 뱅뱅 돌면서 팽창하기 시작하는 현상, 그런 게 환각이에요. 지금 여기서 말하고 있는 '환각'이란 광의적인 의미의 환각이지, 현실 같아 보이거나 현실과 혼동할 수 있는 그런 환각이 아니에요. 거울 앞에서 면도를 할 때 이마 한가운데에 눈 하나가 더 생기고 이 눈에서 동공이 고양이나 야행성 포식 동물처럼 한쪽으로 돌아간다든가, 학부모 초청 주간에 브린모어를 방문했을 때 우리 오드리의 스웨터 속 두 젖가슴이 피스톤처럼 아래위로 흔들리고 머리에 디즈니 애니메이션 캐릭터처럼 광륜 혹은 '원광圓光'이 씌워진 것처럼 보이는 게 환각이란 말입니다. 이 상태에서는 내 자신에게 '랜들, 지금 너는 만성 수면 박탈과 불화와 만성 스트레스로 인한 가벼운 환각에 시달리고 있어'라고 말할 수 있다고요."

"그렇다고는 해도 겁이 나긴 할 텐데요. 저라면 분명 겁이 날 겁니다."

"내 말은 환각 상태에 있을 때와 아닐 때를 구분할 수 있다는 겁니다. 마찬가지로 내가 잠이 들었을 때와 그렇지 않은 때를 구분할 수 있다는 말이에요.") 바로 이때 또 하나의 찰나적인 환각적 '섬광' 혹은 환영. 우리 오드리가 뭍에 올려져 있는 카누 안에 반듯이 누워 있고, 내가 그녀 위에서 피스톤처럼 움직이며 안간힘을 쓰고 있다. 내 얼굴이 뱅뱅 돌고 팽창하기 시작하자 이 광경 혹은 파타 모르가나가 즉시 현재의 19번 홀 혹은 '더 홀'로 바뀌고 우리 오드리—충만한 성인 여성 혹은 '성교 동의 연령'으로 급성장한 열아홉 살의—가 익숙한 사프란 뷔스티에와 '카프리' 스타일의 바지 차림으로 팔꿈치까지 오는 흰색 장갑을 착용한 채 테이블과 스툴과 의자 사이를 매끄럽게 혹은 나른하게 움직이며 젖은 남자들에게 나른하게 하이볼을 서빙하고 있다. 본인과 닥터 사이프가 있는 여기 19번 홀의 창가 테이블에 잭 비비언이 있다는 사실도 덧붙여야겠다. 역시 마실 것을 앞에 두고 있는 그는 '아버지'의 오른쪽 혹은 '옆구리' 쪽에 앉아 있었다. 잭 비비언은 통상적인 골프 재킷이나 골프 모자는 착용하지 않은 상태였고 젖지도 않고 느긋할 뿐 아니라 언제나처럼 침착해 혹은 차분해 보였고, 또 스파이크 혹은 '골프화'는 신고 있었는데(전통적인 골프화 밑창의 0.5인치 두께 철 혹은 쇠 스파이크는 '머리털이 곤두설' 정도의 효율로 전기를 전도하는 주범 혹은 요소다. 일례로 유년 시절에 윌크스배리에서 퍼블릭 코스에 상주하는 '프로'가 번

개에 맞아 즉사한 일이 있다. 내 아버지는 그때 호출한 의사가 도착할 때까지 사방이 트인 현장에서 번개 맞은 희생자와 함께 기다려준 용감한 세 명 중 하나였다. 까맣게 탄 '프로'는 엎드린 자세로 연기 나는 주먹에 12번 홀 깃발[깃발의 깃대 혹은 '핀'이 그 시절에는 전통적인 골프화 스파이크처럼 전도성 금속으로 만들어졌다]을 쥐고 있었다고 한다), 그가 젖지도 않고 '눈을 반짝'이며(잭 비비언의 반짝이는 혹은 '표정이 풍부한' 눈동자는, 그의 단조로운 혹은 부동의 혹은 '무표정한'[생기 있고 '생각에 잠긴' 눈은 제외하고] 얼굴과 대조를 이루었고, 끝이 뾰족한 짙은색 '반다이크' 스타일 수염은 그 크기와 위치가 유난히 특이한 입의 특징을 보완 혹은 완화했다) 이곳 '더 홀'에서도 우리가 앉아 있는 테이블 옆에, 다름 아닌 바로 이 순간에 등장한 배경에는, 혹은 '우연'의 '논리'치고는 어딘가 수상쩍고, 돌이켜 생각해보건대, 부자연스럽고 '의심스러운' 구석이 있다. 잭 비비언과 호프의 새아버지가 서로를 알 리는 만무했다. '아버지'는 라리탄 클럽의 회원도 아니었고, 오늘 말고는 이곳에서 '게스트'로서 한두 번 골프를 친 적밖에 없을 뿐더러, 잭(가까운 사이에서는 '체스터'라고 부른다) 비비언은 우리 회사(사업장 혹은 '신경중추'는 엘리자베스시에 있다)의 사내 직원 지원 담당 고위급 임원인데, '아버지'는 우리 회사에 대해 당신이 '더 록'에 제작한 기간 동안 단 한 번도 '한 마디 언급되는 것조차 들어본' 적도 접해본 적도 없을 정도로 이 지역의 보험 업계에서 하찮다고 혹은 중요하지 않다고 몇 차례나 암시한 혹은 특정지은 바 있었다. 호프의 새

아버지는 잭 비비언(최근 '코골이' 문제 해결을 시도하는 과정에서 그가 맡은 역할 덕분에 꽤 가까워졌다)에게 말을 걸거나 그를 쳐다보거나 그의 존재를 어떤 식으로도 알은체하지 않았고, 마침내 시가에 불을 붙이는 데 성공하여 흡연자 특유의 비스듬한 각도로 '캡틴' 체어에 기대어 앉아 천천히 끽연하며 잭 비비언(그의 구강 주위에 자리 잡은 발보 혹은 '반다이크' 스타일의 수염은 솔직히, 확실히 그리고 부조화스럽게도 '인조 거웃' 혹은 음모처럼 보였다. 이렇게 말하는 사람이 시스템 사업부에서 결코 나 하나만은 아니다)과 함께 내가 한쪽 눈을 그리고 이어서 다른 쪽 눈을 가리는(착시를 겪을 때 효과가 있다고 널리 알려진 '민간요법'이다) 모습을 품평하는 눈길로 바라보았다. '아버지'는 지금 자신의 눈에 비친 내 모습이 '못마땅한' 혹은 마음에 들지 않는 것이 분명했다. 핸디캡*도 배경도 특출나지 않은 이른바 '이류' 사위, 대수롭지 않은 혹은 내세울 것 없는 커리어, 그토록 사소하고 어처구니없는 갈등을 두고 보아 하니 그 자신 또한 단순히 '빈 둥지' 증후군, 갱년기 초기 증상 또는 단순한 가위눌림 혹은 악몽(의학 용어로는 '야경증')에 시달리고 있는 것이 분명한 아내와의 관계가 '파국으로 치닫고' 있는 어지러운 개인사, 그럼에도 불구하고 이 자연적이고 데미니미스de minimis**한 원인이 이른바 이들이 처한 '교착상태'

---

*   골프에서, 실력차와 상관없이 골프를 즐길 수 있도록, 실력이 처지는 쪽에 부과하는 이점. 실력이 좋을수록 낮고 떨어질수록 높다.

의 핵심임을 아내에게 납득시킬 만한 논리도, 말주변도, '남자다움'도 없는 놈, 게다가 지금은 언감생심 혹은 '낯 두껍게'도, '아버지' 당신이 부친으로서의 권위 혹은 영향력을 호프에게 행사하여(물론 그는 자기에게 유리할 때마다 자신이 단지 혹은 '오직' 새아버지임을 자처했지만. 때때로 그의 창백한 눈에는 우리 오드리가 새아버지인 나에게 어떤 존재였을지, 어쩌면 호프—그리고 비비안[나중에 전문가의 도움을 받아 무의식의 기억을 '되찾았다'고 '발작적으로' 주장한 것으로 미루어 보아]—가 한때 자신에게 그러한 존재였듯이 혹은 그러한 역할을 맡았듯이, 안다고 말하는 듯한 끔찍한 무언가가 서렸다. 마음만 먹으면 언제든지, 엎드린 자세로 바로 위에서 굽어보고 있는 그의 충혈된, 안간힘을 쓰는 얼굴이 로우 앵글로 잡힌 이미지 혹은 환영 혹은 악몽 같은 '샷'을 떠올릴 수 있었다. 그의 벌어진 입을 올려다보는 호프 또는 비비안[어릴 적 사진에서 둘은 누가 누군지 분간하기 어려울 만큼 닮아 있었다]을 세차게 짓누르는 반점 가득한 오른손, 으스러뜨릴 듯 눌러오는 체중은 구석구석 남김없이 끔찍하게 어른의 것) 갈등을 중재해달라고 말하려나 본데, 분별력 있는 혹은 '눈 달린' 사람이라면 누구나 알 수 있겠지만 그건 이 늙은이가 할 일도 아니었고 그럴 의향도 전혀 없었다.

　　더 구체적으로 말하면 그는 바로 체스터 A.(또는 '잭') 비

** '사소한'이라는 뜻의 라틴어로, 앞에 언급된 'de minimis non curat'에서 나온 말.

비언—나이: '오십 대 중반', 핸디캡: '11', 결혼 여부: '알 수 없음', 어드밴스드 데이터 캡처(우리 회사의 공식 상호다) 엘리자베스 사업장의 직원 지원 프로그램(E.A.P.) 담당 이사—으로, 지난 3월, 내가 이 어처구니없고 흔해 빠진 혹은 진부해 보이는 우리 부부의 '코골이' 교착상태와 그것이 내 결혼 생활과 건강, 그리고 시스템 사업부 산하의 우리 부서에서 생산적으로 기능하는 데 필요한 역량에 미치는, 갈수록 심각해지는 영향에 관해 털어놓기 위해 그야말로 '모자를 벗어 들고' 지극히 공손하게, 퍽이나 탐나는 그의 사무실을 찾아간 바 있었다. 코넬 대학교(뉴욕주 북부 혹은 '업스테이트'에 있다)에서 산업심리학 석사 학위를 받은 잭 비비언은, 그러나 어드밴스드 데이터 캡처의 'E.A.P.' 프로그램의 일개 상담사 혹은 '실무자'가 아니라 'E.A.P.' 프로그램 전반을 관리하고 감독하는 이사로, 몇 년 전 와이어 하우저 페이퍼의 브런즈웍 사업장으로부터 스카우트됐다. 지금은 경영·회계 분야의 상당한 전문 지식이 요구되는 P.P.O. 단체 건강보험 프로그램의 '행정 교섭 책임자'를 겸하고 있다. 잭 비비언과 나는 예전부터 잘 지내왔고 서로를 높이 평가해왔다. 따뜻한 계절이면 회사에서 주최하는 토너먼트에서 종종(그의 만성 하부 요통이 허락할 때) 같은 능력별 그룹으로 편성됐고, 파 4홀 및\또는 5홀에서 4인조의 나머지 멤버들이 해당 홀의 그린에서 엉뚱한 방향으로 날아가거나 혹은 '홀아웃*'한 공을 찾아오기를 기다리는 동안, 카트에 앉아 가벼운 대화를 나누곤 했다. 그보다 중요하게는, 명성이 자자하다고들 하는 에드먼드 R. & 메러디스 R. 달링 메모리얼 수면 클리닉을 찾아가보는 것을 고려해보라고, 3월 말경에 제안한 혹은 '아이디어를 던져준' 사람이 바로 잭 비비언이었다. 브런즈윅 시내에 있는 러트거스 대학교 부속병원의 부속 혹은 산하 기관이라고 했다. 나에게 '단도직입적으로'—다소 '유도 심문적'인 혹은 '수사적'인 측면이 없지 않아 있었지만 시혜적으로 굴거나 선심 쓰는 체하지 않으면서—이 갈등에서 우위를 점하여 혹은 '승자'가 돼서 내가 '무죄'임을 혹은 '옳았음'을 입증하는 쪽을 원하는 건지, 아니면 호프와 나의 결혼 생활을 다시 정상 궤도에 올려놓고, 다시 한번 서로의 존재를 통해 애정과 기쁨을 느끼며, 전처럼 밤에 깨는 일 없이 충분한 수면을 취해서 효과적으로 기능하고, '(나) 자신으로 돌아갈' 가능성을 갖게 되는 쪽을 원하는 건지 물음으로써, 그 즉시 깊은 '인상'을 남긴 것도 잭—자포자기한 심정으로 무슨 짓이라도 해보려고 몇 달 전에 '찾아간' 혹은 상담받은, 소위 '전문가'라는 전문적인 부부상담사 둘 중 누구도 아닌—이었다.

어느 날 아침, 낮게 깔린 하늘과 옅은 안개 때문에 작은 장식 '퇴창'을 통과하여 아침 식사 자리를 비추는 빛이 그림자 없이 비현실적으로 보였고 우리의 지친 얼굴의 초췌함이 강조돼 보이는 것 같았던 그 아침에, 호프가 어디 한번 '들

---

* 골프에서 홀에 공을 쳐넣어 경기를 마무리하는 일.

어나 보겠다'고 한 내 제안의 구체적인 내용은 이러했다. 만일 호프가 나와 함께 러트거스 부속병원의 에드먼드 R. & 메러디스 R. 달링 메모리얼 수면 클리닉을 방문하여 클리닉의 저명하고 숙련된 수면 연구원들의 노련한 손에 우리의 문제를 맡겨보는 것에 동의한다면, 그리고 우리의 수면 패턴에 대한 수면 클리닉의 연구 결과가 내 '코골이'를 둘러싼 분쟁에서 그녀의 지각과 믿음이 사실이었음을 공식화하는 데 어떤 방법, 어떤 형태 또는 어떤 방식으로든 실질적으로 기여한다면, 그렇다면 본인은 그 즉시 복도 건너편에 있는 우리 오드리의 옛날 아가페모네* 혹은 손님방으로 돌아갈 것이며, 비로소 사실임이 밝혀진 내 '코골이'의 치료를 위한 의료진의 권고 사항을 따르는 데 동의할 것이다. (어렸을 때 유년기의 상당한 기간 동안, 자면서 어찌나 엄지손가락을 빨아 댔던지 혹은 엄지손가락에 '집착'했던지, 우리 가족이 윌크스배리에서 다니던 소아과 의사가 급기야는 부모님에게 매일 밤 내 엄지손톱에 불쾌한 맛이 나는 처방 래커 혹은 매니큐어를 바르고 혹은 칠하고 재우라고 지시했던 건 사실이다.—적어도 아버지가 내 유년기의 별난 혹은 특이한 잠버릇을 떠올리며 말해준 바에 따르면 그렇다. [달링 수면 클리닉의 담당자는 호프와 나에게 현재와 과거의 수면 패턴에 대한 방대한 사전 혹은 '접수' 질문지를 작성하라고 하면서 가능한 한 오래된 과

---

* '사랑의 집'이라는 뜻. 19세기 런던에서 자유 연애를 주창하던 '아가페모나이트'들의 본거지를 가리키는 말.

거까지 떠올리라고, 가능하다면 유년기까지 거슬러 올라가라고 말했다.])

안락한 'E.A.P.' 프로그램 사무실에서 잭 비비언은 자신의 막대한 업무량에도 불구하고 '개인적인' 시간을 이용하여 여러 차례에 걸쳐, 내가 '최후의 보루'가 될 이 제안을 제대로 전달할 수 있게 준비하는 걸 도와줬다. 나는 일정 정도의 피로를(전날 밤은 한밤중 깨는 일과 아내의 지탄이 몇 차례나 발생한 유난히 힘든 혹은 '안 좋은' 밤이었다) 숨김없이 드러내는 것 말고는 비난하는 낌새 없이 중립적인 표정과 어조를 유지하려고 각고의 노력을 기울였다. 아침 식사 자리에서 내가 최후의 보루 제안을 제시할 때 연출한 피로 혹은 '단념'의 기색은 (잭 비비언이 예상했던 바와 같이) 제안 효과를 높이는 데 기여했고 대부분의 측면에서 진실되게 혹은 '진정성 있게' 느껴졌으나 호프(그녀는 나와 마찬가지로 지난겨울에 몇 년은 늙어버린 것처럼 보였고[물론 어떤 일이 있어도 내가 이 사실을 입 밖으로 꺼내지는 않겠지만. 우리의 결혼 생활에 대한 '아버지'의 평가가 어떻든지 간에, 나는 솔직함과 단순한 잔인함 사이의 차이를 구분할 만큼은 견고한 결혼 생활의 역학에 대해 잘 알고 있고 내밀한 관계에서는 허심탄회함과 '흉금을 털어놓는 일'만큼이나 혹은 그보다 더 눈치와 신중함이 중요하다는 사실을 알고 있다], 만성 수면 부족에 시달리면[사실은 잠을 자고 있는 편이 더 많았지만. 여기서 그녀가 그 영향에 시달리고 있다고 불평하는 건 사실 충격적인 꿈 혹은 '야경증'이다. 물론 나는 이 시점에서 또 한 번 입을 다물었지만] 자기도 모르게 '소리굽쇠' 혹은 작정하고 친 종처럼 정신을 흐트러뜨리는 '소리'[사실은 가벼운 환청이겠지. 그녀가 이 '소리' 얘기를 할 때 나는 아무 말도 하지 않기 위해 문자 그대로 혀를 깨물어야 했다]를 내게 된다고 불평하곤 했다)는 그렇게 생각하지 않는 것처럼 보였다. 센터피스와 자몽과 아무것도 바르지 않은 토스트가 놓인 테이블 너머 그녀의 얼굴은 때때로 소용돌이치는 아득함과 신록색 펄스의 경계를 넘나들기는 했지만, 진 빠진 잿빛 아침 햇살 속에서 끝끝내 시각적 혹은 시지각視知覺적 온전성 혹은 응집성을 유지하는 혹은 '간신히 붙들고 있는' 것이 일면 고집스러워 보이기까지 했다. 작은 체구와 뚜렷한 이목구비, 까무잡잡한 혹은 태닝된 피부, 몇 가닥만 밝게 염색하여 맵시 있게 굽이치는 모양으로 매만지고 그 위에 미동 없이 초연한 '부팡*'을 높게 올린 헤어스타일이 특징인 호프는 자신의 '본연'과 '본질'을 조금이라도 감추기를 거부하는 강한 의지의 소유자였고, 바로 그 점이 애초에 그녀와 내가 서로에게 끌린 이유였다. 그리고 이 시점에도, 에드먼드 R. & 메러디스 R. 달링 메모리얼 수면 클리닉이라는 '최후의 수단'을 피로한 기색으로 제안하는 동안에도 내가 이 사실을 결코 잊은 적이 없었음을, 예의 갈등이 사람을 무기력하게 만드는 파국으로 치닫기 전부터, 그간의 세월이 호프의 여자로서 혹은 여성으로서의 아름다움 혹은 매력에 흔히 말하

---

* 의류나 머리를 풍성하게 부풀리는 스타일.

듯 '친절하지' 않았음에도 불구하고, 그녀의 '내면의 불꽃'에 감화받지 않았거나 더는 성적 매력을 느끼지 못하고 그녀를 (내 '방식'으로) '사랑'하기를 멈춘 적이 없었음을 기억했음이 지금도 기억난다. 물론 그녀의 경우에는 세월의 무자비함이 그녀의 의붓 자매들과 (비교적 덜 심하긴 하지만) 나 자신에게 불러일으킨 노화의 부기, 주름, 비대화 또는 팽창을 남기지는 않았지만. 한때는 '루벤스풍'이라 할 수 있을 만큼 풍만했던 호프의 노화 혹은 노쇠 방식은 주로 '위조萎凋' 혹은 탈수 작용으로 인한 것이었는데, 피부는 뻣뻣해지고 군데군데 질긴 가죽 같아 보였고, 살결은 영구적으로 어둡게 착색되었으며, 치아와 목의 힘줄과 사지의 관절이 전에는 그런 적 없던 방식으로 돌출되어있다. 한마디로 전체적인 모습이 늑대 혹은 포식 동물 같은 양상을 띠었고, 한때 누구에게나 깊은 인상을 남겼던 두 눈동자의 '반짝이는 빛'은 단순한 탐욕이 되었다. (이 중에서 어떤 것도, 당연한 말이지만, 놀라운 혹은 '자연적이지 못한' 것은 아니다.—공기와 시간이 빵과 널어놓은 빨랫감에 '작용'하는 것처럼 내 아내에게도 작용한 것이다. 우리는 모두 각자에게 주어질 보험통계상의 역경을 받아들일 줄 알아야 한다. 그중에서도 '빈 둥지'는 너무나도 분명한 이정표 아닌가.) 매우 자연적인 일이면서도 역시나 엄청나게 끔찍한 현실은—비록 어떤 식으로도 입 밖으로 꺼낼 수는 없겠지만—바로 우리의 결혼 생활이 이 시점에 이르렀을 때, 호프는 이미 사실상 혹은 실질적으로 무성의 존재, 흔히 말하는 시든 꽃이었다는 것이다. 어찌된 일인지 그녀가 자기 관리와 청춘에 대한 갈망, 그러니까 그녀의 비대해진 혹은 수분이 빠져나간 친구들이나, 여름철마다 라리탄 클럽 수영장으로 습관적으로 모여드는 독서 모임과 원예 모임의 중년 유부녀와 이혼녀들과 마찬가지로 운동 수업과 식이요법, 연화 크림과 토너, 요가, 건강보조식품, 태닝 또는 (비록 언급되는 일은 거의 없지만) 성형외과적 '시술' 혹은 수술—성적 매력 혹은 '비르고 인탁타virgo intacta*'의 활기를 놓지 않으려는 악착같은 몸부림인 동시에 갈수록 피어나는 딸들의 조롱의 대상이 되는—에 집착하면 집착할수록 더욱 나빠졌다고 혹은 '심해졌다'고 할 수 있다. (그녀의 천부적인 기백과 '에스프리 포르esprit fort**'에도 불구하고, 우리 오드리의 갈수록 성숙해지고 고와지는 또래 집단을 보게 되거나 그들이 가시 범위 안에 있을 때 호프의 눈이 그리고 주름진 혹은 '오그라든' 입가가 고통스럽게 일그러지는 모습을 어렵지 않게 볼 수 있었고, 노화가 주는 이러한 비탄은 종종 단지 내가 멀쩡히 보이는 눈을 가지고 있고 어쩔 수 없이 영향을 받는다는 이유만으로 나에 대한 분노로 전이 혹은 '투사'되었다.) 더불어 활짝 피어나는 모든 소녀와 딸들이, 거의 예외 없이, 모두 '타주에 있는' 대학으로 보내졌다는 사실을 우연이라고 생각하기도 어렵다. 그들의 어머니들로서는 해가 갈수록 그들을 눈앞에서 보는 것 자체가 자

---

* '동정녀'라는 뜻의 라틴어.
** '강한 의지'라는 뜻의 프랑스어.

신들에 대한 지탄으로 여겨졌을 테니.

달링 수면 클리닉의 수면 환자들과 그들의 개별적인 데이터 축적을 위한 실제 '침상'들은 나란히 배치되어 있었고 유난히 좁았으며, 극도로 단단하게 보강된 얇은 매트리스에, 척박한 한기가 돌고 있는 수면실이었음에도 불구하고, 시트 한 장과 '중간 무게의' 아크릴 이불만 달랑 놓여 있었다. 진단 계획—이 계획을 보험의 보장 범위에 포함시키기 위해 혹은 '적용'하기 위해 상당한 시간 동안 담당 P.P.O.와 지난한 협상을 벌여야 했다—을 실시하기 위해서는 매주 수요일 저녁에 호프와 내가 195번 '주간' 고속도로와 9번과 18번 주도를 따라 러트거스-브런즈윅 메모리얼 병원까지 145킬로미터가 조금 넘는 거리를 운전해서(운전대는 평소처럼 내가 잡고 호프는 조수석 차창에 여행용 베개를 대고 깜박 잠이 든 채로) 간 다음, 네 번째 층에 있는 신경\수면과에 '체크인'해야 했다. 에드먼드 R. & 메러디스 R. 달링 메모리얼 수면 클리닉은 신경\수면과 산하 기관으로, 잭 비비언과 여타 정보원에 따르면 업계에서 '일류'급 명성을 자랑한다고 했다. 우리 케이스를 담당하는 수면 전문가(혹은 '수면의학 전문의')는 유순한 성격을 가진 우람하고 건장한 거구의 남자로 납빛 상고머리와 늘상 들고 다니는 홍보용 '파크 데이비스' 열쇠고리에 달린 엄청난 수의 열쇠가 인상적이었고—태도는 장의사나 특정 부류의 원예학 강사들처럼 중립적이고 가라앉고 깐깐한 느낌으로 예의 발랐다—나중에 호프가 평했듯이 그 자체로 목이라고 할 만한 것이 보이지 않다시피 하여 어깨 바로 위에 머리가 놓여 있는 혹은 '얹혀' 있는 것처럼 보였는데, 나는 이것이 그가 입은 흰색 의료용 혹은 '실험실' 가운의 높은 칼라로 인한 오해 혹은 착시에 불과할 수 있다고 지적했다. 달링 메모리얼 수면 클리닉에서 근무하는 다른 직원들도 대부분 이 흰 가운을 착용하고 있었고, 가슴 주머니에는 코팅된 '사진이 부착된' 사원증이 클립되어(혹은 어드밴스드 데이터 캡처의 시스템 사업부에서 사용하는 은어 혹은 전문용어를 빌리자면 '악어클립' 되어) 있었다. 수면의학 전문의의 테크니컬 의료진(혹은 '수면팀') 중 몇몇이 공식적인 '접수 면접'을 진행했고, 이후 전문의가 직접 안내인 혹은 가이드 역할을 하며 호프와 나에게 달링 수면 클리닉의 시설을 보여주었다. 클리닉은 네 개 혹은 그 이상의 독립적인 작은 '수면실'로 이루어져 있었고, 수면실은 사면이 방음 처리된 투명하고 두꺼운 혹은 '플렉시'글라스* 벽과 정교한 오디오 녹음 및 비디오 촬영 기기와 신경 모니터링 장비로 둘러싸여 있었다. 닥터 파피안**의 진료실은 클리닉 정중앙에 위치한 '신경중추' 혹은 '지휘 본부' 바로 옆에 있었는데, 여기서 전문

---

* 유리와 같이 투명한 합성수지로서 비행기 등의 유리창으로 사용된다.

** '파포스의'라는 뜻으로, 파포스는 키프로스의 왕 피그말리온이 사랑에 빠진 여인상에 아프로디테가 생명을 불어넣어주어 둘 사이에 태어난 딸의 이름이자 아프로디테를 숭배하던 키프로스의 고대 도시 이름이다. paphian은 '에로틱한'이라는 뜻의 형용사도 되는데, 작품의 뒷부분에서 고유명사가 아닌 형용사로도 쓰인다.

적인 수면의학 전문의, 신경과 전문의, 보조, 테크니션, 조수들이 각 수면실의 입실자들을 각종 '적외'선 모니터와 '뇌'파 측정 및 디스플레이 장비를 통해 관찰할 수 있었다. 의료진과 '수면팀' 구성원들도 모두 수지樹脂 혹은 고무 밑창이 장착된 흰색 소음 방지 신발을 신었고, 각 수면실의 침상에 놓인 빈약한 이불도 티 하나 없이 깨끗한 흰색 또는 파스텔색 또는 '스카이'(혹은 '일렉트릭') 블루색이었다. 게다가 달링 수면 클리닉 천장에 설치된 트랙 혹은 코브 스타일의 '할로겐' 조명도 흰색의 무영등이어서(그러니까 그 누구도 그림자를 드리우지 않는 것처럼 보였는데, 여기에 장례식장 같은 침묵까지 더해지니 시설 전체가 일종의 '꿈꾸는 듯한' 혹은 꿈 같은 분위기를 띠었다고 호프는 말했다) 사람들이 죄다 병색이 있거나 아픈 것처럼 보였고 수면실의 한기도 한층 심하게 느껴졌다. 수면의학 전문의는 상대적으로 낮은 온도는 수면을 유도하고 클리닉의 정교한 기기에 의해 모니터링되는 복잡한 뇌파 활동을 측정하는 데 도움이 된다고 설명하며 서로 다른 종류와 수준의 'E.E.G.'(혹은 '뇌')파가 각성 상태와 수면 상태의 서로 구분되는 몇 가지 수준 혹은 '단계'에 대응되는데 여기에는 수의근이 마비되고 꿈을 꾸는 단계인 유명한 '렘'수면 혹은 '역설수면'도 포함된다고 설명했다. 그가 지니고 있던 수많은 열쇠들은 대다수가 '머리' 부분이 고무 혹은 플라스틱 케이스로 감싸져 있었는데, 나는 그것이 수면의학 전문의가 걸을 때나 서 있는 상태에서 열쇠들을 손 안에 쥐고 무게를 대중해보는 혹은 가늠해보는 듯한 동작으로 손을 움직이며 말할 때 거대한 열쇠고리의 전체적인 소음 지수를 줄여줄 것이라고 짐작했다. 이 동작은 아마도 그의 '신경성' 혹은 무의식적인 습관인 듯했다. (나중에 첫 번째 세션을 마치고 집으로 돌아가는 길에[평상시 버릇대로 조수석 차창에 기대어 깜박 혹은 '꾸벅꾸벅' 졸기 시작하기 전에] 호프는 그처럼 많은 열쇠를 갖고 있는 사람에게 는 어딘가 안심이 되는, 믿음이 가는 혹은 [호프의 표현을 그대로 옮 기면] '견실해 보이는' 구석이 있는 것 같다고 말했다[나로서는, 열쇠 와 관련하여 연상되는 것이라고는 다분히 청소 용역적인 측면뿐이라 는 사실을 입 밖으로 내지 않았다].)

호프와 본인은 일주일에 한 번, 매주 수요일에 총 4주에 서 6주 동안 수면 클리닉을 방문하여 면밀한 관찰하에 수면 실에서 일박을 하도록 예약되어 있었다. 그 준비 과정인 접 수 단계에서는, '일박' 세션을 진행할 때 제반 수면 환경과 습관을 가급적 비슷하게 '재현'할 수 있도록—물론 육체관 계나 성적 루틴은 제외하고 말이죠, 라고 일말의 어색함 혹 은 '부끄러움'도 드러내지 않으며 수면의학 전문의가 말하자 호프는 내 눈을 피했다—호프와 내가 매일 밤 잠자리에 들 고 잘 준비를 하는 루틴 혹은 '의식'(수면 전문가는 많은 부부가 이러한 '의식'을 갖고 있으며, 구체적인 내용은 부부마다 고유한 혹은 서로 다른 형태로 나타난다고 설명했다)과 관련된 정보를 수집 하는 작업이 이루어졌다. 우리는 먼저 따로 마련된 탈의실에 서 옅은 녹색 환자복과 일회용 실내화로 환복하고 우리에게 배정된 수면실로 나란히 걸어갔다. 호프는 한 손으로 환자복 뒤쪽에 기다랗게 세로로 난 '틈' 혹은 절개부 혹은 '갈라진 선'을 움켜쥐고 엉덩이를 가렸다. 환자복과 고휘도 조명은 어떻게 봐도 사람을 '돋보이게' 한다거나 '고상하다'고 할 만한 것이 못 되었다.—호프는 나중에 이름 모를 사람들이 유리 칸막이를 통해 지켜보고 있는 상태에서 얇은 이불 하나만 덮고 자는 것이 여자로서 품위가 손상되는 것 같았다고 혹은 '능욕당하는' 것 같았다고 나에게 항의했다. (이튿날 아침 터무니없이 이른 시각에 집으로 돌아오는 기나긴 길에 번번이 이러한 촌평 혹은 불만이 제기됐고, 나는 이와 같은 언쟁의 '미끼'를 물거나 언쟁에 대응하지 않았다. 집에 도착하면 급히 면도를 하고 옷을 갈아입고, 고문받듯 괴로운 '정체 시간'의 줄근길을 뚫고 엘리자베스까지 가서 하루 일과를 시작해야 했다. 호프는 처음에는 상대방의 제안에 동의하는 혹은 순순히 따르는 것처럼 굴다가, '합의된' 실행 계획이 한창 진행 중이어서 조기에 제기했더라면 합리적인 단서와 조건이 되었을 수도 있는 것들이 이제는 무의미한 잔소리가 되는 시점까지 기다리고서는, 그제서야 거부 의사를 표명하는 버릇이 있었다. 그렇지만 나는, 우리의 갈등이 이 지점까지 치달았을 시점에는, 이미 짜증을, 분노를, 심지어는 그런 불평을 제기하는 것이 생산적일 수 있는 시간은 이미 한참 지났다고 지적하고 싶은 마음까지도 억누르는 법을 익힌 상태였다. 이걸 지적하면 둘 중 누구도 승자가 될 수 없는 부부싸움 혹은 '감정 충돌'을 피할 수 없을 것이 뻔하기 때문이다. 또 하나 덧붙이고 싶은 건, 전에 체스터[혹은 그가 (**"제발 좀"**) 불러달라는 대로 '잭'] 비비언에게도 말했지만, 호프, 나오미 또는 오드리보다 내가 훨씬 더 갈등이나 언쟁을 힘들어하는 혹은 '못 견뎌'하는 기질이라는 건데, 셋 다 열띤 언쟁의 아드레날린과 동요를 '털어버리는' 일이 나보다 한결 쉬워 보였다.) 우리는 집에서 개인 위생 혹은 미용 용품을 준비해와서 잠자리에 들기 전에 전용 화장실에서 (집에서처럼 호프 먼저, 그리고 이어서 본인이) 개인적인 위생 '의식'을 진행하라고 지시 혹은 권고받았다(단, 호프는 집에서의 루틴을 가급적 똑같이 재현하라는 지시에도 불구하고, 관찰자들과 일련의 대형을 갖춘 '저조도' 카메라들의 존재 때문에 연화 크림과 머리그물과 보습 크림과 장갑은 건너뛰었다). 다음으로 보조 혹은 조수들이 우리의 관자놀이, 이마, 윗가슴, 팔에 흰색 원형 'E.E.G.' 패치 혹은 전극—여기에 도포된 전도성 젤이 너무나 차가웠고 느낌이 '이상했다'고 호프는 말했다—을 부착했고, 이후 우리는 수면실 북동쪽 구석에서 낮게 웅웅거리는 회색 섀시 안에 든 '릴레이' 혹은 '유도' 모니터에서 길게 뻗어 나온 복잡한 전선들을 엉클지 않도록 조심하면서 수면실에 나란히 놓인 두 침대 위에 조심스럽게 혹은 '신중하게' 누웠다. '수면팀' 테크니션들—그중 몇 명은, 나중에 알고 보니, 인근 러트거스 대학교에 재학 중인 의대생들이었다—은 흰색 소음 방지 신발에다 평상복 혹은 '사복' 위에 단추를 잠그지 않은 '실험실' 가운을 걸친 차림이었다. 다소 의외였던 점은, 겉보기에는 '유리'벽이었던 수면실의 네 벽 중 셋은, 입실해서 보니, 사실은 거울처럼 반사되는 벽이어서, 안쪽에서는 우리가 테크니션들이나 녹음·촬영 장비를 볼 수 없었고, 네 번째 혹은 마지막 벽은 긴장을 풀어주는 혹은 최면성의 풍경, '장면' 혹은 광경, 예컨대 밀밭이 바람에 일렁이는 모습, 작은 숲속 동물들이 땅에 떨어진 낙엽성 나무 열매를 갉아먹는 모습, 해변의 일몰 등을 비추는 정교한 '벽 크기의' 영상 화면 혹은 '영사막映寫幕'이었다. 트윈 침대의 매트리스와 하나씩 놓인 베개 또한 플라스틱 화합물이 겹겹이 쌓인 것으로, 조금이라도 움직일라치면 버스럭거리는 소리가 나는 것이 개인적으로는 정신 사납고 다소 불결하게 느껴졌다. 침대 양쪽으로는 기다란 금속 난간도 있었는데, 보통 일반적인 '병원' 침대라고 하면 떠오르는 난간 혹은 가드보다 높고 견고해 보였다. 우리 케이스에 배정된 수면의학 전문의―상술했듯이 가라앉은 표정과 짧고 '희끗희끗한' 헤어스타일, 무병無柄한 머리통의 닥터 파피안―는 환자에 따라 수면장애가 수면보행증* 또는 수면 중 광적인, 때로는 난폭한 움직임을 동반하여 나타나는 경우가 있기 때문에, 수면 클리닉의 담당 보험사에서 수면실 침대의 양쪽에 24.5인치 길이의 브러시드 스틸 난간을 설치하도록 규정했다고 설명했다.

호프가 집에서 자기 침대 위쪽의 전등을 끄기 전까지 평균적으로 20분에서 30분가량 가볍게 독서하는 것이 우리

---

* 수면 도중 일어나 돌아다니는 등 이상행동을 보이는 증세.

부부가 잠잘 준비를 하는 루틴에서 상당히 굳어진 부분이었기 때문에, 호프와 본인은 3주 연속 수요일마다 20분 이상 등 댈 데라고는 버스럭거리는 기관용 베개밖에 없는 좁고(양쪽 측면의 높은 난간 때문에) '유아 침대' 같은 침대에 뻘쭘하게 앉아서 집에서처럼 수면실에서도 각자의 침대에서 각자 선택한 '리브르 드 슈베'를 손에 들고 표면적으로 '독서'를 했다. 이 인위적인 장소에서 책은 단순한 '소품'에 지나지 않았는데, 호프는 집에서 독서 모임 가방에 챙겨서 가지고 왔고, 나는 커트 아이헨월드*의 《서펀트 온 더 록Serpent on the Rock**》을 그저 멍하니 뒤적이기만 했다. 우리가 E.E.G. 전극과 튀어나온 전선들에 뒤덮인 모습이 이 작은 방의 삼면에 가감없이 비치는 상태에서 긴장을 푸는 혹은 '심신의 안정'을 취한다는 게 어딘가 우스꽝스럽다고 혹은 터무니없다고 생각했기 때문인데, 그러나 나는—잭 비비언과 은밀하고 긴밀하게 '상의'한 결과에 따라—모든 규정을 엄격히 준수하며 이 실험을 끝까지 마칠 것이고 불평하거나 토를 달거나 내가 이 '협상'에서 내 쪽 의무를 다할 준비가 조금이라도 되어 있지 않다고 호프가 의심할 혹은 생각할 만한 어떠한 원인도 제공하지 않겠다고 확고히 마음먹은 상태였다. (어떤 때는, 그럼에도 불구하고, 인정하건대, 예를 들면 운전을 할 때—특히 통근길에

---

* 미국의 언론인이자 스티븐 소더버그 감독의 영화 〈인포먼트〉(2009)의 원작 작가.
** '바위 위의 뱀'이라는 뜻. 푸르덴셜의 대규모 투자금 사기 스캔들을 다룬 르포르타주(1995)로, 제목의 '더 록'은 푸르덴셜을 가리킨다.

가든스테이트 파크웨이를 달릴 때, 또는 서쪽을 향해 195번, '저지' 턴파이크***, 그리고 필라델피아 북쪽 경계선 위쪽을 따라 난 276번 '주간' 고속도로를 달려 브린모어 캠퍼스에 도착해서 몽고메리 애비뉴에 차를 주차한 다음, 목을 길게 빼고 저 탑 또는 '아성牙城'의 네 번째 층 북동쪽 모퉁이에 있는 우리 오드리의 1학년 기숙사[정식 이름은 19세기 이 대학의 후원자 이름을 딴 '아드모어 하우스'이고 중세 시대 요새의 가파른, 회색의, 현기증 나는, 총안이 있는 탑 혹은 '원형 포탑' 양식으로 설계 혹은 개조되었다] 방에서 불이 켜지거나 꺼지는 걸 바라보면서 그녀가 룸메이트와 함께 방 안을 돌아다니거나 잠자리에 들 준비를 하거나 옷을 벗는 모습을 상상할 때—뚜렷한 혹은 이렇다 할 이유 없이 심란해져서 혹은 우울해져서 혹은 번민 혹은 '장래에 대한 불안'에 압도되어서[이 느낌은 이 시점이 됐을 무렵에는 그 증상을 무척이나 잘 알게 된 수면 박탈과는 관련이 없으며 마치 모종의 심오하고 무의식적이고 정신적인 공허 혹은 '구멍'으로부터 발생하는 것처럼 '난데없이' 생겨난다] 고의로 중앙선을 '침범'하여 마주오는 차량을 향해 돌진해버릴까 생각한다. 이러한 공포는, 평균적으로, 한순간이 지나면 사라진다.)

이 분쟁의 내 '쪽' 입장을 객관적으로 확인받을 전망에 대한 초조함 혹은 기대감에도 불구하고, 수면실 밖 어딘가에서 수면실의 마음을 달래주는 풍경과 눈을 찌르는 듯한 조명을 꿈자 본인의 경우는 등을 대고 반듯이 누워서 팔꿈

*** 뉴저지주의 북동쪽과 남서쪽을 잇는 유료 민자고속도로.

치를 구부리고 양손을 가슴 위에 포개는 평생의 관습 혹은 습관이 긴장을 푸는 데 한결 도움이 되었던 반면, 마치 거대하고 반갑지 않은 육중한 무언가가 등 뒤에서 그리고 위에서 내리누르고 있는 것처럼 엎드려서 혹은 '엎어져서' 양팔을 벌리고 머리는 한쪽으로 돌아간 혹은 거칠게 '비틀린' 것처럼 보이는 (대부분의 성인이 거북하게 느낄) 자세로 자는 호프는(반면 우리 오드리는 '태아처럼' 한쪽으로 웅크려 자는데, 어떤 때는 의식을 잃었을 때와 정확히 똑같은 자세로 일어난다) 그렇지 않은 모양인지 E.E.G. 전극과 전선 때문에 등을 대고 '위'를 향해 누운 자세로는 도저히 진정한 잠을 청할 수 없다고 '수면팀'에 항의했다. 그렇지만 역시나 곧 (평소처럼) 잠들었고, 수면실에서 '일박'을 하는 두 번째 수요일에는 그녀도 '닥터 파피안'(수면 전문가의 성이다)도 두 번 다시 그녀가 지난주에 제기한 맹렬한 항의를 언급하지 않았다.

앞서 말했듯이 우리는 진단 계획에 따라 많게는 최대 6주 동안 주 1회 달링 메모리얼 수면 클리닉을 방문하여 '체크인'하고 각자의 뇌파 패턴이 모니터링되고 최첨단 적외선 혹은 '저조도' 비디오 테이프에 일반적이지 않은 움직임, 소리 또는 각성 상태가 모두 기록되는 상태로(호프는 종종 오디오의 품질을 재차 확인해달라고 요구했고, 그럴 때마다 나는 감정을 자제하고 긴장을 풀어주는 네 번째 벽의 정경들을 응시했다) 일박해야 했다. 이렇게 수집한 데이터는 수면의학 전문의의 분석을 거쳐 의학적 진단과 권장 치료법의 근간을 이룰 것이었다. 나는, 앞서 말했듯이, 당연히, 기록된 데이터가 팩트를 실증적으로 입증해줄 것이라고 얼마간 기대하고 있었다. 호프가 짜증스러운 목소리로 또 한 번 내가 '코를 곤다'고 외치면 내가 잠들어 있지 않았음을 내 E.E.G.파가 입증해줄 것이라고. 그뿐만 아니라 오히려 호프의 뇌파 '측정값'이 실제로 그 시점에 진짜로 잠들어 있던 사람은 그녀 자신이라는 사실과 그녀가 자신의 수면과 건강과 청춘을 앗아가고 있다고, 내가 정신을 '팔릴' 만한 혹은 '(내) 애정의 대상'이 될 만한 오드리가 집을 떠난 이 판국에 그녀와 본인의 결혼 생활이 섹스 없는 허울에 지나지 않는다고(이것은 이 갈등을 두고, 그리고 부부로서, 이른바 '가족'으로서 우리가 존속할 수 있을지를 두고 가장 격심한 언쟁을 벌이던 이느 아침에, 호프가 격한 앙심을 품고 제기한 비난 중 하나였다) 생각하지 않을 수 있을 만큼 우리가 '같은 파장을 공유'하고 있다고 믿을 만한 근거를 '강탈하고' 있다고 그토록 철석같이 믿고 있는 불쾌한 소리가 꿈, 환청 또는 그 밖의 '공상'이었음을 확정적으로 증명해줄 것이라고.

그러나 실제로 달링 클리닉의 행정 보조 혹은 잡역부가 우리 회사의 작은 시스템 부서 사무실로 전화를 걸어서(집으로도 전화했던 모양이지만 호프는 [그즈음에 점점 더 자주 그랬듯이] '외출' 중이었거나 자고 있었다[진단을 시작할 때 클리닉에서 준 정보성 자료에 수면 관련 문제가 있는 환자는 주간 수면을 삼가라는 분명한 지침이 있었음에도 불구하고 호프는 공공연하게 낮잠을 잤다]) 내게 달링 메모리얼 수면 클리닉 본부가 닥터 파피안 및 호프와 내 케이스를 담당하는 '수면팀' 일동과 함께 확고한 진단을 내리고 그에 따른 권장 '치료 혹은 시술'을 도출하는 데 필요한 데이터가 충분히 확보되었다고 통보하기까지는 P.P.O.의 공인된 최소(혹은 '하한') 기간인 3주밖에 걸리지 않았다. 공식 진단은 다음 주에(일정상 월요일 아침에) 병원 네 번째 층의 평범하지 않은 방사형 혹은 '다이아몬드' 모양의 평면도 혹은 '배치'에서 '중심' 혹은 중앙 복도의 한쪽에 있는 작은 회의실에서 전달할 것이라고 했다. 작고 환한 이 방에는 벽에 비교적 특색 없는 혹은 대중적인 인상파 회화 사이에 너무나 익숙한 '고야'가 걸려 있었고, 단풍나무 혹은 나뭇결 무늬 원탁과, 채도가 과도하게 높은 짙은색 좌판 및 팔걸이의 '캡틴' 체어가 있었다. 이 방은 달링 메모리얼 클리닉의 다른 곳과 마찬가지로 유난히 한기가 돌았고(더욱 그랬던 것이 교통 체증이 절정으로 치닫는 아침 시간에 매서운 폭풍우를, 그것도 강풍과 많은 강수량을 동반한 폭풍우를 뚫고 도착했는데 러트거스-브런즈윅 병원의 실내 주차장 입구에 선명한 '만차' 표시가 걸려 있는 바람에 둘 다 코트가 흠뻑 젖어서 회의실 바닥에 물이 뚝뚝 떨어졌고 호프는—'맹렬한' 폭풍우에 대한 오래된 병적인 두려움 때문에 이동하는 동안 한숨도 자지도 혹은 졸지도 못했다—특히 더 고약하고 고집스러워진 상태였다), 엑스레이와 'M.R.I.' 판독을 위한 불 켜진 벽면 장착형 기기 혹은 장치가 설치되어 혹은 갖추어져 있었으며, 편리한 이동을 위해 각 다리의 끝부분에 작은 '캐스터' 혹은 바퀴가 달리고 기관에서 주로 쓰는 갈색으로 칠해진 강화 알루미늄 혹은 브러시드 스틸로 된 이동식 '스탠드' 혹은 카트 위에 커다란 비디오 및\또는 오디오 모니터가 놓여 있었다. 회의실에 있는 모든 이들에게 커피 또는 차가 제공된 것 같았다. 각자의 앞에 놓인 일회용 스티로폼 컵에서 김이 났다. 전날 밤에, 기대감 혹은 '긴장'감 때문에, 잠을 거의 또는 전혀 자지 못했기 때문에 안경과 조끼가 이번에도 지나치게 조이는 느낌이 들었고, 모든 소리가 어느 정도 증폭되는 혹은 '분기되는' 것 같았는데, 다만 방 자체는 초점과 빛깔이 정상과 과장된 상태 사이를 경미하게 오갔다. 그러나 한 차례씩 하품할 때마다 귀에서 통증이 날카롭게 개화 혹은 만발했다. 내 바짓단과 바지밴드도 젖어 있었고, 호프의 높다란 머리도 오른쪽으로 조금 쏠려 있었으며, 그녀의 그림자 없는 얼굴은 데 쿠닝*이 작업 중이던 이젤에서 찢어내버렸을 그림처럼 보였다. 테이블에는 작고 짙은 피부에 '쟁반' 같은 눈을 한, 전에 본 적 없는 히스패닉계 남성도 앉아 있었다. 손등에는 간반肝斑성 혹은 전암성 병변이 있고, 짙은 회색의 고급 양모 '비즈니스 정장' 혹은 양복을 입고 있고, 넥타이의 매듭은 유아의 머리통만 했다. 핸드헬드 망치 소리. 골프 연습장 소리. 못 박는 기계와 휴대용 공기압축기 소리. 하나 또는 그 이상의 회전 혹은 '기

---

*   빌럼 데 쿠닝(1904~1997). 네덜란드 태생의 미국인으로 추상표현주의 화가.

계'톱 소리. 약간의 터보 래그*가 있는 사브 자동차 소리. 강타하는 빗줄기와 '높음'으로 둔 와이퍼 소리. 아이스 음료를 만드는 분쇄기 소리, 푸르덴셜 '임원진' 혹은 '경영진' 라운지에 있는 자동판매기의 동전 소리. 긴 퍼트가 홀의 얕은 구멍에 '들어가는' 혹은 '가라앉는' 소리. 몸부림과 무언가로 덮인 호흡 소리와 남성 혹은 '아버지' 같은 존재의 숨죽여 끙끙대는 소리와 쉿 하는 소리. 중앙 통로 혹은 복도 저편 어딘가에서, 달링 클리닉의 수면실과 관찰이 이루어지는 '신경'중추 쪽에서 건축, 보수 또는 관련 작업이 진행되고 있었다. 시끄러운 망치 소리가 뚜렷한 리듬 없이 시작되고 중지되었다. 엎어져 있던 여성이 산업용 투명 비닐로 둘둘 싸여 있는 장면이 머릿속에서 번쩍이며 혹은 '섬광등'이 켜진 듯이 빠르게 나타났다가 이내 사라졌다. 테이블에는 호프와 본인과 함께 늘 그러듯이 열쇠 더미를 들고 흰색 '실험실' 수탄 혹은 가운을 입은 수면의학 전문의와 우리 케이스를 담당하는 '수면팀'의 구성원인, 비교적 어린 축에 속하는 테크니션 혹은 보조 두 명과 러트거스-브런즈윅 메모리얼 병원이 달링 메모리얼 클리닉의 진단 절차와 작업을 대상으로 주기적으로 실시한다는 '검토' 혹은 평가의 일환으로 참석했다는, 고급스럽게 차려입은 히스패닉계 혹은, 어쩌면 민족적으로

---

* 차량을 구동할 때 터보 엔진의 특성상 저속에서 가속페달을 밟았을 때 엔진 출력이 늦어지는 현상.

쿠바 태생일지도 모르는, 남성 의료 행정 전문가가 앉아 혹은 '배석해' 있었다. 카트의 모니터—모니터를 조작하는 '수면팀'의 젊은 여성 테크니션은 결혼반지를 끼지 않았고 뒤로 한껏 당긴 갈색 헤어스타일을 하고 있었으며 호프와 본인의 케이스와 관련된 각종 테이프와 파일도 들고 있었는데, 그중 하나를 핸드헬드 혹은 '리모컨' 장치로 작동시켰다—에는 이제 내 이름과 날짜와 여덟 자리 'P.P.O. 번호'(및 특별 배정된 'D.S.C.'['달링 수면 클리닉'의 약자다] 번호)가 악보처럼 균등한 간격으로 그어진 네 개의 가로줄로 된 서식 밑에 표시되었고, 우리가 수면실에서 보낸 여러 밤 동안 전도성 E.E.G. 전극을 통해 기록된 내 '뇌'파를 나타내는 흰색빛으로 된 선이 가로줄을 들쭉날쭉하게 혹은 일정치 않게 통과하고 있었다. 뇌파의 흰색 '선'은 규칙적이지도 일관적이지도 않고 기복이 심하고 불규칙적이고 진동하는 동시에 저점과 고점 혹은 '결절점'이 극적으로 나타나는 것이 불규칙한 심장박동이나 재정 문제가 있는 혹은 변덕스러운 '현금 흐름' 그래프처럼 보여서 보는 사람을 당황하게 만들었다. 또한 동시(어드밴스드 데이터 캡처에서 사용하는 용어로는 '시스플렉스') 데이터 처리를 위해 순차적으로 배치된 일련의 휴렛패커드 HP9400B 메인프레임처럼 모니터 왼쪽 상단의 디지털 디스플레이에 경과 시간과 미세 눈금상의 여러 개의 시간 그래프가 표시되어 있었다.

'수면팀' 전원이 우리의 접수 데이터를 통해 알고 있듯이, 불면증 혹은 수면 박탈에 대한 아내의 병적인 두려움은 오래된 것이었다. 일례로 우리 오드리가 어릴 적에, 아플 때나 나쁜 꿈이나 환영 때문에 무서워할 때면, 호프가, 그녀의 표현에 따르면, 잠을 자기 위해 '노력'할 수 있도록 밤늦도록 우리 오드리 옆에 '있어'주는 사람은 종종 나였다.

한편, 수면 전문가가 전달한 초기 '결과' 혹은 '진단'은 한마디로 충격적이고 전적으로 예상 밖이었다. 호프가 갑자기 벌떡 일어나 앉아서 내가 '코를 곤다'고 비난하는 것을 특수 '저조도' 비디오 장비가 기록한 대여섯 번의 경우마다, 그리고 그중 내가 나는 아직 잠이 들지도 않아서 논리적으로 그 혐의가 '성립'할 수 없다고 응수한, 적어도 두 차례 기록된 경우마다, 수면 전문가는—앳된 엄격함을 풍기는 테크니션의 레이저 포인터와 배석자들이 E.E.G.의 특정 구간에 집중하도록 모니터의 디스플레이를 멈추는 혹은 '정지'시키는 그녀의 '리모컨' 장치의 도움을 받아 프레젠테이션을 진행하며—내가, 실제로, 임상적으로 봤을 때—완전한 의식이 있는 상태였다는 내 믿음 혹은 지각에도 불구하고—널리 알려진 수면의 네 수준 혹은 '단계' 중 주로 두 번째와 세 번째 단계에서 '엄밀히 말해 잠이 든' 상태였다고, 다시 한번 수면의 각 단계에 대해 설명 혹은 해석하면서 입세 딕싯ipse dixit* 을 단언 혹은 주장했다. 나머지 배석자들과 '수면팀' 구성원들이 지켜보는 가운데, 수면의학 전문의(평상시처럼 육중한 파크 데이비스 열쇠고리를 손에 들고 무의식적으로 '만지작거리'며)는 현대 과학의 온갖 임상적 객관성을 뽐내며 이 판결을 전달하고는, 다시 말하지만 부부간의 불화에 있어서 자신은 실증적으로 중립이며 분쟁의 어느 한쪽 '편'도 들지 않는다고 굳이 덧붙였다. 그럼에도 불구하고 나는, 그 '진단'을 최초로 전해 들었을 때, 분노와 불신의 충동 혹은 '파도'가 덮쳐오는 것을 느꼈으며, 그로 인해 든 첫 번째 무의식적인 혹은 '반사적인' 생각은 닥터 파피안 및 엣 알리아et alia**가 실제로 호프 '편'이고, 그녀가 무슨 수를 썼는지 몰라도 달링 클리닉이 내가 자고 있었던 것으로 보이도록 테스트 데이터를 조작하도록 회유했다는 것이었다. 나는 분명히 자고 있지 않았다 (그러니까 나는, 지금 내가 회의실에 앉아서 불신에 찬 상태로 의자의 핏빛 팔걸이를 움켜쥐고 있다는 사실을 알고 있는 것만큼이나 똑똑히 이 사실을 알고 있었다). 한편, 내 몸가짐은, 비이성적이라고 할 수밖에 없는 이러한 의혹은 조금도 드러내지 않는 대신 충격과 경악만을 드러냈다.─입이 말 그대로 딱 '벌어졌다'. 게다가 잠깐 동안은 어찌나 아연실색했던지 이 연구와 E.E.G.의 청각적 혹은 오디오 부분을 통해 알 수 있을 병렬 결과에 대해─즉, 그 '엄밀히 말해 잠든' 상태에 '코고는' 소리가 수반됐는지 여부 또한 확인된 것인지에 대해─물어볼 생각을 하지도 그럴 만큼의 '평정'을 찾지도 못했다. (여기서

---

* '독단적인 주장'이라는 뜻의 라틴어.
** '기타 등등'이라는 뜻의 라틴어.

이때 음경 팽대 혹은 '발기'가 일어났음을[7개월 만에 처음이었다] 언급하고 넘어가지 않으면 안 될 것이다. 그토록 정신없던 상태에서 이 현상의 연유와 연관성이 무엇인지는 전혀 알 수 없었다. 간접적인 원인은 아마 진단 결과가 야기한 갑작스러운 충격으로 인한 아드레날린 혹은 스트레스 관련 호르몬의 급작스러운 분비이지 않았겠나 싶다.)

　이른바 이 '진단'이 전달된 뒤에 약 2초에서 4초 사이의 집단 침묵이 이어졌고, 그 사이에 간간이 건축 소음과 회의실의 서쪽 창을 두드리는 빗소리와 달링 메모리얼 수면 클리닉의 행정 사무실 깊숙한 어딘가에서 들려오는 전화벨 소리가 들렸다. 내 쿠온담quondam* 혹은 이전의 첫 번째 아내 나오미는 내가 자기와 아이를 갖고 싶지 않아 한다는 사실을, '불행을 되풀이'하는 것에 대한 내 두려움을 받아들이지 못했다. 덧붙이자면 내 호출기도 진동하고 있었다. 수면 전문가의 진단을 들은 호프의 표정 혹은 태도는 어딘가 과장되게 '무감동한' 혹은 '무반응한' 것이었는데, 그간 겪어온 부부간의 난처한 상황들로부터 내가 너무나도 잘 알고 있듯이 그건 그녀가 현재 통렬한 설욕 혹은 승리의 감정을 맛보고 있지만 이 갈등에서 '고결한' 입장을 취하고 있는 것처럼 보이기 위해, 자신이 징벌적 승리를 만끽하고 있다고 내가 비난하지 못하도록 하기 위해, 그리고 놀라움을 내비치지 않으면서 자

---

* '한때의'라는 뜻의 라틴어.

신은 '단 한 번도' 이 갈등을 둘러싼 분쟁에서 자신이 옳다는 사실을 '조금이라도 의심'한 혹은 의심을 품은 적이 없으며 수면의학 전문의는 단순히 자신이 '이제껏 알고 있(었)던' 사실을 확인해주고 있는 것일 뿐이라는 점을 명백히 하기 위해 만족감을 애써 위장하고 혹은 지우고 있는 연출에 불과했다. 호프의 창백한 눈에 언뜻 비치는 번득임 혹은 탐욕만이, 수면팀의 의학적 진단 혹은 '판결'에 대한 내 망연자실한 불신에 대한 그녀의 놀라움과 승리감을 드러냈다. 짧은 침묵이 지속되는 동안 아무도 받지 않는 전화벨이 계속 울려댔고, 젊고 불길할 정도로 성적 매력이 충만한 혹은 '파피안'적인 테크니션이 이내 테이프를 꺼내 삽입하고 모니터의 디스플레이를 수동으로 조작 혹은 '재설정'하자 침착하고 무표정한 수면의학 전문의의 관심이 아내의 E.E.G. 측정값이 기록된 '뇌'파로 옮겨갔다. 비전문가인 혹은 '문외한'인 호프와 본인의 눈에는 모니터상의 데이터가 내 것과 구분되지 않았는데, 다만 이번에는, 보정된 시간 범위 동안의 호프의 뇌의 전기 활동을 나타내는 불규칙적이고 진동하는 선이 표시된 서식 아래에 호프의 이름과 P.P.O. 번호와 달링 클리닉 '환자 코드'가 표시된 것은 알 수 있었다. 닥터 파피안은 복도 저편에서 몇 차례나 갑작스럽게 '기계'톱 혹은 루터가 비명을 지르는 혹은 '악을 쓰는' 무시할 수 없는 소리를 뚫고 (회의실에는 게다가 갓 자른 나무 냄새와 산업용 플라스틱 냄새, 히스패닉계 남자의 코를 찌르는 콜로뉴 냄새와 호프가 즐겨 사용하는

'조이' 향수 냄새가 진동했다) 외설스러운 테크니션의 핸드헬드 포인터로 호프의 '뇌'파에서 뚜렷한 고점 혹은 '결절점'을 가리키면서, 이 특정 영역은—('말할 필요도 없이' 당연하지만) 이번에도 우리 둘 다 놀랐다—그녀가 내 '코골이' 소리를 들었다고 주장하는 그 기록된 시간 동안 본인뿐만 아니라 호프 역시 입증 가능한 방식으로 혹은 실증적으로 잠든 상태였으며(이때, 여기에 더해 혹은 이와 동시에, 아마도 극도의 피로 혹은 아드레날린 때문이었으리라 싶은데, 본인은 극단적으로 압축된 혹은 가속된 것처럼 보이는 감각적인 연상 기억 장면[혹은 내적인 '클립']을 경험하고 있었다. 오드리에게 무수히 많은 각진 선이 평행하게 그어진 로우어스큉컴 주차장에서 '자신의'[보험상의 문제로 닥터 사이프와 사이프 부인의 법적 성명으로 등록하긴 했지만] 새 마쓰다 쿠페의 5단 스틱 변속기를 조작하는 방법을 가르쳐주던 기억, 눈부시게 빛나는 적갈색 머리를 묶지 않고 혹은 '풀고' 밝은 파란색 껌을 씹는 모습, 차 안에 내리쬐던 햇살과 그녀가 매년 크리스마스 무렵 즐겨 사용하던 사프란 샤워젤 향, 정신을 산란하게 하는 숨소리와 액셀과 브레이크를 밟을 때 위아래로 움직이는 다리 모양, 우리가 질질 끌리거나 덜컹 움직이거나 멈출 때마다 낮은 탄성과 함께 입술을 깨물며 내뱉던 불경한 말들과—["**제발 그만**"]—따라서, 전문의의 두 번째 진단이 내려진 후 뒤따른 또 한 번의 짧은, '멍한' 침묵 속에서 본인은 이 명백한 혹은 역설적인 수면 '평결'의 역전에 승리감을, '설욕'을, 심지어는 혼란스러움조차 느끼는 것을 잊어버렸다. 심장이, 이를테면, 몇 인치쯤 '내려앉았다'. 우리 오드리가 너무도 보고 싶었다.

지금 당장 혼자 달려가서 같이 짐을 싸고 학교를 그만두게 하고 집으로 데려오고 싶었다[한쪽 발이 감각을 잃었음에도 혹은 '저렸음에도' 불구하고 나는 꼰 다리를 풀 수도, 그럴 의향도 없었다]. 표지판의 제한 속도를 훌쩍 넘는 속도로 달려서 타주에 위치한 기숙사 혹은 '성' 혹은 성곽 혹은 총안이 있는 유배지의 아성의 요새를 급습하여 한밤중에 혹은 꼭두새벽에 저 거대한 오크나무 대문의 벨을 두드리고, 치고, 혹은 울리고서 큰 소리로 말하고, 맹세하고, 외치고 싶었다, 절대로 생각할 수도 '꿈꿀' 수도 없고, 생각해서도 '꿈꿔'서도 안 되는 [말할 필요도 없지만 '아버지'와는 달리] 말을. 피로와 우울과 탈진과 적막감 혹은 '외로움'이 저항하기 힘들 정도로 덮쳐왔고, 곧추선 자세를 유지하기 위해 옹이진 양쪽 팔걸이를 꽉 붙들자 젖은 엉덩이 또는 전립선이 욱신거렸다), E.E.G.에서 상대적으로 두드러진 혹은 '예리한' 고점은 그녀가 벌떡 일어나 앉아 소리치기 직전의 시점에 해당한다는 사실을 확인할 수 있었는데, 이것은—수면 전문가는 호프의 E.E.G.의 '세타'파의 뚜렷한 고점 혹은 '결절점'이 '거의 교과서적'이라며, 전문가 특유의 감탄을 뱉었다—호프가 나를 비난하던 시점마다 잘 알려진 바와 같이 근육 마비와 급속 안구 운동이 수반되고 꿈을 꾸게 되는 '역설' 수면이 일어나는 '네 번째 단계'에 있었음을 나타낸다고 말했다. 건물 안쪽, 건축 작업이 진행되는 곳에서 서로 다른 두 개의 망치가 힘껏 빠르게 내리치는 소리가 한순간 겹쳐서 혹은 '짝지어서' 들린 후 이내 하나는 잦아들었고 다른 하나는 이를 상쇄하듯 점점 더 맹렬해졌다. 이때 나는 닥터 '데스몬도-루이즈'의—눈이 큰 라틴계 행정 전문가의 혹은 사회자의—입이 '자-살'이라는 단어를 소리 없이 한 음절씩 똑똑하게 입 모양으로 말하는 장면을 상상했거나 환각으로 봤거나 목격했다. 호프는, 한편, 의자에 앉아서 단단히 꼰 다리 위로 상체를 앞으로 약간, 다소 공격적으로 내밀면서 수면 전문가 닥터 파피안에게, 저 익숙한 신경질적인 혹은 태연함과 무반응을 가장한 태도로, 실례가 되지 않는다면 여기서 확실히 짚고 넘어가고 싶은 게 있는데, 수면팀은 그러니까 여기 있는 그녀의 남편 네이피어 씨가 실제로 잠을 자면서 진정 코를 골고 있었다는 건지 아니면 '(호프)'가 잠이 든 상태로 이 모든 코골이 문제를 그야말로 '뜬금없이' 꿈을 꾼(혹은 '망상한' 혹은 '날조한') 거라고 말하고 있는 것인지 묻고 있었다. 나는 그동안 다리를 단단히 꼬고 중립적으로 한쪽 눈을 이어서 다른 쪽 눈을 가리면서 곧추선 상태로(혹은 "…일어나!") 앉은 자세를 유지했다.

이 시점에서 수면의학 전문의—우리가 이 메모리얼 클리닉에 오게 된 이유인 '코골이' 혐의에 관한 문제로 인해 호프와 본인 사이에 촉발된 전례없는 부부간 불화의 최소한의 윤곽 혹은 '골자'밖에 알지 못하는 그는, 내 졸린 또는 괴로운 안색을 양가적 감정, 태연무심한 소극성 또는 '무관심'으로 오단했다(한편, 이 뜻밖의 명백한 진단상의 '반전' 혹은 역전 앞에서 호프의 태도는 불길하리만큼 경직되었다, 혹은 '굳어졌'다. 그녀를 그토록 괴롭힌 내 '코골이' 삽화들이, 엄밀히 말해서, 정신적 외상을 남길 정도로 사람을 무기력하게 만드는 갈등이 이어진 지난 추운 계절을 지나오면서 내가 누차 주장했던 바와 같이 '진짜가 아니'라 야간성 혹은 몽환성 '야경증'으로 인한 꿈 혹은 '느슨한 연상'의 산물이라고 내가 줄곧 고수해온 주장을 전문의가 옹호하자, 그녀의 목에서 자기도 모르게 혈관과 힘줄이 솟구쳤고 가늘고 어딘가 늑대 같고 질긴 가죽 같은 그녀 얼굴의 모든 선, 틈, 주름, 경계선, 잔줄, 병변, 처진 살 혹은 '홈' 하나하나가 근육이 경직된 표정으로 인해 한층 적나라하게 강조된 듯 부각되어 보였다. 잠시 동안은 그녀가 실제 나이보다 문자 그대로 수십 년은 나이 들어 보였는데, 나는 타주로 추방당하기 전에 우리 오드리의 '이슬 같은' 혹은 상피의 살결이 호프에게 끼쳤을 의식하지 못한 혹은 의도하지 않은 모욕을 짐작할 수 있었다. 호프 자신에게 오드리는, 이제 '과거의 것'이 되어버렸음을 인정하기를 그리도 두려워한 온갖 여식으로서의 매력이 집약된, 걸어다니는 적요의 표상이었던 것이다. [일례로 지난 초봄에 엉덩이 뒷부분과 다리 윗부분에서 정맥류를 제거하기 위해 혹은 없애기 위해, '선택적인' 혹은 '비필수적인', 따라서 비급여에 해당하는 외래 시술을 받았었다. 그 예후는 퍽이나 매력적이지 않았고, 터놓고 말하면 그 무력한 허영과 딱히 어떠한 차이도 유발하지 않은 지 오래인 것에 대한 '부정'이 슬펐다고 혹은 애처로웠다고 할 수 있다(**"제발 다시 시작하지 말라고"**)])—는 무심코 혹은 '무의식적으로' 이마의 각질을 만지더니—이번에도 명백한, 혼란스러운 혹은 '역설적인' 진단상의 반전으로(침착한 혹은 자신만만한 태도에는 실례되는 말이지만, 수면의학 전문의의 '침대 옆 매너'에는 유감스러운 면이 있다고, 호프와 나는 둘 다 동의한 바 있다)—단언하기를(그러니까 수면 전문가가 단언하기를), 물론, 엄밀히 말해서 내 아내가 제기한 '코골이'에 관한 혐의는, (그가 사용한 용어를 그대로 옮기자면) '외적인 감각 입력'이 아닌 '내적인 꿈의 경험'에 기반한 것이긴 하나, 의학적인 혹은 과학적인 측면에서 보자면, '엄밀히 말해' 옳다고 했다. 흡음 처리된 커다란 열쇠 모음 혹은 '고리'를 왼손으로 옮기고, 성적 매력이 충만한 테크니션에게 표정으로 모종의 신호 혹은 '큐'를 보내면서, 중립적이고 객관적인 수면의학 전문의는 호프가 큰 소리로 내가 '코를 곤다'고 비난하기 직전 두 차례의 '네 번째' 혹은 '역설' 수면 단계 구간이 기록된 '저조도' 혹은 적외선 비디오 테이프에서 내가, 이 구간에서, 일반인들이 '코골이'라 부르는 '폐색' 호흡을, 보다 전문적인 용어로는 '비인두' 호흡을 하고 있음을 확인할 수 있는데, 이것은 마흔이 넘거나 또는 그보다 노령의 남성들에게서 흔히 볼 수 있는 일시적이거나 또는 되풀이되는 현상 혹은 상태이며—엎드리거나 옆으로 눕거나 '태아 같은' 수면 자세가 아니라 (본인처럼) 반듯이 누워서 자는 습관이 있으면 특히 더 그렇다고 닥터 파피안은 설명했다—인간 수면의 중간 혹은 '깊은' 단계인 2단계와 3단계 수면에서 주로 발생한다고, 그러나 '네 번째' 혹은 '역설' 단계에서는 특정 주요 후두근육군이 마비되기 때문에, 렘 혹은 '꿈' 수면에서 활발히 꿈을 꾸는 동안에 실제로 '코를 고는' 것이 생리학적으로 불가능하다고 말했다. 수면 전문가의 설명은 간결했고 당면 사안과 직접적으로 관계가 있었다. 아내는 그동안 관자놀이를 문지르며 스트레스 또는 조바심을 드러내고 있었다. 회의실에서 잠시 자리를 비운 수면의학 전문의의 수면팀의 하급 혹은 '주니어' 보조—대학생 정도로 보이는 젊은 남자(혹은, 오늘날 널리 사용되는 호칭을 빌리자면 '듀드')로, 티 하나 없이 깨끗하다고 혹은 무균하다고 하기 어려운, 단추를 잠그지 않은 '실험실' 가운 안에 분홍색의, 빛바랜, 빨간색의 혹은 자홍색의 면 '티'셔츠를 입고 있었고 셔츠 가슴에는 이름 모를, 그러나 어딘가 '성가시게' 낯익은 혹은 유명한 사람의 궁지에 몰린 듯한 혹은 혼란스러워 보이는 얼굴이 선화線畫 혹은 캐리커처로 그려져 있었으며 그 아래에, 셔츠 천 위에 "아내는 내가 우유부단하다는데 나는 잘 모르겠어요"라는 문구 혹은 캡션이 있었는데, 상대방이 이걸 심각하게 혹은 '액면'가로 받아들이라는 의도는 분명 아니었을 테고, 일종의 익살 혹은 아이러니한 재담이었을 게다—가 일반적인 혹은 '상업용' VHS 비디오 테이프가 몇 개 꽂힌 작은 박스를 들고 돌아왔다. 비디오 테이프에는 검정색 펠트 촉 잉크로 'R.N.*'과 'H.S.-N.**', 그리고 호프와 본인의 P.P.O. 및 D.M.C. '환자 코드'와 촬영된 수면 '실험'이 실제로 이루어진 혹은 진행된 수요일 밤들의 날짜가 적혀 있

---

* 랜들 네이피어.
** 호프 사이프-네이피어.

었다. 보조와 ("그렇게 아프지 않을") 수면의학 전문의는 브러시드 스틸 혹은 알루미늄 진료 차트 홀더를 보면서, 호프가 제기한 혐의 중 궁극적으로 진짜가 아닌, 몽상적인 혹은 '역설적인' 부분에 대한 수면의학 전문의의 진단을 실증적으로 입증하기 위해 어느 테이프를 '적재' 및\또는 삽입할 것인지 상의했다. 호프는 이 시점에서 또 한 번 상체를 앞으로 조금 내밀고 꼰 다리로 굽 높은 구두를 거칠게 까딱거리며 혹은 '까불며', 그렇다면 클리닉의 진단 데이터 총합으로부터 '그'가(즉, 내가) 수면실 침대에서 깊이 잠든 상태로 '코를 골면서' 동시에 그 좁고 단단하게 보강된 클리닉 침대에서 자신이 아직 완전히 '깨어' 있는 것과 동일한 '감각' 혹은 '경험'을 꿈꾸고 있었을 가능성을 도출할 수는 없을지 제론하고는 혹은 묻고는, 그게 가능하다면(호프의 의견에 따르면), 그녀가 종내 '못 참겠어서' 나를 깨우려고 소리를 지를 때마다 내가 진지하게 혹은 진심으로 잠들었음을 '부정'한 것이 설명될 수 있을 것이라고 했고—여기에 응수하여 나는, 신경질적으로 끼어들며, 호프가 제시한 이론상 시나리오의 뻔히 보이는 '구멍' 혹은 논리적 허점을 지적하면서 수면의학 전문의에게, 널리 알려진 인간 수면 단계에 관한 그의 설명에 따르면 ("꿈을 꾸고") 꿈을 꾸는 동시에 물리적으로 '코를 골' 수가 없다는 사실을 공식적인 '기록'을 위해 한 번 더 명시해달라고, 왜냐하면 간단한 논리적 추론을 적용해보면, (1) 내가 정말로 깨어 있다는 '꿈을 꿨다'면, (2) 나는 그 정의에 따라 수면의 '네 번째' 혹은 '역설' 단계에 있었던 것이고, (3) 그러므로 '역설' 단계의 잘 알려진 후두 마비로 인해, (4) 나는 호프가, 내가 인 시투in situ* 내는 것을 들었다는 것이 실제로 꿈이었음이 판명난 그 거슬리는, 꾸르륵거리는 혹은 '비인두성' 코골이 소리를 낼 수 없기 때문이라고 말했다. 호프의 구두와 장갑과 비싼 가방 혹은 핸드백은 모두 색상과 가죽의 질감이 완벽하게 일치했다. 게다가 그녀에게서는 항상 더없이 좋은 냄새가 났다. 대략 이쯤에서 저 나긋나긋하고 성숙하고 육감적인 그러나 왠지 엄격하고 '불길해' 보이는 테크니션이 엄선되어 건네진 비디오 테이프를 모니터 뒤쪽의 수용부 혹은 '슬롯' 혹은 '구멍'에 삽입 혹은 '적재'하기 시작했고—부호로 기재된 (**"제발!"**) 수면 데이터 시트와 핸드헬드 리모컨을 이용하여—'저'조도 녹화본에서 아내가 갑자기 크고 괴로운 목소리로 '코골이'를 지적하기 직전의 네 번째 혹은 '역설' 단계 구간(수면 전문가의 '서설' 혹은 주해로 미루어 보건대 그렇게 추정할 수 있었다[생리학적으로, 본인은 여전히 '부동 자세'였다고 할 수 있다])을 '재생'하기 시작했다.

이게 불길한 전조로 보일지 아닐지 모르겠지만, 이 시점에서 일체의 외부 혹은 외래 소음과 방치된 내 호출기—에더해 가무잡잡하고 멋지게 차려입은 의료 행정가가 뜨거운 차를 흡입하는 혹은 '홀쩍이는' 소리(개인적으로 어릴 때부터

---

* '제자리에서' '현지에서' 등을 뜻하는 라틴어.

아주 싫어하는 행동인데, 한술 더 떠서 주먹 관절로 윗입술을 닦는, 꾸민 듯한 동작까지 뒤따랐다)—가 모두 멈춘 듯이 갑작스럽고 극적인 혹은 불안한 침묵 혹은 연장된 '휴지休止'가 내려앉았다. 한편, 회의실 모니터에 두폭화 혹은 '분할 화면' 이미지를 형성 혹은 구성하여 재생되는 비디오 녹화본에서 저조도 촬영의 특징인 어두운 호박색 조명의 불 꺼진 수면실에 있는 호프와 본인의 모습이 비쳤다. 화면 상단의 왼쪽과 오른쪽 구석에는 해당 날짜와 '0204'(혹은, 과학적 혹은 '그리니치 표준시' 표기법으로 2:04 A.M.)와 그에 해당하는 초와 소수가 보였고, 비디오 디스플레이의 우측 혹은 오른쪽에는 침대에 등을 대고 반듯이 누워서 양손을 가슴에 얹고 깊은 잠에 빠진 내 모습과—그보다 훨씬 더 당황스러운—내 얼굴, 잠든 얼굴을 적외선 클로즈업(혹은 '타이트 쇼트')으로 촬영한 영상이 고정돼 있었다. 나는, 놀라울 일도, 당연히, 아니지만, 이제껏 한 번도 나 자신의 '의식 없는' 얼굴을 본 적이 혹은 관찰한 적이 없었는데, 모니터의 두폭화의 우면 혹은 오른쪽 혹은 '우현' 부분에 줄곧 표시된 클로즈업에서, 그것은 내가 어떤 식으로도 알아볼 수 있는 혹은 '아는' 얼굴이 아니었음이 드러났다. 처진 턱과 불룩하게 늘어진 아래턱, 가슴에 얹은 두 손은 거미처럼 씰룩거렸고, 아래위 입술은 생선 아가리처럼 헐거워진 혹은 벌어진 모양새였다. 비록(수면팀의 대경실색한 모습과 모니터 뒤쪽에 있는 보조 및 테크니션들의 속삭거림으로 봤을 때 기술적인 '사고' 혹은 오작동이 발생한 모양이었다) 소리는 들리지 않았지만(호프는, 내 바로 옆에서 경직적으로 매혹되어 혹은 경악하여 우측 디스플레이를 바라보고 있었는데, 거동이 소리 없이 '얼어붙었고'[혹은 '마비되었고'("**움직이면 아플 거**")], 동공이 몹시 커지고 촉촉한 까만색이 되었다), 누워 있을 때의 모습을 한 번도 '그려본' 적 없는(대부분의 남편들처럼 나 역시, 당연히, 내 얼굴을 거울 앞에 앉거나 섰을 때만 봤기 때문이다. 예컨대 면도를 할 때나, 삐져나온 코털이나 귀털을 뽑을 때, 사프란 향이 밴 속옷을 두고 마스터베이션할 때나, 넥타이의 매듭을 조일 때 등등) 흐늘흐늘해진 얼굴, 벌어진 입, 처진 턱, 늘어진 살 주머니가 가볍게 전율하는 아래턱과, 녹화물 오디오 부분의 오류로 인한 소리의 부재에도 불구하고, (자동차 사고 또는 '범죄 현장'의 잔해와 엎어져 뒤틀려 있는 형상들을 지나칠 때처럼) 경직된 매혹으로 호프와 본인이 지켜보는 가운데, 수면 촬영 혹은 꼭두새벽 '장면'의 클로즈업에서 변화무쌍하게 바뀌는 내 의식 없는 열린 입의 모양과 비틀림은, 영상 속 내 이미지의 처진 입술이 계속해서 바뀌며 만들어내는 특이한 모양과, 열려 있는 입의 입꼬리에서 생겨나고 사라지고를 반복하는 작은 타액 혹은 침 거품(입꼬리에는 끈끈하고 적갈색이고 입의 모양이 바뀜에 따라 조금씩 팽창하는 순膜'막' 혹은 페이스트*도 있었다)이, 내가 의식하지도 '수의적으로' 인지하지도 못했던 소리와 소음이 정말로 내 목구멍과 입에서 새어 나오고 있음을 이론의 여지가 없을 정도로 보여주고 있음을 의미했고, 혹은 '뜻했'고―눈이 있는 사람이라면 이걸 부인할 수가 없었다―,

비디오 카메라가 전적으로 낯설고 사람 같지 않은, 의식 없는 내 낯을 향해 초점을 '당기자' 혹은 한층 더 클로즈인하자, 잠든 한쪽 눈꺼풀이 아주 조금, 정말 작은 틈만 보이도록 열려서, 그 밑의 의식 없이 급속히 운동하는 안구로부터 극미량의 빛의 조각 혹은 줄기 혹은 파편이 새어 나오는—마치, 예를 들어, 한밤중에 익숙한 무거운 발소리가 침실 문으로 향하는 빅토리아풍 층계를 서서히 오를 때 바깥 복도 불이 점등되어 혹은 '발광되어' 있으면 불 꺼진 침실의 닫힌 문 아래로 들어오는 빛처럼—것을 나는 보았거나, 환각으로 느꼈거나, '상상했거나'(이때 호프는 벌린 입과 쟁반 같은 눈을 하고 여전히 경직된 혹은 태아 같은 자세로 '얼어붙어' 있었고, 불길해 보이는 테크니션과 라틴계 행정가가 한쪽 관자놀이부터 시작해서 아래를 향해 '하향'식으로 급격하고 단호하게 벗겨내는 혹은 '잡아당기는' 동작으로 각자의 얼굴을 벗겨내기 시작했다. 쿠바인의 외제 손목시계와 두 손은 호박색 병변 덩어리였다), 실제로 봤거나, 아니면 문자 그대로 '목격'했고, 분할 화면의 오른쪽 혹은 '바른' 쪽 샷에서 내 젖은 입과 처지고 무르고 퍼지는 뺨이 팽창하기 시작하며 '익살맞게' 낯익고 감각적인 또는 포식 동물 같은 얼굴 표

　　"어나. 일어나, 제발 좀."

---

* 야채, 견과류, 육류 등의 식품을 갈거나 으깨어 부드러운 상태로 만든 것, 또는 고체와 액체의 중간 굳기를 가리킨다.

"세상에. 끔찍한."

"일어나."

"끔찍한 꿈을 꾸고 있었는데."

"안 그래도 그런 것 같았어."

"정말 끔찍했어. 도무지 끝이 나질 않아."

"내가 깨우려고 얼마나 흔들었어."

"금 몇 시야."

"거의… 2시 4분이 다 됐어. 얼마나 흔들고 찔러댔는지, 다치지 않을까 걱정했을 정도야. 아무리 깨워도 일어나야 말이지."

"번개 치는 거야? 혹시 비 왔어?"

"진심으로 걱정되기 시작했다고. 호프, 더는 이렇게 안 되겠어. 예약하기로 한 건 언제 할 거야?"

"아니 근데… 나 결혼한 거야?"

"또 시작이야?"

"오드리는 또 누구야?"

"일단 자자."

"얼굴에 그건 뭐야? … 아빠?"

"얼른 누워."

"입은 왜 그런 거야?"

"당신은 내 아내야."

"이게 현실일 리 없어."

"괜찮아, 다 괜찮아."

더 서퍼링 채널
The Suffering Channel

1

"어쨌건 똥이잖아요."

"동시에 예술이야. 정교한 예술 작품이라고. 말 그대로 믿기 어려울 정도야."

"말 그대로 똥이겠죠."

앳워터는 〈스타일〉 부편집자와 통화 중이었다. 밥을 먹으면서 몰트케 부부 쪽 이야기를 보강해보려고 이들을 데려온 홀리데이 인 레스토랑에서 나와, 복도에 있는 두 대의 공중전화 앞에 서 있었다. 복도는 1층 엘리베이터와 화장실과 레스토랑 주방과 건물 뒤쪽으로 이어졌다.

〈스타일〉에서 편집자는 중역급을 지칭하는 직함이었다. 편집 실무를 담당하는 이들은 부편집자라고 불렸는데, BSG 업계의 관행이 그랬다.

"직접 보면 생각이 달라질 거야."

"안 보고 싶거든요." 부편집자가 말했다. "똥을 왜 봐야 되는데요. 똥을 보고 싶어 하는 사람이 어딨어요. 기자님 지금 이걸 간과하고 있는 것 같은데, 사람들은 똥을 보고 싶어 하지 않는다고요."

"하지만 딱 한 번만 보…"

"똥으로 제아무리 멋진 초상이나 미니어처나 그 어떤 대단한 걸 만든다고 해도 이 사실은 달라지지 않아요."

스킵 앳워터의 인턴 로렐 맨덜리는 처음부터 양쪽 대화를 다 듣고 있었다. 애초에 앳워터가 전화를 건 사람도 맨덜리였다. 일요일에 부편집자의 선임 인턴의 내선 번호로 전화를 걸어 수신자요금부담 전화를 받아달라고 할 수는 없었으니까. '서머 엔터테인먼트' 합본 호 마감이 7월 2일이라, 주말인데도 편집부 전원이 출근해 있었다. 부편집자와 전화를 끊은 뒤 로렐 맨덜리가 몇 번이나 언급할 것이다시피, 지금은 무척 정신없고 스트레스가 심한 시기였다.

"아니, 아니, 일부러 만들지 않았다는 게 중요한 거야. 만드는 게 아니라… 이게 처음부터 그렇게 나오는 거라니까. 어디 하나 손볼 필요도 없다고. 믿기 어렵다는 게 그냥 한 말이 아니야." 통통하고 자그마한 체구와 애송이 같은 얼굴의 앳워터는 때때로 말을 할 때, 악센트를 준 음절에 맞춰 허리 높이에서 주먹 쥔 손을 위아래로 움직였다. 종鐘처럼 생긴 작은 몸통의 〈스타일〉 샐러리맨, 에너지가 넘치고 능력 있는 팀 플레이어이면서도 예외 없이 공손했다. 겉모습에는 때로 지나치다 싶을 정도로 까다로웠다.―예컨대 홀리데이 인의 작은 복도가 매우 덥고 비좁았음에도 앳워터는 재킷을 벗지도 넥타이를 느슨하게 풀지도 않았다. 〈스타일〉 인턴 중에서 남 얘기하기 좋아하는 이들은, 스킵 앳워터가 운동을 하다가 어린 나이에 은퇴한, 곧바로 대대적으로 운동을 관둔 선수 출신 같아 보인다고 수군댔다. 그가 면도를 하긴 하는지 의심쩍어하는 사람도 있었다. 지나치게 어려보이는 얼굴과 크고 붉은 귀에 민감한 앳워터는, 그가 네이비색 재킷과 통신판매로 구입한 바지 조합을 거의 항상 똑같이 입고 다닌다는 세평을 알지 못했다. 문화지리학에 조금이라도 밝은 인턴들에게 이것은 그가 중서부 출신임을 그 무엇보다 여실히 드러내주는 요소였다.

부편집자는 앳워터와 헤드셋으로 통화를 하면서 동시에 편집 업무를 처리하고 있었다. 곰처럼 체구가 크고 화통한 남자로, 잡지 편집자가 대부분 그렇듯이 극도로 냉소적이면서도 같이 있으면 재미있는 사람이었는데, 두 개의 키보드 위에 각각 한 손씩 올린 채로 동시에 두 건의 문서를 오타 없이 작성하는 것으로 유명했다. 이 양수兩手 기술에 크게 감탄한 〈스타일〉 편집부 인턴들은 특정 호가 마감되고 다들 한 잔씩 걸쳐서 직급과 행동거지의 제약이 평소보다 느슨해지는, 짧지만 화끈한 파티 때만 되면, 부편집자에게 이걸 시켜보라고 그의 선임 인턴을 압박하곤 했다. 부편집자에게는

〈스타일〉 편집부의 여러 인턴들이 졸업한 라이 컨트리데이 스쿨*에 다니는 딸이 있었다. 그의 타이핑 재주가 흥미로운 또 하나의 이유는 부편집자가 〈스타일〉은 물론 그 어디에도 글을 쓴 적이 없기 때문이었다.─그는 엄밀히 말하면 법무팀 산하 조직이어서 〈스타일〉 모회사의 완전히 다른 사업부로부터 지시를 받는 팩트체킹 부서 출신이었다. 좌우지간 부편집자가 대꾸를 할 때 뒷배경으로 들리던 과다한 딸깍 소리는 바로 이 양수 타이핑 동작 때문이었다. 부편집자는 〈스타일〉의 '세상의 요모조모WHAT IN THE WOLRD' 섹션이 주로 다루는 분야의 성격이 어떤지 빠삭히 알고 있고, 정서 불안이나 약물복용의 이력도 없었으며, 무엇보다도 개작이 필요한 경우가 매우 드문, 철저한 프로인 앳워터가 그답지 않게 이 이상한 아이템에 대해 장광설을 늘어놓고 있는 것이 무척 성가셨다.

두 남자 사이의 언쟁은 실제로는 매우 딱딱한 말투로 간단명료하고 급하게 이루어졌다. 부편집자는 이렇게 말하고 있었다. "설사 진행한다 쳐도 뭘 어떻게 보여줄 건데요? 왕좌처럼 변기 위에 앉아서 그걸 생산하는 모습을 찍을 거예요? 아니면 뭐, 글로 세세하게 묘사할 거예요?"

"지금 당신이 하는 말이 다 타당하고 당연한 말인데, 내 말은 일단 결과물을 한번 봐주기라도 하라는 거야. 작품 자

---

* 뉴욕주 라이시에 있는 사립학교. 유치원과 초중고를 모두 운영한다.

체를 말이야." 두 대의 공중전화에는 전화번호부를 놓기 위해 뻣뻣한 금속 고리가 있는 나뭇결 무늬 틀이 설치되어 있었다. 앳워터는 인디애나폴리스와 리치먼드 남쪽으로 내려가면 안정적인 신호를 수신할 만한 무선중계기가 충분치 않아서 휴대폰을 사용할 수가 없다고 했었다. 문은 유리인데다가 눈에 보이는 곳에 에어컨도 없는 비좁은 복도는 38도에 육박했고 무척 시끄러웠다.—엄청나게 소란스러운 소리와 고함이 들리는 것으로 보아, 아마도 벽 바로 너머에 주방이 있는 것 같았다. 볼 주립대학교**에서 저널리즘을 전공할 때 유니언 76 트럭 앤 트래블 플라자에 있는 24시간 식당에서 일한 적이 있는 앳워터는 즉석요리 주방의 소음이 어떤 것인지 잘 알고 있었다. 먼시시***에 있던 이 식당의 이름은 간단하게 '잇Eat'이었다. 앳워터는 주변의 모든 것을 등지고는, 공공장소에서 공중전화를 이용하는 사람들이 으레 그러는 것처럼 전화기를 향해 한껏 우묵하게 구부린 자세였다. 위트콤–마운트 카멜–스키피오와 인근 지역이 안내된 얇은 GTE**** 전화번호부가 놓인 작은 선반 밑에서 그의 주먹이 움직이고 있었다. 홀리데이 인 레스토랑의 이름은, 간판과 메뉴판에 안내된 바에 따르면, 이올드 컨트리 뷔페였다.

** 인디애나주 먼시시에 있는 대학교.

*** 인디애나주 델라웨어 카운티에 있는 군청 소재지.

**** 미국의 전화번호부를 만드는 회사.

앳워터의 바로 왼편에서는 나이든 부부가 엄청난 부피의 짐을 들고 복도 유리문을 통과하려 애쓰고 있었다. 이들이 일단 한 명이 먼저 문을 통과해서 상대방을 위해 문을 잡아주는 것이 수월하리라는 걸 깨닫기까지는 시간문제였다. 때는 2001년 7월 1일의 이른 오후였다. 때때로 부편집자가 사무실에서 다른 사람과 이야기를 나누는 소리가 들리기도 했는데, 사람들이 각종 사안에 대해 묻기 위해 그를 찾는 일이 다반사였기 때문에 이건 그의 잘못도, 앳워터를 무시하는 행위도 아니었다.

잠시 후, 남자 화장실에서 얼굴과 귀에 찬물을 끼얹은 앳워터는 복도의 얼룩진 문을 통해 모습을 드러내고는 레스토랑 뷔페 테이블 주변의 인파를 헤치며 나아갔다. 세면대 거울 앞에서 그는 옷매무새도 조금 가다듬었다.—거울 앞에서 갖는 그의 자기 훈계 의식은, 자신의 주먹으로 하는 행동을 전적으로 인지하게 되는 거의 유일한 시간이었다. 붉은 적외선등이 뷔페 요리를 하나씩 비추고 있었고, 살짝 구겨진 요리사 모자를 쓴 남자가 손님들 각자의 취향에 맞게 소갈비를 썰고 있었다. 레스토랑 가득 몸 냄새와 뜨거운 음식 냄새가 강하게 진동했다. 습기 때문에 사람들의 얼굴이 번들거렸다. 앳워터는 키 작은 남자의 단호하고 어깨가 굽은 걸음걸이를 갖고 있었다. 일요일 외식을 즐기고 있는 이들 중 상당수가 옆날개가 달린 특수 선글라스를 착용한 노년층이었다. 이쯤 되면 이 제품을 발명한 사람을 'WITW' 인물 특집에 등장시킬 때가 되었다고 봐도 좋을 것이었다. 게다가 요즘은 실제로 파리잡이 끈끈이를 보는 일도 드물었다. 그들은 입구 옆쪽 거의 끄트머리에 자리 잡고 있었다. 북적이는 레스토랑에서도 멀찍이 앉아 있는 그들을 어렵지 않게 찾을 수 있었다. 아티스트의 아내, 몰트케 부인의 거대한 금발 머리통 정수리가 입구 안내원 앞에 있는 거치대 높이와 맞먹었기 때문이다. 앳워터는 그녀의 머리통을 길잡이 삼아 자리를 찾아갔다. 머릿속을 질주하는 생각들로 귀와 이마가 상기돼 있었다. 뉴욕 제1세계무역센터 16층의 〈스타일〉 편집실에서는, 한편, 부편집자가 사내 이메일을 작성하면서 동시에 인터콤으로 자신의 선임 인턴과 대화하고 있었다. 앳워터가 쓰려고 하는 기사의 중심인물인 브린트 몰트케 씨는 아내가 무슨 말을 한 모양인지 그녀를 향해 일말의 미동도 없는 미소를 짓고 있었다. 앞에 있는 요리에는 전혀 손을 대지 않은 상태였다. 입가에 묻은 마요네즈 혹은 드레싱을 새끼손가락으로 닦아내고 있던 몰트케 부인과 눈이 마주친 앳워터는 양팔을 추켜올리며 말했다.

"다들 무척 좋아하네요."

←

앳워터가 홀리데이 인 레스토랑 옆에 있는 통풍도 되지 않는 비좁은 남자 화장실에서 찬물을 끼얹고 자기 훈계를 해야 했던 이유 중 하나는, 조금 전의 장거리전화가 그가 "…작품 자체를 말이야"라고 말한 뒤에도 몇 분 정도 더 이어졌고, 분위기가 격앙된 나머지 뾰족한 결론이 나지도, 양측의 입장이 바뀌지도 않은 채로 끝났기 때문이었다. 다만 전화를 끊은 부편집자가 그의 선임 인턴에게, 스킵이 평소 철저한 프로다운 모습과 달리 이 이상한 아이템에 생각보다 더 집착하고 있는 것 같다고 말했을 뿐이다.

"나 잘하는 거 알잖아. 기막힌 기삿거리 찾아내서 근사하게 만들어내는 거 알잖아."

"지금 나는 기자님의 능력을 두고 왈가왈부하고 있는 것도 아니고, 기사가 기막히게 나올지 안 나올지 걱정하고 있는 것도 아니에요. 지금 나는 기자님에게 뭐가 되는 거고 뭐가 안 되는 거라고 똑똑히 알려주고 있는 거라고요."

"이 시점에서 문득, 누군가 예전에 앵무새는 어떤 경우에도 절대로 안 되는 거라고 말했던 게 생각나네." 여기서 앳워터는 전에 자신이 썼던 〈스타일〉 기사를 언급하고 있었다.

"지금 이걸 기자님이랑 나 사이의 언쟁이라고 생각하고 있나 본데, 아니거든요. 이건 똥, 대변, 인분 얘기라고요. 왜 안 되는지 간단하게 말해줄게요. 〈스타일〉은 인분에 대한 아이템을 다루지 않습니다."

"그렇지만 이건 예술 작품이기도 하다고."

"그렇지만 똥이기도 하잖아요. 그리고 기자님, 이거 아니라도 이미 시카고에 취재 나가야 하는 일 있는 걸로 알고 있는데요. 그것도 사실 되는 거라고 하기엔 애매한 부분이 있는데, 기자님이 굳이, 굳이 하겠다고 해서 겨우 오케이받은 거잖아요. 내가 틀린 말 한 거 있으면 얘기해보세요."

"그건 벌써 취재 시작했어. 오늘 일요일이잖아. 로렐이 내일 하루 종일 일정 잡아뒀어. 여기서 주간 고속도로 타고 두 시간만 가면 되는 거리야. 두 아이템 다 110프로 병행 가능하다고." 앳워터는 코를 훌쩍이고 침을 꿀꺽 삼켰다. "이쪽은 내가 잘 아는 거 알잖아."

부편집자가 말한 또 다른 〈스타일〉 꼭지는 '더 서퍼링 채널*'에 관한 기사였다. 더 서퍼링 채널은 다중 지역 케이블 방송 벤처기업으로, 앳워터가 로렐 맨덜리를 시켜 중간 다리를 건너뛰고 직접 편집자의 선임 인턴에게 가서 '세상의 요모조모'에 싣게 해달라고 설득한 거였다. 앳워터는 편집부에 배정된 지면 중 일주일에 0.75쪽이 할애되는 'WITW'를 담당하는 세 명의 풀타임 샐러리맨 중 하나였다. 여러 BSG 주간지 중에서도 가장 프릭쇼** 혹은 타블로이드에 가까운 'WITW'는 〈스타일〉 최고위급들의 단골 논란거리였다. 담당자가 적지 않고 서체가 커서, 스킵 앳워터는 3주에 한 번 400단어 분량의 기사를 작성하도록 공식적으로 계약되어 있었는데, 다만 에클레샤프트-뵈트의 지시에 따라 미세스

---

* 직역하면 '고통받는 채널'.
** 괴물이나 괴인이 등장하는 쇼.

앵거가 연예 뉴스를 제외한 일체의 편집부 예산을 삭감한 뒤로 'WITW' 샐러리맨 중 직급이 가장 낮은 기자가 반일제로 근무했기 때문에 사실상 8주에 한 번 꼴로 완성된 기사 세 건에 가까웠다.

"오늘 밤에 사진 보낼게."

"그러지 마요, 좀."

앞서 말했듯, 앳워터는 주먹을 아래위로 움직이는 버릇을 인식하는 일이 드물었다. 그가 기억하기로 이건 심한 스트레스에 시달리던 인디애나폴리스 〈스타〉 시절에 시작된 버릇이었다. 어쩌다 한번씩 인식하게 될 때면, 움직이는 주먹을 마치 다른 사람의 것인 양 낯설게 내려다봤다. 이는 앳워터가 가지고 있는 자아 개념의 수많은 빈틈 혹은 맹점 중 하나였고, 그게 또 〈스타일〉 직원들이 그에게 호의와 가벼운 경멸을 동시에 갖게 된 이유가 됐다. 로렐 맨덜리를 비롯해서 그와 가까이에서 일하는 동료들은 그를 '보호 껍데기' 혹은 '껍질'이 없는 사람으로 여겼고, 로렐이 그를 대하는 태도에는 확실히 어딘가 모성애적인 요소가 있었다. 그의 담당 인턴들이 그에게 보이는 맹렬한 헌신 때문에 〈스타일〉의 어떤 사람들에게는, 그가 내면의 자원을 계발하는 데 힘쓰는 대신 모르는 척 짐짓 주변인에게 기대는 심리 조종자로 보였다. 〈스타일〉의 전직 '소사이어티 페이지SOCIETY PAGES' 섹션 담당 부편집자가 스킵 앳워터를 가리켜 감정의 탐폰이라고 한 적도 있다. 물론 그녀 자신 또한 갖가지 개인적인 문제가 넘쳐나는 사람이었다고 증언할 사람이 한둘이 아니지만. 이것도 사내 정치가 다 그렇듯이 간단하지만은 않은 일이었다.

이것도 앞서 말했지만, 전화상의 언쟁은 압축적이면서 매우 빠른 속도로 이어졌는데, 딱 한 번 부편집자가 디자인 팀의 누군가와 발췌 인용문을 묶는 따옴표 모양에 관해 상의하는 동안만 대화가 잠시 끊겼다. 앳워터는 전화 너머로 이들이 상의하는 내용을 똑똑히 들을 수 있었다. 그 직후에 이어진 아주 잠깐 동안의 정적은, 그러나, 무엇을 의미하는지 꼭 집어서 말하기 어려웠다.

"들어봐요." 마침내 부편집자가 말했다. "내가 기자님만큼 여기에 꽂혀서 기자님한테 오케이 주고 저 위에 편집 회의에 올라가서, 보자 언제가 좋을까, 9월 10일 발행 호에 신겠다고 말한다 쳐봐요. 거기다 대고 미세스 엥거가 뭐라고 할지 말해줄게요. 미쳤나요. 똥 좋아하는 사람이 어딨나요. 다들 혐오하고 역겨워하는 게 똥이에요. 똥을 똥이라고 하는 데는 이유가 있지 않겠어요. 가을 호에서 푸드랑 뷰티 광고는 또 얼마나 많은 지면을 차지하는지 말을 해줘야 아나요. 정신 나갔나요. 여기까지." 미세스 엥거는 〈스타일〉의 수석 편집장이자 이 주간지의 모회사인 에클레샤프트–뵈트 미디언 미국 지사와 〈스타일〉 사이의 교섭 책임자였다.

"그걸 역으로 말하면 누구나 공감할 수 있는 보편성을 갖고 있는 거라고도 할 수 있는 거 아니야? 자기만의 똥 경험이 없는 사람은 없잖아."

"자기 혼자만의 경험이잖아요." 동일한 장거리전화의 일부이긴 했지만, 이 마지막 응수는 별도로 로렐 맨덜리, 그러니까 앳워터가 출장 중일 때면 그의 전화와 팩스를 처리하고, 리서치팀의 고글들이 보내주는 리서치 아이템 중에서 '세상의 요모조모'에 쓸 만한 아이템을 선별하고 조사하며, 그를 대신해서 편집부 인턴들과 소통하는 그의 담당 인턴과 나눈 후속 대화의 일부였다. "혼자만의 특별한 장소에서 혼자서 처리하고 물로 내려버리잖아요. 눈에 안 보이게 말이에요. 이건 사람들이 평소에 생각하고 싶어 하지 않는 것 중 하나예요. 아무도 그 얘기를 하지 않는 데는 이유가 있는 거라고요."

로렐 맨덜리는 〈스타일〉의 직급 높은 인턴들 대부분과 마찬가지로 공들여 고르고 절묘하게 코디한 프로다운 복장을 갖춰 입고 다녔다. 얼굴을 보고 대화할 때면, 한쪽 콧구멍에 꽂고 다니는 작은 다이아몬드 피어싱이 앳워터의 신경을 다소 거스르기는 했지만, 그녀는 대단히 현실적이고 상황 판단이 빠른 사람이었다.—그녀는 미스 포터 스쿨* 1996년 졸업생 중 가장 이성적인 학생으로 선정되기도 했다. 게다가 간단한 평서문 하나도 제대로 쓸 줄 몰랐기 때문에, 그 어떤 맹랑하고 어처구니없는 상상을 동원해봐도 결코 앳워터가 〈스타일〉에서 차지하고 있는 샐러리맨 직위를 위협할 인물

---

* 코네티컷주에 있는 명문 사립 여자고등학교.

이 못 되었다. 앳워터는 지금까지 자신을 거쳐간 여러 인턴 중에서도 한두 명에게만 그랬듯이 로렐 맨덜리에게 크게 의지했고, 그녀의 의중을 떠보곤 했고, 자신이 청한 경우에 한해 그녀의 의견에 진지하게 귀를 기울였으며, 이따금 그녀와 전화로 수다를 떠느라 시간을 뭉텅이씩 흘려보냈고, 그의 기쁨이자 자랑인 네 살 된 스키퍼키 믹스 견들의 사진을 보여주는 등 자신의 개인사 중 엄선된 일부를 공유했다. 코네티컷주 서부 전역에서 '블록버스터' 비디오 대여 체인점을 운영하고 있는 아버지와 '마스터 가드너' 자격증을 따기 위한 마지막 과정을 밟고 있는 어머니를 둔 로렐 맨덜리 또한 우연 혹은 예감 덕분에, 지금부터 두 달 뒤 〈스타일〉이 역사에 기록될 비극에서 살아남을 운명이었다.

앳워터는 두 손가락으로 코를 아래위로 문질렀다. "얘기하는 사람도 있지. 어린 남자애들이 하는 말 들어봐. 다 큰 남자들이 탈의실에서 하는 말이라든가. '어젯밤에 큰 거 엄청 쌌어' 같은 얘기를 심심찮게 들을 수 있다고."

"듣고 싶지 않아요. 남자들이 자기들끼리 하는 얘기가 고작 그런 거라고 상상하고 싶지 않아요."

"아니 그런 얘기를 또 그렇게 자주 하는 건 아니야." 앳워터가 한발 물러나며 말했다. 이런 얘기를 여성과 한다는 게 일면 껄끄럽기도 했다. "내가 하고 싶은 말은 그 민망함과 불쾌감 자체가 중요한 포인트라는 거야. 이걸 제대로 만들어내기만 한다면 말이지. 일종의 혐오감의 미화랄까. 이런 게 바로 UBA라고." UBA는 업계에서 '업비트upbeat* 앵글'을 줄여 부르는 말로, 경성뉴스** 매체에서 말하는 기사의 '한 방'에 해당했다. "뭐랄까 민망함과 불쾌감의 뜻밖의 반전인 거지. 가장 그럴 법하지 않은 장소에서 이룩하는 창작의 성취감이랄까."

로렐 맨덜리는 앳워터의 책상 앞에서 열려 있는 서랍함 위에 두 발을 걸치고 전화기의 헤드셋을 목에 거는 대신 손에 든 채 앉아 있었다. 임상적 개입이 필요할 만큼 마른 그녀는 이마가 툭 튀어나왔고 눈썹이 놀란 듯한 모양이었고 거북등무늬 머리핀을 꽂고 있었으며, 앳워터처럼 늘 한결같이 극도로 진지하고 성실했다. 〈스타일〉에서 인턴으로 일한 지 일 년쯤 된 그녀는, BSG 기자로서 스킵의 유일한 진짜 단점은 아찔한 관념의 샛길로 빠지는 버릇이라는 것을 알고 있었는데, 그럴 때마다 그를 현실로 끌어내리고 진정시키기란 그리 어렵지 않았다. 나아가 이 버릇은 스킵이 스스로 생각하는 자신의 최대 결점에 대한 일종의 보상이라는 사실도, 그녀는 알고 있었다. 스킵이 〈인디애나 스타〉에 있을 때 어느 편집자가 그에게는 비극에 대한 감각이 없다고 지적했다는 모양이었다. 당시 스킵은 그런 유의 지적을 받을 때면, 그것이 내면 깊숙한 곳에 들어박혀 자아 개념을 이루는 핵심

---

*　'가볍고 발랄하고 유쾌한'이라는 뜻.
**　정치, 경제, 사회 등 공공 문제와 관련된 사실 전달 위주의 뉴스.

의 일부가 되는 나이였다. 웰슬리 재학 시절, 로렐 맨덜리가 1학년 과제로 제출한 에세이를 보고, 이른바 무딘 언어 감각과 노력 없이 얻은 배짱에서 비롯한 기만적인 어조를 비판한 교수가 있었는데, 이는 곧바로 그녀의 자아 개념을 구성하는 어두운 부분이 되었다.

"그럼 그 사람을 주제로 박사 논문을 쓰시든지요." 그녀의 대답이었다. "저한테 미스 플릭한테 가서, 〈스타일〉 독자들에게 엉덩이에서 작은 조형물을 배출하는 사람 이야기를 들이밀게 해달라고 하라고만 하지 마세요. 그럴 일은 절대로 없을 테니까." 이제 로렐 맨덜리는 거의 항상 자신의 생각을 솔직하게 말할 줄 알았다. 기만의 시절은 지나갔다. "어차피 가망 없는 일로 제 신용을 잃고 앨런에게도 신용을 희생하라고 하는 꼴이 될 뿐이니까요.

다른 사람한테 뭔가를 부탁하려면 뭘 부탁할 건지도 신중히 판단할 줄 알아야 해요." 둘 사이에서 미스 플릭이라는 별명으로 통하는 앨런 백트리안은 '세상의 요모조모' 섹션의 선임 인턴으로, 부편집자의 오른팔일 뿐 아니라 82층에서 근무하는 미세스 앵거 직속의 수석 인턴 하나와도 개인적인 친분이 있다고 알려져 있는 유력자였다. 앨런 백트리안이 종종 이 수석 인턴과 함께 자전거를 타고 플랫아이언 지구에서부터 허드슨강을 따라 배터리 파크 직전까지 이어지는 기막히게 잘 닦인 자전거 전용 도로를 달려 출근한다는 얘기가 돌았고, 둘이 똑같은 안전모를 맞춰 쓴다는 소문도 있었다.

개인적이고 정치적인 복합적인 이유로 스킵 앳워터는 앨런 백트리안 근처에만 가면 거북함을 느꼈고 가능하면 피하려고 애썼다.

그의 전화기를 통해 잠시 달그락거리는 주변 소음만 들렸다.

"아니 근데, 그 사람 뭐하는 사람이에요? 대체 어떤 사람이 남들한테 자기 응가를 보여주고 다녀요?"

2

인디애나 폭우는 사람을 놀라게 하는 법이 없다. 숨을 쉬려고 애쓰며 햇살 아래에 서 있는 지금도, 마치 똑바로 난 철로 위의 기차처럼 저 멀리 주州의 절반만큼 떨어진 곳에서부터 몰려오고 있는 폭우를 볼 수 있다. 어머니는 항상 앳워터가 날씨를 예견하는 눈을 갖고 있다고 말했었다.

셋은 중서부 지방 특유의, 반쯤 나사가 풀린 듯한 상냥하고 호의적인 분위기 속에서 몰트케 부부의 거실에 모여 앉아 정오 무렵의 시간을 보냈다. 거실에는 커튼이 쳐져 있었고, 빠르게 돌아가는 두 대의 선풍기가 앳워터의 머리카락을 들었다 놓았다 하는가 하면 작은 잡지꽂이에 꽂힌 잡지들을 펄럭였다. 무턱대고 전화해서 약속을 잡는 데 일가견이 있는 로렐 맨딜리가 전날 저녁에 전화로 이 첫 미팅을 잡아두었다. 임차한 땅콩주택 중 절반에 해당하는 몰트케 부부의 집에서는 한낮의 열기가 점점 강해짐에 따라 알루미늄 자재가 딱딱거리고 삥삥거리는 소리를 들을 수 있었다. 안쪽 방 어딘가에서 창문형 에어컨이 힘차게 돌아가는 소리가 들렸다. 진입로에 주차된 누르스름한 로터 루터* 밴을 보고 땅콩주택에서 어느 쪽이 몰트케 부부의 집인지 알 수 있었다. 로렐이 보내준 인터넷 주소 경로는 언제나 그렇듯 흠잡을 데가 없었다. 막다른 길은 아직 갓돌 위에 설계 사양과 시멘트가 덕지덕지 붙어 있는 신축 개발지였다. 앳워터가 카발리어 렌터카를 몰고 도착했을 때는 저 멀리 서쪽 끝 수평선에만 구름이 잔뜩 끼어 있었다. 앞마당에 아직까지 잔디를 다 깔지 못한 집도 있었다. 어느 집에서도 포치라고 할 만한 것은 찾아볼 수 없었다. 몰트케 부부의 집 쪽 대문에는 기울어진 깃대에 성조기가 꽂혀 있었고, 덧문 틀에는 까만색 무당벌레 혹은 일종의 풍뎅이 모양으로 양각하여 양극처리 한 커다란 세공 장식이 붙어 있었다. 대문을 열려면 콘크리트 바닥판에서 뒤로 살짝 물러서야 했다. 바닥판에는 방문객을 환영하는 문구가 새겨진 깔개가 깔려 있었다.

거실은 좁고 바람이 통하지 않았으며 황갈색 빛깔을 띤 메이플시럽 갈색과 녹색으로 꾸며져 있었다. 두꺼운 카펫이 거실 전체를 덮고 있었다. 소파와 의자와 협탁은 세트로 한

---

* 미국의 상하수관·배관 전문 업체.

꺼번에 구입한 것이 분명해 보였다. 통신판매로 산 것이 틀림없는 시계에서 일정 시간마다 새가 튀어나왔다. 벽난로 선반 위, 손뜨개 장식으로 만들어진 진부한 문구가 이 집과 거기에 사는 이들의 안녕을 기원하고 있었다. 아이스티는 무릎이 꺾일 정도로 달았다. 거실 동쪽 벽에는 눈에 띄는 얼룩 혹은 물 자국이 있었다. 앳워터는 이 벽이 몰트케 부부가 땅콩주택의 반대쪽 집과 공유하는 내력벽일 거라고 짐작했다.

"이게 어떤 식으로 진행되는 건지 알고 싶다고 말씀드리는 게, 저 말고도 여러 사람을 대변하는 일일 거라고 생각합니다. 그러니까 이걸 구체적으로 어떻게 하시는지를요." 앳워터는 텔레비전 장식장 옆에 있는 푹신한 흔들의자에 앉아, 밎은편 소파에 나란히 앉아 있는 아티스트와 그의 부인을 바라보고 있었다. 다리를 편안히 꼬고 있었지만 의자를 흔들지는 않았다. 조금 전까지 이 지역의 특징에 대한 어린 시절의 기억과 이 일대에 관한 이야기를 풀어놓으며 심리적 거리를 좁히고 몰트케 부부의 긴장을 풀어주기 위해 상당한 시간을 투자했다. 녹음기를 꺼내 켜놓긴 했지만 속기용 수첩도 펼쳐둔 상태였다. 이렇게 하면 사람들이 흔히 생각하는 기자의 이미지에 조금이나마 가까워질 수 있었다.

아티스트 및/또는 부부의 역학 관계에 어딘가 좀 이상한 점이 있다는 사실은 금방 알 수 있었다. 브린트 몰트케는 발가락을 안으로 말고 양손을 무릎에 얹고 등을 구부려서 혹은 구부정하게 말아서 야단맞는 어린아이 같은 자세로 앉아 있었고, 그와 동시에 앳워터를 향해 미소 짓고 있었다. 그러니까, 한순간도 예외 없이 미소를 짓고 있었다. 껍데기뿐인 대외적인 비즈니스용 미소는 아니었지만 핵심적인 효과는 같았다. 몰트케는 짧은 구레나룻이 있고 드문드문 새치가 보이는 머리카락을 한쪽으로 치우친 덕테일 같은 모양으로 빗어 넘긴 다부진 체격의 남자였다. 산사 벨트 브랜드의 바지와 가슴에 직장 이름이 새겨진 짙은 파란색 니트 상의를 입고 있었다. 코에 난 자국으로 가끔 안경을 쓰기도 한다는 사실을 알 수 있었다. 앳워터가 그레그 속기법으로 기록한 또다른 특이점은 아티스트가 손으로 만들고 있는 모양이었다. 양쪽 엄지와 검지로 무릎 높이에서 완벽한 원을 그리고 있었는데, 몰트케는 이것이 마치 조리개나 표적이라도 되는 양유지하고 있었다고 해야 하나, 아니 차라리 자신의 앞을 겨냥하고 있었다고 하는 것이 맞겠다. 그는 이 습관을 인식하지 못하고 있는 것 같았다. 이는 상당히 눈에 띄는 동시에, 그것이 함의하는 것이 무엇인지는 다소 이해하기 힘든 동작이었다. 여기에 경직된 미소까지 가세하니 악몽에 나올 법한 무언가처럼 보일 지경이었다. 앳워터 자신의 손은 자제력을 잃지 않았고 품행이 방정했다.—그의 주먹 틱은 전적으로 사적인 일이었다. 기자가 유년기 시절 앓았던 건초열이 또다시 맹렬히 도지고 있었지만, 그럼에도 불구하고 그는 몰트케 씨가 일렁이는 파상으로 내뿜는 올드 스파이스 향을 감지하지 않을 수 없었다. 올드 스파이스는 스킵의 아버지의 향이었고, 전해 들은 바에 따르면, 그 전에는 아버지의 아버지의 향이었다.

소파의 덮개 천을 장식하는 무늬를 '포레스트 플로럴'이라고 부른다는 사실도, 스킵 앳워터는 경험에 의해 알고 있었다.

↓

'WITW' 부편집자의 타이핑 재주는, 〈스타일〉의 파티와 사내 행사가 맨해튼 전역의 편집부 인턴들의 부러움을 사는 이유가 되는 각종 직급 타파 전통과 익살과 관습의 전복 중 하나에 불과했다. 행사는 16층에서 열렸고 보통 주류가 무료로 제공되었으며 출장 요리가 준비되는 경우도 있었다. 평상시에는 무뚝뚝하고 밉살스러운 책임 교열자가 대마초를 흡연하는 역대 미국 대통령들을 흉내 내는 광경은 직접 보지 않으면 믿기 어려울 정도였다. 적당한 종류의 보드카와 화염원火焰源만 있다면, 아이티 출신의 상급 응대 직원으로 하여금 불꽃을 내뿜어보라고 설득할 수 있었다. 기상예보가 어떻든 거의 매일같이 악천후에 대비한 복장으로 출근하는 허가팀의 괴짜 선임 법무 보조는 알고 보니 〈지저스 크라이스트 슈퍼스타〉의 오리지널 브로드웨이 캐스트 출신이었는데, 외설의 경계를 아슬아슬하게 넘나드는 시사 풍자극을 준비해서 올리곤 했다. 몇몇 인턴들은 손톱을 온통 하얄게 칠하는 등 기괴한 변장을 하기도 했다. 미세스 앵거의 수석 인턴은 터무니없는 술 장식이 달린 흰색 가죽 슈트 차림에 골반 벨트와 권총집 액세서리에 장난감 권총을 하나씩 착용하고 나타난 적도 있었다. 고글들의 관리자로 재직한 지 오래된 한 직원은 크리스털 라이트*, 에버클리어**, 껍질을 깐 과일과 평범한 사무용 문서세단기로 술을 만들어서 '파리에서의 마지막 망고'라고 불렀다. 아카데미 시상식 주간의 정점에 개최되는 인턴들의 연례 대체 시상식에는 종종 영화계 인사들도 참석했다.―진 샬릿***이 등장한 해도 있었다. 기타 등등, 기타 등등.

이처럼 화려하고 통속적인 파티 전통 중에서도 가장 사랑받는 건, 일 년에 한 번 연말연시에 개최되는 대대적인 '올해의 스타일리시 피플' 합본 호 파티에서 미세스 앵거가 선보이는 셀프 패러디였다. 모조 보석을 휘두르고, 가성假聲과 손잡이 안경을 장착하고는, 뽐내는 자세로, 종종걸음으로 푸드덕거리면서, 일부러 이중 턱이 되게끔 머리를 숙이고, 막스 형제의 영화에 나오는 거위 같은 노부인처럼 샴페인 칵테일 잔을 들고 휘청거리며 돌아다닌다. 이 행위가 직원들의 사기 진작에 얼마나 큰 영향을 미치는지 말로 설명하기란 쉽

지 않을 것이었다. 이때를 제외하면 미세스 앵거는 일 년 내내 경외와 공포를 상징하는 인물이었고, 심장마비처럼 심각했다. 플리트 스트리트**** 출신이자 무려 두 곳의 루퍼트 머독*****신생 기업을 거친 베테랑으로, 업계의 신화로 남은 계약 조건으로 1994년에 〈어스〉에서 스카우트되어온 미세스 앵거는 〈스타일〉을 사상 처음으로 흑자 전환하는 데 성공했으며, 에클레샤프트-뵈트의 최상층에도 영향력이 있다고들 했고, 뉴욕에서 누구보다 먼저 베르사체 바지 정장을 착용한 장본인이자 이루 말할 수 없이 빈틈없는 사람이었다.

↓

아티스트의 젊은 아내 앰버 몰트케는 굽이치는 거대한 파스텔색 홈드레스에 납작한 에스파드리유 신발 차림이었고, 이게 좋은 건지 나쁜 건지 몰라도, 앳워터가 그때껏 본 가장 섹시한 의학적 비만 여자였다. 동부 인디애나주에는 크고 예쁜 여자들이 적지 않았지만, 그녀는 사람이라기보다 차라리 하나의 경치, 사분의 일 톤에 상당하는 중서부의 육체미 그 자체였으며, 앳워터는 이미 폭 좁은 수첩의 여러 바닥을 몰트케 부인에 대한 묘사와 비유와 관념적인 찬사로 채

**** 영국의 주요 신문사와 잡지사, 출판사들이 몰려 있는 런던의 거리.
***** 여러 신문사, 잡지사, 출판사, 방송사, 스포츠 구단을 거느린 호주 출신의 미국 미디어 재벌.

웠는데, 그중에서 어느 하나도, 그가 지금 이 순간에도 어떻게 설득하고 제시해야 할지 전략을 짜고 있는 짧은 기사에 쓸 수 있는 것은 없었다. 그 매력에는 일부 격세 유전적인 측면이 있다고 그는 기록했다. 일부는 단순한 대비, 즉 맨해튼 여자들의 홀쭉 들어간 뺨과 굶주린 눈으로부터의 기분 전환이었다. 그는 실제로 〈스타일〉 인턴들이 작은 조제용 저울로 음식의 무게를 잰 후에 먹는 것을 본 적이 있었다. 그중에서도 보다 관념적인 한 기록에서는 몰트케 부인의 매력은 아마도 불쾌감을 유발하지 않는다는 사실이 기저를 이루는 일종의 부정적인 아름다움이리라는 이론을 세웠다. 또 다른 기록에는 들개들이 만월에서 보고 울부짖는 것이 무엇인지 모르지만, 아마도 그녀의 얼굴과 목이 그와 비슷하리라고 썼다. 물론 이 자료는 단 한 줄도 부편집자에게 보여줄 수 없을 것이었다. BSG 샐러리맨 중에는 맨땅에서부터 차곡차곡 기사를 써나가는 이들이 있었다. 반면 일간지 배경 자료 조사원으로 사회생활을 시작한 앳워터는 수첩과 워드프로세서에 어마어마한 폭포수 산문을 쏟아부은 다음, 조금씩 여과하며 400단어 분량의 침전물을 걸러내는 방식으로 'WITW' 기사를 작성했다. 집중적인 노동을 요하는 일이었지만, 이게 그의 방식이었다. 로마숫자로 개요를 짜지 않으면 글을 시작조차 할 수 없는 사람도 있었다. 〈스타일〉의 낮 시간대 텔레비전 프로그램 담당자는 대중교통을 탔을 때만 글을 쓸 수 있었다. 샐러리맨들의 인당 할당량이 채워지고 마감 기한이 준수되는 한, BSG 주간지들은 각자의 방식을 존중하는 편이었다.

어렸을 때 그가 말을 듣지 않거나 건방지게 굴 때면, 앳워터 부인은 어린 버질에게 들판 끝에 있는 잡목림에서 회초리로 쓸 나뭇가지를 꺾어오라고 시킨 후, 그것으로 그를 때리곤 했다. 그녀는 1970년대의 대부분을 앤더슨시* 외곽에 위치한 에어스트림 트레일러에서 모임을 갖는 소수 분파에 속해 있었고, 결코 매를 아끼는 법이 없었다. 아버지는 이발사였다. 삼색등이 돌아가는 이발소에서 이발사복을 입고 커다란 바비사이드** 병 가득 꼬리빗을 꽂아두는 진짜 이발사였다. 에클레샤프트-뵈트 미국 지사의 급여 데이터 담당자를 제외하고, 먼시 동쪽에서 스킵의 진짜 이름을 아는 사람은 한 명도 없었다.

몰트케 부인은 척추를 곧추세우고 발을 꼰 자세로 앉아 있었다. 부드럽고 우람한 장딴지는 크림처럼 하얗고 핏줄 하나 보이지 않았으며, 앳워터가 기록한 바에 따르면 전체적으로 크기와 빛깔이 박물관에 있을 법한 항아리나 사자死者가 청동 가면을 쓰고 일가 전체가 다 같이 매장되던 시대의 유골 단지를 떠올리게 했다. 쟁반처럼 큰 얼굴은 표정이 풍부했고 눈은 비록 접힌 지방으로 둘러싸여 있어 작아 보이긴

---

* 인디애나주 매디슨 카운티에 있는 군청 소재지.

** 이발소에서 도구를 소독할 때 사용하는 용액의 상표명.

했으나 생기 있고 총명했다. 협탁 위에는 그녀의 반투명 텀블러와 두 개 언어가 적힌 특유의 포장에 들어 있는 버터릭사 옷본 더미 사이에 앤 라이스 문고판이 엎어져 있었다. 앳워터는 습관대로 펜대의 위쪽을 바싹 당겨 잡고는, 그녀의 남편의 눈빛이 미동 없는 미소에도 불구하고 풀기가 없고 바깥 세상과 단절된 것처럼 보인다고 썼다. 그가 아버지의 미소 짓는 모습을 보았다고 생각한 유일한 순간은 사실 심각한 경색이 오기 직전의 찌푸림이었다. 경색이 발발하자 아버지는 앞으로 고꾸라져서 편자 던지기 놀이장의 모래 위로 엎어졌고, 편자는 말뚝과 반쯤 완성된 양봉장과 모의 전투 표적 거리와 타이어 그네의 지지대와 뒷뜰의 소나무판 울타리를 넘어가서 그 후로 다시는 찾을 수도 볼 수도 없었다. 버질과 그의 쌍둥이 형제는 눈은 휘둥그레지고 귀는 빨개진 상태로 얼어붙은 듯 서서 사지가 제멋대로 뻗은 형상과 부엌창의 방충망을 하염없이 번갈아가며 쳐다볼 뿐 움직이지도 소리를 치지도 못했는데, 나중에 돌이켜 생각해보니 그건 나쁜 꿈을 꾸며 가위가 눌릴 때와 비슷한 느낌이었다.

　몰트케 부부는 그에게 이미 대피용 지하실에 전시된, 말그대로 믿기 어려운 작품들을 보여주었지만, 앳워터는 자신이 진짜로 화장실을 가야 할 때까지 기다렸다가 실제로 창작의 변모가 이루어지는 장소를 봐야겠다고 생각했다. 다짜고짜 화장실을 보여달라고 하고서는 부부가 지켜보는 가운데 화장실을 살펴보는 건 뻘쭘하고 민망할 것 같았다. 아티스트의 아내는 무릎 위에 주황색 천으로 된 옷인지 직물인지를 올려놓고 복잡한 모양으로 핀을 꽂고 있었다. 협탁에 놓인 커다란 빨간색 펠트 사과에 이러한 용도의 핀이 잔뜩 꽂혀 있었다. 그녀는 소파에서 자신이 앉은 쪽에 더해 약간의 공간을 더 차지했다. 집이 바깥의 끈적끈적한 열기에 포위되자 벽과 커튼이 데워지는 걸 느낄 수 있었다. 가끔씩 잔상과 함께 그를 괴롭히는, 실어증처럼 느껴지는 길고 거북한 무언가의 습격이 한차례 지나가고 난 뒤, 앳워터는 사과를 지칭하는 올바른 용어는 바늘꽂이임을 생각해낼 수 있었다. 이게 그토록 당황스러운 이유 중 하나는 그 사소한 정보가 지금 이 상황과 전혀 상관없는 사실이라는 것이었다. 가까운 쪽 선풍기가 그의 반대쪽으로 돌아갈 때마다 버림받은 느낌이 든다는 깨달음도 마찬가지였다. 그러나 그는 지금 대체로 기분이 괜찮았다. 부분적으로는 작품 때문이기도 했지만, 합당한 직업적인 이유로 고향을 찾아가는 데는 옹골차고 누구도 훼손할 수 없을 것 같은 느낌이 있었다. 그는 자신의 억양이 이미 바뀌어 있다는 사실을 깨닫지 못하고 있었다.

앳워터는 다리를 풀었다 꼬았다가 하기를 한두 차례 반복한 결과, 오른쪽 허벅지가 글씨를 쓰기 위한 안정적인 받침대 역할을 하도록 푹신한 흔들의자가 흔들리지 않게 왼쪽 골반에 체중을 싣기 맞춤한 자세를 찾아냈다. 응결 현상으로 인해 자갈무늬가 드리운 그의 아이스티 컵은 텔레비전 장식장 위 케이블 셋탑 박스 옆에 있는 플라스틱 컵받침 위에 놓여 있었다. 앳워터는 소파 위쪽 벽에 걸린 두 개의 액자 그림에 마음이 끌렸다. 각각 리트리버 종의 개가 하나씩 그려져 있었는데, 사람의 눈을 하고 있는 모습에서 인격을 부여하려는 작가의 의도가 엿보였다. 각자 주둥이에는 죽은 새를 물고 있었다.

"이걸 구체적으로 어떻게 하시는 건지 궁금하다고 말씀드리는 게 저 하나뿐 아니라 많은 사람들의 궁금증을 대변하는 것일 거라고 생각합니다. 그러니까 이게 구체적으로 어떤 식으로 진행되는 건지를요."

고동이 세 번 뛸 동안 누구도 움직이거나 말을 하지 않았고 선풍기 두 대의 윙윙거리는 소리가 잠시 합일되었다가 다시 갈렸다.

"이게 참 민감한 주제가 돼놔서 말이지요." 앳워터가 말했다.

또 한 번의 거북한 적막이 흘렀다. 이번에는 아까보다 조금 길었다. 이윽고 몰트케 부인이 잔물결이 잡힌 커다란 팔을 뻗어 크게 돌려서 아티스트의 왼쪽 가슴 혹은 어깨 언저리를 쳐서 두둑한 살집 소리를 내며 그에게 답하라고 신호를 보냈다. 무척 숙달되어 보이면서도 태연한 동작이었다. 우측으로 세게 떠밀린 뒤 자세를 바로잡은 몰트케의 유일한 가시적인 반응은 필사적으로 답을 찾고는 할 수 있는 한 정직하게 답하는 것이었다.

아티스트는 이렇게 말했다. "잘 모르겠어요."

↓

위로 넘기게 되어 있는 속기용 수첩은 얼마간은 연출을 위한 용도였으나 동시에 스킵 앳워터가 현장을 누비는 배경 자료 조사원으로서 사회생활을 시작할 때부터 사용하는 습관이 든 것으로, 개인적으로는 큰 상징과 마력을 지닌 물건이었다. 수첩을 펴두면 마음이 편했다. 일적인 면에서 그는 구식이었고 기술과 친하지 않았다. 그러나 지금은 전과 다른 취재 방식이 사용되는 시대인 바, 몰트케 부부의 거실에는 소파 앞 탁자의 최신 호 잡지 더미 위에 그의 작은 전문가용 카세트 녹음기 또한 작동하는 상태로 놓여 있었다. 외국 기술로 만들어졌고 민감도가 높은 마이크가 내장된 녹음기였다. 다만 AAA 건전지가 수없이 많이 필요했고 전용 소형 카세트는 특별 주문해야 했다. BSG 잡지들은 모두 송사에 휘말리는 일에 극도로 민감했기 때문에 〈스타일〉 샐러리맨들은 기사가 조판에 들어가기 전에 관련 메모와 카세트를 모두 법무팀에 제출해야 했다. 따라서 매호의 마감일이 정신없고 스트레스로 넘쳐날 뿐 아니라 편집부 직원들과 인턴들이 주말을 통으로 쉬는 일이 드물었다.

몰트케의 두 검지와 엄지가 형성해내는 무의식적인 원은, 앰버가 그를 치는 바람에 소파의 오른쪽 팔걸이 쪽으로 세게 떠밀렸을 때 자연스레 허물어졌었는데, 커튼을 통과한 어둑한 녹색 빛이 비추는 가운데 서로를 향해 미소 지으며 앉아 있는 지금은 아까와 같은 모양으로 돌아가 있었다. 처음에는 외떨어진 곳에서 나는 발포 혹은 폭죽 소리인 줄 알았던 것이 사실은 윌키 개발 지구 전역에 새로 들어선 주택들의 등딱지가 열기로 인해 팽창하는 소리였다. 허리 높이의 지문자 원 혹은 구멍 혹은 렌즈 혹은 과녁 혹은 공혈 혹은 공동은 그 어떤 비유를 갖다 대도 딱 맞아떨어지지 않았지만, 앳워터에게 이 틱 혹은 동작은 무척 의미심장해 보였고 ―꿈에서 또는 특정 종류의 예술 작품에서 사물이 단순한 사물이 아니라 딱히 뭐라고 집어내기 어려운 다른 무언가를 표상하는 듯이 보이는 것처럼―, 그는 이미 이 동작이 일종의 무의식적인 시각적 암호인지 아니면 예사롭지 않으면서도 확실히 논쟁의 여지가 다분하고 어쩌면 역겹다고까지 할 수 있을 자신의 재능에 대한 아티스트의 모순된 반응을 표현할 방법에 대한 열쇠가 될 수도 있을지 고민해봐야겠다는 몇 건의 메모를 속기로 적어둔 상태였다.

녹음기의 건전지 표시등에 또렷하고 짙은 빨간색 불이 들어왔다. 앰버는 이따금씩 바느질거리 너머로 몸을 굽혀서 오디오 카세트가 얼마나 남았는지 확인했다. 앳워터는 다시 한번 아티스트와 그의 아내에게 일요일에 방문할 수 있도록 허락해주어 감사하다고 말하고, 하루 이틀 정도 시카고에 가야 하지만 몰트케 부부가 동의해주기로 결심한다면 곧바로 돌아와서 본격적인 취재에 들어갈 것이라고 설명했다. 그는 앞서 아티스트의 협조가 없다면 〈스타일〉에 실리는 유의 인물 중심 기사를 작성하기가 어려울 것이며, 몰트케 부부가 〈스타일〉 편집진만큼 이 기사에 열의를 갖고 전적으로 합류할 의향이 없다면 자신이 금일 이후 더는 그들의 시간을 빼앗아봐야 아무런 의미가 없을 거라고 설명했었다. 그의 설명은 아티스트를 상대로 한 것이었으나 돌아온 반응은 앰버 몰트케의 것이었다.

이들 사이에 있는 탁자 위에는, 잡지와 카세트 녹음기와 금잔화 조화가 꽂힌 작은 화병 옆에, 브린트 F. 몰트케가 통상적인 배설을 통해 만들었다는 세 점의 작품이 있었다. 크기는 조금씩 달랐지만 모두 예사롭지 않은 사실주의를 뽐내고 있었으며 세심한 솜씨가 놀라울 정도였다.—앳워터의 메모에 이 경우에도 솜씨라는 단어를 쓰는 게 적절한지 생각해보자는 내용이 있긴 했지만. 견본들은 몰트케 부인이 확보할 수 있었던 초창기 작품이라고 했다. 작품은 앳워터가 도착했을 때 이미 탁자 위에 놓여 있었다. 집 뒤쪽에 별채로 만들어진 대피용 지하실에는 왠지 모르게 익숙해 보이는 유리 케이스 안에 전시된 수십 점의 작품이 더 있었다. 지하실은 작품을 전시할 장소로 묘하게 적절해 보였는데, 앳워터는 그러나 〈스타일〉 사진기자들이 이곳에서 조명을 비추고 제대로 된 촬영을 진행하기가 얼마나 어려울지 곧바로 알아챌 수 있었다. 오전 11시가 되자 그는 건초열 때문에 입으로 숨쉬고 있었다.

몰트케 부인은 주기적으로 섬세하게 손부채를 부치며

곧 비가 올 것 같다고 말했다.

앳워터와 그의 쌍둥이 형제가 8학년이 되었을 때, 앤더슨에서 길 건너편에 살던 가족의 아버지가 자택 차고에서 정원용 호스로 자동차 배기관과 차량 내부를 연결하여 자살한 일이 있었다. 그때부터 그들과 같은 반이던 그 집 아들과 나머지 가족들이 모두 섬뜩하면서도 용감해 보이는 기묘하고 미동 없는 미소를 짓고 다녔는데, 소파에 앉아 있는 브린트 몰트케의 미소의 역학에는 스킵 앳워터로 하여금 하스 가족의 미소를 떠올리게 만드는 무언가가 있었다.

↓

위에서 간과하여 누락된 사실: 거의 모든 인디애나주 주거 지역에는 웬델 L. 윌키(1892년생, 공화당원, 총애받는 아들*)의 이름을 딴 대로, 도로, 거리 또는 장소가 있다.

↓

녹음기의 소형 카세트 앞면은 거의 몰트케 부인이 초반에 던진 질문들에 대한 스킵 앳워터의 답으로 차 있었다. 기

---

* 미국 대통령 선거에서, 전당대회 대의원들이 대선 후보로 미는 같은 주 출신의 정치인을 일컫는 말.

사에 관한 한 부부 쪽에서 주도권이 누구에게 있는지는 금방 알 수 있었다. 인디애나 지방 특유의 방식으로 앞니를 조금씩 움직여서 껌을 씹으며, 몰트케 부인은 기사의 방향과 기사가 실릴 대략적인 시기를 물었다. 단어 수와 단 너비, 인용문 상자와 대표 인용문, 그리고 공통 서식에 대한 질문도 했다. 그녀는 살짝 스치기만 해도 반점이 남는 아기 피부 같은 우윳빛 살결을 갖고 있었다. 그녀는 수여, 연재권, '식 보스 논 보비스sic vos non vobis**'와 같은 용어를 사용했다. 후자의 뜻은 스킵도 알지 못했다. 개중에서 화려한 작품들은 고화질 사진으로 촬영하여 표지에 몰트케 부부의 이름과 주소가 양각된 인조가죽 포트폴리오로 만들어두었다고 했는데, 앳워터가 포트폴리오를 잠시 빌리겠다고 하자 영수서를 작성하여 보내라고 말했다.

카세트의 뒷면에는, 반면에, 브린트 몰트케가 모순된 감정을 유발하는 자신의 별난 재능이 맨 처음 드러나게 된 계기에 대해 처음으로 직접 입을 뗀 내용이 들어 있었다. 이는 ─그러니까 그의 이야기는─앳워터가 여러 가지 다양한 방식으로 질문을 던지고 난 후, 앰버 몰트케가 결국 그에게 잠시 실례하겠다고 말하고 남편을 데리고 안쪽 방으로 가서, 앳워터가 남아 있는 얼음을 곰곰이 씹고 있는 동안, 둘이 거실까지 들리지 않는 목소리로 협의하고 나온 다음에야 비로

** '당신을 위한 것이나 당신의 것은 아닌'이라는 뜻의 라틴어.

소 시작되었다. 그 결과물은, 앳워터가 나중에 홀리데이 인 2층 객실에서 샤워를 하고 나와서 왼쪽 무릎에 대강의 응급 처치를 한 다음 객실에 걸려 있는 참기 어려운 그림을 옮기 거나 돌려놓기 위해 애썼으나 성공하지 못한 뒤 속기용 수첩 에 다음과 같이 전사했다. 이 작업에 흥미를 갖기 시작한 것 으로 보인, 그게 아니라면 적어도 활기를 띠기 시작한 것으 로 보인 몰트케가 녹음기에 대고 좀 더 위생적인 방식으로 그 내용을 다시 말하도록 유도할 수만 있다면, 적어도 일부 분을 혹은 어떠한 형태로든 본격적인 취재/UBA용으로 쓸 만하겠다는 게 앳워터의 판단이었다.

"신병 훈련[미군 신병 훈련으로, 몰트케는 이후 쿠웨이트에서 1991년 걸프전 당시 거행된 사막의 폭풍 작전에 미군 정비공 으로 참전한 바 있다] 중에 야외훈련을 하던 때였어요. 똥통 [변소, 위생] 특파단이—애네들은 [부대의 고형 오물]에 가스 를 뿌리고 [화염방사기]로 태워버리는데요—이렇게 하면 [물 질]이 위로 치솟는데 그중 한 명이 불에 타는 [폐물질]에서 이상한 걸 본 거예요. 그래서 병장을 불러와서는 둘이 [법석] 을 부리는데, 누군가 [변소]에 장난으로 뭔가를 넣었다고 생 각한 거예요. 그건 규정 위반이거든요. 병장이 누군지 찾아내 면 기필코 자기가 [책임 당사자]의 대가리로 들어가서 눈구멍 을 통해 밖을 보겠다고 으름장을 놓고는 [변소] 특파단에게 [소화하라고] 시키고 그걸[작품을] 꺼내게 했는데 보니까 [위

법적이거나 반국가적 물체]는 아니었고 그게 누구의 [고형 오
물]인지도 알 수 없었는데 나는 그게 내 거라고 생각한 게…
[이후 화자는 그 전에 겪었던 비슷한 경험들을 늘어놓는데,
대부분 쓸모가 없지만 잘라내거나 요령껏 바꾸면 될 것 같
다]."

3

마운트 카멜 홀리데이 인에는 유감스럽게도 투숙객이
외부 발신용으로 사용할 수 있는 스캐너나 팩스가 없다고,
앳워터는 안내 데스크에서 자신과 거의 똑같은 양복 상의를
입은 남자에게 들은 바 있었다.

스킵 앳워터가 이올드 컨트리 뷔페에서 아티스트와 그
의 아내를 차에 태워 부부의 집으로 출발할 무렵, 기온은 떨
어져 있었고 나트륨 가로등은 저절로 켜져 있었다. 부부는
앳워터는 보지 못한 개에게 가져다주겠다며 스티로폼 상자
에 남은 음식을 포장해왔다. 거대한 느릅나무와 허니 주엽
나무가 좌우로 흔들리기 시작했고, 하늘의 삼분의 이가 보
이지 않는 거대한 손에 의해 섞이고 있는 듯 흩어졌다 모였
다 하며 투덜대는 커다란 구름 덩어리들로 채워지기 시작했

다. 몰트케 부인은 뒷자리에 앉아 있었는데, 차가 진입로의 비탈길에 접어들자 엄청나게 시끄러운 소리가 났다. 낮에는 올려져 있던 땅콩주택의 이웃집 블라인드가 쳐져 있었지만 그쪽 진입로에는 여전히 차가 보이지 않았다. 이웃집 문에도 성조기가 걸려 있었다. 이 지역의 악천후가 늘 그렇듯이, 잿빛을 띤 빛 때문에 모든 것이 우중충하고 비현실적으로 보였다. 아티스트의 회사 밴 뒤쪽에는 직원의 운전 방식에 이의를 제기할 때 이용할 수 있는 수신자요금부담 전화번호가 적혀 있었다.

여기서 가장 가까운 킨코스* 매장은 스키피오에 있다고 했다. 252번 주도를 따라 동쪽으로 20킬로밖에 떨어져 있지 않지만, 불친절한 표지판 때문에 찾아가기가 쉽지 않을 수 있다고. 스키피오에는 월마트도 하나 있다고 했다. 아티스트는 자기 좋을 대로 평화롭게 레즈의 일요일 경기를 보라고 집에 내려주고, 앳워터의 쉐보레 렌터카를 타고 함께 킨코스로 가서 어떤 사진을 스캔해서 보낼지 같이 정하고 몰트케 부부에 관한 스킵의 〈스타일〉 기사에 관해 보다 심도 있는 대화도 나누자고 제안한 건 앰버 몰트케였다. 유년 시절의 경험 때문에 이 지방의 날씨에 공포심을 갖게 된 앳워터는 도플러 레이다상에 최소 황색으로 나타날 것이 틀림없는 폭풍이 닥쳐오기 직전에 차를 운전하는 것도, 몰트케 부부의

---

* 출력, 복사, 제본 등의 서비스를 제공하는 대형 체인.

유선전화로 로렐 맨덜리에게 전화를 거는 것도 탐탁치 않아 ―한편으로는 꿈쩍도 하지 않는 보기 괴로운 어릿광대 그림 이 벽에 걸려 있는 홀리데이 인 객실로 돌아가는 것도 마뜩 치 않았다―결국에는 이러지도 저러지도 못하고 몰트케 부 부의 소파에 주저앉아 십 년 만에 처음으로 신시내티 레즈 시합의 한 회 절반가량을 지켜보고 말았다.

↓

팔을 움직이지 않고 걷는 버릇이 있고, 어딘가 영화 〈일 렉션*〉에 나오는 짜증나는 여자를 떠올리게 한다는 점은 차 치하고서도, 앳워터가 앨런 백트리안을 두려워하고 피하는 주된 이유는, 로렐 맨덜리가 앳워터에게 앨런 백트리안―로 렐 맨덜리와 웰슬리** 재학 기간이 겹친 일 년 동안 함께 마 드리갈 합창단 활동을 했으며, 로렐이 인턴 생활을 시작할 때부터 그녀를 자신의 비호 아래 두었다―이 자신에게, 개 인적으로 자기는 스킵 앳워터가 스스로 보여지기 원하는 만 큼 즉흥적인 사람이 아닌 것 같다고 말했다는 얘기를 전했 기 때문이었다. 앳워터는 또 우둔한 사람은 아니었기 때문 에, 앨런 백트리안이 자신에 대해 이런 식으로 생각한다는

---

* 알렉산더 페인 감독의 블랙코미디 영화(1999)로, 고등학교 학생회장 선거에서 당선을 노리는 학생과 그녀를 저지하려는 교사의 소동을 다루고 있다.

** 매사추세츠주에 위치한 명문 사립 여자대학.

게 그토록 신경쓰이는 건, 이게 그녀가 자신을 얄팍할 뿐 아니라 본질적으로 허세를 부리는 부류의 사람으로 낙인찍었다는 증거일 수 있기 때문임을 알고 있었다. 로렐 맨딜리가 잘한 짓이었다고 하기 어려웠고, 그 여파로 이제 그녀는 '세상의 요모조모'의 제반 실무 중 상당수를 담당하는 앨런 백트리안과 앳워터 사이에서 일종의 인간 방패 역할을 해야 하는 입장이 되었다. 솔직히 말하면, 앳워터는 로렐이 본인의 경솔한 행동에 대해 갖는 죄책감을 자극하여 그녀에게 일을 시키거나 그녀가 옳지 않은 혹은 적절하지 않은 방식으로 앨런 백트리안과의 개인적인 연결 고리를 이용하도록 만드는 등 종종 이 상황을 악용했다. 이로 인해 어쩔 때는 일이 극도로 어수선하고 곤란해지기도 했는데, 로렐 맨딜리는 본인이 일조한 상황에 대체로 순응했고, 이를 개인적인 선과 경계는 다 이유가 있어서 존재하는 것이며 불가피한 결과를 각오하지 않고서는 넘어서는 안 된다는 뼈아픈 교훈으로 받아들였다. 각종 격언을 끊임없이 반복하여 짜증을 유발하는 종류의 사람인 그녀의 아버지는 "배움에는 비싼 대가가 따른다"라고 말하길 좋아했는데, 로렐 맨딜리는 이 말이 수업료나 사소한 불평과는 크게 관계가 없다는 사실을 이제야 비로소 깨닫기 시작했다고 생각했다.

↓

〈스타일〉과 이미징 기술 협력 업체 사이에 서비스 계약 조항과 관련하여 발생한 시비 때문에, 스킵 앳워터가 다른 풀타임 샐러리맨 한 명과 같이 쓰는 팩스 기기가 벨소리가 울리지 않고 용지함이 없는 상태로 한 달 넘게 방치되어 있었다. 로렐 맨덜리가 구두를 벗고 앳워터의 컴퓨터 앞에 앉아 더 서퍼링 채널에 관한 부수적인 배경 자료의 서식을 만지고 있을 때 뒤쪽에 있는 팩스 기기의 빨간색 수신 표시등이 깜박이기 시작했다. 인디애나주 스키피오에 있는 킨코스 매장에는 스캐너는 없었지만 대신 일반적인 저해상도 팩스와는 비교도 할 수 없이 좋은 디지털 팩스 서비스가 있었다. 앳워터가 로렐 맨덜리에게 전송한 이미지들이 팩스 급지기에서 모습을 드러내기 시작했고, 살짝 말린 낱장들이 흩날리며 대전 방지 가공된 카펫 위로 떨어졌다. 그녀가 간식으로 건포도 한 알을 먹기 위해 잠시 휴식을 취하고 수신된 팩스를 보게 되는 것은 거의 6시가 다 된 무렵일 것이었다.

↓

커다란 포도알 크기의 빗방울들이 앞유리를 때리기 시작하는 가운데, 한쪽으로 심하게 기울어진 차가 스키피오 상업 지구를 출발하여 빠르게 두 번 연속해서 좌회전한 후 깔린 지 얼마 되지 않아 폭우로 번쩍이는 빛을 받아 근사하게 빛나는 자갈이 덮인, 번호가 붙은 군도郡道를 달려 일대를 벗어났다. 길은 몰트케 부인이 안내하고 있었다. 앳워터는 이제 상의 위에 버섯색 로버트 탈보트* 우비를 입고 있었다. 인디애나 폭우의 SOP**가 그렇듯이 몇 분 동안 강풍이 불고 한바탕 후두두 비가 쏟아지더니 이내 잠깐 동안 어마어마한 규모의 흡입이 이루어지는 듯 섬뜩한 정적이 뒤따르며 차체 밑에서 자갈이 덜거덕거리는 소리가 들렸다. 그러다 비스듬히 퍼붓는 호우에 벌판과 나무들과 옥수수밭 고랑들이 사라지고 도로의 전방과 후방에서 물건들이 굴러다니는 모습이 희미하게 보였다. 클리블랜드*** 동쪽에 사는 사람이라면 누구도 본 적 없을 광경이었다. F4 등급 토네이도가 앤더슨을 강타한 1977년에 아버지가 민방위 자원봉사자로 활약한 바 있는 앳워터는 앰버에게 AM 라디오에서 잡음이 아닌 뭐라도 나오는 대역을 찾아보라고 말했다. 앰버가 탈 수 있도록 차량의 앞좌석을 뒤쪽으로 끝까지 밀어놓은 상태였기 때문에 앳워터가 페달을 밟으려면 한껏 안간힘을 써야 했고 그 때문에 근심스레 몸을 앞으로 기울여 위를 올려다보고 깔때기 구름****이 운집하고 있는지 가늠하기가 어려웠다. 렌터카 보닛 위로 우박 한 알이 떨어져서 음악 같은 소리가 났다. 심한 폭우는 오래가지 않는다는 말은 근거 없는 통

---

* 미국의 고급 남성복 브랜드.

** 표준 행동 절차(Standard Operating Procedure).

*** 오하이오주 북부에 있는 도시. 오하이오주는 인디애나주 동쪽에 붙어 있다.

**** 토네이도가 발생할 때 강력한 소용돌이로 인해 형성되는 깔때기 모양의 구름.

념일 뿐이다.

앰버 몰트케의 지시에 따라 쥐라도 된 듯 꼬리에 꼬리를 무는 시골길과 시골길조차 벗어난 작은 길들을 따라 가니 로르샤흐 검사지* 모양의 관목으로 가득한 거대한 지대를 관통하는 좁은 2차선 도로의 흔적이 보이는 곳이 나왔다. 그녀는 주로 머리와 왼손의 작은 동작으로 방향을 지시했다. 그 밖의 신체 부위는 복부와 대각선을 가로지르는 안전벨트 때문에 움직일 수가 없었는데, 후자의 경우 신체의 여러 곳을 압박하는 바람에 곳곳에서 살이 눌리고 접혀 있었다. 앳워터의 얼굴색이 우비 색과 같아질 무렵 목적지에 도착했다. 나뭇잎이 우거진 이곳은 협곡이나 길의 종점 같아 보였는데, 앰버는 여기가 일종의 천연 메사**로, 아래로 내려다보이는 대형 질소고정 공장의 단지와 야경이 이 지역의 대단한 볼거리라고 설명했다. 지금은 길길이 날뛰는 세차장 장비처럼 카발리어 앞유리를 때리는 폭우밖에 보이지 않았지만 앳워터는 몰트케 부인에게 시간을 내서 지역 풍취를 경험할 수 있게 해주어 고맙다고 말했다. 그는 그녀가 좌석의 안전 시스템을 해제하는 모습을 지켜봤다. 주변 소음은 제트 여객기의 객실 중앙에서 나는 것과 비슷했다. 그는 이 일대의 공기에서 코를 찌르는 암모니아 냄새를 맡을 수 있었다.

---

* 스위스의 정신의학자 로르샤흐가 창안한 인격 진단 검사. 피검사자는 좌우 대칭의 불규칙한 잉크 무늬를 보고 무슨 모양으로 보이는지 대답한다.
** 탁자 모양의 대지. 꼭대기는 평탄하고 주위는 급사면을 이루는 지형.

지금까지 앳워터는 앰버 몰트케가 차에 오르는 것을 세 차례, 차에서 내리는 것을 두 차례 도와주었다. 그녀는 엄밀히 말해 비대했지만, 길이, 폭, 두께의 세 가지 차원이 모두 돌출되어 그저 거대해 보였다. 앳워터보다 키가 15센티미터 정도 더 큰 그녀는 어쩐지 높이 솟아 있기도 하면서 동시에 웅크린 것처럼 보였다. 그녀가 좌석 벨트를 푸는 동작은 강한 충격으로 에어백이 터지는 것 같은 효과를 만들어냈다. 앳워터의 수첩에는 몰트케 부인의 비대함이 일부 비만인들의 물렁물렁한 퉁퉁함이나 출렁이는 양상이나 헐렁하게 퍼덕이는 지방과 달리 부드럽고 단단한 종류라는 설명이 기재되어 있었다. 셀룰라이트도 없었고 떨리거나 늘어져 있거나 간신히 매달려 있는 부분도 없었다.—그녀는 거대하고 탄탄했으며 아기처럼 살결이 하였다. 오토바이 타이어만큼 큰 머리는 끝이 안쪽으로 말린 우람한 금발 단발로 덮여 있었고, 앞머리는 촘촘하면서 그다지 고르지 않았으며, 뒷머리는 복잡한 짜임새의 컬 뭉치들로 마무리되어 있었다. 폭우 속에서 그녀는 상기되어 빛나는 듯 보였다. 그녀가 가지고 다니는 우산은 비를 막기 위한 것이 아니었다. 진입로에서 아티스트/남편이 팔을 뻗어 커다란 꽃무늬 우산을 펼치고 정확히 차의 뒷문 위를 덮었을 때 앰버는 스킵에게 이렇게 설명했었다. "제가 햇빛을 머금은 바람만 맞아도 타서 말이죠."

→

〈스타일〉의 직급 높은 인턴들은 격주 월요일에 체임버스 스트리트에 있는 투티망기아 레스토랑에 모여 그간의 이슈와 편집부를 비롯한 회사의 전반적인 사안을 공유하는 점심 모임을 가졌다. 모임을 마치면 그녀들은 각자 멘토에게 돌아가서 관심을 가질 만한 이야기를 전했다. 이는 〈스타일〉 유급 편집부원들의 시간과 감정 소모를 엄청나게 절약해주는 효율적인 방식이었다. 점심 메뉴로는 다들 이 레스토랑의 말도 안 되게 맛있는 니수아즈 샐러드를 먹는 것이 전통이었다.

인턴들은 출입문 근처에 큰 테이블 두 개를 붙여서 앉기를 좋아했다. 이렇게 하면 흡연자들이 편하게 돌아가며 밖으로 나가 줄무늬 차양 그늘 아래에서 끽연할 수 있었다. 레스토랑 쪽에서도 기꺼이 이를—테이블을 붙이는 것을—허락했다. 이들이 모여 앉은 모습은 서빙하는 사람들과 근처에 앉은 사람들의 흥미를 끄는 광경이었다. 〈스타일〉 인턴들은 모두 아직까지 미성년의 경쾌한 억양과 어딘가 격분한 듯한 표정을 버리지 못했는데, 이게 이들의 예사롭지 않은 테이블 매너와 민첩하고 딱 부러지는 동작과 말투, 그리고 각자의 복장을 구성하는 요소들이 거의 늘 같은 색상 계열이어서 각각의 앙상블이 매우 어른스러운 조화를 이루어 사무적이고 격식을 갖춘 분위기를 자아낸다는 점과 뚜렷한 대조를 이루었다. 이 자리에 있는 그 누구도 짐작할 수 없을 만큼 아주 오래전으로 거슬러 올라가는 유래를 갖는 이유 때문에 〈스타일〉 편집부 인턴의 대다수가 전통적으로 세븐시스터즈 칼리지* 출신이었다. 보기에 무척 수수하지만 든직한 인턴도 참석해 있었는데, 그녀는 82층에 위치한 〈스타일〉 중역실에서 근무하는 디자인 이사 직속이었다. 가장 점잖지 않은 차림의 두 인턴은 리서치팀의 상급 고글들이었다. 이들은 날이 정말로 흐리지 않은 이상, 일할 때 착용하는 고글 때문에 눈 주위에 붉은색으로 남아서 쉽게 없어지지 않는 고리 모양 자국을 감추기 위해 항상 짙은 안경을 썼다. 7월 2일 점심 식사 자리에 참석한 인턴 중 이름이 로렐이나 타라인 사람은 무려 다섯 명이나 되었다. 뭐 주어진 이름을 어떻게 할 수 있는 것은 아니지만.

부드럽고 단순한 선의 비즈니스 정장을 좋아하는 로렐 맨덜리는 검은색 아르마니 스커트와 재킷 앙상블에 얇은 스타킹과 객관적으로 봐도 무척이나 근사한 미우미우 펌프스 구두 차림이었다. 구두는 작년 여름에 밀라노 벼룩시장에서 헐값에 건진 것이었다. 틀어올린 머리에는 에나멜 작대기가 꽂혀 있었다. 앨런 백트리안은 매주 월요일 점심시간에 댄스 수업을 들었기 때문에 오늘 이 자리에 없었지만 나머지 부편집자들의 선임 인턴 네 명은 모두 참석해 있었다. 그중 하나는 요란스러운 스퀘어컷 약혼반지를 끼고 있었는데 알이 어찌나 컸던지 모두에게 보여주려면 어쩔 도리 없이 다른 손

---

* 미국 북동부의 명문 리버럴아츠 대학(기초 학문 위주의 학부 중심 대학) 일곱 곳을 가리키는 명칭. 전통적으로 모두 여자대학이었으며, 그중 다섯 곳은 지금까지도 여자대학으로 운영되고 있다. 웰슬리 칼리지도 여기에 속한다.

으로 손목을 지지하는 수밖에 없겠다는 얄궂은 동작을 취하는 바람에 그날 퇴근 시간 전까지 여러 통의 비방 섞인 사내 이메일이 오갔다.

스킵 앳워터가 아랫도리에서 예술 작품을 배설한다는 인디애나주의 어느 수리 기사에 관한 괴상하고 터무니없는 'WITW' 기사를 밀고 있다는 소식이, '서머 엔터테인먼트' 합본 호, 약칭 'SE2'의 마감일인 이날의 가장 시급한 이슈는 아니었지만서도, 아니나 다를까 가장 재미있고 논란이 많은 화두였다. 인턴들은 이른바 이 기적의 응가 이야기를 두고 격론을 벌였다. 활발한 토론이 이어지며 다방면에 걸친 주제가 첨가되었고 감정이 격앙되는가 하면 개인적인 이야기도 제법 많이 오갔는데, 그중에는 9월 10일 발행 호를 위한 초반 작업이 시작될 이달 중하순 전까지는 드러나지도 않을 정도로 미묘한 방식으로 권력의 지형을 바꾸어놓는 데 일조하게 될 것도 있었다.

차콜그레이 야마모토 바지 정장 차림의 한 편집부 인턴은 자신의 약혼자가 겪은 일화를 들려주었다. 약혼자와는 앞으로의 결혼 생활에서 최대한의 정직과 믿음을 갖기 위한 한 가지 조건으로서 서로 과거에 경험한 성관계의 모든 세부 사항을 낱낱이 교환한 사이라고 했다. 인턴이 처음에는 고상하게 표현하려고 해서 모두에게 큰 웃음을 안긴 이 일화는 그녀의 약혼자가 대학생일 때 경험한 구강성교에 관한 것으로, 스워스모어 칼리지에서 당시 제일 예쁘고 인기 많고 체지방은 제로였으며 그 무렵에 갓 유행하기 시작한 크고 도톰한 입술을 가진 여자에게 쿤닐링구스를 해주고 있을 때… 글쎄 방귀를 뀌었다는 건데—애무를 받고 있던 여자가 말이다—그게 약혼자의 말에 따르면 어떤 식으로든 모르는 체하거나 대충 넘어갈 수 있는 종류가 아니라 '완전 끔찍하고 고약한 그런 지독하고 진한' 방귀였다는 거다. 이 일화는 모두의 어떤 공통된 심금을 혹은 신경을 건드렸는데, 그 자리에 있던 거의 모든 인턴들이 어찌나 자지러지게 웃어댔는지 다 같이 포크를 내려놓아야 했고, 몇몇은 냅킨을 입에 갖다 대고 물거나 채 소화되지 않은 음식을 애써 넘기는 동작을 취했다. 웃음이 잦아들자 잠시 사색적인 침묵이 흘렀고 그동안 인턴들은—대부분 상당히 총명했고 성적도 몹시 뛰어났으며 특히 분석력이 대단했다—다들 뭣 때문에 그렇게 웃은 건지, 구강성교와 가스가 동시에 발생한 것이 뭐가 그렇게 웃긴 건지 알아내려 애를 썼다. 이 인턴이 입고 있는 재킷의 비대칭적으로 재단된 모양에는 어딘가 딱 떨어지는 데가 있었다. 부조화스러우면서도 어쩐지 납득이 되는 것이 다들 야마모토는 한 푼도 아깝지 않다고 생각하는 이유였다. 아울러 드라이클리닝의 과정이나 용제에 야마모토 고유의 원단에 우호적이지 않은 뭔가가 있어서 드라이클리닝을 두어 차례 맡긴 뒤에는 처음처럼 딱 떨어지는 맵시로 놓이지도 걸리지도 느껴지지도 않는다는 것은 누구나 아는 사실이었다. 따라서 야마모토를 입는 기쁨에는 항상 비극적인 요소가 수

반됐는데 이게 그 가치의 보다 심층적인 부분이었는지도 모르겠다. 상대적으로 직급이 높은 인턴들이 피노그리지오 와인을 한 잔씩 마시는 것은 비교적 근래에 만들어진 전통이었다. 인턴은 그녀의 약혼자가 자신의 성인으로서의 성적 역사가 시작된 계기로 이 사건을 지목하고 있으며 "그 1초 안에 거짓말 아니고 약 10킬로그램 정도의 환상을 잃어버렸다"고 말하기를 좋아하고 이제는 유별나게도, 어찌 보면 해괴하리만큼 본인의 신체와 신체 일반과 그 사적인 작용들에 대한 거북함이 사라져서 이제는 큰 거를 보기 위해 화장실을 갈 때 문을 닫는 일조차 드물다고 말했다.

로렐 맨덜리와 다른 세 명의 웰슬리 출신들과 같이 윌리엄스버그 다리* 인근의 지하 전대轉貸 집에 사는 'WITW' 행정팀 인턴은 그녀의 상담사가 들려주었다는 아내와의 데이트 일화를 풀어놨다. 상담사는 둘 다 지긋지긋한 이혼 절차를 밟고 있던 당시 아내를 만났다고 했다. 사귀던 초반에 밖에서 저녁을 먹고 아내의 집으로 가서 와인 잔을 들고 소파에 앉아 있는데 그녀가 느닷없이 "이제 가주세요"라고 말해서 그녀가 자신을 쫓아내는 것인지 아니면 자기가 잘못한 게 있는 건지 뭔지 몰라서 어리둥절해하고 있으니, 그녀가 마침내 설명하기를 "똥 마려운데 당신이 여기 있으면 너

---

* 뉴욕 이스트강을 가로질러 맨해튼 남동쪽의 로어 이스트 사이드 지역과 브루클린을 잇는 다리.

무 신경 쓰여서 못하겠어요"라고, 실제로 똥이라는 단어를 사용해서 말했다는 거다. 그래서 상담사는 밖으로 내려가서 구석진 곳에서 담배를 한 대 피우며 그녀의 아파트를 올려다보았는데, 화장실 반투명 창문에 불이 켜지는 모습을 보고 있노라니, 첫째, 다시 올라갈 수 있을 때까지 그녀가 볼일을 마치기를 기다리며 밖에 서 있는 게 얼간이처럼 느껴졌고, 둘째, 본인이 느낀 불안 심리를 자신에게 있는 그대로 드러낸 이 여자를 자기가 사랑하고 높이 생각한다는 사실을 깨달았다는 것이다. 그는 인턴에게 그 구석진 곳에 서서 기다리던 그때 실로 오랜만에 처절하고 고통스럽게 외롭다는 느낌이 들지 않는다는 것을 깨달았다고 말했다고 한다.

로렐 맨덜리의 칼로리 식이요법에는 니수아즈 샐러드에서 무엇을 먹을 수 있고 그걸 먹으려면 먼저 무엇을 해야 하는지를 정교하게 정해놓은 규칙이 있었다. 오늘 점심 모임에서 그녀는 어딘가 정신이 팔려 있었다. 그녀는 아직 누구에게도 사진에 대해 말하지 않았다. 하물며 예고 없이 익일 특급으로 날아든 소포는 말할 것도 없었다. 게다가 시카고까지 이동하는 데 아침나절을 다 보낸 앳워터는 운전 중에는 휴대폰 전화를 받지 않는다는 주의였다.

〈스타일〉의 헬스·뷰티 섹션인 '서피스SURFACES'를 담당하는 부편집자의 오랜 선임 인턴 프라이데이는 출근해서 성가시게 펌프스로 갈아 신는 대신, 주로 고가의 샤넬 또는 DKBL 정장과 함께, 출근길에 신고온 운동화를 그대로 신고 있기를 제일 먼저 시작한 인턴들 중 하나였다. 왠지 모르지만 그게 또 잘 어울려서, 편집부 인턴들은 직장에서 신는 신발이라는 이슈를 두고 한동안 파가 갈리기도 했다. 케임브리지 대학교에서 한 학기를 보낸 적이 있어서 지금까지도 약간의 영국식 억양으로 말을 하는 그녀가 여기서 해외로 많이 다녀본 사람 중에 독일 변기는 물을 내렸을 때 변이 떨어져서 사라져야 하는 구멍이 앞쪽에 있기 때문에 변이 너무나 다 보이게 **얌전히** 놓여 있게 돼서 물을 내리려고 일어나서 뒤로 돌면 그걸 보지 않을 도리가 없다는 사실을 알고 있는 사람이 있냐고 물었다. 그녀는 이게 마치 변을 살펴보고 분석해서 검열을 통과하면 물을 내리라는 것처럼 느껴지는 게 전형적으로 독일스럽다고 평했다. 이때 월요일만 되면 항상 일부러 요란한 복고풍 옷을 입고 오는 것 같은 상급 고글이 끼어들며 어렸을 때 해외여행을 가서 처음으로 스위스와 독일 기차역의 온갖 곳에서 커다란 대문자로 '파르트FAHRT*'라는 단어가 써진 표지판을 보았던 경험을 회상하며 유레일을 타고 가는 내내 의붓 자매들과 여행객들의 각양각색의 '파르트'에 대한 유치한 우스갯소리를 하면서 배를 잡고 웃은 썰을 풀었다. 한편, '서피스' 섹션의 선임 인턴이 말을 자른 고글 쪽으로 희미한 냉소를 띄우며 이어서, 한편 프랑스 변

---

* '여행'이라는 뜻의 독일어로, '방귀' '방귀를 뀌다'라는 뜻을 갖는 영어의 'fart'와 철자가 비슷하다.

기는 구멍이 뒤쪽 끝에 있어서 변이 즉시 사라지는데, 이게 그러니까 가능한 한 기품 있고 격조 높게 구상된 거라고… 비록 프랑스에는 비데라는 이슈가 있긴 하지만, 이라고 말하자 여러 인턴들이 자기들도 그게 항상 이상하고 좀 불결해 보였다고 맞장구쳤다. 그러자 누군가 어떤 사람이 프랑스에서 호텔 안내인에게 살드방salle de bains**에 있는 되게 낮은 음수대에 대해 물어봤다는 에피소드를 들려주었고, 이에 또다시 모두의 웃음보가 터졌다.

서로 시간대를 달리하며, 흡연자들이 두세 명씩 잠시 자리에서 일어나 밖으로 나가서 담배를 피우고 돌아왔다.—투티망기아 레스토랑 측은 한 번에 막 여덟 명씩 차양 밑에 몰려 있는 건 좀 곤란하다는 입장을 확실히 해둔 바 있었다.

"그럼 미국 변기는 왜 그러는 걸까? 구멍이 가운데에 있는데다 물이 많아서 둥둥 떠서 뱅글뱅글 춤추다가 내려가잖아. 왜 그러는 거지?"

디자인 이사의 직속 인턴은 검정 실크 티 위에 무척 평범하고 수수한 프라다 재킷을 걸치고 있었다. "항상 뱅글뱅글 도는 건 아니야. 엄청 빠르고 수압이 세서 바로 내려가는 변기도 있어."

"82층 변기는 그런가 보지!" 들어온 지 얼마 되지 않은 행정팀 인턴 두 명이 서로 상대방 쪽으로 몸을 숙이며 소리

** '욕실'이라는 뜻의 프랑스어.

내어 웃었다.

로렐 맨덜리의 룸메이트는, 웰슬리 재학 시절 필드하키와 농구를 했고 마셜 장학금*의 전국 최종 후보였는데, 이 중에서 몇 명이나 18세기 문학 수업에서 조너선 스위프트가 여자들의 배변과 구혼자가 자신이 사랑하는 여인이 스위프트가 자신의 머릿속에서 가공한 역겨운 여성상이 아니라 보통의 평범한 인간처럼 화장실을 간다는 사실을 알게 되었을 때 얼마나 큰 충격을 받았는지에 대해 끝도 없이 주절거리는 끔찍한 시를 읽어야 했는지 묻고는 "배설물의 냄새를 풍겨서/그것이 떨어졌던 부위들을/속치마와 드레스의 향수를 오염시키고/모든 방에 악취를 퍼뜨린다"며 시구를 낭송하기까지 하자 몇몇 인턴들이 시오반이 이걸 외우고 있다는 사실 자체가 좀 이상한 거 아니냐고 말했고… 그때부터 대화 후반부의 주제가 성별 간 화장실 이용 습관의 차이와 남자와 동거하면서, 또는 동거까지는 아니더라도 어느 한쪽이 상대방의 집에서 자고 가는 빈도가 높아지는 단계에 이르렀을 때 겪은 각종 충격적인 경험들로 넘어갔고 여기저기서 지방 방송이 속출했고 사람들이 각종 커피를 주문했으며 로렐 맨덜리는 건성으로 올리브 씨를 빨았다.

"내 생각에는 화장실에 방향제랑 향초를 잔뜩 늘어놓

---

* 영국 정부에서 마셜 플랜을 기려 미국의 우수한 대학 졸업생들에게 영국의 어느 대학에서나 공부할 수 있는 기회를 주는 장학 제도.

는 남자는 수상한 구석이 있는 것 같아. 그런 남자는 자기의 본질적인 속성을 부정하는 사람처럼 보여."

"어느 쪽으로든 극단으로 치우치면 끔찍해지는 거야. 뭐가 됐든 그게 좋은 신호일 리가 없어."

"아니 오해하지 말아줘, 그렇다고 완전히 다른 사람을 의식하지 말아야 한다는 건 아니야."

"그렇다고 또 내 앞에서 맘 놓고 방귀 뀌면서 돌아다니잖아? 그럼 그건 걔가 어떤 면에서는 나를 남자로 본다는 뜻이야. 이러면 정말 힘들어지는 거지."

"어차피 어떤 남자라도 얼마 안 가서 온종일 소파에 앉아서 방귀를 뀌어대면서 맥주나 갖다달라고 할 텐데 뭐.'

"판카지는 내가 주방에 있을 때 맥주든 뭐든 갖다달라고 하고 싶으면 부탁한다고 말하는 게 자기 신상에 좋을 거라는 것 정도는 알아."

에밀리오푸치를 입은 고글과 두 명의 리서치팀 인턴은 축제 주말에 포브스에 다니는 남자 셋과 함께 파이어 아일랜드**에서 열리는 저 악명 높은 포브스 연례 하우스파티에 간다는 모양이었다. 올해는 4일***이 수요일이니까 축제 주말은 바로 이번 주였다.

"내 생각은 좀 다른데," '더 썸THE THUMB'의 선임 인턴이

** 　　뉴욕주 롱아일랜드 남쪽 섬.

*** 　7월 4일은 미국의 독립기념일이다.

말했다. "우리 부모님은 방귀를 튼 사이거든. 근데 이게 같이 살아가는 삶의 자연스러운 일부분인 것처럼 사랑스러워 보이기도 해. 아무 일도 없었다는 듯이 계속 하던 말이나 하던 일을 한단 말이야." '더 썸'은 영화와 텔레비전 프로그램, 그리고 특정 종류의 대중음악과 책에 대한 가벼운 리뷰가 실리는 〈스타일〉 섹션의 이름이었다. 각 리뷰마다 특별한 엄지손가락 아이콘이 붙어서 엄지의 기울어진 각도로 선호도를 표시했다.

"물론 아무 일도 없었다는 듯이 행동한다는 것 자체가 이게 뭔가 다른 거라는 걸 말하는 거기도 하지. 재채기를 하거나 하품을 하면 옆에 있는 사람이 무슨 말이든 하잖아. 하지만 방귀는 다들 모르는 체하거든. 다들 알고 있으면서도 말이야."

웃고 있는 인턴도 있었고, 그렇지 않은 이도 있었다.

"침묵이 그 거북함을 전달하지."

"침묵의 결탁인가."

"새년이 더햇에서 친구의 친구를 소개받은 적이 있는데 옷은 이상한 XMI 플래티넘 스웨터 차림에다가 해버포드* 출신 같은 그런 기세등등한 여성혐오를 장착한 애였대. 걔가 왜 여자들은 항상 화장실을 같이 가느냐, 가서 대체 뭘 하는

---

* 펜실베이니아에 위치한 사립학교. 초중고와 대학이 있는데 전자는 남학생 전용이고 후자는 남자대학이었다가 1980년대부터 공학이 되었다.

거냐면서 자꾸 이기죽거리길래, 섀넌이 뭐 이런 자식이 다 있냐는 듯이 쳐다보고는 '코카인 하러 가는 건데 몰랐어?'라고 했대."

"똑똑, 저기요? 내 눈은 요 위쪽에 있는데요, 라고 말해주고 싶은 남자들 있잖아."

"카를로스가 그러는데 상황에 따라 방귀를 뀌는 게 예의인 문화권도 있대."

"한국에서는 잘 먹었다는 인사를 트림으로 한다잖아."

"우리 엄마 아빠는 자기들끼리 방귀를 불청객이라고 불러. 신문 보다가 갑자기 서로 쳐다보면서 '불청객이 난입하셨네' 이런다?"

불현듯 아이디어가 떠오른 로렐 맨덜리는 펜디 정장 주머니에서 휴대폰을 찾고 있었다.

"우리 엄마는 누가 자기 앞에서 방귀를 뀌면 아마 그 자리에서 쓰러질지도 몰라. 정말 상상도 못할 일이야."

로렐 로드라는 이름의 유통팀 인턴은, DKNY만 고집했고 딱히 인기가 없는 것은 아니었으나 다들 그렇게나 많은 시간을 함께 보냈는데도 그녀를 잘 안다고 생각하는 사람이 한 명도 없었고 월요일 점심 모임 자리에서 거의 한마디도 하지 않는 편이었는데, 갑자기 이렇게 말했다. "그런 사람 없나? 어렸을 때 똥을 자기 아기라고 생각하고 어떤 때는 안아서 말을 걸고 싶고 물을 내릴 때 울고 싶어지거나 죄책감이 들고 어떤 때는 끈 달린 아기 모자를 씌우고 젖병을 물려서 유모차에 태워서 다니는 꿈을 꾸기도 하고 커서까지도 어떤 때는 화장실에서 이렇게 한참을 쳐다보다가 물을 내리고는 잘 가라고 손을 흔들어주고 그러고 나서 헛헛한 느낌이 드는 사람?" 불편한 침묵이 흘렀다. 서로 곁눈질하는 인턴들도 있었다. 길게 끌며 못되게 "그으으으런가"라고 답하기에는 다들 이제 너무나 어른이고 교양을 갖춘 시기에 접어들어 있었지만 몇 명은 할까 말까 망설이고 있었다. 얼굴이 발그랗게 상기된 유통팀 인턴은 다시 샐러드 접시에 얼굴을 박았다.

←

앳워터는 의치 핑계를 대며 몰트케 부인이 권하는 껌 반쪽을 또 한 번 거절했다. 차창이 모두 젖어 있었다. 전체적으로 빛이 조금 더 있었더라면 예뻐 보였을 것 같았다. 빗줄기가 어느 정도 진정되어 저 멀리 아래쪽으로 앰버가 질소고정 공장의 출입구라고 알려준 커다란 표지판을 겨우 분간할 수 있었다.

"그이는 좀 갈등이 있는 것뿐이에요." 몰트케 부인이 말했다. "아마 기자님이 앞으로 보게 될 그 어떤 사람보다도 사적인 사람일 거예요. 변소에서 말이죠." 그녀는 쓸데없는 소음 없이 껌을 잘 씹었다. 키가 적어도 185센티는 되는 것 같았다. "제 어린 시절은 그렇지 않았거든요. 어릴 적 환경이 중요하잖아요. 안 그런가요?"

"흥미로운 얘기네요." 앳워터가 말했다. 작은 길의 종점에 차를 세운 지 10분쯤 지난 것 같았다. 아티스트의 와이프가 자신의 몸 너머로 손을 뻗어 그의 무릎 위에 놓여 있는 카세트 녹음기를 껐다. 그녀의 손은 녹음기를 다 덮고도 그의 양쪽 무릎과 넉넉히 접촉할 정도로 컸다. 앳워터는 아직까지도 대학 때와 같은 사이즈의 바지를 입었다. 물론 지금 입은 바지는 훨씬 새것이었지만. 폭풍우가 몰고온 저기압 때문에 코가 완전히 막히는 바람에 입으로 숨쉬고 있었고 그로 인해 아랫입술이 바깥쪽으로 처져서 한층 더 애 같아 보였다. 그는 자신이 인지하는 것보다 훨씬 더 빠르게 숨을 쉬고 있었다.

앰버의 희미한 미소가 그를 위한 것이었는지 그저 혼자 웃는 것이었는지 아니면 뭔지 알 수가 없었다. "제가 몇 가지 배경 사실을 알려드리죠. 기사에 쓰는 건 안 되지만 지금 이 상황을 이해하는 데는 도움이 될 거예요. 스킵… 스킵이라도 불러도 될까요?"

"물론입니다."

비가 가락을 맞추어 카발리어의 지붕과 보닛을 두들겼다. "스킵, 우리끼리만 하는 말인데, 우리가 다뤄야 할 사람은 어린 시절 내내 부모한테 몰상식하게 얻어맞고 자란 어린 아이예요. 전기 코드로 맞고, 담뱃불로 지져지고, 어머니의 고상하신 테이블에 그의 식사 예절이 어울리지 않는다고 생각되면 헛간으로 쫓겨나서 밤을 먹어야 했죠. 아빠는 그래도 괜찮았나 본데 문제는 어머니였어요. 왜 교회에서는 더할 나위 없이 올곧고 점잖은데 집에서는 정신 나간 악질로 돌변해서 코드로, 그 밖에도 상상할 수 없는 물건들로 자기 애들을 때리는 종교에 미친 사람 있죠." 교회 이야기가 나오자 앳워터의 표정이 일순 내면으로 침잠하여 읽기 어려워졌다. 앰버 몰트케의 목소리는 음역대가 낮았는데도 어느 모로 보나 여성스러웠으며 큰 소리로 말하지 않아도 빗소리를 뚫고 전달되는 음색이었다. 그녀의 목소리는 어딘가 배우 생활을 마칠 무렵의 로렐 바콜을 떠올리게 했다. 노령의 배우는 갈수록 뜨거운 물에 데인 고양이처럼 보이기 시작하면서도 어린 앳워터의 신경계를 깊이 자극하는 목소리는 그대로였었다.

아티스트의 와이프가 말했다. "한번은 어머니가 방에 들어와서 아마도 브린트가 자위하는 걸 들켰나 본데 거실로 내려오라고 해서 가족들을 불러다놓고 다 같이 보고 있는 앞에서 그걸 하라고 시켰다는군요. 무슨 말인지 알겠나요, 스킵?"

토네이도가 임박했음을 알 수 있는 가장 중요한 표시는 주변광이 초록빛을 띠고 갑작스러운 기압 강하로 귀가 먹먹해지는 것이다.

"아빠는 대놓고 학대하진 않았지만 반쯤 미친 사람이었던 모양이에요. 교회 집사였는데, 자기 문제만으로도 벅찬 사람이었죠. 한번은 어머니가 주방에서 정신 사납게 군다는 이유로 프라이팬으로 작은 아기 고양이를 때려서 죽였는데, 그 장면을 브린트가 봤어요. 유아용 의자에 앉아서, 처음부터 끝까지. 작은 아기 고양이라니. 이런 부모 밑에서 자란 아이의 배변 훈련이 어떻게 잘 될 수 있겠어요?"

고개를 세차게 끄덕이는 게 인터뷰를 진행할 때 상대방의 얘기를 끄집어내는 수법 중 하나인 앳워터는 아티스트의 아내가 하는 거의 모든 말에 고개를 끄덕이고 있었다. 게다가 지금까지도 양팔을 앞으로 쭉 뻗고 있어서 몽유병 환자처럼 보였다. 세찬 돌풍으로 빈터의 진창 속에서 차가 춤을 추듯 흔들렸다.

앰버 몰트케는 이제 체중을 왼쪽 둔부로 옮겨 싣고 거대한 오른쪽 다리를 위로 올리고는 마치 앳워터 쪽으로 기울이려는 듯이 새끼 고양이처럼 몸을 둥글게 만 자세로 그의 옆얼굴을 응시하고 있었다. 그녀에게서 탤컴 파우더*와 빅레드** 냄새가 났다. 그녀의 다리를 타고 미끄러져 내려가면 무언가 상상할 수 없는 아찔한 골에 도달할 수 있을 것만 같았다. 앳워터가 몰트케 부인을 둘러싸고 있는 막대한 성적 자기장에 어떤 식으로든 영향받고 있음을 알 수 있는 주요한 표면상의 신호는 그가 양손으로 꽉 쥔 카발리어의 운전대를 놓지 않았고 아직도 운전 중인 것처럼 정면만 똑바로 바라

---

*   베이비파우더에 사용되는 분말.
** 미국 남부에서 많이 마시는 탄산음료.

봤다는 것이었다. 차 안에는 공기가 희박했다. 그는 자동차가 위로 살짝 솟고 있는 듯한 기이하고 미묘한 상승감을 느꼈다. 저 앞에 내려다보이는 전망이나 심지어는 252번 주도로 통한다는 작은 길의 내리막길도, 바로 앞에서 시작된다는 질소 공장도 딱히 눈에 보이지 않았다.―이곳이 어딘지는 거의 전적으로 몰트케 부인의 입을 통해 들은 것이었다.

"방귀를 뀌려면 다른 데로 가야 하는 사람이에요. 변소문을 닫고 잠근 후에 송풍기와 변소에 놓아둔 작은 라디오를 켜고 물을 틀고, 어떤 때는 수건을 말아서 문틈을 막고서야 볼일을 보는 사람이죠. 브린트 말이에요."

"무슨 말씀이신지 알 것 같습니다."

"대부분의 경우 누가 있으면 볼일을 보지도 못해요. 집안에 누가 있으면 말이죠. 자기가 잠시 드라이브를 갔다 오겠다고 하면 내가 그런 줄 안다고 믿는 사람이에요." 그녀가 한숨을 쉬었다. "그러니까 스킵, 그는 이거에 관해서는 정말 정말 수줍은 사람이에요. 마음을 다친 사람입니다. 처음 만났을 때는 내 앞에서 말도 못했어요."

스킵 앳워터는 대학을 졸업하고 일 년 동안 인디애나 대학교 인디애나폴리스 캠퍼스의 명망 있는 저널리즘 대학원 과정을 이수한 후 인디애나폴리스 〈스타〉에 수습기자로 취직했다. 거기서 언젠가는 주요 대도시 일간지에 뉴스신디케이트급 휴먼 인터레스트* 칼럼을 쓰는 게 꿈이라고 공공연히 말하고 다녔다. 그러다 그를 채용한 사회부 담당 부편집자가 연례 인사고과를 위한 면담 자리에서, 그에게 기자로서 앳워터는 세련되긴 했지만 깊이가 약 5센티미터 정도밖에 되지 않는다는 인상을 준다고 말했다. 면담이 끝난 후 앳워터는 남자 화장실로 달려가서 주먹으로 몇 번이나 가슴을 쳤다. 속으로는 그게 사실임을 알고 있었기 때문이다. 면부득하게 가볍고 경박한 감수성이 그의 치명적인 흠이었다. 그에게는 비극이나 암시적 간과나 얽히고설킨 곤경이나 그 밖에 인간의 불행이 타인에게 의미를 갖도록 만드는 것들에 대한 타고난 감각이 없었다. 업비트 앵글이 그가 가진 전부였다. 편집자의 직설적이면서도 다정한 태도가 상처를 더 악화시켰다. 앳워터가 감미로운 광고 문안은 잘 쓴다고, 그는 인정했다. 인정도 있고, 실속 없는 종류이긴 하지만, 그리고 추진력도 있다고. 항상 흰색 와이셔츠에 넥타이를 맸으나 재킷은 입지 않았던 편집자는 앳워터의 어깨에 팔을 두르기까지 했다. 그는 자신이 스킵을 좋아해서, 스킵이 괜찮은 녀석이고 자신만의 틈새시장을 찾기만 하면 되는 거라서 진실을 말해 주는 거라고 말했다. 세상에는 실로 다양한 종류의 보도가 있다고, 〈유에스에이 투데이〉에 아는 사람이 있으니 원한다면 전화를 한 통 넣어주겠다고도 했다.

뛰어난 언어 기억력의 소유자인 앳워터는 이올드 컨트리

---

*   직역하면 '인간의 관심사'라는 뜻으로, 사건 사고를 취재하여 보도하는 스트레이트 기사와 달리 사람(때로는 동물)들의 역경과 성취를 다루는 연성뉴스. '미담 기사'로 번역하기도 한다.

뷔페에서 전화로 로렐 맨덜리에게 그날 아침의 회동을 요약하고 아티스트를 긴장증적이라 할 만큼 내성적이고 끔찍하게 수줍음이 많고 자신의 그림자도 무서워하는 사람이라고 설명하자 그녀가 던졌던 질문을 거의 토씨 하나도 빠뜨리지 않고 기억하고 있었다. 로렐은 이 이야기에서 앞뒤가 안 맞는다고 생각하는 점은 그게 애초에 어떻게 다른 사람의 눈에 띄게 되었냐는 것이라고 말했다. "그걸 다른 사람한테 준 거예요? 긴장증적이라 할 만큼 수줍은 이 남자가 화장실로 다른 사람을 불러서 내가 방금 웅가로 만든 이 멋진 걸 봐봐, 라고 말했다는 거예요? 여섯 살 넘은 사람 중에서 누구도 이런 행동을 하리라고 상상할 수가 없는데요. 그렇게나 수줍음이 많다는 사람은 차치하고서라도 말이죠. 그게 거짓말이든 아니든 간에 이 남자는 일종의 드러나지 않은 노출증 환자임이 틀림없다고 봐요." 이것이 그녀가 밝힌 의견이었다. 그때부터 앳워터의 모든 직감이 바로 여기에 이 기사의 받침점이자 UBA가, 위대한 연성뉴스의 성공을 좌우하는 보편화 요소가 있다고 외치고 있었다. 한편에 있는 몰트케의 극심한 수줍음과 프라이버시에 대한 욕구, 그리고 다른 한편에 있는, 내면의 무언가를 모종의 개인적인 표현 혹은 예술을 통해 표현하고자 하는 무의식적인 욕구, 이 둘 사이의 갈등. 누구나 어떤 면에서는 이러한 갈등을 경험한다. 이 경우에는 그 생산방식이, 충격적이고 어찌 보면 역겹기도 하지만, 갈등의 전압을 높이고, 그 이해관계를 굵은 활자로 강조하고, 〈스타일〉 독자들에게 이 주제를 심오하면서도 동시에 다가가기 어렵지 않은 것으로 만들어주는 요소일 뿐이었다. 어차피 대부분의 독자들은 이 잡지를 화장실에서 본다는 것을, 샐러리맨들은 다들 알고 있었다.

앳워터는, 그러나, 몇 년 전에 진지한 관계가 끝난 뒤로, 금욕에 가까운 생활을 하고 있었고, 모든 종류의 성적으로 상기된 상황에서 극도로 긴장하고 양가적인 태도를 취하는 경향이 있었다. 그가 완전히 헛다리를 짚은 게 아니라면 지금이 점점 더 그러한 상황이었는데—돌이켜 생각해보면 이게 저 파괴적이리만큼 매력적인 앰버 몰트케와 단둘이 폭풍우 속에서 밀폐된 렌터카 안에 있을 때 그가 연성뉴스 저널리즘의 근본적인 잘못 중 하나를 저지른 부분적인 이유이기도 했다. 바로 어떤 답변이 기사의 이익을 증진할 것인지 확실한 판단을 내리기 전에 핵심적으로 중요한 질문을 던진 것이다.

↓

세 번째 교대 근무를 서는 수행원만 R. 본 콜리스의 끔찍한 잠버릇에 대해 알고 있었다. 그는 순수한 비통으로 가득한 울음소리를 내며 이불로 온몸을 돌돌 휘감았고, 입속에 든 것도 없이 저작했고, 일어나 앉아서 황망히 주위를 두리번거리는가 하면 온몸을 여기저기 더듬으며 신음을 흘리고는 아니야, 안 갈 거야, 제발 다시 거기로 데려가지 말아달라고 외쳤다. 이 대중문화계의 거물은 항상 일출과 함께 잠자리에서 일어났고, 침대 커버를 벗기고 아침 식사를 주문한 후에 가장 먼저 하는 일은 침실 모니터의 디스크를 지우는 것이었다. 그러나 수행원은 그가 깊은 잠에 빠져 있는 동안 사실상의 실업보험으로서 몇 날 밤 분량의 디스크를 빼돌려 복사해둔 바 있었다. 콜리스는 성미와 변덕이 고약하기로 유명했기 때문이다. 이 해적판 디스크의 존재는 그런 일을 파악해두는 것이 일인 에클레샤프트-뵈트의 몇몇 담당자도 알고 있었다.

양을 세고, 호흡을 조절하고, 펜토탈* 링거를 상상하고, 불타고 있는 사람들을 찍은 '불타는 사람들'이라는 제목의 수집가용 특별 사진 시리즈를 머릿속으로 상세히 살펴보고 난 뒤에도 여전히 잠이 오지 않거나 다시 잠들지 못할 경우에만 콜리스는 틀림없는 방법을 시도했다. 그가 사랑하는 사람, 싫어하는 사람, 두려워하는 사람, 이제껏 알았던 사람, 심지어는 한 번이라도 본 적 있는 모든 사람의 얼굴을 각각 픽셀로 만들어서 조립하고 이어 붙여 모든 것을 집어삼키는 하나의 거대한 점묘화로 된 눈으로 만드는 것이었다. 동공은 콜리스 자신의 것이었다.

이 대중문화 케이블방송 기업가의 변함없는 아침 일과

---

* 전신마취제 티오펜탈의 시판 약품 상표명.

는 저항력과 역류를 그대로 재현하는 로잉머신으로 30분 동안 노젓기 동작을 본뜬 운동을 하고, 빈틈없이 충분히 씹어서 아침 식사를 한 다음, 얼굴에 28개의 전극을 부착하고 바이오피드백 세션을 진행하는 것으로 이루어졌다. 각 근육군에 하나씩 초소형 전기 센서를 부착한 상태로 매일같이 철저히 연습한 결과 그는 이 세션에서 모든 알려진 문화권의 공통된 216가지 얼굴 표정을 원하는 대로 지을 수 있었다. 이 양생법을 진행하는 동안 콜리스는 무선통신 헤드셋을 통해 계속해서 연결되어 있었다.

투지 넘치는 대부분의 선도적인 사업가들과 달리 그는, 모든 것을 고려했을 때 불행한 사람이 아니었다. 가끔씩 그는, 차분한 반추를 통해 분석하고 고찰해보면 결국에는 그 정체가 어떤 종류의 매슬로 충족 피라미드의 최상단 근처에서 드물게 문화적인 기쁨의 형태로 나타나는 자아 선망이었음이 드러나는 기이하고 복잡한 감정을 느꼈다. 스킵 앳워터가 1999년에 상시 광고만 방영하는 올 애즈 올 더 타임 케이블 채널에 관한 'WITW' 꼭지를 위해 콜리스와 짧고 고도로 체계적인 면담을 가진 후 받은 느낌은 콜리스의 고독하고 별난 페르소나가 의식적인 연출 혹은 모방이라는 것이었으며 그(앳워터는 개인적으로 그가 마음에 들었고 그다지 위협적이라고 느끼지 않았다)가 실제로는 사교적이고 활기차게 쾌활하고 사람을 좋아하는 사람인데 알 수 없는 이유로 은둔자적인 고뇌를 연출하고 있다는 것이었다. 앳워터의 수첩에서 수많은 페이지를 차지한 그 이유에 관한 다양한 이론들은 어느 하나도 〈스타일〉에 실린 기사에 등장하지 않았다.

↓

앳워터와 몰트케 부인은 이제 의심의 여지없이 서로 상대방의 공기를 호흡하고 있었다. 카발리어의 유리로 된 표면이 모두 김으로 덮여 있었다. 이와 동시에, 개스킷 이음매에 결함이 있어서 빗방울이 들어와 복잡한 경로를 그리며 앳워터 쪽 창문을 흘러내리고 있었다. 물길의 분기하는 경로들과 지류들은 기자의 시야의 왼쪽에 있었고, 오른쪽으로는 앰버 몰트케의 얼굴이 선명하게 자리 잡고 있었다. 앳워터 부인과 달리, 아티스트의 아내는 늘어진 살 없이 단단하고 보기 좋은 턱을 가지고 있었다. 다만 목의 둘레 길이는 엄청났다. 앳워터가 양손을 둘러도 모자랄 정도였다.

"그 수줍음과 상처가 무척 복합적이겠군요." 기자가 말했다. "작품이 공개적으로 전시되었으니 말입니다." 그는 몰트케 부부의 땅콩주택에서 전시에 필요한 기술적인 세부 사항 중 상당 부분을 조사해두었었다. 작품은 광택제를 칠하거나 화학적으로 처리하지 않았다. 그 대신 신선한 혹은 갓 생산된 상태에서 그 모양과 정교한 세부를 보존하기 위해 가볍게 고정액을 뿌렸다.—몇몇 초기 작품의 경우 완전히 마르고 나서 금이 가거나 형태가 왜곡된 적이 있었다는 모양이었다. 갓 생산된 작품은 몰트케 부인쪽 가문의 가보인 특별한 은 접시 위에 놓은 다음 시판되는 주방용 비닐 랩으로 덮고 실온까지 식을 동안 기다린 후에 고정액을 뿌린다고 했다. 스킵은 신선한 새 작품에서 피어오르는 김이 사란* 랩의 안쪽에 서려서 랩을 벗겨내어 폐기하기 전까지 작품 자체를 보기 어렵게 만드는 광경을 상상할 수 있었다. 앳워터는 자신의 조판된 기사를 둘러싸고 편집 관련 논쟁이 한창 진행될 때에 가서야 비로소 문제의 그 고정액이 〈스타일〉에 광고를 싣고 있는 제조 업체의 에어로졸 스프레이 브랜드임을 알게 될 것이었다.

앰버가 짧게 웃었다. "그렇게 대단한 전시도 아니었는걸요. 콩 축제 두 번이랑 DAR** 예술제 한 번이 다예요."

"그것 말고 박람회도 있잖습니까." 앳워터는 프랭클린 카운티 박람회를 말하고 있었다. 동부 인디애나주의 대부분의 카운티 박람회와 마찬가지로 6월에 개최되었는데, 전국 평균보다는 상당히 이른 시기였다. 그 이유는 복잡했고, 농업과 관련이 있었으며, 역사적으로 인디애나주가 일광절약제에 동참하기를 거부한 사실과 엮여 있었는데, 그로 인해 시카고 상공회의소에서 특정 상품 시장과 관련하여 번거로운 일들이 끝도 없이 발생했다. 앳워터의 어린 시절 경험은

---

* 주방용 비닐 랩의 상표명.

** 미국 애국 여성회(Daughters of the American Revolution). 미국 독립운동에 참여한 사람들의 여성 후손들을 위해 만들어진 단체.

매년 6월 셋째 주에 마운즈 주립공원 근교에서 개최되는 매디슨 카운티 박람회와 관련된 것이긴 했지만, 카운티 박람회는 모두 대체적으로 비슷하리라고 간주했다. 그는 언젠가부터 무의식적으로 주먹을 움직이고 있었다.

"그렇긴 한데 박람회도 딱히 대단한 전시라고 할 순 없으니까요."

역시 어린 시절의 경험으로부터, 스킵 앳워터는 앰버가 웃을 때 들리는 작은 끽끽 소리와 펑 소리는 복잡한 몸매 교정용 속옷의 여러 부분들이 잡아당겨지고 서로 마찰되며 나는 소리임을 알고 있었다. 그녀는 무릎 크기만 한 왼쪽 팔꿈치를 이제 둘 사이에 있는 뒤쪽 좌석에 기대고 있어서 그녀와 그의 머리 사이의 공간에서 왼손으로 자유롭게 장난을 치며 작고 나른한 동작을 취할 수 있었다. 그녀의 머리통은 앳워터에 비해 두 배 가까이 컸다. 머리카락은 전체적인 모양새가 가발 같은 느낌을 주었는데, 다만 그 어떤 가발로도 재현할 수 없는 고단백의 광택이 흘렀다.

오른팔을 여전히 운전대 쪽으로 뻣뻣하게 뻗은 채로 앳워터는 그녀를 향해 몇 도쯤 더 머리를 틀었다. "하지만 이건 전과 비교할 수 없을 만큼 대중의 이목을 끌게 될 겁니다. 〈스타일〉에 실리면 가능한 최고의 수준으로 대중의 관심을 끌게 돼요."

"TV를 제외하고는 말이죠."

앳워터는 고개를 약간 숙여서 수긍을 표했다. "TV를 제외하고는요."

여러 개의 반지를 낀 몰트케 부인의 손은 이제 기자의 크고 붉은 귀에 닿을락 말락 했다. 그녀가 말했다. "저도 〈스타일〉 봐요. 〈스타일〉 본 지 몇 년 됐어요. 이 동네에서 〈스타일〉이나 〈피플〉이나 그 비슷한 걸 보지 않는 사람은 없을 거예요." 그녀의 손이 물속에 있는 것처럼 움직였다. "어떤 때는 뭐가 뭔지 구분하기가 어렵긴 하지만요. 그쪽에서 연락이 왔을 때 저는 브린트에게 손님이 올 테니까 가서 씻으라고 하면서 〈피플〉에서 사람이 올 거라고 말했지 뭐예요."

앳워터는 목청을 가다듬었다. "그렇다면 제 말씀의 요지를 이해하신 거라고 생각해도 되겠습니까. 그러니까 이게 작품에 대한, 몰트케 씨가…"

"브린트라고 하세요."

"브린트가 작품에 대해 동의하는 데 대해 어떤 식으로도 어떤 종류의 논쟁도 유발하지 않을 것이라고 말입니다." 앳워터는 이따금씩 마치 젖은 개가 몸을 털듯, 본의 아니게 작지만 격렬하게 전신을 전율했는데, 둘 중 누구도 그 사실을 언급하지 않았다. 바람에 날린 낙엽 조각이 앞유리와 뒷유리에 부딪치고 잠시 머문 뒤에 비에 쓸려갔다. 하늘이 대체 무슨 색인지 알 도리가 없었다. 앳워터는 이번에는 상반신 전체를 몰트케 부인을 향해 틀어보려 했다. "하지만 브린트는 앞으로 무슨 일을 겪게 될지 알아야 할 겁니다. 편집자들이 오케이를 주게 되면, 이 시점에서 저는 결국 오케이를 받아낼 것을 믿어 의심치 않는다고 다시 한번 말씀드리고 넘어가고 싶습니다만, 그 조건 중 하나는 아마도 그… 창작 환경을 감독할 의료쪽 권위자가 참석하는 것이 될 것으로 보입니다."

"그 자리에 그와 함께 있을 거라는 말씀이세요?" 그녀의 입김이 일으키는 돌풍이 앳워터의 뺨과 관자놀이의 솜털 하나하나에 일격을 가하는 것 같았다. 그녀의 오른손은 아직도 녹음기와 앳워터의 양쪽 무릎 일부를 덮고 있었다. 라르고로 뛰는 맥박이 가슴의 전율을 통해 보여졌다. 가슴은 당연하게도 경이적으로 풍만했고 이제 앳워터 쪽을 겨누고 있었다. 여전히 경직되게 뻗은 상태로 운전대에 붙어 있는 그의 오른팔은 그녀의 가슴과 고작 10센티미터밖에 떨어져 있지 않았다. 앳워터의 반대쪽 주먹이 운전석 문 옆에서 미친 듯이 펌프질을 하고 있었다.

"아니요, 꼭 그래야 하는 건 아니고요, 아마도 바깥에서 몰트케 씨가, 브린트가, 마치는, 그러니까 내놓는 즉시 그… 그것에 각종 테스트와 처치를 할 준비를 하고 있을 겁니다." 격렬한 전율이 또 한 차례 지나갔다.

앰버는 또 한 번 작은 억지웃음을 웃었다.

"무슨 말씀인지 아시리라 생각합니다." 앳워터가 말했다. "온도를 측정하고 구성을 조사하고 그리고 그… 그러는 과정에서 사람 손이나 도구가 사용된 흔적이 없는지를 살펴보고…"

"그러고는 세상에 공개되는 거라고요."

"작품이, 말씀입니까." 앳워터가 말했다. 그녀가 고개를 끄덕였다. 각자의 크기로 봐서는 물리적으로 말이 되지 않는 일이었지만, 이제 앳워터의 눈이 그녀의 눈과 정확히 같은 높이에 있는 것처럼 느껴졌고, 그는 의식하지 못하는 상태로 그녀가 눈을 깜박일 때마다 따라서 깜박였다. 종종 그녀 손의 작은 반지들이 눈과 눈 사이를 가로막긴 했지만.

앳워터가 말했다. "아까도 말씀드렸듯이, 예, 그럴 거라고 믿어 의심치 않습니다."

이와 동시에 그는 팩스 기기에서 서서히 모습을 드러내는 아티스트의 작품 사본을 본 로렐 맨덜리의 반응을 상상하며 만족스러운 공상에 빠지지 않기 위해 애쓰고 있었다. 그녀의 얼굴이 거치게 될 수많은 변형들을 보지 않아도 알 것 같았다.

몰트케 부인이 그의 귀를 보고 있었는지 아니면 귀 옆에 있는 자신의 손이 물속에 있는 것처럼 움직이는 모습을 보고 있었는지는 알 수 없었다. "기자님 말씀은 그러니까 이게 한번 세상에 공개되고 나면 그 전으로는 돌아갈 수 없으니까, 사람들의 관심을 받게 될 테니까 마음의 준비를 해야 한다는 거고요."

"네, 아마도 그럴 거라고 생각합니다." 그는 조금 더 몸을 틀기 위해 애썼다. "다방면으로 관심을 받게 될 겁니다."

"다른 잡지 말씀인가요. 아니면 텔레비전이나 인터넷이

랄지."

"대중의 관심이 어떤 형태로 나타날지를 미리 알기는 어렵습…"

"그러니까 이런 종류의 관심을 받고 난 뒤에는 화랑에서도 취급할 수 있다는 말씀인 거죠. 판매를 위해서. 화랑에서는 직접 경매를 진행하나요, 아니면 가격표를 붙여놓으면 사람들이 와서 보고 사는 건가요, 아니면 어떻게 되는 건가요?"

앳워터는 이 대화가 몰트케 부부의 집에서 가졌던 아침 회동과는 전혀 다른 종류와 수준임을 인식하고 있었다. 앰버가 순진한 시골뜨기라는 정형화된 이미지를 연출하며 그를 어르고 있다는 느낌을 지울 수가 없었다.―이건 그 자신도 경우에 따라 〈스타일〉에서 하는 행동이었다. 이와 동시에 그가 이 나라의 문화적 중심지인 뉴욕시에서 살고 있고 일하고 있기 때문에 그녀가 어느 정도까지는 그의 의견을 진지하게 받아들이고 있다는 느낌이 들기도 했다―앳워터는 터무니없이도 이런 일에 흐뭇해하는 사람이었다. 지역적 맹종이라는 문제는 까딱하다가는 무척 복잡하고 추상적이 될 수 있는 사안이었다. 오른쪽 주변 시야를 통해 앰버가 그의 귀 근처의 허공에서 그리고 있는 섬세한 패턴이 사실은 그 귀의 지형임을, 그 나선과 소용돌이임을 볼 수 있었다. 어렸을 때부터 귀의 크기와 빛깔에 민감했던 앳워터는 대학을 마칠 때까지 야구 모자나 비니를 쓰고 다녔다.

사실, 전체를 처음부터 끝까지 생각해보고 어떻게 답변할 것인지 판단하지 않은 것은 그 자체가 일종의 판단이었다. "둘 다 하는 걸로 알고 있습니다." 그가 답했다. "경매를 개최하는 경우도 있고요. 특별전을 열고 전시 첫날 잠재적 구매자들을 성대한 파티에 초대해서 아티스트와의 만남을 갖도록 하는 경우도 있습니다. 이걸 프리 오프닝이라고 하지요." 그는 다시 앞유리를 마주보고 있었다. 아까보다 빗줄기가 잦아들진 않았지만 하늘이 조금씩 개고 있는 것 같기도 했다.—그러나 한편으로는 차창에 가 닿는 이들의 날숨이 그 자체로 희끄무레하여 일종의 광학 필터로 작용하고 있는 것인지도 몰랐다. 뭐가 됐든 간에, 앳워터는 깔때기 구름이 주로 폭풍 전선의 끝자락에서 발달한다는 사실을 알고 있었다. "첫 번째 실마리는 알맞은 사진작가를 찾는 것일 겁니다."

"전문적인 종류의 촬영 말씀이시죠."

"저희 잡지사에는 사진기자도 있고 사진 담당자들이 상황에 맞게 외주를 주는 프리랜서 사진작가도 있습니다. 그중에서 어느 사진사가 파견될 것인가라는 문제를 두고 담당자들을 설득하는 정치적 작업은 간단하지 않은 일이 되겠지만 말입니다." 실내 공기에서 스스로의 이산화탄소 맛이 느껴졌다. "적절한 조명에서 간접적이고 고상하면서도 동시에 그가 할 수 있는… 그가 만드는 업적을 힘 있게 보여줄 수 있는 사진을 만들어내는 것이 중요합니다."

"만들어놓은, 이요. 그가 이미 만들어놓은 것 말씀이시겠죠."

"제대로 된 사진이 없으면 중역들을 대상으로 설득을 시도조차 해볼 수도 없다는 말씀입니다."

잠시 바람과 비와 극세사가 털리는 소리만 감돌았다. 후자는 앳워터의 주먹이 내는 소리였다.

"이상한 게 뭔 줄 아세요? 어떤 때는 들리는데 어떤 때는 들리지 않는다는 거예요." 앰버가 조용히 말했다. "아까집에서 여기 출신이라고 말씀하셨는데, 어떤 때는 그렇게 들리는가 하면 또 어떤 때는 뭐랄까… 엄청나게 사무적이어서 전혀 그렇게 들리지가 않아요."

"저는 앤더슨 출신입니다."

"둔덕으로 유명한 먼시 옆에 있는 거기 말씀이시죠."

"엄밀히 말하면 둔덕은 앤더슨에 있습니다. 먼시에서 볼주립대학교를 나오긴 했지요."

"여기에도 좀 있어요. 호수에서부터 믹서빌 부근까지. 둔덕은 아주 오래전에 만들어졌다는 것만 빼고는 아직까지 그걸 다 누가 만들었는지는 모른다면서요."

"몇 가지 이론들은 있는 것 같던데요."

"TV에서 데이비드 레터맨*이 자기가 나온 학교라고 볼주립 얘기를 하는 걸 많이 봤어요. 그 사람도 여기 어디 출신이던데."

＊　미국의 유명 텔레비전 프로그램 진행자.

"그분은 제가 입학하기 훨씬 전에 졸업했습니다."

그녀의 손이 드디어 그의 귀에 닿았다. 다만 손가락이 너무 커서 안쪽으로 넣거나 귓바퀴의 나선을 덧그리지는 못했고 그쪽에서 앳워터의 청각을 차단하는 데만 성공해서 이제 그는 자기의 심장박동을 들을 수 있었고 목소리가 빗속에서 새삼 크게 들렸다.

"하지만 무엇보다도 중요한 문제는 그가 이걸 하겠다고 하느냐는 것일 겁니다."

"브린트요." 그녀가 말했다.

"작품과 관련해서 말이지요."

"그걸 하기 위해 얌전히 앉아 있겠느냐는 말씀이시죠."

손가락 때문에 머리를 돌릴 수가 없어서 앳워터는 몰트케 부인이 웃음 짓고 있는지 아니면 고의로 반격을 한 것인지 뭔지 알 수가 없었다. "말씀하셨다시피 고통스러울 정도로 수줍음을 타신다니까 말이죠. 부인께서—그는 이게 적이 침해적인 경험이 될 거라는 사실을 이쯤 되면 알아차렸어야 할 텐데요." 앳워터는 그의 귓속에 있는 손가락을 어떤 식으로도 알은체하지 않고 있었다. 손가락은 움직이지도 회전하지도 않고 단지 거기에 그대로 있었다. 공중을 부양하는 듯한 기이한 감각이 끈질기게 느껴졌다. "그의 프라이버시도 부인의 프라이버시도 침해될 겁니다. 게다가 몰트케 씨가, 이게 그분의 진정한 의사라면 존중해드려야겠지만, 작품을 세상에 내보내거나 그로 인해 사생활이 노출되는 걸 적극적으로 원하고 있다는 인상은 받지 못했습니다."

"할 거예요." 앰버가 말했다. 손가락이 뒤로 살짝 물러났지만 여전히 그의 귀와 접촉하고 있었다. 그녀는 아무리 많이 쳐줘도 스물여덟 살은 넘어 보이지 않았다.

기자가 말했다. "솔직히 말씀드리겠습니다. 개인적으로는 이게 엄청난 작품이고 엄청난 스토리라고 생각하지만, 조만간 로렐과 제가 수석 편집장이랑 한판 떠서 기사를 싣겠다는 약속을 받아내야 하는데 몰트케 씨가 주저한다거나 뭉그적댄다거나 겁을 먹어버린다거나 너무 사적이고 너무 침해적이어서 못하겠다고 해버리면 정말로 곤란해지는 거거든요."

그녀는 로렐이 누군지 묻지 않았다. 이제 그녀는 대우에어컨 송풍구 위에 얹은 손 옆으로 반들반들한 무릎을 걸치고 왼쪽 옆구리에 모든 체중을 싣고 있었다. 그가 입고 있는 우비의 뭉쳐진 끝자락만이 그와 그녀의 무릎을 가르고 있었고 그녀의 거대한 가슴은 잔뜩 짓눌려서 돌출되어 있었고 심장박동의 가벼운 진동으로 인해 한쪽 가슴이 탈보트 우비의 칼라에 닿을락 말락 했다. 그는 아티스트로부터 더없이 간단한 질문에 대한 반응을 이끌어내기 위해 일격을 혹은 타격을 가하던 그녀의 모습이 자꾸만 떠올랐다. 미동 없는 이상한 미소도. 그건 보기 좋은 사진은 되지 못할 것이었다.

아티스트의 아내가 다시 말했다. "할 거예요."

앳워터는 모르는 일이었지만, 이제 카발리어의 오른편

앞뒤 타이어가 거의 밸브까지 진창에 빠져 있었다. 그를 위로 부상시키고 기본적인 저널리즘 윤리를 명백히 위반하며 몰트케 부인 쪽으로 미는 것처럼 느껴지는 초자연적인 힘은 사실 단순한 중력이었다. 차량이 20도 각도로 기울어져 있었던 것이다. 돌풍이 차를 마라카스처럼 흔들어댔고, 기자는 거세게 내리치는 잎들과 바람에 날려온 암석 부스러기들이 렌터카 도장면에 신만이 알 짓거리들을 하고 있는 소리를 들을 수 있었다.

"그러면 그렇게 알겠습니다." 그가 말했다. "단지 그토록 확신하시는 근거가 뭔지는 알고 싶군요. 물론 부인의 남편을 누구보다 잘 아는 사람이 있다면 그건 틀림없이 부인일 테니 저 역시 부인의 판단을…"

처음에는 그의 입을 틀어막은 것이 몰트케 부인의 손인 줄 알았는데, 알고 보니 그의 두 입술과 뺨과 아래턱을 가로질러 쉿 모양을 만든 그녀의 검지였다. 앳워터는 이게 방금까지 그의 귓속에 있던 것과 같은 손가락인지 궁금해하지 않을 수 없었다. 손가락의 끝은 그의 양쪽 콧구멍을 합친 너비와 거의 같았다.

"나를 위해서 할 거예요, 스킵. 내가 해달라고 하니까."

"그르트그 흐스믄 은스믐…"

"원한다면 물어보세요." 몰트케 부인이 손가락을 뒤로 약간 물렸다. "여기서 솔직하게 다 털어놓는 게 좋겠어요. 내가 내 남편이 똥으로 유명해지기를 바라는 이유가 뭔지를."

"물론 작품을 단지 그런 식으로 지칭하기에는 어폐가 있지요." 앳워터가 말했다. 손가락을 응시하는 그의 눈이 언뜻 사시처럼 보였다. 또 한 번의 작은 전율, 옷감이 털리는 소리, 그의 이마 위에 흐르는 땀. 계피빛 열기. 그녀의 날숨이 내뿜는 힘은 콜럼버스 서클*을 따라 설치된 난방장치와 맞먹었다. 겨울철에 손가락 없는 장갑과 눈, 코, 입만 노출되는 발라클라바 모자를 착용하고 멍하고 잔혹한 눈으로 그곳에 무리 지어 앉아 있는 노숙자들을 앳워터는 서둘러 지나쳐 곤 했다. 창문을 열기 위해 시동을 거니 라디오에서 시끄러운 소음이 터져나오는 바람에 앳워터는 소스라치게 놀랐다.

앰버 몰트케는 흐트러짐 없이 몰두한 상태 그대로였다. "결국에는 말이죠." 그녀가 말했다. "TV 리포터들이랑 데이브 레터맨이랑 누구더라 심야 시간의 빼빼 마른 진행자가 농담을 해대고, 사람들이 〈스타일〉을 보고 브린트의 장 운동을, 브린트가 변소에 앉아서 어떤 특별한 방법으로 장 운동을 해서 그걸 만들어내는 걸 생각하도록 만드는 거. 이게 핵심인 거잖아요, 스킵, 아닌가요. 애초에 당신이 여기까지 온 이유가. 그의 똥 때문이잖아요."

$\rightarrow$

상자는 알고 보니 인디애나주 리치먼드에 있는 배송 업체가 특수 포장하여 발송한 것이었다. 이 업체는 파손 주의 물품에 액체 스타이렌을 부어서 물품의 형태에 꼭 들어맞는 가벼운 단열재를 만들었다. 그러나 상자 영수증에 기재된 페덱스 지점은 인디애나주 스키피오에 있는 것이었고, 일요일에 팩스 사진과 함께 전송된 킨코스 팩스 표지에도 이 주소가 있었기 때문에, 다음 날 아침에 도착한 페덱스 소포로 인해 팩스가 사실상 무용지물처럼 보이게 되어 로렐 맨덜리는 앳워터가 왜 굳이 수고스럽게 팩스를 보낸 건지 알 수가 없었다.

월요일 점심 모임에서 로렐 맨덜리가 소포의 내용물을 두고 생각해낸 믿을 수 없을 만큼 간단한 아이디어는 급히 사무실로 돌아가서 앨런 백트리안이 댄스 수업을 마치고 돌아오기 전에 내용물을 그녀의 책상 위에 둔다는 것이었다. 앨런에게 가타부타 말을 하거나 그녀를 귀찮게 하는 대신 자연스레 사진을 보게 되도록 거기에 얌전히 두겠다는 것이었다. 그녀는 일말의 사전 경고도 없이 소포를 보낸 앳워터가 자신에게 한 짓을 그대로 하는 것일 뿐이었다.

→

다음은 7월 3일 오후에 로렐 맨덜리와 스킵 앳워터가 전화로 나눈 긴 대화의 일부다. 통화는 앳워터가 아티스트의 집에서 철저하고 골치 아픈 현장 진위 검증의 협의를 마치고 나서 말 그대로 절뚝거리며 마운트 카멜 홀리데이 인으로 돌아간 직후에 이루어졌다.

"그런데 주소는 왜 그런 거예요?"

"윌키? 인디애나주 정치인이야. 여기서는 누구나 아는 이름이지. 트루먼이랑 대선에서 겨뤘나 그랬을걸. 트루먼이 신문 1면 헤드라인 들고 있는 사진 알지?*"

"아뇨, 점 오 말이에요. 윌키 14.5번지가 뭐예요 대체?"

"땅콩주택이야." 앳워터가 말했다.

"아."

잠시 침묵이 흘렀었다. 이상한 침묵이었지만, 다시 돌이켜 생각해보니 그렇게 느껴진 것이었는지도 모른다.

"다른 쪽에는 누가 사는데요?"

또 한 번의 침묵이 흘렀었다. 이 시점에서 샐러리맨과 인턴은 둘 다 극도로 피곤하고 혼란스러운 상태였다.

기자가 말했다. "아직 모르는데. 왜?"

로렐 맨덜리는 이 질문에 적당한 답을 하지 못했다.

---

*   실제로는 웬델 윌키는 1940년 미국 대선에서 3선에 도전한 프랭클린 루스벨트 대통령에 패했고, 1945년 루스벨트 대통령의 서거로 당시 부통령이던 헨리 트루먼이 대통령이 되었으며, 트루먼이 연임을 위해 1948년에 출마한 대선의 상대 후보는 윌키가 아닌 토머스 듀이였다. 선거에서 승리하여 연임에 성공한 트루먼 대통령이 "듀이가 트루먼을 이기다"라는 신문 1면 헤드라인을 치켜들고 찍은 사진이 유명하다. 기사는 사전 여론조사에서 듀이가 압도적인 우세를 보였기에 나온 《시카고 트리뷴》의 오보였다.

←

점점 기울고 있는 카발리어 안에서, 뇌우의 절정에서 혹은 절정에 달할 무렵, 앳워터가 고개를 흔들었다. "그것만은 아닙니다"라고 말했다. 어느 모로 보나 진심인 것으로 보였다. 아티스트의 아내가 자신의 동기를 기회주의적이거나 추잡한 것으로 오해하지 않을까, 진심으로 염려하는 것처럼 보였다. 앰버의 손가락은 아직도 그의 입 근방에 있었다. 그는 그녀가 남편의 작품을 어떻게 생각하는지, 작품이 발휘하는 비범한 힘을 어떻게 이해하고 있는 건지 아직 잘 모르겠다고 말했다. 비와 암석 부스러기에도 불구하고 앞유리 전체에 김이 짙게 서려서 앳워터는 252번 주도와 질소고정 공장이 고장 난 고도계처럼 30도 이상 기울어져 있는 광경을 볼 수 없었다. 얼굴은 여전히 정면을 향한 상태로 두 눈동자만 오른쪽으로 한껏 굴린 채 앳워터는 아티스트의 아내에게 그의 저널리즘적 동기가 처음에는 다소 양가적이었을지 몰라도 지금은 진정으로 믿음이 생겼다고 말했다. 그들이 자신과 함께 몰트케 부인의 바느질 방을 지나 뒷뜰로 나가서 위가 비스듬한 녹색 문을 당겨 열고 앞장서서 생소나무 계단을 내려가서 그를 데려간 대피용 지하실에서 그처럼 세심하게 등급순으로 줄지어 진열된 작품들을 보았을 때, 무언가가 달라졌다고. 그때 감동을 받았고, 그리고 대학에서 들은 한두 차례의 강의를 통해 예술계를 접해본 적이 있긴 하지만 그때야 비로소 처음으로 안목 있는 사람들이 왜 진지한 예술을 보고 감동과 구원을 받는다고 말하는지 알게 되었다고 말했다. 이것은 진지한 예술이라고, 진짜 예술이라고, 진실된 예술이라고 생각한다고, 그가 말했다. 그와 동시에, 스킵 앳워터가 작년 새해의 '올해의 스타일리시 피플' 합본 호, 약칭 'YMSP2' 파티 이후로 성적으로 상기된 상황에 처할 일이 없었던 것도 사실이었다. 그때 그는 취중 엉덩이 복사 열기가 한창인 가운데 한 유통팀 인턴의 외음부를, 그녀가 캐논 복사기의 플렉시글라스 판 위에 올라가 자세를 잡는 과정에서, 얼핏 보았었다. 그건 나중까지도 유달리 따뜻했다.

↓

　일리노이주 시카고에 소재한 오 베릴리 프로덕션의 공식 슬로건은 복잡한 사업상의 이유로 사장社章에 다음과 같은 문구가 포르투갈어로 기재되어 있다.

의식은 자연의 악몽이다

↓

　그러나 앰버 몰트케는 만약에 이게 평범한 방식으로 만들어진 작품이었다면 단지 표현력과 기교적인 디테일이 뛰어난 모사에 불과했을 것이고, 애초에 이게 특별한 이유는 그 물질이 무엇인지와 이게 남편의 볼기에서 완전한 형태를 갖춰서 나온다는 사실 때문임을 꼭 집어 말하고는 자신이 이러한 기본적인 사실이, 그러니까 이게 남편의 똥이라는 사실이 널리 알려지고 회자되길 원하는 이유가 대체 무엇일지 —똥이라는 단어를 매우 단조롭고 무미건조하게 발음하며 —다시 한번 수사적으로 물었고, 앳워터는 자기도 그에 관해 생각해보긴 했다고, 작품의 생산방식이라는 문제와 작품이 평범한 공예품보다 어쩐지 더 자연적인 동시에 덜 자연적으로 생각되는 이유가 바로 그 방식이라는 점이 현기증 나게 관념적이고 복잡하게 느껴진다고, 하지만 이렇든 저렇든 간에 〈스타일〉의 일부 독자들이 불쾌해하거나 짐해적이라고 느껴서 개인적인 모욕으로 받아들일 여지가 있는 요소들이 필시 있을 것이라고 자인하고는 몰트케 씨나 아니면 적어도 몰트케 부인이 공공연한 노출이라는 조건에 대해 그녀가 스스로 인정하고 싶어 하는 것보다 어쩌면 더 양가적인 감정을 갖고 있는 것은 아닌가 하는 게 개인적으로도 일적으로도 궁금하긴 하다고 실토했다.

그러자 앰버가 스킵 앳워터 쪽으로 더 가까이 몸을 기울이며 아니라고 말했다. 〈스타일〉이 마운트 카멜에 있는 B. F. 몰트케 부부의 존재를 알기도 훨씬 전, 처음 참가한 대두 축제에서 이 사안을 두고 오래도록 그리고 곰곰이 생각했다고. 그녀는 몸을 살짝 틀고는 폭풍우의 습한 공기로 탱글하게 살아나서 반짝이는 후두부의 컬들을 살짝 밀어올렸다. 목소리는 어딘가 최면을 거는 듯한 음색의 감미로운 알토였다. 차창의 열린 틈으로 이따금씩 물보라가 된 작은 빗물 파편들과 축복처럼 느껴지는 평면적인 공기의 흐름이 밀려들어왔고, 앞좌석의 우측 경사가 더 심해져서 아주 조금씩 천천히 떠오르고 있는 앳워터는 자신이 물리적으로 커지고 있거나 몰트케 부인이 상대적으로 작아지고 있거나, 아니면 뭐가 됐든 둘 사이의 신체적 격차가 덜 뚜렷해지고 있다는 느낌을 받았다. 마지막으로 뭔가를 먹은 게 언제인지 기억나지 않는다는 생각이 들었다. 오른쪽 다리에 더는 감각이 느껴지지 않았고, 귀의 바깥쪽 둘레가 불타오르는 것처럼 느껴졌다.

몰트케 부인은 곰곰이 생각해본 결과 대부분의 사람들은 그런 기회를 갖지도 못하는데 이건 자신에게, 그리고 브린트에게도 찾아온 기회임을 깨달았다고 말했다. 돋보일 기회. 돋보이는 사람들을 바라보는 거대하고 막대한 얼굴 없는 사람들의 무리와 자신들을 구별 지을 기회. TV에서, 그리고 〈스타일〉과 같은 지면에서. 돌이켜 생각해보면, 이 중에서 실현된 것은 하나도 없었다. 알려질 기회, 중요해질 기회, 라고 그녀가 말했다. 교회든 이올드 컨트리 뷔페든 위트콤 아울렛몰에 새로 생긴 베니건스든 자신과 브린트가 들어서면 한순간에 조용해지게 만들고 사람들의 눈길을, 그들의 등장에 어떤 영향력이 있다는 사실을 알려주는 그 시선의 무게를 느끼게 될 기회. 미용실에서 〈피플〉이나 〈스타일〉을 펼치면 자신을 응시하는 자신과 브린트의 모습을 보게 될 기회. TV에 나올 기회. 이게 바로 그런 기회라고. 스킵도 분명 이해할 수 있을 거라고. 자기도 모르는 바 아닌 브린트 몰트케의 아둔함과 살아있으면서도 죽은 목숨과 다를 바 없을 지경인 기백의 결여에도 불구하고 1997년에 교회 무도회에서 이 배관공을 만났을 때 자신은 왠지 모르지만 그가 바로 자신의 기회임을 알 수 있었다고. 그의 머리는 애프터셰이브를 발라 번들거렸고 정장에 흰 양말을 신고 있었고 고리를 하나 건너뛴 채로 허리띠를 매고 있었지만 그럼에도 불구하고 알 수 있었다고. 이러한 능력을 일종의 재능이라고 해도 좋겠다고. 자신은 남들과 다르고 언젠가는 돋보일 운명임을 원래부터 알고 있었다고. 앳워터도 대학 때까지 정장 바지에 흰 양말을 신었는데, 참다못한 프래터니티 부원들이 모의법정에서 이 사안을 다룬 후에야 그만두었다. 앳워터의 오른손은 여전히 운전대를 그러쥐고 있었고 머리는 이제 앰버의 커다란 오른쪽 눈을 똑바로 바라보기 위해 할 수 있는 한 옆으로 돌아가 있었다. 앰버가 속눈썹을 깜빡이면 그의 머리칼이 헝클렸다. 오른쪽의 양 바퀴는 이제 진흙 위로 반달 모양만 보였다.

카발리어 렌터카 안에서 앰버가 지금 그에게 털어놓고 있는 얘기가 앳워터에게는 엄청나게 솔직하고 진술하고 적나라한 것으로 들렸다. 그 순전한 저주받은 추함이 고백을 고아하게까지 만든다고 생각했다. 이해할 수 없는 일이지만, 앰버가 자기 자신과 같은 동류의 사람이 아니라 기자로서의 그에게 말을 하고 있다는 생각은 들지 않았다. 그는 자신에게 사람들의 흉금을 털어놓게 만드는 꾸밈없는 태도와 어느 정도의 진실된 공감력이 있음을 알고 있었다. 이게 그가 높은 예산과 위신이 수반되는 엔터테인먼트나 뷰티·패션이 아니라 '세상의 요모조모' 섹션을 맡게 된 것을 다행이라고 생각하는 이유이기도 했다. 앳워터는 앰버 몰트케가 털어놓고 있는 얘기는 그가 저널리즘을 통해 드러내고자 하는 미국인들의 경험의 핵심에 매우 가깝다고 생각했다. 〈스타일〉을 비롯한 연성뉴스 기관들이 깊숙한 곳에서 겪고 있는 비극적인 갈등도 바로 이것이었다. 독자와 유명인 사이의 역설적인 교류. 일반인들이 유명인에게 열광하는 이유는 자신이 유명인이 아니기 때문이라는 사실에 대한 은폐된 인식. 단지 그것만은 아니다. 희한하게도 그가 관념적인 생각에 잠길 때면 주먹의 움직임이 완전히 멈추었다. 유명인의 역설은 그보다 더 깊고, 더 비극적이고 보편적인 갈등의 일부였다. 각자의 삶의 주관적인 중심성과 그 객관적인 보잘것없음에 대한 인식 사이의 갈등. 앳워터는—〈스타일〉의 모든 이들이 알고 있었듯이, 물론 모종의 알 수 없는 암묵적 합의에 따라 누구도 입 밖으로 꺼내지 않았지만—이것이야말로 미국인들의 정신을 특징짓는 단 하나의 갈등임을 알고 있었다. 보잘것없음에 대한 대처. 이것이 미국의 단일 문화를 하나로 엮는 끈이었다. 이것은 모든 곳에 있었고, 모든 것의—길게 늘어선 줄의 조바심의, 세금 탈루의, 패션과 음악과 예술의 동향의, 마케팅의—뿌리에 있었다. 독자의 역설에서는 특히 더 활발한 작용을 볼 수 있다고 그는 생각했다. 유명인이 나의 가까운 친구라는 느낌과, 수없이 많은 사람들도 나와 같은 느낌을 갖고 있다는—그리고 유명인들은 그렇지 않다는—데 대한 정리되지 않은 인식. 앳워터는 지금까지 유명인들을 어느 정도 만나 봤지만(BSG에서는 불가피한 일이었다) 그의 경험으로 비추어 봤을 때 그들은 친화적이거나 사려 깊은 사람들이 아니었다. 유명인들이 진짜 사람이라기보다는 자기 자신에 대한 일종의 상징으로서 기능한다는 사실을 생각해보면 놀랄 일도 아니었다.

그동안 기자와 앰버 몰트케는 줄곧 서로의 눈을 보고 있었다. 이제는 앳워터가 시선을 아래로 주면 젊은 부인의 머리칼과 그 윤기 흐르는 머리 타래 속에 파묻힌 여러 개의 클립핀과 플라스틱 집게 핀을 볼 수 있었다. 계속해서 이따금씩 우박이 탕 부딪히는 소리가 들렸다. 그건 스스로의 결점 및 한계와, 동어반복적이지만 꿈의 실현 불가능성과, 새천 년을 알리는 종이 울릴 때 자신의 모순과 고통을 나누고자 애쓰던 사람에게 돌아온 유통팀 인턴의 눈에 서린 희미한 무관심을 받아들일 때 경험하게 되는 인생이 달라지는 고통이기도 했다. 뒤의 생각들의 대부분은 대화의 주된 가닥이 잠시 직업적인 바느질과 태팅과 맞춤 수선에 관한 곁가지로 흘렀을 때 떠오른 것이었다. 앰버는 남편이 트리카운티 로터 루터에서 받는 수입을 보충하기 위해 집에서 일을 한다 며 "이 세상에 내가 다루지 못할 섬유 견본이나 패턴은 없어 요. 주님이 기꺼이 내려주신 또 하나의 감사한 재능이죠. 마 음도 평온해지고 창조적인 일이기도 하고 골치 아플 일도 없 어요. 이 두 손은 쉬는 일이 없답니다"라고 말했다. 실제로 한쪽 손을 올려 보이기까지 했는데, 그 손은 앳워터의 머리 통 둘레를 감싸고도 엄지와 검지를 충분히 맞댈 수 있을 것 으로 보였다.

지금까지 스킵 앳워터가 유일하게 맺었던 진지한 관계 의 대상은 인디애나폴리스 도심 바로 외곽의 펜들턴 파이크 에 위치한 아나토미컬 모노 그래프 컴퍼니에서 일하는 의료 일러스트레이터였다. 전문 분야는 인간 뇌와 상부 척추의 해 부도, 그리고 신경학적 비교를 위한 저차 신경절이었다. 키 가 152센티밖에 되지 않았고, 관계가 끝나갈 무렵에는 옷을 벗거나 샤워를 하고 나오는 자신의 모습을 바라보던 그녀의 눈길에 앳워터는 조금도 신경 쓰지 않게 되었다. 한번은 저 녁을 먹으러 간 루스크리스 스테이크하우스에서 음식을 씹 고 있는 자신의 턱 근육이 빨갛게 움직이고 음식물을 밑으 로 이동시키기 위해 식도가 수축되는 모습이 상상 속 그녀 의 시점에서 에커셰* 스타일로 보이는 환각 혹은 유체 이탈

---

* 　근육 및 골격 연구를 위해 피부를 벗긴 인체 모형.

과 같은 경험을 했다. 그로부터 불과 며칠 뒤에 〈스타〉의 사
회부 담당 부편집자와의 충격적인 인사고과를 위한 면담 자
리가 있었고, 이후 스킵의 인생이 완전히 달라졌다.

$\longrightarrow$

화요일 이른 아침, 로렐 맨덜리는 입사 후 두 번째로 〈스
타일〉 중역실로 올라갔다. 중역실에 가려면 70층에서 내려
서 다른 엘리베이터를 타야 했다. 미리 약속한 대로 앨런 백
트리안이 먼저 올라가서 들킬 위험이 없는지 확인해준 후였
다. 아직 해도 다 뜨지 않은 시간이었다. 엘리베이터에는 짙
은색 양모 슬랙스와 매우 수수한 중국식 슬리퍼와 매트블랙
이세이미야케 셔츠 차림의 로렐 맨덜리밖에 없었다. 고급 불
투명 튤 소재처럼 보이는 셔츠는 사실 종이로 만든 것이었
다. 그녀는 혈색이 창백했고 조금 아파 보였다. 코 피어싱은
하지 않은 상태였다. 로렐이 이해할 수 없는 물리학의 법칙에
따라, 엘리베이터가 움직일 때면 가슴에 안고 있는 상자가
약간 더 무겁게 느껴졌다. 실제 무게는 많아 봤자 1~2킬로그
램밖에 되지 않았다. 앨런 백트리안과 수석 인턴의 출근 방
식은 아침에 홀랜드 터널 북쪽 어딘가에서 만나서 함께 자
전거를 타고 출근하되 약속한 시간에 둘 중 하나가 약속 장
소에 나타나지 않으면 나머지 한 명이 기다리지 않고 가버
리는, 서로를 구애함이 없는 느슨한 성격의 것인 모양이었다.

먼저 탄 엘리베이터는 내부가 브러시드 스틸이었고, 70층에서 갈아탄 엘리베이터에는 상감 장식 패널과 각 층 버튼마다 부서 정보가 작게 표시된 콘솔이 있었다. 엘리베이터 자체는 중역실 직원들이 빠른 상승에 대비해서 특수 귀마개를 착용할 정도로 속도가 빨랐음에도, 목적지에 도착하는 데는 5분이 넘게 걸렸다.

전에 딱 한 번 오리엔테이션의 일환으로 중역실에 올라갔을 때는 다른 신입 인턴 두 명과 'WITW' 부편집자와 동행했었다. 부편집자는 두 번째 엘리베이터에서 양팔을 머리 위로 올리고 다이빙하는 사람처럼 손을 뾰족하게 펴고 이렇게 말했었다. "하늘 높이 날아가Up, up, and away.*"

←

앳워터가 어렸을 때부터 그가 머릿속에서 서로 다른 생각들과 인상들을 평소보다 훨씬 빠른 속도로 처리하고 있다는 사실을 알 수 있도록 바깥으로 드러나는 가장 큰 표시는 그의 두 귀와 주변 조직에 감도는 흩뿌린 듯한 짙은 붉은 기였다. 그렇게 될 때면 옆사람이 느낄 수 있을 정도로 귀에서 열기가 뿜어져 나왔는데, 크림처럼 새하얀 저 거구의 재봉

---

* 1967년 미국 혼성 그룹 피프스디멘션이 부른 공전의 히트곡 제목. 풍선을 타고 하늘 높이 날아간다는 뜻이다.

사가 다시 본론으로 돌아가서 다음과 같은 개인적인 경험에 대해 이야기하며 빠르게 스스로를 향해 손부채질을 한 이유도 이 때문이었는지 모른다. 낮 시간대 텔레비전 드라마 〈가이딩 라이트〉의 유명 인사 필립 스폴딩**이 앰버가 구체적으로 명시하지 않은 어느 시점에 리치먼드 갤러리아몰의 페이머스바 백화점 오픈 행사에 홍보차 온다고 해서 친구와 함께 그를 보러 간 적이 있는데, 앰버는 그때 깨달은 것이 자신의 가장 깊숙한 곳에 있는 삶의 가장 고무적인 소원은 언젠가 자신이 어딘가에 등장하는 것만으로도 사람들이 그녀가 마음만 먹으면 거기에 모여 있는 수많은 사람을 뚫고 필립 스폴딩을(그는 실제로 말도 못하게 섹시했는데, 코 연골에 무언가 이상한 점이 있어서 혹은 연골의 모양이 좀 이상하게 생겨서 코끝에 보통은 사람들의 뺨에서 볼 수 있는 것 같은 작은 보조개 혹은 옴폭 들어간 부분이 있는 것처럼 보이긴 했지만 앰버와 친구는 그게 오히려 귀여울 뿐 아니라 그를 텔레비전 시리즈들이 사람들이 보고 싶어 한다고 간주해버리는 완벽에 가까운 마네킹이 아닌 진짜 사람처럼 보이게 해줘서 필립 스폴딩을 한층 더 섹시하게 만들어준다고 생각했다) 만질 수 있을 정도로 그와 가까운 곳에 서 있을 때 속으로 느낀 감정을 느끼도록 만드는 것임을 깨달았다고 했다.

스킵 앳워터는 나중에 자신이 취재 대상과의 도를 넘는 관계에 **가담한 것인지**, 아니면 어쩔 수 없이 그런 관계의 **대**

** 필립 스폴딩은 사실, 〈가이딩 라이트〉에 등장하는 캐릭터의 이름이다.

상이 된 것인지를 두고 스스로 격론을 벌이는 과정에서, 이 순간을 전체 대화의 결정적인 받침점 혹은 전환점으로 규정할 것이었다. 몰트케 부인이 털어놓은 속내로 인해 이미 극도로 흥분하여 넋을 잃어버린 그는 필립 스폴딩 일화의 천진난만한 포퓰리즘에 거의 압도되다시피 했고 카세트 녹음기를 켜고 싶었으며, 만약에 앰버가 이 일화를 다시 얘기하지 않으려 한다면, 최소한 그가 날짜와 대략적인 시간과 함께 그 골자를 녹음하는 것만이라도 허락받고 싶었다.—일화를 이 기사나 다른 어떤 기사에라도 쓰려는 것이 아니라, 그가 자신이 쓰는 〈스타일〉 기사가 대변하는 동시에 가닿았으면 좋겠다고 생각하는 부류의 사람의 일상적인 삶에 대한 완벽하고 대표적인 진술로서 자신의 기사에 객관적인 품격을 부여하는 한편 그가 하는 일이라고는 대부분의 사람들이 화장실에서나 보는 잡지에 경박한 기사를 쓰는 것일 뿐이라고 조롱하는 머릿속의 목소리들을 막아주는 일종의 방패로서 자기만의 기록으로 남기고 싶은 것이었다. 앰버의 오른손이 덮고 있는 자신의 손가락을 조심스레 움직여서 무릎 위에 있는 카세트 녹음기로부터 그녀의 손을 떼내려는 앳워터의 시도는 그러나, 돌이켜 생각해보니, 손을 잡거나 그 밖의 종류의 스킨십을 하려는 의도로 해석되어 몰트케 부인에게 의미심장한 영향을 미쳤는데, 그녀가 자신의 거대한 머리를 앳워터의 얼굴과 운전대 사이로 들이밀고 둘이 키스를 하게 된 것이 바로 그때였던 것이다.—정확하게는 앳워터가 앰버 몰트케의 입술 왼쪽 끝에 입 맞추고 있었고 그녀의 입이 기자의 귓불에까지 이르는 오른쪽 얼굴 거의 전부를 덮고 있었다. 그녀의 왼쪽 어깨를 별 소용 없이 두드리고 있는 그의 손의 파닥거리는 동작 또한 격정으로 오인되었음이 틀림없다. 뒤이은 앰버의 신속한 탈의 동작으로 인해 세단 렌터카가 이리저리 들썩이기 시작하더니 우측이 고지대의 진흙 속으로 더 깊이 파묻혔고, 기울어진 자동차에서 이내 격앙된 비명 혹은 탄성이었을 법한 소리가 나직히 들려왔다. 누군가가 왼쪽 또는 오른쪽 차창으로 안을 들여다보았더라도 스킵 앳워터의 신체의 그 어떤 부분도 보지 못했을 것이었다.

4

뉴욕에서는 가장자리에 의미를 알 수 없는 문구가 표시되며 시작한다. 디시는 411번, 메트로 케이블은 105번. 시청자들은 이게 광고인지 커뮤니티 액세스*인지 아니면 뭔지 분간하기 어렵다. 처음에는 고통이나 비탄의 순간들이 포착된 유명한 사진들이 몽타주로 보여진다. 비행기 안에서 대통령 취임 선서를 하고 있는 린든 존슨과 그 옆에 무너질 듯 서 있는 재키**, 머리에 총구가 겨누어진 일그러진 표정의 베

---

* 일반인들이 저예산으로 텔레비전 광고·프로그램을 제작하여 방영할 수 있도록 지원하는 프로그램.

** 미국의 35대 대통령 존 F. 케네디가 피살된 당일, 부통령이던 린든 존슨이 대통령 전용기 안에서 대통령에 취임했고, 케네디의 부인 재클린(재키) 케네디가 그 옆에 있었다.

트콩, 발가벗은 채 네이팜탄으로부터 달아나는 아이들. 이런 사진들을 연이어 보고 있노라면 알 수 없는 감정이 느껴진다. 태어난 지 얼마 안 된 기형아를 목욕시키는 여자, 벨슨 수용소의 철조망 밖을 내다보고 있는 얼굴들, 루비의 주먹께에서 허물어져 있는 오스왈드***, 목에 올가미가 감긴 남자를 끌어올리기 시작하는 군중, 고층 건물의 튀어나온 가로대 위에 서 있는 브라질인들. 동부 표준시 기준 오후 5시부터 다음 날 오전 1시까지 하나당 4초의 속도로 1200장의 사진들이 반복하여 표시된다. 소리도 없고, 광고도 없다.

텔레비지오 브라질리아 방송국의 벤처 캐피털 자회사가 더 서퍼링 채널(TSC)의 설립에 자금을 대고 있었지만, 처음에는 방송을 보는 것만으로 이 사실을 알 도리가 없었다. 명시된 출처는 사진의 ⓒ와 오 베릴리 프로덕션의 복잡한 로고가 전부다. 몇 주 후부터는 1단계 TSC가 웹상의 OVP.com\suff.~vide에서도 스트리밍되었다. 동영상의 경우 법적 사안을 처리하는 데 우여곡절이 많아서 TSC 2단계가 시작되기까지는 예상보다 두 배의 시간이 소요됐다. 2단계에서는 스틸 사진이 점진적으로 동영상 클립으로 대체되며 복잡하게 순환된다. 매일 상황에 따라 네 건에서 다섯 건의 영상이 추가된다. 현재 계획 단계에 있는 TSC 3단계는 2001년 가을

*** 리 하비 오스왈드. 존 F 케네디의 암살범. 나이트클럽 운영자 잭 루비에게 살해당했다.

시청률 조사 기간에 실험적으로 선보이도록 잠정되어 있다. 물론 크리에이티브 업계의 SOP가 그렇듯이 얼마든지 변경의 여지가 있긴 했지만.

유료 언론에 종사하는 거의 모든 사람들처럼 스킵 앳워터도 엄청난 양의 위성 TV를, 그것도 대부분 비주류나 늦은 시간대에 방영하는 프로그램을 시청했기 때문에 오 베릴리의 로고를 잘 알고 있었다. 올 애즈 올 더 타임 채널에 관한 기사를 쓸 때 알게 된 R. 본 콜리스의 직원들 중 몇 명의 연락처도 아직까지 가지고 있었다. 오 베릴리는 해당 기사를 자사의 2차 마케팅의 우발적인 행운의 산물로 간주한 바 있다. 올 애즈 올 더 타임 채널은 아직까지 탄탄한 케이블 점유율을 차지하고 있긴 했지만, 작품 광고 사이에 진짜 유료 광고를 끼워넣기 시작한 후 그에 대한 반응이 오 베릴리의 사업계획서에서 호언됐던 것만큼 매출에 급격한 영향을 미치지 못했다. 수많은 시청자들처럼 앳워터도 어느 것이 유료 광고이고 어느 것이 작품 광고인지 보는 즉시 알아차릴 수 있었고 그에 따라 감상하는 마음가짐도 달리했으며 때로는 유료 광고가 나오면 채널을 돌려버리기도 했다. 엔터테인먼트로서의 광고와 무언가를 팔기 위해 애쓰는 광고 사이의 차이는 학자들을 매료시키는 주제였고 1990년대 후반에 미디어 연구 분야를 활성화하는 데 크게 기여했지만 올 애즈 올 더 타임 채널의 수익에는 별 도움이 되지 못했다. 이것이 오 베릴리가 더 서퍼링 채널에 외부 투자를 받아야 했고,

투자를 받자마자 연이어 TSC를 대기업의 인수 매물로 시장에 내놓아야 했던 이유 중 하나였다.—브라질의 텔레비지오 브라질리아 벤처 캐피털은 2년 동안 24프로의 투자 수익률을 요구했는데, 이는 매출이 일정한 하한에 미치지 못한다면 오 베릴리 프로덕션이 단지 명목상의 크리에이티브 지배권만 갖게 되리라는 것을 의미하는 조건으로, 그건 R. 본 콜리스가 처음부터 어떤 경우에도 용납할 의향이 없었던 상황이었다.

오 베릴리의 시카고 본사는 시카고 북쪽, WGN 방송국의 거대한 송신탑에서 애디슨을 따라 몇 블록 떨어진 곳에 있었다. 송신탑을 지난 지점에서 스킵 앳워터의 카발리어 렌터카가 한쪽으로 쏠리며 삐걱거린 것은—트랜스액슬이 휘는 바람에 65번 주간 고속도로를 달릴 때 타이어 하나가 마모된 것도 모자라 이제는 오른쪽으로 심하게 기울었고 운전석 차 문은 일련의 끔찍한 충격이 가해진 것처럼 안쪽에서 바깥쪽으로 과장되게 구부러져 있어서 헤르츠 렌터카사와 〈스타일〉 회계팀 담당자 양쪽으로부터 좋은 소리는 듣지 못할 것 같았다—7월 2일 오전 10시 10분이었다. 두 시간 가까이 늦은 시각이었는데, 시속 70킬로미터만 넘어가면 차량 엔진에서 엄청나게 많은 동전이 맞부딪치며 굴러다니는 듯한 소리가 난 탓이었다.

6월 1일 현재, 더 서퍼링 채널은 AOL 타임 워너에 인수되는 마지막 단계에 있었다. AOL 타임 워너 자체도 주가가

급락하고 있는 상황이어서 에클레샤프트-뵈트와 합병 가능성을 타진 중이었는데, 합병이 성사될 시 에클레샤프트-뵈트가 MCI 프리미엄이 주도하는 컨소시엄의 적대적 매수로부터 AOL 타임 워너의 경영권을 방어하게 될 것이었다. 따라서 더 서퍼링 채널의 기업 정보는 이미 에클레샤프트-뵈트의 수중에 확보되어 있었기 때문에 로렐 맨덜리가 이메일로 적당한 묘수를 부려 자신이 담당하는 샐러리맨을 위해 더 서퍼링 채널에 관한 크고 작은 관련도를 갖는 정보를 얻어내는 데는 채 한 시간도 걸리지 않았다.

↓

제목: **Re**: 대외대비

일시: 2001/6/24 10:31:37 AM 하절기 동부 표준시

Content–Type:text/html; charset=us–ascii

보낸 사람: k_böttger@ecklbdus.com

받는 사람: l_manderle@stylebsgmag.com

〈IDOCTYPE html PRIV "–// W2C//DTD HTML 3.01 Transitional//EN"〉

Totalp CT: 6

Content–Transfer–Encoding: 7bit

Descramble–Content Reference: 122–XXX–idvM32XX

〈head〉

⟨title⟩⟨title⟩

⟨head⟩

대외배비

제품: 더 서퍼링 채널

유형: 리얼리티/게이퍼

하위 제품: 상상할 수 있는 인간의 모든 비탄의 순간들을 담은 실사 스틸 및 동영상.

제품 라이선스: 오 베릴리 프로덕션, 시카고 & 와키건 III.

FCC 라이선스 변종 상태: [첨부 참조]

기존 유통 방식: 지역구/테스트: 디시(시카고, 뉴욕), 딜라드케이블(북동부/남동부 그리드), 비디오솔다보(브라질), OVP.com\suff.~vd 웹스트리밍.

제안하는 유통 방식: TWC 프리미엄 옵션 패키지(출시: 2002년), TWC 및 AOL을 통한 전국구 방영(키=SUFFERCH).

제안하는 요금 체계: TWC 프리미엄 옵션에 월 $0.95 추가(=1.2% 인상) 및 가입 기간 1~12개월에 한해 22.5% 일할 계산 할인. 이후 아비트론/헤일 가입자 시청률 데이터에 따라 할인율 변동(표준).

(참고: MCI 프리미엄의 성인영화 채널 할인율에 따른 요금 변동을 따름, 첨부의 MCI 소스의 AFC 스프레드시트 SS2-B4 참조.)

오 베릴리 프로덕션 배경 정보: CEO 겸 크리에이티브 책임자 V. 콜리스, 41세, 출신 지역: 일리노이주 거니, 학사: 에머슨 칼리지, MBA 및 JD: 페퍼다인 대학교, 딕클라크 프로덕션/NBC

협력 프로듀서 3년(담당 프로그램: 티비 블루퍼스 & 프랙티컬 조크*), 텔레비전 프로그램 엔터프라이즈 라인 프로듀서 3년(담당 프로그램: 라이프스타일 오브 리치 앤 페이머스**, 런어웨이 위드 리치 앤 페이머스***), 오 베릴리 프로덕션 총괄 프로듀서 3년(담당 프로그램: 서프라이즈 웨딩! 시즌 1~3, 커플 상담의 충격적인 순간들 시즌 1~2), 올 애즈 올 더 타임 채널 총괄 프로듀서 2.5년(첨부 참조).

오 베릴리 프로덕션의 현 자산(자본 설비 및 매입 채무 포함): [첨부된 LLC 등록 서류 및 스프레드시트 참조] (참고: 사진 및 동영상 허가 및 사용권 담당 변호사[첨부의 USCC/F §212 vi-xlii 참조]: 법무법인 루덴탈 & 보스, 시카고 및 뉴욕[첨부 참조].

견본 테이프 2-21-01 요약 [동봉, 취득 사양은 첨부 참조].
내용:
(1) 저조도 감시 카메라, 말기암을 앓고 있는 7세 아이와 9세 아이의 어머니들, 미주리주 인디펜던스 소재 블루 스프링스 메모리얼 병원 완화 의료 병동.
(2) 고조도 감시 카메라, 반려동물 안락사 무료화의 날 행사에 참여한 10살짜리 남성 견주, 노년의 남성 견주, 성인 여성 묘주, 조지아주 매독스 소재 매독스 휴메인 소사이어티.

---

*   방송의 옥의 티, 유명인의 몰래카메라 등을 다룬 프로그램.
**   유명 부유층의 라이프스타일을 보여준 리얼리티 프로그램.
***   〈라이프스타일 오브 리치 앤 페이머스〉의 스핀오프 프로그램.

(3) 고조도 교육 영상, 복부 수술 중 마취에서 깨어난 50세 남성, 물리적 제지를 요하는 상황, 오디오 품질 최상, 매사추세츠주 보스턴 소재 브리검 & 우먼스 병원.

(4a) 핸드헬드 카메라, 미성년 남성 대상자에 대한 전기충격 심문, 카메룬공화국 클루티에 교도소 심문실(자막).

(4b) 붙임-저조도 카메라(화질 저), 대상자의 가족(아마도 부모?)에게 동영상 클립 (4a)를 보여주는 모습, 그중 하나가 심문의 진짜 대상자임이 밝혀짐(자막, 얼굴 클로즈업 디지털 보정).

(5) 숨겨진(?) 저조도 영상, 살인/폭력 범죄 피해자 가족을 위한 가톨릭 봉사 서비스 지원 그룹, 캘리포니아주 샌루이스오비스포[사용권 취득 대기 중, 첨부 참조].

(6) 고조도 법석 배상 책임 영상, 모든 마취제에 알레르기가 있는 46세 여성을 대상으로 시행되는 4기 치근관 및 치관 시술, 치의학 박사 다후드 차터지 장교, 펜실베이니아주 이스트스트라우즈버그.

(7) 미사용 BBC2 숄더 마운트 동영상 클립, 〈목걸이 파티〉 남아프리카공화국 프리토리아 트란스발주 C7(오디오 최상).

(8) 핸드헬드 카메라, 농기구로 무장한 단체에 의해 살해당한 중년의 르완다(?) 커플(오디오 없음, 얼굴 클로즈업 디지털 보정).

(9) 핸드헬드 카메라, 서핑 중 상어에게 공격당한 18세(?) 인물과 그에 대한 소생 시도, 캘리포니아주 스틴슨비치[사용권 취득 대기 중, 첨부 참조].

(10) 고조도 자살 유언 영상, 60세 변리사의 권총 자살, 뉴저

지주 러더퍼드.

(11) 고조도 법적 배상 책임 영상, 28세 자살 시도 여성에 대한 접수 및 평가 면담, 매사추세츠주 뉴튼 소재 뉴튼 웰슬리 병원.

(12) 저조도 감시 카메라, 강간/사망한 13세 아이의 유해를 확인하는 부모, 텍사스주 브렌틀리 에머슨 카운티 검시실.

(13) 웹캠 디지털 영상, 기숙사에서 수업 과제로 실시간 '나의 인생' 웹사이트를 만들고 있던 22세 여성에 대한 집단 강간, 테네시주 잭슨 소재 램부스 대학교(영상 화질/프레임 속도 저, 고이득 오디오 최상, 몇몇 얼굴 모자이크 처리[첨부 참조]).

(14) 고조도 감시 카메라, 3도 화상을 입은 여성(?) 환자의 붕대 교환, 캔자스주 로렌스 소재 조셉탈 메모리얼 병원 화상 치료 센터.

(15) 미사용 도이치 2DF 숄더 마운트 동영상 클립, 콜레라 진료소, 중국 창화 지진대.

2-01 아비트론 조사 1차 연속 방영 시청률: 6.2±.6

2-01 아비트론 조사 2차 연속 방영 시청률: 21.0±.6

… 등등.

↓

수석 인턴이 7시 10분에 자전거를 끌고 들어왔을 때는 앨런 백트리안이 미세스 앵거의 책상 위에 작품 진열을 마치고 난 후였다. 세 점은 위로 솟은 모양이었고 한 점은 상대적으로 기부基部가 강조되어 넓게 펼쳐진 모양이었다. 저마다 각각 빈 타이프 용지 위에 올려져 있었다. 〈스타일〉에서 중역 서신과 공지 메모에 사용하는 20파운드 묶음 용지였다. 진열된 순서에는 별다른 의미가 없었다. 두 편집부 인턴은 사무실 양쪽 구석 끝에서 똑같은 의자 위에 앉아 있었다. 짧고 짙은 금발의 앨런 백트리안은 한쪽 귀의 둘레를 따라 일렬로 딱 붙는 귀걸이를 하고 있었는데 이따금씩 조명이 반사되어 반짝 빛이 났다. 사무실 출입문 옆 벽에는 몸에 꼭 맞는 생로랑 정장과 전문 무용수가 신는 카페지오 펌프스처럼 생긴 구두 차림의 미세스 앵기를 그린 포토리얼리즘 기법의 커다란 인물화가 걸려 있었다.

초트*와 바사르**에서 학생회장을 맡았던 수석 인턴은 출근길에 항상 몸에 딱 붙는 바이크 쇼츠를 입고 와서 중역 라운지에서 갈아입었다. 미세스 앵거가 문을 잠글 수 있는 자신의 사무실에 자전거를 두도록 허락한 것은 수석 인턴이 누리고 있는 특권과 영향력을 보여주는 또 하나의 표시였다. 수석 인턴은 그날 아침 평소보다 아주 조금 늦게 출근했다. 전날에 드디어 SE2가 마감됐고 미세스 앵거는 9시 반 전에

---

* 초트로즈메리홀. 코네티컷주에 있는 명문 사립 기숙 고등학교.
** 바사르 칼리지. 뉴욕주에 있는 사립 리버럴아츠 대학. 세븐시스터즈 칼리지 중 하나다.

나타나는 일이 드물었기 때문이다.

수석 인턴은 무게가 4킬로그램밖에 되지 않는 자전거를 잡은 채로 우뚝 서서 작품들을 뚫어져라 쳐다봤다. 사무실에 들어올 때 짓고 있던 미소가 흔적도 없이 사라졌다. 그녀는 〈스타일〉 인턴들의 모범이 되는 기준으로 간주되고 있었다. 플랫 구두를 착용한 상태에서 키가 178센티에 달했고 불친절한 형광 조명 아래에서도 빛나는 적갈색 머리칼을 자랑하는 그녀는 현세적이면서 동시에 이 세상 사람 같지 않아 보였고, 그녀가 사무실의 칸막이 구획과 통로를 오가는 모습은 마르크스가 표상했던 모든 것에 대한 살아있는 반증처럼 보였다.

"누구보다 먼저 보셔야 한다고 생각해서요." 앨런 백트리안이 말했다. "어떤 식으로든 이러저러한 말이 돌기 전에요."

"찬란하고 위대하신 신이시여." 수석 인턴의 앞니가 모습을 드러내며 슬며시 아랫입술을 물었다. 자신도 모르게 스킵 앳워터와 앨런 백트리안과 대두 축제와 박람회장의 후원자들이 취한 자세를 취하고 있었다.—1~2미터의 거리를 두고 선 그녀는 다가가려는 충동과 뒷걸음질치려는 충동, 두 쌍둥이 충동의 대립으로 인해 몸이 일종의 S자가 되었다. 머리에는 뇌 모양 안전모를 쓰고 있었고 목깃과 소맷동을 없애서 안쪽의 하얀 솜이 보이는 헐렁한 바사르 스웨터를 입고 있었다. 운동화에는 출근길에 타는 경주용 자전거 페달에 고정되는 것으로 보이는 특수 장치가 있었다. 그녀의 뒤쪽 벽으로 복잡하고 팽창된 그림자가 드리워졌다.

"물건이죠?" 로렐 맨덜리가 조용히 말했다. 천장 조명은 고정액에 반사되어 눈부심을 유발했기 때문에 그녀와 앨런 백트리안은 옆방 회의실에서 조명을 가져다 설치해두었었다. 작품 하나하나가 구석구석 고르게 빛을 받고 있었다. 중역층은 16층보다 훨씬 조용하고 위엄 있긴 한데 좀 춥고 경직된 면이 있다고 로렐은 생각했다.

수석 인턴은 아직도 자전거를 잡고 있었다. "설마 이걸 직접…?"

"전체적으로 특수 처리돼 있어요. 염려 마세요." 로렐 맨덜리는 스킵 앳워터를 통해 전달된 지침에 따라 직접 고정액을 한 겹 더 뿌렸었다. 지금 이 순간에 앳워터는 시카고미드웨이 공항에서 먼시행 비행기에 오르고 있었다. 번거로운 렌터카 사안을 손수 처리한 로렐 맨덜리는 앳워터의 일정을 분단위로 꿰고 있었다. 다만 그녀는 필수 지침이 아닌 랩 포장은 거부했다. 이젠 당장이라도 쓰러질 것 같은 기분이었다.

"제가 헛소리한 게 아니란 걸 아시겠죠?" 앨런 백트리안이 수석 인턴에게 물었다.

로렐 맨덜리가 짠 하는 동작을 취하며 말했다. "이게 바로 기적의 응가랍니다."

자전거 바퀴 하나가 아직까지 한가로이 돌아가고 있었는데 수석 인턴의 두 눈은 지금까지 단 한 번도 움직이지 않았다. 그녀가 말했다. "물건 따위로는 설명이 안 되겠는데."

↓

확립된 사실: 자신의 배변 훈련의 세부적인 사항이나 그것이 미친 심리적 영향을 기억하는 성인은 없다고 봐도 좋다. 이에 대해 알고자 하는 이유가 생길 때가 되면 이미 너무나 오래전 일이 돼놔서 부모에게 물어봐야 한다.—이 또한 성공하는 경우가 드문데, 대부분의 부모가 그걸 기억하고 있다는 사실뿐 아니라 애초에 배변 훈련 비슷한 일이 있었다는 사실조차 부인하기 마련이기 때문이다. 이러한 부인은 기본적인 심리적 보호의 일환이다. 육아란 아주 고약한 일이기도 하니까. 이건 다 철저한 연구를 바탕으로 기록된 현상들이다.

R. 보건 콜리스가 〈라이프스타일 오브 리치 앤 페이머스〉의 진행자 로빈 리치와 '텔레비전 프로그램 엔터프라이즈'를 떠나 대중문화 케이블계의 거물이 되겠다는 계획을 세우기 시작할 무렵부터 누구에게도 말하지 않고 간직해온 비밀스러운 비전 혹은 꿈이 있었는데, 그건 바로 다른 거 없이 유명인들이 똥 누는 모습만을 방영하는 채널이었다. 리즈 위더스푼이 똥 누는 모습. 줄리엣 루이스가 똥 누는 모습. 마이클 조던이 똥 누는 모습. 오랜 기간 소수당 원내 대표를 역임한 딕 게파트 하원의원이 똥 누는 모습. 파멜라 앤더슨이 똥

누는 모습. 조지 F. 윌이 나비 넥타이와 깐깐한 입 모양을 하고 똥 누는 모습. 한때 PGA의 전설이었던 헤일 어윈이 똥 누는 모습. 롤링스톤스 베이시스트 론 우드가 똥 누는 모습. 교황 요한 바오로 2세가 옷자락이 바닥에 끌리지 않도록 시중드는 수행원들 틈에서 똥 누는 모습. 레너드 말틴, 아네트 베닝, 마이클 플래틀리, 올슨 쌍둥이 자매 중 하나 또는 둘 다가 똥 누는 모습. 기타 등등. 헬렌 헌트. 텔레비전 게임쇼 〈프라이스 이즈 라잇〉의 진행자 밥 바커. 톰 크루즈. 제인 폴리. 탈리아 샤이어. 야세르 아라파트. 티머시 맥베이. 마이클 J. 폭스. 전직 주택도시개발부 장관 헨리 시스네로스. 마사 스튜어트가 코네티컷주 저택의 안방 화장실에 걸터앉아 비누와 향수머니와 색깔별로 구분된 수건 사이에서 똥 누는 모습을 실시간으로 보여주는 영상은 생각만으로도 너무 자극적이어서, 콜리스는 아주 가끔씩만 상상할 수 있도록 스스로를 통제하고 있었다. 확실히 그건 잠을 유도하는 장면은 아니었다. 이와 동시에, 하나 마나 한 말이지만, 누구에게도 말 못할 상상이었다. 톰 클랜시, 마거릿 애트우드, 벨 훅스. 제임스 돕슨. 사면초가에 몰려 있는 일리노이주 주지사 조지 라이언. 피터 제닝스. 오프라 윈프리. 그는 자신의 꿈에 대해 누구에게도 말한 적이 없었다. 궁극적으로는 최대한 폭 넓고 응집력 있는 방식으로 영상들을 조합하고 우주로 발사하여 고등한 외계 생명체가 이를 연구해서 2001년의 지구라는 행성에 대해 알아야 할 모든 것을 알아낼 수 있도록 한다는 비전도 물론.

　그는 미치광이는 아니었다. 이게 실현 가능한 일이 아니란 걸 알고 있었다. 뭐 그렇긴 하지만서도. 그 자신이 기반을 닦는 데 일조한 리얼리티 프로그램이 부상하고 있었고, 침해와 노출이 씨실과 날실처럼 얽혀 있는 리얼리티 프로그램이 유명인들을 빨아들이기 시작하고 있었다. 유명인 '몰래카메라', 자신의 집을 공개하는 유명인, 유명인 복싱, 유명인들의 정치 토론, 유명인들의 소개팅, 커플 상담을 받는 유명인들. 로빈 리치 산하의 '텔레비전 프로그램 엔터프라이즈'에서 일할 당시에도, 콜리스는 리얼리티 프로그램의 논리에 빈틈이 없으며 결국에는 이것이 필연적으로 궁극의 노출로 이어질 것임을 간파할 수 있었다. 유명인의 수술, 유명인의 사망, 유명인의 부검. 단지 외부인들의 눈에나 터무니없어 보일 뿐이었다. 그렇다면 이 최후의 길목에서 얼마나 더 가야 고화질 슬로모션 풀사운드 유명인 배변에 이를 것인가? 이 착상이 더는 머리가 어떻게 된 사람의 헛소리로 보여서 상품개발팀과 법무팀의 웃고 있는 머리통 앞에서 풍선처럼 떠다니지 않게 될 날이 얼마나 남았는가? 아직은 아니지만, 그날이 결코 오지 않는다고는 할 수 없었다. 퍼스에서 고군분투하던 루퍼트 머독도 사람들의 비웃음을 샀음을 콜리스는 알고 있었다.

　넷 중 막내로 태어난 로렐 맨덜리는 30개월부터 배변 훈련을 받기 시작했는데 그다지 엄격하지 않았고 상황에 따라

유동적이었으며 대체적으로 대수롭지 않은 일로 취급됐다. 앳워터 형제의 경우는 그보다 이르게 시작했고, 인정사정없었고, 엄청나게 효과적이었다.—쌍둥이 중 첫째가 자기 훈계의 일환으로 왼쪽 주먹을 펌프질하는 버릇을 갖게 된 것도 배변 훈련 중의 일이었다.

발도르프 교육 운동의 맹렬하게 급진적인 소규모 분파의 주창자를 유모로 두었던 어린 롤랜드 콜리스는 공식적인 배변 훈련을 경험한 적이 없었으나 네 살이 되자 돌연 아무런 설명도 없이 기저귀의 공급이 끊겼다. 같은 나이에 홀리캐벌리루터 유치원에 입학했는데, 거기서 모호하지 않은 사회적 귀결에 따라, 마치 배를 타고 바다로 나가서 옛날 방식으로 수영을 배우도록 물에 던져진 어린아이처럼, 거의 곧바로 변기의 용도가 무엇이고 사용법은 어떻게 되는지 알게 됐다.

↓

BSG는 잡지 업계에서 〈피플〉 〈어스〉 〈인스타일〉 〈인터치〉 〈스타일〉 〈엔터테인먼트 위클리〉가 차지하는 틈새시장을 일컫는 말이다. (인구통계학적인 이유로 보통 〈틴피플〉은 BSG로 분류하지 않는다.) 광택지가 사용된 크고 소프트한 고급 잡지라는 뜻의 빅 소프트 글로시big soft glossy를 줄인 말로, 여기서 소프트란 휴먼 인터레스트 중에서도 가장 통속적인 부류를 의미한다.

2001년 7월 현재, 여섯 개의 주요 BSG 중 세 개가 미국 일반서 출판 시장의 40퍼센트 가까이를 지배하고 있는 독일 복합기업 에클레샤프트-뵈트 미디언 A.G. 산하에 있다.

주류 잡지 업계의 관행과 다르지 않게, 각 BSG 주간지는 계약된 비상근 통신원들이 미국 통신사와 미디어 그룹 개닛으로 보내는 기사를 종합하고 정리해주는 온라인 서비스를 구독하고 있다. 수집된 기사 중 주요 일간지에 게재되는 비율은 대략 8퍼센트에 불과하다. 온라인 서비스를 조사하는 업무는 편집부 산하의 전담 팀 인턴들이 맡고 있는데, 이들은 미국 산업안전보건국의 규정에 따라 특수 양극 처리 고글을 착용하고 다녀서 다들 고글이라고 부른다.

스킵 앳워터는 기사를 의뢰받을 뿐 아니라 아이템을 직접 발굴해서 제안하기까지 하는 옛날 방식을 고집하는 몇 안 되는 BSG 기자 중 하나이자 온라인 서비스를 직접 훑어보는 수고를 마다하지 않는 극소수의 유급 편집부원 중 하나였다. 현실적인 문제 때문에 현장에 나가 있지 않을 때만 했는데, 보통 한밤중에 반려견들이 또다시 잠든 후에 볼 주립대학교 카디널스 스포츠팀 모자를 눌러쓰고 에일 맥주를 한 컵 따라놓고 데스크톱 컴퓨터 앞에 앉아서 로렐 맨덜리의 선임자가 키보드 상단에 꼭 맞게 끼워지도록 만들어준 설명서를 보면서 컴퓨터를 조작했다. 인디애나폴리스의 한 AP 통신원이 프랭클린 카운티 박람회에서 이제껏 만들어진 것 중에서 두 번째로 크다는 몬테크리스토 샌드위치를 취재한 기사에 신기한 출품작이라며 '분변'으로 만들어진 극도로 정교하고 수준 높은 공예품 사진을 덧붙여놨다. 작품 자체에 대한 설명은 없었다.—작품은 유리 케이스 안에 전시돼 있었는데 사람이 너무 많아 가까이 접근하기가 쉽지 않았고 인파를 뚫고 겨우 접근하는 데 성공한 후에도 수많은 사람들의 손자국과 날숨으로 유리가 심하게 얼룩져서 안쪽이 절반이나마 보일까 말까 했다는 정황 설명만 있었다. 스킵 앳워터는 나중에 이 비스듬한 유리 케이스가 인디애나주 그린스버그시에 있는 어느 망한 식품 판매점의 공매처분을 통해 건진 것임을 알게 될 것이었다. 그린스버그는 몇십 년 동안 작고 특이한 하시딤 공동체가 있던 도시다.

〈스타일〉의 고글들이 따로 표시해두지 않은 버려진 기사였다. 문구도 통신원이 구색을 맞추기 위해 몇 마디 채워넣은 여담에 불과했다. 앳워터 또한 출신 지역의 경험을 바탕으로 보나마나 가축의 배설물로 만든 조야한 엘비스나 언하르트*일 것이라 치부하고 넘길 생각이었으나… 전시 현수막에 쓰여진 '손대지 않고 만든 공예품'이라는 문구가 주의를 끌었다. 기계를 사용한 것이 아닌 이상 말이 되지 않는 문구였는데, 가축 배설물에 기계를 사용한다는 건 분명 호기심을 끄는 일이었다. 호기심이야말로 스킵 앳워터가 이제껏 써온 모든 '세상의 요모조모' 기사를 관통하는 단어였

---

* 미국의 전설적인 카레이서.

다. 타블로이드나 프릭쇼의 값싼 호기심이 아니라, 그래 어쩌다 한번씩 프릭쇼와의 경계가 흐릿해지는 경우도 있긴 하지만, 어디까지나 업비트의 박력을 갖춘 호기심이었다. BSG의 내용과 어조는 시장조사 결과를 바탕으로 세세한 부분까지 엄격히 규율되어 있었다. 유명인 인물 탐구, 엔터테인먼트 뉴스, 최신 유행, 그리고 휴먼 인터레스트. 여기서 휴먼 인터레스트는 때때로 프릭쇼적인 요소가 있는 아이템이 포함되는 분야를 대표한다.—여기서 까다로운 문제가 대두되었다. BSG는 완전히 다른 독자층을 가진 타블로이드와 차별화되기 위해 피나는 노력을 하고 있었다. 〈스타일〉의 'WITW' 아이템들은 인물 중심적이었고 항상 설득력 있으면서 낙천적이어야 했다. 근래 들어서는 최소한 부수적인 요소라도 낙천적이면서 한 방이 있어야 하는 것으로 바뀌긴 했지만.

한 방이라면 앳워터가 누구보다 자신 있었다. 그는 옛날 방식을 고수했고 적극적이었다. 'WITW' 기사 하나를 쓸 때마다 두세 가지의 가능한 방향을 속속들이 취재했고, 소재를 제안했으며, 요청을 받으면 기꺼이 다른 사람의 원고를 개작했다. 개작에 얽힌 정치적인 문제는 잘못하면 곤란한 상황으로 비화될 수 있기에 인턴들이 두 당사자 사이를 중재해야 하는 일이 많았다. 그러나 앳워터는 〈스타일〉 편집부에서 개작하고 개작당하는 상황을 모두 법석을 떠는 법 없이 받아들이는 사람으로 정평이 나 있었다. 앳워터에 대한 편집부원들의 평판과 인턴들의 평판은 양쪽 다 그 뿌리가 같았는데, 바로 그가 단 한순간도 법석을 떨 줄 모른다는 것이었다. 이것은 당연히 양날의 검이 될 수 있었다. 그는 새우*만큼의 자존감을 갖고 있는 사람으로 여겨졌다. 그가 지나치게 안달복달하고 보여주기에만 치중한다고 하는 사람이 있는가 하면 그의 즉흥성을 의심하는 사람도 있었다. 괴짜라는 단어가 사용되기도 했다. 언제나 단색 복장을 고수한다는 입에 올리기 거북한 이슈도 있었다. 키우는 개들의 사진을 지갑에 넣고 다니는 건 사람에 따라 귀엽다고 여기기도 섬뜩하다고 여기기도 했다. 몇몇 예리한 인턴들은 그가 지금의 위치까지 오기 위해 엄청난 노력을 기울여야 했을 것이라고 평했다.

그는 스스로를 잘 알고 있었다. 더도 덜도 아닌 프로 언성뉴스 기자. 사람은 누구나 주어진 상황에 맞게 적응하며 산다. 그래서 균형 잡힌 정신 상태를 '잘 적응한well adjusted**' 상태라고 하는 거다. 어린 시절 귀 때문에 무지막지한 놀림을 받은―당나귀, 스폭***, 리틀 피처****―동안의 작은 남자. 세련되고 얄팍하고 진지하고 생산적인 철저한 프로. 지난 3년간 앳워터는 〈스타일〉에 70편에 달하는 기사를 넘겼

---

* 새우(prawn)에는 '바보'라는 뜻도 있다.
** 정신적·정서적으로 안정된 상태를 가리킨다.
*** 미국 SF 드라마이자 영화 프랜차이즈 〈스타트렉〉의 등장인물. 귀가 뾰족하다.

고 그중에서 50편 가까이가 잡지에 실렸으며 나머지 중 일부는 개작한 사람의 이름으로 나갔다. 대원 자격이 할머니들로만 한정되는 오클라호마주 털사시 교외의 자원 소방대. 기다려주지 않은 아기들—미처 병원에 가지 못한 엄마들의 입을 통해 듣는 놀라운 이야기. 음주와 뱃놀이: 음주운전이 아니라고요? 슬림 휘트먼, 그의 진짜 면모를 파헤치다. 이 풀은 파란색이 아니군요.—켄터키주의 또 다른 환금 작물*. 오늘도 그는 아이를 받는다.—올해 81세가 된 산과 전문의, 자신의 생애 첫 환자의 손자를 받다. 콘디트의 전 인턴 직원 입을 열다.** 이 시대의 삼림 경비원: 탑에 앉아만 있다고 생각하면 오산. 성스러운 롤러—인라인 스케이트 자선 행사로 재정 위기에 처한 교회를 살리다. 습진: 조용한 유행병의 습격. 〈로큰롤 고등학교***〉—누가누가 미래의 팝 스타가 되었나. 중증 근무력증에 맞서 싸우는 네바다주의 바이커들. 퍼레이드의 꽃—메이시스에서 로즈까지, 각종 퍼레이드의 빠질 수 없는 꽃수레를 디자인한 장본인을 만나다. 올 애즈 올 더 타

**** '피처'라 부르는 물주전자(우리나라에서는 주로 맥주잔을 가리킨다)에 귀처럼 생긴 주둥이가 있는 데 착안해서 어린아이들은 어른들이 생각하는 것보다 많은 것을 듣는다는 의미로 '리틀 피처는 귀가 크다'라는 말이 있다.

* 켄터키주는 왕포아풀(블루그래스)을 많이 찾아볼 수 있어서 '블루그래스주'라는 별명으로도 불린다. 블루그래스의 축어적 뜻이 '파란색 풀'이라는 데서 착안한 언어유희.

** 2001년, 미국 하원의원 게리 콘디트와 내연관계에 있던 연방교정국 인턴이 실종된 사건이 있다.

*** 미국의 뮤지컬 코미디 영화(1979).

임 케이블 채널. 만세 반석 열리니—지질학자들이 새 천 년
을 맞이하는 방법. 가끔은 스키퍼키 믹스 견들의 애정이 없
었다면 밀크위드****처럼 바람에 날려 없어져버릴지도 모른
다고 느꼈다. 〈백만장자와 결혼하기*****〉의 선택받지 못한
여성들: 이들의 삶과 직업. 리핑 리자드******—걸프 코스트
의 악어 소동. 행운의 고양이들—불치병에 걸린 로또 당첨
자의 믿기 힘든 유증. 새로 나온 가정용 코티지 치즈 메이커:
꿈의 가전? 아니면 비싼 쓰레기? 예수님은 행복한 분이셨어
요.—오렌지 카운티 목사가 전하는 그리스도의 팔복. 드라마
민*******과 나사: 아무도 알지 못했던 뒷이야기. 윌리스 심
슨이 에드워드 8세를 두고 바람을 피운 것이 사실임을 보여
주는 비밀 문서, 마침내 공개되다. 놀라운 재능—걸스카웃
쿠키를 4만 달러 어치나 팔아 치운(아직도 팔고 있는!) 델라웨
어주의 십 대 소녀. 광장 공포증을 파헤치다.—집이 모두에
게 같은 의미를 갖는 것은 아니랍니다. 콘트라댄스: 사색가
를 위한 스퀘어댄스.

그와 동시에, 앳워터의 수작들은 그가 손수 살펴보고

**** 흰 유액을 분비하는 식물의 총칭으로, 열매가 익으면 솜털이 흩날린다.

***** 실제로 2000년에 폭스사에서 방영한 〈Who Wants to Marry a Multi—
Millionaire?〉라는 리얼리티 프로그램이 있다. 50명의 여성이 참가하여 미인 대회 형
식으로 진행됐으며, 우승한 여성이 방송에서 마지막에 공개된 백만장자와 결혼했다.

****** 미국의 만화 〈고아 소녀 애니〉의 주인공이 즐겨 사용하는 감탄사로, '펄
떡 뛰는 도마뱀'이란 뜻이다.

******* 항히스타민제의 시판 약품 상표명.

제안한 소재들, 종종 BSG의 한계를 뛰어넘은 아이템들이었음 또한 공공연한 사실었다. 1999년 3월 7일 발행 호에는, 그때까지 실렸던 〈스타일〉 'WITW' 기사 중 가장 긴 길이를 자랑하는 앳워터의 글이 실렸다. 자신의 아파트에서 살해당한 메릴랜드 대학교 교수 살인 사건과 동물 최면술사를 다룬 기사였다. 살인 사건의 유일한 목격자로 지목된, 교수가 기르던 회색앵무는 오직 "오 신이시여, 안 돼, 제발 안 돼"와 소름끼치는 의미 없는 소리만 반복했고, 수사 당국은 앵무새로부터 혹시 쓸 만한 정보를 알아낼 수 있을까 싶어 최면술사에게 최면을 의뢰했었다. 이 기사의 UBA는 최면술사와 그녀의 약력과 동물들의 의식에 대한 그녀의 신념이었고, 이자가 베벌리힐스에서 성행하던 반려동물 심리치료사와 맥락을 같이하는 뉴에이지류의 미친 사람인지 아니면 정말로 뭔가 있는 건지, 그리고 만약에 이자의 호언장담과 같이 앵무새가 최면에 걸려서 입을 연다면 법정에서 이 앵무새에게 증인이라는 신분이 어떤 식으로 부여될 것인지가 기사의 중추적인 긴장 구조였다.

어린 시절, 매일 아침 무척 이른 시간에 앳워터 부인이 두 아들을 깨운 방식은 아이들이 각자 자고 있는 침대 사이에 서서 큰 소리로 손뼉을 치며 아이들의 발이 침실 바닥에 닿기 전까지 멈추지 않는 것이었다. 이는 오늘날 버질 앳워터의 기억 속 깊숙한 곳에서 일종의 조소적인 갈채가 되어 둥둥 떠다녔다. 필사의 앙감질—"두 팔과 한쪽 다리가 절단됐지만 누워서 보험금이나 타 먹긴 싫었어요." 당신의 옆집이 메스암페타민 제조실이라면? 1500여 건의 전화 자동 안내 목소리의 주인공, 글레디스 하인 부인을 만나다. 더 디시—모든 것을 지켜본 워싱턴 D.C.의 출장요리 업체. 컴퓨터 카드놀이: 최후의 중독인가? 사탕발림은 잠시 접어두시죠.—파란색 M&M에 뿔난 사람들. 달라스 통근자들을 위협하는 에어백 말썽. 폐경과 허브: 최근 발표된 고무적인 연구 결과. 비대한 꿈—복권 사기꾼들을 소탕하는 헤비급 특별수사반. 온라인 매체 듀웨인 에반스의 비밀 강령회. 특급 비밀: 얼음 조각 현장에서 제작 비밀을 파헤치다.

지금껏 가장 반응이 좋았던 기사, 2000년 7월 3일 발행호: 캘리포니아주 업랜드시에 얼굴 표성을 짓지 못하는 발음하기도 어려운 신경계 질환을 갖고 태어난 여자아이가 있는데, 땋아 내린 금발을 달랑거리며 스키퍼라는 코기 반려견과 함께 모든 면에서 건강하고 평범한 삶을 살고 있는 이 아이는 다만 상대방을 뚫어져라 쳐다보는 무표정하고 단단한 마스크 같은 얼굴을 가졌다. 아이의 부모는 정상적인 얼굴 표정을 지을 수 없는 전 세계적으로 놀랍게도 5000여 명이나 되는 이들을 위한 재단 설립을 준비하고 있었다. 앳워터는 이 아이템을 취재하고 적극적으로 제안하여 실제로 그 절반만 권말 부록으로 실릴 기사를 위해 2500단어 분량의 글을 생산해냈고, 여기에 더해 아이가 어머니의 무릎에 표정 없이 비스듬히 기대어 있는 모습, 롤러코스터를 타고 두 팔을 위로 든 채 얼어붙은 표정으로 정면을 응시하는 모습 등이 담긴 칼럼 두 편 분량의 사진을 확보했다. 앳워터가 양수 재주를 가진 부편집자로부터 더 서퍼링 채널 꼭지를 결국 오케이받을 수 있었던 것은 1999년에 마찬가지로 오 베릴리와 관련 있는 올 애즈 올 더 타임 채널에 관한 'WITW' 기사를 쓴 경험이 있기 때문에 괴벽스러운 은둔자적 페르소나를 훌륭한 인간 탐구 소재로 써먹을 수 있는 R. 본 콜리스와 유대 관계가 있음을 설득력 있는 근거로 들이밀 수 있었기 때문이다.—물론 부편집자는 자기로서는 대체 TSC 스토리에서 어떻게 UBA를 찾겠다는 건지 도무지 모르겠고 실제로 성공한다면 확실히 앳워터의 능력이 입증되긴 하겠다고 덧붙이긴 했지만.

5

로렐 맨덜리가 처음 기분 니쁜 꿈을 꾸기 시작한 건 바닥에서 브린트 몰트케의 작품이 담긴 디지털 사진을 발견하고는 몸을 굽혀 주우려는 충동과 자리에서 일어나 할 수 있는 한 빨리 달아나고자 하는 충동, 기이한 두 개의 쌍둥이 충동을 느낀 바로 그날 밤이었다. 그날 저녁 내내 불길한 전조 같은 느낌을 떨칠 수 없었는데, 평상시에는 미국 부통령 딕 체니만큼 직감이나 초자연적인 현상을 믿지 않던 그녀이기에 그만큼 더 마음이 동요되었다.

그녀는 밤 늦게 이층 침대 윗자리에 몸을 누였다. 아래쪽에는 키엘 크림을 덕지덕지 바른 침대 메이트가 잠들어 있었다. 꿈에는 작은 집이 나왔다. 왠지 모르지만 그녀는 이곳이 스킵 앳워터의 기적의 응가 스토리에 등장하는 여자와 그녀의 남편이 사는 소수점 주소를 가진 집임을 알 수 있었다. 모두가 다 거기에 있었다. 거실인지 방인지 모를 곳에 앉아서 아무것도 하지 않고 있었다. 정확하게는 최소한 로렐 맨덜리가 알아챌 수 있을 행동은 하지 않고 있었다. 이 꿈이 주는 기분 나쁜 느낌은 라이포드 케이*에 있는 외조부모의 여름 별장에서 종종 느꼈던 공포와 다르지 않았다. 거기에는 로렐이 들어갈 때마다 벽장 문이 혼자서 열리는 방이 있었다. 몰트케 부부가 어떻게 생겼는지, 무엇을 입고 있는지, 무슨 말을 하고 있는지는 명확히 알 수 없었다. 방 한복판에 개 한 마리가 서 있을 때도 있었는데 견종이나 색조차도 분명히 알 수 없었다. 이 광경에서 노골적으로 비현실적이거나 위협적인 부분은 없었다. 그보다는 일종의 추상화나 윤곽처럼 무언가 포괄적인 혹은 모호한 혹은 불확실한 느낌이었다. 유일하게 이상하다고 할 수 있었던 건 앞문이 두 개 있는데 그중 하나는 앞쪽에 있지 않지만 그래도 앞문이었다는 점이었다. 그러나 이것만으로는 로렐 맨덜리가 그 자리에 앉아서 느낀 압도적인 공포의 느낌을 설명하기 시작할 수조차 없다. 단순한 위험을 넘어 사악한 예감이 감돌았다. 스멀스멀 주위를 에워싸는 사악한 악의 존재를 느낄 수 있었는데, 희한한 점은 방 안에 그런 존재는 없었다는 거다. 그건 두 번째 앞문과 마찬가지로 거기에 존재하는 동시에 존재하지 않았다.

---

* 바하마 뉴프로비던스섬에 있는 외부인 출입이 제한되는 주택지.

빨리 여기를 벗어나고 싶었다, 벗어나야만 했다. 그러나 그녀가 화장실에 가야겠다는 핑계로 자리에서 일어섰을 때, 말을 마치기도 전에 악의 기운을 견딜 수가 없어서 달아나기 위해 스타킹을 신은 발로 문을 향해 뛰기 시작했는데, 이 문이 하필이면 앞쪽에 있는 문이 아니라 다른 문이었다. 다른 문이 어디 있는지 그녀는 알지도 못했지만, 그녀 앞에 있었으니 아마도 알고 있었던 모양이다. 문 손잡이에는 끔찍하리만큼 정교한 풍뎅이 모양의 금속 장식이 달려 있었는데, 저 압도적으로 공포스러운 악이 무엇이 됐든 바로 이 뒤에, 이 문 뒤에 있었고, 공포에 사로잡힌 상태에서도 어떤 까닭인지 그녀는 손잡이를 향해 손을 뻗었다, 필시 문을 열 것으로 보였다, 문을 열기 시작하는 자신의 모습을 볼 수 있었다.—바로 이때 잠에서 깨어났다. 그러고는 다음 날 밤에도 완전히 똑같은 꿈을 꾸었고, 이제 그녀는 자신이 또다시 같은 꿈을 꾼다면 다음번에는 그 앞쪽에 있지 않은 앞문을 기어이 열게 되지 않을까 두려워졌다… 이 가능성에 대한 공포가 화요일 밤 집으로 가는 기차에 몸을 싣고 시오반과 타라에게 꿈에 대해 설명하려고 애쓸 때 그녀가 확실하게 꼬집어 말할 수 있는 유일한 것이었고, 두 개 있는 앞문의 어떤 점이 그토록 공포스러운지는 도무지 전달할 길이 없었다. 그녀 자신조차 이걸 합리적으로 설명할 수 없었으니까.

↓

몰트케 부부에게는 아이가 없었지만 화장실로 통하는 좁은 복도에는 동쪽 벽에 브린트와 앰버의 친구와 친척들의 아이들 사진이 액자로 걸려 있었다. 몰트케 부부의 어릴 적 사진도 있었다. 복도에 있는 앳워터와 강한 헤어크림 냄새를 풍기는 하와이안 셔츠 차림의 프리랜서 사진작가와 앨런 백트리안이 손수 찾아내어 고용한 인디애나주 리치먼드의 내과 전문의가 이미 몇 개를 빼둔 상태라 벽에는 이제 사진이 듬성듬성 걸려 있었고 곳곳에 부분적인 균열과 표면이 고르지 않게 돌출된 부분들이 노출되어 있었다. 앰버가 자신의 결혼식 축하연으로 보이는 장소에서 찍힌 근사한 사진에서 그녀는 흰 양단을 둘러 환하게 빛나는 모습으로 한손으로 다단 케이크의 밑단을 잡고 다른 손으로 나이프에 힘을 주고 있었다. 처음에는 다른 사람인 줄 알았던 또 다른 사진은 알고 보니 유소년 야구 리그에 참가한 몰트케로, 유니폼을 입고 알루미늄 배트를 쥐고 있는 그는 아홉 살이나 열 살쯤 돼 보였고 타자 헬멧이 지나치게 커 보였다. 기타 등등.

진입로에는 앳워터가 새로 렌트한 한눈에도 저렴해 보일 뿐 아니라 앳워터조차도 비좁다고 느끼는 기아 차와 바로 뒤에 내과 전문의의 링컨 브로엄이 서 있었다. 몰트케의 회사 밴은 땅콩주택의 다른 쪽 진입로에 주차되어 있었다. 아마도 옆집 주민과 모종의 합의를 한 모양이었는데, 앳워터는 몰트케 부인만 보면 정신적인 피로와 갈등과 불편한 감정이 몰려드는 바람에 아직 옆집에 대해 물어볼 생각을 하지 못했다. 자신과 남편 둘 다에게 불쾌하고 모욕적이라며 이 절차에 맹렬히 반대했던 아티스트의 아내는 주방 옆에 있는 바느질 방에 틀어박혀 있었다. 그녀가 거기서 오래된 재봉틀의 발판을 밟을 때마다 충격으로 복도가 흔들려서 프리랜서 사진작가는 조명대의 위치를 몇 번이나 다시 손봐야 했다.

내과의는 손목시계를 보는 자세로 얼어붙은 듯 서 있었다. 앳워터가 델라웨어카운티 공항에서 세 시간도 넘게 기다려서 데려와야 했던 사진작가는 어지럽게 늘어놓은 촬영 장비 틈에 가부좌를 틀고 앉아서 침울한 아이처럼 카펫의 보풀을 뜯고 있었다. 사진작가의 이마에는 커다랗고 정교한 프렌치 컬 머리카락이 덕지덕지 바른 브라일크림으로 들러붙어 있었는데 스킵 앳워터에게는 그 냄새가 유년 시절을 떠올리게 하는 또 하나의 요소였고, 헤어크림의 냄새를 이토록 독하게 만드는 주범이 아크등의 열기임을 알고 있었다. 이제는 체중을 어떻게 분산시켜도 왼쪽 무릎이 욱신욱신 쑤셨다. 한번씩 옆구리께에서 주먹을 펌프질했지만 주저하는 듯한 자신 없는 동작이었다.

느리게 이동하는 전선의 영향으로 공기가 맑고 건조했고 하늘은 광활한 짙은 청록색이었다. 화요일의 날씨는 대체적으로 더우면서도 가을날처럼 쾌청했다.

경첩이 안쪽에 달린 섬유판 재질의 화장실 문이 굳게 닫힌 채 잠겨 있었다. 문 반대편에서 세면대와 욕조의 수도꼭지 소리에 간간이 보수적인 라디오 토크쇼 소리가 섞여 들려왔다. 남편은 화장실에 있어서 심하게 개인적이고 겁이 많은 사람이며 그 이유는 필시 어린 시절에 당한 학대 때문이라고, 몰트케 부인은 의사와 사진작가에게 설명했었다. 진위 검증의 세목을 둘러싼 협의는 부부의 집 주방에서 이루어졌는데, 그녀는 몰트케 씨가 바로 옆자리에 앉아 있는 상태에서 이 모든 얘기를 술술 풀어냈었다.―앳워터는 앰버가 남편의 화장실 습관과 유년 시절의 트라우마에 관해 열변을 토하는 동안 남자의 얼굴이 아닌 두 손을 보고 있었다. 오늘은 물 빠진 커다란 데님 스목을 걸친 그녀의 모습은 바깥에 나갔을 때의 하늘처럼 앳워터가 어느 곳을 봐도 어렴풋이 시야의 한쪽 주변을 차지하는 것 같았다.

협의가 진행되던 어느 시점에 앳워터가 화장실을 써야 해서 직접 화장실을 보게 된 일이 있었다. 만들어낸 구실이 아니라 정말로 가야 했었다. 몰트케 부부의 변기는 문설주가 있는 벽과 세면대 하부장으로 인해 형성된 공간인 사실상의 벽감 안에 들어앉아 있었다. 화장실에서는 강렬한 흰 곰팡이 냄새가 났다. 세면대와 변기 뒤쪽에 있는 벽이 복도와 거실까지 이어지고 땅콩주택의 반대편 집과 연접되는 동쪽 내력벽임을 알 수 있었다. 앳워터는 프라이버시를 위해 변기가 문에서 조금 더 떨어져 있는 화장실을 선호하는 편이었지만 여기서는 그러려면 지금 변기가 있는 곳에 샤워 시설을 두어야 하는데 이 보통이 아닌 샤워 시설의 크기로 봤을 때 불가능했으리란 것을 알 수 있었다. 앰버 몰트케가 배설을 위해 뒷걸음질로 이 가느다란 벽감으로 들어가서 흰색 타원형 변좌에 조심스레 앉는 모습을 상상하기란 쉽지 않았다. 화장실 시설물 세 개 모두 내부 배관이 동쪽 벽에 있었으므로 땅콩주택 맞은편의 화장실도 이 화장실에 접해 있으며 그쪽 화장실의 배관도 이 벽에 매립되어 있으리라고 짐작할 수 있었다. 잠깐 동안, 약장 옆벽에 귀를 대고 무슨 소리가 들리는지 확인해보고 싶은 마음을 오직 몸에 깊이 밴 예절 감각으로만 누를 수 있었다. 몰트케 부부의 약장을 열어보고 싶은 마음도, 수건걸이 위쪽의 나뭇결 무늬 선반을 본격적으로 뒤져보고 싶은 마음도.

변기 자체는 평범한 아메리칸 스탠다드 제품이었다. 벽과 타일보다 약간 더 밝은 흰색이었다. 유일하게 특기할 만한 점은 쿠션 덮개가 놓이지 않은 변좌에서 왼쪽 부분에 크게 금이 가 있다는 것과 물이 느리게 내려간다는 것이었다. 변기와 주변 바닥은 무척 청결해 보였다. 앳워터는 볼일을 보고 나서 항상 잊지 않고 뚜껑을 닫는 사람이기도 했다.

앨런 백트리안의 자문단은 구체적인 작업이나 작품 유형을 제시하고 아티스트에게 고르라고 한다는 안은 결국 버리기로 한 모양이었다. 로렐 맨덜리가 앳워터에게 전달하라고 지시받았던 초기 계획은 브린트 몰트케가 그날 당일에 그게 뭐가 됐든 창작할 영감이 드는 작품을 생산할 때 그곳에 의사와 사진작가를 배치해두겠다는 것이었다. 앰버는 예상대로 이 계획을 절대 받아들일 수 없다며 딱 잘라 거절했다. 뒤

이어 제시한 절충안은 의사만 배치한다는 것이었다(《스타일》
은 사실 생산과정 사진을 쓸 일이 없었으므로 이들이 원한 것은 처음부터 두 번째 안이었다). 몰트케 부인은 그러나 두 번째 안도
퇴짜를 놓았다.―브린트는 한 번도 다른 사람이 있을 때 작
품을 생산해본 적이 없다는 것이었다. 그는, 그녀가 되풀이
하여 말하길, 화장실에 있어서는 구제 불능이라 할 만큼 개
인적인 사람이었다.

　기자는 그녀가 그가 이미 들어서 알고 있는 내용을 이
야기할 때마다 그레그 속기법으로 주방에는 카펫이 깔려 있
는 한편 벽과 조리대와 수납장에는 녹색과 암적색의 색채
배합이 적용되어 있고, 앰버 몰트케 부인은 학교나 지역 단
체에서 연극 관련 활동을 경험한 적이 있음이 분명하며, 아
티스트가 커피를 마시고 있는 커다란 플라스틱 컵은 한눈에
알아채기는 어렵지만 사실 써모스 보온병의 뚜껑이라고 적
었다. 이 중에서 〈스타일〉의 최종 호에 실릴 기사와 조금이
라도 관련 있는 것은 두 번째뿐이었다.

　앨런 백트리안은 스킵이 먼시에서 사진작가를 데리고
가는 길에―사진작가는 다 실으려면 경차의 좌석을 가능한
한 앞으로 당겨야 할 만큼 많은 촬영 장비를 가지고 왔고 렌
터카가 금연이었는데도 담배를 피워댔을 뿐 아니라 담뱃재
는 비벼서 버리고 나머지는 조심스레 하와이안 셔츠 주머니
에 넣어두는 짓을 했다―서킷시티나 월마트에 들러 휴대용
팩스 기기를 사 가서 몰트케 부부의 주방 전화기에 연결하

는 게 어떻겠느냐는 로렐 맨덜리의 제안을 특히 마음에 들어 했다. 팩스에는 스위치 단자가 있어서 전화와 팩스 사이를 문제없이 전환할 수 있었다. 이렇게 하면 의사가, 그의 위치는 합의를 거쳐 최종적으로 화장실 문 바로 밖으로 결정되었는데, 갓 생산된 작품에(사진작가는 이를 가리켜 "막 구워져서 뜨끈뜨끈한"이라고 표현했는데 이때 몰트케가 손가락으로 섬세하게 만든 원이 아주 잠깐 움찔거리며 팽창했다) 즉석에서 현장 검사를 실시하고 결과에 일부 처방전에서 요구되는 것과 동일한 의료 인증 번호를 기재하고 서명하여 곧바로 로렐 맨덜리에게 팩스로 보낼 수 있을 것이었다.

　"〈스타일〉이 어떤 식으로든 확증을 확보해야 한다는 건 이해하시지 않습니까." 앳워터는 이렇게 말했었다. 몰트케 부부의 주방에서 진행된 대체 협의가 한창인 시점이었다. 그는 이게 이틀 전 진창에 빠진 카발리어 안에서 이미 결론을 낸 문제라는 사실을 앰버에게 상기시키지 않는 쪽을 택했다. "단순히 〈스타일〉이 이걸 믿느냐 안 믿느냐의 문제가 아닙니다. 분명 의심하는 독자가 나올 거란 말이에요. 〈스타일〉은 그게 설사 극소수의 독자에게일지라도 무조건 맹신하거나 쉽게 속아 넘어간 것처럼 보일 가능성을 열어둘 수가 없거든요." 그는 여기서 타블로이드와 차별화되어야 한다는 BSG의 고민을 언급하지 않았다. 다만 이렇게는 말했다. "이게 타블로이드 기사처럼 보이도록 할 수는 없단 말입니다."

　앰버 몰트케와 사진작가는 제조 업체 브랜드의 커피 케

이크를 먹고 있었다. 전자레인지에 돌려도 흐무러지거나 눅눅해지지 않는 종류인 모양이었다. 그녀의 포크질은 민첩하고 섬세했으며 그녀의 얼굴은 스킵의 얼굴을 나란히 두 개 놓았다면 같았을 만큼 드넓었다.

"그렇다면 타블로이드가 쓰도록 할까봐요." 그녀가 차분하게 응수했었다.

앳워터는 이렇게 말했다. "그렇게 결정하신다면 확실히 더는 신빙성이 문제가 되진 않겠지요. 델타 버크*의 과일 다이어트와 해왕성 사진에서 엘비스의 얼굴이 발견됐다는 기사 사이에 실릴 겁니다. 게다가 그 어떤 미디어도 관심을 갖거나 후속 취재를 하지 않겠죠. 타블로이드에 실리는 기사는 주류에 편입되지 못합니다." 또 이렇게 말했다. "브린트와 부인의 입장에서는 프라이버시와 노출을 두고 신중하게 저울질해야 하는 문제라는 거 잘 압니다. 뭐가 됐든 결정은 직접 내리셔야 하겠지요."

나중에, 강렬한 냄새가 나는 좁은 복도에서 대기하는 중에, 앳워터는 그레그 속기법으로 그와 앰버가 주방에서 옥신각신하던 중 어느 시점에선가부터 아티스트가 대화에 함께 참여하고 있다는 듯이 구는 것조차 그만두었다고 기록했다. 그리고 그의 다친 무릎에 대해 그가 느끼는 진짜 감정은

---

* 미국의 배우. 체중 문제로 언론의 조롱을 받자 CBS 시트콤 〈디자이닝 위민〉에서 이 문제를 정면으로 다루는 에피소드를 제안하여 중심인물로 열연했다. 그 결과 에미상 여우주연상 후보에 오르기도 했다.

수치스러움이라고도.

↓

"아니면 이건 어때." 로렐 맨덜리가 말했다. 그녀는 용지함 없는 팩스 기기 옆에 서 있었고, 쿤닐링구스 도중에 방출된 위 창자 가스 일화로 전날의 점심 모임을 빛낸 편집부 인턴은 조금 떨어져 있는 다른 'WITW' 샐러리맨의 컴퓨터 앞에 앉아 있었다. 이 편집부 인턴—공교롭게도 이름이 로렐이었고 앨런 백트리안의 각별히 가까운 친구이자 피후견인이었다—은 오늘 고티에 스커트와 무척 보들보들해 보이는 애시그레이 캐시미어 민소매 터틀넥을 입고 있었다.

"자기 침," 로렐 맨덜리가 말했다. "계속 삼키잖아. 그게 역겨워? 아니잖아. 하지만 주스 잔 같은 데다 자기 침을 조금씩 조금씩 채워서 나중에 한꺼번에 마신다고 생각해봐."

"아, 정말 역겨워." 편집부 인턴이 말했다.

"왜 그런 걸까? 입에 있을 때는 아무 느낌 없는데 입 밖으로 나온 걸 다시 삼킨다고 생각하면 갑자기 구역질 나잖아."

"혹시 이게 응가랑 같은 경우라고 말하고 싶은 거야?"

"글쎄. 그건 아닌 거 같아. 응가의 경우는 몸속에 있는 한은 거기에 대해서 생각하지 않잖아. 어떤 면에서 응가는 배설된 뒤에만 응가가 되는 거라고 봐. 그 전까지는 그냥 신체의 일부인 거지. 몸속 장기처럼."

"장기랑 간이랑 창자에 대해서 생각하지 않는 거랑 같은 걸지도 모르겠네. 누구나 다 가지고 있는 거고…"

"누구든 그게 자신의 일부인 거지. 창자 없이 살 수 있는 사람은 없잖아?"

"그렇다고 해도 보고 싶지는 않잖아. 보는 순간 바로 역겨운걸."

로렐 맨덜리는 끊임없이 코 한쪽을 만지고 있었다. 발가벗은 느낌이었고 다소 섬뜩할 정도로 매끈했다. 게다가 눈을 움직이면 머리가 지끈거리는 종류의 두통이 있었다. 눈을 움직일 때마다 안구와 뇌를 연결하는 복잡한 근조직이 모두 느껴지는 것 같아서 한층 더 어지러웠다. 그녀가 말했다. "그게 눈에 보인다는 건 무언가 잘못됐다는 거니까, 어딘가 구멍이 났거나 다쳤다는 걸 의미하는 거니까 보기 싫은 것도 있는 것 같아."

"거기에 대해 생각하는 것조차 싫잖아." 다른 로렐이 말했다. "아무도 자, 내가 한 시간 전에 먹은 샐러드가 이제 창자에 진입하고 있군, 이제 음식물을 내려보내기 위해 창자들이 수축과 팽창을 반복하고 있군, 이런 생각을 하지는 않잖아."

"심장도 수축하고 팽창하는데 심장에 대해 생각하는 건 아무렇지도 않잖아."

"그래도 보고 싶지는 않아. 피조차도 보고 싶지 않은걸.

보자마자 쓰러질지도 몰라."

"생리혈은 또 괜찮잖아."

"그렇지. 내가 말한 건 혈액검사 같은 거였어. 관 속에 있는 피를 보게 되는 거. 아니면 어디 긁혀서 피가 난 경우라든가."

"생리혈도 역겹긴 하지만 그걸 봐도 쓰러질 것 같진 않지." 로렐 맨덜리가 혼잣말하듯 말했다. 커다란 이마가 생각에 잠겨 잔주름이 졌다. 두 손이 떨리고 있는 것처럼 느껴졌지만 다른 사람에게는 그게 보이지 않을 것임을 알고 있었다.

"생리혈이야말로 궁극적으로 응가와 비슷할지도 모르겠어. 생리혈도 배설물이고, 역겹고, 그렇긴 하지만 갑자기 몸 밖으로 나와서 볼 수 있게 되는 게 정상이잖아. 원래부터 몸 밖으로 배출해야 하는 거니까. 배출해서 없애야 하는 거니까."

"아니면 이건 어때," 로렐 맨덜리가 말했다. "피부는 역겹지 않잖아?"

"나는 내 피부가 역겨울 때도 있더라."

"내 말은 그게 아니잖아."

편집부 인턴이 웃었다. "알아. 장난한 거야."

"피부는 바깥쪽에 있잖아." 로렐 맨덜리가 이어서 말했다. "항상 눈에 보이는데도 아무렇지도 않지. 오히려 심미적으로 취급될 때도 있어. 누구누구는 피부가 예쁘다고 말할 때 말이지. 근데 가령 테이블 위에 가로 세로 30센티미터 정도 되는 사람 피부가 있다고 생각해봐."

"으으."

"갑자기 역겨워잖아. 대체 왜 그런 거지?"

편집부 인턴이 반대쪽 다리를 꼬았다. 지미추 슬링백 구두 위로 드러난 발목이 아주 조금은 두꺼운 편인가 싶기도 했지만 또 한 번이라도 올이 나가지 않은 상태로 신을 수 있다면 다행인 그런 엄청나게 얇고 예쁜 실크 스타킹을 신고 있었다. 그녀가 말했다. "이것도 부상이나 상해를 시사하는 거라서 그럴지도."

팩스의 수신 표시등은 여전히 켜지지 않았다. "그렇다기보다 피부가 탈맥락화돼서 그런 거 아닐까." 로렐 맨덜리가 또다시 콧구멍 옆선을 만졌다. "사람의 몸에서 떼어내서 탈맥락화하면 갑자기 역겨워지는 것 같아."

"솔직히 말하면 생각조차 하고 싶지 않아."

↓

"제 말은 뭔가 정말 이상한 구석이 있다는 거예요."

"우리끼리 말인데, 이제는 나도 그 말에 동의할 수 있을 것 같아. 하지만 어쩌겠어, 흔히 말하듯 이제 우리 손을 떠났는걸."

"제가 그걸 갖고 미스 플릭한테 가지 않았으면 좋았을 거라는 말씀인 거죠." 로렐 맨덜리가 전화기에 대고 말했다.

화요일 늦은 오후였다. 그녀와 앳워터는 때때로 일종의 비밀 코드처럼 앨런 백트리안을 가리켜 미스 플릭이라고 칭했다.

"그것 말고는 방법이 없었다는 거 나도 알아. 그 부분은 알아." 스킵 앳워터가 말했다. "잘못이 있었다고 해도 그 부분은 아니야. 내가 알았더라면 나 역시 그렇게 하라고 했을 일을 한 거야." 로렐 맨덜리는 그의 허리께의 주먹이 내는 사각사각 소리를 들을 수 있었다. 그가 "메아 쿨파*야"라고 말했는데 무슨 말인지 그녀는 확실히 알 수가 없었다. "어디선가부터 이 일의 핵심적인 부분이 내 손을 빠져나가버린 것 같아."

앳워터는 침대 가장자리에 수건을 깔고 앉아 상처 난 무릎의 상태를 살펴보고 있었다. 모텔 방에 혼자 있게 되자 상의를 벗고 넥타이는 느슨하게 푼 차림이었다. 방 안의 텔레비전이 켜져 있긴 했는데 똑같은 음악의 특정 부분이 반복해서 나오고 글레디스 하인 부인이 아닌 누군가의 녹음된 목소리가 마운트 카멜 홀리데이 인에 오신 걸 환영하며 영화와 게임, 그리고 다양한 객실 엔터테인먼트를 보려면 메뉴를 눌러달라고 반복해서 말하는 스펙트라비전** 기본 채널에 맞춰져 있었다. 앳워터는 채널을 바꾸거나 최소한 음소거라도 하는 데 필요한 리모컨(홀리데이 인에는 보통 정말 작은 리

---

* '내 탓이다'라는 뜻의 라틴어.

** 호텔 방송 서비스 상품 이름.

모컨이 비치되어 있다)을 어디에 두었는지 기억할 수가 없었다. 바지의 왼쪽 다리는 구겨지지 않게 앞뒤로 번갈아가며 접어서 무릎 위까지 맵시 있게 올려져 있었다. 텔레비전은 19인치 심포닉 제품이었고 침대 맞은편에 있는 블론드우드 서랍장에 달린 회전대 위에 놓여 있었다. 일요일에 묵었던 바로 그 2층 방이었다.—전날 밤에는 앳워터가, 지금 이 순간에 프리랜서 사진작가가 내일 있을 결합된 취재 행사를 준비하기 위해 정규 일당의 두 배를 받고 향하고 있을 시카고 니어노스사이드에 있는 코트야드 바이 메리어트에서 숙박했음에도 불구하고 로렐 맨덜리가 무슨 조화를 부렸는지 회계팀이 똑같은 방을 예약해둔 것이다.

텔레비전 위쪽 벽에는 대체 누가 그런 걸 생각했는지 모를 오로지 채소로만 만든 서커스 광대의 머리와 얼굴 그림이 담긴 커다란 액자가 걸려 있었다. 예컨대 눈은 올리브였고 입술은 고추였고 뺨의 색점은 방울토마토였다. 일요일에도 그랬고 오늘도 마찬가지로, 앳워터는 이 방에 묵는 누군가가 몸을 움직일 수 없을 정도로 심하게 넘어지거나 뇌졸중을 일으켜서 그림을 올려다보며 기본 채널에서 나오는 9초 길이의 메시지를 반복해서 들으면서 움직이지도 소리치지도 눈을 돌리지도 못하는 광경을 상상했다. 어떤 면에서 보면 그의 갖가지 틱과 습관적인 동작들은 그의 무의식을 신체적으로 드러내어 그가 이와 같은 병적인 망상에 빠지지 않도록 보호해주는 것이었다.—그는 뇌졸중을 일으키지 않을 것이고, 그림을 올려다보고 바보 같은 선율을 반복해서 들으며 다음 날 아침에 객실 청소부가 와서 그를 발견할 때까지 기다릴 일도 없을 것이었다.

"그것 말고는 다른 이유가 없잖아요. 그거 보냈다는 걸 기자님도 알고 계시는 줄 알았어요."

"내가 제시간에 전화를 했다면, 전화를 했어야 했는데 말이야, 우리 둘 다 알았을 거고 그럼 어떤 오해도 생기지 않았을 거야."

"말씀은 감사하지만 그 말을 하고 있는 게 아니거든요." 로렐 멘덜리가 말했다. 그녀는 앳워터의 컴퓨터 앞에 앉아서 무심히 송아지 가죽 머리핀을 잠갔다 열었다 하고 있었다. 스킵과 그의 인턴들 사이의 SOP가 그렇듯이 이 전화 통화는 딱딱하지도 급하지도 않았다. 인디애나주는 일광절약제를 시행하고 있지 않기 때문에 각각 3시 30분과 4시 30분이 되기 직전이었다. 로렐 맨덜리는 나중에 화요일에는 자기가 너무 피곤하고 몸이 좋지 않아서 거의 반투명해진 상태라고 느낄 정도였고 게다가 더 서퍼링 채널 개국 기념 타블로 비방* 행사에 아티스트가 등장하는 일과 관련하여 앳워터와 앨런 백트리안 사이를 중재하기 위해 다음 날인 독립기념일에도 출근해야 해서 기분이 몹시 안 좋았다고 말할 것이었다. 타블로 비방 건은 불과 몇 시간 만에 결정나버린 것으로,

---

* 살아있는 사람이 분장하여 정지 상태로 명화나 역사적 장면을 연출하는 기법.

두 사람이 평소에 일하는 방식과는 거리가 멀었다.

진행 중인 두 개의 꼭지를 결합하는 건 〈스타일〉에서 전례를 찾아볼 수 없는 일이었다. 이 때문에 스킵 앳워터는 미세스 앵거나 그녀의 기관원 중 하나가 직접 손을 썼음을 직감했다. 여기에 대해 설욕의 쾌감도 분개도 딱히 느끼지 않았다는 사실은 아마도 칭찬할 만한 일일 것이었다. 그것보다도 그는 통화 중에, 불현듯 그리고 강하게, 언젠가는 자신이 로렐 맨덜리 밑에서 일하게 될 수도 있겠다고, 그가 아이템을 제안하고 지면을 조금만 더 달라고 애원하는 대상이 그녀가 될 것이라고 느꼈다.

로렐 맨덜리 쪽을 보자면, 자신이 화요일 오후 전화 회동에서 실제로 하고자 했던 일은 몰트케 부부 집의 공간 왜곡과 서서히 다가오는 악에 관한 꿈을 언급하지 않으면서도 기적의 옹가 꼭지에 대한 불안감을 전달하려고 하는 것이었음을 나중에 깨달았다. 프로의 세계에서는 누구도 진행 중인 프로젝트에 대한 의구심을 표현하기 위해 꿈을 들먹이지 않는다. 그런 일은 없다.

스킵 앳워터가 말했다. "내 명함을 갖고 있긴 했어. 내가 명함을 줬으니까 말이야. 하지만 페덱스 번호는 알려주지 않았어. 내가 그런 짓은 절대로 하지 않으리란 거 알잖아."

"근데 보세요. 그게 도착한 건 월요일 아침이에요. 어제가 월요일이었고요."

"비싸게도 보냈네."

"기자님." 로렐 맨덜리가 말했다. "일요일에는 페덱스 문 안 열어요."

사각사각 소리가 멈췄다. "제길." 앳워터가 말했다.

"그리고 제가 첫 미팅 잡으려고 전화한 건 토요일 밤이었어요."

"토요일 밤도 페덱스가 문 여는 시간은 아니고."

"그러니까 이 일에 뭔가 정말 기분 나쁜 데가 있다는 거예요. 기자님이 몰트케 부인한테 어떻게 된 일인지 좀 물어봐야 되지 않나 싶어요."

"그러니까 로렐이 전화하기도 전에 벌써 작품을 보낸 걸 수밖에 없다는 얘기잖아." 앳워터는 언어 정보를 평소만큼 빠르게 처리하지 못하고 있었다. 한 가지 확실한 점은 이제는 로렐 맨덜리에게 카발리어에서 있었던 어쩌면 비윤리적일 수 있을 관계에 대해 말할 의향이 조금도 없다는 것이었다. 따라서 자연히 아픈 무릎에 대해서도 말을 할 수가 없었고.

의식이 있을 때 꿈을 기억하는 일이 매우 드문 앳워터는 오늘, 전날 밤과 그 전날 밤에 다른 누군가에게 파묻힌 느낌, 그 사람이 자신을 물처럼 혹은 공기처럼 에워싼 느낌만 기억할 수 있었다. 임상 분야의 고등 학위가 없어도 충분히 해석할 수 있는 꿈이었다. 스킵 앳워터의 어머니는 기껏해야 앰버 몰트케의 몸집의 오분의 삼 내지는 삼분의 이 정도밖에 에 되지 않았었다. 물론 앳워터 부인의 몸집이 어린아이에게 어떻게 비쳤을지를 생각해본다면 격차의 상당 부분이 소멸

되긴 한다.

전화 통화를 마치고 침구 보호를 위해 깔아둔 수건 위에 앉아 있는 앳워터의 머릿속에 의지와 상관없이 자꾸만 떠오른 또 다른 생각 중 하나는 브린트 몰트케가 앉아 있을 때 만들던 작고 기이한 무의식적인 기표, 그의 두 손이 형성하던 복부의 불가사의한 원 혹은 구멍이었다. 오늘도 주방에서 그가 이 신호를 만드는 모습을 본 앳워터는 이게 브린트 몰트케가 자주 하는 행동임을 알 수 있었다.—그의 앉은 자세가 이걸 말해주었다. 말할 때 취하는 동작이나 앉아 있을 때 신체의 여러 부위를 두는 방식에서 그 사람만의 특징적인 스타일을 볼 수 있다. 앳워터는 지금 자신이 처해 있다고 느끼는 현재 상태에서는 그 동작의 이미지만 머릿속에 반복적으로 떠올릴 수 있을 뿐 그 이상 나아갈 수가 없었다. 비슷한 맥락에서, 몰트케 부부의 땅콩주택 반대편 주민에 대해 물어봐야겠다고 속기로 기록할 때마다 이내 곧바로 잊어버렸다. 나중에 속기용 수첩에 적힌 똑같은 내용의 메모가 여섯 건이나 됨을 알게 될 것이었다. 광대의 치아는 앳워터의 가족들이 인디언 옥수수라 부르던 알록달록한 옥수수 알갱이였고, 머리카락은 옥수수 껍질로 된 광배였다. 옥수수 껍질은 인간에게 알려진 가장 심한 알레르기 유발성 물질이다. 그와 동시에 두 손이 만드는 원은 어떤 신호처럼, 어쩌면 아티스트가 앳워터에게 전달하고자 하는데 그 방법을 모르거나 전달하고자 한다는 사실을 완전히 의식하지조차 못하는 무언가처럼 보이기도 했다. 기묘하고 텅 빈 미동 없는 미소는 또 다른 문제였다.—마음을 동요시킨다는 점에서는 같았지만 미소가 그 이상의 무언가를 전달하려 한다는 느낌은 받은 적이 없었다.

앳워터는 지금까지 한 번도 성적인 부상을 입은 적이 없었다. 변색은 주로 바깥쪽 다리에서 일어나고 있었지만 부기는 슬개골에 집중되어 있었는데 아마도 이게 진짜 통증의 원인인 것 같았다. 멍이 든 곳은 무릎 바로 밑에서부터 아래쪽 넓적다리까지로, 차 문의 팔걸이와 차창 조작부의 모양이 멍한가운데에 적나라하게 각인되어 벌써 누레지고 있었다. 하루 종일 왼쪽 바지통 속에서 무릎이 죄여오는 느낌이었다. 마치 방사능이 방출되고 있는 듯이 욱신욱신 쑤셨고 경미한 접촉에도 통증이 느껴졌다. 앳워터는 이를 악물고 입으로 숨을 쉬며 무릎을 살펴보았다. 자신의 병든 부위나 다친 부위를 살펴볼 때 거의 모든 사람이 느끼는, 혐오와 매혹이 뒤섞인 독특한 감정을 느꼈다. 무릎이 나머지 신체 부위보다 더 견고하고 두드러진 방식으로 존재한다는 느낌도 받았다. 어렸을 때 화장실 거울 앞에 서서 돌출된 귀를 여러 각도로 살펴보았을 때 느낀 감정과 비슷했다. 객실은 홀리데이 인 2층에 있었고 수영장이 내려다보이는 외부 발코니와 이어져 있었다. 시멘트 계단을 통해 2층으로 올라오는 길에도 무릎이 욱신거렸었다. 다리를 끝까지 펼 수가 없었다. 오후 햇살 속에서 장딴지와 발이 창백하고 털이 많아 보였다. 어쩌면 비정상적이리만큼 털투성이로 보였다. 게다가 공간 문제도 있었다. 그는 멍이라는 게 실은 피부밑의 다친 혈관으로부터 새어나오는 갇혀 있던 피이고 변색은 갇혀 있던 피가 피부밑에서 분해되고 있으며 인간의 신체가 변질된 피를 처리하고 있다는 신호라는 사실을 불가피하게 떠올려버렸고, 그 결과 어지러움을 느꼈고 힘이 쭉 빠졌고 속이 미식거렸다.

날카로운 통증보다도 욱신거림이 심했고 온몸이 두들겨 맞은 것 같았다.

유년 시절이 남긴 또 하나의 흔적: 몸이 불편하거나 통증이 있을 때면 스킵 앳워터는 자신이 실은 공간을 차지하고 있는 신체가 아니라 신체의 형상을 한, 통과할 수 없지만 비어 있는 공간 그 자체라는 기이한 느낌을 받았다. 사람들이 빈 공간을 생각할 때 함께 떠올리는 포효하는 진공의 감각과 함께. 누구에게도 말하지 않았고 설명하기도 쉽지 않은 느낌이었다. 다만 1999년에 언론의 집중 조명을 받은 일련의 반反HMO* 시위를 주관한 오리건주의 삼지가 절단된 취재원과 오프더레코드로 길고 흥미로운 대화를 나눈 적이 있긴 하다. 게다가 지금 이 순간 생전 처음으로 '뱃속이 비었다'는 표현, 고향 지역에서 메스꺼움을 뜻하는 말로 어렸을 때 노상 입에 올렸으나 대학 졸업 후엔 버려버린 이 표현이

---

* 종합건강관리기구(Health Maintenance Organization). 미국의 여러 건강보험 종류 중 하나로, 가격이 비교적 저렴한 대신 혜택이 유연하지 않다. 363쪽의 주 참고.

그와 외다리 활동가가 심리적 공간 변위 부수 현상을 두고 서로 앞다투어 뱉어냈던 그 모든 다음절어들보다 훨씬 더 예리하고 간결한 형용어구였다는 사실을 깨달았다.

채소 머리 광대 그림에는 어딘가 본질적으로 영혼 파괴적인 면이 있었다. 앳워터는 그림을 벽 쪽으로 돌려놓고 싶었지만 단단히 고정돼 있거나 접착돼 있는 모양인지 떼어낼 수가 없었다. 거기 있는 그림을 어떻게 할 방법이 없어서 이제 앳워터는 만약에 위에다 수건 같은 걸 걸어서 가려둔다면 수건 밑에 뭐가 있는지 아는 상태에서 오히려 더 감정적 시선이 쏠려서 이 방에서 그림이 주는 압박감이 한층 심해질지 아닐지를, 그러니까 그림을 진짜로 보는 것과 단지, 이를테면, 그에 대한 암시를 보는 것 중 뭐가 더 끔찍할지를 고민하고 있었다. 화장실 밖 세면대 거울 앞에 비스듬히 선 채로, 앳워터는 늘상 모텔에서 자신의 머릿속을 가득 채우는 건 이런 유의 쓸데없이 추상적인 상념임을 깨달았다. 예컨대 텔레비전 리모컨을 찾는 문제가 틀림없이 훨씬 더 급하고 구체적인 사안일 것을. 왠지 모르지만 텔레비전 자체의 조작부는 작동하지 않았다. 그러니까 채널을 바꾸거나 음을 소거하려면, 더군다나 꺼버리기라도 하려면 반드시 리모컨이 필요했다. 코드와 콘센트가 서랍장 뒤쪽 깊숙한 곳에 있어서 손이 닿지 않았고 서랍장은, 저 견딜 수 없는 그림처럼, 벽에 단단히 고정되어 꿈쩍도 하지 않았기 때문이다. 문에서 작게 두드리는 소리가 났지만 반복되는 선율과 메시지 소리에 묻혀 들리지 않았다. 앳워터가 세면대 앞에서 물을 틀고 있기도 했다. 게다가 48시간 가까이 지난 부기에는 온찜질이 좋은지 냉찜질이 좋은지 기억이 나지 않았다. 부상을 입은 직후에는 얼음찜질이 맞는다는 상식만 기억났다. 결국 그는 온찜질과 냉찜질을 둘 다 준비해서 번갈아가며 사용하기로 했다. 어렸을 때 스카우트에서 배운 타박상 응급 처치 방법을 기억해내려고 애쓰는 그의 왼쪽 주먹이 자기 훈계의 동작으로 움직였다.

2층에 비치된 제빙기는 앳워터의 방 바로 옆에 있는 널찍한 다용도실에서 그치지 않고 굉음을 냈다. 넥타이는 다시 맸지만 왼쪽 바지통은 여전히 말아올린 상태로, 기자는 홀리데이 인 특유의 가벼운 얼음통을 손에 들고서 문을 열고 주변 소음과 염소 냄새가 가득한 발코니로 나갔다. 신발이 메시지를 밟기 직전에 메시지를 발견한 그가 동작을 멈췄다. 한쪽 발이 공중에 떠 있는 상태에서 그는 발코니의 바람에 섞인 냄새가 비단 염소만이 아님을 감지했다. 화려한 캘리그래피 서체로 "도와주세요"라고, 따옴표까지 포함하여 쓰여 있었다. 전반적인 디자인은 그가 이제껏 경험한 파티의 각종 케이크에 아이싱 장식으로 써진 필기체의 "버질과 롭의 생일을 축하합니다", YMSP2 '00 등과 다르지 않았다. 다만 이건 아이싱으로 만든 것은 아니었다. 이것만큼은 즉각적으로, 확실하게 알 수 있었다.

얼음통을 들고 귀는 새빨개지고 부분적으로 노출된 다

리는 여전히 공중에 들린 자세로 기자는 메시지의 만듦새를 자세히 살펴보고 싶은 마음과 할 수 있는 한 빨리 멀리 달아나고 싶은, 가능하다면 아예 모텔에서 체크아웃해버리고 싶은 마음의 상충하는 두 쌍둥이 충동으로 옴짝달싹할 수가 없었다. 이 문구와, 글자에서 떨어져 있는 곧은 일자로 된 밑줄과, 작고 완벽한 형태를 갖춘 따옴표를 만들어내기 위해 취해야 하는 갖가지 자세와 감수해야 하는 근육수축을 상상하려면 엄청난 의지가 필요할 것임을 알았다. 그의 일부분은 이 문구가 이 맥락에서 실제로 무엇을 의미하는지 또는 암시하는지 고민해볼 생각을 아직 하지 못했음을 인지하고 있었다. 메시지를 전달하는 매체와 거기에 함축된 제작 방식이라는 압도적인 사실이 메시지의 내용을 말소시킨 면도 있었다. 문구는 두 번째 E의 세리프*에서 가늘어지거나 얼룩지지 않고 깔끔하게 끝났다.

어렴풋이 사람 소리가 들려 앳워터가 오른쪽을 돌아봤다.—골프 모자를 쓴 노부부가 객실 문에서 몇 미터 떨어진 곳에 서서 그와 발코니의 갈색 호소를 쳐다보고 있었다. 부인의 표정이 모든 것을 말해주고 있었다.

←

---

*　로마자 활자에서 획의 시작이나 끝부분에 오는 선의 돌출부.

〈스타일〉의 모든 샐러리맨과 직원과 직급이 높은 인턴들에게는 세계무역센터 남쪽 타워 지하 2층에 있는 대형 피트니스 센터의 법인 회원권이 무료로 지급됐다. 개인이 내야 하는 유일한 비용은 사물함 월 대여료였는데, 출근길에 매일같이 운동복을 싸 들고 다닐 게 아니라면 그 정도는 지불할 만했다. 센터는 두 벽이 전면 거울이었고 창문은 없었다. 유산소운동 구역에는 텔레비전 모니터가 눈높이에 즐비하게 설치되어 있었다. 일반적인 워크맨 헤드폰으로 텔레비전의 고이득 오디오를 들을 수 있었고 채널은 운동기구에 장착된 콘솔의 터치패드로 바꿀 수 있었다. 실내 자전거에만 콘솔이 없었는데 어차피 최신식도 아니어서 주로 스피닝 수업에서만 사용했다. 스피닝 수업도 무료였다.

　　7월 3일 화요일 정오, 앨런 백트리안과 미세스 앵거의 수석 인턴은 피트니스 센터 북쪽 벽에 있는 일립티컬 기구에 올라서 있었다. 앨런 백트리안은 다크그레이 휠라 유니타드에 리복 운동화를 신고 있었다. 오른쪽 무릎에 네오프렌 무릎보호대를 착용하고 있었는데 세 시즌 전 웰슬리에서 축구 시합 중에 입은 부상의 잔재였긴 하나 주된 목적은 예방이었다. 기구 양쪽에 있는 알록달록한 꼬마전구가 일립티컬 기구의 브랜드명으로 반짝였다. 그날 아침 출근길에 입었던 운동복을 그대로 착용한 수석 인턴은 일종의 호의의 표시로 기구를 앨런 백트리안과 같은 중간 난이도로 설정해두고 있었다.

점심시간이다보니 센터의 유산소운동 구역이 거의 만석이었다. 일립티컬 기구는 모두 사용 중이었고, 그중에서 헤드폰을 착용한 인턴은 손에 꼽을 정도였다. 옆에 있는 스테어마스터* 기구는 중간 직급의 금융 애널리스트들이 독점했다시피 했다. 머리가 하나같이 빳빳한 사이버네틱 컷이었다. 크루컷과 그 다양한 변종이 이토록 크게 성행한 것은 40여 년 만에 처음이었다. 조만간 '서피스'에서 이 현상을 다룰지도 모를 일이었다.

화요일 아침에 오간 4자 간 사내 이메일 대화 중 일부는 이 인디애나주 남자의 능력이 장난이나 따분한 서번트 증후군 케이스가 아님을 확인하기 위해 엄격하게 통제된 환경에서 구체적으로 어떤 작품을 생산하도록 할 것인지에 관한 것이었다. 이메일 대화의 네 번째 구성원은 투티망기아 레스토랑에서 자랑한 어마어마하게 큰 약혼반지가 SE2 마감일이던 어제 하루 종일 그토록 많은 심술을 유발했던 사진팀 인턴이었다. 진위 검증을 위해 제안된 안에는 아카데미 시상식의 유명한 오스카 트로피의 0.5배 축소판, G. W. F. 헤겔이 묘사한 말을 탄 세계정신으로서의 나폴레옹 이미지, 회전 포탑이 있는 제2차 세계대전의 퍼싱 탱크, 로댕의 '지옥의 문'의 개별 디테일 중 하나, 가지 점수가 12점인 수사슴

---

* 미국의 운동기구 전문 제조 업체.

두상*, 고대 에트루리아 토디의 마르스 청동상 중 상반신 또는 하반신, 그리고 몇 명의 미 해병들이 이오지마 환상 산호섬**에 성조기를 꽂는 유명한 장면 등이 있었다. 십자고상이나 피에타상 부류는 유형을 불문하고 제안되는 족족 즉각적으로 격렬한 비난의 대상이 됐다. 아직 스킵 앳워터에게 구체적인 진격 명령이 내려지기 전이었음에도 불구하고 미세스 앵거의 수석 인턴과 앨런 백트리안은 현재 보도의 통풍구에서 뿜어져 나오는 바람에 마릴린 먼로의 치마가 위로 날리는 유명한 사진 쪽으로 기울고 있었다. 〈스타일〉 독자 중에 사진 속 먼로의 표정을 모르는 사람은 없다고 해도 과언이 아니었으니까.

4자 간 이메일 대화에서 나온 몇몇 주제와 논쟁은 여러 점심 식사 자리와 브레인스토밍 모임에서도 이어졌다. 지금 이 순간 세계무역센터 피트니스 센터에서 진행되고 있는 브레인스토밍도 그중 하나였다. 일립티컬 기구를 이용한 유산소운동의 원칙은 목표 심박수 및 호흡수를 정상적인 대화가 가능한 상한으로 유지해야 한다는 것이기 때문에 대체로 허심탄회한 대화가 이어졌다.

"하지만 작품의 물리적인, 이 말을 여기에 써도 될지 모르겠지만 수공예적인 특징이 작품의 총체적인 질이라고 볼

---

*　사냥한 수사슴의 잔가지 개수를 세서 점수를 매긴다.

**　실제로는 화산섬이다.

수 있을까요?"

다시 말하면, 일립티컬 운동을 할 때는 숨을 빠르고 깊게 쉬어야 하지만 숨이 차면 안 된다.—앨런 백트리안이 이 반어의문문을 끝마치는 데는 평상시 정지 상태에서의 반어의문문보다 아주 조금 더 걸렸다.

수석 인턴이 답했다. "아직도 사람들이 사진보다 회화에 더 가치를 둔다고 말할 수 있나?"

"일단 그렇다고 해두죠."

수석 인턴이 웃었다. "전형적인 퍼티시오 프린시피이pe-titio principii***인데." 그녀는 대부분 제대로 발음할 줄 모르는 '프린시피이'를 정확하게 발음했다.

"위대한 회화가 위대한 사진보다 비싸게 팔리는 건 사실이잖아요?"

수석 인턴은 일립티컬 기구로 사두근을 자극하는 몇 번의 큰 동작을 취하는 동안 침묵을 지켰다. 그러고는 말했다. "그러지 말고 차라리 훌륭한 회화나 조각은 본질적으로 사진보다 더 낫고 인간적이고 유의미하다는 전제에 〈스타일〉 독자들이 반대하지 않을 거라고 말하는 게 어때."

편집부의 브레인스토밍은 언쟁처럼 들리는 경우가 많지만 사실은 그렇지 않다.—둘 이상의 사람이 일정한 규칙에 따라 소리 내어 생각하는 과정이다. 미세스 앵거는 가끔 브

*** 선결문제요구의 오류. 증명이 필요한 사항을 전제로 삼는 오류를 뜻한다.

레인스토밍을 팽창이라고 칭하기도 하는데 이건 플리트 스트리트 시절의 잔존물일 뿐 직속 직원 중 이 말을 따라 하는 사람은 아무도 없었다.

이들의 어머니뻘 되는 여자가 거울 속에서 완벽에 가까운 로잉머신 기술을 선보이고 있었다. 앨런 백트리안은 입모양을 보고 그녀가 베네치아의 바르카롤레를 부르고 있다고 생각했다. 다른 하나의 로잉머신은 비어 있었다. 앨런 백트리안이 말했다. "그러니까요, 중요한 건 휴머니즘적인 요소라는 데 동의한다면 회화가 또는 예술 작품이 생산되는 물리적인 과정이 작품의 질과 어떤 식으로든 관련이 있다고 볼 수 있을까요?"

"여기서의 질이란 여전히 우수성을 말하는 거네."

일립티컬 기구에 올라서 어깨를 으쓱하기란 쉽지 않다. "이른바 우수성이요, 네."

"그렇다면 이번에도 내 답은 중요한 건 휴먼 인터레스트적 요소지 어떤 추상적인 미적 가치가 아니라는 거야."

"하지만 그 두 가지는 상호 배타적이지 않다는 데에 방점이 있는 거 아니었어요? 피카소의 여성 편력이나 반 고흐의 귀는 어쩔 거예요."

"반 고흐가 귀로 그림을 그린 건 아니니까."

앨런 백트리안은 늘 하던 버릇대로 전면 거울에 나란히 비친 자신들의 모습을 의식적으로 피했다. 수석 인턴은 그녀보다 적어도 8센티는 컸다. 젊은 남자들의 다리가 스테어마스터 기구의 움직이는 계단을 오르는 소리가 어느 순간 싱크페이션되었다가 아니었다가 다시 서서히 싱크페이션 됐다. 이에 반해 일립티컬 기구 위에 있는 두 편집부 인턴의 움직임은 작은 동작 하나까지도 동조된 것처럼 보였다. 각자 일립티컬 기구의 전용 거치대에 스포츠용 뚜껑이 달린 생수병을 두고 있었다. 생수 브랜드는 서로 달랐다. 피트니스 센터의 음향 환경은 요컨대 하나의 커다란 압축된 공기덩어리가 복잡하고 리드미컬하게 쩔꺼덕거리는 소리였다.

호흡과 호흡 사이에 아주 살짝 언짢은 혹은 짜증스러운 어조가 앨런 백트리안의 음성에 첨가됐다. "좋아요 그럼, 〈나의 왼발〉에 나오는 왼발로 그림 그리는 남자는요."

"쇼팽을 한 빈 듣고 그대로 따라 치는 서번트 증후군 환자도 있고." 수석 인턴이 말했다. 이 응수는 간접적으로 앨런 백트리안의 비위를 맞춰주는 그녀 나름의 방식이었다. 작년 여름에 바로 그런 서번트 증후군 환자를 다룬 'WITW' 기사가 있었던 것이다.—이 지적장애인을 기관에 보내지 않기 위한 어머니의 의연한 투쟁이 기사의 UBA였다.

유산소운동 구역의 산란된 고휘도 조명 아래에서 수석 인턴의 사두근과 삼각근은 광고에 나올 법한 것처럼 보였다. 앨런 백트리안은 탄탄한 몸과 눈에 띄는 외모와 충분히 남부럽잖은 체지방률을 자랑했지만 수석 인턴 옆에서는 스스로 짧고 땅딸막하다고 느끼는 일이 많았다. 그녀의 건강하지 못한 한구석에서는 수석 인턴이 자신과 함께 운동하기를 좋아하는 건 그게 그녀를, 수석 인턴을, 비교 우위로 한층 더 호리호리하고 불꽃 튀고 멋진 근육을 돋보이게 만들어주기 때문이라서가 아닌지 종종 의심을 품었다. 앨런 백트리안이나 〈스타일〉의 어느 누구도 몰랐던 사실은 수석 인턴도 고등학교 재학 시절에 어두운 과거가 있었다는 것이다. 이 시기에 그녀는 팔죽지 안쪽 연한 피부에 수십 개에 달하는 자상을 냈고 자신의 수많은 결점에 대한 속죄로서 상처에 환원 레몬주스를 뿌렸다. 결점들은 〈벨 자*〉의 특정 페이지를 암호로 삼아 자신만이 아는 숫자로 매일같이 일기장에 적어 넣었다. 그 시절은 이제 과거로 남았지만, 여전히 수석 인턴의 자아의 한 부분을 구성하고 있었다.

"맞아요." 앨런 백트리안이 말했다. "그렇긴 한데, 제가 뭐 미술비평가는 아니지만 그 남자의 작품도 나름의 질과 가치를 갖고 있으니까요."

"물론 독자들에게 보여지는 건 기껏해야 사진뿐이겠지만…"

"어쩌면 말이죠." 둘 다 짧게 웃었다. 잡지에 게재 가능한 사진이라는 문제는 그날 아침 모두가 논의를 연기하는 데 합의한 사안이었다.—'WITW' 부편집자가 종종 익살스럽게 말하듯 당장 앞쪽 버너에서 익고 있는 큰 생선들이 있었

---

*   실비아 플라스의 장편소설(1963). 자살 미수, 편집증, 신경쇠약 등의 자전적인 소재가 등장한다. 작가는 자살로 생을 마감했다.

다.**

앨런 백트리안이 말했다. "하지만 기껏해야 사진뿐이라고 하기엔 아민의 말에 따르면 제대로 조명 주고 연출하면…"

"근데 잠깐만, 궁금한 게 있는데… 이 사람이 작품을 만들려면 먼저 만들 작품을 잘 알고 있어야 하는 거야?"

둘 다 운동 프로그램의 한 세트가 끝나고 다음 세트가 시작하는 교점에서 거칠게 숨을 몰아쉬고 있었다. 아민 타딕은 〈스타일〉 사진 담당 부편집자로, 그녀의 수석 인턴이 그날 아침의 이메일 회동에 대리 참석했었다.

앨런 백트리안이 말했다. "무슨 뜻이에요?"

"로렐이 그러는데 이 남자는 커뮤니티 칼리지***를 한두 해 다닌 게 전부라며. 그렇다면 보치오니의 〈공간 속에서의 연속적인 단일 형태들〉이나 아누비스의 머리 모양이 어떻게 생겼는지 알 턱이 없잖아?"

"자유의 종****에 금이 어느 쪽에 있는지도요."

"그건 진짜 나도 몰랐어."

앨런 백트리안이 웃었다. "로렐은 알았다더라고요. 아니

** '시급한 사안'이라는 뜻의 관용구로, 이를 축어적으로 비틀어서 익살을 떤 것이다.

*** 미국에서 접근성 높은 고등교육과 평생교육의 일환으로 운영되는 2년제 공립대학. 학위가 나오지 않는다.

**** 펜실베이니아주 필라델피아에 있는 종. 미국 독립의 상징.

면 그냥 안다고 말한 걸 수도 있고—얼마든지 찾아볼 수 있었으니까." 앨런 백트리안은 혼자 있을 때 '세상의 요모조모' 섹션의 부편집자처럼 두 손으로 각각 다른 내용을 타이핑하는 법을 익혀보려 하고도 있었다. 그녀는 부편집자에게 모종의 감정을 품고 있었는데, 이게 성적으로 매력적일 뿐만 아니라 권위 있는 인물에 부합하는 전형이기도 한 남자에게 그녀 또래의 똑똑하고 야심 있는 여자가 품기 마련인 전형적인 전이 감정임을 너무도 잘 알고 있었다. 앨런 백트리안은 부편집자의 아내를 무척 좋아하는 것도 사실이어서 이 양수 타이핑 기술 문제에 관해서 정신을 똑바로 차리고 분별력 있게 행동하기 위해 엄청나게 노력하고 있었다.

수석 인턴은 흐름을 깨지 않고 손을 뻗어 수분을 보충하는 법을 알았다. 일립티컬 기구 위에서 구사하려면 굉장한 연습이 필요한 기술이었다. "내 말은, 이 사람은 원래 알고 있거나 본 적이 있는 것만 표현할 수, 생산할 수 있는 거야? 만약에 그렇다면 이게 완전히 의식적이고 의도적이라는 건데 그럼 진짜 아티스트인 거고."

"하지만 본 적이 없다면…"

"그래서 인디애나주의 이름 모를 곳에 사는 로터 루터 수리공이 미래주의나 〈단일 형태들〉을 아느냐라는 희박한 가능성의 문제가 대두되는 거고." 수석 인턴이 테리 원단 손목 밴드로 이마를 닦으며 말했다.

"하지만 그게 아니라면 뭐, 일종의 기적이라도 되는 건가? 서번트 증후군? 신의 섭리?"

"정신이상자의 사기 행각일 수도 있고요."

사기는 이 둘에게 겁나는 단어였다. 이유는 명백했는데, 미세스 앵거의 수석 인턴을 기적의 응가 스토리에 끌어들인 필연적인 결과 중 하나가 바로 에클레샤프트-뵈트 미국 지사의 법무팀이 개입되어 기사에 리소스를 투입하고 있다는 것이었다. 로렐 맨덜리급에서나 'WITW' 부편집자가 법무팀 산하 조직 출신이긴 하지만서도 앨런 백트리안급으로는 어림없는 일이었다. BSG 주간지가 단독 기사를 내거나 다른 미디어에서 이미 잘근잘근 씹어서 소화하지 않은 아이템을 보도하는 일은 매우 드물었다. 생각만으로도 설레는 일이면서 동시에 무서운 일이었다.

수석 인턴이 말했다. "아니면 잠재의식적인 건지도 모르지. 그 사람의 의식이 모르는 걸 결장이 알고 있는 걸지도."

"결장이 그… 그거의 모양이랑 구성 같은 걸 결정하는 거예요?"

수석 인턴이 얼굴을 찌푸렸다. "몰라 나도. 사실 별로 생각하고 싶지도 않아."

"그나저나 결장이 정확히 뭐예요? 창자의 일부예요? 아니면 그 자체가 하나의 장기예요?"

앨런 백트리안과 수석 인턴은 둘 다 아버지가 뉴욕주 웨스트체스터 카운티에서 근무하는 의사였다. 하지만 서로 과가 달랐고 만난 적도 없었다. 수석 인턴은 주기적으로 일립티컬 기구의 페달 방향을 바꿔서 슬와부근과 하부 둔근 대신 사두근과 장딴지를 자극했다. 바꾼 방향으로 운동할 때마다 골똘하면서도 넋을 잃은 표정을 지었다.

"뭐가 됐든 한 가지 확실한 건," 앨런 백트리안이 말했다. "이게 아랫구멍에서 나오는 휴먼 인터레스트라는 거네요." 그러고는 그날 아침 일찍 82층에서 엘리베이터를 타고 내려가면서 로렐 맨덜리가 들려준, 점심 모임에서 DKNY를 입은 유통팀 인턴이 어떤 때는 자신의 배설물을 아기라고 상상한다면서 다른 사람들이 동조해주거나 자신의 솔직함에 멋지다고 혹은 용감하다고 감탄해주길 바랐다는 일화를 전했다.

잠깐 동안 두 일립티컬 기구가 싱커페이션 된 소리밖에 들리지 않았다. 이내 수석 인턴이 말했다. "좋은 생각이 있어." 그녀가 잠시 손목 밴드 안쪽으로 윗입술을 두드렸다. "조앤이라면 우리가 처음부터 방향을 틀리게 잡았다고 말할 거야. 지금까지 우린 기사의 소재에 집중하느라 기사의 앵글에 대해서는 생각하지 못했어." 조앤은 〈스타일〉의 수석 편집장 미세스 앵거를 가리켰다.

"처음부터 UBA가 문제였어요." 앨런 백트리안이 말했다. "제가 뭐라고 말했냐…"

수석 인턴이 그녀의 말을 잘랐다. "사실 그렇게 정교한 UBA도 필요 없어. '세상의 요모조모' 말고 '소사이어티 페이지'에서 하면 되거든. 기적의 응가는 경이로운 예술인가, 기적인가, 아니면 그저 역겨울 뿐인가." 그녀는 사지의 전진 속도가 빨라졌음을 인지하지 못하고 있는 것 같았다. 이제는 운동 프로그램을 따라가는 대신 강제로 속도를 올리고 있었다. '소사이어티 페이지'는 〈스타일〉에서 산후우울증이나 우림과 같은 사회적 이슈를 연성으로 다루는 섹션이었다. 편집부 서식에 따르면 '세상의 요모조모' 분량이 400단어인 데 비해 '소사이어티 페이지' 분량은 600단어였다.

앨런 백트리안이 말했다. "그럼 이걸 역겹다고 보는 쪽에서 신뢰성 있는 취재원을 찾아서 짤막하게 넣으면 되겠네요. 스킵한테 기사에 논란의 요소를 가미하라고 말해두고." 그녀가 굳이 앳워터의 이름을 사용한 건 다분히 전략적이었다.—기사의 섹션을 바꾸면 복잡한 세력 다툼 문제가 발생할 터였고, 앨런 백트리안은 'WITW' 부편집자가 기사로부터 완전히 축출된 데 대해 상처받은 감정을 숨기기 위해 어떤 표정을 짓고 어떤 냉소적인 농담을 던질지 능히 상상할 수 있었다.

"아니야." 수석 인턴이 답했다. "그게 아니고. 우리가 논란을 만드는 게 아니라 논란을 다뤄야 해." 그녀는 기구의 콘솔에 한눈에 보이는 디지털시계가 있었는데도 스포츠 손목시계를 확인했다. 둘 다 목표 심박수에 도달하거나 그것을 넘긴 지 30분은 족히 지나 있었다.

잠시 뒤, 이들은 샤워 후에 몸을 말리는 타일 깔린 작은 공간에 있었다. 로커룸은 이 시간대에 김이 자욱했고 무척

붐볐다. 수석 인턴은 북유럽신화에서 튀어나온 것처럼 보였다. 팔죽지 안쪽에 나란히 자리 잡은 수백 개의 상흔은 눈에 띄지도 않았다. 세상에는 있는 그대로의 본모습이 작용했을 뿐인데 타인의 자존감을 갉아먹는 사람이 있는 법이다. 수석 인턴은 이렇게 말하고 있었다. "이걸 어떻게 다루느냐가 중요한 앵글이 될 거야. 〈스타일〉은 역겨운 혹은 불쾌할 수 있는 스토리를 독자들에게 우격다짐으로 들이미는 게 아니라는 거. 도리어 〈스타일〉은 이미 존재하는, 논란의 소지가 있는 스토리를 취재하여 연성뉴스로 다룬다는 거."

앨런 백트리안에게는 수건이 두 개 있었는데 그중 하나로는 머리를 큼지막한 라벤더색 터번 모양으로 감싸놓고 있었다. "그러면 앳워터가 임시로 '소사이어티 페이지'로 파견돼서 진행하게 될 거란 말인가요? 아니면 제네비브가 자기 샐러리맨 투입하겠다고 하려나?" 제네비브는 '소사이어티 페이지'를 담당하는 신임 부편집자로, 앨런 백트리안의 상사와는 편집부 회의에서 벌써 몇 차례나 거칠게 충돌한 사이였다.

수석 인턴은 머리를 한쪽으로 숙이고 샤워 때문에 엉킨 머리칼을 손가락으로 빗고 있었다. 집중하면 슬며시 입술을 무는 건 무의식적인 습관 같은 것이었다. "한 90프로 정도는 이 방향이 맞는다는 확신이 들어. 〈스타일〉은 이미 거세게 타오르고 있는 논란에서 휴머니즘적인 요소를 잡아내는 거지." 이 시점에서 그들은 각자의 사물함 앞에 있었다. 여성용 사물함은 남성용과 달리 옷을 걸 수 있도록 전신 길이었다.

이동식 삽입형 선반과 접착 고리를 이용하여 공들여 개조된 이들의 사물함은 그야말로 질서의 경이라 할 만했다.

앨런 백트리안이 말했다. "그러니까 이걸 다른 데서 먼저 다뤄야 한단 말이네요. '소사이어티 페이지'가 그에 대한 후속 취재를 하면서 논란까지 함께 다루는 거고." 그녀는 고티에 핀스트라이프 슬랙스와 단독으로 입어도 괜찮고 재킷 아래에 입어도 어울리는 민소매 캐시미어 탑을 좋아했다. 슬랙스와 탑을 같은 색상 계열로 맞추는 한 민소매도 훌륭한 비즈니스 복장이 되었다.—다 미세스 앵거가 가르쳐준 것이었다.

수석 인턴은 생각에 열중해 있을 때면 가끔씩 손두덩으로 이마를 눌렀는데, 역시 무의식적인 습관인 듯했다. 어떤 면에서 이건 스킵 앳워터의 두부頭部 상기에 상응하는 동작이라고 할 수 있었다. 수석 인턴이 이제는 색상 계열이나 프로답고 세련된 태도를 유지해야 한다는 강박과 같은 일들을 고민할 필요가 없는 레벨에 이르렀다는 게 거의 모든 인턴들의 중론이었다.

"하지만 너무 크면 안 돼." 그녀가 말했다.

"기사요, 아니면 매체요?" 앨런 백트리안은 항상 항생제 처리된 일회용 천으로 귀와 귀걸이들을 닦아야 했다.

"〈스타일〉 독자들이 이 스토리를 미리 알면 안 돼. 이게 좀 까다로운 부분인데. 독자가 이 스토리를 접하는 최초의 매체가 〈스타일〉이어야 하는 동시에 기사가 나기 전에 스토리가 이미 존재했어야 해."

"미디어적인 맥락에서 말이죠."

수석 인턴의 스커트는 남성용 넥타이 수십 개를 복잡한 패턴으로 세로로 이어 붙여 만든 것이었다. 〈스타일〉에서 이런 옷을 소화할 수 있는 인턴은 그녀와 환각적인 색상의 부족 전통 의상을 입고 다니는 '더 썸'의 모리타니 교환학생밖에 없었다. 사실 두 해 전 여름 점심 모임에서 스킵 앳워터를 운동을 관둔 선수에 비교했던 사람은 다름 아닌 수석 인턴이었다. 다만 경쾌하고 어떤 면에서는 귀엽다는 듯한 태도이긴 했다.—그녀의 입에서 나오니 이 말도 잔인하게 들리지 않았다. 지난 5월 메모리얼데이 주말에는 쿠오구에 있는 미세스 앵거의 여름 별장에 초대받았고, 거기서 다름 아닌 한스 G. 뵈트 부인과 마작을 했다는 얘기도 들렸다. 그녀의 미래는 그야말로 거칠 것이 없어 보였다.

"그렇지. 하지만 이게 진짜 미묘한 문제거든." 수석 인턴이 말했다. "부시 딸들 일이나 작년 크리스마스의 그 도디* 운전사 아이템과 크게 다르지 않다고 보면 돼." 그다지 딱 맞아떨어지는 비유는 아니었으나 앨런 백트리안에게 수석 인턴이 말하고자 하는 기본 골자가 전달되는 데는 문제가 없었다. 크게 보면, 이미 존재하는 스토리를 다룬다는 앵글

---

* 도디 알파예드. 1997년에 다이애나 전 영국 왕세자비와 함께 자동차 사고로 목숨을 잃은 이집트 출신 기업인.

은 BSG가 고급 경성뉴스 잡지와 타블로이드 양쪽으로부터 스스로를 차별화하는 전형적인 방법 중 하나였다. 다른 면에서 보면, 앨런 백트리안은 지금 이 기사가 여전히 그녀와 '세상의 요모조모' 부편집자의 책임이라는 점을 주지받고 있는 중이었다. 수석 인턴이 까다로운, 미묘한과 같은 단어를 반복해서 사용하는 이유는 앨런 백트리안을 치켜세우는 동시에 앞으로 해결해야 할 과제들로 인해 그녀의 편집부 업무 능력이 시험대에 오를 것임을 알리기 위한 것이었다.

고티에 슬랙스는 클립형 옷걸이로 밑단을 집어 걸어두면 칼주름이 훨씬 더 잘 보존됐다. 로커룸의 풍만한 습기는 아침나절에 생긴 잔주름을 펴는 데 좋았다. 앨런 백트리안은 알지 못했지만, 직급이 낮은 인턴들은 그녀와 수석 인턴에 대해 말할 때 똑같이 숨을 죽이고 존경스러운 어조를 사용했다. 자신이 한참 모자라며 언제 자신의 무능력이 폭로될지 모른다는 생각에 끊임없이 시달리는 것이 그녀가 기민함과 빈틈없음을 유지하는 방식이었다. 그 자신 또한 인턴 기간의 끝에 〈스타일〉의 유급직이 사실상 내정되어 있음을 그녀가 알게 된다면 아마 이 사실을 감당하지 못할 것이었다.—어쩌면 정신적으로 무너져버릴지도 모른다는 것을 수석 인턴은 알고 있었다. 그녀가 지금 이 순간 무의식적으로 수석 인턴을 흉내 내며 이마를 누르고 있는 모양새가 바로 수석 인턴이 건드리지 않으려고 공들여 애쓰고 있는 내면의 불안정성의 단적인 표시였다. 그녀는 요컨대 앨런 백트리안에게 모두가 잠자코 따라올 수 있도록 기적의 응가 스토리를 어떤 식으로 조직화해야 할지를 대놓고 지시하는 대신 대화를 브레인스토밍처럼 구성하여 슬슬 원하는 방향으로 유도하고 있었다. 수석 인턴은 미세스 앵거가 이제껏 겪어본 중에서 가장 출중하고 직감이 뛰어난 인재 육성자였다.―한때 무려 캐서린 그레이엄* 밑에서 인턴으로 일했던 미세스 앵거였다.

"그러니까 너무 크면 안 되겠네요." 앨런 백트리안이 먼저 한쪽 손으로 사물함을 짚고 이어서 반대쪽 손을 짚으며 마놀로블라닉 구두의 스트랩을 조절하며 말했다. 그녀는 이제 브레인스토밍에서 흔히 보이는 반쯤 백일몽에 잠긴 듯한 표정으로 말하고 있었다. "특종이라는 요소를 완전히 버리진 않는다는 거죠. 스토리가 미리 존재하도록 해줄 다른 매체가 있으면 된다는 건데. 아누비스 머리 모양을 한 변을 배출하는 기인을 조명하는 대신 논란을 취재하는 거고요." 그녀의 머리는 이제 자연 건조되어 거의 다 말라 있었다.

수석 인턴의 스커트 벨트는 길이 60센티의 질 좋은 삼으로 만든 선박용 밧줄을 이중으로 겹친 모양이었다. 샌들은 어디에나 어울리는 생로랑 오픈토힐이었다. 발목 스트랩을 반매듭으로 묶은 그녀는 아주 살짝 투명 립글로스를 바

---

* 〈워싱턴 포스트〉와 〈뉴스위크〉 발행인. 워터게이트 사건의 보도를 승인하여 〈워싱턴 포스트〉의 입지를 다진 인물이다.

르기 시작했다. 앨런 백트리안이 몸을 틀어 그녀를 보고 있었다.

"혹시 지금 저랑 같은 생각 하고 계세요?"

콤팩트의 작은 거울 속에서 둘의 눈길이 마주쳤고, 수석 인턴이 능청스러운 미소를 지었다. "자기 샐러리맨이 지금 현장에 나가 있잖아. 두 아이템 사이를 왔다 갔다 하고 있다면서. 아니야?"

앨런 백드리안이 말했다. "그런데 여기에 딱히 고통이랄 게 있을까요?" 벌써부터 머릿속으로 전화해야 할 곳들과 합의해야 할 사항들로 구성된 순서도를 작성하고 자신과 영리하고 지칠 줄 모르는 로렐 맨덜리 사이에 나눠서 처리해야 할 일들을 목록으로 만들고 있었다.

"글쎄, 어떨까… 그 사람은 지시받는 데 거부감이 없나?"

"스킵이요? 스킵은 철저한 프로예요."

수석 인턴은 블라우스의 벌룬 슬리브를 만지고 있었다. "그 사람에 따르면 기적의 응가 남자가 이 기사에 대해 겁을 먹고 있다고?"

"로렐이 스킵이 말했다고 한 표현은 '번민을 당하고 있다'였어요."

"그런 표현이 있기는 해?"

"매체 공개는 전적으로 그 아내라는 사람 맘인가 보던데요. 아티스트라는 남자는 자기 그림자도 무서워하는 사람이라던데—로렐이 그러는데 스킵 앞에 앉아서 막 안 돼, 신이시여 제발, 안 돼, 이런 암호를 보내고 있다나 봐요."

"그렇다면 그 올 애즈 사장한테 이거야말로 진정한 고통이 얽혀 있는 아이템이라고 설득하는 게 많이 어려울까?"

앨런 백트리안의 머릿속 순서도는 종종 상자와 로마숫자와 수많은 화살표로 점철되었다.—실무자로서 그녀는 그정도로 능력이 탁월했다. "생중계로 가져가자는 말이군요."

"당연한 말이지만, 오후에 있을 검증 결과가 확인되기 전까지는 이 모든 게 가정에 불과하다는 단서가 붙어야겠지."

"근데 그렇게 하려고 할까요?"

수석 인턴은 샤워 후에 머리를 빗는 법이 없었다. 고개를 두세 차례 흔들어서 머리칼이 근사하게 내려앉게끔 한다음 앨런 백트리안이 그 인상을 남김없이 흡수할 수 있도록 살짝 몸을 틀었다.

"누구?" 앞으로 살날이 10주 남은 그녀가 말했다.

6

수요일 오전 5시, 아티스트와 그의 이내를 시카고로 데려가기 위해 리무진이 한 대 도착했다. 〈스타일〉 독자들이 꿈에 그릴 법한 리무진이라 해도 과언이 아니었다. 리무진이 화룡점정이었다는 데는 다음 날 점심 식사 자리에 모인 모든 이가 동의할 것이었다. 웬만한 도시의 반 블록은 될 법한 길이에 크루즈선과 신부 드레스처럼 하얀 순백색을 자랑하는 리무진은 텔레비전과 미니바, 코도반 가죽 마감의 마주보는 승객석, 무소음 에어컨, 그리고 나뭇결 무늬 패널의 버튼을 누르면 승객석과 운전석 사이로 두꺼운 유리가 내려와서 프라이버시를 보호해주는 장치를 갖추고 있었다. 스킵 앳워터에게는 지나가기만 하면 온 세상이 하던 일을 멈추고 타계를 애도할 스타의 영구차처럼 보였다. 리무진에 오른 몰트케 부부는 무릎이 닿을락 말락 하게 마주 앉았다. 아티스트의 두 손은 새로 장만한 베이지색 재킷의 장식 천에 가려 보이지 않았다.

앳워터의 기아 차가 정중한 거리를 두고 뒤따르는 가운데 리무진은 가난한 백인들이 사는 마운트 카멜의 무신경을 가르고 새벽을 달렸다. 짙은 차창을 통해 사람의 얼굴 모양만을 간신히 알아볼 수 있었지만, 누군가 이른 아침 잠에서 깨어 미끄러지듯 지나가는 리무진을 보았더라면 안쪽에서 바깥을 내다보고 있는 사람이 기나긴 혼수상태에서 깨어난 듯 모든 것을 새로운 눈으로 보고 있음을 알아챌 수 있을 것이었다.

↓

오 베릴리는, 당연한 일이지만, 혼란의 도가니였다. 최초 제안으로부터 생중계까지 주어진 시간은 불과 31시간이었다. 더 서퍼링 채널은 예정보다 10주나 앞당겨진 7월 4일 오후 8시(하절기 중부 표준시)에 세 건의 타블로 비방과 함께 3단계에 진입할 것이었다. 다섯 명이나 되는 라인 프로듀서가 제각기 분주히 움직이고 있었다.

시청률 조사 주간은 아니었지만 케이블 업계에서 흔히 말하듯 모든 주가 시청률 조사 주간이다.

일리노이주 라운드레이크비치에 사는 52세 할머니의

췌장에서 종양이 발견됐다. 러시 프레스비테리언 병원에서 CAT 영상을 보며 진행될 바늘생검을 현장에 나가 있는 촬영팀이 카메라에 담아 생중계로 내보낼 예정이었다. 그뿐만 아니라 방사선 전문의와 병리학 전문의가 표본을 착색하고 종양의 악성 여부를 판단하는 과정도 모두 중계될 예정이었다. 이 꼭지에는 프리랜서 촬영진 두 팀이 투입됐는데 모두 IA 조합원들이라 정규 일당의 두 배를 받고 일하고 있었다. 이 꼭지의 2부는 분할 화면으로 구성된다. 이 부분이 허가팀의 쾌거였다고 할 수 있는데, 표본이 충분히 착색되고 병리학 전문의가 표본을 관찰하기까지 10분 동안 카메라로 노부인의 얼굴을 비춘다. 그녀는 남편과 함께 모니터로 병리학 전문의 쪽 촬영팀이 송출하는 실시간 영상을 보고 있을 것이었다.—시청자들은 생검 결과와 그에 대한 노부인의 반응을 동시에 보게 된다.

세 꼭지를 소개하고 목소리 해설을 담당할 맞춤한 진행자를 찾는 게 보통 골치 아픈 일이 아니었다. 그도 그럴 것이 독립기념일 휴일이라 괜찮다 싶은 후보들은 대부분 매니저가 휴가인데다, 일단 정해지면 그때부터 적어도 3단계가 한 주기 돌아갈 때까지는 꼼짝없이 매여 있어야 하는 일이었던 것이다. 오후 3시까지도 최종 후보들의 오디션이 진행되고 있었다.—스킵 앳워터는 여기서 나중에 직급 고하를 막론하고 편집부 전원이 그의 판단력을 문제 삼을 수를 뒀는데, 그의 시간과 관심과 속기 기록 중 상당 부분을 이 오디션에, 그리고 그날의 각종 허가 및 사용권 관련 사안을 담당하는 루덴탈 & 보스 소속 변호사의 법무 보조와의 길고 두서없는 질의응답에 할애한 것이다.

1996년에 한 실직 상태의 아크 용접공이 캐롤 앤 도이치라는 펜실베이니아 주립대학교 학생을 납치, 고문, 살해한 죄로 유죄 평결을 받은 사건이 있었다. 재판에서는 용의자의 집에서 발견된 네 시간이 넘는 분량의 고음질 녹음테이프가 증거로 채택됐다. 성문 분석을 통해 테이프—배심원을 대상으로 재생되긴 했으나 공개 법정에서는 재생된 적이 없었다—에 녹음된 비명 소리와 애원하는 소리가 피해자의 목소리임이 확인됐다. 이 타블로 비방이 진행될 장소는 급하게 준비한 오 베릴리 프로덕션 회의실이었다. 펜실베이니아주 글래스포트에 사는 캐롤 앤 도이치의 홀아비가 된 아버지는 이날 처음으로 녹음테이프 중 일부를 듣게 될 것이었다. 자리에는 도이치 씨가 다니는 교회 부목사와 미국 심리학회 공인 심리치료 전문가가 함께한다. 심리치료 전문가가 불과 네 시간 전에 일광화상을 입은 바람에 이 꼭지를 담당하는 메이크업 책임자가 애를 먹는다.

〈피플스코트*〉의 오랜 사회자 더그 루엘린이 진행을 맡는다. 한번씩 격해진 길고 긴 협의 끝에—한번은 집에 있는

---

* 미국에서 현재까지도 방영되고 있는 장수 모의 법정 리얼리티 프로그램. 실제로 더그 루엘린이 1980년대 초반부터 1990년대 중반까지, 그리고 2016년부터 다시 사회를 맡았다.

미세스 앵거에게 연락하여 R. 본 콜리스의 휴대폰으로 전화를 걸어 둘이 직접 애기하라고 해야 한 적도 있는데 앨런 백트리안은 나중에 이때 그 자리에서 딱 죽어버리고 싶은 심정이었다고 말했다—미국 시민자유연맹과 영화심의위원회의 담당자들이 〈스타일〉의 스킵 앳워터와 간략 인터뷰를 진행하기 위해 현장에 와 있다.

3미터 높이의 강화유리 연단 위에 투명한 루사이트** 변기가 설치되었다. 연단 밑에서는 촬영팀이 작품이 모습을 드러내는 순간을 촬영할 것이다. 작품은 극적인 막판 지시에 따라 나풀거리는 치맛단을 잡고 환희에 찬 표정을 짓고 있는 먼로와 13~18센티 높이의 〈날개를 단 사모트라케의 승리의 여신〉 중 하나로 정해진다. 스튜디오의 천장 조명에서 내려와 변기 바로 위에 매달려 있는, 밑에서 촬영 중인 영상이 표시되는 특수 모니터를 통해 아티스트는 자신의 커리어 사상 최초로 작품의 생산과정을 눈으로 보게 된다. 그는 이 영상이 실시간으로 송출될 것이라고 믿는다.

실제로는, 작품이 물리적으로 모습을 드러내는 장면 자체는 방송되지 않는다. 〈스타일〉의 앨런 백트리안과 오 베릴리 프로덕션의 상품개발팀 책임자들이 이구동성으로 반대한 결과, 마침내 이게 도를 넘는 짓이 될 것이라고 콜리스 씨를 설득할 수 있었다. 그 대신 브린트 몰트케의 학대받은 어

** 아크릴 제품을 만드는 업체.

린 시절과 자발적으로 선택하지 않은 기예에 대해 그가 느끼는 끔찍한 수치와 모순적인 감정과 인간적인 고통이라는 주제로 아티스트의 아내와 진행한 인터뷰를 녹음했고, 인터뷰의 편집본이 더 서퍼링 채널의 시청자들이 창작 행위를 하고 있는 아티스트의 얼굴을 지켜보는 가운데 목소리 해설로 들어간다. 변기 모니터의 새시 안에 숨겨진 특수 카메라가 아티스트의 움찔대는 근육과 찡그리는 표정을 남김없이 잡아낸다.

A consciência é o pesadelo da natureza.*

물론, 부인할 도리 없이 악의적이다. 이어서 캐롤 앤 도이치의 아버지가 테이프보다도 자신의 방송 출연을 정당화하는 데만 관심을 보여 모두를 당황케 한다. 자신이 출연한 목적은 피해자의 가족이 겪는 고통을 대중에게 알리고 남은 이들의 삶을 보다 인도적으로 만드는 데 도움이 되는 한편 이에 대한 인식을 높이기 위한 것이라고. 이 말을 몇 번이나 반복하면서도 정작 지금 느끼고 있는 감정이나 녹음을 듣는 게 어떤 심정이었는지에 대해서는 한마디도 하지 않는다. 방금 전에 시청자들과 똑같은 녹음을 들은 아버지의 반응이라고 하기엔 터무니없이 막연하고 초연해 보인다. 다른 한편, 더그 루엘린은 인간적인 면모와 어떻게든 출연자들을 끌고가는 뛰어난 애드리브 능력으로 캐스팅의 탁월함을 입증해

---

* '의식은 자연의 악몽이다'라는 뜻의 포르투갈어.

보인다.

체인에 매달린 변기가 경사면을 따라 서서히 올라가다 루사이트 배관에 체결된다. 몰트케 부인은 관제실에 있었다. 버질 '스킵' 앳워터와 루덴탈 & 보스의 법무 보조가 인터뷰를 마치고 돌아와서 아크등의 빛길을 피해 한쪽 벽에 기대어 서 있다. 기자의 얼굴은 이부프로펜의 영향으로 전체가 상기되어 있고 두 손은 수도승처럼 배 위에 모으고 있다. 경사면이 바닥에 닿은 지점에서는 〈스타일〉의 프리랜서 사진작가가 여전히 하와이안 셔츠 차림으로 한쪽 무릎을 꿇은 자세로 핸드헬드 카메라로 촬영 중이다. 은둔자로 유명한 R. 본 콜리스는 어디에도 보이지 않는다. 더그 루엘린은 휴고보스 정장을 입고 있다. 아티스트의 무릎과 넓적다리를 덮고 있는 말리나 모포는 그러나 프로덕션 실무에서 간과된 실수를 급하게 손본 것으로, 아직 젖을 떼지 못 한 아이를 둔 수습 조명 기사의 차에서 가져온 물건이라 색이나 디자인이 적절하다고 하기 어렵다. 일종의 깜짝 출연이다. 막판에 변기의 특수 모니터를 연단 밑에 있는 카메라의 가시 영역 바깥에 배치하기 위해 소동이 일어난다. 카메라 자체의 모니터가 영상에 찍히면 업계에서 피드백 반사라고 부르는 현상이 발생하기 때문이다.—이럴 경우 아티스트는 서서히 모습을 드러내는 자신의 **승리**가 아니라 눈을 찌르는 무정형의 빛을 보게 된다.

옮긴이의 말

　　네이비드 포스터 윌리스는 1962년 미국에서 태어났다. 청소년 시절에는 주니어 테니스 선수로 활약했고, 양친은 모두 대학 교수였는데 특히 어머니는 영문법의 대가로 유명하다. 대표작 《무한한 재미Infinite Jest》에 영문학자 어머니를 둔 주니어 테니스 선수가 주인공으로 등장하는 등 작품 곳곳에서 자전적인 요소들을 엿볼 수 있다. 아버지의 모교이기도 한 애머스트 칼리지에서 영문학과 철학을 전공한 윌리스는 두 전공 모두 최우등상인 숨마쿰라우데summa cum laude를 받으며 우수한 성적으로 졸업했다. 대학에서 윌리스에게 철학을 가르친 한 교수는 "나는 그가 소설 쓰는 취미를 가진 철학자인 줄 알았는데 알고 보니 철학이 취미인, 당대의 가장 위대한 소설가 중 하나였다"고 했을 만큼 철학에도 뛰어난 재능을 보였다. 영문학 졸업논문은 첫 장편소설《체계의 빗자루The Broom of the System》로, 양상논리학에 관한 철학 졸업논문은 사후에《운명, 시간, 그리고 언어Fate, Time and Language》로 출간되었다.

월리스는 문학과 대중문화, 픽션과 메타픽션, 광의의 정치와 협의의 정치, 수학과 철학, 물질문화, 중독, 언어와 영어를 비롯해 다양한 주제에 관해 글을 썼다. 특정 장르에 얽매이지 않고 픽션과 에세이를 넘나들며 활발하게 작품 활동을 벌여온 작가는 20년 이상 우울증을 앓았으며, 2008년에 복용하던 약이 더는 듣지 않자 자택에서 목을 매어 스스로 목숨을 끊었다.

월리스가 생전에 발표한 픽션은 장편 두 편(다른 한 편은 사후에 출간)과 소설집 세 편으로,《오블리비언》은 작가의 세 번째 소설집이자 생전에 출간된 마지막 픽션이다. '오블리비언'은 소설집의 제목이자 표제작일 뿐 아니라 여덟 편의 작품 전체를 관통하는 주제이기도 하다.《옥스퍼드 영어사전》에서는 오블리비언oblivion을 다음과 같이 정의한다. (1a) 잊고 있는 혹은 잊은 상태, (1b) 방심 또는 부주의로 인한 건망, (1c) (특히 정치적인) 범법 행위에 대한 고의적 간과, (2a) 잊힌 상태, 모호함, 무無, 공허, 죽음, (2b) 잊힌 무언가. 소설을 관통하는 주제로서의 '오블리비언'은 (2a)의 뜻을 기저로 하되 얼마간 (1c)의 '고의성'이 가미되었다고 볼 수 있겠다. 조금 더 자세히 들여다보면, 작품 곳곳에 등장하는 '의식의 가장자리' '잠재의식' '의식의 밖'이라는 표현이 결국 '오블리비언'이며, 이것이 '의식의 여러 층위' 중 무의식과 가장 맞닿아 있는 상태, 즉 의식과 무의식의 경계라는 점에서 각 단편에서 '오블리비언'의 '고의성'이 어떻게 드러나는지 살펴보는 것도 재미있을 것이다.

〈미스터 스퀴시〉는 마케팅 회사의 마케팅 전략과 소위 '고객 데이터'라는 것의 이면을 파헤친다. 마케팅 업계에서 쓸 법한 용어를 자유자재로 구사하며 마치 사내 보고서를 읽는 것 같은 느낌을 주는 동시에, 갑과 을 사이의 알력 관계, 을과 병 사이의 줄다리기, '진짜' 마케팅 연구 결과와 클라이언트에게 제출할 '제출용' 보고서 사이의 역학 등을 여러 등장인물의 시점을 넘나들며 풀어낸다. 이 소설은 1996년에 발표한 《무한한 재미》로 일약 미국 문학계의 스타로 떠오른 월리스가 1999년에 두 번째 소설집을 낸 후 2000년 계간 문예지 〈맥스위니스 쿼털리 컨선McSweeney's Quarterly Concern〉에 '엘리자베스 클렘'이라는 가명으로 발표한 작품으로, 창간된 지 불과 두 해밖에 되지 않은 신생 문예지의 5호에 실렸음에도 그 문체와 집요한 스타일이 갈데없는 월리스라 그를 좋아하는 독자라면 단박에 이게 월리스의 작품임을 알 수 있었다고 하니 다른 단편을 두어 편 먼저 읽고 그의 스타일에 익숙해진 후에 읽어보는 것도 좋겠다.

제임스 조이스의 《젊은 예술가의 초상》 마지막 부분에

대한 응수인 듯한 제목의 〈영혼은 대장간이 아니다〉는 어린 시절을 회상하는 주인공이 화자로 등장한다. 치밀한 독자라면 좌석 배치도를 따라 그려보며 읽는 것도 재미있겠다. 배치도를 애써 그리고 나서는 마지막에 가서 앞에서 한 말들을 뒤집어버리는 듯한 작가의 재간에도 실망하지 말자. 이게 바로 월리스를 읽는 진정한 재미이니까.

〈화상 입은 아이들의 현현〉은 독자가 따라가기 어려울 정도로—어떤 때는 따라오기 어려우라고 일부러 그러는 게 아닐까 싶을 정도로—엄청난 만연체와 지연 전략을 구사하는 작가라고 해서 엽편소설을 못 쓸 것도 없음을 보여주는 작품이다. 여담이지만, 작가 메모에 따르면 세 번째 장편이자 미완성 유작인 《창백한 왕The Pale King》에 등장하는 드리니언이라는 인물이 이 작품의 주인공과 동일 인물이라는데, 정작 두 작품 어디에도 그러한 언급은 없다.

〈또 하나의 선구자〉는 도입부-전개부-최고조부-대단원이라는 서사 구조를 충실히 다루며 서사를 전달하는 화자의 입말로만 작품 전체가 구성된다. 친구의 지인이 비행기에서 앞자리에 앉은 승객이 그 옆자리 승객에게 들려주는 이야기를 엿들었다며 친구에게 들려준 이야기를 친구가 전해준 것을 청중에게 들려주는 형식이다.

2001년 발표 후 《2002 오 헨리상 수상 작품집The O. Henry Prize Stories 2002》에 실린 〈굿 올드 네온〉은 화자가 자신이 자살한 이유를 설명하는—월리스식으로 표현하면 "자살한 이유

중 일부만이라도 설명해보려고 시도하는"—작품으로, 2008
년 작가가 비극적으로 세상을 떠난 후 다시금 큰 관심을 모
았다. 언어/영어를 누구보다 능수능란하게 구사하는 작가
가 인간의 소통 도구로서 언어가 갖는 한계를 말한다는 점
에서 역설적이면서도, 그 논리를 따라가다 보면 수긍하지
않을 도리가 없다. 주인공이 어머니에게서 물려받은 시계에
'RESPICE FINEM(끝을 생각하라)'이라는 문구가 새겨져 있는
데, 톨스토이의 《이반 일리치의 죽음》에도 주인공 이반 일리
치가 이 문구가 새겨진 메달을 사는 장면이 나온다.

〈철학과 자연의 거울〉은 성형수술 부작용으로 공포에
질린 얼굴을 갖게 된 어머니를 둔 아들이 (한 번 읽어서는) 무
슨 말인지 도무지 알아먹을 수 없는 말들을 주절대는 화자
로 등장한다. 철학자 리처드 로티의 1979년 저서 《철학과 자
연의 거울Philosophy and the Mirror of Nature》에 경의를 표하고 있는
이 작품에서 문구를 굵게 강조 표시하는 스타일은(원문에서
는 이탤릭체다) 로티가 문구를 인용 부호로 감싸는 방식을 떠
올리게 한다.*

주인공이 아내의 새아버지와 골프장에서 겪는 해프닝
장면으로 시작하는 표제작 〈오블리비언〉은 의식과 무의식,
꿈과 현실의 경계에 대한 질문을 던진다. 아내의 언니 '비비
안'과 주인공의 직장 상사 잭 '비비언', 딸 '오드리'와 웨이트

---

*   Carlisle, 92쪽.

리스 '오드리', 웨이트리스 오드리의 아버지 '잭' 보겐과 직장 상사 '잭' 비비언, 아내의 새아버지 '에드먼드'와 '에드먼드' 수면 클리닉 그리고 상담사 '에드', 아내의 남동생의 진짜 이름 '체스터'와 주인공의 직장 상사 비비언의 또 다른 이름 '체스터' 등 의미 없(어 보이)는 이름 쌍을 찾아보는 것도 이 작품이 주는 재미다.* 이것도 여담인데, '여성이 산업용 투명 비닐로 둘둘 싸여 있는 장면'은 월리스가 좋아하던 데이비드 린치 감독의 호러 드라마 〈트윈 픽스〉에 나오는 장면을 떠올리게 한다.

〈더 서퍼링 채널〉은 잡지 〈스타일〉의 편집부와 그들이 취재하는 아티스트와 그의 아내에 관한 이야기다. 사내 정치, 패션에 대한 숭배, 예술이란 무엇인가에 관한 고찰, 아티스트가 어린 시절 학대받은 사실을 이용하여 부와 명성을 얻으려는 아내 등 피상적이고 무의미하지만 당사자들에게는 중요한 사건들을 배경으로 인물들이 분주하고 어지럽게 뛰어다니는 가운데 운명의 날이 다가온다. 화살표를 참고하여 읽으면 뒤죽박죽 배열된 사건들의 순서를 파악하기가 어렵지 않다.

저마다 다른 문체와 개성을 자랑하는 여덟 편의 단편을 무려 두 해가 넘는 시간 동안 작업했다. 혼자만의 망망대

---

* Carlisle, 100쪽.

해를 표류하다 간신히 뭍에 닿은 느낌이다. 순조로운 출항이 되도록 지도해주신 정호영 교수님과 박찬원 교수님께 감사드린다. 약속 기한을 몇 차례나 넘겼는데도 묵묵히 기다려주시고 뭍으로 안내해주신 알마 편집부에도 감사의 말씀을 전한다. 독자들의 순항을 기원한다.

2019년 9월
옮긴이 신지영

참고문헌

· Marshall Boswell, "The Constant Monologue Inside Your Head": *Oblivion* and the Nightmare of Consciousness, A Companion to David Foster Wallace Studies, Palgrave MacMillan, 2013.
· Greg Carlisle, Nature's Nightmare: Analyzing David Foster Wallace's *Oblivion*, SSMG Press, 2013.

지은이..데이비드 포스터 월리스David Foster Wallace

소설가, 문학비평가, 에세이스트로, 1962년 뉴욕에서 태어나 2008년 46세에 사망했다. 대학에서 영문학과 철학을 전공하였고 졸업 논문으로 장편소설 《체계의 빗자루The Broom of the System》(1987)를 썼다. 두 번째 발표한 장편소설 《무한한 재미Infinite Jest》(1996)는 20세기 말 미국 현대 문학의 새로운 장을 연 문제작으로, 〈타임〉은 이 소설을 '20세기 100대 걸작 영어 소설'로 선정했다. 세 번째 장편소설이자 미완성 유작인 《창백한 왕The Pale King》의 원고를 죽는 날까지 정리하고 유서를 쓰고 스스로 목숨을 끊었다. 이 소설은 그의 사후 2011년에 출간되었다. 일리노이 주립대학교, 포모나 대학교 등에서 교수로 활동했으며, 맥아더 펠로십MacArthur Fellowship, 래넌 문학상Lannan Literary Award, 화이팅 작가상Whiting Writers' Award 등을 수상했다.

〈뉴욕 타임스 북리뷰〉는 그의 소설을 두고 "한두 번의 손짓만으로도 사물의 물리적 본질이나 감정의 진실을 전달할 줄 아는 능력, 엄청난 속도와 열정으로 평범한 것에서부터 철학적인 것으로 단숨에 도약하는 재주"가 있다고, 〈타임〉은 "정교한 플롯과 부조리한 베케트식 유머와 SF급 세계관이 천천히 흐르는 현실적인 의식의 흐름과 함께 펼쳐진다"고 썼다. 현대 사회에서 기만적인 인간으로 살아가게 하고, 타자를 진정으로 사랑할 수 없게 만드는 비극적 현실을 예민하고도 명민한 시각으로 포착한 후 상상을 뛰어넘는 엄청난 에너지로 이야기를 쏟아내는 그의 소설은 미국 현대 소설의 최정점을 보여준다는 평가를 받고 있다.

지은 책으로는 장편소설 《체계의 빗자루》《무한한 재미》《창백한 왕》, 소설집 《희한한 머리카락을 가진 소녀Girl With Curious Hair》《추악한 남자들과의 짧은 인터뷰Brief Interviews with Hideous Men》《오블리비언》, 산문집 《랍스터를 생각해봐Consider the Lobster and Other Essays》《재밌다고들 하지만 나는 두 번 다시 하지 않을 일A Supposedly Fun Thing I'll Never Do Again》《육체적이면서도 그것만은 아닌Both Flesh and Not》, 케니언 대학교 졸업 축사를 담은 《이것은 물이다》 등이 있다.

옮긴이..신지영

이화여자대학교 전자공학과와 동 대학원을 졸업했다. 이화여자대학교 통역번역대학원에서 한영번역을 전공했다. 옮긴 책으로는 《이노베이터》(공역)가 있다.

오블리비언

1판 1쇄 찍음 2019년 9월 27일
1판 2쇄 펴냄 2021년 12월 27일

지은이 데이비드 포스터 월리스
옮긴이 신지영
펴낸이 안지미

펴낸곳 (주)알마
출판등록 2006년 6월 22일 제2013-000266호
주소 04056 서울시 마포구 신촌로4길 5-13, 3층
전화 02.324.3800 판매 02.324.7863 편집
전송 02.324.1144

전자우편 alma@almabook.com
페이스북 /almabooks
트위터 @alma_books
인스타그램 @alma_books

ISBN 979-11-5992-267-1 03840

이 책의 내용을 이용하려면 반드시 저작권자와 알마 출판사의 동의를 받아야 합니다.

알마는 아이쿱생협과 더불어 협동조합의 가치를 실천하는 출판사입니다.

종이 표지_팬시크라프트 110g/㎡ 본문_그린라이트 70g/㎡